ハヤカワ・ミステリ

REGINALD HILL

死者との対話

DIALOGUES OF THE DEAD

レジナルド・ヒル
秋津　知子訳

TOKYO
HAYAKAWA
BOOKS

A HAYAKAWA
POCKET MYSTERY BOOK

装幀／勝呂　忠

DIALOGUES OF THE DEAD

死者との対話

or

または

PARONOMANIA!

パロノメイニア！

~~an AGED WORM for WEPT ROYALS~~
~~a WARM DOGE for TOP LAWYERS~~

a WORD GAME for TWO PLAYERS

~~泣きぬれた王族用の老いぼれミミズ~~
~~売れっ子弁護士向きの思いやりあふれる総督~~

二人でする言葉遊び

by

REGINALD HILL

レジナルド・ヒル　作

paronomania（パロノメイニア）【PARONOMASIA〔<ラテン語<ギリシア語 *παρουομασια*〕言葉遊び＋MANIA 熱狂（引用例 1823 年の項参照）の合成による造語】

1　言葉遊びに病的に取りつかれること

1760　ジョージ・リットン卿 『死者たちの対話』第三十五　ベーコン「あそこに横たわっているのはシェイクスピアじゃないのか、へぼ文士の？　なぜあんな青い顔をしているんだ？」ガレノス「さよう、彼です。きわめつけのパロノメイニアですよ。ここへ来てから自分の戯曲中の暗号を解読したのはいいが、あの戯曲群を書いたのはあなただと立証する結果になって、それ以来、一言も口をきかないんですよ」1823　バイロン卿 『ドン・ジュアン』第十八篇　フッド〔注　トマス・フッド　十九世紀前半の英国の詩人〕の雑多な作品集はきわめてパロノメイニア的なので、医者たちは彼がパロノメイニアで死ぬのではないかと心配している。1927　ハル・ディリンジャー『心の迷路を通って　事例集』 X氏のパロノメイニアはすこぶる重症で、本人の主張によれば《ワシントン・ポスト》のクロスワードパズルの鍵を通じて受け取ったのだというあるメッセージが原因《もと》で、妻を殺そうとしたほどだった。

2　文字を記した駒を使って盤上に単語を作る、二人で競うゲームの商標名。得点の一部は各文字に付与された点数を加算したものだが、また、発音と意味の上で、単語間にある種の関係を築くことによっても与えられる。ラテン語に書き換えられるすべての言語を、一定の、変動するルールのもとで使用することができる。

1976 《スカルカー・マガジン》第一巻四号　パロノメイニアの熱愛者《アフィシオナード》たちは、今年も恒例の選手権大会で、いつもながらの熱意と獰猛《どうもう》さと熟練をいかんなく発揮したが、このゲームの複雑で難解な性格からして、これが万が一にも国民的なスポーツという低い地位に転落する可能性はまずなさそうだ。
オックスフォード英語辞典（第二版）

Du sagst mir heimlich ein leises Wort
Und gibst mir den Strauss von Cypressen.
Ich wache auf, und der Strauss ist fort,
Und's Wort hab' ich vergessen. ※

ハリー・ハイネ（1800 − 1856）

思うに、あなたの言葉には（それに、頭に浮かぶ思いのふしぶしに）
なにか気も狂わんばかりの秘密が潜んでいそうな気がする
草むした穴のなか、石ころや根っこや這いずり回る爬虫類のさなかに
転がっていた骸骨が、その舌のない口で
殺人を告げているように……

トマス・ラヴェル・ベドーズ（1803 − 1849）

※秘密の言葉をあなたはそっと言う
そして、やさしくわたしに糸杉の小枝をくれる。
目覚めると、その小枝はすでに無く
秘密の言葉もまったく思い出すことができない。

死者との対話

登場人物

アンディ・ダルジール……………………中部ヨークシャー警察の警視
ピーター・パスコー………………………同主任警部
ジョージ・ヘディングリー………………同警部
エドガー・ウィールド……………………同部長刑事
ハット・ボウラー…………………………同刑事
エリー………………………………………パスコーの妻
ディック・ディー…………………………州立図書館参考図書室長
パーシー・フォローズ……………………同館長
ライ・ポモーナ……………………………同職員
ジェフリー・パイクストレングラー…地元の名士
メアリー・アグニュー……………………《ガゼット》紙編集長
シリル・スティール………………………州会議員
アンドルー・エインズタブル……………自動車協会の修理工
アグネス……………………………………アンドルーの妻
サム・ジョンソン…………………………英文学の教師
フラニー・ルート…………………………ジョンソンの学生、庭師
リンダ・ルーピン…………………………ジョンソンの義姉、欧州議会議員
チャーリー・ペン…………………………作家
ジャックス・リプリー……………………ＢＢＣのリポーター
ジョン・ウインギット……………………同局長
デーヴィッド・ピットマン………………音大生
アムブローズ・バード……………………俳優
ジュード・イリングワース………………彫刻家
ポットル……………………………………精神科医
アーカット…………………………………言語学者

1

第一の対話

やあ、こんにちは。どうしてる？

わたし？　わたしは元気、だと思う。

そうなんだ。ときには、よくわからなくて。でも、どうやら、ついにすこし動きがあった。おかしなもんだよね、人生とは。

そう、死もね。それにしても、人生は……

ほんのしばらく前まで、わたしはどこへ行くでもなく行くべき場所もなく、いわば棚上げの状態、なんの波乱も活動も五感を刺激する心躍ることもなく、過去がじわじわと現在から未来へと浸み出ていた……

ところが、だしぬけにある日それが見えた！

ずっと以前からそこにあった道、わたしを〝大冒険〟に導くその長い曲がりくねった小道が。その起点はすぐそばで手を伸ばせば届きそうだったし、終着点はあまりにも遠く、その道中に待ち受けているものを思うとわたしの心はたじろいだ。

しかし、たじろぐ心から現実の心までは大きな一歩で、最初のうちはそこに、心の中にあった——その長い曲がりくねった細道は、ということだが——それについて考えて長い静かな時間が過ぎていった。だが、その間もずっとわたしには自分の魂の声が聞こえていた、「心のなかで旅をするのは結構、でも、それでは灼けない！」

そして、わたしの足は歩き出したくてますますむずむずした。

ゆっくりと疑問が、パソコンのスクリーンセイバーのように頭に浮かびはじめた。

ほんとうにその覚悟が……？

それだけの勇気が……？

これがこういう小道の厄介なところだ。

いったん道が見つかれば、どこに通じているにせよ行ってみるしかないのだが、ときにはその出発点が——なんと言えばいいか——定かでないのだ。

合図が必要だった。ドラマチックなものでなくてもかまわない。そっと肘で突っついてもらうだけでいい。

あるいは、一言囁いてもらえば。

そして、ある日その合図があった。

最初は囁き声の一言だった。きみが囁いたのかな？　そうだといいのだが。

わたしはそれを聞き、解釈し、それを信じたいと思った。でも、それはまだあまりにも漠然としていた……

そう、わたしは昔から怖がりの子供だった。

わたしにはもっと明確な合図が必要だった。

そして、ついにその合図が来た。そっと突っつくというより肩で突き飛ばすような。囁きというより怒鳴り声で。

わたしに飛びかかってきたといってもいい！

きみが笑っているのが聞こえるようだった。

その晩はそのことをあれこれ考えて眠れなかった。だが考えれば考えるほど、それは曖昧になっていった。午前三時には、あれは単なる偶然で、わたしの〝大冒険〟はやはりまったくの絵空事、日常の仕事をこなしながらその注意深い眼差《まなざ》しや思いやりのにじむ微笑の裏で見るビデオでしかないのだと納得したのだった。

しかし一、二時間して暁のバラ色の指が夜の漆黒の空をマッサージしはじめ、窓の外で小鳥がさえずりだすにつれて、わたしはまた別の見方をするようになった。

わたしがこんなに躊躇《ちゅうちょ》するのは、単に自分が取るにたらぬ人間だという思いのせいかもしれないと。それに、どっちみち、選ぶのはこのわたしではないのだしね。あの合図が本物の合図であるためには、わたしの拒否できない偶然があとに続かねばならない。なぜなら、むろん、それは単なる偶然ではないからで、ただ、ほかでもないその性質上、たぶん、はっきりそれとわからないだろうが。わたしが合図と悟るのは、まさにそんなふうにしてだろう。少なくとも最初は、わたしはこの〈冒険〉の受け身の役者だ。だがいったん始まれば、自分のために書かれたものだときっとわかるだろう。

わたしはただ準備をととのえておけばいいのだ。

わたしは起きだして顔を洗い、特に念入りに身だしなみをととのえた、まるで遠征の旅支度をする騎士か、神聖きわまる秘密の儀式にそなえる巫女《みこ》のように。顔は兜の眉庇《まびさし》かヴェールの蔭に隠れるかもしれない。だが読解力にたけた者なら、その紋章や上祭服が何を意味するかわかるだろう。

身支度ができると、わたしは外に出て車のところに行った。まだごく早朝だった。小鳥たちが賑やかにさえずり、東の空は真珠色からディズニー映画の乙女の頬のようなピンクに染まりかけていた。

町に乗り入れるにはあまりにも早すぎ、衝動的にわたしは郊外に向かった。今日は衝動を無視してはいけない日だという気がした。

三十分もすると、自分のことをど阿呆ではないかと思いはじめていた。わたしの車はしばらく前からエンジンが咳のような音をたてたり、坂で馬力が落ちたり問題を起こしていた。そんなことが起きるたびに、わたしは車を修理に出そうと心に誓った。ところがいつもまたしばらくは順調に見えて、忘れてしまうのだった。ゆるやかな下りで車がシャックリをしはじめたとき、今度ばかりはただごとでないとわかった。そして、まさにそのとおり、つぎの上りで、ちっちゃな太鼓橋のほんのちいさな瘤《こぶ》だったが、車は喘ぐような音を漏らして停止した。

車を降りると、わたしはドアを蹴って閉めた。ボンネットを開けてみても始まらない。エンジンは——ま、これはラテン語系の言葉だが——わたしにはギリシア語のようにちんぷんかんぷんだ。わたしは橋の低い欄干に腰を下ろすと、どれぐらい後戻りすれば人家か電話があったか思い出そうとした。覚えているのはただリトルブルートンという小村まで五マイル、という道路標識だけだった。これまでたいがい町で過ごしてきた車が、市境まで十マイルもないいちばん人口希薄な田園地帯で故障するとは、なんとなく、とりわけ不当なことのような気がした。

こういうのを〈ろくでなしの法則《ソッズ・ロー》〉（故障するものはいつか故障するという類の滑稽な法則）というんじゃなかったっけ？　そして、これぞまさにそのろくでもない事態だ、と思った。が、それもつかの間、小鳥のさえずりとせせらぎの水音にしだいに新たな音が加わり、その細い田舎道をやって来たのは鮮やかな黄色をした自動車協会《A・A》のライトバンだった。

となると、結局これは〈神の法則〉かもしれない、という気がしてきた。

わたしは手を上げて車を止めた。彼は〝自宅発進〟の依頼を受けてリトルブルートンへ向かう途中で、その村の誰か哀れな給料奴隷が今日も一日走りまわらねばならないのに、目覚めてみたら自分以上にエンジンが動きたがらなかった、というわけだ。

「エンジンも朝寝坊が好きなんだよね」わたしの救いの神は陽気に言った。

彼は冗談好きの、底抜けに陽気な人物で、自動車協会《A・A》にとっては願ってもない広告塔だ。協会の会員かと訊かれて、わたしが会員だったが今は違うと言うと、彼はニヤニヤしながら言った。「なに、かまいませんよ。おれも元カトリック信者でね、でも絶体絶命って事態になりゃいつでもまた信徒になれるわけだ、そうでしょ？　それと同じで、おたくも再加入するつもりなんでしょ？」

「もちろん」わたしは熱を込めて言った。「この車を動くようにしてもらえたら、教会にだって加入するかも！」

そして、これは本気だった。ま、たぶん教会については違うかもしれないが、自動車協会《A・A》のほうは間違いなく。

だがすでに、じつは彼のワゴン車に目を留めた瞬間からわたしは考えていた、この偶然《チャンス》には単に車をスタートさせるため、という以上の意味があるのかもしれないと。

だが、どうやって確かめればいい？　わたしはあせり始めたが、このわたしには曖昧に思えても、〝大冒険〟の作者が冒頭のページを明確に示さないはずはないと考えて心を落ち着けた。

自動車協会《A・A》の修理工は大変な話し好きだった。わたしたちは名前を教えあった。彼の名前を聞いてわたしがゆっくり繰り返すと、彼は笑って、冗談は言わないでくれ、もう聞き飽きているからと言った。しかし、むろんわたしは冗談など考えてはいなかった。彼は自分のことを何から何まで話して聞かせた――熱帯魚のコレクションのこと――その話を地元のラジオに出て話したこと――子供たちのための慈善活動のこと――ロンドン・マラソンでチャリティ・マラソンをして募金する計画のこと――つい最近過ごしたギリシアでのすばらしい休暇のこと――向こうの温暖な夜や地中海料理が大好きなこと――帰ってきて、町に開店したばかりの新しいギリシア料理店を見つけて大喜びしたこと。

「ときどき、天上の誰かさんが特に目をかけてくれてるって気がすること、あるよね」彼は冗談を言った。「というか、おれの場合は冥界の誰かかも！」

わたしは笑い、自分にも覚えがあると言った。

そしてこれは本当だった、両方の意味合い、月並みな無駄話のやりとりとしても、もっと深い、人生を方向づけるような重大な意味でも。じつは、わたしは自分が二つのレベルで存在していると強烈に感じていた。表面的なレベルでは、わたしは朝の心地よい陽射しを浴びて立ち、また走り出せるようにと願いながら、彼の油まみれの指が慣れた手つきで調整するのを見守っていた。そして、もう一つのレベルがあった、わたしが光の背後にある力、すべての恐怖を焼き払うあの力と接触できるレベル——時間が存在しなくなり、今現に起きていることは常にたった今終わったばかりであり、また常にこれから起きようとしているレベル、そこではまるで作家のように、わたしは自分の痕跡を残すことなく、まさにわたしの思い通りの台詞を作中人物がしゃべるまで、ペンを止め、考え、修正し、言葉を練ることができるのだ……

自動車協会《AA》の修理工はしばし話すのをやめ、エンジンをかけたまま最後の調整をする。彼はピアノの調律師のようにじっと耳を澄まし、微笑し、エンジンを切ると、言う、「ま、これでモンテカルロまで往復できるんじゃないかな、もし行きたけりゃね」わたしは言う、「すばらしい。どうもありがとう」彼は橋の欄干に腰かけ、使った道具を道具箱にしまい始める。入れ終わると、彼は陽射しのなかに目を上げ、心から満足の吐息を漏らして言う、「こう感じることってないですか？　これだ、これこそまさにいつまでも終わってほしくない瞬間だって。べつに特別な、節目《ふしめ》になるような場合とかじゃなくても。ちょうどこんな朝なんかに、ここに永遠にいつづけてもいいって感じることが」

「ある、ある」わたしは言う。「その感じ、じつによくわかる」

「そうできたらなあ」彼は願望のため息まじりに言う。「でも、悪人に休息なしだ、残念ながらね」

そして道具箱を閉めると、彼は立ちかける。

そしてそのとき、ついに疑問の余地なく合図が来る。

橋の向こうの流れに枝を垂れる柳の根方で何かが吠え、たぶん狐だ、つづいてしゃがれた笑い声のような大きな鳴き声が響き、かと思うと垂れ下がる緑の枝葉のなかから雄の雉《きじ》が飛び出し、重い体を持ち上げてなんとか石橋を越え、空に逃れようと必死で翼をばたつかせる。雉はかろうじて向かいの欄干を越え、まっすぐわたしたちのほうへ飛んで来る。わたしは一歩横によける。修理工は一歩下がる。低い欄干が彼のふくらはぎに当たる。鳥はわたしたちのあいだを通りすぎ、五旬節の風（キリストの復活後、五旬節に突然激しい風が吹くような音がして、聖霊が下った）のような激しい羽ばたきをわたしは感じる。そして修理工は、まるで彼もまた飛び立とうとしているかのように両腕を大きく振りまわす。しかし彼はもはや回復不能なほどバランスを崩している。わたしはそののけぞりかかる体へ手を伸ばす——助けるためにか、押すためにか——そしてわたしの指先が彼の指先をかすめる、システィナ礼拝堂の神とアダムの指先のように、というよりも天の胸壁上の神と大天使《ルシファー》の指先のように。

つぎの瞬間、彼の姿はもうない。

わたしは欄干ごしに見下ろす。彼はもんどり打って落ち、下の浅い流れにうつ伏せに倒れている。水の深さは二、三インチしかないのに彼は動かない。

わたしは急な土手を駆け下りる。何が起きたのかは明白だ。彼は川床の石で頭を打ち、気を失ったのだ。見守るうちに、彼は動き、水から頭を上げようとする。

わたしの一部は彼を助けたいと思う、だが、その部分はわたしの手足を支配する部分ではない。わたしには選択の余地はなく、ただ傍観するしかない。選択とは時の産物であり、時はどこかよそに行っているのだ。

三度、彼の頭はわずかに持ち上がり、三度また落ちる。

四度目はない。

しばらくの間泡が浮かんでくる。たぶん彼はこの最後のわずかな息をカトリック教会に再加入するために使っているのだろう。たしかにもはや彼がこれ以上に絶体絶命の事態に陥ることはない。しかし考えようによっては、至福の瞬間が永遠に続いてほしいというあの彼の願望が叶うわけで、彼が最終的にどこに埋葬されようと、そこはきっと幸せな墓場となるだろう。

最初は矢つぎばやに浮かんできた泡が、やがてリンゴ絞り器から最後ににじみ出る泡のようにしだいに間遠になり、ついにあの最後の力ない気泡、もし司祭の言うとおりなら中に霊魂が入っているはずの気泡が水面に上ってくる。

しっかり走れ、わたしの伝令よ！

その泡がはじける。

そして時もまたはじけて、心と物質、規則や法律といったありとあらゆる邪魔物と共にわたしの意識に戻ってくる。

わたしは急いで土手を上り、車に乗り込んだ。走り出した車はすばらしく軽快なエンジン音を響かせ、わたしはこのピッチに調整してくれた熟練の腕を祝福した。それにまたわたしのこの新しい、というか更新された人生にも感謝を捧げた。

わたしの旅は始まった。おそらくその道筋には障害が待ち受けていることだろう。だが今やその道ははっきりと示された。千歩の道も一歩からだ。

そして、わたしの案内人よ、わたしはただじっと佇《たた》ずみ、きみを信頼することでその一歩を踏み出した。


じゃ、近いうちにまた。

2

「たまげたな」ディック・ディーは言った。

「え？」

「これ、読んだかい？」

ライ・ポモーナはいくらか必要以上に音をたててため息をつき、皮肉たっぷりに言った。「二人でこの原稿を真ん中から分けることにして、これがわたしの山、そっちがあなたの山、そして、あなたが手にしてるその原稿はあなたの山から取ったもので、わたしはなんとか自分の山をこなそうと必死になってるんですから、それをもう読んだってことはちょっと考えられませんよね」

ディック・ディーのいいところの一つは、いちばん新入りの部下の生意気な態度にさえ腹一つ立てないことだ。実際、彼にはいい点がたくさんある。中部ヨークシャー州立図書館の参考図書室長として職務に精通していたし、その知識を喜んで分かち合うことができた。彼はやるべき仕事はちゃんとやった。ライはときどき彼が微小な作品《ミナスキユラム・オウパスキユラム》と称するもののために語義学的な調べものをする姿を見かけたが、きまって正規の休み時間中で、仕事が暇なときでも執務時間に食い込むことはけっしてなかった。にもかかわらず彼女の昼休みが少々超過しても目くじらは立てなかった。ディーは彼女の服装については何も言わず、ミニドレスのわずかな隠れ場から伸びるすらっとした褐色の脚から、慎ましく目を逸らしもせず、また好色そうに見つめもしない。自宅にライを招待したときにも、彼は求愛のそぶりはこれっぽっちも見せなかった（ライはほっとしたのか落胆したのか、自分でもよくわからなかった！）。そして、二人が初めて会ったとき、彼はライのいちばん目立つ特徴、豊かな長い褐色の髪に一房輝くシルバーグレーが入った髪をじっと見つめはしたが、礼儀正しくまったく詮索しようとしないので、とうとう彼女のほうから持ち出してその話題を片づけたのだった。

　彼はまた上司であることを笠に着て退屈きわまる仕事をすべて彼女に押しつけたりはせず、自分でも引き受けた。もし彼が今やっている仕事で二、三ページ読むごとに頭に浮かんだことを彼女に話したがらなければ、まさに模範的な上司と言えた。だが実際にはそんな具合だったので、ライにやりこめられて彼は照れくさそうににやにやした。その笑顔に彼女は即座に気が咎めてそれ以上は抗議せずにディーの手から原稿を取った。

　その原稿は少なくともタイプしてあった。多くの原稿は手書きで、じきにライは教師ならとっくに知っている事実、つまり、この上なく整然とした書体の字でさえときにはデルポイの神託のように不可解だということを発見したのだった。おまけにやっと意味が通じても未来の行動の指針となるありがたい神託どころか、下手くそきわまる散文小説を読まされるのではますます読む気がしなくなるというものだ。

　この中部ヨークシャー短篇小説コンテストは《中部ヨークシャー・ガゼット》の編集長と中部ヨークシャー州立図

書館の館長が、列席者のメートルが大いに上がった円卓会議を兼ねたある晩餐会も終わり近くになって思いついたのだった。翌朝、白日の光にさらされてこのアイディアは萎《しな》び、消え去るべきだった。不運なことに、《ガゼット》のメアリー・アグニューも図書館長のパーシー・フォローズも記憶違いをしていて、どちらも相手方が作業をあらかた引き受け、費用の大半も出すつもりだと思い込んでいた。二人がこの共通の間違いに気づいたときには、すでにコンテストの予告は公表されていた。アグニューは地方新聞のベテラン編集長のご多分に漏れず、転んでもただでは起きない達人だったので、これを機に指導権を握った。彼女は社主を説得して最優秀作にそこそこの賞金を出させ、その上、受賞作は新聞に掲載されることになった。そして有名人の選者としてはジェフリー・パイクストレングラー閣下の名を手に入れた。パイクストレングラー閣下の主たる公的資格は刊行書のある作家だということで（魚や鳥や狐を虐殺して過ごした人生のスポーツ回想録集）、主たる私的資格は慢性的な金欠病であり、かつ《ガゼット》の断続的な寄稿者なので、従属状態にあるということだった。

フォローズが今度の一件をかなりうまく切り抜けられたと喜んでいると、アグニューはこう言い足した。むろん、パイクストレングラー閣下（その読書範囲はスポーツ雑誌どまりである）に応募作全部に目を通してもらうのは無理な相談だし、自分のところの腕利きの記者たちは不朽の記事を書くのに忙殺されてとても他人の文を読むどころではなく、それゆえ、小説の分野に関する専門知識では定評のある図書館のほうで応募原稿の中から最終候補をリストアップしてもらいたい、と。

パーシー・フォローズは責任を押しつけられることには敏感で、順繰りにその責任を押しつけるべき館員を捜した。すべての道はディック・ディーに通じていた――英文学で優秀な学位を取得しているのに、どうやら彼は「ノー」という言葉の言い方は習ったことがないらしいのだ。

拒否の意思表示として、彼にはこれが精一杯だった。

「それが、かなり忙しいもんで……どれぐらいの応募があると見込んでいるんです？」

「この種のものに興味を示すのはごく少数だよ」フォローズは自信たっぷりに言った。「応募が二桁に達したら驚きだね。多くてもせいぜい二、三十篇だよ。お茶の時間に目を通せるさ」

「モーレツな量のお茶ね」《ガゼット》社から郵便袋一杯の応募原稿が最初に届いたとき、ライはぶつぶつ言った。

だがディック・ディーは原稿の山を見て、ただ微笑して言った。「声なき無名のミルトン（十七世紀の詩人ジョン・ミルトン。『失楽園』他）の時代なんだよ、ライ。じゃ、取りかかるとするか」

選別は最初のうちはおもしろかった。

タイプ印刷でない原稿は読まないことにしたいという強い誘惑に駆られたが、じきに二人はそれでは厳しすぎると悟った。しかしまた、原稿入りの郵便袋がぞくぞくと届くにつれて、ふるいにかけるために何らかのルールが必要なこともわかった。

「グリーンのインクで書いてあるものは没」ディーは言った。

「A五判以下のものは没」ライは言った。

「筆記体で書いてない手書き原稿は没」

「意味のわかる句読点が打ってないものは没」

「拡大鏡が必要なものは没」

「有機物が付着した原稿は没」ライは言って、まるで最近猫のトイレに敷いてあったように見える一枚の原稿をつまみ上げた。

それから彼女は、たぶんこの不快なしみは赤ん坊が付けたもので、家に縛りつけられている母親が赤ん坊に食事をさせながら懸命に創作に取り組んでいたのだろう、と思った。ライはまだ自責の念が消えていなかったので、ディーが続けて「あからさまな性描写や卑猥な言葉を含むもの」と言うと強硬に反対した。

彼はライの進歩的な主張に辛抱強く耳を傾けて、暗に自分がよくても古くさいやぼ男、悪くすると右翼だと非難されているのに腹を立てるふうもなかった。

彼女が言いたいだけ言い終えると、彼はおだやかに言った。「ライ、ぼくも同感だよ、いい性交《ファック》はべつに下劣でもなきゃ唾棄すべきことでもないし、悪趣味でさえないって。

ただ確実にわかってるのは、行為の描写やその種の言葉が含まれていたら《ガゼット》に掲載される見込みは皆無なんだから、いいふるいになると思うんだけどね。むろん、もしきみが応募作を全部、一語残らず読みたいと言うんなら……」

《ガゼット》社からまたもや一袋が届いて、それが決め手となった。

一週間後、なおも応募原稿がつぎつぎ届き、コンテストの締め切りまで余すところ九日になったとき、彼女はディーよりずっと冷淡になっていて、冒頭の一節を読んだだけ、それどころか最初の一文、場合によってはタイトルを読んだだけで原稿をごみ箱に放り込んでいた。他方、ディーのほうは自分に割り当てられた応募作のほとんどすべてを読み通し、〝有望〟原稿の山ははるかに高くなっていた。

ところで今、自分の仕事を中断させられた彼女は、その原稿を見て言った。「〈第一の対話〉？　つまり、まだ続きがあるということ？」

「創作上の言葉のあやじゃないかな。とにかく、読んでごらんよ。きみがどう思うか興味があるんだ」

別の声が割り込んだ。

「モーパッサンの再来はもう見つかったかい、ディック？」

ふいに光がさえぎられてライの背後にひょろっと痩せた人影が現われた。

見上げなくても彼女にはそれがチャーリー・ペンだとわかっていた。彼は参考図書室の常連で、中部ヨークシャー文学界のほぼ名士と言っていい人物だった。彼は、本人は歴史ロマン小説と呼び批評家は通俗歴史ロマン小説《ボディス・リッパー》と呼ぶ、ほどほどに成功したシリーズものを著していた。これは舞台を一八四八年までの数十年間の革命期ヨーロッパに据え、主人公はドイツの詩人ハイネを大まかに下敷きにしていた。このシリーズはテレビ化されて人気を呼んだが、ここでは間違いなく女性の胴着破り《ボディス・リッピング》が歴史よりも、肝心の冒険恋愛よりも高く評価されていた。彼が参考図書室をよく利用するのは、小説に真実味を与えるためではまったくない。酔ったとき、読者について彼がこう言うのを聞いた者がいる。

「なんでも通用しちまうんだ、あの連中には。何も知らないんだから」もっとも、じつは彼は問題の時代について、長年研究している〝本当の〟仕事――ハイネの詩の韻律訳つきの原典批評研究版の著作――を通じて該博な知識を身につけていた。ライは彼がディック・ディーと同世代だと知ったときには驚いた。平静な気質のおかげでディーは四十何歳かの年齢より十歳は若く見えるのに、ペンにはその十歳が加算されたように見え、そのこけた頬、窪んだ目、そしてもじゃもじゃの顎ひげは彼を襲撃でレイプや略奪をやりすぎた老バイキングのように見せていた。

「たぶん、まだだね」ディーは言った。「でもきみの専門家としての意見は大歓迎だよ、チャーリー」

　ペンはテーブルをまわってライを見下ろす位置にくると、不揃いな歯をむき出してライが〝唸り笑い《スマール》〟と呼んでいる表情を見せた。ペン本人は微笑しているつもりなのだろうが、どう見ても歯をむき出して唸っているようにしか見えないからだ。「きみんとこの予算に急に剰余金が出たんでなきゃ無理だね」

　こと専門的な意見となると、いや、じつは彼の職業に関わるいかなる活動についても時は金なり主義を貫くこのチャーリー・ペンの前では、弁護士たちでさえ気前のいい人種に思えた。

「で、用件は何だい？」ディーは言った。

「例の探してほしいって頼んでおいた記事、まだ見つからないかな？」

　ペンは人を働かせたければ賃金を払えと主張するくせに、平気でディーを無給の研究助手として使っていたが、司書本人は不平一つこぼさなかった。

「今日の郵便物の中にないか調べてみるよ」ディーは言った。

　彼は立ち上がると机の背後の事務室に入っていった。

　ペンはそこに残り、じっとライを見つめていた。

　彼女はまばたきもせずに見つめ返して言った。「なんでしょう？」

　ときどきライはこの老バイキングが彼女を見ているのに気づいた。まるでこれまではレイプと略奪を思いとどまってきたものの、今また海への思いに駆られているかのように。じつを言えば、彼が手本にしたがっているのは、むしろ芝居に出てくるあの男（名前はなんだっけ?）、アーデンの森（シェイクスピア作『お気に召すまま』）を歩きまわって樹木に詩を貼って歩いたあの男らしかった。ときどきペンが訳したハイネの詩の断片が彼女のそばに置いてあった。ファイルを開いたり本を手に取ると、そこには愛する人の窓をじっと見上げるおのれを凝視する絶望的な恋人、あるいは、手の届かぬ、はるか遠方の棕櫚《しゅろ》に恋いこがれる北方の寂しい樅《もみ》の木を詠んだ数行の詩句があるのだった。なぜそんなところにと、もし問いつめられれば、不注意からだとペンは釈明したが、その顔には例の〝唸り笑い《スマール》〟の〝心得顔〟版が浮かんでいるのだった。そして今また、ペンはそんな表情を見せて、

「楽しみたまえ」と言うとディーの後を追った。

そこでライは〈第一の対話〉に意識を集中して最初はざっと目を通し、それからもう一度、もっとゆっくりと読んだ。

彼女が読みおえたときディーはすでに戻ってきていて、ペンのほうは研究用小部屋のいつもの席に戻っていた。そこから彼は自分とは静寂についての考え方が違う若い学生たちを大声でののしることで有名だった。

「どう思う?」ディーは言った。

「いったいなぜ、これを読まされたんだろう? って」ライは言った。「ええ、それから、たった一つのエピソードを使って波瀾万丈の物語があとに続くように匂わせて、作者は才気のあるところを見せようとしているけど、あまりうまくいってないですよね。つまりその、何を言おうとしているのかしら? 人生の隠喩か何かのつもり? それに、いったいどういうつもりなんだろう、この妙ちきりんなイラストは? 今までのなかでこれがベストだったからじゃないんでしょうね、これを読ませたのは? もしそうなら、そこの〝有望〟の山の原稿はどれも読みたくないわ」

ディーは微笑しながら首を振った。これは〝唸り笑い《スマール》〟ではぜんぜんない。彼はなかなかいい微笑の持ち主だった。そのいい点の一つは彼が賞賛に対しても侮辱に対しても、大成功にも最悪の事態にもひとしくこの微笑で応じること

だ。たとえば二、三日前、二十巻の『オックスフォード英語辞典』の重みでしっかり固定されていなかった棚が落ち、この自治都市の新装なった文化遺産・芸術・図書館センターをおりしも見学中だった市のお偉方の一行が飛びのく羽目になったとき、もっと小人物なら慌てふためいていただろう。辞書が当たったのは来客のうちの一人だけで、つま先に第二巻の重みをもろに受けた。それは州会議員のシリル・スティールだったが、〈センター〉に対する敵意に満ちた反対者で、しばしば州議会で「雲か霞みたいな、ろくでもないもんに大事な公金を浪費すること」に反対の声を上げていた。館長のパーシー・フォローズはせっかくの宣伝が大失敗に終わるのではないかと、パニックにかられたプードルのように走りまわっていたが、ディーはこの日の行事を録画していたBBC中部ヨークシャー局のテレビカメラに向かってただ微笑して、こう言った。「これでスティール議員でさえ、わずかばかりの学問はかえって危険だと認めざるを得ないでしょうね。それに、ここのろくでもないもんの全部が全部、雲か霞みたいとは言い切れないことも」そして、図書館の説明を続けた。

今、彼は言った。「いや、これが候補だと言ってるんじゃないんだ、悪い出来じゃないけどね。その線画については、イラストでもあるし、内容を示すものでもあるんじゃないかな。でも、いちばん興味を引くのは、それが今日の《ガゼット》で読んだ記事とぴったり一致してるってことなんだよ」

彼は新聞棚から《中部ヨークシャー・ガゼット》を手に取った。《ガゼット》は週二回、水曜日と土曜日に発行される。これは週なかの発刊分だ。彼は二ページ目を開くとライの前におき、親指で一つの欄を指し示した。

自動車協会《A・A》の修理工
悲劇的な事故で死亡

火曜日の朝、リトルブルートン街道の下を流れる浅い川のなかで明らかに溺死したと見られる、自動車協会《A・A》の巡回修理工アンドルー・エインズタブルさん（三四）、の遺体が発見された。発見したのは地元農家のトーマス・キリウイックさん（二七）で、彼の推測ではその後の調べで〝自宅発進〟の依頼を受けてリトルブルートンに向かっていたと判明したエインズタブルさんは、途中で用をたすために車を止め、足を滑らせ、頭を打ったのだろうということだが、警察は今の時点ではこの説を確認も否定もできないでいる。あとにはエインズタブルさんの妻アグネスさんと未亡人の母親が遺された。二、三日のうちに検死審問が開かれる予定。

「で、どう思う？」ディーが重ねて訊いた。

「この記事の文体からすると、《ガゼット》社はこうした報道の文学的な出来栄えをわたしたちに採点してもらったほうが賢明だと思いますけど」

「違うよ。この〈対話〉の原稿のことだよ。いささか奇妙な偶然の一致だと思わないか？」

「べつに。つまり、おそらく偶然の一致でも何でもないんだわ。作家が新聞で読んだことからアイディアを得るのは、きっとよくあることなんですよ」

「でも、この記事が《ガゼット》に載ったのは今朝だ。そして、この原稿は昨日の夕方《ガゼット》社が送ってよこした応募作の袋に入っていた。だから、おそらくこの原稿が《ガゼット》に届いたのは昨日中で、その同じ昨日、気の毒にこの人は亡くなったんだから作者がその記事を読むことはまだできなかった」

「はい、はい、じゃ、やっぱり偶然の一致ね」ライは苛立たしげに言った。「たった今わたしが読んだのは、宝くじが当たって心臓発作を起こした人の話ですけどね。おそらく、今週どこかで、宝くじの何等かが当たって心臓発作を起こした人がいますよ。《ガゼット》のピューリツァー賞連中の注意は引かなかったけど、これだって偶然の一致だわ」

「それはそうだがね」ディーは自分が感じた奇異な思いを捨てきれないふうだった。「それにもう一つある。ペンネームが書いてない」

応募の規則では、公平な判定を期するために応募者は題名の下にペンネームを書くことになっていた。その上で、中に本名と住所を入れて密封した封筒にもこのペンネームを書く。この封筒のほうは《ガゼット》社に保管された。

「じゃ、書き忘れたんだわ」ライは言った。「どっちみち、どうってことないですよ。受賞しそうもないもの、そうでしょ？　書いたのが誰でもかまわないじゃないですか。じゃ、仕事を続けていいですか？」

ディック・ディーはこれには反論しなかった。だが、彼がそのタイプ原稿をごみ箱にも入れず〝有望〟の山にも載せず、脇に置いたのにライは気づいた。

首を振りながら、ライはうずたかく積んだ原稿のつぎの短篇に注意を向けた。タイトルは〈夢見どき〉となっており、紫のインクの手書きで、大きな、尖った字で一行に平均四語の割りで書いてある。出だしはこうだった。

〝今朝、目が覚めると夢精していた、そして、横たわったままその夢を思い出そうとしていると、また興奮してくるのがわかった……〟

ため息をついて彼女はそれをごみ箱に投げ、つぎの原稿を取った。

3

「いったい何の真似だ、ルート」ピーター・パスコーは歯をむき出して唸るように言った。

彼にとって唸るような言い方はけっして容易ではなく、破裂音のPを発音するあいだも上の歯をむき出したままでいようとしたところ、メロドラマチックに東洋風な、しかもそこに漂うはずの不吉さには欠けた音響効果を生んだ。今度、娘の愛犬が——あいつは男どもをあまり好かないのだ——おれに向かって唸ったとき、もっとよく観察しなければ。

ルートは何ごとか書きつけていたノートを《ガゼット》紙の下に押し込み、愛想のいい当惑顔で彼を見た。

「え、失礼、パスコーさん。何の話です？　ぼくは何もやってませんし、あなたがやってるゲームのルールも知らない。ぼくもラケットが必要なんですか？」

彼の笑顔の先にスカッシュ・ラケットの柄が突き出したパスコーのスポーツバッグがあった。

そら、つぎの台詞だ、また歯をむき出して言ってやれ、〝おれに利いたふうな口をきくんじゃないぞ、ルート！〟

下手なテレビ台本みたいになってきたな。

パスコーは威嚇するようなしゃべり方をするだけでなく、威圧的な姿勢で見おろそうと努めていた。その姿勢がくつろいだ様子の相手にどれぐらい威圧的に見えているのかパスコーには知りようもなかったが、筋をたがえた彼自身の肩には猛烈に応えていた。この肩のせいで五年ぶりにやったスカッシュのゲームを途中で切り上げなければならなかったのだ。途中で？　前戯に入って三十秒じゃ途中どころか、屈辱的に序の口、挿入以前だ。

ゲームの相手はひたすら心配してくれて、更衣室ではローションを擦り込んでくれるし大学職員クラブのバーでは酒をふるまってくれて、内心クスクス笑っているような気配はまったくなかった。にもかかわらずパスコーは自分が笑われていると感じた。そして、美しい幾何学庭園を通って駐車場に向かう途中、ベンチからほほえみかけるルートを見たとき注意深く押さえつけていた苛立ちが表に躍《おど》り出て、理性的に考える暇もあらばこそ一挙に嚙みつかんばかりの口調、威圧的な態度に突入していたのだ。

役柄を考え直さねば。

パスコーは肩の力を抜いてベンチに腰を下ろすと、背もたれに寄りかかり、痛みにたじろいだ。「よし、ルートさん、最初からやり直そう。ここで何をしているのか教えてもらえますか？」

「昼休みですよ」ルートは言った。そして、褐色の紙袋を持ち上げると中身を新聞の上にあけた。「バゲット、低脂肪のマヨネーズ・サラダ。りんご、グラニースミス（青りんごの一種）。瓶入りの水、飲み口」

やっぱりそうなんだ。彼は高カロリーの食事をしている人間には見えなかった。やつれて見えるぎりぎり一歩手前の細さで、着ている黒のスラックスとTシャツがますますその印象を強めていた。顔は砂で磨かれた流木のように白く、金髪はあまりに短く刈っているので髪がないも同然だった。

「ルートさん」パスコーは慎重に言った。「あなたはシェフィールドに住み、あそこで働いているんだから、昼休みがとびきり長くて、すごく速い車があるにしても、ここを昼食場所に選ぶのはちょっと奇抜に思えますけどね。それに、これでこの一週間で三度目、いや、たしか四度目だ、近くにいるあなたを見かけるのは」

最初はある夕方早く、パスコーが中部ヨークシャー警察本署から車で帰宅する途中、通りにいる彼の姿がちらっと見えた。それから、その二、三日後の夜には、映画を見終わってエリーと一緒に席を立ったとき、五、六列後ろの席にいるルートに気づいた。そしてこの前の日曜日、娘のロージーを連れて散歩にでて白鳥に餌をやろうとチャーター公園に行ったとき、この黒ずくめの人影が使っていない野外ステージの端に立っているのを確かに見た。

そのとき初めて、パスコーはシェフィールド署に忘れずに電話しようと思ったのだった。だが月曜日は忙しすぎて暇がなく、火曜になると騒ぎ立てるほどの問題ではないという気がした。だが水曜日の今、不吉な前兆の黒い小鳥のように、ここにまたしてもこの男がいたのだ、今度は単なる偶然の一致にしてはあまりにも間近に。

「あ、なんだ、そうか。じつはぼくも二、三度あなたに気づきましたよ、そして、たった今あなたが職員クラブから出てくるのを見て、こう思ったんです、やれやれ、よかったな、フラニー坊主、おまえが妄想にかられるタイプじゃなくて。さもなきゃパスコー主任警部に尾行されてると思うところだ、ってね」

これは息を呑む逆転だった。

同時に、慎重の上にも慎重に話をしろという警鐘だ。

彼は言った。「じゃ、われわれ双方にとって偶然の一致だったわけだ、むろん、わたしのほうはここに住んで、ここで働いているけれど」

「ぼくもですよ」ルートは言った。「始めていいですよね。一時間しかないもんで」

彼はバゲットに食らいついた。彼の歯並みはほとんど義歯かと思うほど完璧で、その輝く白さはハリウッドのプレミアショーでフラッシュを浴びるスターたちの歯を思わせた。刑務所の歯科もこの二、三年でずいぶん腕が上がったと見える。

「え、あなたもここに住み、ここで働いている？」パスコーは言った。「いつから？」

ルートは咀嚼《そしゃく》し、飲み込んだ。

「二、三週間前から」

「で、なぜ？」

ルートは微笑した。また、あの歯並み。少年時代はまさに美少年だ。

「ま、もとはといえば、じつはあなたに行き着くんじゃないかな、パスコーさん。そう、ここに戻ってきた理由は、あなただと言ってもいい」

認めたわけか？　それどころか告白している？　いや、そんなことはあり得ない、人を操る大ベテランのフラニー・ルートにかぎって。たとえ場面の途中で台本を書き換えても、依然として彼に指導権を握られているのがわかるのだ。

「それはどういう意味です？」パスコーは訊いた。

「それはですね、シェフィールドでのあのちょっとした誤解のあと、ぼくは病院をクビになったんですよ。いや、どうかあなたを責めてるなんて思わないでください、パスコーさん。あなたは自分の職務を遂行していただけだし、ぼくが手首を切ったのは自分の意志でやったことなんだから。でも、病院側はあれでぼくを病気と見なしたようで、病院としては当然病人なんかお呼びじゃないですからね。むろん、入院するほどになりゃ別だけど。そういうわけで釈放されるとすぐ、ぼくは……解雇されたんです」

「申し訳ない」パスコーは言った。

「いや、いいんですよ、さっきも言ったけどあなたの責任じゃないんだから。とにかく、病院側と争うこともできたんです、職員組合は手ぐすねを引いてたし、友達もみんな応援してくれましたしね。ええ、裁判に持ち込めば勝てたと思いますよ。でも、もっといい仕事に移る潮どきのような気がしたんです。服役中に、月並みな意味での信心をするようにはなりませんでしたけどね、パスコーさん、でも、確かにこう考えるようになったな、ものごとにはすべて潮どきがあり、その兆候を見逃す者は愚かだと。だから、べつに気にしなくていいんです」

なんと、この男はおれに罪の赦しを与えている！　たった今、とげとげしく威圧的に振る舞っていたこのおれが、もう跪《ひざまず》いて罪の赦しを与えられているのだ！

彼は言った。「それだけじゃ、まだ説明にならないが……」

「ぼくがなぜ、ここにいるのか？」ルートはまたかぶりつき、咀嚼し、飲み込んだ。「この大学の庭園課で働いてるんですよ。ちょっとした方向転換なのはわかってます。でも、大歓迎だ。そりゃ病院の雑用係《ポーター》もやりがいのある仕事ですよ、でも、ほとんど屋内で過ごすし、死人相手の仕事が多いしね。それが今はずっと屋外で、しかも何もかも生きてますからね！　秋が近づいてるけど、まだまだ驚くほど生気があるし成長だってしている。そりゃ確かに冬は来ますよ、でも、それで一巻の終わりってわけじゃない、そうでしょ？　じっと身を潜めて、エネルギーをたくわえて、ふたたび姿を現わし開花する合図を待っているんです。ちょっと刑務所みたいだな、突飛すぎるかもしれないけど」

無駄話をしておれをじらしているんだ、とパスコーは思った。この辺でびしっと鞭を鳴らさなければ。

「庭園ならどこにでもあるはずだが」パスコーは冷ややかに言った。「なぜここの庭園なんです？　なぜ中部ヨークシャーに戻ってきたんです？」

「あ、すみません、それを先に言わなきゃね。ぼくのもう一方の仕事、本当の仕事――論文のためなんですよ。知ってますか、ぼくの論文？〈英国演劇における復讐と報復〉を？　むろん、知ってますよね。あの論文のこともあって、あなたは見当はずれのほうに突っ走ってしまったんですよね。無理もないと思いますよ、ミセス・パスコーが狙われたり、いろいろあったんだから。あの件は解決したんですか？　新聞には何も出ていなかったと思うけど」

彼はそこで言葉を切り、尋ねるようにパスコーを見た。

「ええ、解決しました。そう、確かに新聞にはあまり載らなかった」

保安上の隠蔽があったからだが、パスコーとしてはその話をする気は毛頭なかった。ルートにはイライラさせられていたし、彼が戻ってきた動機にも強い疑念を抱いていたが、当時のことを思い出すとパスコーは今でも気が咎めた。エリーが正体不明の相手につけ狙われ、彼は容疑者の可能性のある人物を捜した。数年前、殺人の従犯として刑務所送りにしたルートが、そのときはすでに出所して、シェフィールドの病院で雑用係《ポーター》として働くかたわら復讐についての論文を書いていると知って、パスコーは南ヨークシャー警察に頼んでルートに少々ゆさぶりをかけ、それから、彼自身がなごやかに話をするために現地におもむいた。だが、そこで発見したのは、浴室で手首を切ったルートだった。そして、その後、彼が捜査していた事件にルートはまったく無関係だったことが判明すると、保護観察局はこれを嫌がらせ《ハラスメント》としてただちに激しい抗議の声を上げたのだった。ま、彼としては型どおりの捜査だったことを証明できたが。辛うじて。だが、彼は今感じているのと同じ罪悪感と怒りの入り交じった感情に襲われたのだった。

ルートがまた話していた。

「とにかく、シェフィールドでぼくの指導教官だった先生が今度こっちの大学で教えることになったんです、今学期から。じつは、ぼくがここの庭園で働けるようにしてくれたのは彼なんですよ、ほら、これで万事解決ってわけです。新しい指導教官についてもよかったんだろうけど、でもちょうど論文のいちばん面白いところにさしかかったところでね。つまり、エリザベス朝やジェームズ一世時代の作家はむろん魅力的だけど、こういう作家たちはもう学者連中にさんざんいじくり回されていて、本当に新味のある論文を書くのは難しいんです。でも、ぼくは今ロマン派作家に目をつけていてね、バイロン、シェリー、コールリッジ、それにワーズワースにまで。ほら、彼らはみな戯曲も書いてるんですよね。でも、ぼくが心の底から惹きつけられるのはベドーズだな。彼の『死の笑話集』という戯曲、知ってますか？」

「いや」パスコーは言った。「知ってなきゃいけないのかな？」

じつは、まだそう言いおわらないうちに彼は最近ベドーズという名を耳にしたことを思い出した。

「それはいけないの意味によりけりですけどね。もっと世に知られていい作品ですよ。すばらしいんだ。それに、ぼくの指導教官はもっかベドーズについて本を書いてるところで、おそらく彼以上にベドーズに詳しい者はどこにもいないから、どうしても彼の指導を離れるわけにはいかなくてね。でも、まともな車があってもシェフィールドからは遠いのに、ぼくに買えた唯一の車はスラム街の教師よりしじゅうエンストを起こすんだから！　このぼくもこっちへ越してくるのが、いちばん合理的だったんです。で、結果的に、何もかも考えられるかぎり最高にうまく行った！」

「その指導教官だけど」パスコーは言った。「名前は何というんです？」

訊くまでもなかった。どこでベドーズという名を聞いたのだったか思い出して、答えはすでにわかっていた。

「英文学の教師として申し分のない名前ですよ」笑いなが

らルートは言った。「ジョンソン。サム・ジョンソン博士（十八世紀英国の著名な文人、辞書編集者と同名）です。ご存じですか、彼を？」

「その時点ですよ、わたしが引き上げたのは」パスコーは言った。

「ほう？　なぜなんだ？」アンドルー・ダルジール警視は言った。「このクソ役立たずが！」

パスコーはそれがこの自分にではなく、警視のピストンのような指に襲われてキーキー鳴っているビデオレコーダーに向けられた言葉であるよう願った。

「その直前までわたしがスカッシュをしてた相手はサム・ジョンソンだったからです」彼は肩をさすりながら言った。「どうもルートのやつにおちょくられていたようで、ぶん殴りたくなったんです。それで、まっすぐ館内に戻ってサムを見つけました」

「それで？」

そして、ジョンソンは一言一句間違いないと請け合ったのだった。

指導教官は詳細は知らないものの教え子の過去を知っていた。くだんの事件にパスコーが関わっていたと聞いて驚いたが、いったん事情を呑み込むと、即座に要点に入って言った。「もし秘めた動機があってフランがここに戻ってきたと思っているんなら、見当違いだ。彼にすごいコネがあってぼくをここの講師のポストにつけたんでもないかぎり、すべて偶然の出来事さ。ぼくがこっちへ移り、彼は指導を受けるためにはるばる通いたくなかったし、シェフィールドでの職も失った、だから彼も転居するのが理にかなってたんだ。ぼくも喜んでいる。彼はじつに優秀な学生だからね」

ジョンソンは長い休暇で国外に出ており、例のルートの一見自殺未遂らしい事件の顛末は知らず、またルートからも警察一般の嫌がらせ、特にパスコーによる嫌がらせについて不平不満を聞かされていなかったのは明らかで、これはルートの得点に数えなければなるまい。

講師はこう締めくくった。「で、ぼくは庭師の仕事を世話してやり、それで彼は庭にいたわけだし、彼は町に住んでいるから、きみは町中で彼を見たんだ。この世を動かしてるのは偶然の一致だよ、ピーター。シェイクスピアに聞いてごらん」

「このジョンソンだが」ダルジールは言った。「きみは、どうしてまた彼と一緒にシャワーを浴びるような仲なんだ？　彼はイートンかどこかできみの雑用をやってた下級生なのか？」

ダルジールは、パスコーに学位を与えた学界は、どこか南のほうの単一の敷地内にあり、そこでオックスフォードやケンブリッジや主要なパブリックスクールが皆一つ屋根の下に詰め込まれているのだと考えたがった。

じつはジョンソンと付き合うようになったのは、彼自身ではなく彼の妻の学界、文学界とのつながりからだった。中部ヨークシャー大学に来たジョンソンの職務の一部は、まだ萌芽期の創作講座に手を貸してしっかり立ち上げることだった。彼が適任と見なされたのは二、三冊の薄い詩集を出版しており、またシェフィールドで同様の講座の運営を手助けしていたからだ。じつは、独文学部と英文学部双方でときどき講義をするチャーリー・ペンもこの仕事には関心を示していたのだが、それを無視されて腹を立てていた。彼が主宰する地方自治体の文芸グループは予算削減のあおりで存続が危うい状態で、明らかに彼は中部ヨークシャー大学の創作講座のポストが、これまでの地方教育当局からの謝礼をまずまず穴埋めしてくれると踏んでいたのだ。学界では珍しくない種族、〝人一倍嫉妬深い、そそのかし屋〟に属する同僚たちは、ペンは敵にまわすと厄介な男だから、言葉の上だけでなく身体的暴力にもくれぐれも用心したほうがいい、とジョンソンに忠告した。学内の伝説によれば、二、三年前、無作法な若い女性ジャーナリストが、当地随一のファッショナブルな雑誌《ヨークシャー・ライフ》にペンの作品を茶化した書評を載せた。その締めくくりはこうだった。「世間ではよくペンは剣よりも強しと言うが、読者がもし甘党で丈夫な胃の持ち主ならば、ペン氏のこのふわふわの甘いお菓子みたいな作品を扱う最善の道具はデザートスプーンかもしれない」その翌日リーズのレストランで一杯やりながら昼食をとっていたペンは、デザートを満載したワゴンの向こうに問題のジャーナリストを見つけた。生クリームたっぷりの大きなショートケーキを一切れ選ぶと、ペンは彼女のテーブルに近づき、「マダム、これですよ、ふわふわのお菓子というのは」と言うなりそのデザートを彼女の頭上に叩きつけた。法廷で彼は言った。「個人的な動機でやったことではありません。腹に据えかねたのは、彼女がわたしの作品について言ったことではなく、彼女の文体の恐るべきひどさです。英語の水準は断固維持しなければ」そして、彼は五十ポンドの罰金を課され、秩序を守ることを誓約させられたのだった。

サム・ジョンソンはただちにペンを探し出して言った。

「ヨークシャーであなたほどハイネに詳しい者はいないと思いますよ」

「べつに大したことじゃないさ。噂では、閉店時刻の〈犬とアヒル〉亭できみほどベドーズに詳しい者はいないそうだね」

「彼は一八二四年にゲッティンゲン大学に医学を学びに行き、当時ハイネもそこで法律を学んでいたことは知ってますよ」

「ほう？ そしてヒトラーとヴィットゲンシュタイン（オーストリア生まれの英国の哲学者）は学校で同級生だった。だから？」

「だから、そのうち一晩〈犬とアヒル〉亭で知識をひけらかし合いましょうや」

「ま、今夜はクイズのある晩だからな。わからんよ。ひょっとして出題されるかも」

こうして本当の交戦がまだ始まらぬうちに休戦協定が結ばれたのだった。話がとうとう創作講座に及んだとき、ペンは形ばかりの押し問答の末に〝老練のプロ〟としてときおり教壇に立つことに合意し、さらに話を進めて、もしジョンソンが序列のもう一端にいる者にも一役買わせたいなら、小説が刊行される日も遠くない作家で、彼女が大学の教員をしていたころからの古い知人でもあり、例の存続の危うい文学グループのメンバーでもあるエリー・パスコーがいいのではないかと提案した。

以上の、二人が最初に出会ったときの模様は、エリーが当の両人から聞いたわずかにニュアンスの違う話を合成したものである。彼女とジョンソンはすぐに意気投合した。彼を自宅に食事に招待したとき、当然ながら話題は文学中心になり、いささか仲間はずれの感があったパスコーは、なにげなくジョンソンが、同僚たちは概して運動が不得手でスカッシュの相手がなかなか見つからないのだと言ったとき、勇んでその役を買って出たのだった。

ようやく夜遅くジョンソンがタクシーで帰っていったあとで、パスコーがこの友好的な態度のご褒美に与えられたのは、エリーのこの言葉だった。「あのスカッシュのゲームのことだけど、ピーター、気をつけてね」

憤然としてパスコーは言った。「あのね、ぼくはまだそれほど老いぼれちゃいないよ」

「あなたのことを言ってるんじゃないの。サムのこと。彼は心臓に問題があるのよ」

「飲酒癖だけじゃなく？　やれやれ！」

結局、ジョンソンの病気は薬でコントロールできる軽い頻脈だとわかった。だがパスコーとしては、自分がアル中の病人と見なした相手とのゲームが、すぐに不名誉な終わりを告げたことを妻に話すのは気が重かった。

「エリーの友達だって？」ダルジールはかすかに息を呑み、ビデオを激しくゆすって言った。これは公安部のファイルよりはるかに効率的に、ジョンソンを急進的な破壊活動分子で、トロツキストの厄介者として分類した。

「知り合いです」パスコーは言った。「それ、手を貸しましょうか、警視？」

「いや、いい。窓から放り出すぐらい自分でできる。いやに静かだな、黒幕。きみはどう思う？」

エドガー・ウィールド部長刑事は奥行きの深い上げ下げ窓の前に立っていた。黄金色の秋の陽射しを背にシルエットとなって、その顔は濃い影に包まれていた。あの優雅で均整のとれた体つきはギリシア彫刻の競技者のモデルになれそうだ、とパスコーは思った。そのときウィールドが前に出て顔立ちがはっきり見えると、もしこれが彫像ならば誰かがハンマーを振るった彫像だったと思い出すのだった。

「全体を眺める必要があると思います」部長刑事は言った。

「はるか遡ってルートがホーム・コールトラム・カレッジ

の学生だったとき、カレッジが大学に併合される以前の話ですが、彼は主として主任警部の証拠によって、二件の殺人の従犯として刑務所送りになった。被告席で彼はこう言ってます、中断された話の続きをするためにいつか、どこか静かな場所であなたに出会うチャンスを楽しみにしていると。最後に彼と二人きりだったとき、彼は石であなたの頭を殴ろうしていたから、あなたはこれを脅しと受け取っている。しかし、われわれは皆、週に一度は脅される。これも仕事の一部ですよ」

ダルジールは新しい手を考えている相撲取りのようにビデオをしげしげ眺めていたが、唸った。「さっさと進め、フランケンシュタイン、さもないと意見を聞くんじゃなかったと思うぞ」

臆するふうもなく、ウィールドは自分のペースで話を続けた。

「模範的囚人で、公開大学の学位を取り、ルートは最大限の刑の軽減を受けて出所し、病院の雑用係《ポーター》の職を得て、学位論文を書きはじめ、規則はすべて守っている。そこへエリーに対するああした脅しがあってあなたは動揺し、当然ルートもよく調べる必要のある一人だった。ただあなたが会いに行ってみると、彼は手首を切っていた」

「わたしが来るのを知ってたんだ」パスコーは言った。「あれは芝居だよ。生命の危険はなかった。ただの倒錯した冗談さ」

「たぶんね。ルートがエリーへの脅迫とはまったく無関係だとわかったときには、そうは見えなかった」ウィールドは言った。「彼は回復し、二、三カ月後にここへ越してきた、なぜなら（a）指導教官がこっちへ越してきたし（b）ルートもここで仕事口が見つかったからです。保護観察局に問い合わせたと言うことですが？」

「うん」パスコーは言った。「すべてきちんと手続きを踏んでいた。何か問題があるのかと訊かれたよ」

「で、連中には何と答えた？」ダルジールが言ったが、彼は保護観察官をしつこいブヨや、ヴェジタリアンや、現代テクノロジー同様、高潔の人士の忍耐をためす、あのヨブの受難並みの試練と見なしていた。

「いや、形式的なものにすぎないと言いました」

「賢明でしたよ」ウィールドが満足そうに言った。「どう見えるかを考えるとね。刑期を終え生活を立て直した者が、鈍感な警官から理由のない嫌がらせを受け、神経がおかしくなり、自傷行為に走り、回復し、社会生活に戻り、新しい仕事を見つけ、自分の問題に専念している。そこへまた前と同じ警官が出てきて彼をストーカー呼ばわりにして非難しはじめる。あなたのほうですよ、ノイローゼの病人か復讐心に燃えるろくでなしに見えるのは。それに引き替えルートのほうは……罪を償い、ただ静かに暮らすことだけ望んでいる人間にすぎない。つまり、彼は嫌がらせの件であなたを訴えたり、不当解雇だとしてシェフィールド病院を訴えたりして騒ぎ立てることすらしなかった」

彼は窓から机に移動した。

「そうなんだ」ダルジールが考え込むように言った。「そこがいちばん気がかりなんだ、やつが大騒ぎしなかったことが。ま、若大将、きみに任せるよ。しかし、もしこのおれなら、どうすりゃいいかはわかってる」

「で、どうするんです、警視？」

「やつの両脚をへし折って一目散に町から逃げ出させるよ」

「たぶん、順序を逆にしたほうがいいと思いますが」パスコーは分別くさく言った。

「そう思うか？　いずれにせよ、まずこの役立たずをやつの尻に突っ込んでやれ」

彼はビデオレコーダーを睨みつけ、機器はまるでその恐ろしげな凝視に応えるかのようにカチッと音をたてて生き返り、モニター画面にぱっと映像が浮かんだ。

「ほら見ろ」巨漢は勝ち誇ったように言った。「だから言ってるだろう、どんな金属や電線の塊もおれにはかなわないって」

パスコーがちらっとウィールドに目をやると、彼は静かにリモコンを机上に戻しながらにやっとした。

画面ではアナウンサーが言っていた、「ではBBC中部ヨークシャー局がお送りする皆さんの地域情報番組、ジャックス・リプリーの《どこかで楽しく》の時間です」

ブラスバンドが奏でる民謡《帽子もかぶらずイルクリー荒野に》の最初の数節が流れるなか、空から撮った町と田園のパノラマに重ねた番組タイトルが出て、それがすべてしだいに消えて今度はほっそりした、ほとんど子供っぽいと言ってもいい若い金髪の女性の姿が浮かび上がった。きらきらした青い目、笑って横に大きく広がった口元からは白い歯が新月刀のように光っている。

「こんにちは」彼女は言った。「今夜もたくさん楽しい話題をお届けします、でも最初に、わたしたちは警察にきちんと仕事をしてもらっているのでしょうか、払った税金に見合う仕事を？　これからお目にかけるのはとてもそうは見えない例です」

夜盗に入られた家々とその世帯主を撮ったモンタージュ映像がすばやく流れ、彼らは口々に警察から見捨てられているという思いをある者は怒り、ある者は涙ながらに語った。また金髪の女性が映り、彼女は一連の統計数字を読み上げてこう締めくくった。「つまり十件のうち四件は、事件後二十四時間以内に犯罪捜査部に対応してもらえず、十件のうち六件は一回調べに来ただけであとは音沙汰なし、そして十件のうち八件は永久に未解決のままというわけです。実際、先月現在、中部ヨークシャー警察の記録では二百件以上の未解決で、捜査継続中の事件がありました。無能だからでしょうか？　資金不足のせい？　人手不足だから？　確かに、近く定年退職する犯罪捜査部の幹部捜査員は補充されないそうで、この決定は人々を大いに考え込ませている、言い換えれば大論争を巻き起こしているということです。しかし、中部ヨークシャー警察にこういう問題を検討するために誰かをよこしてほしいと声をかけたところ、スポークスマンからこの時点ではコメントできないと言われました。たぶん、全員が多発する犯罪の対処に追われて時間がないという意味かもしれません。わたしとしてはそう考えたいです。でも、シリル・スティール州会議員には来ていただけました。議員は警察の問題には長年関心を示しておいでです。スティール議員、あなたは警察はわれわれの税金に見合う働きをしていないと感じておいでなんでしょう？」

ぎらぎらした目の禿頭の男が口を開き、茶色い乱杭歯がのぞいた。だが、彼が批判の矢を放つ暇もなく、ダルジールがプラグを引き抜き画面は暗転した。

「こんな朝っぱらから〝詰め込み屋〟なんか見たくない」彼は身震いしながら言った。

「率直な批判は受け入れなきゃなりませんよ、警視」パスコーは生真面目な顔で言った。「たとえスティール議員からでも」

彼はわざと挑発するようなことを言ったのだ。スティールという男は、かつては労働党の州会議員だったのだが、党幹部に対して友人びいきから汚職に到る数々の非難を浴びせ、その攻撃が激しさを増す一方だったので党から追放され、その後は無所属なのだが、公金の不適切な使途と戦う十字軍の指揮官をもって任じていた。彼の標的には、文化遺産・芸術・図書館センターの建設から州議会委員会の会合で供されるダイジェスティブ・ビスケットまでありとあらゆるものが含まれていたから、中部ヨークシャー警察の働きぶりを調べはじめたジャックス・リプリーに彼が勇んで加勢に出てきたとしても何の不思議もなかった。

「おれが気にしてるのはあいつの批判じゃない」ダルジールが不機嫌に言った。「あいつのそばに行ったことがあるか？　苔が生えそうな歯をして、口臭ときたらまるで絶対菜食主義者《ヴェジャン》の屁だ。テレビからでも匂ってくる。〝詰め込み屋〟がしゃべっていないのは、ものを食ってるときだけで、しかも必ずしもいつもじゃない。今じゃ誰も話を聴いてやせんよ。いや、おれが気になるのはあの血まみれ切り裂き《リッパー》ジャックスだ。彼女は先月の統計を入手している、ジョージ・ヘディングリーのあとは補充しないと決めたのを知ってる、それに、あの夜盗にやられた何軒かの状態を見ると、彼女はちっちゃなカメラを持ってわれわれより先に現場に駆けつけたに違いない！」

「じゃ、警視は誰かが漏らしていると今でも思ってるんですか？」

「明らかにそうだ。この数カ月に何回彼女に先を越された？　この六カ月にだ、正確に言えばな。遡って調べてみた」

「六カ月？　で、それに大きな意味があるとでも？　むろん、ミス・リプリーがあの番組を始めたのはほんの七カ月前ですが、それは別にして？」

「うん、大きな意味があるかもしれん」ダルジールは厳しい顔で言った。

「たぶん彼女は腕ききだというだけかもしれませんよ」パスコーは言った。「それに、むろん、ジョージの代わりの警部を補充しないってことを世間が知るのは、べつに悪いことじゃないでしょう？　たぶん、イライラしてないで逆に彼女を利用すべきかもしれませんよ」

「ネズミは利用しないもんだ」ダルジールは言った。「餌を漁りに出てくる穴をふさぐんだ。それに、この穴がどこにあるか、おれにはちゃんと目星がついている」

パスコーとウィールドは顔を見合わせた。彼らは巨漢が誰を疑っているのか知っていたし、警視がなぜ六カ月という期間を強調したのかもわかっていた。これは中部ヨークシャー警察犯罪捜査部のいちばんの新人、ボウラー刑事がチームに加わってからの期間とほぼ一致する。ボウラーは——友人には〝ハット〟（山高帽〔ボウラーハット〕にちなんで）の名で知られ、仇敵には〝ボイラー〟、〝便所頭《ボッグヘッド》〟、〝はらわた《バウルズ》〟その他、そのとき頭に浮かんだ侮蔑的な名前で呼ばれている——エリートコースを歩む大学卒で、おまけに彼の中部地方からの転属はダルジールの意見も訊かず許可も求めずに行なわれたという重いハンデを背負っていた。中部ヨークシャーには巨漢の情報収集の目が光っていて、この新入り刑事が着任後まもなくジャクリーン・リプリーと飲んでいたという報告もファイルされていたが、それが引っ張り出されたのは彼女の番組の第一回——これによって彼女は〝切り裂きジャックス〟と再命名された——が放映されたときだった。それ以来、ボウラーは最も疑わしい男という立場に置かれていたが、まだ証拠は何一つあがっておらず、これは少なくともパスコーには、というのも彼はどんなに厳しい監視が続いているか承知していたので、無実という意味に思えた。

しかし、彼はダルジール的妄念に異を唱えるほど愚かではなかった。それに、巨漢は間違っていなかったという例がよくあるのだ。

彼は快活に言った。「さて、犯罪を解決しに出かけるとしますか、隠しカメラが見張ってるといけないから。ありがとうございました、わたしの小さな問題に両方から助言してもらって」

「え？　ああ、あれか」ダルジールはそっけなく言った。

「どうもきみの唯一の問題は、自分がはたして本当に問題を抱えてるのかどうかということみたいだな」

「いや、その点は確かですよ。わたしが直面してるのは、去年ヘクターが直面したのとまったく同じ問題ですよ」

「え？」ダルジールは言ったが、中部ヨークシャーでいちばん無能な巡査として有名な男の名が出てとまどっていた。

「何だったかな？」

「覚えていませんか？　彼、侵入者があったらしい倉庫に入っていったんです。戸口のすぐ内側に番犬が、大きなローデシアンリッジバックだったと思いますが、それが横たわっていた」

「うん、そうだった、思い出したよ。ヘクターは犬を通り過ぎねばならなかった。だが、犬が死んでるのか、薬を飲まされたのか、眠っているのか、それとも飛びかかろうとして息を潜めてるだけなのかわからなかった、それが彼の問題だった、そうだろ？」

「違います」パスコーは言った。「彼は答えを知るために犬を蹴った。すると犬が目を開けた。それですよ、彼の問題は」

4

第二の対話

やあ。
また、わたしだよ。どうだい、そっちの様子は？
覚えているかい、なぞなぞを出し合ったことを？　新しいのを出そう。

一つは生者のため、一つは死者のため、
わたしは荒野を曲がりくねる
自分ではまるで訳もわからず
しかも疑問の余地なく理由はある。
柔らかな土地に深く刻まれた
ジグザグの一つ一つに完璧な意味がある
大自然の経験豊かな書記の筆跡が
それとわかる者たちには。

これは深く広い割れ目をたどり、
あれは沼を迂回し、これは浅瀬に行き当たる、
そして人々は苦しみ、人々は死んでいった、
わたしのこの〝言葉〟の知恵を学ぶために――
――見た目は正しいことが、ときには間違っている
そして、すばらしく見通しのいい日でも
最短の近道は、なお遠いかもしれず、
この上なくまっすぐな線が迷路を作るかもしれない。

わたしは何だ？

もうわかったかい？
きみはいつもじつに謎ときが得意だった！

最近わたしは小道のことをよく考える、生者の道、死者の道、たぶん、唯一の道があって、自分がどうやってその道に一歩を踏み出したかを。

〝大冒険〟が始まってからの二、三日、わたしはかなり忙しくて、その始まりを記念して何かお祝いをするチャンスがなかった。だが週末が近づくにつれて、何かいつもと違うこと、ちょっとした特別なことをしたいという思いに駆られた。そして、あの陽気な修理工が話していたことを思い出した、コルフ島から帰ってきて、町に開店したての新しいギリシア料理店を見つけてどんなに大喜びしたことかと。

「クレードル通りにある〈タベルナ〉という店なんだけど」彼は言った。「料理はうまいし、奥のほうに中庭があってテーブルとパラソルが出してあってね。むろん、コルフで外で食べるのとはぜんぜん違うけど、でも、まだ太陽が輝いてる天気のいい夕方、民族衣装のウェーターが走りまわってて、楽士がああいうギリシアのバンジョーの一種をかき鳴らしてるなかで目を閉じると、また地中海に戻ったような気になれるんだよね」

外国旅行のことが食べ物から何からこんなに熱っぽく語られるのを聞いて、じつに気分がよかった。英国人の大部分は、自分たちが世界中の誰よりも優れているとただ確認するためにだけ外国旅行をするきらいがあるからね。

そっちでもそうか？

人間性というのは変わらないものだからね。

とにかく、わたしは〈タベルナ〉を試してみることにした。

料理は悪くなかったし、ワインもまずまずだった、もっともレッシナ（キプロス産の樹脂を混ぜた強いワイン）の実験はグラス一杯でやめにしたが。中庭に出て造り物のオリーブの木陰の席につくと最初のうちこそ少々肌寒かったが、食べはじめるとじきに体が温まった。そして、卓上のローソクに灯がともると周囲がとても美しく見えた。レストランの店内では若い男が自分の伴奏に合わせて歌っていた。楽器は見えなかったがいかにもギリシア的な音で、むしろ演奏のほうが歌よりうまかった。やがて彼は中庭に出てきて、食事中の客にセレナーデを奏でながらテーブルをまわりはじめた。なかにはリクエストをする客もいて、そのほとんどは英国の歌か、せいぜいイタリアの歌だったが楽士はみんなを満足させようと努めていた。彼がわたしのテーブルまで来たとき、だしぬけに拡声器にスイッチが入り「ゾルバの時間です！」と告げると、ウェーターの二人があの悪趣味なギリシア・ダンスを踊りはじめた。若い楽士がたじろくのがわかったが、そのとき彼はわたしと目が合い、照れくさそうにニヤッとした。

わたしは微笑を返し、楽器を指さしてその名をたずねた。話すときの彼の声が歌声と同じぐらい〝ギリシア〟的かどうか興味をそそられたのだ。バゾーキという楽器だ、と彼は強い中部ヨークシャー訛りで答えた。「あれっ、じゃ、きみはギリシア人じゃないんだ」こみ上げる歓喜を隠すために、わたしはいかにも失望したような声で言った。彼は笑い、自分は地元の人間で、カーカで生まれ、育ち、今も住んでいるのだと悪びれずに認めた。大学で音楽を専攻していて、大多数の大学生の例に洩れず、最近では奨学金と呼ばれている雀の涙ほどの収入で暮らすのはとても不可能だと感じて、ほとんど毎晩〈タベルナ〉で働いていささかの増収を図っているのだという。だが、自分はギリシア人ではないものの楽器のほうは確かにギリシア生まれだと彼は請け合った。第二次大戦のときクレタ島で戦った祖父が持ち帰った本物のバゾーキで、だから最初この楽器の奏でた音楽を聞いたのは、暖かで香り豊かな地中海の夜に本物のオリーブの木蔭にいた人たちなのだと。

さっき、わたしは彼の顔に浮かんだ、彼自身も片棒を担ぐこのいかさまへの強い嫌悪に気づいたが、今また彼の声に自分が描写するはるかな現実への強い憧憬を聞き取った。ヨークシャー生まれ、ヨークシャー育ちかもしれないが、彼の魂は激しく憧れていた、これほど寒くない空の下に今でもきっとあると思い込んでいる何かに。かわいそうに。彼は失望すべく生まれついた者特有の、率直で希望に満ちた顔をしている。彼を救ってやりたい、幻想がうち砕かれることのないようにしてやりたいと、わたしは切望した。

録音の音楽がますます大きくなり、踊るウェーターたちが客をつぎつぎダンスの列に加わえながらわたしのテーブルに近づいてきたので、わたしは若者の衣裳《チュニカ》からぶら下がる革袋に数枚の硬貨を押し込み、勘定を済ませて店を出た。

　レストランが閉店になったのは真夜中過ぎだったが、わたしは自分の車のなかで待つのがいっこうに苦にならなかった。暗がりの中にじっといて、夜行動物たちがそれぞれの用事に励むのを見守っているのは、自分は観察されずに観察するという楽しみがある。わたしは数匹の猫が〈タベルナ〉のごみ箱が置いてある横丁にいかにも目的ありげにそっと入って行くのを見た。一羽のフクロウが、煙突と煙突のあいだを人工衛星のように遠く、音もなく、流れるように横切った。そして、あれは間違いなく都会に住む狐のふさふさした尻尾だ、跳ねて家の角を曲がったのがちらっと見えた。だが、わたしがいちばん興味を引かれるのは人間だ、最後の客たち、元気な足取りや、よろめきながら、あるいはさまようように出てきた者たちが車で夜の中へと走り去る、〈雰囲気画《シュテイムンクスビルト》〉の断片——あちこちで呼びかわす声、こだまする足音、車のドアがばたんと閉まる音、エンジンのかかる音——それがいっとき夜の一大交響曲をバックに奏でられ、やがてしだいに消えて、あとにはただ元の暗黒の音楽だけが残った。

　それから長い休止がやってきた——時の流れる中ででではなく、時そのものの休止が——どれぐらい長かったかはわからない、今や時計の文字盤は空白なのだから——だが、やっと横丁でオートバイのエンジン音がして、横丁の入り口にあの若者が姿を現わす、夜の音楽の中に登場する楽士だ。すっぽり顔を覆うヘルメットをかぶっているが、わたしにはそれが彼だとわかる——たとえ背後にくくりつけたバゾーキ・ケースの証《あかし》がなくても彼とわかったはずだ。

　彼は一時停止して車の往来がないことを確かめる。それから通りに出て走り出す。

　わたしは尾行する。見失わなずにいるのは簡単だ。彼は制限速度を守っている、おそらく経験から警察が、特に深夜には、若いオートバイ乗りをとっちめようと手ぐすね引いているのを知っているのだろう。彼がまっすぐカーカの自宅へ向かっているのがはっきりすると、わたしは彼を追い越し、引き離す。

これという計画はないのだが、心に湧き上がる楽しい気分から計画が存在するのはわかる。そして町境で制限速度解除の標識を通過して古いローマ街道、ゆるやかに起伏して、ブナの並木道が五マイル南のカーカまで矢のように一直線に伸びるあの道に出たとき、わたしは自分が何をしなければならぬかを理解する。

町の灯火をあとに、わたしは一気にスピードを上げる。二、三マイル行って人気《ひとけ》のない道でUターンをすると、道の端に車を止め、ヘッドライトは消すがエンジンは切らない。

暗闇が黒い水のようにわたしを包む。べつに気にならない。わたしは暗闇の生息者だ。ここがわたしに適した領域なのだ。

今や彼が見える。最初は輝く一点、やがてこちらへ向かって突進するまばゆいばかりの光が。たとえ警察の迫害で慎重な運転が身に付いていても、無人とわかりきった長い道を前に誘惑に抗《あらが》える若者がどこにいよう?

ああ、彼の顔に激しく当たる風、股のあいだのエンジンの振動、そして、視界の隅には通過する彼に喝采を送る観衆、あの古代の神々のようにぼうっと見える並木の列!

わたしは彼の歓喜を感じ、彼の浮かれた気分を共有する。実際、浮かれすぎてすんでに自分のきっかけを逃すところだった。

だが古代の神々はわたしにも話しかけている、そして、頭が命じた覚えはないのに足はアクセルを強く踏み込み、手はヘッドライトのスイッチを最大光量に入れる。

ほんの一瞬、わたしたちは真っ向から直進した。それから彼の筋肉がわたしの場合と同様に、考える間のない指令にしたがい、彼は進路からそれ、横滑りし、必死でコントロールを取り戻そうとする。

一瞬、わたしは彼が成功したと思う。

失望し、同時にほっとする。

そう、確かにわたしにはわかっている、だが、正直にならねば。もしこれが結局はわたしの辿るべき小道でないとわかれば、どんなにか心が軽くなるだろう——そして、じっと待機する必要もなくなるのだ。

しかし、若者はもはや制御できないと感じはじめている。しかもなお、この究極の危険に瀕した瞬間にも、そのスリル、その迫力に彼の心は歌っているに違いない。そのときオートバイは彼の下から滑り出し、両者は離れ、人とオートバイは、くっつきそうに近くを、だが触れ合うことなく、平行して道路の上を飛んでいった。

わたしは車を止めて見守るために振り返る。時間で計れば、おそらく二、三秒かかる。だが、わたしの無時間のなかでは、どんな細かい点も見逃さずに心に刻むことができる。見ると、木に最初にぶつかるのはオートバイで、燃え上がる炎のなかでばらばらになる、大きな炎ではない——タンクが空になりかけていたのだろう——だが彼の最期の瞬間をつかの間、赤々と不気味に照らし出すには充分だ。

彼は太い幹のブナの木にぶつかる、体全体で木を抱きかかえているように見え、まるでなめらかな樹皮を貫通して上昇する樹液のなかへ流れ込みたいと切望しているかのように全身を木に巻き付けている。それから彼は木から滑り落ちて、根っこの上に横たわる、顔を上に向け、微動もせず、彼自身が一本の根であるかのように。

わたしは彼のところまでバックして車から降りる。衝撃で彼のヘルメットの顔面はこなごなに砕けているが、すばらしいことに、彼のおだやかな茶色の目は無傷だ。バゾーキのケースがオートバイの荷台からもぎ離され、彼のすぐそばに転がっているのにわたしは気づく。ケース自体は蓋がはじけ開いているが楽器は壊れていないように見える。わたしはそれを取り出して彼の伸ばした手のそばに置く。

今や楽士は夜の暗黒の音楽の一部で、わたしはここでは場違いだ。目を大きく開けた彼を木々や狐やフクロウたちと共にその場に残して、わたしはゆっくりと走り去る。そして、彼の開けた目が一刻も早くこの英国の夜の冷たい星々ではなく、あの地中海の空の濃く、暖かなブルーを見るようにとわたしは願う。

彼がむしろ居たい場所はそこだ。わたしにはわかっている。彼に聞いてみるといい。わたしにはわかっている。

疲労困憊していて、今はこれ以上は話せない。

また、近いうちに。

5

木曜日の朝、短篇コンテストの締め切りまであと一日を残すのみとなって、ライ・ポモーナは〝不滅の名文〟のあとにはふたたび人生があるのかもしれないと希望を抱きはじめた。

しかし、だからといって原稿を遠慮会釈なく〝ボツ〟のごみ箱に放り込むのをやめたわけではなかった。だが午前も半ばを過ぎるころ彼女はいやに静かになり、当惑したようにため息をつき、前にした原稿を読み返して言った、

「いやだわ」

「どうした?」ディーは言った。

「〈第二の対話〉が来ましたよ」

「どれ、見せて」

彼はすばやく読み通した。「おやおや。これも実際の出

来事と関連があるのかなあ」

「あります。それなんですよ、まずわたしの頭に浮かんだのは。その事故のこと、昨日の《ガゼット》に出てましたよ。ほら、これを見て」

彼女は新聞掛けに行って《ガゼット》を手に取った。

「ほら、ここに。〝先に週末版で報じたローマ街道での死亡事故について警察は詳細を発表した。カーカ、プール・テラスの十九歳の音大生、デーヴィッド・ピットマンは、クレードル通りにあるレストラン〈タベルナ〉でのエンタテイナーのアルバイトから帰宅する途中、土曜日の早朝オートバイから転落した。彼は全身打撲で病院に到着した時点で死亡を宣告された。ほかにこの事故に関与した車はない〟。かわいそうに」

ディーはその短い記事を眺め、それからもう一度〈対話〉を読んだ。

「なんとも不気味だな」彼は言った。「しかし、読ませるところがまんざらないわけでもない。われらが友人がもうすこしふつうの話を書きさえすりゃ、かなりいい線を行くかもしれないな」

「じゃ、あなたが考えることはそれだけ？」ライはいくらか突っかかるように言った。「どっかのバカが新聞記事を使って想像を逞《たくま》しくしたのだと」

ディーは眉を高く吊り上げ、彼女にほほえみかけた。

「どうやら台詞を交換したようだね、ぼくらは」彼は言った。「先週、不安を覚えたのはぼくのほうで、きみはそれを打ち消す水かけ役だった。どうして変わったんだい？」

「こっちこそ訊きたいですよ」

「ええと、それはだね」彼はライがときどきイライラさせられるあの分別くさい勿体ぶった調子で言った。「おそらく、ぼくの空想的な疑惑を頭のいい若いアシスタントの冷静で理性的な反応と並べてみて、自分がとんだバカを晒《さら》していることに気づいたからだろうね」

それから彼はニヤッとして、十歳は若く見える笑顔で付け加えた。「というか、ま、そんな他愛のないことだ。で、きみは？」

つられて彼女も白い歯を見せ、それから言った。「ほかにも気がついた記事があるんです、《ガゼット》で。ちょっと待って……ほら、これ。自動車《A》協会《A》の修理工の検死審問がもっと調査をするために休廷になったって書いてあるわ。これは、つまり、不審死として扱ってるってことですよね」

「うん、しかし不審といってもいろいろあるからね」ディーは言った。「突然死はすべて徹底的に調べることになっている。事故の場合には、職務怠慢が絡んでいないかどうか原因を明確にする必要があるしね。しかし、たとえ犯罪の疑いがあるとしても、こうしたものが何らかの意味を持つためには……」

彼は〈対話〉を持ち上げ、期待をこめて言葉を切った。

テストだ、と彼女は思った。ディック・ディーはテストをするのが好きだった。新人としてこの職場に来た当初、彼女は自分が一段低く見られているような気がしたが、やがてこれはディーの指導法の一部なのだとわかってきて、自分が知っていることを教えられたり、知らないことを教えてもらえなかったりするよりずっといいと思った。

「ぜんぜん何の意味もないわ」彼女は言った。「もしこの作者がニュース種を利用しているだけだったら。重大な意味を持つためには、あるいは百歩譲って偶然の一致であるにしても、彼はこの出来事以前にこれを書いていなければならない」

「この出来事が報道される前に」とディーが訂正した。

彼女はうなずいた。小さな違いだったがあら探しではなかった。これもディーの長所の一つだ。彼が細部にこだわる場合、ふつう自己顕示のためというより重要な細部だからだ。

「音大生の祖父とバゾーキにまつわるあの話、あれはどうです？」彼女は訊いた。「新聞には一言も出てませんよ」

「うん。しかし、もし本当の話だとしても——本当かどうかわからないが——この作者はいつかデーヴィッド・ピットマンと雑談をしたことがある、というだけのことだ。たぶん、あれは青年がレストランでかなり大勢の客に聞かせた話なんじゃないかな」

「で、もしあの修理工が事実、ゴルフで休暇を過ごしていたら？」

「可能性のありそうな説明を何とおりか思いつけるよ、時間をくれればね」彼はそっけなく言った。「しかし、要点は何だ？　いちばん肝心な点は、この今度来た〈対話〉が実際にいつ《ガゼット》社に届いたかだ。あっちで正確にいつと言えるほど几帳面に管理しているとは思えないけど、誰かが何かを覚えているかもしれない。ぼくがちょっと訊いてみよう、そのあいだに、きみは……」

「……このろくでもない原稿をどんどん読んでてくれ」ライが言葉を挟んだ。「ま、あなたがボスですから」

「そのとおり。そして、ぼくが言おうとしていたのはね、そのあいだに、きみはあのきみのファンの鳥類学者と仲良く話をするのも悪くないんじゃないかって」

彼は受付のカウンターにちらっと目をやったが、そこにはしゃれた黒いスーツに身を包んだ率直そうな、どこか少年らしさの残る顔立ちの、すらっとした青年が辛抱強く立っていた。

彼の姓はボウラー、名前の頭文字はEだ。ライがこれを知っているのは、彼が初めて受付に来て、参照用パソコンのCD・ROMドライブの使い方を教えてほしいと頼んだとき、貸出カードをさっと見せたからだ。彼女もディーもそこにいたのだが、ライはかなり前からITに関しては自分が参考図書室の指名エキスパートなのだと心得ていた。彼女のボスがパソコンは不得手というわけではない――じつは、自分よりディーのほうがずっと詳しいのではないかと彼女は思っていた――だが、かなり親しくなったと感じて根ほり葉ほり訊いたとき、ディーは独特のあの感じのい い悲しげな微笑を浮かべ、それからコンピューターを指さして言った。「あれは何でも溜め込む灰色のリス」つぎに本が並んだ書架を指さして、「こっちは赤いリスだ」

E・ボウラーが利用しようとしたディスクは鳥類百科事典だった。そしてライが礼儀上、興味を示すと、ボウラーは彼女も鳥類マニアの仲間だと勝手に決めつけて、そのあと三、四回やって来たときライが何を言っても彼の迷いを覚ますことはできなかった。

「おや、まあ」今、彼女は言った。「今日こそ彼に言うわ、わたしが見たい小鳥は、こんがり美味しそうに焼けた、オレンジソースのかかった小鳥だけだって」

「がっかりさせないでくれよ、ライ」ディーは言った。「ぼくは最初から不思議だったんだ、なぜあんなスマートな青年がパソコン操作の初心者みたいなふりをするんだろうって。明らかに小鳥だけじゃないね、彼を虜《とりこ》にしてるのは。きみもだよ。そんな残酷な言葉できみが小鳥には興味がないと言ったところで、彼はただ二人に関心のある別の話題を探すだけさ。じっさい、きみ自身が今ならその話題を提供できるかもしれないよ」

「え?」

「ボウラーさんは、じつは中部ヨークシャー警察犯罪捜査部のボウラー刑事なんだ、だから親交を深める価値は充分ある。われわれ素人探偵が地元の警察内部にスパイを送り込むチャンスなんて、ざらにないからね。じゃ、彼をきみの優しい手にゆだねることにするか」

彼は事務室に向かった。それを見送りながら、頭のいいディック、とライは思った。わたしが利口ぶってるあいだに、彼のほうは頭をフル回転させている。

ボウラーが近づいてきた。ライは新たな興味で彼を眺めた。彼女には自分の悪い癖は即座に判断をくだして、その判断からなかなか抜け出せないことだとわかっていた。今も、彼が警官で、図書館に来るのはたぶん純然たる欲望からだとしても、小鳥オタクであることに変わりはないと考えていた。

着ているスーツとタイなしのシャツは合格点だった。アルマーニではないがかなりそれに近い。そしてあの内気そうな、迷子の少年のような微笑には、今や目からうろこの彼女には、ごくわずか打算的なところがあるように見えたが、それもよろしい。母性愛を刺激されて心が動く彼女ではなかったが、努力する男を見て悪い気はしなかった。

「やあ」彼はためらいがちに言った。「邪魔をして悪いけど……もしあまり忙しいようなら……」

しばらく調子を合わせてみるのも一興だったが、この短篇コンテスト騒ぎがなくても仕事が山積していた。

彼女はてきぱきした口調で言った。「ええ、わたし、かなり仕事に追われていて。でも、もしすぐ済むような用件でしたらどうぞ、刑事さん……」

あの内気な微笑はそのまま張りついていたが、彼は目を二度パチパチさせ、二度めの瞬《まばた》きで彼の目から内気さは跡形もなく消えた（その目はかなりすてきな紫がかった灰色をしている）。そして、まぎれもなく打算的なものがそれに取って代わった。

彼は考えているのだ、これは隣の少年モードから酒場の特別室モードに切り替えろという誘いだろうかと。もし彼がそうしたら、お帰りはこちら、だ。小鳥オタクもいただけないが、下品な警官はもっと悪い。

彼は言った。「いや、あのね、すまない、ちょっと訊きたかっただけなんだ、今度の日曜にスタングデイルにドライブに行こうと思ってるんだけどね――あそこはこの時期でも小鳥たちにとってはすばらしい天地なんだ、ほら、荒れ地や、大岩や、それにむろん小さな湖もあるし……」

ライの心を摑んでいないと見ると彼はやすやすと方針を変えたが、その物腰は彼女の目に好ましく映った。

「……そして、そのあと二人でどこかで食事をしてもいいかなと思って……」

「今度の日曜日ね……ええと、予定はどうなっていたかしら……」彼女はまるで七十二時間先ではなく七十二日先の予定を思い出そうとするかのように顔をしかめた。「それに、食事って言った……？」

「うん、荒れ地街道のこっちの端に〈灰褐色の狐《ダン・フォックス》〉という店があるんだけどね。なかなか旨いものを食わせるんだ。それに今度法律が変わったから、土曜の夜だけじゃなく日曜の夜もディスコをやり始めたし……」

ライもその店のことは知っていた。町はずれにある街道沿いの古風な居酒屋で、最近ターゲットをティーンエイジャーたちジャリ抜きで心ゆくまでスイングしたがっている地元の二十代にしぼることにしたのだ。〈ストリングフェローズ〉（ロンドンの有名なナイトクラブ）には程遠いがバードウオッチャーたちの田舎ダンスパーティーよりはるかにマシなのは確かだ。問題は、自分はE・ボウラー刑事とデートをしたいのか、ということ。

彼女は期待に満ちたボウラーの顔をしげしげと見た。デートしてもいいんじゃない、と彼女は思った。そのとき彼の背後の遠くにいるチャーリー・ペンの姿がちらっと目に入った。彼はいつもの席で身をよじってこちらの様子を見守っていたが、その顔には二人の会話だけでなく考えまで聞こえているぞというような、例の〝唸り笑い《スマール》〟が浮かんでいた。

彼女はだしぬけに言った。「考えてみるわ。ね、坐って、もし世界を犯罪から守る仕事からちょっと時間を割けるんなら」

「仕事に追われているのはきみのほうかと思ったけど」ボウラーは腰を下ろしながら言った。

かすかな皮肉の響き。

「そうよ、事実。そして、これは仕事なのよ、あなたの仕事だわ、たぶん」

彼女はできるだけ手短に説明した。といってもそれほど手短にならなかったのは、この話がどんなに異様に聞こえるか彼女が自覚しているだけに、つい話がまわりくどくなりがちだったからだ。

ボウラーを褒めるなら、彼は腹を抱えて笑い転げたりはせず、〈対話〉の原稿を見せてもらえるかと訊いた。ライは〈第二の対話〉を見せ、彼がそれを読んでいるあいだに〈第一の対話〉をディーがしまっておいた引き出しから取ってきた。

彼はそれも読み、それから言った。「この二つを預かって行くよ。プラスチックのフォルダーがあるかな？」

「指紋のため？」彼女はからかい半分に言った。

「いや、体裁《ていさい》のため」彼は言った。「指紋に関してはあまり期待できそうもないな、きみときみのボスがいじくり回したあとだから」

フォルダーを持ってくると彼女は言った、「じゃ、これには何かありそうだと思うの？」

「そこまでは言ってないよ、でも調べてみる」

そこには内気な微笑のかけらもない、職業柄身に付いた無愛想さだけ。

「《ガゼット》社のほうとか？」いくらか苛立ちを覚えな

がら彼女は言った。「わたしのボスのディック・ディーがそっちは当たってみてると思うわよ」

「ほう？　私立探偵気取りってわけ？」ボウラーは今は笑顔になって言った。

「自分で訊いてみたら？」ライは言った。

ディーはすでに図書室に戻り、二人のほうに近づいていた。

原稿が透けて見えるフォルダーに目を留めて、彼は言った。「ライがもう予備知識を与えたようですね、ボウラーさん。今、《ガゼット》社と話してきたところです。残念ながら、収穫ゼロですよ。受け取った時刻はおろか日付の記録もない。〝短篇コンテスト〟と記されたものはすべて、即、転送用の袋に投げ込まれて、その袋が一杯になるとこっちへ発送される仕組みになっている。それから、その以外の創作らしきものもすべてね」

「あそこが活字にしてるものの半分はその部類かと思ってた」ボウラーは言った。

「その感想、さっき口まで出かかって抑えましたよ」ディーは言った。

「正解かも。あれでけっこうデリケートだからな、新聞記者っていうのは。よし、じゃこれを持ち帰って確認しますよ、手が空いたときに」

彼の高慢な態度がカチンときて、ライは言った。「確認する？　どうやって？　あなた、指紋は採れそうもないって言ったでしょ。じゃ、その原稿でどうするつもりなの？　警察お抱えの千里眼を呼ぶわけ？」

「それも試したことがあるけどね、でも、今回は占い板は使わないと思うな」ボウラーはニヤニヤした。

彼はこの一件を楽しんでいる、とライは思った。内気な鳥類学者より生意気な警官のほうがわたしに受けがいいと思っているのだ。そろそろ手きびしくへこまして目を覚ましてやらなきゃ。

だが、へこましにかかる暇もなくディック・ディーが口を開いた。

「ボウラー刑事が確認しようとしているのは、二つの〈対話〉のなかの情報が（a）真実か、そして（b）新聞報道からは得られない情報かの二点だと思うよ」彼は言った。

「たとえばあの修理工の休暇の過ごし方とか、バゾーキの由来とか」

「そのとおり。鋭いですね、ディーさん」

その心は、あなたはわたしが考えたように考えた、それゆえ、たぶんあなたは見かけより頭がいいのだろう、だとライは分析した。

「ありがとう」ディーは言った。「《ガゼット》と話をしたとき、ついでにそれについても訊いてみましたよ。答えはノーで、あなたにも見せた記事以外あの二件の死亡事件に触れた記事はなかった。それから、もし心配しているんなら、大丈夫、警察が興味を持ちそうな事件だとは感づかせないように気をつけましたから。われわれは地元関連の記事のコンピューター参照プログラムを持っていて、先方もこの種の照合確認には慣れていてね」

彼はボウラーにほほえみかけた。うぬぼれたニヤニヤ笑いではなく、感じのいい〝みんな友達〟的な、これに腹を立てるなど不可能な微笑だったが、若い刑事は腹を立てたい気分だった。ただライ・ポモーナにいい印象を与える作戦としては、利口なやり方とは言えまいと思った。

それに、優秀な警官はどんな情報源からの協力も拒否しない、特にその情報源が何らかの分野でくだんの優秀な警官より多くの有益な情報を提供できそうな場合には。

「〈第一の対話〉の最初にあるあの妙ちきりんな絵。あれについて何か思いついたことがありますか?」彼はたずねた。

「ええ、ぼくもずっと考えていた」ディーは言った。「そして、確かに頭に浮かんだことがある。きみに話そうと思っていたんだ、ライ。ま、これを見てごらんよ」

彼は事務室に行き、二つ折り版の大きな本を手にして戻ってくると卓上に置いた。彼がページを繰り始めると、極彩色の場合が多かったがボウラーの目には奇異に映る、だがすばらしいデザインがつぎつぎと現われた。

「ぼくがやっているある研究ではケルト語の筆写本が読めなければならない」彼は説明した。「そして、これで気づいたのは写本の書家たちが使った彩飾文字にはじつに多くのヴァリエーションがあるということだ。それなんだ、〈対話〉のイラストから思い出したのは。ああ、これだ、これを見たまえ。むろん〈対話〉版のほうは色がついていないし非常に簡略化されているが、基本的には両者には共通点が多い」

「ほんと」ライは言った。「言われてみると一目瞭然だわ」

「うん」ハットも言った。「一目瞭然だ。ところで、何という字なんです？」

「INPの三文字です。この彩飾文字に限って言えば、これは八世紀のアイルランドの写本から採ったものでヨハネによる福音書の冒頭の部分でね。〝In principio erat verbum et verbum erat apud deum et deus erat verbum.〟あとの文字はすべてPという字の下に転がり込んで小さな山を作っているらしい」

「で、どういう意味なんです、厳密には？」ハットは虚勢を張って、まるで自分のおおまかな翻訳に些細な点をつけ足したいだけだと言うように、最後の一言を添えた。

「初めに〝言葉〟があった、そして〝言葉〟は神と共にあり、神は〝言葉〟だった、あるいは欽定訳聖書にあるように〝言葉〟は神だった。〈対話〉の作者がこういう方法で自己紹介するとは、なかなか興味深いな、そう思わないかい？　言葉、言葉、言葉、言葉、言葉に首ったけだ」

「ほんとにそうね」そう言ってライはハットから原稿のフォルダーを受け取り、彩色された飾り文字と白黒の略画をじっと見比べた。「でも、こっちはたぶん何か別のことを意味しているのかもしれない。その言葉のほかにもね」

「ぼくもそういう気がした。明らかにイラスト的だよ。それは例の太鼓橋で、水の中にあの不運な自動車協会《A・A》の修理工がいるのかもしれない……」

「それに小鳥がいるわ、あまり雉のようには見えないけど……そして、この角《つの》があるのは牛のつもりかしら？」

ハットは仲間はずれにされたように感じて、彼女の手からフォルダーを取り戻すと言った。「はたして犯罪が犯されたのかどうか見極めるまで、手がかりを探しはじめるのは待ちましょうや。そして、もし犯罪があったとしても、心配ないですよ、この言葉大好き人間をすぐに独房にぶち込んでやりますから。残念だな、アルカトラスが閉鎖されちまって」

「アルカトラス？」とまどって二人は同時に言った。

「ええ、閉鎖されてなきゃアルカトラスの〝ワードマン〟になれたのに」

　これ以上受けない冗談も珍しいだろう。

　彼は言った。「映画なんです……このあいだの晩テレビでやってた……ある男が、バート・ランカスターが、人を殺して刑務所に監禁されて……」

「ああ、その映画（一九六一年製作の米国映画《アルカトラスのバードマン》、邦題は《終身犯》）なら思い出した」ディーは言った。「なるほど、なるほど、〝ワードマン〟ね、こりゃ愉快だ、ボウラーさん」

　今度もけなしているようには聞こえなかったが、ハットはけなされたと感じた。

「ええ、それじゃ、参考になる話をありがとうございました、この件は警察のほうでも頭に入れときますから」プロとしてふたたび優位に立とうとして、彼は言った。

「お安いご用ですよ」ディーは言った。「さて、また退屈な仕事に戻るとするか」

　彼はテーブルを前に腰を下ろすと、つぎの原稿を手にとって読みはじめた。ライも彼にならった。ボウラーはまだそこに立っていたが、しだいに生意気な警官の高慢さが影を潜めて求愛志望者へと変わっていった。

　きびしい言葉を浴びせなくても高慢の鼻をへし折る方法があるんだわ、とライは大喜びで思った。

　ディーが目を上げて言った。「失礼、ボウラーさん、ほかにも何か用事がありましたか？」

「いや、ただライに、ミス・ポモーナに訊きかけていたことがあって」

「つまり……この〝ワードマン〟について？」

　彼は首を振った。

「ああ、じゃ図書に関する質問だ。きっとあなたの鳥類学の研究関連の。ライ、力を貸してあげられるかい？」

「今すぐは無理だわ」ライは言った。「考えてみる必要がありますから、ボウラーさん……」

「ハットでいいですよ」彼は言った。

「え、なんですって？」

「友達からはハットって呼ばれてるんですよ」

「まあ、ずいぶん言葉遊び好き《パロノメイジアック》な友達だこと」彼女はちらっとディーの顔を見ながら言った。そのディーは微笑して呟いた。「言葉遊び狂《パロノメイニアック》と言ってもいいかも」

「ええ、で、どうなんです？」ハットは言ったが、その唐突さはこのからかいを二人の親密さの証《あかし》と感じた苛立ちからだった。

「あのね」ライは言った。「すこし時間をください。たぶん、また会えるでしょうからね、あなたがその〈対話〉の内容が正確なのか調べた結果を知らせにきてくれたときに。それでいいかしら、ボウラーさん？　ハット？」

彼は一瞬顔をしかめたが、すぐに微笑が広がった。

「了解。それでいいですよ。また来ます。それまでこの件は他言しないでください。犯罪の可能性があるというんじゃないですが、備えあれば憂いなしですから。それじゃまた」

踵《きびす》を返すと彼は立ち去った。その身のこなしは軽く、猫のように優雅だ。なるほど、それで小鳥に興味があるのかも。

彼女はちらっとディーに目をやった。彼は共謀者めいた笑顔を見せた。それから目の前の原稿に視線を落とすと彼は悲しげに首を振った。

「まったく、事実のほうが小説より格段に興味深いな、そうじゃない？」

彼女はつぎの短篇を見おろした。

その筆跡には見覚えがあった、大きな、尖った、紫色の字だ。

出だしは〝昨夜、わたしはまた夢精した……〟

「あなたの言うとおりかも」彼女は言った。

「嬉しそうだね」エドガー・ウィールドが言った。「ルーカン卿（英国の伯爵。一九七四年に殺人容疑をかけられて失踪）でも見つけたのか？」

「いいえ、部長刑事、でも、ほとんどそれに負けない奇妙なことを見つけましたよ」

彼は部長刑事に〈対話〉原稿を見せ、聞いてきたことを話した。

「たしかに奇妙だな」とウィールドは言ったが、阿呆らしいと言っているように聞こえた。無理もないとボウラーは思った。

「調べてみるべきだと思ったんです」彼は言った。「ま、直感ですが」

「直感か、え？」ウィールドは言って、あの打ち砕かれた顔のなかで光る黒い目で冷ややかに調べるようにボウラーを見た。まるでくだんの直感は刑事としての勘というよりライ・ポモーナとホルモンにずっと濃厚に繋がるものだと気づいているかのようだった。「直感を持ち出すのはまだ早いぞ、平刑事は。部長刑事でも年に三、四度許されるだけだ、ここだけの話だが。この件は誰かもっとお偉いさん

6

二篇の〈対話〉が掻き立てた疑惑に、その道のプロとしてボウラー刑事が抱いた熟慮の上の意見は〝たわごとだ〟というものだった。だが、もしこれを真剣に受け止めることがライ・ポモーナの心とベッドに（あるいはベッドにだけでも）通じる道なら、口をすぼめ眉間に皺を寄せて取り組まなきゃ。だが、彼女の前でだけ。図書館の外に出ると彼は小躍りして自分の幸運を祝ったが、その上、警察署と検死審問裁判所のあいだの長方形の空をハイイロガンの列が揺れ動きながら横切るのが見え、彼の高揚した気分はいちだんと高まった。

彼は鳥が見えなくなるまで見守り、それから楽しげに口笛を吹きながら階段を駆け上って犯罪捜査部の階に上がった。

にぶつけてみるんだな」

　こんな雲をつかむような話をアンディ・ダルジールに持ち込むことを思うと、ボウラーの気分はエアポケットに突入して一気に落ち込んだ。彼は出世コースに乗った自分の中部地方からの転属が、ダルジールの承諾なしに行なわれたものであることをはっきり告げられていた。六カ月前にダルジールが示した歓迎は「モノになるかどうか見てみよう」の一言に尽きた。ボウラー自身から見ると、自分はかなりよくやっていた、というか、少なくとも大きな失敗《へま》はやっていなかった。だが、巨漢の愛情をなんとか勝ち得るどころか、この二、三週間ときおり背中を突き刺されたように感じて振り向くと、あのアイスピックのような目がまったくの不信と徹底的な嫌悪のない交ぜになった表情をたたえて彼を見据えているのだった。

　だが、その一方で、つい先週のことだが、主任警部がいささか神経を使う捜査に躊躇なくこの自分を選んでくれたのは、せめてもの慰めだ。主任警部に嫌がらせをしているらしい頭のいかれた男について調べる仕事だ。

「ええ、パスコー主任警部に話してみようかな。どっちみち、ちょっと話があるし」彼は軽い調子で言って、大卒の警官のあいだには特別な関係があるのだという印象を与えようとした。

　その意図に気づいて、ウィールドは言った。「つまり、フラニー・ルートの件で今度報告するときにということか？」

　チームの下級メンバーたちに自分は部長刑事の知らないことを知っているなどと勘違いをしてもらっては困る。おそらくパスコーは、ルートの行動や習慣に関する彼の関心は厳密にいうと非公式なもので、警視の前で言及してはならぬと若いボウラーに強調したのだろう。現在の巨漢の気分では、ボウラーに何かを話すのはタブロイド新聞に電話をかけるも同然だと信じているように見えた。

「何か興味を引きそうなことがわかったか？」ウィールドは追及した。

「いいえ、まだ」ボウラーは正直に認めた。

「あきらめずに続けることだ。だが、見つかるなよ。彼は鷹のように目ざといって話だからな、誰に聞いても」

「あ、その点は心配無用です、部長刑事」ボウラーは自信たっぷりに言った。「羽一枚揺れないほどそっと動いてますから。で、この〈対話〉の件ですが、どう思います？　パスコー主任警部に話すというのは？」

「いや」ウィールドは考えてから言った。「ヘディングリー警部がいいだろう」

　ジョージ・ヘディングリーは規則一辺倒で、安全第一主義の警察官として定評があり、勘《ハンチ》だの直感《ガットフィーリング》だのはたん瘤《ハンチ》や腸《ガット》の潰瘍も同様に扱った。以前、ボウラーにも聞こえるところでヘディングリーのことを「安全確実な両手の持ち主」とパスコーが言ったところ、ダルジールはこう応じた。「いや違うな、かつては確かにそうだったが、退職までの日数を数えだしてからは安全確実な尻になっちまった。どんな仕事を任せても、今の彼がまず考えるのは自分の経歴に傷がつく心配がなくなるまで、しっかり尻の下に敷いておこうってことだ。これも皆あの新法のせいだ。おれだって悪徳警官どもは痙攣を起こすまできんたま吊りにしてやりたい、だが、いつもわが身を守ることを考えてなきゃならないんじゃ、まともな仕事はできんよ」

　これは釈明義務を重視する最近の風潮のことを言っているのだった。過失を犯した警察官が〝医療上の理由〟で保証された年金生活へとありがたく滑り込むことができた、あの懐かしい時代は過ぎ去ってしまった、というか、少なくとも過ぎ去りつつある。そして定年を迎えてすでに退職した者でさえ、過去に遡った調査で責任を追及され、年金の状況が変わるという危険にさらされるようになった。

　だからジョージ・ヘディングリーのように用心深い人物が、抜群の、とは言えないまでも真面目に勤め上げた経歴の最後の直線コースにさしかかった今、自分の事件簿を汚さない最善の方法はなるべく何も書き込まないことだと決めたとしても不思議はない。

　ボウラーの心に、ウィールドは暗にこの〈対話〉のようなばかばかしい一件に最適の場所はヘディングリー警部の大きな尻の下だと示唆しているのではないかという疑念が湧いたが、その疑念は例の修理工の死亡事件がすでにその尻の下にあると知ってわずかに薄らいだ。検死審問が警察にさらなる調査を求めて休廷となったとき、制服部門はこの件を上階の犯罪捜査部にまわして調査を依頼した。ヘディングリーはちらっと見るなり欠伸《あくび》をして、記入すべき注釈欄に〝これ以上の捜査が必要な証拠は皆無〟と書いてそのままぽいと階下に投げ返そうとしたほどだった。

「また、こんなものを持ってくるんだから」ヘディングリー警部は非難めいた口調で言った。「何にもありゃしないよ。なぜ調べる価値があるなんて思うのか理解に苦しむね」

「検死官が休廷にしたからには、それなりの理由があるはずです」とボウラーははぐらかすように言った。

「うん、ま、そりゃそうだ。あのばかな老いぼれは間違いを犯すのが怖くてしようがないんだ、だから家族が騒ぎだすといちばん簡単な方法で逃げたんだ。何かまずいことが起きたら、われわれの責任になるようにな」

警部も同じ穴のムジナじゃないかと思いながら、ボウラーは審問の報告書にじっくり目を通した。

彼はこの件がヘディングリーがほのめかしたほど問題皆無ではないとすぐに気づいたが、多々あるわけではなかった。そもそもなぜエインズタブルが車を止めたのかという疑問にまだ満足のいく答が出ていない。推定では尿意を催したからであり、丈の低い欄干ごしに放尿中にバランスを崩したものとしている。だが、彼の妻は、夫のアンドルーは公道上の橋で立ち小便をするような人間ではないと涙ながらに異議を唱えているし、病理学者はエインズタブルの膀胱はまだかなり満杯だったと指摘しており、また現場に最初に到着したデイブ・インソル巡査は彼の前立ては間違いなく閉まっていたと証言している。

となると、たぶん彼はまだ放尿を始めないうちにめまいの発作に襲われたのか？　検死ではいかなる種類の〝めまいの発作〟を示す証拠も見つからなかったが、病理学者はこの症候群で何の痕跡も残さない特殊なタイプがいくつかあると言っている。そして、警察の報告書は橋の欄干に残っていた擦り傷にいくらかためらいがちに言及しているが、これは彼が欄干に腰かけていて、のけぞって転落したことを示すものとも考えられた。

だが、なんとも不可解なのは彼の道具箱で、欄干のそばの路上に置いてあるのが見つかった。

ヘディングリーはこれを重視しなかった。

「明々白々だよ」彼は言った。「車を運転していて、めまいがして、新鮮な空気を吸おうと思って車を止め、車から降りる、降りながら自動的に道具箱を手に取ったのさ、というのもそれが彼がいつもやってることで、めまいがしてたんだから頭がまともに働いていなかった、そうだろ？　橋に腰を下ろす、目の前が真っ暗になる、のけぞって落ち、石で頭を打ち、意識を失い、溺死する。病理学者は犯罪の痕跡は何も発見していない、そうだよな？」

「あるはずないですよね、警部」ハットは丁重に言った。「その犯罪が、見殺しにすることで人を死なせるというものだった場合には」

「怠慢による殺人？　こんなものを根拠に？」ヘディングリーは小馬鹿にしたように〈対話〉のフォルダーを宙で振った。「おいおい、しっかりしろよ」

「では、もう一つのほうは、警部？　オートバイに乗った若者めがけて車を走らせるのは？　もしワードマンがそれをやったとすれば、ま、これは怠慢ではありませんよね？　これはかなり積極的な行為だと言えませんか？」

「今、彼のことを何と呼んだ？」そう言って、ヘディングリーは返事を後まわしにした。

「ワードマンです」ハットは言った。彼は〝In principio〟について説明し、それから自分の冗談を説明した。そして、警部の反応は、どちらかといえば、図書館で示された反応よりももっと屈辱的だった。明らかに警部は〈対話〉の作者にあだ名をつけるのは、彼に実体を与えて無視しがたい存在とし、これは作者の思う壺だと感じていた。

しかし、ハットは何がなんでも警部に決断を迫るつもりだった。

「じゃ、警部はこの件は打ち切りにすべきだと思うんですね？」彼は食い下がった。

彼はヘディングリーの幅の広い、率直そうな顔を揺れ動く思いが雲のように去来するのをひそかに面白がりながら見守った。

「まあ、一応調べてみたほうがいいだろう。人一倍、念入りにやるのが好きだからな、あの検死官は」やっとヘディングリーが言った。「だが時間を浪費しすぎるんじゃないぞ。明日の朝いちばんに完全な報告書をおれの机の上に提出すること。これこそまさに仮説の試金石だ、きみがそれをどれだけ文章にする気になるかが」

「はい、警部。ありがとうございます、警部」ボウラーは言ったが、その口調はあからさまな嘲笑のすれすれ一歩手前だった。ヘディングリーは自分の身を守ること以外ほとんど関心を持たず、退職までの日々をのんびり過ごしている退屈な老いぼれかもしれないが、彼はまだ上司であるし、その上、アンディ・ダルジールの容赦ない目にさらされて長年無事に勤めてきたからには、きっと何か優れたところがあるに違いない。

ボウラーは自分の机に戻って必要な名前と住所を調べると、探求に出かけた。今の彼には綿密な捜査をする理由が二つあった――まず第一に、ライ・ポモーナを感心させるために、二番目にジョージ・ヘディングリーを満足させるためにも。もっとも彼がこの捜査をするのに、どちらの理由にせよ、理由が必要だったわけではないが。大学卒の警察官として彼がすぐに学んだのは、もしも叩き上げの古参おまわりから、「おいおい、若いの、エリートコースに乗ってるからって手抜きが許されると思ったら大間違いだぞ」と首を振りながら言われたくなければ、徹底的に入念であることだった。

まず彼は、現場に最初にパトカーで到着したデイブ・インソル巡査から始めた。ボウラーの気さくな態度のおかげで、今になって犯罪捜査部が自分を批判しようとしているのではないかというインソルのごく自然な疑いが解けると、彼はまずまず協力的になった。彼の見解では、いちばん可能性が高いのはエインズタブルは小便をするために車を止め、土手を降りたが、下に着いたとき足を滑らせて転落したという説明だった。

「きみは報告書に欄干にあった擦り傷のことを書いてるね」ボウラーは言った。

「あれを書いたのは相棒のマギー・レインだよ」インソルはニヤニヤしながら言った。「あんたらに加わりたい野心があるんだ、マギーはね。いつも手がかりを探してるよ。いや、あの男はもう我慢できなくなってて、早く道から見えないところに行こうとあんまり急いだもんで、滑ったんだよ。もし彼が欄干に腰かけようとか、欄干ごしに小便をしようと思ったんなら、ずばり橋の上に車を止めてたはずだよね？」

「彼の道具箱は欄干のそばにあったんだよね？」

「うん、だが、われわれが到着したときにはすでに五、六人の田舎者がぽかんと見てたから、そのなかの誰かが邪魔だと思って動かしたのかもしれない」

「だが、ワゴン車の中から持ち出したりはしないはずだ」ハットは言った。「どこに止めてあったって？　橋自体の上ではなかったんだね？」

「そうなんだ。橋のすぐ手前、ちょうど土手を下って川岸に降りられるところだよ」インソルは勝ち誇ったように言った。

「じゃ、もし橋の上にすでに車が一台止まってたら、ワゴンを止めそうなあたりだね？」

「うん、そうだろうね、でも、何が言いたいんだい？」

「マギーに聞いてごらんよ」ボウラーは笑ってドアに向かった。


エインズタブルの家は町の北のはずれにある二戸建て住宅だった。ドアを開けたどっしりした体格の女性は、ブラッドフォードから泊まりに来ているミセス・エインズタブルの姉だった。居間に通されたボウラーがまず気づいたのは、サイドボードの上にある熱帯魚の水槽だった。つぎに気づいたのは、大きな長椅子で体を丸めている小柄な青白い顔の女性だった。悲しみはふつう人を老《ふ》けさせるが、アグネス・エインズタブルの場合には成熟した女性を病気の子供へと縮ませ、そこにいる姉と姉妹ではなく、娘のように見せていた。

だが彼女が口を開いたとき、ボウラーは検死官がなぜ審問を休廷にして、もっと捜査するよう命じることにしたのか理解しはじめた。彼女の態度は単純明快だった。もし足を滑らせたなどという些細なことで夫を亡くしたのだとしたら、その状況を一点の隈なく明確に示してほしいと彼女は言った。理にかなった要求ではなかったが、その思いの激しさにはどんな鈍感な男でも恐れをなしたことだろう。

これが幸いした部分もあって、彼女はなぜそんなことを訊くのかという理由にはまったく興味を示さずに、ボウラーのすべての質問に答えた。検死官が請け合ったもっと詳しい捜査の一環なら、彼女にはそれで充分なのだった。

ええ、アンドルーは以前に地元ラジオのインタビュー番組で熱帯魚について話したことがあります。ええ、わたしたちは今年のバカンスにはコルフ島に行きました。ええ、わたしたちは〈タベルナ〉で食事をしました。

彼が帰るとき、玄関口で半ば弁解するように姉が言った。「あの子はああやってアンドルーにしがみついているんです。知りたいことはすべてわかったと認めてしまったら、彼は完全にこの世からいなくなってしまう、それが怖くてたまらないんです。あなたが訊いてたああいう質問、あれは何か意味があるの、それとも単なるお義理の調査?」

「こっちも知りたいですよ」ボウラーは言った。

彼は隠しだてをしたわけではない。〈第一の対話〉の作者が作中に含まれる詳細な事実を入手した方法はいろいろ考えられる。そのものずばりエインズタブルを知っていたのかもしれないし、仕事仲間、あるいは熱帯魚好きの一人だったのかもしれないし、コルフ島へ同じセット旅行で行ったのかもしれない……無限ではないにせよ、あまりに可能性が多すぎて疑惑を使いものにならないほど脆弱《ぜいじゃく》にしていた。疑惑を強固なものにするために優秀な警察官が注意を払うのは、ただ事実だけだ。そして彼は、細部にうるさい検死官に胸を張って説明できることをまだ何も掴んでいなかった。

今度は彼は町をあとにして南に向かい、ローマ街道をちょうどデーヴィッド・ピットマン青年がカーカの自宅めざして疾走したように、スピードを上げて走っていた。

ピットマン家は広い庭に建つ白壁の大きな木造住宅で、エインズタブルの二軒長屋とは大違いだったが、そこにみなぎる悲しみはほとんど同じだった。ボウラーはデーヴィッドの母親、ミセス・ピットマンから家族のアルバムを見せられて、心を引き裂かれるようなひとときを過ごした。だが、〈第二の対話〉に書いてあるバゾーキに関する話はすべて正確であることを聞き出した。

町への帰途、彼はローマ街道の事故現場で車を止めた。場所は簡単にわかった。オートバイが衝突した木には乱暴に焼灼した傷のような焦げた瘢痕が残っていた。若者の体が叩きつけられた隣の木の損傷はそれほど顕著ではなかったが、そばでよく見るとなめらかなブナの樹皮に残る傷がはっきりわかった。

彼はなぜ車を止めたのか自分でもよくわからなかった。シャーロック・ホームズでさえここから何か重要な手がかりを得るのはまず不可能だろう。あの二篇の〈対話〉がなければ、どちらの死にも疑わしい点はほとんどないし、またどちらの場合にも、作品が含む情報をワードマンがどうやって入手したか、何通りもの可能性を思いつくことができた。

そういうわけで彼はまったく何の収穫もなく、これはまさにジョージ・ヘディングリーの願うところだった。だが自分が犯罪捜査部に入ったのは、あのヘディングリーのたぐいを喜ばすためではない。

彼は目を上げて長い、まっすぐな道を眺めた。この道を古代ローマの軍団が最後に行進していったのは今から千七百年前、帝国のこの寒冷な一隅を放棄して厄介な原住民たちにくれてやれという命令が来たときだった。町の境界から一マイルしか離れていなかったが、郊外に浸食してきた住宅地は高い丘の蔭に完全に隠れていた。道の両側に広がる野原に一つだけ建物が見えたが、それは古びた灰色の農家で、まるで風景の一部として大自然に溶け込んでしまうほど長い間そこに建っていたように見えた。

あの家の窓からは道がすっかり見渡せるはずだ、とボウラーは思った。

彼はMGをスタートさせると、でこぼこの長い車まわしに乗り入れた。家の戸口の上にはI・A・Lの頭文字と一六七九年という年号が刻まれていた。

呼び鈴に応えてドアを開けたのは女性だった。一目見たとき、若いボウラーには彼女が家と同じぐらい年老いて見えた。だが彼の用向きを問うた彼女の声は力強く、気がつくと彼は額にかかる白髪の奥のきらきら輝く青い目にじっと観察されており、たとえ彼女の肌は古くなったりんごのように皺が寄りはじめているにせよ、頬にはまだ甘い青りんご《ピピン》のほのかな赤みが差していた。

　彼は自己紹介し、相手はミセス・エリザベス・ロックスリーだとわかった。彼が事故の話を始めると、彼女は言った。「警察は何度聞かなきゃわからないの？」

「もう誰か来ましたか？」

「ええ。翌朝にね。制服の若い人が」

　じゃ、抜かりなく調べたのだ。この家を訪ねたことは報告書にはなかったが、簡潔な寸評〝目撃者は一切なし〟に含まれていたというわけだ。

「で、彼に話してくれたんですか？」

「いいえ。つまり、話すことは何もなかったのよ。わたしたちは寝るのが早いし、熟睡するから」

「そりゃ自分の話だろうが」奥から男の声が響いた。

「じゃ、まだ耳は遠くないのね」彼女も声を張り上げて言い返した。

「目だって確かなもんだ。わしが見たことを話したろうが」

　ボウラーがたずねるように女の顔を見ると、彼女はため息をついて言った。「もし時間を浪費したいって言うんなら……」そして、くるっと背を向けると家の奥に姿を消した。

　彼はあとを追って居間に入った。ちょうど《マッドマックス》を放映しているテレビは別として、その部屋には十七世紀以来あまり手が加わっていないように見えた。男が椅子から立ち上がった。彼は六フィート半はある巨人で、頭と剝きだしの大梁のあいだにはほとんど隙間がなかった。彼は、ボウラーが思わずたじろぐほど力強い握手をかわして言った。「あんたはあの光のことを訊きに来たんだね。だからおまえにも話したろうが、え、ベティ？」

「五十回は越してないけどね、もうろく爺さん」彼女はテレビを消しながら言った。「さ、この人に話しなさいよ、話さなきゃ気がすまないんだから」

その声にはいくらか怒りの響きがあったが、それをはるかに凌駕《りょうが》する強い愛情が男を見つめる眼差しにあふれていた。

「話すとも」彼は言った。「小便に起きたんだよ――老人の悩みでね、今にあんたもそうなるよ、兄さん、それだけ長生きをすればな。踊り場の窓から外を見たんだ、そしたら丘を下ってくるヘッドライトが見えた、一つだけな。オートバイだ、とわしは思った。そして、そいつは動いてた。そしたら今度は別のヘッドライトが見えた、二つな、だから車だが、こっちから来た。降って湧いたみたいに現われたんだ。今まで真っ暗だったと思ったら、つぎの瞬間にはそこにいたんだ。かと思ったら、あの一個のライトがそこらじゅうを跳ねまわった。そして急に消えた。それからぱっと火の手が上がった」

「で、それからどうなりました？」

「知らん。もしそれ以上そこにいたら階段に小便を垂れ流して、とんでもない窮地に陥ってたよ」

彼は腹を揺すって笑い、女性は言った。「そこは間違ってないわ」

「それであなたはこの話を、ここへ来たもう一人の警官にも話したんですか？」ボウラーは訊いた。

「いいや、話してない」

「またなぜ？」

「もっとあとになるまで思い出さなかった」男は言った。

「あとになるまで？」

「そうよ」女性が言った。「あとになるまで。この人はね、ふつう何でもあとになってから思い出すの、ま、思い出すとすればだけど」

彼にはまだよく理解できないが、ここでは何か妙なことが起きている。彼は女性に注意を集中することにした。

「あなたは警察に通報しようとは思わなかったんですか、こちらの、ええと……？」

「ロックスリーよ」彼女は言った。

「あなたのご主人ですか？」できるだけ状況をはっきりさ

せようとして彼は言った。

「ま、ろくでもない同棲してる男じゃないのは確かよ！」彼女は言い、これは二人を大いに面白がらせたようだった。

「あなたは警察に通報しようとは思わなかったんですか？」ボウラーは重ねて訊いた。

「何のために？　サム、あんたがその光を見た晩はいつだった？」

「だめだよ、おまえ、それは不公平だよ。今年のことさ、それは確かだ」

「で、それがいつだったにせよ、その日、あんたはどんな映画を見ていたと思う？」

彼はしばし考えてから言った。「たぶん、《マッドマックス》だな、わしのお気に入りだから。あれが好きかね、あんた？　彼も警官だよ」

「ま、いろんなのがいますから」ボウラーは言った。「ええ、テレビで見たことがありますよ。わたしの好みからするとちと暴力的すぎますね」

彼はだんだん事情が呑み込めてきた。不快な思いをさせないためには妻のほうとだけ話をしたかったが、ボウラーの見るところ、彼女は夫に隠れて話をすることに快く応じそうもなかった。

彼は言った。「じゃ、ロックスリーさんは前の警官から聞いた事故の話と、よく見ている映画で見たことを混同してるのかもしれない、とあなたは思うんですね？」

彼は低い声で話したが、男の鋭い耳は苦もなく聞き取った。

「あんたの言うとおりかもしれんな、兄さん」彼は陽気に言った。「確かにわしはいろんなことをごっちゃにしてしまうし、それがいつ起きたことかとなると完全にお手上げだ。ほとんど苦にはならんがね、ただ、なかには年を取った今、思い出せたら楽しいのにと思うこともある。たとえば、最後にいいセックスをしたのはいつだったか思い出せんのさ、これは悲しいね」

「ばかなお爺さん」妻は愛情をこめて言った。「今朝、朝食をとる直前にしたじゃない」

「そうだったか？」彼は希望に輝く目で妻を見ながら言っ

た。「で、わしは楽しんでたか？」

「ま、おかゆをお代わりしたわね」

二人の笑いが伝染して、ボウラーは外に出ながらまだくすくす笑っていた。彼が車を出そうとしたとき、ミセス・ロックスリーが戸口に出てきて声をかけた。「ちょっとあなた、でもね、あの人の記憶がだめになりかけてて、すこし混乱してるからといって、あの人の言うことは間違ってるとは言い切れないわよ」

「そこなんですよ」ボウラーは言った。「非常に厄介なのは」

だが、困るのは彼ではなかった。困るのは、というか、もうじき困ることになるのはヘディングリー警部だ。決断せざるを得ないことが陽気なジョージの広い膝の上に熱いコーヒー入りのマグカップのように落ちるのだ。まんざら不快な予想ではなかった。

だが、決断しろとせっつかれると、警部は巧みに抜け道を見つけて逃げかねない。「しかし、きみはそれをやり忘れたじゃないか、刑事」などと言われて、警部に逃げられる余地を残さないのが賢明だろう。

ボウラーは手抜かりはないか入念に調べ、まだ当たっていない場所があるのに気づいた。ワードマンがデーヴィッド・ピットマンと話をした夜、食事をしたというギリシア料理店だ。彼は腕時計に目をやった。五時半だ。おそらく〈タベルナ〉は七時、あるいは早くても六時半まで開店しないだろう。彼はその店で食事をしたことはなかった――若い刑事は歩きながら食べるのに慣れていて、食事に十分以上もかけると落ち着かない気分になってくるのだ――だが、先週のある晩、彼はフラニー・ルートを尾行してそこへ行き、彼が店に入っていくのを見守りながら思った、〝チェッ、あとは知るもんか、これは正規の仕事じゃないから超過勤務手当もつかないし〟、そして自宅に向かい、持ち帰り料理を食べながらテレビでサッカーを観戦したのだった。

あれはいつだったっけ？　急に彼は不安になった。水曜日にパスコーからあの仕事を命じられたのだ、ということは、あれは……彼は車を路傍に止め、日付を確かめるために手帳を引っ張り出した。

くそっ！　金曜日、ピットマン青年が〝事故〟に遭った まさにその夜だ。

このことは伏せておくにかぎる、と彼は心に決めた。話を混乱させるだけだ。自分は店の中には入らなかったし、ほかの客を誰も見ていないし、ただ一分間ほど車の中に坐ってルートが建物に入っていくのを見ていただけなのだから。この二件の死から彼が受けるイヤな感じが、もしお偉方の手で本格的な捜査という形になったら——だが、定年退職という安全な港を目前にして、荒波は断じて立てさせないというジョージ・ヘディングリーの固い決意を思えば、そういう運びにはなるまいが——もしなったら、話すかもしれない。あるいは、たぶん、話さないかも。彼はダルジールが最近彼を見るあの目つきからすると、犯罪らしきもののほぼ近辺にいたというだけで警視が彼の名に黒いバッテンをつけそうな気がなんとなくした。

一瞬、ボウラーは〈タベルナ〉に行く予定を取り消そうかとまで思ったが、ほんの一瞬だった。保身のために良心に背くことはできなかった。彼は前向きに考える人間で、ものごとを悪いほうに考えるよりプラス面に目を向けるほうが性《しょう》に合っていたので、やがてこの状況をうまく利用する方法を見つけて急にニヤニヤした。

彼は携帯を取り出すと中央図書館の番号を押した。呼び出し音がだいぶ鳴ってからやっと電話口に人が出た。聞き覚えのある声だった。

「ディーさんですか？　こんにちは、ボウラー刑事です。あの、ライはいますか？」

「残念ながら、もう帰りましたよ、分別のある者は全員ね」ディーは言った。「たまたま電話が通じた唯一の理由は、する仕事があってわたしは閉館後も残ってることがよくあるからでね」

「偉いですね」ボウラーは言った。

「どうやら買いかぶられてしまったようだな。仕事といっても公益のための仕事じゃないんですよ。自分が書いている本のための調べもので」

「ああ、なるほど。推理小説ですか？」

皮肉が通じて、ディーは笑った。

「だといいんだけど。いや、意味論学の歴史でね。一種の辞書の辞書とでもいうか」

「じつに面白そうですね」ボウラーは言ったが、そらぞらしく響いた。

ディーは言った。「もし秘密捜査の仕事をやりたいと思ってるんならね、ボウラーさん、もっと誠意あふれる話し方をコーチしてあげなきゃ。ところで、何かぼくでお役に立つことがありますか？」

「ええ、一つだけ。もしライに連絡がとれる電話番号を知ってたら教えてください」

しばし間があって、それからディーは言った。「ま、自宅の番号を知ってるには知ってますがね、そういうことを外部に漏らすのは禁じられてるんですよ。でも、もしよければ伝言を伝えてもいいですよ、お望みなら」

この野郎！　とボウラーは思った。

彼は言った。「例の調査のことなんです。今夜、二、三確かめることがあって〈タベルナ〉に行く予定なんで、ライはすごく関心を持ってたから、ぼくと一緒に話を聞きたいかなと思って。ぼくは七時に店に行ってます」

「いや、これこそまさに面白そうだ。その伝言を伝えますよ。きっとわたし同様、ライも夢中になると思いますよ」

でも、あんたは招待されてない、ちんぽ頭のディー、とボウラーは思った。

だが、すぐに、公平かつ自己分析的な若者である彼は、自分は嫉妬しているのだろうかと自問した。だが、彼はなかんずく若者であるので、こと恋愛にかけて、どう見ても四十にはなっている老いぼれに何か嫉妬すべき点があるなどというバカげた考えは、すばやく頭から一掃した。

シャワーを浴び、ひげを剃り、いちばんしゃれた服でめかし込んで、彼は六時四十五分には〈タベルナ〉にいた。カンパリを注文したが、色が好きなのと洗練された感じがするからだ。七時十分にお代わりを頼んだ。三杯目を七時二十分に。七時半には洗練されていることに疲れてビールを頼んだ。七時四十五分、彼は二杯目のビールを注文して店長に会いたいと言った。

店長はゼノプーロスという背の低い、太った男で、こっちが面食らうようなリヴァプール訛りの英語で話したが生粋のギリシア人だった。最初はボウラーを環境衛生局の検査官かと疑っていたが、デーヴィッド・ピットマンの件で来たのだとわかるとずっと協力的になった。もっとも刑事が店の従業員から話を聞くのなら、店が忙しくなりはじめた今ではなく一時間前、店に来たときに始めてくれればいいのにと、控えめながら訝《いぶか》った。彼もウェーターたちも店のバゾーキ奏者を襲った恐ろしい事故に心からと思える悲しみを表明したが、その夜の客についてこれといったことは何も思い出せなかった。一人で来る客はべつに珍しくなく、夜が更けて例のダンスが始まるにつれてしばしば醸《かも》し出される共同体的お祭り気分に惹かれて来るのだ。

「でも、なぜこんなことをいろいろ訊くんです？」とうとうゼノプーロスがたずねた。「あれは事故だったんですよね？」

「わかっているかぎりでは」ボウラーは慎重に答えた。「しかし、あの晩の客の一人が目撃者である可能性もありますから。席を予約した客の記録は残っているんでしょう？」

「勿論《モチ》ですよ。予約簿のそのページのコピーがほしいですか？」ボウラーのつぎの質問を先取りして店長は言った。「お安いご用ですよ。バーに坐って店のおごりで一杯やっててください、すぐ戻ってきますから」

ボウラーがビールをもう一杯飲み、《ワン・モア・フォア・ザ・ロード》を今にも歌い出しそうなフランク・シナトラのように空のビアグラスを見つめていると、肩をやさしく叩かれ、麝香《じゃこう》のような香りが誘惑するように鼻をくすぐって、耳元で囁くような声がした。「こんばんは、そのグラスのなかの何を紛失したのか知らないけど、あなたが飲み込んじゃったんだと思うわよ」

彼は笑顔になってスツールの上でぱっと振り向いたが、そこにいたのは鋭い青い目と大きな口をした二十代半ばの、小柄で、すらっとした金髪の女性で、彼同様に笑顔だった。ただ彼の笑顔はすぐ消えたのに彼女のほうはそのままだった。

「ああ、やあ、ジャックス」彼は言った。「元気かい？」

ジャックス・リプリーはちょっと考えてから言った。

「ま、順調にやってるわ。あなたのほうは、ハット？　ひとりなの？」

「うん。そうなんだ。ひとり。きみは？」

「友達と一緒よ。でも、あなたがカウンターにいるのを見てね、夜もまだ序の口だっていうのに、あなたみたいにハンサムな人をそんなに悲しそうにさせといちゃいけないと思って、それで来たのよ。それで何のためにここに来てるの、仕事、それともお楽しみ？」

思慮分別とエゴが競り合った。彼女はどんな小さなマイクもまず隠せそうにないワンピースを着ていたが、相手が〝切り裂き〟ジャックスとなると油断はできない。

彼は言った。「お楽しみさ。というか、そのはずだったんだけどね、もし待ちぼうけを食わされなきゃ」

「わたしのお気に入りの警察官を？　彼女の名前を教えてよ、なんてバカな女か世界中に言いふらしてあげるから」

「ありがとう、でも、ま、やめとこう。ぼくはすごく寛大な男だから」

彼女は一瞬、いぶかしげにボウラーの顔を見つめたが、その視線がすっと彼の背後に移った。

「ボウラーさん、はい、これがお望みのページです。役に立つといいですが、でも、うちのお客さんは通りすがりにたまたま入ってくる人が大勢いますからね」

彼が振り向くとゼノプーロスがコピーした紙を差し出していた。

「ああ、ありがとう、すばらしい、どうもありがとう」彼はそれを折りたたんで上着のポケットに押し込みながら言った。

ジャックスのほうに向き直ると、彼女のいぶかしげな表情は好奇心そのものの顔に変わっていた。

「ぼやっとしてるのも癪だから、ちょっと退屈しのぎにね」彼は言った。

「そうなの？　何かわたしにも退屈しのぎになる話がある？　仲良く一杯やりながら？」

「いや、あいにくだけど」彼は言った。「ほんとだよ、ジャックス、ごくつまらないことでね」

瞬《まばた》きもせずに見つめる彼女の目に、ボウラーはうしろめたい子供のような気分になって彼女の背後に目をそらした。そして、気がつくと、ちょうどレストランに入ってきたアンディ・ダルジールとしっかり目が合っていた。警視の傍らには例の、警視が寝ているという噂のよく太った女性が一緒にいた。だが、巨漢の顔に浮かぶ表情はセックスより虐殺を考えているように見えた。

ボウラーはあわてて視線をジャックス・リプリーに戻した。警視の目に比べれば彼女の眼差しなどおだやかで、親切なものだ。

「今言ってた一杯だけどね」彼は言った。「テキーラ・サンセット（日没）にしてよ」

「テキーラ・サンライズ（日の出）でしょ?」

「いや、言葉どおりだよ」彼は言った。

7

ジョージ・ヘディングリー警部は時間厳守を旨としていた。退職を目前にして、彼はやりたくない仕事は一切やるまいと決意していたかもしれないが、だからといって仕事に関して時間がルーズになったわけではなかった。彼は翌朝八時半に机につくことになっていたが、八時二十九分には五十歩先から彼の足音とわかるゆったりした規則的な足取りで机に近づいていた。

彼は交替勤務の終わりにはいつも自分の机が何一つなく片づいているのが自慢だったが、その机上が一通の文書で汚されているのを見た。その机上を汚した者は、せめて注意深く書類を机のど真ん中に置くことで、警部の日頃の努力の結晶である完璧に整頓された印象をいろいろな点で損なうよりむしろ強めていた。

彼はコートを吊すと、上着を脱いで椅子の背にかけ、それから坐って書類を引き寄せた。それは数ページの厚みがあり、最初のページは文書の作成者がボウラー刑事であり、要請に応じて、アンドルー・エインズタブルの死、あるいはデーヴィッド・ピットマンの死の何らかの点に関して、さらなる捜査をする必要があるか否かを彼、すなわちヘディングリー警部が判定する上で、一助になるよう入手可能なかぎりの情報を収集してきたと言明していた。

このいやに形式ばった書き方が自分の気を沈ませるのはなぜだろう？

彼は書類を開き、読みはじめた。そして、すぐに彼の心はさらに深く、さらに急速に沈んでいった。彼はこのばかばかしい〈対話〉原稿をごみ箱に葬《ほうむ》ることができる断固とした否定がほしかった、だが彼が今受け取っているのは沼のように軟弱な〝たぶん〟の連続だった。

読みおえると彼はしばらく坐っていた。それから書類をかき集めるとボウラーを探しに出かけた。

どこにも姿が見えなかった。ウィールドに出会ったので、彼はボウラー刑事の行方をたずねた。

ウィールドは言った。「さっき見かけましたがね。何かパスコー主任警部の関係で出かけたんだと思います。緊急を要するんですか？」

「何が緊急だって？」アンディ・ダルジールが言った。彼が近づく足音は、ときには警部の場合より倍も遠くから聞こえるが、彼はまた地上を霞《かすみ》のように音もなく動き、〝未来のクリスマス〟の亡霊（ディケンズの『クリスマス・キャロル』に登場）のように忽然と姿を現わすほうを選ぶこともできた。

「警部はボウラーを探しているんです」ウィールドは言った。

「で、やつはまだ来とらんのか？」

「来て、また出たんです」ウィールドはたしなめるように言った。

「うん、〝スピーディ・ゴンザレス（ジョークに登場する女に手の早い男）〟のようにな」ダルジールは唇を捨てられたタイヤのように嫌悪にゆがめて言った。「彼にどんな用なんだ、ジョージ？」

「いや、なんでもないです……彼に書かせた報告書のことでちょっと訊きたかっただけで」そう言うと、ヘディングリーは背を向けかけた。

「あの死亡事件のことですか?」ウィールドは言った。

「例の図書館の件」

警部はじろっとウィールドを見たが、気だてのいい警部としては精一杯の敵意がこもっていた。彼はまだこのいささか厄介な問題を握りつぶせると、というか、まずありそうもないことだが、もしこの件に何か怪しいところがあった場合には、せめて自分が退職したはるか先まで棚上げにできるという望みを抱いていた。そのためには、ダルジールが少しでも知らなければ知らないほどいい。

「図書館の件?」ダルジールは言った。「〝図書館の死体〟なんて事件じゃないだろうな、ジョージ。図書館に死体ごろごろなんて事件には、おれはもう年を取りすぎてる」

ヘディングリーはなるべく控えめに説明した。ダルジールは耳をかたむけ、それからファイルのほうへ手を出した。

彼はすばやく目を通したが、ボウラーの報告書の最後に近づくにつれて鼻孔をふくらませた。

「そうか、やつは〈タベルナ〉でこんなことをやってたのか」彼は呟《つぶや》いた。

「え?」

「なんでもない。で、どう思う、ジョージ? とんでもないたわごとか、それともきみの退職を飾る大事件だと?」

「まだ何とも言えませんね」ヘディングリーはいかにも慎重に考慮中といった顔をして言った。「それでボウラーに会いたいんですよ。二、三の点を彼と検討するために。警視はどう思われますか?」

警視の一言で打ち切りになるのを期待して。

「おれか? 何かあるのかもしれんし、ないのかもしれん。わかってるのは、きみに任せておけば間違いなしということさ。だが、きみがまだ考えているあいだはな、ジョージ、他言は無用だぞ。こんな問題を途中でぽしゃってみろ、ぶざまもいいとこだ。死体があって、それがわれわれではないと見極めがつくまでは、メディアのクロバエどもに嗅ぎまわられたくはないからな」

ヘディングリーのポケットで携帯が鳴った。彼は取り出して、言った。「はい？」

彼は耳をかたむけ、それからほかの二人に背を向けた。二人が聞いていると、ヘディングリーは言っていた。

「いや、無理だよ……もちろん……まあ、たぶんね……わかった……二十分で」

彼は携帯を切り、向き直ると言った。「出かけなければ。情報を入手できるかも」

「ほう、そうか。何かおれが知っておいたほうがいいことか？」

「わかりません」ヘディングリーは言った。「おそらく大したことじゃないでしょう、でも、彼はいかにも緊急そうな口ぶりで」

「連中はいつだってそうだ。誰を連れていく？　ノヴェロはまだ病欠中だしシーモアは休暇中で、いささか人手不足だが」

「わたしが行ってもいいですよ」ウィールドが言った。

「いや、だいじょうぶ。こいつは公認の密告者《たれこみや》じゃないですから」ヘディングリーはきっぱり言った。相手が公認の密告者の場合、偽情報や仕組まれた罠から身を守るため警察官は二人で出向く必要があった。「まだ手なずけている最中なんです。ちょっと内気な男で、わたしが仲間に付き添われて来るのを見たらこれっきりやめてしまうかもしれないので」

彼は踵《きびす》を返して立ち去りかけた。

ダルジールは言った。「おい、ジョージ、忘れ物だ」

「え？」

「これだよ」巨漢は〈対話〉のファイルを差し出しながら言った。「そう簡単に厄介払いはできんぞ」

まったく、すべてお見通しなんだから、とヘディングリーは毎度のことながら思った。彼はファイルを受け取り、小脇に抱えて事務室を出ていった。

その後ろ姿を見送ってダルジールは言った。「おれの考えてることがわかるか？」

「見当もつきませんね」

「思うに今の電話は彼の奥《かみ》さんからで、ドライクリーニング店から彼女の洗濯物を忘れずに持って帰れと言ってきたんだ。ジョージについてこれだけは言えるな、彼はこれまでずっとじつに良心的に力を貸してくれたよ、彼の後任者のしつけ方についてな」

「後任は来ないのかと思ってましたが」

「そうさ、そういう意味だよ」アンディ・ダルジールは言った。

彼は自分のオフィスに戻って席に着くと、しばし電話を見ていたが、やがて受話器を取ってダイアルした。

「もしもし」女の声がしたが、電話で聞いても彼の股にじかに伝わるハスキーな温かみあふれる声だった。

「やあ、きみ。おれだ」

「アンディ」キャップ・マーヴェルが言った。「まあ、嬉しい」

心のこもった口調に聞こえた。

「ちょっと挨拶代わりに電話しただけなんだ。それに、昨夜の店、きみには楽しめなかったようで悪かった」

彼女は笑って言った。「あなたにもよくわかってるくせに、わたしが楽しめなかったのは店じゃないわ、あの若くてハンサムな警官とすごくキュートなテレビ局の彼女のことをさんざんまくし立てたあなたよ。わたしたちは協定を結んだんじゃなかった？　セックスの前には仕事の話はしないって、後でならあなたは気がすむまで心の重荷を下ろしていいし、わたしは眠ってもいい」

「物事にはチャンスってものがあるよ」彼はぶつぶつこぼした。

「わたしが楽しい一夜を過ごすチャンスはふいになったわ。たいがいの前戯の実験には喜んで付き合いますけどね、警察の利害の話はほんとに興ざまし。でも謝罪は謝罪として受け入れるわ」

「よかった。じゃ、何か別の予定をたてよう。きみが選んでくれ。何でもきみの好きなことでいい、今度は民間人みたいに振る舞ってみせるから」

「ほんとかしら。いいわ、今朝、二つ招待が来たの。一つは息子の連隊の舞踏会。二週間後の土曜日にヘイズガースで、つまり、バッジー・パートリッジの田舎屋敷でね。彼は名誉連隊長だから……」

キャップが破局に終わった結婚でもうけた息子はヨークシャー・フュージリア連隊の司令官、ピアズ・ピット＝イーヴンロード中佐で、ダルジールには〝英雄〟で通っていた。「バッジー？　われわれ平民にとってはパートリッジ卿ってことだろ」

「ごめんなさい。もう一つの人生で知ってたもんだから」

この別の人生というのは地主階級の夫と結婚していた期間で、そこから〝英雄〟という息子、自覚、幻滅、反逆、離婚、そして最終的にはダルジールへと到達したのだった。

「このおれも今の人生で一度彼に会ったことがあるよ」巨漢は言った。「もっとも、向こうは覚えていないと思うがね。もう一つの招待は何だね？」

「センター画廊で開かれる美術工芸展の内覧会よ。一週間先の土曜日」

「それだけ？　新しいビール醸造所かなんかの開所式には招待されてないのかね？」

「選んで」彼女は容赦なく言った。「ブリキの兵隊とシャンペン・カクテルにするか、裸体画と安酒の白ワインにするか、どっちかよ」

彼はちょっと考えてから言った。「美術はよくわからんが自分の好きなものはわかってる。みだらな絵のほうにするよ」

ハット・ボウラーは大あくびをした。

彼は安眠できぬまま一夜を過ごした。彼のベッドはビールとカンパリの荒れ狂う海に浮かび、満天に鈍く光る赤い星がどれもこれもアンディ・ダルジールの非難をこめた凝視のようにじっと彼を見下ろしていたのだ。彼は早朝に起きだして出勤し、昨日のメモをレポートにまとめ、そのレポートが、まんざら予謀の犯意がなかったわけではないが、ジョージ・ヘディングリーをあれほどまでに動揺させたのだった。フラニー・ルートの名は〈タベルナ〉の予約リストになかった。彼は自分がルートの名を出さない理由をじっくり検討して、今朝考えても昨夜と同じように妥当だと――怖い顔のダルジールに睨みつけられたあとでは、たぶん、いっそう妥当だと――一抹の不安を残しながらも判断した。そして、一つには警部がレポートを読むときにその場に居合わせないように、また一つにはパスコーは些細なことに動揺しているだけなのだと確信したくて、フラニー・ルートのフラットがある郊外に車を走らせ、ふたたび見張りを続けた。

ここには思ったとおり若い刑事の眠気がふっ飛ぶようなことは何もなく、彼はほっとした。じっさい、重罪の前科とストーカーの疑いがある者にしては、ルートはまったく信じがたいほど退屈な生活を送っていた。朝起きて、おんぼろ車に乗り込み（訂正、見かけはおんぼろだが、エンジン音はすばらしく軽やかだ）、勤め先へ行き、終日よく働いた。夜はたいがい大学図書館で本を読んだりメモをとったりして過ごす。彼の社交生活はセント・ジョン救急隊員養成講座に出席することと、ときどきレストラン〈ヘタベルナ〉のような、くそっ）や映画に行くこと、いつも一人でだが、それだけのようだった。いや、ストーカーなんかじゃない、この男はすこぶる退屈な男だ。それにウィールドによれば、この男は鷹のように目ざといだと！ 部長刑事は敬服すべき人物だし彼の言葉は傾聴すべきだが、鳥のことはあまり知らないなとボウラーはひとり悦に入りながら、ルートがバラの茂みを手際よく一心不乱に剪定するのを眺めた。ルートの集中ぶりは映画の本格的なロケ隊がやってきてもおそらく気づかないほどだった。

眠り込んでしまわないうちにつぎに進もう。

大学をあとに車を走らせながら、ボウラーはライ・ポモーナに思いを馳せた。自分の捜査結果を警部にはもう報告したのだから、彼女にも知らせるべきだと彼は思った。昨夜の自分の伝言は彼女には伝わらなかったのだと彼は確信していた。おそらくディーは、面倒くさくてか、うっかりしてか、あるいは、こっちの可能性のほうが大きいが、ひとえに気が進まなくて彼女に連絡しなかったのだ。彼は道ばたに車を止め、図書館に電話をかけ参考図書室につないでもらった。

声を聞いてすぐライだとわかった。一方、彼女のほうは誰かわからず、彼の名前を聞いてもすぐには思い出せないようだった。

「ああ、はい、はい。ボウラー刑事ね。昨夜の伝言？　えぇ、受け取りましたよ、でも、ほかに予定があったから。それで、今はどういうご用でしょう？」

「いや、こっちがどんな具合に進んでるか、きみが聞きたいんじゃないかと思ってね」

「進んでる？　何が？」

「きみに渡されたあの〈対話〉原稿についての調査が」

「ああ、あれね。アルカトラスのワードマンのこと」

彼女自身が持ち出した話より彼の受けなかった冗談のほうを面白がっているような口振りだった。

彼はこれはゴー・サインだと判断した。

「そうなんだ。ワードマンのことだよ」

「いいわ。聞かせて。どうなりました？」

「それがじつはかなり込み入っててね」彼は狡猾に言った。「今はちょっと急いでるもんだから。きみ、昼休みにでもちょっと時間を割けないかな？」

しばしの間。

「長いお昼休みじゃないのよ。誰か一人はここにいなきゃならないから。それで、ふだんは職員室でサンドイッチを食べてすませてるわ」

職員室は彼の意中の場所ではない。

「ぼくはパブででもと思ったんだけど……」

「パブ？」まるで売春宿でと言われたような声だった。「パブでゆっくりできるほど長い時間はとれないわ。〈ハル〉でなら会えると思うけど」

「〈ハル〉って？」

「このセンターの中二階にあるカフェバーよ。今頃の警官は道を訊かれないの？」

「わかった、わかった、見つけるよ」

「心配はしないわ。じゃ、十二時十五分に」

「うん、十二時十五分でいいよ。どうかな、二人で……」

だが、聞いているのは自分だけだった。

十二時半にディック・ディーが参考図書室の受付に坐って、考え込みながらパソコンの画面に見入っているとセクシーな咳払いが聞こえた。

セクシーな咳払いができる者などざらにはいないから、彼が興味を引かれて目を上げると金髪できらきら輝く青い目をした若い女性がほほえみかけていた。彼女は小柄で華奢な体つきをしていたが、そこから発散しているエネルギーは男がとてもいい使い途を思いつく類のものだった。

「こんにちは」彼は言った。「何かお役に立てますか?」

「そう願ってます」彼女は言った。「わたし、ジャックス・リプリーです」

「そして、ディック・ディーです。ミス……リプリー、でしたっけ?」

ジャックスは思った、こいつ、わたしのことを覚えていない振りをしている!

というより、もっと悪いが、ほんとに覚えていないのだ! と相手の正直そうな目をのぞき込みながら彼女は訂正した。

彼女は言った。「先日お会いしたわ。州議会議員の見学ツアーのときに……ほら、本棚が落ちたとき……ほんとはあなたにインタビューしたかったのよ、でもどこへカメラを向けてもパーシーの御大がちゃんとそこにいて、センターをどう発展させたいかを話してるみたいな感じで……」

彼女は眉を吊り上げて、パーシー・フォローズの有名な宣伝好きを——州議会がセンター全体を統括する所長の任命を考えている今は特にそうだったが——一緒に面白がろうと誘った。

ディーは値踏みするように、だが、みだらな目つきではなく、彼女の体を上から下まで見上げ見下ろしてから言った。「ええ、たしかに。ミス・リプリー。またお目にかかれて嬉しいですよ。どういうご用でしょう?」

「短篇コンテストの件なんです。あなたが判定委員会の責任者なんでしょ」

「とんでもない」彼は言った。「単なる下読みの一人にすぎませんよ」

「そんなはず絶対にないわ」彼女は魅力を全開にして言った。彼女は男というものを知っていた、そして彼女の全身をじっくり見た彼のあの礼儀正しい、淡々とした視線の下で興味をそそられた彼の血が騒ぐのがはっきりわかったと思った。「締め切りはいつですか?」

「今夜です」彼は言った。「だから急がないとね」

「応募する気はないわ」彼女はぴしゃっと言ったが、彼のかすかな微笑を見てからかわれたのだと悟った。

彼女は声をたてて笑い、言った。「でも、どうなんです、もし応募するとしたら水準は高いですか?」

「見込みのある作品が非常に多いです」彼は慎重に言った。

「見込みってどの程度確実な? 公約や夫婦の約束程度の、それともイングランド銀行の保証のような?」

「なんとも言えませんね、結果が発表されるまでは」彼は言った。

「で、それはいつ?」彼女は言った。「《どこかで楽しく》で取り上げてもいいと思ってるの、たぶん、最終候補作の作者たちのインタビューを。それとも、おそらく当選発表の生中継だってできるでしょうよ」

「いい考えですね」彼は言った。「でもメアリー・アグニューは《ガゼット》で当選者を発表したがると思いますよ。そうすれば部数が伸びますからね」

「あら、メアリーならよく知ってるのよ。以前、彼女のところで働いてたから。じつは今朝もここに来る前に彼女と話をしたばかりだし、彼女とはきっとうまく話がまとまるわ」新聞にまさるテレビの優位は常識と言わんばかりに彼女は自信たっぷりに言った。「わたしが欲しいのはちょっとした予備的な情報なの。今夜の番組で予告篇をやってもいいわ。すこしだけお時間をいただけます? それとも、お昼をおごらせてもらえます?」

ディーが丁重に断わりかけたとき図書室のドアが勢いよく開いて、背の高い、しなやかな体つきの、ライオンのたてがみのような長い、豊かな金髪が猿のように小さな顔を縁取る男が入ってきて、両腕を差しのべて二人のほうに近づいてきた。

「やあやあ、ジャックス。きみがこの建物の中にいると聞いたもんだからね。きみほど顔が知れ渡っていてはわたしの番兵の目をかすめることはできないよ。わたしのところに会いに来てくれるだろうとは思ったけど、万一ということともあるから」

彼はジャックスの肩に腕をまわし、二人は三度のキスの挨拶をかわした。

ジャックスはパーシー・フォローズに最初に会ったそのときに、彼を目立ちたがりと見定めた。しかし男の世界では、目立ちたがりが必ずしもぼんくらであるとか、野心的な女に便宜を図れる地位に昇れない、というわけではない。そこで彼女はにこやかに言った。「あなたは超多忙な方だから、パーシー、何か重要なビジネス・ランチの最中かと思って。たまたま今、そのビジネス・ランチにこちらのディーさんを連れだそうとしているところなんです。でも、彼が言うには、あなたに酷使されててそんなくだらないことに時間は割けないって」

「そうかね？」フォローズはいくらかどぎまぎして言った。

「そうみたいですよ。ビジネス・断食の時間さえないみたい。そしてわたしのほうは、あなたが考えついた今度の短篇コンテストを一連の番組で取り上げるつもりで、そのためになんとしても彼の知恵を借りたいんです。こういうものこそまさに中部ヨークシャーにほんとに必要な文化的イニシアチブだわ。むろん、あとであなたにインタビューしたいと思ってますけど、わたし、いつも職工レベルから始めるのが好きなので……」

大したもんだ、彼女、とディーはジャックスがこちらへちらっと笑顔を向け、フォローズから遠いほうの目でかすかにウインクするのを見ながら思った。

「ほう、そうなの？」フォローズは言った。「じゃ、むろん、行かなきゃだめだよ、ディック。ここにきみの足かせをはずしたことを宣言する」

「わたし一人なんですよ」ディーは言った。「ライは昼休み中で」

「かまわんよ」フォローズは鷹揚《おうよう》に言った。「ここはこのわたしが見てるから。この職場はほんとに民主的なところでね、ジャックス、誰もがほかの誰の仕事でも進んでするし、またそれができるんだ。さあ、行ったり行ったり、ディック、わたしの気前のいい気分が消えないうちに」

この上司がオリヴィエ（サー・ローレンス・オリヴィエ。英国の俳優、演出家）ならさしずめハロルド・ロイド（米国の喜劇映画俳優、映画製作者）のディーは、パソコンの画面を消して革の肘当てのついたツイードの上着を着込むと、古風に礼儀正しくジャックスの腕をとってドアへと案内した。

「それでわたしをどこへ連れて行くんです？」連れだって階段を下りながらディーはたずねた。

彼女の頭にいくつかの候補が上った。パブ？　込みすぎている。ホテルの食堂、堅苦しすぎる。

彼の手はまだ軽く彼女の腕にのっていた。彼女はわれながら驚いたことに、あなた、その手をどこでも好きなところに置いていいわよ、と考えていた。

これはまったく逆だった、こんなふうに彼を人好きのする、話しやすそうな人物だと感じるのは。彼のほうでそう感じて当然なのに！

彼女はメアリー・アグニューのもとで働いていたときに聞かされた名言を思い出した。

いいニュース種《ネタ》かどうかは、それを手に入れるためなら自分が何をいとわずやれるかで判断がつくわ。でも肝心なことが一つ……どうぞ遠慮なくテーブルの上にあなたの体を差し出して、でも手の内のカードを晒しては絶対にだめ。ほかの人より多くを知っているということが、この商売では唯一の純潔よ。純潔は守らなきゃ。

とは言え、その過程で楽しんでいけないという法はない。

「あなたが決めて」彼女は言った。「わたしのおごりよ。でも、もしお誂《あつら》え向きのトッピングがあれば、わたし、すてきなオープンサンドイッチを作れるわ」

「いいところだね」ボウラーは言った。「なぜここは〈ハル〉っていうの？」

彼らはカフェバーのバルコニーに並ぶテーブル席に差し向かいに坐っていた。そこからは階下の長く延びるショッピング・センターが見渡せた。よく晴れた日にはずっと向こうの〈ブーツ薬局〉まで見えた。このバルコニー席の短所は、町の好色な若者たちが下の中庭《アトリウム》にある噴水のいちばん端の席から、運がよければ、上に坐っている人たちのショートスカートの中がすばらしくよく見えることを発見してしまったことだ。だが、ライが〈ハル〉に入ってみると、ボウラーは店の奥のほうの、隣のテーブルにチャーリー・ペンが坐っているところに陣取っていた。偶然に違いないが、老年の聞き耳より若者の詮索の目のほうがマシだと考えて、彼女は外の席に移ろうと提案したのだった。

「考えてみて」ライは言った。「文化遺産《ヘリテッジ》と芸術《アーツ》と図書館《ライブラリー》の共同ビル？　H・A・L」

「がっかりだな」ボウラーは言った。「変調をきたして人間の生活を支配しようとしたあの人工知能に因んだ名前かなと思ってたのに（一九六八年製作の米国映画《二〇〇一年宇宙の旅》に出てくるコンピューター）」

彼女は笑って言った。「そっちが正しいのかも」

勇気づいて、彼は言った。「初めてきみを見たとき、ぼくがどう思ったか知ってる？」

「いいえ、でも、それを知りたいかどうか自信がないわ」

「〝レッドウイング〟だと思ったんだ」

「《インディアンの娘》に出てくるような？」

「あの歌を知ってるの？　変わった仲間と付き合ってるんだね、それとも、きみ、ラグビーをやるの？　あ、答えなくていい。違うよ、学名ターダス・イリアカス、一般的なツグミのなかでいちばん小さい種類の鳥だよ」

「これはあなたのために祈るけど、それ、ものすごくチャーミングで、とても聡明な小鳥なんでしょうね」

「もちろんさ。その鋭い鳴き声から風ツグミ《ウインド・スラッシュ》とか豚《スワイン・》の笛《パイプ》とも呼ばれている」

「そして、イリアカスというのは、トロイから来た小鳥だから？　わたしが思っている自分とはぜんぜん似てる点がないみたい」

「ヘレンはトロイの人だよ」

「いいえ、そうじゃないわ。彼女は誘拐されてきてあの国で生涯を終えたのよ。だからそんなお世辞はやめにして、どこで結びつくのかはっきりおっしゃい、刑事さん」

「すこぶる単純だし、完全にお世辞抜きだよ」彼は呟いた。「レッドウイングという鳥は、きれいな栗色をしていて目の上に一筋はっきりした青白い筋が入っているんだ。それでこれを見たとき、レッドウイングだと思ったんだ」

彼は手を伸ばして、人差し指で彼女の髪に走るシルバーグレーの一房を払った。

いい加減になさい、坊や、と彼女は思った。言葉の一騎打ちはいいとして、わたしの髪を撫でるなんてあまりにも馴れなれしすぎる。

「やっぱり、あなたは根っからの小鳥マニアね」彼女は言った。「そして、このわたしはと言えば、これはほんとの意図を隠すための作り話にすぎないと思ってる。やれやれ、習い性《しょう》となるだわ」

彼女はこの勝負で一本取ったのがわかり、当然喜んでいいはずだったが嬉しくなかった。

「とにかく、口説き言葉としてはまだましよ、〝白銀《シルバー・ブレイズ》号〟を思い出すと言った男よりも」

「え、何だって？」

「白 銀《シルバー・ブレイズ》 号。シャーロック・ホームズの話に出てくる競走馬。警察学校であなたたちは全員シャーロック・ホームズ全集を支給されるんじゃないの？ それとも刑事というのも作り話？」

「いや、それもほんとだよ」

「そうなの？ じゃ、立証してよ」

「いいよ」彼は言った。「まず断わっとくけど、このワードマンの件はマル秘だからね、いい？」

「マル秘？ 忘れちゃ困るわ、あの〈対話〉をあなたに持ち込んだのはこのわたしよ。なのに、あなたはたかがニックネームをつけただけで、今度はわたしに向かってマル秘だなんて」

「捜査の過程でわかったことは警察の仕事で、きみがマル秘だと納得しないかぎり、きみには話せないんだ」彼はことさらに重々しく言った。

彼女はちょっと考えてから、うなずいた。「いいわ。じゃ、聞かせて」

「まず、エインズタブルに関するいろいろなこと――熱帯魚の件やギリシアでの休暇の話――は本当だ。バゾーキの由来についてもそうだ。加えて、オートバイが激突する寸前に車のヘッドライトを見たかもしれない目撃者がいる。それにあの修理工のワゴン車が止まっていた場所の目前にあった太鼓橋の上に車が駐車していた可能性がある」

「まあ、いやだ。じゃ、この頭のおかしな男がほんとにあの人たちを殺したのね！」ライが震え上がって言った。

「そうともかぎらないよ。ワードマンはほかの方法でもこうした情報を入手できたし、エインズタブルが確かに誰かに手を貸すために車を止めたかどうか、知りようがないからね。それに、ヘッドライトを見たという目撃者なんだけど、彼は呆けかけていて朝食に何を食べたかも完全には覚えていないんだ」

「まあ、すばらしい！　そして、こんなことなの、マル秘にするとわたしが誓ったのは？」

ボウラーは真顔で言った。「どっちに転んでも、これは大事なことなんだ。もしこれがじつは犯罪ではないとすれば、連続殺人犯が野放しになっているかもしれないという恐怖と憂鬱をいたずらに世間に広めたくないもんね。それに、もし犯罪だとしたら……」

「ええ、ええ」彼女は言った。「あなたの言うとおりだわ、またしてもね、ちょっと癪だけど。わかったわ、シャーロック、で、あなたのその道の専門家《プロ》としての意見は？」

「ぼくの？　意見を持つにはぼくはまだ下っ端すぎるよ」ボウラーは言った。「ぼくは上司に情報を上げるだけで、その先どうするかを決めるのは彼らの役目だ」

ボウラーが微笑を浮かべながら言うと、彼女は冷ややかに言った。「あなた、これは面白半分に話すようなことだと思ってるの？」

「とんでもない。それで笑ってたんじゃないよ。上司の警部のことを考えてただけだよ。彼はね、無事に定年退職することしか頭に無くて、こんなに難しい問題に決定を下さなければならないのがイヤでたまらないんだ」

「嬉しいわね、公共の福利がそういう信頼できる人の手に委ねられているとは」

「心配いらない。彼は例外だから。トップの人物をきみに見せてやりたいよ」

アンディ・ダルジールのことが頭に浮かぶと、彼の顔は引き締まった。警視はなぜおれをこんなに嫌うのだろう？学歴のせいだけではなさそうだ。パスコーも大卒だが、彼と巨漢はカーペットにあまり血を流すことなく一緒に仕事をやっていけるらしい。

「もしもし」ライが言った。「あなた、まだわたしと一緒にいるの、それともゾーグ星からメッセージを受け取ってるところ?」

「いや。ごめん。警視のことを考えただけでこうなっちまうんだ。あのね、このワードマン前線でまた何か進展があったら、必ずきみに知らせるよ。きみのほうは、ほかには何もないんだろ?」

「ほかにも〈対話〉が来てないかということ? ええ、むろん、来てないわ、もし来てたらあなたに電話してるわよ。それに締め切りは今夜だから、もう残り時間はわずかだわ」

ボウラーは深刻な顔で彼女を見て言った。「たぶん、もしこのワードマンがほんとに人殺しをしてるとしたら、短篇小説コンテストの締め切りはあまり気にしないんじゃないかな」

彼女は苛立ったように見えたが、ボウラーに対してではなく自分自身にだった。「自分がバカみたいな気にさせてくれてありがとう。これもあなたの仕事の一部?」

「いや。きみの仕事の一部なの?」

「わたしがいつそんなことをした?」

「きみとディーが、ぼくにはわからなそうな——事実そうだけど——小難しい言葉を使いはじめたときさ」

「たとえば?」

「みんながぼくをどう呼んでるか話したとき、きみはずいぶんパラノイディスティックだとか何とか言ったろ」

「パロノメイジアック」彼女は言った。「ごめんなさい。あなたの言うとおりだわ。これは駄じゃれとか、あらゆる形の言葉遊びを指すパロノメイジアという語からきた形容詞よ」

「で、ディーが言ったことは?」

「パロノメイニアック」彼女は微笑して言った。「パロノメイニアの形容詞形で、これは言葉遊びへの病的な関心という意味。それにディックのお気に入りの盤上ゲームの名前でもあるわ。ちょっとスクラブルに似てるけど、ただもっと難しいの」

ボウラーはほんとはディーの賢さや、ライと上司の親密さを示唆するようなことは何も聞きたくなかったが、思わず言わずにはおれなかった。「じゃ、きみもこのパラなんとかをやったことがあるんだね？」

　彼女は気のない微笑を見せたが、彼が何を考えているのか明確にわかっていると告げているようだった。「いいえ。二人だけでするゲームらしくて、その二人はディックとチャーリー・ペンよ」

「作家の？」

「ほかにもいる？」

　この話題には見切りをつけて彼は言った。「じゃ、これでお互い相手をバカみたいな気分にさせるのはおあいこってわけだ。で、今度の日曜日の件は？」

　彼女は何のことかわからない振りはしなかったが、言った。「でも、わたしそんなにバカかしらね。Eというのは何の略？」

「どのE？」

「E・ボウラーの。あなたの貸出カードに載ってる。あのE。おっしゃいよ。帽子の下に何を隠してるの、ハット？」

　彼は危ぶむようにライを見たが、大きく息を吸って言った。「エセルバート（イングランドの古代王国ケントの王。聖人）」

「エセルバート」彼女はジャムドーナッツを味わうようにオウム返しに言い、それから唇に残った砂糖まで味わい尽くすように舌を走らせた。「好きだわ、この名前」

「ほんと？」ボウラーはまじまじと彼女の顔を見て待ち伏せ攻撃の徴候を探った。「もしそうなら、きみが最初ってことになるけど。たいがいは皆、笑い転げる」

「自分がアルコール入りのソーダ水みたいに聞こえる名前だと、他人《ひと》の名前を笑ったりしないわ」

「ライ・ポモーナ」彼は言った。「きみが言う意味はわかるよ。でも、いい名前だ。ポモーナってイタリアの地名じゃない？」

「いいえ」彼女は言った。「でも、イタリア語よ。ポモーナはね、古代ローマの果物の女神」

　彼女はボウラーが冗談をひねり出すか、それともやんわりとお世辞という手に出るかとじっと彼の顔を見守った。

彼はうなずいて言った。「それからライ、これはニックネームか何かかい？」

「ライーナの略よ」彼女は言った。

「え？　聞いたことのない名前だな」

彼女は綴りを教え、三つの音節を強調しながら注意深くライ・イー・ナと発音した。

「ライーナ」彼は繰り返した。「ライーナ・ポモーナ。いや、じつにいい名前だ。そりゃ確かに珍しいよ、でもエセルバート・ボウラーみたいに古くさくはない」

ライは彼が大げさに名前の由来を訊いたりせず、うまく処理したことに満足していた。

「自分を安売りしないほうがいいわ」彼女は言った。「肯定的に考えなきゃ。エセルバート・ボウラー……芸術的な響きがあるわ……ヴィクトリア朝の二流の水彩画家みたい。あなた美術に興味がある、エセルバート？　帽子のどれかの下に隠してる？」

「ま、古ぼけたフレンチ・ベレーぐらいは取り出せると思うけどね。なぜ？」

「〈センター〉の新しい画廊が再来週、地元作家の工芸展でオープンするの。その前の土曜に内覧会があるのよ、お昼に。来る気がある？」

彼は言った。「きみは好きで行くの、それとも職員として？」

ライは言った。「そんなことが問題？　ま、いいわ、半ば義務というところね。〈センター〉の内部事情なんて興味ないでしょ」

「ぼくが欠伸をするまで試してみてよ」

「それじゃ。〈センター〉は三つの部分から成ってるわよね。文化遺産と芸術と図書館と。図書館は簡単だったの、パーシー・フォローズはすでに州の図書課長だったからそのまま横滑りして新しい館長職についた。そして、シャトルワースヒルの古い市立美術館・画廊の館長だったフィロメル・カーカネットが同じように〈センター〉の文化遺産と芸術の新しい二部門を引き受けると見られていたの。ところが、それが彼女の手にはすっかり負えなくなってきてるのよ。あなた、もう欠伸をしてる?」

「いや、わくわくして息が荒くなってるだけさ」

「よかった。無生物に関しては彼女はすごく優秀なんだけど、相手が生き物となると人数の多い少ないに関係なく怯《おび》えきってしまうのよ。〈センター〉の建設現場で地下からあのモザイクの敷石が見つかったときなんか、彼女、興奮のあまり狂乱状態だったわ。そのあと、あの敷石を〈古代ローマの体験展〉の展示に取り入れようって話になったわけだけど――あの記事はあなたもきっと読んだと思うけど、あのまさにローマ帝国占領下の中部ヨークシャーの市場跡のこと?」

ハットはうなずきながら、説得力があればいいがと思った。

「信じるわ」明らかに説得されなかったとわかる声でライは言った。「とにかく、これは、つまり、フィロメルがふたたび生き物である来館者、生きている人間の要求に応じることを考えなけりゃならないということで、彼女はストレスですっかり参ってしまったの。それで、もっかは病欠中。そのあいだ誰かが新しい画廊の面倒を見なきゃならない。パーシーは、ふつうは余計な仕事を背負い込むぐらいなら一マイル先まで逃げていく口だけど、今回は新しい要素があるの。噂では、シリル・スティールは別として、州議会は〈センター〉全体の所長の指名を考えているらしいのよ。で、われらがパーシーは自分こそそのポストの求職者の先頭にいると勝手に考えている。でも、舞台の後方、下手《しもて》で高らかなトランペットの音。アムブローズ・バード、〝最後の俳優・座長〟登場、というわけ」

「誰?」

「あなた、どこに住んでるの? アムブローズ・バードよ、前の市立劇場の総支配人だった彼、保健衛生上と安全上の規準に合うように改装するには多額の補助金が必要で、それにスティール議員が反対したのが大きく響いて、劇場が先月閉鎖されるまでね。その結果、〝最後の俳優・座長〟は(これは本人のお気に入りの肩書きなんだけど)〈センター〉のずっと小規模な小劇場でしか演技も座長の仕事もできなくなってしまった。あら、それ、絶対に欠伸よね！」

「違うよ、言葉を挟みかけたんだ。そのバードとかって男も〈センター〉所長の職を志願することにしたんじゃないのって」

「あなた、刑事になろうって考えたことある？」ライは言った。「図星よ。そういうわけでバードとフォローズはがっぷり四つに組んで死闘を繰り広げているの。じつは、見ている分にはなかなか面白いわよ。お互い、相手をどう思っているか隠そうともしないんだから。〈センター〉に関わることで何か権利を主張できることがあれば、骨を奪い合う犬みたいにこの二人が競うの。〈古代ローマの体験〉は劇だ、ってアムブローズは言うの、だから音響効果と市場の露店主役を演じる人たちの訓練は自分が責任を持つって。かわいそうにパーシーに残っているのは言葉と匂いだけ」

「匂い？」

「そうですとも。古代ローマ占領下の英国の、忠実に再現された匂い。わたしに言わせれば、ラグビーの更衣室と畜殺場を掛け合わせたような匂い。ねえ、このわたしのほうが欠伸が出てきたわ。結論を言うと、パーシーは反撃に出てね、内覧会の手配については大部分を分捕《ぶんど》ったの、そして、いかにも女性差別主義者らしく、無神経にも図書館の女性職員総出でシャルドネとおつまみを持って会場を走りまわらせる、と申し出た。これでおしまい。あなた、かなりよくやったわね、もっとも馬みたいに目を開けたまま眠れるなら別だけど」

「でも、なぜきみみたいに聡明で、活発で、自立した現代女性がそんなばかげた話を我慢してるんだい？」本気らしく響くといいがと思いながら、ハットは憤慨した口調で言った。

彼女は弁解がましく言った。「大したことじゃないもの。どっちみち行くでしょうしね。ディックも絵を二、三点、出展するの。彼、ちょっとした画家なのよ」

彼女にはハットが心の中で皮肉な返事を弄《もてあそ》んでいるのがわかったが、賢明にも思いとどまったのを見て嬉しかった。

「そういうことなら」とハットは言った。「それに、ぼくも公務員だし、出席するよ。くだけた服装でいいの?」

「芸術的センスの服で」ライは呟いた。「そうそう、わたしもとても重要な質問があるの。ちゃんとした服装のバードウオッチャーはスタングデイルでは何を着るの、ハット?」

思ったとおり彼女から相殺取引を申し出られて、彼は嬉しさを隠すために生真面目な顔でしげしげと彼女を見た。そして、言った。「そうだね、ひっくり返して内側から始めると、きみ、保温性の高い下着を持ってる?」

8

ジャックス・リプリーの同僚たちは、その金曜日の午後はずっと彼女が放心したような、というか物思いに沈んだ気分でいるのに気づいた。ふだんの彼女は夕方放映される自分の番組のためにいくつかの話題を取りまとめながら、機敏で、自分と同じスピードで動いていない者にはあからさまに苛立った。だが、今日の彼女は何につけても決断ができないようだった。《どこかで楽しく》はふつう前もって録画した数篇の話題をジャックスがつなぎ、最後はスタジオからの生中継で地元で特に関心を呼んでいる話題を取り上げて締め括《くく》ることになっていた。この部分について今日彼女が鉛筆で書き込んだことはただ〝短篇コンテストの予告篇?〟だけだった。

「ゲストの顔ぶれは?」局長のジョン・ウインギットが訊

いた。彼は肉づきのいい体軀と瘦せて、ひもじそうな顔をした中年の男で、まるであらゆることについての絶え間ない心配が彼の体と取引をして首のところで境界線を引いたようだった。この線から下は柔らかに折り重なるピンクの肌が健康そうに輝き、陽射しかセックスで暖められて発散する匂いはジャックスに子供時代のベッドを思い出させた。そのベッドの下には、彼女の用心深い母が北ヨークシャーの冬じゅう困らないようにと一面にりんごを並べておいたのだ。ウインギットとセックスするのは昇進の手段というだけでなく楽しみでもあった。

「ゲストはなし……わたしだけ」

「ということは、二、三分だ」彼は疑わしげに言った。

「それじゃぜんぜん埋まらないよ、ジャックス」

「いいえ、わたし、この時間全部が必要なのよ」

「なぜ？　いったいどうやって短篇コンテストの予告篇みたいに退屈な話で九十秒以上のものを捻り出せるんだい？」

「わたしに任せて」彼女は言った。

「何か企んでるのか、ジャックス？」彼は怪しむように言った。「きみに〝わたしに任せて〟と言われるとますます心配になるよ」

彼女はやっと決断をくだすと、手を伸ばして彼の太股に置き、微笑した。

「だいじょうぶよ、ジョン」彼女は言った。

出世を計るのが下手な人生を送ってきたジョン・ウインギットは、ジャックス・リプリーとのセックスをどう位置づけていいかよくわからなかった。二人が初めて会ったとき彼女は《ガゼット》の記者で、メディア関係のパーティー、それにはウインギットの妻モイラはベルファストの病気の母親を見舞いにいき、出席していなかったのだが、そのパーティーのあとで訪れたジャックスとの一夜かぎりの情事のチャンスは、見逃すにはあまりに惜しすぎた。そして、なかなかいいセックスだった。今そのときのことを、それにそれ以後のセックス、特にその二、三週間後、彼女が求職の面接を受けに来たときの、彼のオフィスでのそれを思い出すだけで彼の体はほてってきた。「採用試験を受けに来たの」そう言いながら彼女は彼の机に上がり、大の字に寝た。「まずこれから試したら？」

そして、椅子の背後の壁にかかるアンサンク校ＯＢラグビーチームのフィフティーンの写真、数年前彼が主将を務めて勝ちとった中部ヨークシャー優勝杯《カップ》を手にした彼らのおそらくは賛同の眼差しに見守られて彼は誘いに応じ、そのあと彼女も採用に応じた。

彼女は仕事の呑み込みが早く、彼女が急ピッチで昇進したのはひとえに才能のせいだと何の苦もなく正当化できた、というか彼は、ちょうど今のように、彼女の意に従うたびにそう考えて自分を安心させた。これまでジャックスが脅威になりそうな気配を見せたことは一度もないし、彼女は常に慎重の上にも慎重に行動した。それでも彼はジャックスが入社する前より今のほうが、職業上も個人的にも、自分の人生に自由が利かなくなったと感じずにはいられなかった。せめてもの幸いは、ジャックスは彼のポストを狙っているのではないとわかっていることだ。彼女の照準は丘を越えたはるかかなた、ウッドレーン（ＢＢＣの所在地）のもっと肥沃な牧草場にぴたっと合っており、もしほかならぬ彼の絶賛のおかげで彼女の旅立ちが早まることになればそれに越したことはない。

たぶん、今日の彼女がうわの空なのはそのせいかもしれない。

彼は言った。「じゃ、いよいよ今度の月曜ってわけだね、大事な日は。神経質になってるのかい？　だいじょうぶだよ。きみなら楽勝だ」

彼女は言った。「え？　ああ、面接のこと？　いえ、列車に乗るまで待つわ、神経質になるのは」

彼はジャックスの言葉を信じた。彼女にはそれだけの自制心があると思った。全国向け放送局の入社面接が迫れば彼女も神経質になるかもしれないが、それは緊張することで鋭敏になり調子が上がるからだ。だが、歯止めはきちんとかかっていた。

しかし、ウインギットは知らなかったが、じつは彼の推測は当たらずとは言え、いい線をいっていた。

ジャックス・リプリーは決断を迫られていた。ウインギットは彼女の成績と彼の推薦があれば採用は間違いなしと請け合ってくれ、それは大いに心強かったし、彼女は自分の能力について心にもない謙遜はしていなかった。近道の手段としてセックスも利用したが、あくまで自分にふさわしいと思う地位につくためだけにだった。そして自分の才能を高く評価はしていたものの、それが並はずれの才能だと見なすほど傲慢ではなかった。中部ヨークシャーの小さな競技場で先頭に立つのは難しくなかったが、各地に優秀で、押しの強い連中がひしめいており、それぞれ〝トップクラス〟に進撃しようと必死の、全国の似たり寄ったりの競争仲間のなかで目立つには、何かプラスα《アルファー》が必要だった。

そして彼女は今、自分がそのプラスαを手中にしているかもしれないと感じていた。

だが、リスクがあった。

背水の陣を敷くことになる、それは確かだ。自分は秘密を守ると誓った。もし公表すれば、今回ばかりはきっと情け容赦なく情報源が突き止められるだろう。そして、これほど公然と裏切り行為をおこなえば、たとえわたしが脚を開くと約束しても、この中部ヨークシャーでは誰も二度とわたしに口を開かなくなるのは間違いない。

加えて、もしすべてが裏目に出て、デマ報道で世間を騒がしただけということになれば、BBC中部ヨークシャー局からお払い箱になる羽目にさえなりかねない。

しかしまた、これは大いに興味をそそるニュースだ。電話を二、三本かければロンドンの友人たちが色めき立つだろう。週末の全国放送で取り上げられ、おまけに日曜版タブロイド紙の記者たちが中部ヨークシャーまで押し掛け、何かセンセーショナルきわまることを掘り出す――あるいは、でっち上げる――かすれば、ニュースの一大津波が起きてわたしを首尾よく月曜の面接に送り込んでくれるかもしれない。就職さえできれば、こっちの〝眠くなるような《スリーピング・ホロ》村《ウ》〟で何が起ころうと知ったことではない。向こうの現実世界では、たとえ今日の特ダネが明日のたわごとになろうと気にする者などいやしない。そんなことは日常茶飯事だ。みんなの記憶に残るのは謝罪や取り消しではない、トップ全段抜きの大見出しなのだ。

ならばなぜ自分は煮え切らない態度をとっているのだ？　この世では、人は選手か、サポーターかのどちらかだ。そして、このわたしは選手だ！　と思いながら、彼女は必要な予告電話をかけるために自分のオフィスに向かった。ほんとに見せたい観客がいないのに超高層ビルから飛び降りてもしかたない。


番組の視聴者があとで述べた感想では、それはふだんのジャックス・リプリーの基準からするといささか退屈な番組だった。導入部でも話題をつなぐ部分でも彼女は言葉少なで、いつもの生彩に欠けていた。いつもはブラウン管から飛び出して来そうな迫力なのだ。だが、今夜は違った。今夜の彼女は明らかに何かに気をとられていた。

録画済みの最後の一篇はチャーリー・ペンへのインタビューで、話題は来週からテレビ放映される〈ハリー・ハッカー〉の新シリーズだ。ジャックスは魅惑を、ペンは気難しさを、それぞれ目いっぱい発揮したなかなかいいインタビューだった。締めくくりに彼女はペンが作中でしばしば用いている分身《ドッペルゲンガー》効果について質問した。作中、ハッカーはどうやら自分に酷似しているらしい、ちらっとしか姿を見せない謎めいた影のような人物に警告されたり、力を貸してもらったりする。

「チャールズ、うかがいますけどね、あなたは一人の人間が同時に二カ所にいられると、ほんとに思ってるんですか、それとも、今にハリーはじつは双子だったと明かしてわたしたちを驚かすつもりなんですか？」

ペンは彼女に微笑し、それからまっすぐカメラを見た。

「同時に二カ所にいられるかどうかは知らないが、登場人物が同時に二カ所にいても、わたしはぜんぜん苦にならないね」

彼女はこの返答に笑った。こういう人間も珍しいが、彼女の大口を開けた口元が大写しになっても、興ざめというよりむしろ見る者の気をそそった。

「わたしにはとても深遠すぎて、チャーリー。でも今度の本、堪能しましたよ。そして、ほんとはこんなことを言っちゃいけないんだけど、テレビで見るより読むほうがずっと面白いですね」

録画映像終了。画面変わってライブ・スタジオのジャックスへ。もはやゲストと共に白い合成皮革の長椅子に剝きだしの脚を折って横座りした、リラックスした彼女ではなく、背のまっすぐな堅い椅子に腰かけ、膝をしっかり組み、指をぎゅっと握りしめ、堅い、真剣な表情で、今にもきびしく叱責しようとしている若い教師のようだった。

「分身《ドッペルゲンガー》は別として」彼女は言った。「ふつう、わたしたちは事実は小説より奇なり、という言葉に同感しています、でも、つい今週の初めまで、わたしは事実がどれほどまで奇異になり得るかに気づきませんでした。

ここで言う小説とは、《ガゼット》社の短篇コンテストに寄せられた応募作の中のものです。応募の締め切りは今夜で、だから今まだ書いている方は急いだほうがいいですよ。来週のこの番組で最終候補作品の発表と、有力候補作の作者数人のインタビューをお送りしたいと思っています。

でも応募者のなかの一人は、おそらく、インタビューされることを望まないでしょう、警察が〝ワードマン〟と呼んでいる人物は……」

彼女がさらに話を進めるあいだ、地元の視聴者の大部分は自分たちがしていたことをそのまま続け、ただ彼女が言っていることの意味合いがわかるにつれて徐々にそちらに神経を集中していった。だが、なかには短篇コンテストという言葉が出たとたんに顔を上げたり、手を伸ばして音量を上げたり、椅子から立ち上がった者たちもいた。また二、三人は彼女の話が進むにつれて激しく悪態をつきはじめ、一人はゆったりと坐りなおして声を立てて笑い、感謝をささげた。

話を終え、吹奏楽が流れて番組が終了したあとも、ジャックスはしばしじっと坐っていた。そこへジョン・ウインギットが飛び込んできた。

「なんだよ、ジャックス！　いったいどういうことだ、これは？　本当なのか？　本当であるわけがない！　どこから聞いた？　どんな証拠を持ってる？　まずこのおれを通してくれなきゃ困るよ、それぐらいわかってるくせに。くそ！　このあとどうなる？」

「ま、様子を見ましょうよ」微笑しながらジャックスは言った。いったん行動を起こした今は、いつもの彼女に戻っていた。

長く待つ必要はなかった。

ジャックスでさえ、その反響のあまりの大きさに唖然とした。

電話もあれば、ファックス、eメール、それに来訪者もあっててんやわんやだったが、四つの部類にはっきり分別できた。

まず最初は彼女の雇用者たちからのもので、下はほかならぬウインギットから上はロンドンの重役たちとそのお抱えの法的予言者たちにまで及んだ。この予言者たちが例のごとくもろもろの警告やら留保やらを付けた上で、番組で彼女が言ったことには、見たところ、訴えられる恐れのあることは何も含まれていないようだとご託宣を下すと、彼女は一転、会社のお荷物になりそうな存在からスターの卵へと祭り上げられた。これは昔ながらのセンセーショナルな特ダネで、こういうものは地方テレビは言うまでもなく全国放送でもめったになかった。というわけで二つめの部類は、残りのメディアからの関心。

実行を決断したとき、彼女は実りをもたらしそうな場所のいくつかに自分の意図を伝える言葉の種を蒔いておいた。誇大宣伝にはとうの昔に冷淡になっていて、期待に胸を躍らす者など誰もいなかったのだが、血の匂いが漂う今、そこらじゅうのジャッカルが鼻面を上げて匂いを嗅ぎはじめていた。もしこの特ダネが続報を重ねる結果になれば、最初から報道に加わっていないのは狂気の沙汰というわけで、その日の夜までにジャックスはラジオの全国放送とテレビのインタビュー番組への出演契約、日曜版タブロイド紙への記事掲載の契約をかわし、また一般紙の一つが人物紹介を掲載する交渉を始めていた。《ガゼット》のメアリー・アグニューも電話してきた。実利主義者の彼女は、元従業員が自分の膝元から特ダネをさらっていったことを非難して時間を浪費したりはしなかった。

「やったじゃない、ジャックス」彼女は言った。「幸先《さいさき》のいいスタートを切ったけど、これからはわたしの協力が必要になるわよ」

「どうして？」

「あなたは汚いことをやったから、もう警察の情報源はミイラの股みたいに干上がるでしょうからね」メアリーは言った。「それに、この頭のいかれたやつが――わたしにはまだ信じられないけど、もしそんなやつがいるとすれば――原稿を送りつけてくるのは《ガゼット》にですからね。だからもしつぎの原稿が来たら……」

「どうしてつぎがあると思うの、あなたはずいぶん懐疑的みたいなのに？」ジャックスが口を挟んだ。

「あなたのせいよ、ジャックス。あなたが請け合ったも同然よ。たとえこれまでは冗談だったにせよ、あれを聞いて、この州の頭のいかれた連中全員が自分も一枚加わりたいと思うに決まってるし、そのうちの何人がそれを実行に移すかは神のみぞ知るだわね。また連絡するわ。ぐっすり寝てね」


いやな女、とジャックスは思った。悔《くや》しいもんだから、わたしに冷水を浴びせて仕返しをしようとしているのだ。でも、彼女が必要だろうか？　おそらく必要ないだろう。彼女を追っ払うのはそれが確認できてからでいい。

だが第三の部類、一般の人々からの電話から判断して、彼女はたぶん、結局のところメアリーの予想は正しかったのかもしれないと思った。心配するもの、罵《ののし》るもの、まるっきり頭のおかしなもの、確実に脅迫的なものも二、三あったが、明らかに役立つものは皆無だった。電話はすべて録音され、警察に渡すためのコピーも作成された。しかし、中に一つ、警察にはとうてい渡せないテープがあった。スティール議員からの電話で、彼の反警察の大改革運動のために彼女からもっと弾薬を得るためだった。メアリー・アグニュー同様、彼は全国的には無名だが地元では官僚の無能と腐敗撲滅運動の急先鋒だった。スティールはこれまで彼女にいい取材の手がかりをたくさんを与えてくれたし、おまけにそのお返しには、ただ彼の飽くなき食欲という肉体的欲望を満たしてやればよかった。今や彼は勝利は間違いなしと見て小躍りしていた。警察は町に連続殺人犯がいる可能性を州議会に報告せず職務怠慢だったか、あるいは与党がこの情報を秘密にして彼らが職務怠慢だったかだ。警察内部の味方を失った今、ジャックスはどんなものであれこの中部ヨークシャーで引き続き頼りにできる有力者からの支持があるのが嬉しくて、口臭持ちの議員にだらだら十分ほどしゃべらせてから、新たな情報が入りしだい知らせると約束して電話を切った。

彼女はくつろいで椅子に座り、最後の部類の電話がかかるのを待った。

警察からの電話だ。予期していた激怒した内部通報者からの電話はなかったが、番組が終わってから一時間後、中部ヨークシャー警察の報道担当官――人当たりのいい警部で、感じのいい、気取らない態度のかげに非常に鋭い頭脳を隠していた――が電話してきて、BBCと警察双方の利益のために両者がもうちょっと相互協力したほうがいいのではなかろうかと言った。たとえば、もし警察が今後は彼女に状況を教えると約束すれば、彼女のほうはあの情報をどこから入手したのか教えるとか？　彼女は声を立てて笑い、彼も一緒に笑ったが、それから言った。「大いに楽しみたまえ。でも、今にも大きな吠え声が聞こえても驚かないようにね。警察犬を連れた捜査部の連中が階上《うえ》から降りてきてるらしいから」

結局のところ、やって来た副警察長は犬を連れていなかったが、自分の歯でベストを尽くした。彼はジャックスに情報源を明かすように求めた。彼女は新聞記者の特権を盾に拒否した。副警察長は、すでに起きたものであれ未然のものであれ、犯罪に関わる情報を持つ者に法律が課した義務を詳しく説明した。それから彼女の今後の成功を心から祈り、彼女のためにその活躍の場が中部ヨークシャーから遠く離れた地域であるよう願っていると言い、犬のように従順な微笑を見せて立ち去った。

今度のロンドンの仕事口をモノにしたほうがいいわよ、ジャックス、と彼女は思った。ここでは仕事がかなりやりづらくなりそう。

しかし、有利な要素が多すぎてメアリー・アグニューと副警察長の悲観論も彼女を長く落ち込ませることはなく、今夜はこれで終わりにしようと決めたとき、彼女の心は今にもコルク栓が飛びそうなシャンペン・ボトルのように泡だっていた。ジョン・ウインギットがまだその辺にいたが、彼女の暴露放送が酷評ではなく絶賛を呼びそうな気配に先刻よりはわずかに心配が薄らいだようだった。セックスは彼女の有り余る精力をガス抜きするいい方法のような気がして、彼女は言った。「お祝いの一杯をやりにわたしと一緒にうちに来る、ジョン？」

　ウインギットは彼女の顔を見、腕時計を見たが、その顔はまたすっかり心配顔に戻っていた。彼はあの快感を思い出しているのだ、と彼女は思った。運がよければあとすこしでこのわたしは彼の邪魔をしなくなり、彼の人生から出て行くのだから、これを最後にもう一度やってもいいじゃないかと。もしわたしが手を伸ばして彼に触れ、「ここでやりましょう」と言ったら、彼は即座にわたしに乗るだろう。だが、彼女は埃っぽい事務所の床で手早くすませたくはなかった。

　彼女は、「そうよ、ジョン。なんといっても家族が大事よね？」と言い、彼の頬に軽くキスして立ち去りながら、おそらく彼は遠ざかる彼女の揺れる尻を見て後悔に胸を刺されているだろうと意識していた。だが彼女は絶頂に達しながらも家に帰ることを考えている男などお呼びでなかった。今夜はすべてかゼロかの夜だ。頭の中で相手になりそうな男のリストに目を通していくうちに、彼女の心はますますゼロのほうに傾《かたむ》いていった。今夜の気分にぴったりという者は誰もいないような気がした……たぶん、彼は別にして……だが、だめだ、彼に電話するわけにはいかない！

　彼女は自分のフラットに入ると仕事用の殺人的に踵の高いハイヒールを蹴り脱いだ。ペンテシレイア（ギリシア神話の勇猛な女人族アマゾンの女王）のように人々に突撃するのに、というか、たぶん、それだからこそ彼女は自分の背丈を痛いほど意識していた、とりわけカメラに写る自分の背丈を。つづいて服を脱ぎ捨てた。床に散らばった服をそのままにして彼女は上等な絹のガウンに袖を通し、それとは不似合いな、だが最高に履き心地のいい柔らかなめし革のミュールに足を突っ込んだ。まだ興奮がさめやらずとてもすぐ寝る気にはなれず、彼女はパソコンのところに行くと完全に（ほぼ！）何の制約もなく話せる唯一人の人物、アメリカにいる妹のアンジーにeメールを打った。それはセックスではなかったが、一日が終わった安堵の一つの形であり、彼女はこれまでの数時間と同じぐらい綿密に自分の言葉を吟味しながら時を過ごした。

打ち終えたとき、電話が鳴った。

彼女は受話器をとって言った、「もしもし」

相手はすぐに話しはじめた。

彼女は耳をかたむけ、それから信じられないという声で言った。「それで、あなたは現にその〈第三の対話〉を手元に持ってるの？」

「ええ。でも明日には渡さなければならないから。もしあなたが見たいのなら……」

「むろん、見たいわ。わたしのところに来てもらえます？」

「今？」

「ええ」

「いいですよ。じゃ、五分で」

電話は切れた。

ジャックスは受話器をおき、宙にパンチを食らわせた。

彼女はサッカー選手やクイズ番組の出場者がこれをやるのを見て、つねづね、いささか品の悪いジェスチャーだと思っていた。だが、今の彼女にはこれが表わす気持ちがよくわかった。

「リプリーや」彼女は言った。「あなたはほんとに神様に好かれてるんだわ」

9

第三の対話

幸いあれ《アヴェ》！

そう、これでいい。

始めに〝言葉〟ありきだが、その〝言葉〟は何語だったのだろう？

交霊会では霊魂は常に英語で話す。おそらくフランス以外では。それにドイツと。それにその他あらゆるところも別にして。

となると、もしわたしが思っているように死者たちは皆、互いに話ができるとすれば、ほんとはどんな言葉をしゃべっているのだろう？ 一種の冥界版エスペラント語？

いや、死者たちはきっとあらゆることを理解できるにちがいない、さもなければ何も理解できないか。

それで、どうしている？ Comment ça va? Wie geht's?

こちら？ そうだね、事態の進展が早くなってきたよ。うん、確かに難しくはなってきた。自分の責任がだんだん重くなるのは、むしろ、嬉しいぐらいだが、でも虚勢を張る気はない、難しくなってきた。

あの放送のあと彼女の帰宅が遅くなるのはわかっていたが、待つのは苦にならなかった。この旅のような長旅をしている者にとって二、三時間など何でもない。そして楽しみの一部は、あの瞬間、時が止まり、すべてが限りなく味わい深い現在に起きるあの瞬間を待つことにあるのだ。

むろん彼女は、あのバゾーキ奏者以後、ずっと候補の一人だったが、ほかにも同じぐらい資格のある者たちがいた。わたしは確信が持てるまで彼ら全員の言葉に耳を傾けねばならなかった。国民は国民に語りかけねばならない（BBC放送のモットー）が、わたしが聞きたかったのはあの個人がこの個人に語りかける言葉だった。すると、彼女があの放送をした。そして彼女の言葉は、片目をしっかり法律に据えて慎重に選ばれてはいたが、そこに込められたメッセージを、彼女がただ一人の人物に向けたメッセージをわたしは聞き取ることができた。わたしにもう一つ〈対話〉を書いて、と彼女は言っていた。お願い、後生だから、わたしにもう一つ〈対話〉を書いて。

これほど明白な誘いをどうして断われよう？　今回もこれまでのときと同様、わたしはきみに選ばれた手先だと感じているのに、どうして断わるなどということができよう？

だが、選ばれたからといってわたしが責任を免かれるわけではない。手助けはしてもらえる、それはわかっている。だが、今回からは、自力でやり遂げたことと同程度の手助けだけだ。

そういうわけで、わたしは彼女が独りで帰ってくるのを確認するために車のなかで待っていたのだ。彼女のような欲望の持ち主ならベッド仲間を連れて帰ってくる可能性が大いにあったからね。彼女に電話をしてから、わたしはもうしばらく待った。三十秒で彼女のところへ行けたが、そんなに近くにいたと彼女に思われたくなかったからだ。

呼び鈴を押すと、彼女は即座にインターフォンで応答した。

「あなたなの？」

「ええ」

正面玄関のドアが開いた。わたしは中に入り、階段を上りはじめた。

すでに時間の流れが遅くなりはじめ、ついには画家のパレットに絞り出された油絵の具程度になったのがわかった。わたしは画家であり、今やカンバスに新たに筆を加える態勢が整っていた。このカンバスが完成した暁には、わたしはすべての偉大な芸術が存在するあの時間を超えた次元に列せられることになるだろう。

彼女のフラットのドアは開いている。だが、まだチェーンがかかったままだ。わたしはこの用心深さに心の中で拍手する。隙間から彼女の顔が見える。わたしは事務用の大型角封筒をつかんだ左手を掲げて見せる。

するとチェーンがはずれ、ドアが大きく開く。歓迎の笑みを浮かべて、彼女はそこに立っている。わたしはほほえみ返し、角封筒の中に手を入れながら彼女のほうへ行く。彼女のきらきらした目が期待に輝くのがわかる。その期待に満ちた瞬間の彼女は、じつに美しい。

だがレイミア（キーツの物語詩『レイミア』の主人公の魔女）を見るアポロニウス（前述物語詩に登場する哲学者）のように、わたしにはその美しいうわべを透かして彼女の正体が見える。人を堕落させる者、歪曲者、自己愛撫者という正体が——また彼女は自己破壊者でもある、というのも最低の者の心にも、わたしたち全員がこの世に持って生まれるあの無垢と美という金塊があるからだ。そして、わたしは彼女の腐敗した部分は切り取るつもりだが、その金塊は残って、生まれたときと同じように美しく、無垢なまま彼女をこの世から送り出せたらと思う。

わたしは角封筒の中で短剣の柄をつかみ、その長く薄い刃を彼女の体に滑り込ませる。

攻撃法については読んであった——肋骨の下を突き、それから一気に上へ——しかし、当然ながら生身の人体で練習する機会はなかった。これは自分で気づく類のことなのだ。いろいろ苦労はあったが、ひょっとしてわたしはマフィアの末裔かもしれないと思うほどだ。

ああ、なんとすばらしいことか、こんなにも確実に言葉が行為を表わし、こんなにも滑らかに理論と実際が渾然一体になるとは。電流が電線を流れ、電球が光りはじめる。宇宙船が噴き出す炎の尾の上で一瞬、支えられ、それから空に向かって昇りはじめる。まさにそんな具合に刃は肋骨の下を切り、まるで意志を持つかのように上に向き、肺を通って拍動する心臓へと切り上がる。

一瞬、わたしは彼女をそのままの状態に置く、彼女の全人生という球体を鋼鉄の一点で支えて。惑星たちの支点がここにある、銀河や無限の空間に浮かぶ星と星のあいだの想像を絶する全虚空の静止した中心が。わたしたちから山中の小さな湖に立つさざなみのように静寂が広がっていく。

ときおり突風が運ぶ遠くの車の騒音が奏でる夜の音楽を呑み込み、生き、愛し、眠り、目覚め、死にかけ、生まれかけている全人類の喘ぎや呻き、鼾やくすくす笑い、おしゃべりや涙声を消していく。

ほかには何も存在しない。ただわたしたちだけ。

そして彼女はこと切れる。

わたしは彼女を抱き上げて寝室に運び、うやうやしく横たえる。なぜならこれはわたしたち双方の旅にとって厳粛で神聖な一歩だからだ。

両親は相変わらず心配そうに見守っている、だが今や子供はぶらぶらと、ゆっくりした足取りで独りで歩き出す。

お願いだ、わたしをつまずかせないでくれ。わたしの命の砦《とりで》になってくれ。そうすれば、わたしは誰をおじ恐れよう。

なるべく早く話しかけてくれ、頼む、なるべく早く。

10

土曜日の朝、ライ・ポモーナは参考図書室に行く途中でリプリーの番組に関するそれは多くの質問を同僚たちから浴びせられ、それをさばくのに手間取って十分遅れて職場に着いた。おかげえそこで繰り広げられていた半ば激した口論の最初の部分を聞き損なった。

その激した半分は館長のパーシー・フォローズで、彼の怒りの長広舌はディック・ディーのおだやかな表面に当たって跳ね返り、かすかな困惑の痕跡しか残していなかった。

「すみません、パーシー、でも非常にはっきりした印象を受けていたもんですからね、あなたは短篇コンテスト関係のことではいっさい煩わされたくないのだと。じつは、あなたが言った言葉そのものを覚えていますよ——いつもじつに印象的な言葉で表現しますからね、あなたは。こう言いましたよ、これはまったく取るに足りない仕事だから、参考図書室の肝腎の業務が邪魔されねばならない理由はないし、あなた自身も、この件が成功裡に完了したという報告以上のもので煩わされねばならない理由は皆無だと」

ライは自分の上司の反撃ぶりが大いに誇らしかった。細部へのあのこだわりと記憶で彼は有能な参考図書室長になっているのだが、同時に、議論の際には弁論に有利な正確さを発揮できるのだった。こんなに面白い娯楽の邪魔をしたくなかったので、彼女は事務室には入らずに受付に坐った。カウンターには参考図書室宛の朝の郵便物と、もういい加減見飽きたあのポリ袋、《ガゼット》社から送られてきた短篇小説の最新で、(彼女は心が明るくなった) おそらくは最後の一山が入った袋が載っていた。

そのポリ袋の一番上に、袋から半分はみ出して、わずか数行の文字がタイプしてある一枚の紙が置いてあった。

汝は花のようだ
かくも麗しく、清らかで、優雅な。
汝を見つめるうちに、わが心に
悲しみが忍び入る。

「しかし、これはコンテストの問題じゃなかろうが」フォローズは怒鳴っていた。「わたしの理解するかぎり、こうした〈対話〉は間違って応募原稿と一緒くたにされたに相違ない。リプリーも言ってたよ、おそらく《ガゼット》の報道部宛だったんだろうと」

図書館をあの〈対話〉の悪影響から遠ざけようとしているのだ、とライは詩句を目で追いつづけながら思った。

あたかもわが指も
しばし汝が髪に止めおけとごとくに、
永久《とこしえ》に優雅で、清らかに、麗しくあれと
神に祈りながら

事務室ではディーが丁重にたずねていた。「このわたしがそのことを知っているべきだったと、そして、《ガゼット》社にあれを返却しておくべきだったと言われるんですか?」

「メアリー・アグニューはそう思っている」フォローズは言った。「彼女は昨夜、あのリプリーの番組が終わるや否やわたしに連絡してきた。わたしはまったくあずかり知らぬことだと言ったんだが、信じてもらえなかったようだ」

「彼女もよく考えてみれば、きっと納得がいきますよ」ディーは言った。

お見事、こんなに礼儀正しく言われては、フォローズも侮辱されたと怒るわけにもいかない、とライは思った。この詩もかなり見事だ。ハット・ボウラーがあの人なつこい口説きのテクニックだけでなく、この旧式な求愛法までこなせるようになったと思えたらすてきなのだが、なんとなく彼は恋に破れた詩人には見えなかった。とにかく、この詩句の真の作者を突き止めるのにミス・マープルになる必要はなかった。彼女がゆっくり目を上げると、べつに意外ではなかったが、図書室のかなたでいつもの席に坐ったチャーリー・ペンがぐるっとこちらを振り向き、見るからに嬉しそうに彼女を見ていた。

彼女はその紙片を床に落とすと何かべとつくものをぬぐうかのように手を拭き、それからこれ見よがしに郵便物を開封する仕事に取りかかった。それほど数はなく、彼女が特に対応しなければならないものもなかったので、彼女はしぶしぶ短篇小説の入った袋に注意を向けた。これが最後の便かもしれないが、その分量の多さは締め切り直前に応募が殺到したことをうかがわせた。

口論はまだ続いていたが、何の役にも立たないのは明らかだった。

ディーが言っていた。「もしこんなふうに暴露されるとこれっぽっちでも思っていたら、むろん、あなたにすべて話してましたよ、パーシー。でも、警察に堅く口止めされたんですよ、例外なしにと」

「例外なしに? きみはそもそも警察を引き込む前にわたしに相談すべきだったとは思わんのかね?」

やっとフォローズのグラブがディーをとらえた、とライは思った。だが図書館長にはこの弱点にジャブを出すだけの判断力はなく、ノックアウトを狙っていたずらに腕を繰り出していた。

「それに、とにかく、いったい全体リプリーはどうやってこのことを知ったんだ？　昨日、彼女はきみを昼食に連れ出した。きみたちはどんな話をしたんだ、ディック？」

この質問は悪くない、とライは応募原稿をすこしずつカウンターの上に空けながら思った。

「短篇コンテストの話ですよ、もちろん。彼女が探り出しに来たのは見え見えでした、風変わりな、異常な応募作について質問して。彼女は直接〈対話〉には言及しませんでしたが、わたしの印象では、どういうわけか彼女はかなり詳しく知ってるようでした。でも、わたしが彼女の知識に何も付け加えなかったのは確かですよ」

ほんとか、嘘か？

意図的にならば別だが、ディック・ディーが不用意にしゃべるとは考えられなかった。しかしまた、たとえ条件が口に出されていなくても、取引となれば彼はおそらくきちんと自分の義務を果たすだろう。そして、わたしたちがすぐそばで働いているからチャンスがあっても、彼がそれに乗じて体に触ったりするどころか、ごくふつうの何気ない接触さえしたことがないからといって、あのジャックス・リプリー、青い目に金髪、そして口の大きな彼女がディーにはこれだ《リング・ザ・ベル》と思わせる女性なのだとわかっても、どうしてわたしが驚いたり、ちょっぴり嫉妬さえ感じる必要があろう？　ジャーナリストの彼女のほうはと言えば、とライはずっときびしい見方になって思った、いいネタを手に入れたいというあの燃えるような情熱からすれば、たぶん、大喜びで進んでディーの鈴を振っただろう。

自分の心にこんな隠喩が浮かんだのがおかしくて、彼女はすんでに笑い声を立てそうになった。するとすぐそばでそれに呼応するような忍び笑いがした。ペンが席を離れて受付カウンターに来ていた。

「なかなかいいだろう？」彼は呟いた。「ここに早く着いてよかったよ。ああ、ここにあった。一緒くたにされてはたまらんからね、こういう……駄文と」

彼は身をかがめて床から詩を拾い上げた。

「ディックの意見を聞きたいことがいろいろあってこのカウンターに寄ったんだが、ちょうどお楽しみが始まったところでね、邪魔をしたくなかったから。きっと滑り落ちたんだ、この詩は。〝Du bist wie eine Blume（あなたは花のようだ）〟の試訳なんだ。大いに気に入ってるんだ、わたしは。きみはどう思う？」

「わたし？　本気で読まなかったから。あの、悪いけど、わたし忙しいんです。手伝ってもらえるんなら別ですけどね、お仲間の作家たちの選《え》り分けを」

彼はからかわれてニヤニヤして、立ち去りながら言った。

「やめとこう。非才のわたしには、とてもそんな大勢の強烈な才能の輝きに立ち向かえそうもないから」

だが、彼女は聞いていなかった。いつものように、彼女は応募原稿を手書きのものとタイプ書きのものに分けていた。そのあと前者のなかの判読不能の原稿（彼女の基準はきびしくなる一方だった）はすべてボツになるのだ。だが、今彼女が手にしているのはタイプ書きの原稿で、それを注意深く読んでいた彼女の顔にしだいに狼狽が広がっていた。

「ま、どうしよう」彼女は言った。

「とにかく」とディック・ディーが言っていた。「世間を騒がせようとするミス・リプリーの努力にもかかわらず、これは結局はティーカップのなかの嵐にすぎなかったってことになりますよ。そして彼女は面目丸つぶれ（イメージを一新しなきゃね）、そして館長、あなたのほうは純白のレースの小敷物《ドイリー》のようなあなたの名声にパン屑一つほどの汚点もつかないでしょうよ」

ライも今は知っていたが、ディック・ディーは皮肉が辛辣であるほど凝った華やかな言葉の層でくるむ癖があった。だが、この太鼓判はパーシー・フォローズの気持ちをなだめるには充分だったようで、それを動作で語るように事務室から出てきた彼は、ストレスのときには盛りのついた極楽鳥の尾羽のように電撃的に広がる、あのたてがみのような金髪を撫でつけようとしていた。

無駄な努力だと思うわよ、パース、と彼女は思った。

ディーも出てきて、ライにほほえみかけて言った。「おはよう」

「おはようございます。すみません、遅れて」彼女は言ったが、フォローズを見ながら早く参考図書室から出ていけばいいのにと思っていた。

「そうかい？　ぼくにはわからないんだ。また腕時計をどこかに置き忘れたようで。見かけなかった？」

ディーの腕時計は年中、冗談の的になっていた。彼は腕時計をしたままキーボードで作業するのをきらった、散文のバランスが崩れるというのだ。だが、いったん腕からはずすと、腕時計はチャーリー・ペン言うところの**Fernweh**、遠い場所への憧れを抱くらしいのだ。

「棚の中段じゃないかしら。あそこがお気に入りみたい」

彼はカウンターの下に身をかがめ、微笑しながら顔を上げた。

「頭がいいね、きみは。これで止まることのない時の流れにまた戻ったよ、ということは、どうやら仕事に取りかかれってことだ。パーシー、話はこれで終わりですか？」

フォローズは言った。「そう願ってるよ、ディック。これでこのばかげた一件の話を聞くのは最後であることをね。しかし、もし何か新たな進展があったら、まず最初にこのわたしに知らせてもらいたい。きみもきみの部下も、この点をしっかりわきまえておいてくれたまえ」

彼は非難の目でライを見たが、彼女はにっこりして思った、いいわよ、パース、もしそれがお望みなら、あなたを喜ばせてあげる。そして、ディーに向かって言った。「ディック、また来たわ」

彼女は注意深く原稿の隅のほうをつまんで、持ち上げて見せた。

彼女にはディーが即座に理解したのがわかったが、フォローズのほうはやや鈍かった。「また……？　なんてこった、まさかまたその〈対話〉とやらが来たっていうんじゃないだろうな？　どれ、見せて」

彼はライの指先から引ったくろうとしたが、彼女は身を引いた。

「ほかの人は誰も触らないほうがいいんじゃないですか」

彼女は言った。「すぐ警察に引き渡すべきだと思いますが」

「それはあくまできみの考えだ、そうだろ?」フォローズは言ったが、彼の髪はふたたび日輪のように突っ立っていた。

一瞬、ライはその〈対話〉を手渡せと彼が命じるのかと思った。この図書館の職員は幸せな一つの大家族だ、と彼は主張するのが好きだ。しかし、これはいつかディック・ディーが言った言葉だが、民主主義は家族生活ではあまり行なわれていない制度である。

だが、今回はフォローズにもこれを対決に持ち込まないだけの分別があった。

「結構」彼は言った。「そして、たぶん、その際にミス・くそったれリプリーのためにコピーを取っておくべきかもしれないな。もっとも彼女がすでに持っていても驚かないが」

「いいえ」ライは言った。「持っていないと思いますよ。内々に主旨は知らされてるかもしれないけれど」

彼女は原稿をそっと揺すった。

「これはすべて病的な幻想だといいんだけど、もしわたしの読み違いでなければ、ワードマンはこう告げています、彼はたった今ジャックス・リプリーを殺したと」

11

ハット・ボウラーはジャックス・リプリーの死体をじっと見下ろし、胸を衝《つ》く悲しみに一瞬、脚が萎えそうになった。

短い経歴ではあるがこれまでにも死体を見たことは何度かあり、その光景に対処する方法もいくつかは学んでいた――呼吸をコントロールすること、精神的に距離をおくこと、意識的に気を散らすこと。だが、自分が知っている人物の遺体を見るのはこれが初めてだった。自分が好意を持っていた人物。自分と同じぐらい若い人物の。

おまえは自分のために悲しんでいるんだ、と彼は憤然として思い、冷笑的な見方をすることで自制心を取り戻そうとした。しかし、うまくいかず、ふらつきながら背を向けたが、何かその辺のものに摑まらないように注意した。

ジョージ・ヘディングリーも動揺しているのが見て取れた。じつは、このでっぷりした警部は遺体から顔を背けてボウラーより先に寝室から出ていったのだが、今はこのフラットの肘掛け椅子に坐り、明らかに気分が悪そうだった。その朝、出勤したときから警部は元気がなかった。実は、彼は五分遅刻した。犯罪捜査部ではこれは刑事より上のほとんどの捜査官の場合は取るに足りないことだが、ヘディングリーの行動パターンからすれば大波乱だった。

今朝、ボウラーが電話でライから知らされたばかりのニュースを持って捜査部に飛び込んだとき、警部はすぐにはその報せを受け入れられないようだった。ボウラーがくだんのテレビ・キャスターと連絡を取ろうと放送局と電話し、ついで自宅へも電話をしてみたあとで、やっとヘディングリーはリプリーのフラットに行ってみるべきだと納得した。

今、肘掛け椅子に坐って宙を見つめている彼は、思い通りの退職へ心安らかに向かう健康な五十歳の男というより、老衰で否応なく世を去るのを待っている退職後の高齢者のように見えた。

「警部、わたしが手配しますよ、いいですか?」ボウラーは言った。

彼は沈黙を返事と受け取り、署に電話して犯行現場班の出動を要請し、小声で付け加えた。「それから必ず主任警部に知らせてくれ。今朝のヘディングリー警部は仕事は無理のようだから」

彼は殺人被害者宅の肘掛け椅子に坐っているところを上司に見られるのはあまり賢明ではないと警部をどうにか説得して、ピーター・パスコーが姿を現わす前に警部を湿っぽい朝の戸外に連れ出した。

「ジョージ、大丈夫か?」パスコーはたずねた。

「ああ。いや、ま、あまり芳《かんば》しくない。風邪を引きかけてね。今朝はやっとこさベッドを出たんだ」ヘディングリーはおぼつかない声で言った。

「じゃ、即またベッドに戻るにかぎるよ」パスコーはてきぱきと言った。

「いや、大丈夫だろう。中に戻って手がかりが新しいうちに見てまわらないと……」

「ジョージ、なすべきことがすべて終わるまで誰も中に入れないのはわかってるじゃないか。帰りたまえ。これは命令だ」

そして、パスコーが刑事として中部ヨークシャーに来たときからずっと万年警部の、この古い同僚に地位を振りかざした後味の悪さを和らげるために、先に立ってヘディングリーを車へ誘《いざな》いながらパスコーは小声で言った。「ジョージ、あと少しなんだから、こんな事件はイヤだろ? つまりその、わからんよ、延々と長引くかもしれない。さっさと退職金をもらって、のんびり暮らすことだよ、え? それに、心配しなくていい、ここまではきみがちゃんとやったことを伝えておくから。ベリルによろしく」

彼は警部の車がゆっくり走り去るのを見守り、それから首を一度振るとアパートのほうに向き直った。

「よし」彼は言った。「じゃ、これまでのところを聞かせてくれ」

「はい、主任警部。あなたをこの件に引っ張り込んでご迷惑でなかったんだといいですが。ヘディングリー警部はほんとに具合が悪そうだったもんで……」

「いや、適切な判断だったよ」パスコーは言った。「きみ自身もあまり具合がよくないみたいだな。なんか悪い病気が流行《はや》ってるんじゃないといいが」

「いえ、わたしはだいじょうぶです。ただちょっとショックを受けただけです、ジャックスを……ミス・リプリーを見て……ほら、彼女とは知り合いでしたから……」

「うん」パスコーは考え込むように彼を見ながら言った。「昨夜の彼女の番組、見たんだろ？」

「ええ。ちょっと意表をつかれました。ご覧になったんでしょ？」

「いや、じつは見てないんだ」

しかし、その内容はダルジールからの電話で聞いていた。電話口の警視はリプリーとボウラーを捕まえしだい、二人一緒に、それから個々に、どんな目に遭わせてやるかという恐ろしい脅しを吐き散らしていた。

パスコーは警視をなだめ、テレビの有名人を公然と襲うのは得策でないし、ボウラーについては、もし彼が情報を渡していたと立証されれば、調査委員会が彼を処罰し、最小限に見ても彼が以後、巨漢の薄くなりかけた頭を悩ますことは一切なくなるだろうと指摘した。

主任警部の脳裡に、たぶん、ダルジールは彼の忠告を無視したのではないか、ボウラー刑事のこの蒼白な顔は、それに、たぶん、この女性の死さえも巨漢がみずから手を下した結果ではないのか、という考えが浮かんだ。

だが犯行現場班が予備検査を終了し、やっと遺体を見たとき、パスコーは巨漢を容疑者リストから消した。短剣は警視愛用の武器ではない。警視なら彼女の首をもぎ取っている。

こういう愚にもつかぬことを考えるのが、パスコーの職業上もっとも不得手な危険、死者たちに間近に遭遇したとき、彼がいつも使う気を逸《そ》らすためのテクニックだった。それよりはるかに彼の気を逸《そ》らすことが目前に迫っていた。まず聞こえたのは離れたところでこの建物に強烈な風が吹き込んだような音で、彼はひょっとして自分の頭上で先の割れた炎が燃えさかっているのではないかとベッドの上の細長い鏡で確かめた（五旬節に聖霊が下ったとき、炎のようなものが人々の頭上にとどまった）。だが、むろん、部屋に突入してきたのは、なんのことはない、アンドルー・ダルジールという聖霊とは両極端の人物だった。

「くそくらえ」彼はベッドの足元で立ち止まると言った。「まったくもって、くそくらえだ。おれは昨夜、彼女なんか死んじまえと願った、心底そう願ったんだ。願いごとなんかするもんじゃないぞ、きみ、願いがかなって初めて身にしみる教訓だ。どれぐらい経ってる？」

「八時間から十時間です、体温と硬直の度合いから推定すると、しかし、まだ……」

「……検死を待たんとな。うん、わかってる。くそ、いつも決まってそうなんだ、ああいう医者連中は。すけべな旅商人以上に言質を取られるのを恐れてる。あれは便利な鏡だな」

　こうした飛躍にはとっくの昔に慣れていて、パスコーはベッド頭上の壁面にはめ込まれた細長い鏡に映る光景に目を凝らした。リプリーはとても安らかに見えた。彼女が着ている絹のガウンは検死医が致命傷を調べるために前をはだけたままになっていたのだが、すでにパスコーが元通り服の前を合わせて彼女の胴を覆っていた。

「セックスに、という意味ですか？」彼は言った。

「違うよ、石炭酸石鹸で心を洗え！　さてはおまえさん、またああいうエロ本を読んでるな。彼女を動かしたのか？」

「検死医の作業にどうしても必要なだけね。わたしが言ったんです、警視は元の位置の彼女を見たがるだろうからって」

「ほう、そうか？　あれは例の日本式ベッドってやつか？　こっちのは見たところ旧式なヨークシャー風だが。ちょうどいい頑丈な裾板がついていて、男が突くのにいい突《つ》っ支《か》いになる。いや、違うんだ、きみ、鏡に映った彼女を見てみろ、何が見える？」

　パスコーは見た。

「根元ですか？」彼は一か八か言ってみた。「彼女は髪を金髪に染めていたこと？」

「うん」巨漢はじれったそうに言った。「だが、それは解剖台の上でもわかったよな？　いや、おれが言ってるのはもう一方の端だ」

パスコーはリプリーの足を見た。彼女の両足はダルジールが大いに気に入ったベッドの裾板に足裏を押し当てている。彼女は履き心地のよさそうな革のミュールを履いている。ミュールはベッドの裾からは見えない。横から見ても特に目立つ点はない。だが、鏡に映ったところを見ると、何か引っかかる……ひどく不格好な形をしているので、どこがどうとは言えないが、しかし……

「左右を間違えて履いている？」彼はためらいがちに言ってみた。

「そうだ。そして、なぜ間違えて履くことになった？」

「おそらく、ワードマンが彼女を運ぶ途中で脱げ落ちて……」

「ワードマン？　うん、そのとおりだが、とにかく、いったいなぜそんな名前がついたんだ？」

「どうやらボウラー刑事があの一連の〈対話〉を書いてる変人につけたあだ名のようです」

「便所頭《ボッグヘッド》がつけた名前？　そして、それをリプリーが番組で言いふらしてたってわけか？」ダルジールは顔をしかめた。「あの若者にちょっと言うことがある。今どこにいる？」

「図書館にこの新しい〈対話〉を取りに行かせました、その〈対話〉でわれわれは気づいたんです……この事件に」

「彼を行かせた？　いや、考えてみれば、かまわんよな。情報を漏らそうにも相手がいないわけだ、〝切り裂き〟ジャックスはもう死んでしまったんだから。このワードマンは凶行の以前か以後かに、前からか後からか、彼女と一発やってるのか？」

殺人事件だというのにダルジールが示すこの露骨な冷淡さは、心の痛みを紛らす彼の好みのやり方なのだといいが、とパスコーは思った。それとも、ただ単に警視は冷淡なだけなのかもしれない。

「検死解剖の結果を待つ必要がありますが、予備検査ではいかなる部位での性交の痕跡も検出されませんでした。警視、この靴ですが……」

「ミュールだよ、きみ。ワードマンがまた履かせたに相違ない。それ故《エルゴ》に、彼はあれに触っている。だが、鑑識は指紋を調べていない」

警視の言うとおりだった。フラット内の指紋が採れそうな他の箇所にはすべてうっすらと粉が振りかけてある。

「採取させます」パスコーは言った。「ボウラーが帰ってきましたよ」

若い刑事は急いでフラットに入ってきたがダルジールを見て棒立ちになった。

「おまえさん、急に思い出したみたいだな、どっか別の場所に行くべきだったってことを」巨漢は言った。「その手から垂れ下がってるのは例の〈対話〉なのか、それともこのおれに会ったのが残念なだけなのか?」

「はい、警視。〈対話〉です」ボウラーはどもりながら言った。

彼は透明なホルダーに入った〈対話〉原稿を手渡した。

ダルジールはホルダーごしにざっと見て、それからパスコーに渡した。

「よし、はらわた《バウルズ》」警視は言った。「きみとおれはここを見てまわろう、彼女がメモを残すか日記をつけていなかったか」

警視はこう言いながら、刑事をじっと観察して彼が罪悪感からギクッとしないかと見守ったが、何の痕跡も見えなかった。それとも、たぶん、青年の顔はすでに惨めさにあふれていて、それ以上どんな表情が浮かぶ余地もないのかもしれない。

巨漢は小さなスケジュール帳を見つけると、まるでハットが引ったくって食べてしまうのではないかと心配なようにパスコーにぽいと投げてよこした。そして、言った。

「よし、きみ。階下に行って外の死体泥棒たちに故人、ミズ・リプリーをもう遺体安置所《モルグ》に運んでもいいと言ってくれないか」

刑事が立ち去るとダルジールはパスコーのほうに向き直った。そして、スケジュール帳のページを繰っているパスコーに言った。「何か見つかったか」

「殺人に関連のあることですか? わたしの見るかぎりで

は何も」

「誰がこの件を漏らしていたかに関連のあることだ」巨漢は噛みつくように言った。

「そう言えば、GPと表記されてる誰か、あるいは何かとかなりの数の予約がありますね」パスコーは言った。

「GP？　かかりつけの、ろくでもない開業医《ジー・ピー》かな？」

「何であるにせよ、これをボウラー刑事だとするのは無理ですよ。頭文字はEだし、あだ名はハットですからね」

「暗号かもしれん」ダルジールは不機嫌に言った。

彼はそっぽを向き、パスコーは呆れ顔で目を剝いた。

「おれに対してそんな顔をするもんじゃない、きみ」ダルジールは見もせずに言った。

「考えてただけですよ、警視、わたしたちはこの事件を解決することにもうすこし集中したほうがいいんじゃないかとね、スパイは誰かを見つけるよりも」

「いや、それはきみの胸一つだ。これは例の巧妙な事件の一つだ。おれのような旧式な男にはとても歯が立たんよ。おれは背景に引き下がることにして、この件はきみの采配に任すよ」

へえ、ほんとに？　とパスコーは半信半疑で思った。これまでの経験からすると、巨漢を背景に据えるととかく光が遮られがちなのだ。

彼はスケジュール帳を調べつづけていたが、やがて言った。「これで謎が一つ解けました」

「どの謎が？」

「彼女がなぜ昨日公表したのか。彼女はわれわれから煉瓦一トン級の圧力がかかることを知ってたにちがいない、それに警察内部の連絡相手が震え上がって金輪際役に立たなくなることも。しかし、やってみる価値のある冒険だった。彼女には……彼女は月曜にロンドンのBBC報道部の面接を受けることになっていたんです。だから、その二、三日前にこんな大ニュースを流すことは、彼女の今度のチャンスにけっしてマイナスにはならなかったんじゃないかな。おそらく、だから彼女はなるべくセンセーショナルに報道しようとしたんですよ」

「ま、今やそれに成功したのは確かだ」ダルジールが言ったとき、ボウラーと一緒に遺体安置所《モルグ》の係員が入ってきて遺体を運び出す準備を始めた。

三人の警察官は無言で見守り、その沈黙は係員たちが悲しい重荷を建物の外に運び出すまで続いた。

「われわれ全員への教訓だな」ダルジールが言った。

「どういう教訓です、警視？」パスコーは言った。

「野心だよ」巨漢は言った。「野心は人殺しになりかねない。よし、おれは帰る。何かあったら連絡してくれ」

ハットは見るからにほっとして、立ち去る警視を見守っていた。

パスコーは言った。「ハット、きみがヘディングリー警部に出した報告書を見たよ。よく出来ていた。何か悪事が行なわれていることを確かに示していた。それがこんな形で確認されてしまったのは悲劇だが、これならわれわれが無能だとは誰も言えないよ。よくやった」

「はい、ありがとうございます」ハットは言ったが、自分を励ましてくれる主任警部の親切さがわかり、それだけにいっそう心苦しかった。「あの、ほかにもあるんです、じつはたった今、思いついたんですが……あの主任警部がわたしに見張らせた男、ルートですが……」

彼はパスコーの注目を完全に集めた。

「たしか彼は……いえ、彼はデーヴィッド・ピットマンが殺された晩に確かに〈タベルナ〉で食事をしていました……」

そして今、ピーター・パスコーは親切のかけらもない目で彼を見ていた。

12

パスコーのいい点はいつまでも根に持たないことで、というか、そう見えることで、これは、むろん、パスコーの悪い点かもしれなかった。

ハットは自分がルートのところに行って彼が〈タベルナ〉に食事をしに行ったことについて事情聴取をしようと申し出たが主任警部は断わり、それから、たいがいの上役とは違ってパスコーの場合はいつものことだが、その理由を説明しにかかった。

「ルートはきみの顔を知らない——彼にもう感づかれたんなら別だが？」

「いえ、絶対に」ハットは自信たっぷりに言った。

「じゃ、そのまま教えないでおこう。事情聴取にはウィールド部長刑事を行かせる。彼はみんなの中でいちばん……どう言ったらいいかな……こっちの心を読まれにくい。〈タベルナ〉で食事をしたほかの客同様、彼も単に目撃者かもしれないというだけだと彼を納得させられる者がいるとしたら、それはウィールドだ。もちろん、おそらく、ほんとにそれだけ、目撃者かもしれないだけだろうがね」

そうだよな、とハットは思った。でも、あんたは彼がそれよりずっとずっと重要な人物であるようにと必死で願っているんだ！

「その間に」パスコーは言った。「きみは《ガゼット》社に行ってくれ。リプリーは昨夜遅くに殺された。〈対話〉が事前に書かれたのでないかぎり、そして読んだところでは確実にそうではなさそうだが、原稿はそれが発見された今朝の九時に先立つ十時間のあいだにあの袋に入れられたに相違ない。どうやって袋に入れられたか知りたい。わたしは念のために図書館側を調べる。そっちが済んだら図書館で落ち合おう。それからな、ハット、冷静に振る舞おう、な？　マスコミがこの話を嗅ぎつけたら大混乱になる。その前の静けさをできるだけ長引かせようや！」

ハットの《ガゼット》社訪問は長くはかからなかった。一息つく暇をというパスコーの願いはかなわなかった。最新の〈対話〉のニュースはすでにここに届き、メアリー・アグニューは情報を与えるより入手するほうに熱心だった。ひたすら彼女の勢力圏外に早く出たくて、彼は頑固に抵抗し、目的の情報を入手した。あまり役立つものではなかった。金曜の夜はいつも土曜版の準備でてんやわんやなのだが、ジャックス・リプリーの放送がメアリー・アグニューに無視できないトップニュースを与え、その忙しさに拍車をかけたのだった。つまり、リプリーのあの暴露発言の二次的効果、あの発言がなぜか短篇コンテストの応募締め切りを強調する結果となったことに誰も気づかなかった。翌朝早く、郵便配達係は——金曜の夜はいつもテレビを見るよりましなことをしていたから——幸せにもこの大事件のことは露知らず、そこにある遅くに届いた十二、三通の応募原稿を金曜の日中に来たほかの全応募作が入った袋に突っ込み、退屈きわまる仕事がこれで終わるのを喜びながら大急ぎで〈センター〉に届けた。リプリーの番組を見たあと、当然ながら袋の中身をすべて点検したメアリー・アグニューは、今初めて、あとからまた袋に加えたものがあったことを知って怒り心頭に発していた。彼女が当惑顔の郵便配達係の頭上に激しい怒りをぶちまけているあいだに、ハットはこっそり立ち去った。

彼が〈センター〉に着くと、といっても歩いて二、三分のところなのだが、ガラス戸を押し開けて入っていく主任警部のほっそりした、手足のひょろ長い姿が見え、急いで彼に追いついた。

「早かったじゃないか」パスコーは咎めるような口調で言った。

仕事の速さを褒められることを期待していたハットは、調査結果を、本人としてはいかにも手慣れた調子のつもりで、ほとんどウィールド的に簡潔に要約して報告した。だが、どうやら主任警部の考えが、〈対話〉の件を漏らしたのはハットに違いないというほうに傾きかけているのを見て、彼の心の傷に侮辱まで加わった。彼は激しく自己弁護したが、じつはそんな必要はなかった。というのも二人が参考図書室に入ると、アグニューがすでに何もかも知っていたという証拠が、《ガゼット》の古参記者、痩せて猫背でニコチンの浸みたサミー・ラドルスディンの姿でそこにあった。

彼は、館長のパーシー・フォローズと馬券屋でさえ恥ずかしがりそうな派手なチェックのスーツを着て、髪をロバの陰茎のようなポニーテールにした背の低い、がっしりした男の、どうやら激しい言葉の応酬とおぼしきものの真ん中にいた。片側には家畜品評会の審査員よろしくディック・ディーとライが立っている。

ディーが入って来たパスコーたちに最初に気づいて、言った。「来客ですよ、パーシー」静かな声だったが、なぜか口論を貫くだけの力があった。三人の男は客のほうを見た。フォローズの口がその小さな顔には大きすぎるぐらい横に広がって笑顔になり、豊かな、たてがみのような髪を馬のようにぐいと振り払うと、真一文字にパスコーを目指した。彼はポニーテールが自分の体を挟んで妨害しようとしたのはうまくかわしたが、くだんの男がまるで洞窟の奥から聞こえてくるような、驚くほど太く、よく響く声を挟むのまでは防げなかった。

「パスコー主任警部、ですね？ 奥さんを存じ上げてますよ。アムブローズ・バードです。じつに恐ろしい出来事だ。じつに恐ろしい」

では、これが〝最後の俳優・座長〟のアムブローズ・バードか。ハットはライから聞いた話、もっか提案されている〈センター〉全体の所長職をバードとフォローズが張り合っているという話を思い出した。やがて明らかになったが、バードがここにいるのもそのせいだった。この殺人と〈対話〉のニュースが建物中を駆けめぐったとき（情報源を当てても賞品は出ない、徒労なのに甲高い声でまだ何か言っている館長を見ながらハットは思った）、バードはまだ所長当選者ではないにせよ当選確実者だと勝手に思い込んでいて、マスコミの前に〈センター〉のスポークスマンとして姿を現わすことでその自認当選確実者の地位をより強固にできると判断したのだ。おそらく彼が《ガゼット》に電話して情報を漏らした張本人だろう。

パスコーは、ハットがただもう脱帽して自分も見習いたいと願うだけの、いかにもそつのない態度でくだんの三人組をすばやく閲覧室に追い出し、ハットは先に立ってライ・ポモーナとディック・ディーを事務室に入れた。

パスコーはドアを閉め、ガラスごしに三人の男たちを確認すると小声でハットに言った。「あの連中を見張っててくれ。あのうちの誰かが近寄ったら、特にサミーが近寄ったら、出ていって脚をへし折ってやれ」

事務室には人が住んでいるような雰囲気があった。コーヒー沸かし、ビスケットの缶、官給品には見えない古い肘掛け椅子、同様の東洋風の絨毯、そして壁には所狭しと絵や数点の版画、数枚の、どれも男性ばかり写った写真が飾ってあった。たぶんディーはゲイかもしれない、とハットは期待を込めて思った。しかし、彼はそんなふうには見えない。もっとも、エドガー・ウィールドと一緒に働いたことがある者には、これは危険な試金石だとわかっている。ディーが妻帯者だという証拠を探していたハットは、銀の写真立てに入った三人の男生徒の写真を見つけた。右側の少年はディーの息子かもしれない。あるいは、たぶん、いや、事実、ディー本人の若い頃だろう。机の上には文字や数字のついたプラスチック製の駒が入った箱、それに木製の駒棚《ラック》が三つ、折り畳んだ大きな盤の上に立っていた。どうやらこれがライが話していたパロ何とかという、とんでもない言葉遊びなのだろう。

彼はライと目が合い、思い切って微笑してみた。

彼女は微笑を返さなかった。

パスコーはその朝の出来事を彼女とディーにきわめて客観的な正確さで伝え、その間、ハットはメモを取りながら、ときどきガラス越しに見やっては新聞記者が充分離れているのを確認した。

ライが、開いていた袋から最初に取り出したのはチャーリー・ペン訳のハイネの詩だったと言ったとき、ハットは馬鹿げているのにまた強い嫉妬を感じた。

「じゃ、あなたがここに来たとき、ペンさんはすでに図書室にいたんですか？」

「ええ、そうです」

「そして、一部始終を見ていた？」

「ペンさんが何かを見逃すことはあまりないですから」彼女は慎重に答えた。

「今ここに来たときには、彼を見かけませんでしたが」パスコーは言った。

「ええ」ディーが口を挟んだ。「チャーリーが言うには、おそらく図書館は大騒動になるだろうから自宅で仕事をしたほうがよさそうだと」

この言葉と共に浮かんだかすかな微笑から察するに、これはペンが実際に言った言葉を無難に置き換えたものなのだろうとハットは思った。

「で、その自宅というのはどこですか？」

ディーは住所を途中までしか言えなかったが、ライが助け船を出して正確に唱えた。これは彼女が実際に行ったことがあるという意味だろうか、とハットは思い、またしても嫉妬が湧き上がるのを感じて、顔には出ていないようにと念じた。ハットが彼女のディーに対する好意に嫉妬していることは、すでに彼女に悟られている。おれが所有欲の強い変人か何かみたいな印象を与えてみろ、まさにお先真っ暗だ。

ようやくパスコーは満足した。

二人の司書をあとに残して彼はハットと共に事務室を出た。図書室のドアの近くでバードとフォローズは先刻の口論をまだ続けており、ラドルスディンは火のついていない煙草を嚙みながら、厭世的な無関心な顔で傍観していた。

「皆さん」とパスコーが呼ぶと論争は止み、三人とも彼のそばにやってきた。

パスコーは脇にどいて彼らを事務室に入れた。

「ここでの用件は済みました」彼は言った。「辛抱強くお待ちいただいて、ありがとうございました」

それから、ハットは喜び、感心したのだが、主任警部は背後でそっとドアを閉め、二人は駆け出す一歩手前の早足で出口に向かった。

駐車場エレベーターの扉が閉まる直前に、ラドルスディンが追いついた。

「コメントを、ピート」彼は喘いだ。「コメントを頼むよ」

「喫煙は健康に重大な害を及ぼしかねない」パスコーは言った。

「これからどこへ行くんです?」二人で車に乗り込みながら、ハットは訊いた。

「チャーリー・ペンの話を聞きにさ、むろん」パスコーは言った。

ペンのフラットはエドワード七世時代風の邸宅だったアパートの最上階にあったが、建物は足場で囲まれ、怒鳴り声、物のぶつかる大きな音、金属の当たる音が賑やかに響き、それにラジオの音楽が流れて英国の労働者が賃金を稼いでいることを天下に示していた。

二人は外出しかけていたペンに出くわした。腹立たしげに睨むと、回れ右をしてフラットの室内に彼らを案内しながら、ペンは言った。「まったく、信じられるかね、図書館から逃げ帰ったんだよ、じきに警官隊の足音がそこらじゅうにずしんずしんと反響してとても仕事にならんと思ってね、そしたらこの地獄だ」

「でも工事が続いてるのは知っていたはずなのに」パスコーは言った。

「わたしが出かけるときにはまだ始まっていなかった、だから思ったんだよ、土曜の午前は、たぶんあの連中も四倍の時給をもらわなきゃベッドから出てこないんだろうって」

「で、何の工事をやってるんですか?」

「家主は建物におめかしさせてるのさ、一軒家として売れば二、三年前に買った値段の五倍は手に入ると思ってね」

作家は不揃いな歯を犬のように剝いてニヤッと笑った。

「しかし、彼はまずこのわたしと縁を切らねばならない、そうだよね?」

こういう挨拶代わりの言葉がかわされているあいだに、ハットはあたりを見まわした。

あまり目立たぬように彼が観察したかぎりでは、フラットは寝室と浴室、キッチン、それに今彼らが居る部屋から成っていた。天井が高く、街の古い一帯の趣ある屋根瓦が

（足場の枠に囲まれていても）一望のもとに見晴らせる奥行きの深い出窓があって、確信犯的な本好きが散らかしまくっていても部屋はいかにも広々としていた。出窓には非常に大きな机が置いてあったが、机の上は書類と本で完全に埋め尽くされ、それでも足りずに周囲の床に溢れ、全方向に二メートルほど延びている。部屋の反対側には緑色のラシャを張ったアンティークのカードテーブルがあって、その回転式の卓上には星形をした大きなゲーム盤が——その表面は色がついたり奇妙な表象《シンボル》が記されたマス目になっていた——非常に整然と広げてあり、その脇には文字の駒がいっぱい入った大皿と木製の駒棚《ラック》が三つ置いてあった。

　このゲームをほんとに楽しんでるに違いない、彼とディーは、とハットは思った。各自がゲーム盤を持っているとは！　たぶん、もっとあるのかもしれない。おそらく、ディーの自宅にもあるんだろうし、ほかの場所にもいろいろあるのかもしれない。

　それから彼はテーブルの背後、一枚の写真額がかかった壁に注意を向けた。その写真にはぴったりくっついて肩を組んだ三人の少年が写っている。事務室のディック・ディーの机に飾ってあったのと同じ写真だが、ただこっちのほうがずっと大きい。大きく引き伸ばした結果、ピントが甘い写真のぼやけた感じが強まって奇妙にこの世ならぬ雰囲気が生じ、少年たちは夢のなかで会った人物のように見えた。彼らは芝生の上に立ち、背景には木々と城郭風の高い建物があってまるで霧に煙る森の中の城のように見えた。外側の少年たちはほぼ同じ背丈で、ひょっとすると片方がもう片方より五、六センチ高いかもしれない。だが二人とも真ん中の少年よりは優に十五センチは高い。この少年はもじゃもじゃの縮れた金髪に丸ぽちゃの可愛い顔をしていて、見るからに嬉しそうにカメラに向かって微笑している。ほかの二人のうちの背の低いほう、ディーらしく見える少年も微笑しているが、これはもっと内省的で秘かに楽しんでいるといった微笑だった。それに引きかえ三人目の少年は一目でわかるしかめ面で、ハットはその顔に今、「遠慮なくあちこち観察してるようだね」という噛みつくような声にチャーリー・ペンを振り返り、再会した。

「すみません、ただあのゲームに気がついたもんで」彼はゲーム盤を指さしながら言った。「ライが――ミス・ポモーナがあれの話をしていたので……何か妙な名前で……パラなんとか……」

「パロノメイニアだよ」そう言いながら、ペンはしげしげと彼を見た。「ミス・ポモーナがあれの話をしたわけだね。うん、そう言えば、いつかわたしとディーがゲームをしてたら、彼女が興味を示したな。だけど彼女に言ったんだよ、ほんとに面白いゲームはみな、二人でしかできないゲームだと」

彼はじっとハットを見つめながら好色そうな笑顔を浮かべ、ハットは自分の顔が赤くなるのを感じた。

「スクラブルの一種ですか?」パスコーがたずねた。

「ああ、そうだよ。チェスがチェッカーの一種だって言うんならね」ペンが鼻先でせせら笑った。

「すごいんだな。うちのまだ小さい娘も盤上ゲームが好きなんですよ」パスコーは呟いた。「しかし、ペンさん、必要以上にお時間をとっては申し訳ない。ほんの二、三質問を……」

だが彼がまだ始めないうちに戸口のドアで大きなノックの音がした。

ペンは部屋を出ていき、そのすぐあとに作家と改装工事の現場監督のあいだで始まった大声のやりとりが聞こえ、しだいに激しさを増していった。現場監督は工事のためにペンのフラットの窓を使う許可を求めており、どうやら雇い主からもらった書面による指示で自分には法的権利があると思っているらしかった。

パスコーは部屋を横切って丈の高いライティング・ビューローのところに行き、棚に並んだ本をじっくり見た。ペンの〈ハリー・ハッカー〉シリーズが全巻揃っている。

「どれか読んだことがあるか、ハット?」パスコーは訊いた。

「いえ。もっとましなことをしますよ」

パスコーは好奇心をそそられたように彼を眺め、それから言った。「たぶん、読むべきだと思うよ。著作からいろいろ作者のことが分かる」

彼は上のほうの棚に手を伸ばして本ではなく革表紙がつき、〈忍び歩く者《スカルカー》〉と記された二巻のファイルの一冊を手に取った。なかを開いてみると、同名の雑誌が綴じてあった。まとめ方もレイアウトもよく出来ていたが、明らかに素人の手になる製本だ。彼はでたらめにどこかページを開けてみた。

なぞなぞ
わたしの一番目は〈犬の家《ドッグ・ハウス》〉のなかにある、求められてはいないけど。
わたしの二番目は手の中に入るまでは肥厚している。
わたし全体はブランドのなかにいないときにはシンプソンのなかにいる。
（**解答は十三ページ**）

ハットが肩越しにのぞいていた。

「なぞなぞだ」彼は興奮して言った。「〈第二の対話〉にもあった」

「興奮するな」パスコーは言った。「なぞなぞの種類が違うよ、もっとも最初見たとき思うのとは別種のなぞだが。ちょっと見ると、よくある単純な、綴り字の語呂合わせに見える。しかし、じつは違う」

「じゃ、何なんです？」

「答えを見てみようじゃないか」

彼は十三ページを開けた。

答え　寂しがり屋ののろま槍《ロブランス》

「いったい全体、こりゃどういう意味です？」ハットは言った。

「思うに、男子生徒の冗談じゃないかな」パスコーは言った。

だが、それ以上あれこれ推測する前に、ペンが戻ってきた。

「くつろいでくれたまえ、遠慮なく」彼はとげとげしく言った。「個人的な手紙はファイル戸棚にしまってあるから」

「当然ですよね、だから本棚を見ても差し障《さわ》りのあるものは何もないだろうと思いまして」パスコーは丁重に言った。

「でも、謝ります」

彼はファイルを戻して言った。「さて、さっきの質問ですが……」

ペンはすばやくいつもの平静を取り戻して、ライが話したとおりの経過だったとすぐに認めた。彼は必要以上に詳しく説明して、参考図書室に着くとすぐディー氏を捜しに受け付けに行ったが、彼は事務室で忙しそうにしていたので自席に戻った。うっかり自分の原稿の一部をカウンターに置き忘れて、それをミズ・ポモーナが見つけたのだと。

彼はその訳詩を取り出して彼らに読ませさえした。

「わたしの印象では」彼は冷笑するような目でじっとハットを見ながら言った。「彼女は恋文《こいぶみ》と勘違いしたのかもね。こういう恋文が欲しいという若い娘は多いんじゃないかな。最近はあまり昔みたいにロマンティックじゃないからね」

ハットは思わず不機嫌な唸りが口を衝《つ》いて出るのを抑えられなかった。そして、もしパスコーが口を開かなかったら、きわめて敵意に満ちた尋問に取りかかっていたかもしれない。パスコーは言った。「非常に参考になりました、ペンさん。調書を作る必要はないと思います。出口はわかってますから」

通りに出ると彼は言った。「ハット、目撃証人に対して個人的敵意をあんなにあからさまに示すのは感心しない」それから叱責を和らげるために付け加えた。「自分の経験から言ってるんだ」

「はい、主任警部。すみません。しかし、ほんとに人の神経を逆なでにしますよ、彼は。むろん、これは証拠とは言えませんけど、でもあの男にはどこか異様なところがありますよ、そう感じずにはいられない。たぶん、仕事柄、仕方ないのかもしれませんけどね、作家というのは」

「なるほど。作家は異様でなければならないのか」パスコーは言ったが、かすかに面白がっているふうだった。

ふいにハットはエリー・パスコーのことを思い出した。

「いけない。すみません、そんなつもりじゃ……」

「わかってるよ。異様なのは年かさの男性作家で、感じやすい若い女性が見つけるように彼女の近くにロマンティックな詩を置いておく者だけさ」
笑いながら彼は車に乗り込んだ。
ま、上司を面白がらせ続けているんだから、おれは正しいことをしているに違いない、とハットは思った。

殺人事件捜査の最初の二、三日というのは、そして今度のワードマン捜索のように複雑な捜査になるとわかっている場合は特にそうだが、信じられないほど忙しい。この段階では何が建設的な忙しさで、何がエネルギーの完全な浪費という結果になるかまったく見分けがつかない。したがってすべてが時間を食う、細部にこだわった作業になる。一つわかった収穫は、リプリーの左のミュールに付いていた、彼女のものではない、部分的な親指の指紋だった。ダルジールは、感心なことに、得意そうな顔一つしなかったが、たぶんこれは、たとえ合致しそうな指紋が見つかっても、証拠として採用されるのに必要な十六の比較点にはとても達しそうにない、と専門家が言ったせいだろう。コンピューター化のおかげで照合作業は昔より格段に早まったが、これまでのところ何も浮上していなかった。

検死解剖の結果、死因は刀身の長く、薄い短刀で一突きされたことによる刺し傷であることが確認された。犯行現場で検死医が言ったこと、性的暴行の外見的な証拠はみられないという所見についても確認された。死の当日、あるいは避妊具を用いて性交をしたかもしれないが、もしそれが彼女の意志に背いたものだったとすれば、彼女は抵抗もできないほど怯えていたということだ。

そういうわけで最初の検死報告はあまり役に立たなかったが、あとになって病理医が電話してきて二度目の検査で彼女の左の臀部に噛み痕が見つかったと告げた。ちょうど血液沈滞、つまり死後の鉛色がもっとも顕著な箇所にあり、見つけにくい痕だったという。言外の意味は、病理医の献身的努力がなければ発見できなかったろうということだ。

「遺体安置所《モルグ》のアシスタントか、掃除婦の仕業じゃないのか」ダルジールは皮肉っぽく言った。撮った写真がさっそく、中部ヨークシャー法医学研究所の歯科医ヘンリー・ミュラー教授——学生にも警察にも等しくミスター・臼歯《モウラー》の名で知られていた——に回された。教授の診断は指紋専門家の判断と同じぐらい曖昧だった。さよう、こういう歯ではこういう痕は断じてつかないとは断言できるが、合致しそうな歯を前にして、可能性が強いという以上のことは言えそうもない。

「専門家なんて連中は」とダルジールは言った。「糞くらえだ。この野郎をとっ捕まえるのは、血と汗と労を惜しまぬ捜査だよ」

最初からハット・ボウラーはその労を惜しまぬ捜査をした一人だった。そのあと初めてきた日曜日、彼はライに電話するわずかな時間を見つけるのさえやっとだった。ジャックスの遺体を見た瞬間からわかっていたこと、自由な日曜日はもはや自由ではなく、二人のスタングデイル行きは中止しなければならないことを告げるためだった。

彼にとっては嬉しいことに、彼女は言った。「全然かまわないわよ。小鳥たちが全部、来週までに移住しちゃうわけじゃないもの、そうでしょ?」

「そりゃ、しないよ」彼は笑った。「とにかく、まだよそに行かないように連中に一筆、書いとくよ」

「ぜひ、そうして」

それから彼らは事件のことについて話したが、ハットはダルジールの巨体が犯罪捜査部室の入り口に現われたのに気づいて、急いで話を終わらせた。

「目撃者か?」巨漢が訊いた。

「はい、警視」ハットは言った。

「世の中、変わったもんだ。以前は目撃者との話は笑いごとではなかったが。ウィールド部長刑事を捜しているんだがね」

「彼も目撃者と話をしてます」

「あいつは笑ってないといいが」ダルジールは言った。

「ま、誰も気づかんだろうが」

確かにエドガー・ウィールドは笑っていなかった。

彼が話をしている目撃者はフラニー・ルートで、ウィーィールドは完全な無表情でこの任務をこなしていた。ルートが監視下に置かれていることを、断じて彼に感づかせたくなかった。ウィールドは自分の友であるパスコーが、ことルートに関しては危ない橋を渡っていると考えていた。あの一件、この青年のいわゆる自殺未遂という結果になったあの件以後、公式の苦情は来ていないが、不当な圧力を示唆する記事が一部の新聞で報道されたし、それは警察のマスコミ監視部で記録されているだろう。もしまた別の〝偶発事件〟が起きれば、おそらくその両方からもっと単刀直入な反応があるだろう。そういうわけで、ウィールドは念には念を入れて〈タベルナ〉の一件に当たった。彼には問題の夜、ルートがあのレストランにいたことを知っている理由が必要だった。そして、ルートが勘定をクレジットカードで払ったとわかったときにはホッとした。勘定書を見て、ルートが一人で食事をしたことも確認できたが、写真の助けがあっても彼を覚えているウェーターは皆無だった。

つぎにウィールドはあの晩、あの店で食事をしたことがわかっているその他の客全員の事情聴取を始め、ルートはリストの終わりのほうに持ってきた。

しかし、これだけ周到にやったのに、彼を出迎えたのはルートのごくかすかな、いかにもしたり顔の微笑、まるで一目で彼の戸口までの全行程がわかった、と言わんばかりの微笑だった。

彼は質問に礼儀正しく答えた。

ええ、〈タベルナ〉に行きましたよ、あの一回だけね、ぼくの好みじゃなかった。ええ、あの若いバゾーキ奏者のことは覚えています。いえ、これといって、ぼくに話しかけてきた人がいたという記憶はありませんね。

「で、あなたのほうは、あなたはこの若者に声をかけましたか？」ウィールドは訊いた。「リクエストとか、たぶん？」

「いや、ぼくの好みの音楽じゃなかった」

「あなたの好みの音楽じゃなかった。あなたの好みの料理じゃなかった。こんなことを訊いてはなんですが、そもそもなぜあのレストランを選んだんですか？」

この質問にルートは率直な、きまり悪そうな微笑を浮かべ、ウべた。

「わかりません、ほんとに。誰かが奨《すす》めたのかもしれないな。うん、そうだ。奨められたんですよ」

「ほう、そうですか。誰が奨めたか覚えてますか?」

「いや、それがね」ルートは言った。「誰か、何かのときに会っただけの人じゃないかな」

そして、それで終わりだった。彼はパスコーに報告したが、主任警部はハットを呼んで一緒に聞かせた。

「そして、事情聴取をしたその他の食事客の誰一人、デーヴィッド・ピットマンが連れのない客と話しているのを見た記憶がないのか?」

「ええ。残念ながら」ウィールドは言った。「行き止まりですよ。リプリーのミュールに付いていた例の欠けた指紋、あれについてまだ何も言ってきませんか?」

「記録の中には合致するものはありませんでした、部長刑事」ハットが言った。

ということは、とウィールドは思った。ルートの指紋ではないということだ、前歴者として、彼の指紋は記録の中にあるはずだから。

だが、彼はわざわざ口に出してその点を強調しようとはしなかった。

週末が近づくにつれて、捜査のテンポがすこし遅くなった。これは犯罪捜査部の雰囲気にとってはマイナスだったが、ハットには延期したデートの約束を守れるかもしれないという希望を与えた。それに、土曜日の昼の内覧会にはなんとしても行こうと決心した。もし自分が姿を見せなければ、延期した日曜の午後のスタングデイル行きをライが取り消すかもしれないと心配だったからだ。

金曜日の朝、彼はルートについて毎週書く報告書をパスコーに提出した。リプリーの殺人事件捜査があるから、この死ぬほど退屈な監視から解放されるだろうという彼のはかない望みは、ルートがあの晩〈タベルナ〉の客だったことを利用して主任警部がこの仕事を公式の任務にしたとき、露と消えた。しかしながら、ダルジールは嬉しくなさそうだったし、それにウィールドの報告、プラス指紋に関する否定的証拠もあることだから、この仕事もそう長くは続かないだろう、とハットは希望を抱いた。

「あの男に感づかれなかったのは確かか?」パスコーがたずねた。ルートがいかにも潔白そうな態度を見せた理由をまだ探しているのだ。

「命を賭けてもいいです」ハットは自信満々で言った。「これ以上目立たなくなったら、自分がひげを剃るときにも鏡に映らなくなっちゃいますよ」

これにはパスコーも微笑した。それから彼は諦めたように言った。「よし。これで終わりにしよう。いろいろご苦労だったな。よくやった」これは、とハットは解釈した、巨漢の圧力でとうとうこの監視任務が潰されたということだ。

しかし、彼は、とりわけ今は、この解釈が顔に出ないように気をつけた。というのも彼は褒められたことで大胆になり、このチャンスを捉えて、理由も説明して、例の内覧会に出席するために早退してもよいかとたずねた。

「いいとも」主任警部は言った。「誰も彼も行くみたいだしね。それに本物の恋の邪魔はできないよ」

「ありがとうございます」ハットは言った。そして、まだまだ若くて、浮ついていると見られるのが嫌で、こう付け加えた。「今、ふと頭に浮かんだんですがね、ワードマンは自分の〈対話〉に注目を集めようとして図書館を利用してるし、この内覧会は〈センター〉で開かれるわけですから、ひょっとして会場に彼が姿を現わすってことは考えられませんか?」

すると、パスコーは笑って言った。「つまりなにか、もしわれわれ二人が目を皿のようにしていて、今にも殺人を犯しそうな者がいたらすぐ飛びかかれるようにしていれば、大成功を収められると! 真面目な話、ハット、こういう仕事をしていると自由時間はなかなか取れない。いいから仕事のことは忘れろ、のんびり過ごせ。ワードマンが会場に来る理由はないし、また、もし来たとしても、われわれみんなと同じことしかしないよ、つまり、展示品を見て楽しむことしか。そうだろ?」

「はい、そのとおりです」ハットは言った。「すみません。

バカなことを言ってしまって」

「バカじゃないよ、仕事熱心すぎるんだ。ワードマンのことは忘れろ。さっきも言ったけど、ただもうのんびりして内覧会を楽しむといい」

13

第四の対話

内覧会。

幽霊でも笑い出す言葉だ。

わたしもこの言葉に面白がらせてもらった。画廊をぶらぶら回りながらまずわたしが気づいたことは、実際の話、誰一人、手にしたワイングラスと、その向こうにいる話し相手以外は何も見ていないということだった。

そして、込み合う会場に集った人々のなかに中部ヨークシャーの名士たち全員が顔を揃えるにつれて、おそらく彼らはこれまで何度も顔を合わせているのだろうから、いよいよもって内覧とは無縁のように見えた。

即座に目を引く唯一の展示品は男根を思わすようなトーテムポールで、高さ百八十センチ、オーク材をチェーンソーで彫ったものだった。だが、それさえも最初に一言、二言みだらな感想が出たあとは、その荒削りの平縁をグラス置き場に使っている者は別として、おおむね無視された。もっとも、通りすがりに《ガゼット》の美術評論家が男か女だかわからない連れに向かって、こう言っているのが聞こえはしたが。「そう、確かにある種の、なんと言ったらいいか、ある種の雰囲気《オーラ》があるね」

雰囲気《オーラ》。

これもまた笑える言葉だ。

語源は「息」あるいは「そよ風」を意味するギリシア語αυραだ。

しかし医学用語では、てんかん発作の前兆となる症状を表現するのに使われる。

ほら、てんかん持ちだったあのアジーおばあさんのこと、覚えているかい？

あれだよ。彼女の前兆《オーラ》はふつうのように顔面が引きつったり、筋肉が痙攣したりするのではなく、だしぬけに異常な多幸感に満たされることだった。それが何の前触れか知っていたから、彼女はいつもきわめて絶望的な声で叫んだものだ。「ああ、わたし、ほんとに幸せ」あれは知らない者が聞いたら口調と意味が矛盾語法的に激突してるから、あとから来る発作を見たときよりずっと狼狽しそうな声だった。

のちになって、われわれ人間という占いカード《アルカナ》への興味が募《つの》ったとき、わたしは古い医学が発作を、神が予言を発する手段として人間を使ったとき、弱い人間の肉体が神のエネルギーの侵入に対して示す反応なのだと解釈したことに気づいて、アジーのことを考えたんだが、発作のあいだに彼女が立てた声の意味にまでは思い至らなかった。もし彼女に会ったら聞いてみる価値があるかもしれない。

ま、きみの好きにしてくれ。とにかく、今やわたしはわが身で体験して、昔の僧侶兼医者の見立てが正しかったことがわかった。

　というのは、わたしも前兆《オーラ》を、わたしの体を吹き抜ける神の息吹を体験する。もっともわたしの前兆《オーラ》は、ギリシア語と同語源と見られるが、「金」を意味するラテン語aurum《アウルム》と同語源と見ることもできる。なぜならこの新たな〈対話〉の冒頭は、わたしの中で夏の日の夜明けのように始まる。わたしは全身が歓喜と確信の光背《オウレオール》に包まれるのを感じ、それはどんどん広がってその金色の光輪のなかにいる者全員の時間を静止させる。

　画廊を歩きまわるうちに、わたしはそれが始まるのを感じた。だが、恥ずかしい話だが、最初はそれをなんとか否定しようとしたのを告白しなければならない。というのも、あの前兆《オーラ》の光の中では、わたしには恐れるべき者は誰もいないとわかっていたが、それでも疑り深いわたしの心は、ここで、この大勢の人々の中で、どうしてそんなことが出来よう、と問いつづけた。

　どうしてそんなことが出来よう？

＊

　ハットが内覧会場に着いたとき、すでにかなり込み合っていたが、驚いたことに、金色のたてがみにきれいに馬櫛を入れたばかりのフォローズと、ポニーテールをきれいに整えたばかりのバードが激論を中断して、口喧嘩の最中に牧師に不意をつかれた夫婦のように、あわてて歓迎の笑顔を作りながら一直線に彼のほうにやってきた。

　二人がそばを通り過ぎたとき初めてハットは、いくらかほっとしながら、彼らの不可解な欲望の対象がこの自分ではないと悟った。

　ハットの背後で、市長閣下と令夫人が到着したのだ。市長閣下はジョー・ブロッサム、小太りの中年男で、地元の業界では〝蠅の王〟（ウイリアム・ゴールディングの小説の題名）として知られていた。釣りマニアのための蛆《マゴット》を繁殖して財を成したからだ。奥方のほうはマーゴ・ブロッサムといい、市長が前妻を捨てて結婚した二度目の妻で、かつてはキャバレーのショー・レスラー、夫より十歳若い。そして、市長は彼女を独占欲の強い嫉妬の目で見張り、また、彼女が喜びそうなものなら何でも、というか、少なくともそれでずっと誠実なままでいてくれそうなら何でも、惜しみなく与えた。その贈り物は外国での豪華な休日からエメラルドの乳首型ピアス、金歯やシリコーンの注入にまで及んだ。最近、彼女は教養づいて種々のことに情熱をかたむけていたが、その対象にはクラシックバレエや上等のワイン、それにチャーリー・ペンの著作も含まれている。こういう新しい、精神的美容整形とでも言うべき熱中にもかかわらず、というか、たぶんそれゆえに、彼女は自分の前で夫の富の源泉に言及する愚か者に、今でも若い頃の習慣に立ちもどり強烈なボディーブローを繰り出すことができた。危険をいとわぬ者は地元流に彼女の名を語尾のtまで入れて発音し、おまけに陰では途中のrを落として蛆《マゴット》と呼んだ。しかし、これを彼女の面前でやるのは死にたい者だけだ。

バードとフォローズは主人役《ホスト》をめぐって激しく張り合っていた。一瞬、醜悪な事態になりそうに見えたが、結局、言葉の殴り合いだけですんで二人は戦利品を山分けし、バードは蛆を連れ去り、フォローズはシリコーンを連れ去った。

派手なチェックのスーツが遠ざかるのを見送ったハットは、彼自身、苦悩の末にこのバーガンディー色のチノパンツと、〝ヒバリを救え〟と誘っている水色のTシャツに革チョッキを選んだのだったが、すでに一杯機嫌になりかけていた。

今、画廊のもっと中に入っていく前に、彼はいかにも警察官らしく立ち止まって人込みに目を走らせた。なにげなく彼を見た者は、ハットが客たちの顔を自分の脳裡にある指名手配犯リストの顔写真と照合しているのかと思ったかもしれない。だが、じつは彼は目当てのもの、あの一筋《すじ》シルバーグレーが入った豊かな褐色の髪を見つけるまでは個々の客にはほとんど注意を払っていなかった。

ライは盆にいっぱい載せた飲み物とつまみを客に勧めながら歩きまわっていた。まるでハットの強い視線に惹きつけられたかのように彼女はちらっと彼のほうを見て、歓迎のしるしにうなずくとまた仕事を続けた。

ハットはまた別の女性の盆からグラスを取り、その女性が見せた笑顔にはライの目の届くところにいるので微笑を返すのはひかえ、込み合った室内を今度は細かい点までじっくり眺めはじめた。

彼がたぶん自分も時間外手当を要求してもいいかもしれないと思うほど、かなりの数の警察関係者が来ていた。主任警部がいたし、ハットが好きなその妻もいた。前に何度か会ったとき、エリー・パスコーは大胆で親しげな目で、値踏みするように、そして好意的だがけっして誘うようにではなしに彼をとくと眺め、ハットと彼を呼び、夫の階級を笠に着ることはいっさいなくて、評判どおり話の通じる人物だとわかった。彼女はチャーリー・ペンと並んでグループの端に立っていたが、そのグループに今しがたフォローズが戦利品の市長夫人をとけ込ませたところだった。どうやら、彼女は展示についての自分の熟慮した感想を聞かせる栄誉をすでに与えているらしかった。ハットが見ていると、エリー・パスコーが横を向いて手の陰で欠伸をし、ちらっと彼のほうを見て微笑した。彼も微笑を返してそのまま部屋を見回しつづけたが、気がつくと警視に向かってほほえみかけていた。警視は微笑を返さなかった。あの男から逃れることはできないのだろうか？　警視のすぐ横には〈タベルナ〉で彼と一緒にいた女性がいた。体格のいいご婦人だが、超ヘビー級のダルジールに比べればはるかにライトヘビー級だ。それでも、誰に聞いてもけっして不似合いなカップルではない。

彼は巨漢の射すくめるような視線から目をもぎ離した。しかし、彼の勤務に戻ったという感覚はそのまま続いた。というのも今や、たぶん、警視の場合よりもっと驚いたことに、ウィールド部長刑事の見逃しようのない顔が、小妖精の群れに迷い込んだ小鬼の顔のように陰気に現われてハットを見ていた。だが、なぜ驚かねばならない？　美術を鑑賞するのに、本人が美しい必要はないし、とにかく、美術鑑賞以外にも来場する理由があることはボウラー自身、よく承知していた。

ライはまだ動きまわっていたが、彼のほうにではなかった。そこで彼はさらに視線を動かしつづけた。

彼はディック・ディーの静かで思慮深そうな目と目が合い、ディーは親しげにうなずき、ハットもうなずき返した。確かに自分はあの男に嫉妬している、しかし、嫉妬していることを教えてあの男を満足させてやることはない。ほかにも大勢知っている顔があった。彼は人の顔を覚えるのが得意で、この新しい担当区域に着任したとき、指名手配犯の顔写真帳をじっくり眺めるだけでなく、野心的な若い警察官の人生にいつか重要な役を果たしそうな者を片っ端から覚えることにしたのだった。たとえば新聞記者もそうで……《ガゼット》の記者サミー・ラドルスディンがいた。痩せて、死人のように青白い顔、そして明らかに退屈しきっている。その顔にときどき煙草を差し込み、自分が生きながらえて今や何かと禁止事項の多い年齢に入ったことを思い出すと、やっとまた口から抜くのだった……彼の受難は、少なくとも編集長のメアリー・アグニューの受難よりはましなように見えた。彼女は顔を背けて禿頭の男に話しかけていたが、男はまるで減量道場からたった今逃げてきたばかりのように、大盛りの皿からカナッペをつぎつぎ口に放り込んでいた。ハットは名前を思い出そうとした……わかった……スティール議員、別名〝詰め込み屋〟だ……避けるべき男、と誰もが言うが、それは必殺の口臭のせいだけでなく、その息がしばしば警察やその他すべての公金乱用者と言われる者への悪口に費やされるからだ。それにしても彼のあのむさぼり食い方を見ると、そう長生きはできまい！

ライは姿を消していた。たぶん、盆に載せるものを補充に行ったのだろう。もし〝詰め込み屋〟のように食欲旺盛なのが大勢いるとすれば無理もない。それとも彼女はおれが展示品に知的な興味を示しているかどうかそっと観察しているのかもしれない。たしかに誰かに観察されているような気がする。彼はだしぬけに振り返り、その感覚の源を突き止めた。もっとも突き止めるのが難しかったわけではなく、木製の巨大な男根像のようなものの背後からハットを見ていた男は後ろめたそうに目をそらしもせず、彼に親しげにうなずいた。

それはフラニー・ルートだった。つい昨日、ハットがすこぶる隠密に監視していると主任警部に威張ったばかりのあの男だ。

だがもしおれがそんなに隠密にやっていたとすれば、なぜルートはまるで古い友達みたいにほほえみかけながらこっちへやって来るんだ？

「こんにちは」ルートは言った。「ボウラー刑事ですよね？　美術に興味があるんですか？」

「そういうわけでもないけど」ボウラーは言ったが、重大なピンチに陥って冷静になろうと懸命だった。「あなたは？」

「言葉の一つの延長としては、まあね。ぼくが関心があるのは言葉ですよ。しかし、ときに言葉は、一つの種、言葉を用いない何かへと花開かなきゃならない種なんだ。じつは、循環してるんですよ、これはね。むろん、絵が最初です。すばらしい洞窟画の数々、最近の研究では、ああいう洞窟画の多くは画家がマリファナだか何だか、先史時代に使ってたその種のものでハイになって描いたものらしい。彼らの絵に何か宗教的な意味があったらしいのは、容易に理解できますよね。それに実用的な目的で使われた可能性もある、たとえば、〝洞窟を出て、左に曲がって谷に下れば夕食用にちょうどいい羚羊《レイヨウ》の群がいる〟とかね。でも〝全速力で逃げろ、子供たち、ティラノサウルスがやって来る〟と言うようなときには、絵では役に立たない。だから言葉は、最初、間違いなく必要に迫られて生まれたんですよ。でもすぐに歌や、詩や、物語や、考えのやりとりへと華やかに成長した。そして、こういうものからまた新たな、もっと繊細な芸術形式が生まれ、それがまた今度は……ま、ぼくの言わんとするところはわかったでしょ。輪になっているんですよ、というか、回転するたびに前進する車輪と言ってもいい、そして、ぼくらは皆、そのどこかに縛りつけられているんです、もっとも、ある者にとっては、それは大観覧車だし、ある者にとっては火の車ですけどね」

彼は言葉を切り、まるで何か「外はまだ雨が降っていますか？」といった類のことを言っただけのようにボウラーの顔を見た。

いささか頭がくらくらしながら、ボウラーは言った。

「前に会いましたっけ？　あなたを覚えていないんだけど……」

「いや、それでいいんです。事実、ぼくらは実際には会ってない。でも最近、もうちょっとで出くわすところだったんじゃないかな。ルートです。フランシス・ルート。友達にはフラニーで通ってます」

「で、どうしてぼくのことを知っているんです、ルートさん？」

「さあ、どうしてかな。共通の友達からわかったのかもしれない。たぶん、ウィールド部長刑事から。あるいはパスコーさんから。ほら、今あそこにいますよ」

彼はちょっと手を振った。自分もそっちを向いたボウラーは、パスコー主任警部の咎めるような目と目が合った。彼は主任警部が嬉しそうでないからといって責める気にはなれなかった。こういう場所に来て、自分のあとを付けまわしている疑いのある男が、その男を隠密の上にも隠密に調べ上げろと命じておいた刑事と楽しげにしゃべっているのを見つければ、誰だって多少はダルジール的になる。

ルートが言った。「失礼。どうやら、そろそろ仕事にかかるらしい。彫刻家のジュード・イリングワースが実際に彼女のテクニックを披露することになってるので、それを見逃したくないんですよ」

彼は小部屋《アルコーブ》のほうに去っていき、そこでは坊主頭の背の高い女性が一塊りの人々に話をしているのが見えた。同時にその目の隅にこちらにやって来るパスコーの姿が見え、守備を固めた。

「主任警部」と彼はパスコーが来るとすぐ先手を打って言った。「なぜ彼がここに来てるのか見当もつきません。招待客のリストを調べてみましょうか？　それとも、たぶん、友達と一緒に来たのかも……」

「あわてなくてもいい」パスコーは言った。「彼が入場できたわけは見当がついてる。だが、わたしが知りたいのは、なぜきみが彼とあんなに親しいのかだ」

ボウラーはことの次第を説明した。

「どうしてわたしのことを嗅ぎつけたのか、まったくわかりません」彼はみじめな顔で締めくくった。

「あの男は蜘蛛だ」パスコーは言った。「それもちゃんと巣を張る類《たぐい》じゃなくて、糸を垂らしといて風にたなびかせておくタイプだ。ちょっとでも触れれば、すぐわかるんだ」

これはルートのあの長広舌にほぼ負けず劣らず現実離れしている、とボウラーは思った。

「とにかく、ちゃんと来られてよかったな、ハット。これ以上は引き留めないよ。出品物を見たくてうずうずしてるんだろうから。もし好きなものを見つけたら、すばやく引ったくるんだぞ、これがわたしの助言だ。時間を無駄にするなよ」

いやはや、若い者の恋を見ると、どうしてピーター・パスコーのような良識ある警官まで独身の叔母さんみたいにおどけたくなるんだろう、とボウラーは恨みがましく思った。

そのとき彼がずっと探し求めていたものが視野に入った。ライが新たにつまみを満載した盆を手に姿を現わしたのだ。

「はい、主任警部」そう言いながら、彼はパスコーのそばを離れた。「一刻も無駄にしません」

＊

時はまだここにあり、わたしはまだそのなかにいた。だが、歩きまわって、自分たちが時の召使いであることに気づいていない人々を見ているうちに、わたしの前兆《オーラ》が波のように、というか脈拍のようにやってきた。太陽のように巨大な心臓が叩き出す脈拍のように。わたしがこの顔、あの顔と出会うたびに、二度、三度と、その熱と明るさはほとんど耐え難いほど増大していった。彼らが皆、目印をつけられた者たちだということがあり得るだろうか？　たぶん、そうなのだろう……だが、彼らのその時は、いや、時というより時間切れは、まだだ……そして、とにかく、ここでということはあり得まい……

そして、そのとき、きみはわたしたちを面と向き合わせた。

＊

「スティール議員、一言、話があるんですがね」チャーリー・ペンは言った。

「ほう？　ふつうは言葉ってもんは安く手に入るが、作家からはそうはいかないんじゃないかね、え？　こないだ〈スミス〉できみの本の値段を見たよ。家族を一週間養えるよ、そうとも、あの金額で」

「あなたの家族は無理でしょうな」議員が手にしたつまみが山盛りの皿をちらっと見ながら、ペンは言った。

「わたしの？」スティールは軽蔑したようにせせら笑った。

「このわたし以外、家族はおらんよ、ペンさん」

「ええ、そのことですよ」

スティールは笑った。彼の政治力の一つは、侮辱が通じないということだ。

彼は言った。「わたしが食うのが好きだってことかね？　食えるときにたらふく食えっていうのが、飯もろくに食えなかった子供時代にわたしが得た教訓だよ。たぶん、もしあんたが行ったみたいなお坊ちゃん学校に行ってれば、わたしももっと上品に食べるだろうが。ま、ここで出してるこんな小鳥の餌みたいなもんで太るってわけじゃないがね。おまけに誰がこの金を払ってると思う？　それにワイン代も？　納税者だ、そうだとも」

「ま、それぐらいは出せますよね、そうでしょ？　あの節約する何百万もの金があるんだ、あなたがわたしの文学グループに来る補助金を打ち切った暁にはね。委員会のあの羊たちを蹴飛ばして打ち切りの答申に持ち込んで、さぞやご満足でしょうな？」

「これは特にどこの、という問題じゃないんだ、ペンさん。病気は根治するまで徹底的にその症状を治療せんとね」

「で、その病気とは？」

「市政の異常な権力願望《メロガメーニア》だよ」スティールはこの舌を嚙みそうな単語を慎重に発音したが、間違っていた。

「え、何です、それは？　音楽への過剰な熱中ですか？」とペン。

「間違ってたかね？」スティールは無関心に言った。「かまわんよ、意味は通じてるんだから。議会の予算が十年で六割も削減されてるというのに、こんなしゃれたセンターなんかを建てている。これこそ異常な権力願望《メロガメーニア》さ、どんな言葉で言おうとも。少数の今流行《はやり》の作家の卵が卑猥な本を読む金を出してもらえないからって苦情を言いたいなら、市長に言うべきだよ。あるいは、市長の奥さんにね。聞くところによると彼女はあんたの本の大ファンだそうじゃないか。ま、あんたのクラスを救ってくれるほどじゃなさそうだがね、たとえ旦那の食うカラスムギを制限したとしても。心配しなさんな、他の者のところに行く分は増えるんだもんな。噂をすればだ、ほら、彼が来た。ご機嫌はいいかね、市長閣下！　蛆《マゴット》の面倒は誰が見てるんだい？」

市長がそばを通りかかっていた。彼は敵意のこもった目でスティールを一瞥し、部屋の向こうでは市長の妻が振り向いて覚えていろと言わんばかりにスティールを睨みつけたが、チャーリー・ペンを見て急に名士向けのにこやかな笑顔になった。

スティールはその笑顔を横取りして、声を張り上げて言った。「やあ、マーゴット。元気そうだね。おい、きみ、飢えてる男にパン屑一つ与えずに通り過ぎてはいかんよ」

この方向転換は盆を持ったライ・ポモーナが声の届くところに近づいたせいだった。そして、議員は目にも留まらぬ速さで盆を軽くし始めた。

「もっと持ってきましょうか？」ライが親切にたずねた。

「いや、いいよ、お嬢さん。もうちょっと腹の足しになるものがあるんなら別だが」

「たとえば？」

「骨付きのローストビーフ二、三切れとジャガ芋の焙り焼き《ロースト・スパッズ》二、三個なら悪くないね」

「骨付きのローストビーフとじゃが芋の焙り焼き《ロースト・スパッズ》ですね。調理場にそう言っときます」ライはまじめな顔で言った。

「その言葉を信じるよ」スティールは噎《む》せび笑いながら言った。「きみは図書館で働いてるんだろう、お嬢さん？」

「そうです」

「じゃ、聞くけど、このウェートレスの仕事で図書館並みの時間給と超過勤務手当をもらうの、それとも下女並みの時間給とチップ？」

「言葉に気をつけろ、スティール」ペンが凄みのある声で言った。「今のはあんたの低い水準からしても失礼だぞ」

　ライは冷ややかに彼を見て言った。「代弁していただかなくても結構よ、ペンさん。じつは、これは純粋にボランティアとしてやってます、だから公金からの支出は一切ありません。でも、むろん、もしあなたがチップを出したいと言うんなら……」

「いや、違うよ、お嬢さん」スティールは笑った。「わたしがあげる唯一の情報《チップ》はだね、わたしはほとんど黒こげに近い焼きジャガ《スパッズ》が好きだってことさ。しかし、ここではありつけそうもないから、昼まで腹が保つようにもう一摑みだけ、これをもらおう」

　彼は皿に山盛りになったカクテルソーセージのほうに手を伸ばした。だがライが盆全体をスティールに押しつけたので、彼は胸にぶつからないように両手で盆を摑まざるを得なかった。

「あのね、議員」彼女は言った。「盆ごとお取りなさいな、そしたら、好きなときにどれでも選べますもの。それに、わたしは美術鑑賞ができるわ」

　彼女は盆から手を離して、スティールにうなずき、ペンの祝賀の笑顔は無視して、踵を返してハット・ボウラーに会いに行った。

「じゃ、来られたのね？」彼女は言った。「いらっしゃいよ、見せたいものがあるの」

＊

　明白でなくても確かな啓示というものがある。

　ほんの一瞬、わたしには――この人物こそ、それだ、と疑問の余地なくわかったものの――理由がわからなかったし、方法も予見できなかった。

　だが、理由や方法をたずねるという冒瀆を犯す暇もないうちに、わたしが背けた顔の視線の先に唯一の答えがあり、残るはただ、いつ、という問題だけだった。

　もっとも、〝いつ？〟という問題が時の外で起きる出来事にとって適切かどうかは、神学と哲学を峻別したスコトゥス主義者を立ち往生させる疑問だ。

　わたしの心にふっと空想が浮かんだ。たぶん、停止した時はわたしに自分の義務を果たさせてくれて、時がふたたび流れはじめたときには、ここにいるすべての人々、警官も新聞記者たちも引っくるめた全員が、理解を超えた恐怖におののきながら、仲間の一人が自分たちの中に死体となって横たわっているのを、そして、誰も何一つ気づかなかったことを知るのだ！

だが、まだそうはならない。わたしの前兆《オーラ》は依然として赤々と燃えているが、時の流れはまだ遅くなっていない。わたしはまだここに、今という時にいる。

だが、もうじき……

そうとも、わたしにはわかっている、間違いなくもうじきだと……

14

パスコーは例の図書館の娘のほうへ真一文字に向かうボウラーを見送りながら、自分が微笑しているのに気づいた。

誰だったかな、中年は若者たちを愛情をこめて眺めだしたときに始まり、老年はろくでなし共に心底腹を立てだしたときに始まると。

おそらく、ダルジールがそうだ。

どれ、そろそろ展示品を見てまわるとするか。

あまり気乗りのしないまま数分見ていると、誰かが肩に触れて言った。「ピーター、どう、筋肉の具合は？　またやれるぐらい回復した？」

彼が振り向くと、サム・ジョンソンがにやにやしていた。

「冗談言わないでくださいよ」彼は言った。「でも、会えてよかった。ちょっと話があってね。さっきフラニー・ルートを見かけたんですよ。彼、あなたと一緒に？」

単刀直入もいいところだが、ジョンソンは鋭すぎて遠回しに訊いても無駄なのだ。前にフラニーの話が本当かどうか彼に確認したとき、パスコーにはそれがわかった。今、講師は手にしたワイングラスを干して、通りかかった盆からまた別のグラスを取り、それから言った。「ええ、彼の招待券ももらったんですよ。何か不都合でも？」

「いや、別に。単なる職業的な反応でね」パスコーは軽く言った。「あなたは彼を聡明な学生と見ている、わたしは彼を馴染み客と見ている」

「ぼくは彼を友達とも見ている」ジョンソンは言った。

「たぶん、親友ではないが、でも、そうなりつつある。彼のことを大いに気に入ってます」

「ま、それならだいじょうぶだ」パスコーは言った。「指導教官が大いに気に入ってる聡明な学生なら、まず問題はないはずだから」

それはパスコーが思ったよりいささか棘のある口調になっていた。ジョンソンの何かがパスコーを軽く苛立たせるのだ、おそらく、その同じ何かに挑発されて、彼はあの笑劇的な、試合にもならなかったスカッシュの試合、おかげで今もまだ肩が痛むあの試合をする羽目になった。この若い学究に何かこれという苛立たしい点があるわけではない。少年らしさを残しているが子供っぽくはないし、二枚目俳優とまではいかないにしてもハンサムだし、頭がいいが押しの強いうぬぼれ屋ではないし、自画自賛的というより自嘲的に話を盛り上げるし、まったく人に脅威を与えない存在で、しかもなお彼はなぜか首尾よくパスコー池にさざ波を立ててのけるのだ。これについて主任警部はかなりの時間を割いてじっくり考えた。嫉妬のせいか？　自分の妻をあんなに笑わせる男にいささかの嫉妬を覚えても、これは当然かもしれない。しかし、エリー・パスコーはこの数カ月の内に彼女ほど気丈な女性でなければ完全に参っていたような経験をしているので、パスコーにとって彼女の笑い声は万事順調だと告げてくれる嬉しいシグナルなのだった。今その笑い声が聞こえて、彼はジョンソンの肩越しにチャーリー・ペン、パーシー・フォローズ、メアリー・アグニューの三人組と一緒にいる彼女をちらっと見た。三人の中の誰が彼女を笑わせたのかは定かでなかったが、パスコーはただ感謝の念しかいだかなかった。もっとも、この二人の男性のどちらも嫉妬の対象になりそうには見えなかったが。くぼんだ目にこけた頬をしたペンは手強い恋敵とはとうてい言えなかったし、フォローズのほうは、あのたてがみのような蜂蜜色の金髪、派手な身振り、あの蝶ネクタイとけばけばしいベストと来ては、エリーが情け容赦なく目立ちたがり屋と切って捨てそうなタイプだ。「彼がほんとにゲイだったとしても、それはかまわないわ」とエリーはいつか言っていた。「でも、ああいう形で表明するのはいただけないわね」

　というわけで、あの二人に対する嫉妬はないし、はるかに魅力的なこの若い講師の場合でさえ嫉妬はない。では、ジョンソンの何がこのおれを苛立たせるのか？

　結局、パスコーがしぶしぶと達した結論は、自分はジョンソンを自分の生き方への挑戦、というか、たぶんもっと正確に言えば論評だと感じているのだ、というものだった。

　今から何年も前、大学を終えるときには、彼もためらいながら進路の分かれ道に立ったことがあった。そして、大きく一つ息を吸い、何度もなかば後悔の思いで後ろを振り返りながら彼を現在の状態に到らせた道へと足を踏み出したのだった。

　もう一方の道を行けば、自分もたぶんジョンソンとそれほど変わらない状態になっていただろうと彼は思った。おおざっぱに言えば彼らは同世代だったが、サムのほうは年齢《とし》より若く見えたし、服装も話し方も若々しかった。大学では、ちょっと見ただけでは、おそらく彼と教え子たちの見分けがつかないだろう。しかも彼は会議や大学の評議員会では先輩教授たちに互して敬意に値する同等者として、それどころか将来は彼らの上に立ち得る者としてさえ扱わており、背後には華々しいスタート、前途には輝かしい名誉が約束されている。最低限に見積もっても、円熟期の歳月を大学の心地よい古い部屋で過ごせる見込みがある。その窓からはなめらかに刈り込まれた芝生が川までなだらかに続き、その川は学期中は平底舟《パント》で賑わい、長い休暇中は白鳥が静かに浮かぶ……
ま、確かに、おそらくこれは実際には存在しない絵に描いた餅的な学究生活だろうし、また、もし存在してもジョンソンは何の魅力も感じないだろう。しかし、この自分の職業では、たとえ思い切り空想を逞しくしても、これに匹敵する牧歌的な生活はとても思い描けない。

苦労と困難、艱難《かんなん》辛苦、これが続くのだ、退職する日が来て野に放たれるまで。そして、どうやらこれが唯一おれの未来に控えている牧歌的生活なのだ。

だが、考えてみると、自分には飲酒癖の問題はないし、心臓も今年の検診で健全そのものだと言われた。

ジョンソンが応答を待っているかのように彼の顔を見ていた。

「失礼」パスコーは言った。「うるさくてよく聞こえなかった」

防音設備の悪い大講堂で講義をするかのように一語一語はっきり発音しながら、ジョンソンは言った。「あのね、われわれは皆、間違いを犯すと言ったんだよ、ピーター。幸せなことに、たいがいの者はそれを受け入れて人生を続けていく、と」

一瞬、パスコーは自分の頭の中を読まれていたのかと思ったが、そのときジョンソンが話を続けた。「それに、フラニーにとって、常に観察されていると感じるのはけっして愉快なことじゃない」

こっちはどうなる？　こっちだって愉快じゃないのに、とパスコーは思った。しかし、これを言っても袋小路に行き着くだけなので彼は軽い調子で言った。「それは誰が観察しているかによりますよ。どうやら、ぼくらのどっちかが呼ばれてるらしい」

エリーが手招きしていた。彼が小さく手を振ると、それに応えて彼女はジョンソンを指さした。

「あなたのようだ」パスコーは言った。

彼はジョンソンのあとに続いた。チャーリー・ペンは二人にうなずき、エリーは微笑で迎えて言った。「サム、図書館長のパーシー・フォローズをご存じ？　そして、こちらは《ガゼット》の編集長、メアリー・アグニュー」

「よろしく」ジョンソンは言った。

「じつは今、パーシーが図書館と《ガゼット》が共催している今度の短篇コンテストの話をしていたところなんだけど。どうも作品の判定の件で少々困ってるようなの」

「そうなんですよ」フォローズは言った。「正直な話、メアリーもこのわたしもこれほどの関心を集めるとは思っていなくてね。うちの館員が今、下読みをしていますが、これがほんとに大仕事になってしまった。七百篇を優に越す数の応募ですよ、しかも高水準のね。そして、われわれとしては確実に、なかでも選りすぐりの当選者を選びたいわけです」

「手短に言うと」エリーが残酷に言った。「メアリーとパーシーは専門家の選者委員会を作ろうとしているの。二人は当然、地元の最も著名な作家チャーリー・ペンに白羽の矢を立て、彼はご親切にもその名誉ある一団にこのわたしを推してくださったの。そして、当然、あなたの名前が挙がったというわけ」

「ええ」アグニューが言った。「あなたのあの創作講座ね、思うに、この短篇コンテストの応募者の多くは、あの講座の受講者になりそうな人たちよ。このコンテストは受講勧誘キャンペーンも同然よね」

サム・ジョンソンは、穴があくほど彼女の顔を見た。パスコーは無理もないと思った。中部ヨークシャー大学の創作講座が始まってからこの方、《ガゼット》は現実世界に直結した学科で資格を取りたがっている若者が全国にあふれているのに、これがはたして教育に費やす時間と人員と金の適切な使い方かとたびたび論じてきたのだ。

なぜその意見が変わったのかは明らかだ。

アグニューとフォローズは最初、この短篇コンテストのことをまったく真剣に考えていなかったので、館長は予備選考をディック・ディーに負担させ、アグニューは最終判定をジェフリー・パイクストレングラー閣下に任せた。二つのことが起きた。まず、おそらく二人は応募の多さに心底びっくり仰天した。そして、つぎに、ジャックスの最後の放送と続いて起きたワードマンの仕業による彼女の死で、短篇コンテストは一躍、世間に知れ渡った。むろん、捜査と直接に関係がないのは確かだが、全国規模のマスコミは例のごとく、こんな豪華な食卓からこぼれるものならパン屑一つにも貪欲だから、最終結果にも注目するだろう。すでに日曜版の別刷り付録の一つがパイクストレングラーの特集記事を載せた。彼はまさに英国人の好きな時代錯誤の、亜ウッドハウス（名執事ジーヴス・シリーズで有名な作家）的貴族なのだ。インタビュー者の質問に答えた彼の言葉には一様にこの大騒ぎへの漠とした当惑が色濃く滲《にじ》んでおり、写真の彼の顔もまたそんな顔だった。だが、その漠としたなかで一つ、きわめて明瞭に輝き出ていることがあった——この人物はひとえに文学作品の優劣を決める資格がない人間だということだ。

そこで老練なアグニューは、自分の新聞がまったくの間抜けだとは見えないように、文学的信頼性のある選考委員会がにわかに欲しくなったのだ。チャーリー・ペンを選ぶのは自明の選択だった。彼はその仕事をエリーに渡し、彼女は今度はサム・ジョンソンを引っ張り込んだというわけだ。今、そのジョンソンが言った。「しかし、確かすでに選者がいるはずだ、パイクストレングラーさんが。彼もここに来てますよね。さっき野生動物を描いた彼の水彩画を何点か鑑賞しました、たぶん、射止める前に描いたんでしょうが。この変更の話は彼に相談してあるんですか？」

「もしまだなら」とエリーが言った。「今がチャンスよ。彼、あそこでディーさんと話してるわ。たぶん、短篇コンテストの話じゃないかしら」

ディック・ディーとその話し相手は確かに何かについて夢中で話し込んでいた。だから、とパスコーには思えたのだが、アグニューは二人の話に口を挟もうとはしなかった。だが、二人のあいだに水を差したい気分だったエリーは遠慮する気はなく、大きな声で呼びかけた。「あの、ちょっと！　パイクストレングラーさん！　お話があるんですけど、いいですか？」

彼女はジョンソンに目配せし、彼はにやにや笑い返した。それから一同は振り向き、ぎこちない足取りで彼らのほうにやって来るジェフリー・パイクストレングラー閣下をじっと見守った。

たいがいの人の話では人里離れた〝大野外〟、山や荒れ地や河岸では、閣下は紛れもなく本来の自分、自然環境と一つになった生き物なのだった。足取りは軽やか、耳や目は鋭敏で、無限の独創性を発揮して彼が愛してやまない毛皮獣や、魚や、鳥をたやすく虐殺できるように彼らに接近する方法を考案するのだった。彼は、もし両親が金のかかる全寮制の学校にはやらずに、上流階級で昔は人気のあったもう一つの選択肢を選び、彼を寒い山中の杭につないでおいたら、おそらく最初に襲いかかってくる狼あるいは熊を素手で殺し、それからそれを食ってしまうような子供だった。事実、パスコーが読んだ例の日曜版の記事によれば、ジェフリー閣下がまだ十歳にもならないうちに両親は野ざらしにするよりもっと完璧に彼を見捨てたのだった。父親のスタングのパイクストレングラー男爵、上院で動物の権利擁護者として有名だった彼はオーストラリア人の人類学者とタヒチに駆け落ちし、その結果、特異な信仰とはいえ信心深い彼の母親は、ある菜食主義者カルトのカリフォルニアのコミューンに入ってしまい、そこから二十五年間出てこなかった。そして、置き去りにされたジェフリー閣下は、自分の遺産の大部分が家を留守にしている両親のそれぞれに用途は非常に異なる、だが一様に多額の出費でどんどん減っていくのを見守りながら育ったのだった。彼が成年に達するころには法的に譲渡できない不動産、先祖伝来の家（保養所として会社に貸してある）と荒れ果てた農場が二、三あるスタングデイルのかなりの部分しか残っていなかった。

たぶん、両親の偏愛を考えれば、ジェフリー閣下が自然界に宣戦布告をし、今の名声を得て当然な、ああした略奪の技術を〝大野外〟で磨いたのも驚くには当たるまい。

しかしながら屋内では、破壊力では一歩も引けを取らぬものの彼の損傷行為は偶発的なものとなりがちだった。今、こちらへやって来ながら、彼は展示品の木の椀が並んだテーブルを蹴飛ばしてひっくり返し、落ちた椀を避けようとぱっと左に動いてワイングラスを盆一杯に載せて運んでいた若い女性に激しくぶつかり、その結果、降りそそいだシャルドネの雨をよけた拍子に、古びたスポーツ用ジャケット、これは尖った剛毛が直立する紳士服専用のツイード仕立てなのだが、これで市長夫人の腕にひどい擦過傷を与えた。

やっとたどり着くと、彼はグループに慈愛に満ちた微笑を見せた。彼はかなり魅力的な、犬のように人を信じやすい、といった表情をしている。実際、ほんのすこしでも勇気づけてやれば、肩に足を載せてこちらの顔をぺろぺろ舐めそうな印象を与える。

メアリー・アグニューが彼を紹介した。彼女が短篇コンテストの話を持ち出すと、彼は訳知り顔にうなずいて言った。「物語とはね、え？　絵画は一千の言葉に匹敵する、世間ではそう言うんじゃないかね？　そして、二、三挺の猟銃《バーディー》は一千枚の絵画に匹敵する、このわたしに言わせればね。しかし、こりゃまだいいほうだよ。悪くすると短篇じゃなくて小説のコンテストだったかもしれない。いやはや、もしそうだったら、それこそえらいこった」

「あれはチェーホフでしたっけ、人が小説を書くのは、ひとえに短篇を書く時間がないからだと言ったのは」ジョンソンが言った。

「それはあべこべだと思うよ、きみ」パイクストレングラー閣下は助け船を出すように言った。

「ジェフリー」メアリー・アグニューが言った。「わたし、考えてたんですけど、この短篇小説の選定に、たぶん、すこし手助けがあったほうがいいかと……」

「いや、その必要はない。たった今ディックとその話をしたところでね。彼がちゃんと助言してくれると言ってた。いい男だよ、ディックは」自信満々の微笑を浮かべて、閣下は言った。「とにかく、優秀なテリアを見分けられる男にとっちゃ、たかが数篇の作文なんか全然問題にならんよ」

パスコーは、あまりよくは知らないが狩猟をしたり、銃を撃ったり、釣りをしたりするタイプには見えないディーと、このパイクストレングラー閣下が昵懇《じっこん》だということにいささか興味をそそられた。

「それはそうでしょうけどね」アグニューはいかにも自分の絶対的権威を確信している者らしく、きっぱりと言った。「この大仕事をあなた一人にやらせるべきじゃないと判断して、ちょうど今こちらのジョンソン博士、それにお仲間に、選考委員会を組織していただけないかお願いしてたところなの。あなたと一緒にですけどね、もちろん」

「いや、わたしは抜きにしてもらいたい」閣下は言った。「このわたし自身がやるつもりだったがね、高い身分に伴《ノブレス・オブ》う義務《リージュ》、名誉ある義務といったところで。しかし、これは話が違う。委員会は御免こうむる。ま、しっかりやってくれたまえ、きみ」（と、これはジョンソンに向かって）「報酬はちゃんと相場で払ってもらえよ」

　ジョンソンは金の話が出たので驚いたようだったが、ペンは目を輝かせて言った。「で、その相場というのはどのぐらいなんですか？」

「知らんよ」閣下は言った。「わたしには当てはまらんから。そら、わたしは主催者側みたいなもんだからね。ま、とにかく、今までは」

「今までは？」アグニューがおうむ返しに言ったが、まんざら悪い考えではないという顔で閣下を見ていた。

「そうなんだ。話そうと思ってたところなんだ。今朝聞いた。親父が亡くなったよ。ボート事故でね。悲しい、しかし、二十五年も会ってないからね……ま、そういうことだよ。とにかく、親父が使い切れなかったいささかの遺産がわたしのものになる。だから、もうコラムを書く必要はなくなる。それに、こうして委員会ができたわけだから、もうわたしが選考する必要もないわけだ、そうだろ？」

　相変わらずの慈愛に満ちた微笑、だが、パスコーは閣下がこれを楽しんでいると感じた。

　エリーが言った。「じゃ、あなたはもうパイクストレングラー卿というわけですか？」

「スタングの、ね。そのとおり。しかし、ふつうは前の称号保持者が埋葬されてから肩書きを使うことになっている」

「で、それはいつなんですか？」

「それが、その点でちょっと問題があるかもしれんのだよ、じつは」閣下は思案顔で言った。「どうやら鮫のほうがちょっと早かったらしいんだ、救命ボートより」

世の真の芸術家は、あまりに微妙な筆致、あまりに鮮明な色彩で描くので、凡人には見ることも耐えることもできないと知っているからだ……

＊

「で、どう思う、これ？」ライはたずねた。「なかなかいいと思わない？」

彼女は湖岸のかなり荒れ果てた家を描いた一点の水彩画の前で足を止めたのだった。湖は夕陽を浴びてワイン色に変わっている。あるいは血の色に。

「悪くないね、でも、ぼくとしては、むしろきみを見てるほうがいいな」ハットは言った。

「あなた、ケーリー・グラントの古い映画の見過ぎじゃない？」絵にじっと目を据えたまま、ライは言った。

「見ないよ、仕方なしに見る以外はね。どれどれ、それじゃそこを退《ど》いてよ」

彼はライをそっと脇に押しやりながら、この体に触れる口実を楽しんだ。

＊

ああ、なんと面白いことか、彼らの顔を見て自分が見せたいものを彼らが見、しかもその〝輝きあふれる素晴《メニー・スプレンダード》らしさ《シング》〟（H・キング監督《慕情》〔一九五五〕の原題より）はまったく理解していないとわかるのは。彼らは、わたしたちが皆同じ広いハイウエーを進んでいると思っている。大勢が一団となって、みんなより優位に立とうと押し合いへし合い、一緒にスタートした他の者たちを引き離したと喜んでいる者もいれば、道の端に押しやられたと、それどころか溝に転落させられたと感じている者もいる。だが、彼らは皆その道を懸命に前進するか、あるいは道を踏み外して絶滅するか、選択肢はその二つしかないと堅く信じている。だが、その間もずっと、わたしはこの曲がりくねった自分の小道を辿っている。それは彼らがその存在を信じはじめたばかりの小道、その目指すところは彼らの理解を超えているから彼らにはけっして辿ることのかなわぬ小道だ。こういういわゆる芸術作品を見ている彼らを見て、わたしは笑う、というのもこの

「ああ、なるほど」彼は言った。「スタングクリーク小屋か」

ライは振り向いて彼の顔を見、それからカタログに目を落とした。

「なんだ、この絵をもう見たのね」彼女は咎めるような口調で言った。

「違うよ。この小屋を見たことがあるんだ、きみも明日は見られるけどね。これはスタング湖で、驚くには当たらないけど、スタング水流《クリーク》やスタングクリーク小屋同様、スタングデイルにある。まったく、ここの地名はそのものずばりで、ヨークシャー人と金の間柄みたいに密着してるね。もしこの眺めがそんなに好きなら、写真を撮ろうよ、この絵を買わなくてもすむから」

もし彼女が絵画通を演じたいのなら、彼は喜んで俗物を演じるつもりだった。

「あなたにとって絵はそれだけのものなの？　記録する方法の一つにすぎないわけ？」

「記録だってべつにかまわないだろ？　これこれの日の、これこれの時間のこの場所の眺めがすばらしかった、という記録でも？」

「この絵が伝えるものはそれだけ？　この光や色の具合、そして、この夕暮れは、あなたに何も語らない？」

「そりゃ語るさ。日が暮れかかっていて、たぶん、画家は青と緑の絵の具をもう使い切ってしまったけど、赤はたくさん残ってた。それとも、たぶん彼は単に水を描くより血を描くほうが得意だった。うん、そうだよ、彼は今後もずっと血にこだわるべきだ」

「いいわ、じゃ、血にこだわりましょうよ。もうワードマンについて何か手がかりがつかめた？」

不意をつかれて、彼は言った。「ねえ、今は勤務中じゃないんだよ、忘れないでくれよ」

「そうなの？　でも、あなたは明らかにディックの絵の話をしたくないようだから、わたし、思ったのよ、きっとあなたは何でも自分の仕事にしか結びつけられない、ああいう気の毒な連中の一人に違いないって」

「ディックの絵？　つまりディック・ディーがこの絵を描

いたということ?」

「知らなかったの? たぶん、そのせいであなたは素直に褒めないのかと思ってた」

利口なやつ。おれが自分自身にさえ認めていない彼女の上司《ボス》への敵意に、彼女はちゃんと感づいている。

彼は言った。「いや、知らなかった……ごめん。二人でゲームをやってるつもりだったんだ。実際には、とてもすばらしいよ、むろん……雰囲気があって……」

「あなたってゲームをするのが好きね、そうじゃない?」

「ああ、そうだよ」彼は言った。「一人遊び以外は」

身もがきしたいなら、好きなだけすればいい、でもおれを振り払うことはできないぜ。

「じゃ、ワードマンはどう? 彼はどんなゲームをやってるのかしらね?」

「どうして彼がゲームをやってると思うんだい?」

「だって、ああいう〈対話〉。ほかの誰かと一緒にやろうと思わなきゃ、あんなもの書かないわよ」

「単なる記録という可能性もある」

「この絵みたいに?」

「きみの言うとおり、これはそれ以上のものだよ」

「じゃ、〈対話〉を見てごらんなさいよ……あれにだって確かに底に流れているものがあるわよ……ある雰囲気が……」

「あの血染めの湖のように、ということ?」スタングクリーク小屋の絵を見つめながら、ハットは言った。

「血染めの湖? どうしてそのタイトルを思いつかなかったのかな?」ディック・ディーの声がした。

彼らの背後にディック・ディーが来ていた。

「あら、ディック」ライは、ハットには見せなかった歓迎の笑みを浮かべて言った。「今あなたの作品を解体批評してたところなの」

「それはどうも。覚えているかな、こちらのアムブローズ・バード?」

「忘れられっこないですよ、〝最後の俳優・座長〟を」ライは睫毛をパチパチさせながら言った。ハットはそこに皮肉を読みとってほっとした。

「いや、むろん、あなたにはディックの部屋でお目にかかりましたな。悲しいかな、あのときはミス・リプリーの訃報という恐ろしいニュースが重くのしかかっていて、通常の礼節などどこかに消し飛んでしまった。しかし、気もそぞろながら、改めてあなたとお近づきになろうと心に銘記したのを覚えていますよ」バードが彼女のわざとらしい賞賛に見合う芝居がかった慇懃《いんぎん》さで言った。「もう一度最初からやりましょうや。ディック、正式に紹介してくれたまえ」

「こちらはライ・ポモーナ、参考図書室でわたしと一緒に働いています」ディーは言った。

彼のもとでではなくて一緒にだと、とハットは恨みがましく心に留めた。

「ポモーナ……ひょっとしてフレディー・ポモーナと関係があるんじゃないでしょうな？」

「父です」

「たまげたな。思うに、遅くにできたお子さんなんだ。なつかしいな、フレディーは。わたしが初めて《シーザー》に端役で出たとき、彼はティティニアスだった。彼の見事な死にっぷりを今でも覚えているよ。実際、あまりにも見事すぎて演出家がもっと抑えてやれと注文したほどだった。脇役にブルータスをしのいでもらっちゃ困るからね」

「父は大根役者《ハム》だった、ってことですか？」ライは言った。

バードは笑って言った。「今、主流になってる演技法より古い流派に属していたってことだよ。とにかく、上手に保蔵処理したジャンボン（ハムのこと）ほどうまい肉はない。それをいちばんよく知ってるのは、このわたしさ。しかし、悲しいことにそのフレディーはもういない。そして、あなたのお母さんも……メラニー、だったよね？ むろん、そうだ。そう言えば、珍しくすこぶる気前のいい経営陣が出演者のために開いてくれた昼食会で、サー・ラルフ（サー・ラルフ・リチャードソン（一九〇二・八三）英国の俳優）がこう言ったっけ、〝最初の一皿は、ほんのちょっぴりポモーナ・ハムを添えたメラニーの一切れ、と行くか〟とね。いや、じつに機知に富んでたよ、あのラルフは」

ディック・ディーはいくらか心配そうにライを見ていた

が、鋭い口調で言った。「どうもそうとは思えませんね、もうちょっとましな例を挙げてもらわないと」

「失礼」大げさに驚いて見せながら、バードは言った。「たぶん、あれはラルフじゃなかったかもしれないな。サー・ジョンだったかも。むろん、頭文字G（サー・ジョン・ギールグッド。シェイクスピア劇の演技で有名）のほうだがね、M（サー・ジョン・ミルズ。困難に動じない性格を演じて有名）じゃなく。ぜんぜん違うからね、彼の口調とは」

「わたしは口調というより内容を問題にしたんですがね」意味ありげにちらっとライのほうを見ながら、ディーは言った。

「え？　ああ、なるほど。きみ、大変失敬した。悪気はなかったんだ。あのフレディーがよく大笑いしてたのを思い出すよ」

「気にしてませんから」ライは微笑を浮かべて言った。

「ほら、ごらん、ディック。きみはデリケートすぎるんだよ。ところで、誰もこちらの男前の青年を紹介してくれないのかね、彼の顔もなぜか見覚えがあるような気がするが」

「それは彼はボウラー刑事だからですよ、あなたがライに会ったあの日に、彼はパスコー主任警部をそれは有能に補佐していましたからね」ディーが言った。

「それは、それは。ディ・カプリオが嫉妬で身を焦がすね」そう言いながら、俳優・座長はボウラーの手を取ってぎゅっと握りしめた。

「初めまして」ハットは言い、手を引き抜いた。

「改めて、きみともお近づきになりたいね」バードは呟いた。それから、まるで謁見は終わったと合図する威厳あふれる公爵夫人のように、彼はだしぬけにくるっと絵のほうに向き直ると、言った。「なるほど、ディック、これがきみの傑作の一つというわけだね。ふううむ」

その〝ふううむ〟は、ハットがこの男に関して初めて気に入った点だった。その声は口には出せない評価を声高に物語っていた。

二人の男は絵に近づき、ハットはライの腕をとってその場を離れながら言った。「あの彫刻家の女性を見に行こうよ」

「金属細工みたいな音がしてるから?」ライは言った。

「あなた、工作で金属細工が大好きだったんじゃない」

「まさにね。全　優《ストレート・A》だったよ。まとも《ストレート》と言えば、あのアムブローズの馬鹿は、ちょっとやりすぎだよね」

「バード? あの人は無害よ。ただ演じてるだけ」

「偉大な俳優を演じている、という意味?」

「よくあることよ。むろん、もし舞台をうまくこなせなきゃ、じきに化けの皮が剝がれるわ。でも、バードが演じているのは古風な俳優・座長の役で、これは舞台以上に内容の濃い役柄よね。そして、公平に言えば、彼はなかなかいい仕事をしているわ。あなた、彼が制作した芝居を見たことある?」

「いや、まだ」そう言いながらボウラーは、この娘に近づくためには美術だけでなくシェイクスピアまで勉強し直さなければならないのだろうかと思った。彼女が演劇一家の出だとわかって彼は好奇心を掻きたてられていたが、尋問の心理をつぶさに学んだ彼は、成果を上げるにはリズムとタイミングが何よりも肝腎だと知っていた。だから、また別の場所、別のときに……

「あれも演技かい、彼がゲイだというのも?」

「あなたに気があると思うの? あら、それはまさに思い上がりよ」彼女は言った。

「あの握手の仕方は、ぼくに気があるのか、あるいは、ぼくの知らない秘密結社の一員なのか、そのどっちかだよ」

「じゃ、やっぱりほんとなのね。警察《サツ》で成功するにはホモ恐怖症でなきゃならないっていうのは」彼女は言った。

だが、そう言う彼女の顔には愛情のこもった微笑が浮かんでいた。彼も微笑を返しながら言った。「そんなこと常識じゃないの? さ、エッチングを見に行こうよ」

15

楽しいことも、いつかは終わる。地方都市の内覧会はいくぶん長めだが、それでもそれなりの時間というものがある。招待客はさまざまな理由でやって来る――見るために来る者、見られるために来る者。義理で来る者、恋慕で来る者。興味から来る者、退屈しのぎに来る者――だが、帰る理由は二つのうちのどちらかで足りる――目指すものを手に入れたからか、そこにはそれが無かったからか。

*

武器を入手するのはあまりにも簡単で自分でも気づかぬうちに手に入れていたし、ほかの誰一人気づかなかったのは確かだ。それから、文字通り、わたしの〝その時〟が来るのを待った。やがて人々は三々五々帰りはじめた。そして、その人の流れにわたしのお目当ての漂流物が加わったのを見て、わたしもそのすぐ後ろから、といっても注意を引くほどは接近せずにあとに続いた。わたしの前兆《オーラ》は今や強烈になっていた。あまりの強烈さに、まるで核爆発の爆風に乗った瓦礫のように自分がその光輝に運ばれているような気がした。神の息吹よ、わたしに吹け、とわたしは心の中で歌った。というのも、神の息吹に当たるとこんな感じがするに違いないからだ。わたしはその後光で輝いていたが、時はまだわたしの周囲で強く流れていた。そのとき、彼が本流から離れるのが見え、同時に、わたしは時の潮が引きはじめるのを感じた。

*

「さて、そろそろ引き上げる頃合いだ」アンディ・ダルジールは言った。「〝芸術は長い《アース・ロンガ》〟」――彼は〝芸術〟の語尾を意味深長に強調して〝尻《アース》〟を連想させた――「しかし、これ以上長居をすると、わたしの腹が心配するよ、わたしは喉《のど》を掻き切られたんじゃないかとね」

キャップ・マーヴェルは問題のオーク材のような喉をじっと見つめてから言った。「あなたのお腹って、ずいぶん想像力豊かなんだわね」

だが、もう義理は十二分に果たしたと感じていた市長閣下はダルジールの肩を持った。

「あんたの言うとおりだよ、アンディ」彼は言った。「わたしたちが先に立てば、ここにいるほかの者たちも帰って昼食にできるわけだ、そうだろ？」

王族もそうだが、彼も自分が食べぬうちは誰も食べず、自分が帰らぬうちは誰も帰らないと堅く信じ込んでいるのには哀れをそそられるが、彼のこの思い込みとは裏腹に午後一時近くになると会場を出ていく客の流れが途切れなく続いた。しかし、その流れに加わりたいという市長の切望は彼の妻にはまったく通じなかった。彼女は閣下のジャケットに擦《こす》られた痛手からはすでに立ち直り、最近《サンデー・タイムズ》ワイン愛好会主催の週末パーティーで取得したワイン通ぶりをひけらかしていた。彼女は先に出されたシャルドネにオーク色が勝ちすぎて飲みどきを過ぎていると意見を述べ、パーシー・フォローズが新たに開けた赤ワインのボトルを持ってきたところだった。

「何も言わないで、当てるから」彼女は叫び、両手で包んだグラスを深く嗅《か》いだ。「ああ、これはいい、これは興味をそそるわ。エキゾチックなフルーツの香りがする、それにマングローブの沼地の匂い、それにコリアンダーの香り、クミンの香り、それにココナッツ椰子の粗黒砂糖《ジャッガリー》の香りも」

「ま、それは気にしないほうがいいね」ダルジールは言った。「ビールの大ジョッキを十五杯ほど空けると、ときには、このわたしもいささかふらふらするからね。さあ、帰るのかね、帰らんのかね？」

「シラーズとメルローのブレンド、じゃない？　西オーストラリア産？　九七年ごろの？」マーゴは言った。

皆の目がフォローズに集中した。ラベルを手でしっかり覆ったまま、フォローズは言った。「どんピシャですよ。いやはや、すばらしい鼻だ」

まったく自慢してもいい鼻だわ。もしあなたが金剛インコならね、とキャップは思った。

同様の思いがダルジールの唇に浮かびかけるのを見て、彼女は愛情あふれる腕組みに見せかけて制止固めをかけて言った。「あなたの言うとおりよ。さ、帰りましょう」

二人は歩き出し、すぐあとに市長とその勝ち誇った妻が続いた。

アムブローズ・バードがフォローズに近づき、彼の指をこじあけてボトルを取り、ラベルを調べ、サンテミリオンとあるのを見て威厳たっぷりに言った。「ごますり男が！」

そして今や画廊は急速に空になりかけていた。じきに、百人ほどいた客がほんの二十四、五人になった。そのなかにエドガー・ウィールドがいた。来たときに受け取った冷えたワインのグラスが彼の手の中で生暖かくなっていた。彼は美術にはほとんど興味がなかったが、彼のパートナー、エドウィン・ディッグウィードが来たがったのだ。ウィールドの渋る気持ちを嗅ぎ取って、彼は辛辣に言った。「いいとも。今度きみが検死解剖に立ち会おうと誘っても、このことを忘れずにいるから」もっと現実味のあることを言われたら、ウィールドも意固地になっていたかもしれないが、これには彼も微笑して快く折れた。たぶん、この理由も微笑も赤の他人にはわからなかったろうが、ディッグウィードには両方ともわかり、感謝した。

今ウィールドは皮肉っぽい気分で辛抱強くディッグウィードを待っていた。指を切らずには満足に鉛筆も削れない彼が、逞しい木材旋盤工の青年とニレ材とイチイ材の優劣について話し込んでいるのだ。そしてウィールドは、運がよければ二人の仲を裂く群衆のいないところで、このあとパートナーと過ごせる残りの時間を楽しみにしていた。

彼にはパスコーとエリーが出口の近くでアムブローズ・バードと話しているのが、というか、エリーと〝最後の俳優・座長〟が話しているのが見えた。もしエリーに弱点があるとすれば、名優たちにややもすれば感動しやすい点だとウィールドは知っていた。パスコーは苛立ちを隠してやさしい微笑を浮かべていたが、ウィールドと目が合うと顔をしかめ、それから彼のほうにやって来た。

ウィールドは近づく彼を見守り、その優雅な身のこなしや、知人に挨拶する感じのいい態度、そして、そのすらっとした体から滲み出る総じてゆとりのある自然な感じに気づいて好もしく思った。あの男は申し分ない、もしこれが地方の芸術家気取りの酒盛りなどではなく、トップレベルの外交レセプションだったとしても、やはり彼は申し分なかったことだろう。ほかの者たちもきっと気づいたに相違ない。これまで彼は順調に昇進してきたが、めざましい昇進ではなかった。というか、けっして速すぎはしなかった。ほかの者たちはパスコーよりもずっと速く、一足飛びに主任警部になり、さらにその上へと進んだ。しかし、あまりにも早くトップを極めた者たちは常にこういう疑問を投げかけた、長くいれば自分の手を汚すようなところに、おまえはいつまでもぐずぐずしているのか？　おまえは昇った、だが、それで事足れりとするのか？　パスコーがまだ若造で、大卒の新入警官の前に用意された険しい昇進の道に足を踏み出したとき、自分が中部ヨークシャー警察犯罪捜査部にこんなに長居をするともし予見できたら、おそらく彼は自分の昇進は頓挫してしまったのだと感じたことだろう。だが、今なら違う。彼は自分の思いを表には出さない、親しい友人たちに対してさえそうだ。しかし、パスコーがこれまで話したことから彼が自分の真価を自覚していることはウィールドにもわかっている。パスコーはまた、自分の人生に野心よりはるかに重要なものがあることも自覚していた。もし彼が栄達を求めて本気で頑張っていれば、おそらく彼はとっくに昇進してここを去っていたかもしれない。だが、今の彼にはほかの予定がある。運命にとられた人質、妻と家族のことをどこかの利口なやつが、おそらくは皮肉を込めて、そう呼んだっけ。（フランシス・ベーコンの言葉）ま、パスコーはこの二、三年のあいだに子供と奥さんの両方を危うく失いそうになり、二人の安全のためなら自分がどんな身代金でも喜んで払うことを露ほどの疑問の余地もなく悟っている。この二人の安全こそが彼のすべて、というか、彼が期待できるすべてなのだ。というわけで、二人の幸せが許されないようなことは何一つ起きないだろう。

　年若いロージーが二、三年先に中学に進むときが試練のときになるだろう、とウィールドは思った。上からのいじめっ子戦術——この仕事《ポスト》を引き受けろ、さもないと交通部行きだぞ！——は、まだ過去のものではないにせよ、そうなりつつある。ほかの者たちもこの窓に気づいていて、窓が開き切るやいなや彼《あいつ》をおっ放《ぽ》り出そうと手ぐすね引いて待っている。

むろん、それにはダルジール王の許可がいるが。

「ウィールディ、ここにこんなに長いあいだじっと立っていて、よく誰かに買われなかったな」

「わかってるだろ、ピート。いつでも絵より人を見てるほうが面白いから」

背後で、急に騒がしい声がした。どうやら彫刻家が実技を見せていた小部屋《アルコーブ》から聞こえたらしい。そのとき、その声をかき消すようにもっと遠くの、だが彼らのそばだてた耳にはもっと不安を与えるサイレンの音が響いた。

「救急車か？」パスコーは言った。

「うん。それに、うちの連中も」ウィールドは言った。

「スイッチは入ってるのか？」

「いや。今は連絡先から外れているから」部長刑事はきっぱり言った。

「わたしもだ」

「近いようだね、でも」

「おそらく、ここのショッピングセンターで、どっかのおばあさんが買い物に熱中しすぎて卒倒でもしたんだろう」

パスコーはそう言いながら、エリーが警察の警報音が告げる危険に神経を尖らせて、パスコーが呼び戻される兆《きざ》しはないかとじっとこちらを見ているのがわかっていた。

「失礼ですが」背後で強いヨークシャー訛りの声がした。「あなたは警察の方だと聞いたんですけど、そうなんですか？」

パスコーが振り返ると、赤いスモックに黒のタイツ、坊主頭で、《エイリアン3》のシガニー・ウィーバーのような、ひょろっと背の高い女性がいた。彫刻家のジュード・イリングワースだ。

「はい」彼はしぶしぶ認めた。「何か問題が？」

「ええ、大ありよ。野外の工芸品展示会なら、ま、あり得るわよ、誰でも参加できるところならね。釘付けにしとかなきゃ無くなってしまう。でも、こんな気取った催し物でとはね……」

＊

わたしは急いではいない。というのも時がないところでは、急いでも何の意味もないからだ。わたしはただ目だけで後を追い、待つ。ドアが開き、男が一人出てくる。わたしは彼が見えなくなるまで見送り、それから中に入る。そして、思ったとおり、そこに彼はいた、たった一人で、洗面台にかがみ込んで顔を洗っている。

背後から近づくと、彼は顔を上げて鏡の中のわたしを見る。

ああ、これはすばらしい。これこそわたしの忠実さへの褒美だ。こういうことをするとき、わたしには選択の余地は一切ない。だが、もし選択できたとすれば、これを選んでいたかもしれない。なぜならわたしは演技者と観客の両方になれるからだ。

わたしには鏡の中の彼の顔が見え、自分の顔も見える。わたしの唇は大きく横に広がって笑顔を作り、彼の目は驚きで、といっても恐怖はなく、丸くなっている。わたしは夜の闇の道具ではなく光をもたらす者であり、恐怖はわたしが伝えるメッセージとは無縁だ。自然な栄養状態の他の人々の精神を飢えさせながら、たらふく食って自分自身の肉体を満足させたいという欲望、そんな欲望を持つこの男は悪意ではなく、ひずんだ善意によって駆り立てられているから、なおさら始末が悪い。わたしがここへ遣わされたのは、彼が他人に与える苦痛だけでなく、彼自身の苦痛も取り除いてやるためなのだ。

そこでわたしは彼を安心させるように、愛想よく二言、三言おだやかに言葉をかける。それから、わたしは彼の頭蓋骨の底に凶器を突き刺し、上方へと切り上げる。どんなものの層を通過しているかは知らないが、自分のものではない別の手が所定の終着点へと導いてくれることを確信して。

彼は痙攣する、だが、わたしは楽に彼を支えてそのまま立たせておく。もし百万の天使がピンの上でダンスを踊れるのなら、たった一人のもがき、のたうつ男をわたしのもっと広い部分で支えるのなど、たやすい仕事だ。

そして、彼はぐったりする。わたしは凶器を引き抜き、手を放して彼が床にずり落ちるに任せる。彼は顔を下にして横たわり、禿げた頭が管状蛍光灯に照らされて金属のように光っている。

＊

パスコーがいったい何の話かとジュード・イリングワースに訊く暇もないうちに、また別の邪魔が入った。すこし前に出ていったハット・ボウラーが画廊に戻ってきて、エリーとバードのあいだを無遠慮に通り抜け、まっすぐパスコーのところへやって来ていた。

「主任警部」彼は息せき切って言った。「ちょっといいですか？」

蒼白な顔をしている。

パスコーは言った。「どうした？」

ジュード・イリングワースが言った。「待ってよ、わたしが先よ」

パスコーは言った。「失礼。ウィールディ、頼んでいいか？」

「もちろん。それじゃ、ミス……」

「あなたも警察官なの？」彼女はウィールドのいかつい、あばた面を疑わしげに見ながら言った。

「ええ。部長刑事です。それで……？」

「それで、どっかのやつがわたしの彫刻用《ビュラン》たがねを一本くすね《ピンチ》たのよ」

「ほう？　タイツをはいてると、よくそういう目に遭うんじゃないんですか？」（〝ピンチ〟には〝つねる〟の意味もある）

パスコーはボウラーと脇に移動しながらこのやりとりを聞き、微笑を抑えた。アンディ・ダルジールと長く一緒に暮らしていると、どうしても何か伝染《うつ》ってしまう。

「じゃ、聞かせてくれ」彼は刑事をうながした。

「わたしが彼を見つけたんです」ハットは言った。「トイレに入ったら床に倒れていました。彼はまだ息があって、何か言おうとしていて、わたしは耳を寄せて何と言ってるのか聞き取ろうとしたんですが意味を成してなくて、そのうちただもう臨終のゼイゼイいう音になってしまったんです。脈を取りましたがぜんぜんなくて、念のため、知ってるかぎりの蘇生法をやりましたが、だめでした、それで本部に通報して応援を頼み、救急車の出動も要請しました、もっとも彼はもう手遅れのように見えましたが、それから〈センター〉の警備員をドアのそばに立たせて誰も中に入れないようにしました、そして、思ったんです、ここへ上がってきて主任警部に知らせたほうがいいと……」

彼は息を切らした。

パスコーは言った。「よくやった、ハット。きみは応援を呼んで、現場を保全した。これで、たぶん、ペースを落としてもよさそうだから、いくつか必要な細かい点に入ろうか。たとえば、きみが発見したのは誰なのかとか」

「スティール議員です。ほら、〝詰め込み屋〟と呼ばれてるあの議員」

「なんだって」パスコーは言った。「で、彼は完全に絶命していたんだな？　死因は何だと思う？　発作か？」

「いえ、違います。すみません。バカみたいだけど、ちょっと動転してしまって。彼は殺されたんです。もっと早く言うべきでしたが、頭蓋骨の底部に穴があいてました。そして、凶器とおぼしきものが床に落ちているのを発見しました。その場所に印《しるし》をつけて、それ自体は袋に収納しました。ほかの者の目に触れさせたくなかったんです、ちょっと変わった代物で、しばらくはわれわれだけしか知らないほうがいいと思ったもんで。ここにあります」

彼は自分の革の胴着《ジャーキン》の内ポケットから透明なポリ袋を引っ張り出すと、掲げて見せた。なかには一種の小型の鑿《のみ》のようなものが入っている。

「わたしがやったことは間違ってないですか？」若い刑事は心配そうにたずねた。

だがパスコーがまだ返事をしないうちにジュード・イリングワースが肘で彼を押しのけた。

「それでこそまさに市民のための警察よ」彼女は言った。「ほかの利用者が何と言おうと、ここの警察はダントツすばらしいと思うわ。どこで見つけたの？」

「え？」パスコーは言った。

「わたしの彫刻用たがね《ビュラン》よ」ボウラーの証拠品袋に目を据えて、彼女は言った。「どこでわたしの彫刻用たがね《ビュラン》を見つけたの？」

＊

わたしは身をかがめ、付けるべき印《しるし》を付ける。

というわけで彼は横たわっている、彫刻用たがね《ビュラン》で埋葬《ビュリネス》へと導かれ、無数の友情《フレンドシップ》を沈めたあの息は永遠に静止し、地球を食い尽くそうという野心に燃えているように見えたあの食欲は、まもなくその地球にむさぼり食われようとしている。わたしは彼を見下ろし、彼の平安をわたしも共有する。

しかし、そのとき、最初に吹いたの北風《ボラ》の一触れでアドリア海の絹のような肌に皺が寄るのを見るイリュリアの商人のように、ふいにわたしは不安になる。ここは安らぎに満たされている、だが外の廊下で何か動きがあるのをわたしは感じる、まるで北風《ボラ》が本当に吹きはじめたかのように……わたしの運命を導く〈力〉は、手違いなど生じさせるはずはないと思うが？

そう、確かに、訊いてもよかったのだ、だが、そのときは答えを知るには方法は一つしかないように思えた。

わたしはすばやくドアへ行き、さっと引き開ける。

そして、声を立てて笑い出す、わたしが感じたのは時の帰還にすぎないと悟って。時のダムが決壊して廊下を驀進しているのだ。

わたしは真顔になってその奔流に足を踏み入れ、喜んで流れに身を任せ、何処であれ、それがわたしたちの次作のスリルあふれる〈対話〉のために指定された岬か島へ、無事わたしを上陸させてくれると確信している。

じゃ、また近いうちに！

＊

「彼は何か言おうとしていた、ということだが」ボウラーと共に急いで階段を下りながらパスコーは言った。「何も聞き取れなかったのか？　まだ記憶が新しいうちによく考えてみろ」

「はい、主任警部。ずっと考えていたんです。そして……ま、ちょっとバカげていますが……でも、彼が言おうとしていた言葉はこんなふうに聞こえました……」

「うん？」パスコーはうながした。

「〝バラのつぼみ《ローズバッド》〟。そう聞こえました、〝バラのつぼみ《ローズバッド》〟と」

16

「バラのつぼみ？」アンディ・ダルジールは言った。「映画によく行くのか、ボウラー坊やは？」

「いいえ」そう言いながら、パスコーはほっとした。〝バラのつぼみ〟は《市民ケーン》の中で瀕死の百万長者の口から漏れた謎めいた最後の言葉なのだと、ダルジールに説明すべきかどうか、決断を下さずにすんだからだ。自分の部下どもが恩着せがましい行為に及んだと感じると、巨漢は残忍に皮肉な言葉を浴びせる可能性があった。「ボウラーはぜんぜん映画を見ませんから、彼には何の意味もない言葉です。もっと肝腎なのは、むろん、議員にとってこの言葉が何か意味を持っていたのか、ということですが」

「たぶんな。しかし、〝詰め込み屋〟が映画に行くとは思えんけどな、無料のポプコーンつきなら別だが。ボウラーが彼に人工呼吸をしてやったって？」

「そのようです」パスコーは言った。

「おれより勇敢な男だ」ダルジールは断言した。「あいつについては疑問があったんだが、〝詰め込み屋〟スティールに人工呼吸ができるとは、女王から勲章をもらえるように推挙すべきだ！」

パスコーはひょっとして聞こえる範囲に不快に思う者がいないかとそわそわとあたりを見まわした。だが、カフェバーの〈ハル〉と書籍と土産物を売る店が一つある中二階には二、三人の制服警官のほかは人影がなかった。彼は、〈センター〉を完全に閉鎖するのは気が進まなかったのだが、戻ってきたダルジールにはそんな気後れはなかった。

巨漢は防犯カメラをじっと見上げ、まるで壁からもぎ取ろうかと思案しているかのようだった。

たとえそれをやっても何の足しにもならなかった。

パスコーが真っ先にしたことの一つは、ウィールドを最上階の警備室にやってビデオに何か写っていないか調べさせたことだった。防犯装置に詳しいパスコー自身、そのカメラを見ただけでここのシステムがこんな新しい複合ビルにありそうな最新式とはほど遠い代物だとわかった。旧式な固定カメラで、しかも台数も多くない。しかし、そのパスコーもウィールドが持ち帰ったニュースは予想だにしていなかった。

「信じてもらえないな、これは」彼はパスコーに言った。「装置は昼間は作動していないんだ」

「なんだって？」

「そうなんだ。カメラがあるだけで抑止効果が充分あるという理屈で、夜間も作動しなくなるところだった、もし〝詰め込み屋〟の思いどおりになってれば」

「〝詰め込み屋〟の？」

「うん。皮肉な話だよね。このビルの建設費については、その一ペニーに至るまで〝詰め込み屋〟とのあいだで激しい攻防戦があったんだ。〝詰め込み屋〟にも二、三の小さな勝利は与えなければならなかった、さもないとこのビルは永久に完成しなかったから。警備はその一つだった。彼は防犯装置の設置と、運用並びに保全の予算を八十パーセントもカットさせた。それを選ぶか、それとも職員を二名削減するかだった」

「くそ」パスコーは言った。「しかし、それはつまり、この犯行に及んだ者はおそらく自分が防犯カメラに写っていないことを知っていたということだ。これは役に立つ」

「どこにいるにせよ、〝詰め込み屋〟にはあまり慰めにならないな、もしあんなにケチケチしなければ、まだこの世にいたかもしれないと知ったら」ウィールドは考え込むように言った。

「いったいいつまでかかるんだ、あのやぶ医者は？」役立たずのカメラから紳士用トイレのある脇廊下に注意を移して、巨漢は言った。「いったい全体、中で何をやってるんだ？　小銭がないか〝詰め込み屋〟のポケットでも調べてるのか？」

〝あの藪医者〟とは、もっか議員の遺体を調べている警察の検死医のことだ。救急隊員が来てスティールは完全に絶命しているというボウラーの判定が確認されると、パスコーは遺体をそのままにしておくように救急隊員に指示した。現場がそれ以上汚染されるのを防ぐためでもあり、また、じきにやって来る警視を喜ばすためでもあった。聞くところによると、警視は遺体のない殺人現場を見るのは気の抜けたビールを飲むのも同然だ、と断言したそうだ。

「もう出てくると思いますよ」パスコーは言った。

「便所《ボッグ》と言えば、うちのボッグヘッドは今どこにいる？」

「上の画廊です、ウィールドと事情聴取中です」

先刻、残っていた招待客に事情聴取がすむまでは帰れないと告げたとき、ぶつぶつ不満の声も起こったがパスコーは断固として譲らなかった。殺人の凶器がジュード・イリングワースの紛失した彫刻用たがね《ビュラン》なのはほぼ確実だったので、画廊にいた全員が目撃者である可能性があった。すでに会場を去った招待客を追跡するには多大の人時を要するから、まだ画廊にいる者たちは当然、確保しておく必要があった。

「それは感心せんな、ピート、彼自身が重要な目撃証人なんだから。おれが聞きたいのは彼の証言だ。彼をここへ来させてくれないか」

パスコーはダルジールの非難には抗弁しないことにしていた。たとえ百パーセント自分のほうが正しくても絶対に勝ち目はないからだ。それに見返りもあった。つまり、ほかの誰かがパスコーを非難しようものなら、巨漢はいつも身を挺してかばってくれるのだ、たとえ百パーセントこちらに非があっても。

今度の場合、パスコーはこの若い刑事が自分で遺体を発見したことで動揺しているのを見て、彼を忙殺させておくにかぎると思ったのだった。今、彼は自分でボウラーを呼びに行った。これは親切心からでもあり仕事上の配慮からでもあった。ボウラーも今の自分が巨漢のお気に入りでないことは悟っているに相違なく、怖じ気づいて愚かな言動に走りかねない。だから、やさしく愛情をこめてすこし安心させてやれば、彼も元気が出るし、また目撃証人としても役に立つ供述ができるだろう。

画廊に行くと、招待客たちはうろつき回るライオンの気配を感じた玲羊《レイヨウ》の群さながら、あの男根のようなトーテムポールのまわりに身を守るように一塊りになっていた。一人だけ例外はエドウィン・ディッグウィードで、彼は鹿のような、というよりライオンのような怒りを抑えた表情でグループのまわりを歩いていた。ボウラーとデニス・シーモア刑事が、おそらくは逃走を防ぐためだろうがドアのそばにテーブルを据えて、せっせと詳細なメモを取っていた。ボウラーの相手の目撃者はくどくどといかにも神経質そうに話していて、パスコーは近くに数分立っていたが、とうとう片手を男の肘の下に入れて割って入り、そっと椅子から立たせると、感謝の決まり文句を呟きながらドアの外へと送り出した。

「ありがとうございます」ハットは微笑を浮かべて言ったが、警視が呼んでいると聞くと微笑は消えた。

「わたしに話したことを、そのまま言えばいい」パスコーは言った。「知ってるだろ、ダルジール警視は話をじかに聞くのが好きなんだ。警視にはもうわたしから話してあるよ、わたしの意見では、きみは的確、かつ迅速に行動し、すべて規則どおりにやったと」

若者はすこし安心したように見え、パスコーはたずねた。

「ところで、ウィールド部長刑事はどこに行った？」

「あの先です」ボウラーはそう言いながら、主展示場に接続した小さな脇画廊の一つを指した。「内覧会からは出ていっても、まだ〈センター〉内にいるうちにどうにか捕まえられた客が数人いて、彼らからは議員の階下での行動について何か聞けるかもしれないので、部長刑事はここの連中とは別々にしておいたほうがいいと考えたんです」

それに加えて、すでに画廊を出ていたのだから、彼らは目撃証人の可能性があると同時に仮想容疑者でもあるわけだ、とパスコーは思った。彼は画廊をぶらぶら横切ってその脇画廊をのぞき込んだ。そこに集まった者たちの中にサム・ジョンソンとフラニー・ルートが熱心に話し込んでいる姿を見つけた。それに、ディック・ディーとライ・ポモーナ、こちらも同様に話し込んでいる。彼はこのまま中に入っていき、ルートはこの自分が特に詳しく調べるとウィールドに言おうかと思ったが、やめにした。異常にこだわりすぎのような気がしたせいもあるが、主としてウィールドには傍から注意をうながす必要などないと確信していたからだ。

「しばらくきみ一人で大丈夫か、デニス？」彼はシーモアに言った。

「ぜんぜん問題ないです」赤毛の刑事は快活に言った。「あ、そうそう、最初にミセス・パスコーをすませたんですが、先に自宅に帰っているからとのことでした」

「気を遣ってもらって、どうも」彼は心から言った。シーモアの場合は、この配慮のなかに主任警部の妻に便宜を図ることでご機嫌取りができるかもしれない、という考えは入っていないのがわかっていた。「ディッグウィードさんの調書を早く取ったほうがいいんじゃないか、さもないと彼、爆発するぞ」

「さて、と」とパスコーはボウラーと共に画廊を出ながら言った。「下に行く道すがら、あの発見までのことを聞かせてくれ」

「はい。ええと、ぼくらはちょうど今やってるように画廊を出て、階段を下りて……」

「その、ぼくらとは？」

「わたしとライです、つまり、参考図書室で働いているミス・ポモーナです」

「なるほど。それで、ほかにも同時に階段を下りている人たちがいたのか？」

「ええ、いましたよ。とても大勢、前にも後ろにも」

「誰か、きみの目に留まった者がいるか？　これは前にも訊いたけど、今こうして階段にいるから……」

ボウラーは首を振った。

「いえ、いませんね。前にも言ったように、ぼくらはかなり話に熱中してましたから、わたしとライは――つまり、ミス・ポモーナですが……」

「後生だから、どっちかにしてくれよ。きみの恋愛生活に興味はないから」

「すみません」ボウラーは言った。「それで、ここに着くと、みんな、てんでんばらばらに散りはじめました」

二人は中二階に近づいていたが、ここは〈センター〉の中心なので捜査という見地からするときわめて不利だった。ここからは〈センター〉内のどこへでも行けるし、地下の駐車場へ、あるいは外のショッピングセンターにも行ける。死を招いた例のトイレ自体も、この中二階から〈センター〉内のあらゆる場所に通じる階段の踊り場まで行く廊下にあった。すでにダルジールは即座にその問題点を指摘していた。「まったく、とんでもない迷路だ」彼は言った。「ここじゃ鼠も訓練されてないとチーズまで辿りつけんよ」

ダルジールと言えば、彼の姿が見えなかった。おそらくしびれを切らして、くだんの藪医者をせかしに中に入っていったのだろう。

「いったい、スティール議員は見かけたのか？」パスコーは言った。

「思うに、彼には気づいたかもしれません、つまり、あの禿頭が階段でぼくらよりすこし前を下りていくのを。でも、絶対に間違いないとは言えません」ボウラーは言った。

「わたしは、ほら……」

「うん、ミス・ポモーナと話に熱中していたから」パスコーは言った。「それはどれぐらい前のことなんだ？　彼女からきみを引き離すほどきみ自身の生理的要求が強くなったときよりも」

「二、三分前、いや、おそらく、もうちょっと前ですね。すみません」ボウラーは言った。明らかに自分の曖昧さに苛立っているのだ。「ライは参考図書室に置いてあったコートと持ち物を取りに行きました……」

「ああ。彼女はあのトイレがある廊下を通っていったのかね、ひょっとして？」

「いえ、彼女はあっちへ行きました」ボウラーは〈職員専用〉と記されたドアを指しながら言った。「あっちのほうが早いんじゃないかな」

「で、きみは……？」

「さっきも言ったように、本屋のまわりで二、三分ぶらぶらして……」

「あるいは、たぶん、もうちょっと長く？」

「あるいは、たぶん、もうちょっと長く。それから、このチャンスを利用して放尿しようと思い立って、それでトイレに入ったんです……」

「なぜあのトイレに？」パスコーは言った。「もしきみが本屋のそばのここにいたんなら、出てすぐのところに、いやでも標示が目につく別のトイレがあるのに」

「それが」ボウラーはもじもじしながら言った。「じつを言うと、ダルジール警視がそこへ入っていくのを見たばかりだったので……」

パスコーは声を立てて笑った。今でも思い出すが、自分がこの中部ヨークシャーへ来てまだ間もない頃、小便所で気がつくとあの見るも恐ろしい巨漢の隣に立っていて、自分は——膀胱は満杯だったし、ふだんならとなりの便器を打つ豪快な音はこちらまでその気にさせるのに——ただの一滴も出せなかった。現代のしらけた若者たちもこういうコンプレックスと完全に無縁ではないと知るのは、まんざら不愉快ではなかった。

「そこで、きみは廊下を行った」パスコーは言った。「ほかに誰か人がいたか、前方や後方に？」

「いえ、断じて、いませんでした」ボウラーは言ったが、やっと断言できて嬉しそうだった。

「そして、きみは中に入り、スティール議員を見た」パスコーは言った。「ま、これできみは二度わたしに話したわけだ。ダルジール警視にはこのとおり正確に言わなきゃだめだぞ。ほかに何か付け加えたいことがあるか？」

「ないと思います。ただ、その、主任警部はこれが例のワードマンによる殺人と関連があるかもしれない、とは思いませんか？」

「今のところ、それを示唆するものは何もない」パスコーは言った。「どうして、そんなことを？」

「いや、別に。ただ、ま、三人死んで、今また四人目となると……」

「それはよくやる間違いなんだ」パスコーは言った。「ワードマン殺人事件はそれ、これはこれだ。証拠なしに両者を結びつけようとすれば、ただ両方の捜査が台無しになる恐れがあるだけだ。いいな？」

「はい。すみません」

「いや、わかればいい。万一警視に訊かれた場合にそなえて、もう一つだけ。きみはもう一つのトイレに警視が入るのを見たと言ったね。遺体を発見したとき、彼を引き留めようとは思わなかったのか？　警視はまだ近くにいたはずだが」

「そう思うには思ったんです」ボウラーは言った。「でも、蘇生術を施したり、応援を頼んだり、〈センター〉の警備員に知らせたりし終わったときには、おそらく警視はもうとっくに帰ってたでしょうし、それに引き替え、あなたと部長刑事がまだここにいるのはわかってましたし、確実なほうがいいと思ったもんですから」

つまり、彼は自分がちゃんと規則どおりにやったかどうか自信が持てず、また、いささか動転していることも自覚していて、通りに出て息せき切って追いかけて我が身をふとっちょアンディの裁定にゆだねたいとは思わなかったということだ。

「たぶん、もう一つのトイレに警視が入るのを見たことは何も言わないほうが、話が簡単になると思う」パスコーは言った。「きみの知るかぎり、警視はとっくに帰っていた。ああ、あの声は警視だな」

トイレのドアが開いて、背の低い、こんなことよりゴルフをしていたそうな黄土色の顔で、現にそういう服装《いでたち》の男が姿を現わし、ダルジールがあとに続いた。

「で、それだけかね、先生、彼は死んでいる、とだけ？　まま、せっかくのゴルフを中断させて気の毒だったね。ところで、形勢はどうだったんだね？」

「じつは、この五年間一度も負かしたことのない、いけ好かない義弟に勝ち越してたんだよ、スリー・ドーミーでね、しかも彼はバンカーにいて、わたしはグリーンにいたまさにそのとき携帯が鳴ったんだ」

「じゃ、事実上《モラル》の勝利だね」

「相手が義弟の場合、倫理《モラル》が入り込む余地はないんだ。試合は無効になった。不運な議員に話を戻すと、残念ながら、わたしの知らないことは話せない。彼は殺害され、確実なのは、それがこの一時間以内のことで、細身の鋭利な凶器で頭蓋骨の底部を一撃された結果だということだ。頭のてっぺんの傷は軽微で、致命傷の前に、と言うより後で負《お》ったものらしい、どういう目的でかは推測すらできんがね。

もっと熟慮の上の見解は検死解剖を待ってもらわんと。じゃ、これで失礼するよ」

「いや、ありがとう、カリガリ博士（一九一九年製作のドイツ恐怖映画の主人公）」ダルジールは医師の遠のく背中に言った。「ボウラー刑事、よく来てくれた。中に入って教えてくれ、きみやほかの連中がこの気の毒な〝詰め込み屋〟のそばに来て、彼を突っつきまわす前はどんなだったか」

ボウラーはトイレの中に入った。彼は床の上の遺体を見ないようにしていたが、正面の壁面を覆う鏡に映った自分がダルジールにじっと見られているのに気づいて落ち着かない気分だった。

「彼は洗面台の前にぐったり倒れていました、わずかに右寄りに。わたしの印象では、襲われたとき、彼は手を洗ってる最中だったに相違ありません」

「ほう、そうかい？　それは当てずっぽうか、それともお告げか？」

「いえ、違います。彼の両手が濡れているのに気づきました、それに顔もです、これに気づいたのは人工呼吸をしたたときですが」

「うん、その話は聞いた。じゃ、彼は小便をして、手を洗い、顔にもピチャピチャやっていた。で、それからどうなったと思う？」

「ドアが開き、加害者が入って来る。ほんの二、三歩の距離ですし、議員は顔を洗っていましたから、顔を上げて鏡に映った加害者を見る間もないうちに加害者は彼の背後に来られた。見たときには、もう手遅れだったんです」

「どっちみち同じだったかもしれない」パスコーは言った。「ふつう公衆トイレに誰か入ってきたのを見ても、〝あの男に襲われる〟とは思わないからね。そいつが口から泡を吹いて血染めの斧でも持っていないかぎりは。あの彫刻用《ビュ》たがね《ラン》程度のサイズなら、手に持っていても気づきさえしないだろう」

「はい」ボウラーは言った。「そのことは、わたしもずっと考えていたんです。ああいう武器で頭を狙う場合、解剖模型を思い出すと、一撃で殺すには、あるいは相手を無力にするだけでも、よっぽど熟練しているか、よっぽど運がよくないと無理です」

彼がここで言葉を切ると、ダルジールがじれったそうに言った。「おいおい、サー・ピーター・クイムズビー（ドロシイ・セイヤーズの貴族探偵ピーター・ウィムジーのもじり、ホモを匂わせている）みたいに勿体ぶっていないで、要点を言え」

「ま、これは前もって計画された犯行ではないと見てもいいかもしれません、つまり、彫刻用《ビュ》たがね《ラン》をたまたま手にしていた者がぶらっとここに入ってきて、スティールがかがみ込んでいるのを見て、〝そうだ、こいつを刺してやろう〟と思った、というふうに。しかし、この犯人はたまたま彫刻用《ビュ》たがね《ラン》を持っていたんじゃありません、盗まねばならなかった。このこと自体、危険をおかしている。つまり、ひょっとすると、画廊にいた者全員の事情聴取が終われば、ジュード・イリングワースの展示の周辺で何か怪しい動きを見た者が見つかっているかもしれません、泥棒！と叫ぶほど怪しくなくても。警察がいろいろ訊けば思い出すようなことを」

「たぶん、凶器として盗んだのではなくて、ほかの目的だったのかもしれない」パスコーは言った。「そして、急にスティール議員を襲うことにしたとき、ちょうど手ごろだった」

「はい、おそらくね、もっとも、あまりありそうにないですが……あり得ないとは言いませんが、ただ……」

「いや、殺人捜査では遠慮は無用だ」ダルジールが口を挟んだ。「主任警部の言ってることがたわごとだと思ったら、はっきりそう言え」

「いや、そうは思いませんが……」

「ま、このおれはそう思う。きみの考えは正しいと思うよ。やつは〝詰め込み屋〟を殺そうと決心し、武器が必要になった、だが急場のことで、せいぜいあの彫刻用たがね《ビュラン》しか手に入らなかった」

「ということは、前もって計画してあったということです、でも、それほど前にではない」ボウラーは言った。「内覧会で何かあって、それでスティール議員を殺す必要が生じたんです」

「たとえば彼が食べるところを初めて見た誰かが、エチオピアで飢えかけてる子供たちのことが急に心配になってきた、とか？」とダルジール。

「それとも、たぶん、何か彼が言ったことが原因かも」パスコーは言った。巨漢とボウラーのこの予想外の和解にいささかのけ者にされたように感じていた。「議員は騒ぎを起こす名人ですからね、われわれも授業料を払って学びましたが」

「うん、この事件を捜査してるのが、このわれわれで運がよかったよ」ダルジールは言った。「つまり、切り裂きジャックスと〝詰め込み屋〟が立て続けに殺されて、もし彼らの口を封じたいという動機のある者を捜しはじめたら、われわれはリストの上位に来るだろうからな」

パスコーはちらっとボウラーを見た。先刻、根拠なく結びつけてはならぬと諭《さと》したばかりなのを思い出したのだ。

「これに例のワードマンが関係しているかもしれないと、本気で示唆してるんじゃないでしょう？」

「おい、言葉を慎《つつし》め！」ダルジールは怒鳴った。「あのばかげた事件は犯罪捜査部の名を汚しかねない代物だ。いや、違うとも、運がよけりゃ、これは昔ながらの単純な殺しだよ、そして、いったん内覧会の招待客全員の事情聴取が終わりゃ、きれいさっぱり一件落着さ、〈今日の試合〉《マッチ・オブ・ザ・デイ》（BBCテレビのスポーツ番組、通例、サッカーの試合を放映）が始まる前に」

　だが、今回かぎりはダルジールの予測は当たらなかった。夜もまだそれほど遅くならないうちに招待客はすべて所在がわかり、事情聴取が済んだ。彫刻用たがね《ビュラン》の盗難に関しては不審な言動に気づいた者は一人もいなかった。スティール議員の会話は、いつもながら苦情と非難に満ち満ちていたが、新たに何かが槍玉に上がった形跡はなかった。口論に近いものと言えば、チャーリー・ペンが彼の文学グループを切り捨てようとするスティールの努力に苛立ちを示したことぐらいだった。しかし、この作家が指摘したように、もしこれを動機と見なすなら、〈HALセンター〉の職員全員が容疑者とされなければならなかった。議員は彼らの半数の人員削減と、残った者の賃金の大幅カットを提案していたからだ。メアリー・アグニューは画廊から彼と一緒に階段を下りたことを思い出した、その短い時間に彼女は矢継ぎ早に議員から彼女の新聞の主な欠点をまとめて聞かされたのだった。中二階に着くと、彼は「一ペニーを遣わなきゃ」と言って脇へ逸れたが、これは紳士用トイレに向かったものと思われる。彼女はほかの誰かが彼の後を追うのは気づかなかった。

　ダルジールが警察長にかけた圧力が波及して、日が暮れた頃には予備的な検死報告が届いた。それによるとスティールは彫刻用たがね《ビュラン》（今は鑑識によって殺人の凶器と確認ずみ）の一撃で死亡した。この一撃は髄質と脳幹の橋まですっぱり切断しており、ボウラーが言ったように、これは非常に幸運だったか、あるいは非常な熟練の技だった。彫刻用たがね《ビュラン》の指紋はきれいに拭ってあった。

　アンディ・ダルジールは報告書を読み、一言「くそっ」と言うと帰宅した。

　彼は留守電が入っていないか調べた。一件だけあり、キャップ・マーヴェルからだった。彼女はスティールの早すぎた死でせっかくの午後が台無しになったことを再度、残念がり、本当はあの堀を巡らした田舎屋敷のマリアナ（シェイクスピア『尺には尺を』に登場する恋人に裏切られた娘）のように何もせず、のんびりしていたいのだけれど、急進的な旧友たちから一杯やりに行こうと、そして、〈親友ジャックのナイト・スポット〉で最新版《フル・モンティ》の最終回を見てもいいし、と誘われたので出かけると告げていた。

ダルジールはため息をついた。彼女の選択が間違っていたとは言えなかったが、彼女に会えないのが残念だった。しかしまた、自分の好きにできるとなれば、ケチをつけられたり不平を言われる恐れなしに男が楽しめる高尚な快楽もあるにはある。

彼はキッチンに入り、しばらくして彼にとっての〝四終〟（キリスト教で終末に起きるとされている最後の四つの事象）、すなわちフォーク、酢漬けニシンの瓶、大きなマグカップ、それにハイランドパーク（モルトウィスキーの銘柄）のボトルを手に姿を現わした。彼は四番目を三番目にそそぎ、一番目を二番目に突き刺すと〈今日の試合《マッチ・オブ・ザ・デイ》〉を楽しもうとゆったりと椅子に腰を据えた。これはラグビー並みの実際の試合に代わるものとしてはお粗末だったが、マンチェスター・ユナイテッド対リーズの試合なので激しさという点ではそれほど引けを取らないはずだった。

イエローカードが二枚出たあとで電話が鳴った。

「はい！」彼は怒鳴った。

「わたしです」パスコーが言った。

「えい、くそ」

「ま、そう言われても仕方ないですね」パスコーは言った。「〈センター〉の警備員が見回ってたら表の郵便受けがカタカタいう音が聞こえて、調べてみたら〝参考図書室〟宛の封筒が入っていたそうです。ふだんなら彼はそのまま放っておくんですが、この殺人事件で警戒心がきわめて高まってますから自分の本部に報告して、そこから署のほうに連絡してきました」

「で、きみはまだそこにいたのか？」ダルジールは言った。「どうした？　エリーに締め出されたのか？」

「いえ、違います。家にいました。シーモアが電話してきたんです。たぶん、彼は警視の邪魔をしたくなかったんじゃないかと……」

「気が利く者もいると知って嬉しいよ。よし、不平はおしまいだ、潔く引き受ける。さ、言ってくれ、おれの推測は間違っていると」

「そう言えるといいんですが」パスコーは言った。「ほら、警視はこのスティール事件が単純明快な殺人であってほしいと願ってましたよね。だめでしたよ。その封筒には〈第四の対話〉が入ってました。どうやらワードマンがまた言葉を発したらしい」

沈黙があり、それから激しい苦悶の叫び。

「警視？　聞こえますか？　大丈夫ですか？」

「いや、ぜんぜん大丈夫じゃない」ダルジールは言った。「まず最初に、おれの大嫌いなあの変人野郎がまだやってると聞かされて、つぎに、それでもまだ足りずに、たった今マンチェスター・ユナイテッドが得点したんだ！」

17

殺人捜査はふつう刑事の仕事の最高峰なのだが、ハット・ボウラーはそれが社交生活をどんなに混乱させるか悟りはじめていた。日曜のデートの約束を守れるかもしれないというかすかな望みも〈第四の対話〉の発見で消え去った。前日の午後、ライの事情聴取が済んだあとで彼はほんの短時間ライと会い、楽観的な口調で話そうと努めた。だが、彼女は疑うように彼を見て、日曜の朝に問題が生じた場合にそなえて自宅の電話番号を教え、二週間続けて彼は約束をキャンセルするための電話を彼女にかけた。

ライはしばらく彼の謝罪に耳をかたむけていたが、やがて口を挟んだ。「ねえ、どうってことないわよ。またいつか行けるわよ、たぶん」

「あまり失望してるようには聞こえないね」彼は非難する

ように言った。

「失望？　あなたがもっとよく耳を澄ませば、この寝室の窓に叩きつけてる雨の音が聞こえるはずよ。なのに、あなたはわたしに失望しろと言うの、起き出して一日の大半をずぶ濡れになりながら小鳥たちを探しに行かないからと言って？　たぶん、あのいわゆる〝おばかさんたち〟だってぬくぬくと穴にこもってるぐらいの頭はあるでしょうに」

「穴じゃなくて巣だよ。きみ、まだベッドにいるってこと？」

「いますとも。今日はお休みですもの、あなたは違ってもね。もしもし？　聞いてるの？　あなた、そこで想像を逞しくしてるんじゃないでしょうね？」

「むろん、違うよ。ぼくは警官だよ。想像力は手術で摘出されてるんだ。その代わり、監視用具を支給されている、だから空想する必要はないんだよ」

「つまり、わたしを監視してるってこと？　いいわ、じゃ、今わたしは何をしている？」

　彼はしばし考えた。これは面白かった、しかし、たとえ言葉の上でもあまりに早く、あまりに度を越しすぎて、すべてをぶち壊しにしてしまいたくなかった。

「鼻の頭を掻いてる？」彼は用心深く言った。

　彼女はくすくす笑い、しゃがれ声で言った。「ま、そんなところね。それで、事件のほうはどんな具合？　わたしたちは皆、まだ容疑者なの？」

　この明白な事実を最初に指摘したのはライだった。土曜の午後、彼女が目撃者かもしれない者の一人として尋問され、時間を取られたことについて彼が謝ったときのことだ。

「それに、容疑者かもしれない者としてね」彼女は付け加えた。「ごまかさないで。内覧会に来て、スティール議員より前か、同時に会場を出た者はすべて容疑者の可能性があるわ。わたしはパーシー・フォローズに賭けるわね」

「またなぜ？」

「だって彼は、とっても小さな武器で男を襲うことには慣れているんでしょ」

　彼はおごそかな顔で彼女を見て言った。「きみも警官になるべきだったよ」

「洞察力があるから？」

「違う。下手な冗談を言って、やりきれない現実から身を守る術を知ってるからさ」

まだ言い終わらないうちに彼は思った、この尊大な、いけ好かないやつ！　そんな偉そうな顔をして、さぞかし彼女が愛してくれるだろうよ。

しかし、彼女の反応は憤慨よりももっと始末が悪かった。彼女の目にみるみる涙があふれ、彼女は言った。「ごめんなさい……わたしはただ、できるだけ……」

このときだった、彼がライの体に腕を回して引き寄せたのは。そして、これが初めての抱擁か、それとも単に慰めるための動作か見きわめ損なったのは、というか、見きわめずにすんだのは、ウィールド部長刑事の空咳と、それ以上にそっけない声がしたからだった。「その目撃者が済んだらね、ボウラー刑事……」

今、彼は言った。「むろん、きみたちはまだ全員、容疑者さ。だからこのぼく自身が、きみを間近でしっかり監視しているつもりなんだ。あのね、あとでまた連絡するよ。

スタングデイル行きはやめにしよう、たぶん、映画ぐらいなら行けると思うけど……」

「たとえばヒッチコックの《鳥》とか？　ごめんなさい。ええ、それもいいけど、でもね、わたしは約束を守る女よ。自分が言ったことはちゃんと実行するわ。来週に延期にしましょうよ、ね？」

「うん、それでいいんなら。いや、すばらしいよ。それで、前の約束どおり、朝から一日だよ、いいね？　ぼくがピクニック用の食事を一式用意するから」

「あんまり有頂天にならないで。よし、これで決まりね。また電話して。じゃ、あなたは善良な市民のために社会の安全を守る仕事を続けてちょうだい、わたしのほうはまた鼻の頭を掻くことにするわ。じゃあね」

彼は携帯を切って、鼻の頭を掻き、微笑した。彼は常々テレフォンセックスなんてお呼びじゃないと思っていたのだが、今こんな気分がするのなら、たぶん、まんざら捨てたものでもないかもしれない。彼とライの関係は確実に一歩前進した。もっとも彼が〈第四の対話〉のことを彼女に黙っていたのがわかれば、その距離は大きく二、三歩蹴り戻されるとわかっていた。彼女に話したくて仕方なかったが、少なくともこの電話では、他言してはならぬというウィールド部長刑事の言葉のほうが強かった。

「この件は自分の胸にしまっておけ」とウィールドは言ったのだった。「世間にとっては、スティール議員の死はまったく別個の出来事だ、警視が方針を変えるまではな。そして、きみは口が堅いと警視に思ってほしいんだろ？　特に、若い女性たちのまわりでな」

ライ・ポモーナは警察がワードマンのことを知るきっかけになったのだから知る権利がある、とハットは反論しようかと思ったのだが、この険悪な顔の前で貫き通せる反論ではなかった。

そこで、代わりにこう言った。「何か理由があるんですか、わたしは口が堅くないと警視が思うような？」

「思うに」ウィールドは慎重に言った。「警視は、きみがジャックス・リプリーとちょっと親密になりすぎたと思ったんじゃないかな」

彼は青年の顔をじっと見守り、戸惑いが、しだいに意味がわかるにつれて憤然とした表情に変わるのを見た。

「つまり、彼女が警察の非能率な仕事ぶりをいろいろ放映したあれ、警視は彼女がこのわたしから内部情報を得ていたと思ってたんですか？　冗談じゃない、部長刑事、ほとんど彼女に会うたびに、わたしたちはあの番組のことで口論してたのに。そりゃ、ずっと友人のまま、というか、友人みたいなものでしたよ、でも、お互い、相手を利用しているだけだとわかってました。ちょっとした取引はしたかもしれません——そっちが自分のものを見せれば、こっちも自分のものを見せる、というような——でも、もし彼女に警察内部の密告者がいたとしても、それは断じてこのわたしじゃありません！」

ウィールドはこの否定のなかに使われた性的な比喩表現に気づいたが何も言わなかった。彼自身はそういう誘いに乗る心配はなかったが、女がモーションをかけてくればちゃんと気づくし、くだんのテレビリポーターに二、三度会ったときには確実にそれを感じた。もしボウラーが誘惑に負けずに職業上要求される節度をしっかり守ったとすれば——ウィールドとしてはそれを信じる気持ちのほうが強かったが——その場合は、この青年には並々ならぬ自制心があるということだ。

「警視に何か言うべきだと思いますか？」ボウラーはいささか動揺して訊いた。

「いや、思わない」ウィールドは言った。「われわれの商売では、訊かれる前に否定するのは肯定するのも同然だ。警視は昨日のきみの行動に大いに満足しているようだった。だから、その件はもう忘れろ。大事なのは今後だ、過去じゃない。だが、これは警告だ。新聞記者の姿を見たらとっとと逃げ出せ、一マイル先までな」

それじゃマラソンをしなきゃ、とハットは思った。リプリー殺人事件に対するマスコミの関心は大変なもので、まだスティールの死との関連は正式に認められていないが、この二つの事件は時間的にも場所的にも近いことからブラッドハウンドたちがふたたび血の匂いを嗅ぎつけ、憶測の遠吠えを上げていた。彼個人としては、〈第四の対話〉の件は伏せておくというダルジールの考えはバカげていると思ったが、こんな考えを気取られるのはもっと大バカだ。

「はい、部長刑事。それで、もっかの状況はどうなんです？　何か進展がありましたか？」

「それが、警視の部屋で十時に会合があるんだ。主任警部の発案でね。彼は〝大協議〟と呼んでるよ」

「何です、そりゃ？」

「どうやら悪魔全員が集まって地獄から逃げ出す方法を決める、といったことらしい。パスコー主任警部は状況がきびしくなると、ときどき詩的になるんだよ」ウィールドは甘やかすように言った。「とにかく、彼は警視を説得したんだよ、そろそろ外部の専門家の助けを借りるときだとね、精神科医のポットル博士とか、誰か大学の言語学の専門家とか」

「ええっ、それじゃよっぽど行き詰まってるんだ！」ハットは叫んだ。巨漢がふだんから〝見かけ倒しのたわごと売り〟と呼んで専門家たちのことをどう思っているか、よく知っているからだ。

「そのとおり。まさに樽の底をこそげてるってとこだ。きみも出席するんだ」

「わたしも？」

彼の顔には勇み立つ気持ちと懸念が錯綜していた。

「そうだ。だから下準備をしとけよ。だが、その前に図書館のあの娘《こ》に電話して、今日はもう確実に遊びに行けないと断わったほうがいい」

ライの電話番号にかけながら、いったいなぜウィールドがライと会う約束を知っているのか不思議に思ったのだったが、最後の数字を押すまでには、あの彼女を引き寄せてもう少しで抱擁になりそうだったとき、それ以前の自分たちの会話をウィールドはすべて聞いていたに相違ないと悟ったのだった。

あいつは何一つ見逃さないと、ハットは半ば感嘆し、半ば憤然として思った。でも、おれのほうがずっとハンサムだ！

半分というのが適切な分量に思えて、彼はウィールドの助言を半分だけ採用することにした。巨漢の不当な疑惑については、当人には何も言わずにおくが、自分はこのことを忘れはしない。ハットは自分は無実と知っている、ということは、ほかに誰か無実でない者がいるということで、彼としてはクエッションマークのついた自分の名前をこの先ずっとダルジールの備忘録に残しておく気はなかった。

さしあたっては、昨日警視に与えたらしい好印象をますます強めようと彼は決意した。この〝大協議〟で〝聖三位一体〟に加わるように招かれたのは大きな一歩だ。彼は以前、さほど先輩でもないシャーリー・ノヴェロが、この親密な三人組に加わる機会が増える一方なのを見て、自分が強烈な嫉妬を感じたことを思い出した。ノヴェロは二、三カ月前、勤務中に銃弾を受け、まだ病欠中だった。自分がその穴埋めに起用されるかも、という彼のはかない希望はじきに潰《つい》え、彼は落胆し、先刻ウィールドの話で事情が明かされるまでなぜだろうと困惑していたのだ。頭角を現わすチャンスが巡ってきた今、この機会を逃すわけには断じていかない。

与えられた一時間の猶予を彼は目撃者の供述書に目を通

して過ごした。内覧会の出席者は残らず事情聴取が済んでおり、全員の分を読む時間はなかった。幸い、すでにウィールド部長刑事の手で、いかにも彼らしい手際のよさで供述書はいくつかの項目のもとに相互参照付きで整理してあった。いちばん大きなグループは、議員が会場を出る十分以上前に内覧会と〈センター〉から立ち去り、その上、肝腎な質問――〝あなたはスティール議員と話をするか、あるいは彼とほかの誰かの話を耳にしましたか？　ジュード・イリングワースが彫刻の実演をしていた周辺で、誰かの妙な行動に気づきませんでしたか？〟――に否定の返事をした者たちだった。

パスコーの子供っぽい字でメモが記入してあった。〝殺人犯が早めに会場を出て議員を待ち伏せしていたという可能性はあるが、自分が会場を出た時間について嘘をつくような危険は冒さないと思う。この二つの質問への返答について言えば、犯人が両方に否定の返事をすることはなさそうに思う。彼はおそらく実際にスティールと話をしたと思うからでもあるが、主としてワードマンのように言葉数の多い男が黙っていられるわけがないと思うからだ。〟

利口なやつ、とハットは思った。もっともワードマンも利口なやつだってことを忘れないほうがいい。しかし、このメモはあとで彼が供述書を詳しく読むとき、何に注目し、何を除外すべきか選ぶ上で役立った。

彼は議員についても、また彫刻の実演の場でも何かに気づいた者、あるいは、このどちらかについて報告することがあった者たちに注意を向けた。

彼は、妙な行動に関する報告の大部分は、協力したいという行き過ぎた熱意か、単に重要視されたいという強い願望によるものだという結論にじきに達した。会場にいた警察官の観察者たち、すなわち彼自身、ウィールド、パスコー、それに警視は役立つようなことは何一つ見聞きしておらず、これに何か意味があるのか、ないのかは不明だった。五人の目撃者が彫刻家の実技を見ていたとき、すぐそばのテーブルに人がぶつかりグラスが二、三個床に落ちたのを覚えていた。これは故意に注意を逸らすためだった可能性もある。運悪く、五人のうちの誰もそのとき近くにいた者をはっきり覚えていなかった。実際のところ、そのうちの一人しかほかの四人についても思い出せなかった。

〝詰め込み屋〟スティールはそれに比べるとかなり多くの印象を残していたが、目撃者の記憶の多くは彼が平らげた食べ物の量に集中していた。彼が現に交わしていた会話についての報告は、彼が二つのテーマにこだわっていたことを示唆していた。一つは、展示された美術品の大部分はくだらないの一語につき、その展示に公金を遣うのはスキャンダルであり、つぎの議会で財務委員会に対する譴責決議を提案するつもりだ、というものだった。もう一つは、ジャックス・リプリーの死は中部ヨークシャー警察にとっては非常に幸運だった、彼女は、この自分の助けを借りて、警察の無駄遣いと無能ぶりを暴露している最中だったのだから、というものだった。

メアリー・アグニューは、サミー・ラドルスディンと同様、この話をたっぷり聞かされていたし、BBC中部ヨークシャー局のジョン・ウインギットもそうだった。数人の目撃者の報告によると、ウインギットはしばらくしてスティールの話をさえぎり、それから激しい口論になってテレビ局長は歩み去ったという。これについてはウインギット自身が詳しく話し、議員がまるでジャックス・リプリーの死に関して唯一重要なことはスティールの政治活動への影響だとでもいうように、べらべらしゃべりまくるので頭に来たのだと言った。これは亡くなった女性の同僚の反応としては充分うなずけた。だがボウラーは殺人事件のあとウインギットの供述書を作成したとき、彼ら二人のあいだには仕事上の関係以上のものがあったのかもしれない、と自分が推測したのを思い出した。

彼はこのことを心に留めて、議員とだいたい同時に会場を出た人々に注意を集中して供述書を読みつづけた。ここでもすでにウィールドが基礎的な作業を済ませ、誰がいつ、どこにいたかがきちんと図表になっていた。むろん、ハット自身の供述書もここにあり、彼はできるだけ客観的にそれを読みとおした。それは正確で詳細な、しっかりした警官らしい供述書だった。そこには彼がトイレに入ったときに覚えたあの感じ、彼自身と床の上の死体、胎児のようにクエッションマーク形に身を丸めたその死体しか存在しない新しい次元に足を踏み入れた、というあの感じのことは何も書かれていない。どれぐらいの間、自分がただそこに突っ立ってその遺体を眺めていたのか、彼にはわからない。実際、〝どれぐらいの間？〟という質問は、あの場合は当てはまらないように思えた。一歩廊下に逆戻りして一秒待ち、それから再びドアを開ければ、この光景は消えているかもしれないという気がしたあの場合には。むろん、彼はそんなことはしなかった。むろん、即座に訓練で叩き込まれた行動に入り、脈を取り、助けを呼び、蘇生術を試み、現場を保全した。そして、その夜ベッドに入った頃にはその解離感はしだいに薄らぎ、あんなぞっとする発見をすれば当然のショックの記憶が蘇っていた。

だが、その朝ウィールドから手渡された〈第四の対話〉を読み、自分がワードマンのわずか数心拍後に現場に入ったことを悟ると、あのときの強烈な記憶が蘇り、気がつくと片手で堅いテーブルの端を摑み、もう一方の手の腕時計をじっと見つめて自分がまだ実体のある世界にいることを確認していた。

今彼はこれが単なる一回きりの殺人ではなくてワードマンの一連の犯行の一部だという新しい情報の見地から自分の供述を見直した。たぶん、そういうことなら彼があああいう感じを受けたのも当然だ……でも、どうして？　そして、こういうことをダルジールに説明できるかと考えると彼の心は沈んだ。〝内部告発者〟という誤った非難の汚名はそそげるかもしれないが、一旦〝阿呆〟の烙印を押されたらおしまいだ。

彼は自分の供述書を脇にやってほかの者の供述書を読みつづけた。

会合に出席できること、そして、頭脳の妙技を披露して、見過ごされていた一つの小さな事項からもう一つの事項へと飛び、三回転をしてワードマンの背中にしっかり着地するチャンスがあるのは嬉しい。彼には、〝聖三位一体〟が驚き、感嘆しながらじっと眺め、表現法《スタイル》にも内容にも満点の採点札を上げるのが目に見えるようだった。

しかし、そんなインスピレーションの閃きは、小説の中ではふつうだが、しがない刑事の世界ではごく稀だ。どんなに退屈でも、また何度目でも細部に念入りに注意を払うこと、これが事件を解決する。そして、読みながら彼はウィールドが作った図表と照らし合わせた。記入漏れを予期してではなく、証言の食い違いが見つからないかと大いに期待してだった。食い違いに近いものが見つかったのはライの供述（警官の供述と言ってもいいほど明確で詳しかった）の中で、彼女は参考図書室にコートを取りに行ったとき、二、三人の職員を見かけたが彼女の知っている者ではなかった、と述べている。しかし、図表で見ると、内覧会に出席した二人――ディック・ディーとチャーリー・ペン――がそこにいたはずだ。彼は積み重ねたほかの供述書の中を探しはじめた。

「何か見つけたか？」静かに背後に来ていたウィールドが訊いた。

「いえ、そういうわけでも……たぶん……」

彼はディーの供述書を見つけた。彼はハットとライより二、三分前に内覧会を出て図書室に直行していた。そこへ着くと、当日勤務していた女性がその機会をとらえてトイレに行った。ディーは参考図書室のいちばん奥で何か学術書の引用箇所を調べていたが、そのとき事務室にコートを取りにきたライの姿を見ている。

では彼はライを見たが、ライのほうは彼を見なかったのだ。

ペンは供述書のなかで、自分はまっすぐ参考図書室に行き、いつもの小個室の自分の席に坐ったと述べている。〝壁と向き合っていると〟と彼は書いていた、〝あまり大勢の人間を見ないものだ〟。しかし、あとで手洗い所（〝現場《ローカス・イン・クオー》〟のそれではなく、参考図書室に隣接した職員用トイレで、わたしが一種の〈特恵国〉的特権として利用しているもの）に行ったとき、彼はディーに気づいた。では、これでほぼ疑問解消だ。

「いえ、すみません、なんでもないです。あの、べつにあなたの仕事にケチをつけようとしてるんじゃないんです、部長刑事……」

「そうなのか？　そりゃ残念だな。上司の部長刑事の仕事にケチをつけようとしない刑事なんて何の役にも立たんぞ。だが、あまり熱中して時間を忘れるな。あと十分だぞ。ダルジール警視に遅刻してみろ、永遠に遅刻しっぱなしってことになりかねない」

ハットは供述書を読むのはやめ、残りの時間を選び出した数人についてコンピューターで検索することに費やした。それはまるで掘り尽くした払い下げ鉱山で砂金を探すようなものだった。かす、かす、かすばかりだ。

だがそのときやっと、彼は牛糞を突き抜けて伸びてきたキンポウゲのような、ごく小さな金塊を一つ見つけた。

彼はそれを引っ張り出し、重さを量り、それで自分が金持ちになることはないとわかった。しかし、もし彼が適切に仕上げれば、連鎖の中の一つの優雅な環になるかもしれない。彼は腕時計をちらっと見た。あと五分。

おそらく、もうすこし見ていいだろう。学者というのは時間を守らないことで悪名が高い。

彼は電話に手を伸ばした。

18

「おやおや、誰かと思ったら」アンディ・ダルジールは言った。「さ、中へ。坐ってください。楽にしてくださいよ。時間を割いてもらって、どうも」

学者たちは、いつもどおり当てにならなかったが、きちんと時間を守るべきだった。

ハットは恐縮の言葉を連発しながら甲斐甲斐しく客たちの世話を焼き、ダルジールの脅すような怖い顔とパスコーの非難するようなふくれっ面を掻き消そうとした。ウィールドの無表情な顔さえ〝だから警告しといたでしょう〟と物語っていた。

精神科医のポットル博士は中年後期の小柄な男で、ごく自然なアインシュタイン風の顔をしていたがじつは故意に似せているのだった。「患者が安心するんだよ」パスコーにいつか博士がそう言ったことがある。パスコーは、職務とは関係なく、断続的に博士の患者なのだった。「それに、ほんとに気のふれた連中には、こう言うことにしているんだ、わたしはタイムマシーンを作って未来に行って来た、あなたの未来は万事順調ですよ、とね」

「で、わたしの未来はどうなってます、教授?」パスコーはそう応じたのだった。

ポットルのその他の特徴は、社会的、医学的、政治的圧力をものともせずに、今なおチェインスモーカーだということだ。禁煙・喫煙を繰り返しているダルジールは、もっかはかなり長い禁煙の最中だったのだが、無駄な抵抗はせず、すでにポットルの煙草を勝手に一摑み取ると、溺れかけた水夫が三度目に浮上したときのように激しく最初の一本に吸いついていた。

もう一方の専門家はドルー・アーカット博士と紹介された。それほど年寄りではない。ハットがもじゃもじゃの顎ひげを透かして判断するかぎりではそうだった。幸い、口ひげはなかった。これでもしポットル好みのアインシュタインのような口ひげを生やしていたら、母親でも見分けがつかなかったろう。まったく似合わないトレーナーに擦り切れたジーンズ、Tシャツの傷んだ脇の下には大いに必要と思われる通風口が開いていて、博士は〈学界（グローブズ・オブ・アカディーム）〉の住人というよりショッピングセンター内の段ボール箱の住人のように見えた。

「えい、くそ」彼はスコットランド訛りで言った。ハットにはグラスゴー訛りでないことだけしかわからなかった。

「どうせ窒息するんなら自分の煙草でのほうがいい」

彼は煙草の巻紙を取り出し、小さな革袋から取り出したものを巻きはじめた。

ダルジールは言った。「それに火をつけたら、いいか、あんたをファイフ王国《キングダム》（ファイフはスコットランド東部の県）まで蹴っ飛ばすからな」（マリファナ〔キングダム・ウイード〕にかけてある）

「訪問客を全部検査してるのかね、警視?」アーカットはせせら笑った。

「検査の必要はないよ。言語学者なんだから当然わかってると思ったがね、口を開くたびに自分の正体を暴露してしまうもんだってことを」

「いや、参った。きわめて不愉快だが、参った」アーカットは言った。

彼は法律違反のものが入った革袋をしまって言った。

「始めてもらえるかね？　行かなきゃならんところがあるから」

「ほう、そうかね？　何か漁りに行くのかね？」ダルジールは言語学者の服装をじろじろ上から下まで見ながら訊いた。

ポットルが言った。「さ、これで必要な序列確認の儀式は済んだから、わたしも早くやってほしいね」

「それに異論はないよ。わたしに言わせれば、早ければ早いほうがいい」ダルジールは言った。「ピート、これはきみのサーカスだ、きみが鞭を鳴らしてくれ」

「ありがとうございます」パスコーは言った。「まず最初に、本日はポットル博士とアーカット博士に直前のお願いにもかかわらずお越しいただいて、心から感謝致します。わたしと致しましては、もはやわれわれの相手は連続殺人犯だとはっきり認めざるを得ず、専門家の支援をできるだけ広範に求めれば求めるほど、そして、それが早ければ早いほうがよいと思った次第です。お二人にはこのワードマンの文書を調べるのに、分析していただくという見地から言えば、こっけいなほど短時間しかなかったことはよく承知しておりますが、第一印象はたとえ周到さには欠けるとしても新鮮さで充分それを補《おぎな》えます。ではポットル博士」

「まず最初にわたしの尊敬すべき同僚、アーカット博士に断わっておきたいのだが、万一何かわたしの言ったことが彼の専門領域を侵害したように見えたら、どうかお許し願いたい。というのは、わたしがこの数篇の文書を書いた人物を理解する唯一の手だては、むろん、この人物が用いた言葉を通じてだからだ」

「気にせんでいいよ《ディンナ・ファッシュ・イアセル》、ポッツオー」スコットランド人は言った。「わたしも遠慮なく精神医学的用語を使うから」

「ありがとう。〈第一の対話〉。この〝対話〟という言葉を使っていること自体に、重要な意味がある。対話というのは、二人またはそれ以上の人々のあいだで概念や情報をやりとりすることだ。この一連の文書が真の対話であるためにはこのワードマンは——便宜上、この名を使うと——話すだけでなく、聞かねばならない。そして、彼はこの対話を二通りの方法でやっていると思われる。まず一つは、文中に隙間、空白の行があるもので、そこに書かれていない言葉、ワードマンの感想や質問に対する返事を補うのはさほど難しくない。その大部分は、重要なことというより実際の対話に見られるような、日常的な取るに足りない言葉だ。たとえば、この最初のもので見ると、〝どうしてる？〟と〝わたし？　わたしは元気、だと思う。〟のあいだには〝元気だよ。きみのほうはどうだ？〟と入れていいだろう。それから、〝わたし？　わたしは元気、だと思う。〟と〝ときには、よくわからなくて。〟のあいだには〝その〈だと思う〉というのは、どういう意味だい？〟と入れることができる。注目すべき点は、ここでは、それに、すべての対話を通じてこういうちょっとしたやりとりでは、口調が親しげで、打ち解けていることだ、とても親密で、ほぼ対等の立場にある者同士の会話のように」

「その点は、わたしたちにもわかったんですよ」パスコーはダルジールの椅子から聞こえる脂肪臀的きしみに気づいて、謝るように言った。「博士は対話には二つの形式があると言われましたが……」

「そのとおり。もう一つはもっと改まった口調の、謎めいた対話で、ここではワードマンは自分が何かこの世ならぬ力の持ち主から——これは最初の形式の親密な相手かも、そうでないかもしれないし、あるいは一部だけそうなのかもしれないが——助言や、手助けや指示を受け取っていると信じている。最終的には、もちろん、ワードマンはわたしたちとの対話を存分に楽しんでいるわけだがね。わたしたち、つまり、これらの犯罪の捜査官であるあなたがたと、その仕事仲間としてのアーカット博士やこのわたし、それに、いわばもっと広範な聴衆である世間一般の人々との対話を」

「ここでちょっと言わせてもらっていいかね？」アーカットが言った。「きみは気づいてないかもしれんがね、ポッツオー、そして、わたしも辞書の参照事項から見つけただけだが、それを友達が調べてくれて……」

「友達？」パスコーが今度もダルジールの機先を制して言った。「まさかこの文書を無断で誰かに見せたんじゃないでしょうね？」

「あわてなさんな」アーカットは言った。「これはね、わたしがときどき寝てる英文学部の野育ちの娘っこで、知る必要のあることしか知ろうとしないんだよ。彼女が言うには、文学には〈死者たちの対話〉と呼ばれる分野があるんだそうだ。はるか昔のルキアノス《ルシアン》に始まり……」

「ルシアン卿のことだね？」ダルジールは言った。

「ハ、ハ、ハ。ギリシア語で書いた二世紀のシリアの修辞家だよ。十八世紀の英国でまた大いに関心が高まった、文芸黄金時代やそれに続く時代の作家たち、ああいう新古典主義のろくでもない代物を書いた連中に。最大の成功作は一七六〇年に書かれたリットン卿の『死者の対話』だった。二十八篇の対話があって、そのなかにはミセス・モンタギューという女流作家が書いた三篇も含まれている――わたしの若い友人はそれがベスト・スリーだと請け合ったが、彼女の見方は偏ってるかもしれない。さらに二、三篇が十九世紀に書かれているが、この形式はヴィッキー女王が棺桶に入る前にほとんど死に絶えてしまった」

「それで、この形式はどんな構成になっているんですか？」パスコーはたずねた。

「黄泉《よみ》の国での、実在した歴史上の人物の霊魂と想像上の人物との対話だよ、ときには傍観している神話の世界の超自然的な存在が加わることもあるがね。二、三の作品に当たってみたよ。メルクリウス（ローマ神話に登場する神々の使いの神）と英国人の決闘者と北米の未開人が登場するものがあったし、別の一つはサー・トマス・モアとブレイの牧師（日和見主義者の代名詞的人物）との対話だった。この形式の目的は通常、必ずというわけではないが、風刺だ。劇のように書かれているが、登場人物の名前、つぎに彼、または彼女の台詞というふうにね、しかしト書きや舞台背景は一切書かれていない。あくまで読み物で、上演されるためのものではない」

「しかし、ここには名前が書かれていませんが」パスコーは手元の対話のコピーを見ながら言った。

「それは期待できんよね。それを明かしたら最初からゲームにならない。袋小路かもしれんが、わたしにはワードマンの対話は誰か死者との対話のように思えるし、彼が黄泉の国の人口を増やしたがっているのは間違いない。ま、一応言っといたほうがいいと思ってね。とにかく、あんたたちの商売じゃ、うごめく蛆を見たければ石を一つ残らずひっくり返すんだろ、え？」

「大いに感謝してます」メモを取っていたパスコーが呟いた。

「やれやれ」ダルジールは呻いた。「まだ最初の一語も通過してないっていうのに、もう頭痛がしてきた」

「先へ進んでいただきましょうか」腕時計にちらっと目をやってパスコーは言った。「お二人には貴重なお時間でしょうから」

「では」そう言いながら、ポットルは手にした吸い殻から新しい一本に火をつけた。「タイトルのつぎにイラストがある――それとも彩飾文字と言うべきかな？　この様式の出所についてはすでに専門家から助言を受けていると思うが……」

「ま、一応は」パスコーは慎重に言った。「ボウラー刑事、きみから話してもらおうか？」

不意をつかれて、ボウラーは神経質そうにごくっと生唾を呑んで答えた。「ええと、図書館のディーさんの話では、これは中世のあるケルト語の原典に基づくものだと思うということでした。その中のこれにやや似たものを見せてくれましたが、たしか十八世紀のアイルランドの福音書だったと思います……」

彼は巨漢の目が閉じたままで、カバのような口を開けて欠伸をしたのに気づいていた。そして〝大協議〟で自分に与えられた最初のチャンスに、ダルジールが苛ついてあの巨大な鼻孔をふくらませるに決まっているような発言させたパスコーを呪った。だが、ここで主任警部は、たぶん気が咎めて、後を引き取って言葉を続けた。「……そして、この図案は聖ヨハネによる福音書の冒頭の“In P”を表わしているらしいのです、つまり、“In Principio erat verbum……”」

「初めに言葉があった、言葉は神と共にあった、そして言葉は神であった」目を開けてダルジールが諳《そら》んじた。「知ってる、知ってる、われわれは皆、学校で聖書を習ったからな、ま、若いボウラー君は別としてな、彼はおそらくカーマスートラ（古代インドの性愛経書）か何かを習わされたんだろうが。ポットル博士、結論を二、三省略して、しゃれた話は全部論文用にとっておいてもらえないかね？」

「この図案で最初にわたしが気づいたのは、あとに続く文字が全部一緒くたに積み重なっていることだ。すぐ頭に浮かんだのは、以前、病院のコンピューターシステムが感染したウイルスのことで、入力した文字がすべて画面の底辺に落っこちてしまう。それで、思ったんだがね、これは、ひょっとすると、ワードマンが自分の頭脳は何らかのウイルスに冒されていると感じているのだろうかと」

「つまり、彼は自分の頭がイカれてることを自覚している、というのかね？」ダルジールは言った。「すばらしい！」

「ほかにも、彼が人を殺すことにまだ完全に心安らかではないことを示す点がいくつかあるが、これはそれとも合致する」ポットルは落ち着き払って続けた。「この図案は、彼が自分の行動に疑似宗教的な意味合いを持たせようと、いろいろ試みていることの一つにすぎない。これには二つの効用がある。一つは、むろん、正当化だ。ある順序で、これは今後解明する必要があるが、指示を与えるのは神、もしくはあの世にいる神の道具なのだ。ワードマンはある程度、神の目的を達するための、あるいは、神の要請を受けた道具なのだ、たとえワードマンが自分自身の目的を達しようとしていてもね。それがどういう目的かは皆目わからないが。しかし、この超自然的な要請という口実があってさえ彼の心がまだ安らかでないことは、被害者たちは死んだほうがいいのだと示唆する必要を彼が感じているのを見てもわかる。彼ら自身のためにいい、あるいは、社会一般のためにいい、そして、ときにはその両方のためにいいのだと。おそらく、諸君も気づいたと思うが、この橋の下の水中で溺れている男は、十字架に架けられた者の姿にも似ている、あのX型の十字架に架けられた聖アンドレ《アンドルー》みたいな」

「よくわかるよ、彼がどんな気がしたか」ダルジールが呟いた。

パスコーは怖い顔で警視を一瞥してから、先をうながした。「宗教的な意味合いを持たせることには二つの効用があると言われましたね、博士。正当化と……？」

「そのとおり。それと無敵だということ。あの時の停止、云々。あれも比喩ではなくて、文字通りの意味らしい。神、またはその道具が陰で指揮しており、全能の力の持ち主なのだから、神が自分の道具を捕まえさせるはずがない、と。ここに、たぶん、この作者を逮捕できるいちばん大きな見込みがあるかもしれない。スティール議員の殺人で彼は大変な危険を冒しているが、あんなことは自分は完全に無敵だと感じている者でなければできない。この種のことが続けば続くほど、彼が冒す危険は大きくなるだろうね」

「つまり、こういうことかね、運がよければ、そして、もし彼が充分に長く続ければ、彼を現行犯逮捕できるだろうと？」巨漢は信じられないという顔で言った。「もしせいぜいその程度の結論しか出せないとすれば、この長ったらしい協議はいささか無意味だってことにならんかね、博士？」

ダルジールがこれほどまでの嘲笑を呼びかけの一語に込め得たということ、これは、おそらく、言語学者が論文を一つ書ける材料になるとパスコーは思った。

「たぶん、ここでちょっぴり実際的な手助けができるかもしれない」アーカットが言った。「ほら、ここ、この彩飾文字の小さな部分……」

彼はIの字の二本の柱の底部を指した。

「うん、雌牛だ」ダルジールは言った。

アーカットは笑って言った。「こういう角をしてるところを見るとハイランド地方の牛に違いない。いや、雌牛じゃない。牡牛だと思うね」

「牡牛ね。すばらしい。やっと役に立ちそうになってきたぞ。メモしといてくれよ、主任警部」

「で、それがどうだと言うんですか？」パスコーは訊いた。

「アレフだよ」アーカットは意味ありげに言った。

「不思議の国のアレフかね、それとも鏡の国のアレフかね

?」とダルジール。

「アレフはヘブライ語アルファベットの最初に来る文字でね」アーカットは言った。「同時に、古代ヘブライ語とフェニキア語で牡牛という意味の言葉でもあるんだが、どうやらこの文字の形は牡牛の頭を表わす象形符号から来ているらしい。ギリシア語のアルファはここから派生したもので、最終的にはローマ文字やわれわれの文字aもそうで、その大文字のさまざまな書体のなかには元の象徴文字の要素を今でも含んでいるものがある。『ケルズの書』に見られるこういう書体のように……」

彼はペンを取りだして文字を書いた。

ダルジールはしばし無言でそれを眺めてから言った。

「もし牡牛の頭と称してこれを皿に載せて出してきたら、わたしは突っ返すね。こういう話に何か意味があるのかね?」

「Aはむろん言葉でもあって、英語のアルファベットの最初の文字であると同時に最初の言葉でもある。〝初めに言葉があった〟……そして〈対話〉のなかで言及されている、あのどこことも定かでない小道の出発点にご注目願いたい。Aは不定冠詞だ。たぶん皆さんは、牡牛がなぜ二頭いるのだろうと首をかしげているだろう、二つのアルフ……」

「あの自《A》動車協《A》会の修理工だ」パスコーは言った。「彼の名前の頭文字もAAだ。ワードマンはこれをサインと受け取った。で、何が言いたいんです、アーカット博士？ 事件はある種のアルファベット順かもしれないと？」

「いや、残念ながら。それだと大いに役立つんだろうが、ほかの被害者にははっきりそれとわかる点がない。ピットマンの場合には少年のB、あるいはバゾーキからでもBを拾い出せるが、これはいささか無理があるし、リプリーの場合のC、それにスティールの場合のDはどう考えても完全に無理だ。だから、ずばりアルファベット順ではないと思う。このワードマンは、むろん、ある単語を綴っているだけかもしれない。その場合は、短い単語であってほしいが、しかし、これが数語から成るメッセージだという可能性も同じぐらいあるわけだ」

「〝楽しく過ごしています、あなたもここに一緒にいたらと思います〟とか？」とダルジールは、バークリー主教（十八世紀アイルランドの哲学者、聖職者）に反論する男のように股を掻きながら言った。「な、諸君、早いとこ一丁やってもらえないかね、ほかに仕事があるから。どうだろう、小むずかしい話や一般論はすべて〈対話〉をもっとじっくり研究してから文章にまとめてもらっては、そしたら犯罪捜査部の便所に張り出してみんなで利用できるようにするよ」

ボウラーは警視の懐疑的で無礼な言葉に学者たちが一見、まったく無関心なのを不思議に思っていたのだが、パスコーとポットルがちらっと顔を見合わせるのを見て、主任警部がダルジールの示しそうな反応について前もって彼らに警告しておいたのだと悟った。どっちみち、これが初めてではないので、おそらく、彼らも心構えはできていたのだろうが。

アーカットは言った。「この彩飾文字をよく調べる時間がもっとほしいのは確かだよ。ここにもっと多くのことが隠れていたとしても驚かないね。だが、さしあたっては、この犯人は言葉に異常に取りつかれた男だと、それも言語学的レベルでだけでなく、哲学的レベルで、たぶん魔術的レベルでまでもそうだと言えると思うね。言葉は元来は単に事物の名前にすぎず、言葉なしには人間相互の交渉は実際的なものも抽象的なものも機能しなかったろう。つまり、もし名前を知らなければ、実物を差し出して見せねばならず、あのスイフトのラガード（『ガリバー旅行記』に出てくる王国の首都）の学者たちのように、自分が言及しそうな品物を袋一杯に詰め込んで、引きずって回らねばならない羽目になる。未開の社会では、個人の本名を、それどころかある特定の物品の本当の名前を知れば、その人間に対する支配力を得られると今でも信じられていて、だから彼らはそれを秘密にしておこうとあんなに苦労するんだ。呪文というのはある意味を含むように並べられた言葉で、しばしば神々や悪魔たちの秘密の名前と組み合わされており……」

「じゃ、われわれが捜してるのは、おそらく、なぞなぞやクロスワードパズルが好きな変人だってことなんだね？」

ダルジールが情け容赦なく割って入った。「ポットル博士は？」

「このワードマンは重度の神経症的な人間だと思われるが、その徴候はほとんど表に出ておらず、実際の話、とりわけ冷静で落ち着き払った人物に見えるかもしれない。しかし、これは習得した態度で、こういう人物の人生を十二分に遡れば、必ずと言っていいほど自分が何かしでかしているか、あるいは何らかの体験をしているものだ、このおだやかな表面《うわべ》の下に危険な急流と絡み合った水草が潜んでいると示唆するようなことをね」

「なるほど、いや、これでほんとに的が絞れたよ」ダルジールは言った。「じゃ、以上かね？」

彼の口調はそれ以上の話は無用と告げていたが、パスコーは言った。「帰られる前に、お二人のどちらでもいいんですが、これは何か意味がありますか？」

彼が二人に示した紙片にはこう記されていた。

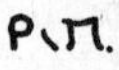

ポットルはしげしげと眺め、ぐるっと回して逆さに眺め、肩をすくめて言った。「前後関係がわからないと、推測もできないね」
パスコーは言った。「スティール議員の頭に傷がありました。その傷が、ほかには候補もないことですし、あの〈対話〉のなかに書いてある〝付けるべき印《しるし》〟なのかもしれません。血を洗い流してみると、これは彫刻用たがね《ビュラン》による傷痕でした。もちろん、たまたまついた傷という可能性もありますが、しかし、文字に似てますからね、Pは確実だし、たぶん、一つは形の悪いMかもしれない。中間のぞんざいな短い線は単に皮膚がたまたま切れたのか、あるいは、それほど明確でないにせよ故意に付けた印《しるし》かもしれない」
ダルジールは懐疑的であるように見えたが、その左手はまるで抵抗しがたい同情心に駆られたように短く刈り込んだ頭のてっぺんを掻いていた。

アーカットがだしぬけにクスクス笑った。

「一人で楽しんでないで、みんなに教えたらどうだ？」ダルジールは言った。

「議員はたしかシリルという名だったね？」言語学者は言った。「ロシアのキリル文字《シリリック》のアルファベットでは、英語のPのように見える文字がじつはRで、主任警部が形の悪いMと呼んだ印《しるし》はキリル文字のPかもしれない。そして、もし中間の引っ掻き傷は、ロシア語ではかなり複雑な文字で、大急ぎで彫刻刀で頭に刻むのは難しいIの字をただ略して書いたものだとすれば、これは単にキリル文字でRIP（ラテン語句〝安らかに眠れ〟の略。墓碑名に用いられる）と書いてあるのかもしれない。わかった《ゲリット》？」

　ダルジールは長い居眠りの余波を振り払おうとするように頭を振り、ゆっくりと立ち上がった。

「わかった《ゴリット》」彼はおだやかな、いかにも忍耐してきたという声で言った。「まったく、ふざけた野郎だよ、このワードマンは。そら、よく言うじゃないか。笑えば人も共に笑う、って。ありがとう、ご両人。今度こそ断固おしまいだ。ウィールド部長刑事が玄関までお送りする」

　この感謝の表明はかなり温かみに欠けるとパスコーが感じたのは明らかで、彼は言った。「非常に参考になりました。今朝は時間を割いていただき、ほんとにありがとうございました。じっくり考える時間ができしだい、またお話を聴かせていただくのを心待ちにしています、そうですよね、警視？」

「待ちきれんよ」ダルジールは言った。「それからな、ウィールド部長刑事、もしアーカット博士がこの建物を出ないうちにその代物を吸い始めたら、必ず逮捕するんだぞ」

　ふたたびポケットからあの革の小袋を取り出していた言語学者は、戸口で立ち止まり、ダルジールににっこり笑いかけて言った。「あっちへ行って独りでお遊び、ヘイミッシュ」（〝独り遊び〟に〝自慰をする〟という意味がある）

　手下どもがご主人様のどぎまぎしているところを目撃するという楽しい機会は滅多にない、だがポットル、アーカット、そしてウィールドが廊下に出てドアが閉まったあと、つかの間、パスコーとボウラーはこれを体験した。

それから警視は二人に目を転じたが、彼らはすばやく何食わぬ顔に戻って、ただ機敏な表情だけを浮かべていた。

「どうだ、ピーター、これで満足か？」ダルジールは言った。

「大変有益な会合だったと思います、警視、それに運がよければ、あの二人からまだまだ助言がもらえるでしょうしね」

「そう思うか？　じゃ、おれは婦人会にでも入るとするか。まったくもう、安息日なんだから、ほんのちょっぴりでも本当に役立つ助言がもらえて捜査が進展するかと思ったのに。何でもいい。名前だけでいいのにな、おれが蹴り上げて泥を吐かせてもいい、れっきとした理由がある誰かの」

「なんならルートはどうです？」

「まだその曲を吹いているのか、ピート？　ここにいるきみの犬が嗅ぎまわっても、結局何も見つからなかったんじゃないのか？」

最初はウィールドで、今度は巨漢だ。むろん、忘れているわけじゃない、ほかならぬルートもだ。誰も彼もおれのいわゆる秘密の監視を知っているのだろうか、とハットは思った。

「それに彼の供述書にもほかの誰の供述書にも、議員の件で彼を容疑者と見なせる点は何もなかったよな？」

「利口なやつですから」パスコーは言った。

「ああ、なるほど。つまり、彼が潔白に見えれば見えるほど、いよいよ彼の有罪は明白だというわけだな？　あのな、天使のような聖歌隊が《エルサレム》を歌うなか、彼が水の上を歩き始めるのを見たらすぐ、長靴を履いて彼を逮捕することだ。ボウラー、きみはどうだ？　公衆便所で知らない男にキスをする以外にも、何かできるのか？」

あまり嬉しい誘いの言葉ではなかったが、これが唯一自分にかけてもらえる言葉だろうとハットは思った。

彼は言った。「一人、二人経歴を調べてみたんですが、わかったことがあります、おそらく、つまらないことだと思いますが……」

「おれの時間を浪費しないほうがいいぞ、もし、おそらく、つまらんことだと思うんなら」ダルジールは嚙みつくように言った。

「はい、警視。例の作家チャーリー・ペンのことなんです。彼は内覧会に来ていて、スティール議員とのあいだでちょっとした口論があったと報告されています。それでコンピューターで検索してみたんです。すると彼には前科があるとわかりました」

「くだらないものを書いた罪でか？」とダルジール。

「いえ、違います。暴行罪で。五年前、新聞記者を襲ったかどでリーズで拘束されてます」

「ほう？　ジョージ十字勲章を与えるべきだったのに。ピート、きみはこの男に人殺しの傾向があるのを知ってたか？」

「はい、警視」彼はハットの面目を失わせたくなくて、ほとんど謝るように言った。「つまり、その話は聞いたことがあります、どの程度信用できるのかわかりませんでしたが。わたしが聞いた話では、ペンは書評に腹を立てて、くだんの記者の頭にケーキをかぶせたというもので、ま、致命的な武器とは言えませんね」

「うちのかみさんが焼いたやつは、そうだったよ」ダルジールは言った。「じゃ、それでいいか、ボウラー？　それともどっかの記者をみじめにもクリームケーキでシャンプーしたというだけでペンをしょっ引いて来て、彼のきんたまを電気スタンドにくくり付けるべきだと思うか？」

「いいえ、警視。そうは思いませんが……わたしが言いたかったのは、一度彼と話してみる価値はあるんじゃないかと……」

「ほう？　半分でも納得のいく理由を聞かせてくれ」

「その記者の名前はジャックス・リプリーです、警視」

ダルジールは大げさに愕然としてみせた。

「切り裂きジャックス？　なんてこった！　ピート、切り裂きジャックスだったとなぜ早く教えてくれなかったんだ？」

「知らなかったんです、警視。すみません。でかしたぞ、ハット」

「ありがとうございます」ボウラーはかすかに赤くなって

言った。「問題の雑誌記事のコピーもなんとか入手できました」

「いったい全体どうしてそんなことができたんだ？」パスコーは言った。

「なに、〈ヨークシャー・ライフ〉社に電話したんですよ。日曜日に誰かいる可能性はあまりないんですが、運よく編集長のマクレディーさんがいて、彼はとても協力的で記事を探し出してコピーをファックスしてくれて……」

「つまり、こういうことか、きみはジャーナリストに警察がチャーリー・ペンと殺人事件の被害者を結びつけようとしていると気づかせたと？」パスコーは噛みつくように言った。「まったく、呆れたやつだな、いったい何を考えてるんだ？」

ハット・ボウラーは平和な時代の到来を告げるチェンバレン首相よろしく気取った身振りでファックス用紙を差し出したところだったが、この急転直下の宣戦布告に啞然としているようだった。

だが思わぬところから救援の手が伸びた。

「いや、心配しなくていい」ダルジールが彼の緊張した手からファックス用紙を抜き取りながら言った。「アレック・マクレディーならよく知ってるよ、とても敬虔な教会員だし、剣術の達人でもある。彼は心配いらない、彼が主教のクリスマスカード名簿から外されてもいいと思うんなら別だが。よくやった、ボウラー君。まだここにも昔ながらの捜査を進んでやる者がいると知って嬉しいよ。チャーリー・ペンだって？　そうだ、おれの記憶が正しければ、日曜の朝の彼のお気に入りの礼拝所は〈犬とアヒル〉亭だ。彼を見つけに行こう」

「警視、たぶん、こっちへ来てもらったほうがいいんじゃないですか？……つまりその、あそこはいささか人目《パブリック》が多いですから……」

「うん、だからパブと呼ぶんだよ、きみ。まったくもう、彼を逮捕しに行くんじゃないんだぞ。切り裂きジャックスをケーキで殴ったって、え？　さすがはチャーリーだ！　あいつに一杯おごってやろう」

「それはちょっと」パスコーは言った。「リプリーが殺された直後だという見地からしますと、パブでそういうことをすると顰蹙《ひんしゆく》を買うかと思いますが、警視」

「趣味が悪いってことか？　きみの言うとおりかもしれんな。じゃ、彼におごるのはやめよう。ボウラー、財布は持ってるか？　おれたち二人におごってくれ！」

19

チャーリー・ペンはこれで二度目だったが「はい」と携帯電話に言い、スイッチを切るとポケットにしまった。

「面白いな」サム・ジョンソンが言った。

「何が？」

「あなたは、ある程度の年齢の礼儀をわきまえた人間なら、たいがい、携帯を使うときにまず浮かべるあの謝るような表情というか、しかめ面をしなかったし、つぎに、あなたが交わした会話では、というか取引というべきかもしれないが、あなたがしゃべった言葉は〝はい〟だけで、一度は冒頭の疑問形、一度は告別の肯定形だった」

「で、それが面白い？　大学講師というのは、またずいぶん平穏な暮らしをしてるもんだ。さ、乾杯だ」

バーのカウンターからたった今戻ったフラニー・ルート

が、ペンの前にはビタービールのジョッキを、ジョンソンの前にはスコッチの大きなグラスを置き、それから自分のダッフルコートのポケットからピルズ（ドイツのビール）の瓶を引っぱりだすと、栓を開け、瓶からじかに飲んだ。

「どうしてそんな飲み方をするのかね、きみら若い者《もん》は？」ペンがたずねた。

「衛生的だからですよ」ルートは言った。「コップはどこに置いてあったかわかりませんからね」

「ま、どこに置いてなかったかはわかるよ」ペンがビールの泡の中から言った。「そういう形はしてないからな」

ルートとジョンソンは微笑を交わした。二人はペンの鼻っぱしらの強い北部人ぶりについて話したことがあり、結局、あれは彼が文学界や学界から受ける恩着せがましい干渉を最小限に抑えて、歴史ロマンスの執筆や詩の研究に専念できるようにするための、防護的な表向きの顔なのだという結論に達した。

「でも、考えてみると」その話をしたとき、ジョンソンは言ったのだった。「彼は長くやりすぎたかもしれないね。隠蔽の危険なところはそこなんだよ。しまいには自分がそう見せかけていたものに本当になってしまうことがある」

いかにも大学教師が言いそうな、才気走った言葉だ、とルートは思った。彼自身にはお国訛りはなく、今の自由だが経済的には苦しい学生生活から安楽な学究の領域に移るときが来たら、自分は間違いなく土地の人間として受け入れられるだろうと確信していた。

さしあたっては日曜の午前にこうやって、それぞれ違ったふうにだが、きわめて面白く、また、ゆくゆく役に立つかもしれない二人と一杯やっているのは、まあ、マシなほうだし、その場所として〈犬とアヒル〉亭の特別室《サルーンバー》もマシなほうだと言っていい。

「それで、チャーリー、謝礼の件はあのおっかないアグニューと話がついたんですか、満足のいく額で？」

「ジャーナリスト相手には、ちゃんと文書にして公証人に立ち会ってもらうまでは何一つ決着しないよ」ペンは言った。「だが、決着するさ。もっともきみとエリー・パスコーが明らかに進んで無料奉仕するとわかってることが、わたしの交渉にプラスにはなってないがね」

「厳密に言えば、あれはわたしの仕事の一部と見なすことができますから」ジョンソンは言った。「それに、むろん、エリーはまだ本物の作家として扱われることが嬉しい幸せな段階にいますから、おそらく、この特権にお金を払いたいぐらいでしょうよ。わたしたちは五十篇の候補作を読むことになると思いますよ。あなたが予備選考に満足しているのだといいが。わたしはディーさんや、あの感じのいいアシスタントのことをよく知らないので、彼らの判断力については何とも言えないんですが、ただ彼らがこの仕事を任されたのは資格があるからというよりそこにいたからだ、という印象を受けるんですがね」

「ディック・ディーのことは彼が若いころから知ってるがね、おそらく彼は言葉の使い方についてきみら英文学部のおおかたの者がこれまでに覚えた以上のことを忘れてるよ」ペンは言い返した。

「ということは、あなたは彼がはねた応募作は断じて読みたくないということだ」ジョンソンは笑った。

「彼がはねなかった原稿もあまり読みたいとは言えないね」ペンは言った。「愚作のベストといっても、愚作であることに変わりはないからね」

「言葉に気をつけて」ジョンソンが呟いた。「おごってくれた人間の悪口を言ってはいけない」

「え?」ペンはまじまじとルートを見た。「きみは応募なんかしてないよな?」

フラニー・ルートはまた瓶を吸い、あの秘密めいた微笑を浮かべて言った。「資格喪失のおそれがあるので、お答えできませんね」

「え?」

「ま、もしぼくが応募していて、もし当選したとして、ぼくが選考委員会の重要なメンバーたちに酒をおごっているのを見た者がいるということになったら、人はどう思います?」

「《サン》の一面には載らないだろうね。それに、《ロンドン書評》にさえ載らないよ」

「それでもやはりね」ルートはジョンソンに視線を移した。

「それに、とにかく、なぜこのぼくが応募したかもしれないと思ったんです?」

「なに、二週間ほど前、きみのフラットでコーヒーを飲んだとき、《ガゼット》がこのコンテストを発表した記事の切り抜きがきみの部屋にあったからさ」ジョンソンは言った。「文学研究という職業につきものの危険はね、チャーリーもわたしもよく知ってるし、きみ自身にもわかりかけてきたと思うけど、活字が印刷されたものに否応なく目を惹きつけられてしまうってことさ」

「うん、あそこのポンプについてる〈極上ビター〉のラベルとかな」そう言いながらペンは、空のコップを意味ありげに大きな音を立てて卓上に置いた。

ジョンソンはスコッチの残りをぐいと飲み干すと、ペンの大ジョッキを取ってカウンターに向かった。

「じゃ、きみは文学的野心を抱いているってわけだね、フラニー?」ペンは言った。

「ま、そうかも。もしそうだとしたら、どんな助言をします?」

「わたしが希望に燃える若者たちにできる助言はただ一つだよ」ペンは言った。「十六歳以下で神童として通用するんでないかぎり、やめたほうがいい。政治家になって、みじめな失敗をする、そうでなければ少なくともグロテスクな人間になる、そこで初めて本を書くんだ。そうすれば出版社は必死になってきみの原稿を買おうとするし、新聞は書評を載せるし、テレビはきみのインタビューを放映する。もう一方の選択肢は、おそろしく幸運でないかぎり、険しい坂を長いこと登って、いざ頂上についてみたら大した景色も見えなかったということになる」

「何の話です?　哲学?」飲み物を持って戻ったジョンソンが言った。

「このフラン君に忠告していたところだよ、文学的名声への最短の道は、まず何かほかのことで悪名高くなることだと」ペンは言った。「ちょっと小便に」

彼は立ち上がり、トイレに向かった。

「気の毒だったね」ジョンソンは言った。

「ぼくがついに嬉しい無名の人間になったのが?」微笑を

浮かべてルートは言った。「ぼくはずっとこうなることを望んでいたんです。ただね、居ずまいを正して〝わたしを知らないということはあなた自身が知られていない証《あかし》だ〟(ジョン・ミルトン『失楽園』からの引用)と言いたい誘惑に駆られましたよ、でも、彼が逆の意味に取るといけないから」

「知られていないんじゃない。半ば知られているんだ。どっちつかず、とチャーリーなら言いそうだが、こういう人間はその名前を聞いて誰かわかれば未知の者たちからでもよく知っているという顔をされ、わからないときには何も知らない無表情を見せられて、いずれにせよ、いやな思いをさせられる。だから、どっちの場合でもまったく平気なふりをすることだ」

ルートは新たな瓶から一口飲んで、言った。「ぼくらはまだチャーリー・ペンの話をしてるんですよね? ぼくが名前を忘れた二流の詩人のことじゃなくて?」

「まったく、頭の切れるやつだよ、きみは」ジョンソンはにやにやしながら言った。「当のチャーリーが言ったように、苦悩は他人の顔におのれの似姿を見つけ出して喜ぶ、というわけだ」

「それは学問の世界のおだやかな湖水は、実社会よりも荒波が立っているという意味ですか?」ルートは言った。

「そうだとも。チャーリーが受ける無礼な仕打ちは概して偶発的なものだけどね、それに引きかえ象牙の塔には、上から下まで、自分より下の者に煮えたぎる油をそそごうと画策する連中がひしめき合っている。多くの場合はほんのちょっぴりだ。たとえば、大学の公式晩餐会の席で、自分で小説を書く気になったことはあるのかとわたしに訊いてみたりとか。だが、ときには、たっぷり樽一杯ぶっかけることもある。ケンブリッジのあのアルバコアのくそ野郎、彼が書いてるロマン派の本を手伝ってやったのに、そのお返しにベドーズの生誕二百年記念に合わせてわたしが書いてる伝記のアイディアを盗んだ男だがね、なんと、金曜に聞いた話じゃ彼はわたしの先を越すために出版予定を六カ月早めたそうだ」

「きびしい生活ですね」ルートは言った。「庭師をやったほうがいいですよ」

「え？　うん、そうだね、ごめん。わたしにはわたしの悩みがあり、きみはきみで冬の間の剪定という大仕事があるわけだ。真面目な話、外の仕事で大丈夫かい？」

「大丈夫です。健康的な野外生活ですよ。考える時間がたくさんあるし。考えると言えば、二、三アイディアが浮かんであなたの意見を聞きたいんですよ。会う時間を決めてもらえますか？」

「いいとも。思い立ったが吉日だ。飲み終わったらわたしのところへ行こう。途中でサンドイッチを買っていけばいいし。どうしました、チャーリー？　トイレで誘われたんですか？」

悲しげに首を振りながら、ペンは椅子に腰をおろした。

「いや、残念ながらね。きみは知ってたか、あそこにかりかりベーコン風味のコンドームを買える自動販売機があるのを？」

「現代のパブは、あらゆる好みに対応しなきゃならないんですよ」

「うん、そしてここは豚肉の専門店に違いない。きみたちの良心は健全かね？　これからわたしたちの一人が逮捕されるのかもしれんよ」

ダルジールとボウラーが特別室《サルーンバー》にたった今入ってきたところで、三人のテーブルのほうを見て立っていた。巨漢は若い刑事に何か言い、それから込んだ部屋を横切って進みはじめた。彼のような巨体の持ち主は苦労してテーブルや椅子や飲み客たちの間を通り抜けねばなるまいと見えたが、どういうわけか彼が近づくと人々はすっと脇に消え、彼は初心者用のスラローム・コースを滑るチャンピオン・スキーヤーのように、家具の間をたやすく通り抜けた。

「やあ、これはこれは」彼は愛想よく言った。「ペンさん、それにジョンソン博士、それにルートさん。文学と学問の第一人者たちが信徒席よりパブの椅子のほうがいいとなれば、教会が空っぽになるのも無理ないね」

「おはよう、アンディ」ペンは言った。「一杯おごるところだが、あんたの世話人はよく訓練されてるね」

ビターの大ジョッキとラガービールの瓶を持って、ボウラーがカウンターから戻りかけていた。

「うん、彼はいまいちの新人なんだが、若いうちなら大いに仕込めるからな」

「それで、警視」ジョンソンは言った。「ここへは仕事で？」

「どうしてそんなことを？」

「たぶん、何か昨日のあの悲しい事件と関係のあることかと……」

「気の毒なシリルのことかね？ うん、あんたの言うとおり悲しい事件だ。最近の強盗ときたら、限度ってものを考えないんだからね、特に麻薬《ヤク》をやってるときは」

「そういうことだったと思うんですか？」ジョンソンは言った。「強盗のつもりが度を超したと？」

「ほかに何があるかね？」ダルジールはそう言いながら、見つめるような視線を荒れ模様の空から差す一条の陽光のように彼らの顔に巡らした。「や、ありがとう」

彼はボウラーの手から自分の大ジョッキを取り、一気に三分の一を減らした。

「坐ったらとは言えなくてね、アンディ。今日はいささか満員で」ペンは言った。

「そのようだ。残念だよ、あんたと雑談したかったのに、チャーリー」

このきっかけを逃さず、ジョンソンは言った。「わたしたちの椅子にかけてください、警視。わたしたちは帰りますから」

「いや、わたしのために急いで帰ることはない」

「いえ、われわれは個別指導をする手はずになっていて、ここの雰囲気は理性的な対話に役立ちそうもありませんからね」

「個別指導？ ああ、そうか。あんたはルートさんの教師《ドミニー》だっていうから」

彼はここで初めてフラニー・ルートを真正面から見据え、ルートは落ち着いて見つめ返した。

「古風な言葉だな」ジョンソンは笑った。

「古風なものの中では最上の類だよ」ダルジールは言った。

「つまり、勉学とか、教育とか、文学とかのように？」ジョンソンは言った。

「うん、そういうものもね。しかし、わたしが考えていたのは、それより殺人、暴行、友達に対する裏切り、そういったものだ」

ルートがあまりだしぬけに立ち上がったのでテーブルが揺れ、ペンは自分のコップを摑まなければならなかった。

「気をつけて、フラン」彼は言った。「すんでにひっくり返るところだった」

「なに、ルートさんは以前から他人の酒にはすこぶる遠慮がないんだよ」ダルジールは言った。「彼は社会への借りは返したかもしれんが、わたしにはまだスコッチ一本の借りがある」

「その借りを返済するのを楽しみにしていますよ、警視」平静を取り戻して、ルートは言った。「いいですか、サム？」

彼はドアのほうへ歩き出した。

ジョンソンはダルジールの顔をしばし見ていたが、静かに言った。「もう一つの古風なものには嫌がらせという名がついていますよ、警視。その方面の法律をもう一度復習することですね。それじゃまた、チャーリー」

彼はルートの後を追ってパブから出ていった。

ダルジールはビールを飲み干し、ジョッキをボウラーに手渡すと腰をおろした。

「今度も同じものですか、警視？」ハットは言った。

「でなきゃチェリー入りのグラスシャンペンでもいいぞ」

ボウラーはまたカウンターに向かい、チャーリー・ペンは言った。「さっきのは日本のポルノ映画みたいだったな、一言もわからなかったが面白かった」

「わからなかった？　あんたら作家は何でもメモを取ってるのかと思ったがね。三、四年前、古い教員養成大学で厄介事があったのを覚えていないかね？」

「ぼんやりとは。学長が殺されたんじゃなかったかね？」

「うん、それに、ほかにも数人。ま、あのルートという若者が首謀者だったんだ」

「ええっ、彼が？」

ペンは笑いはじめた。

「何だね？」

「たった今、彼に忠告したところなんだ、本を売る最善の方法はうまく書くことではなく、まず何かほかのことで三面記事のトップを飾ることだと」

「そうかね？　相変わらず如才がないな、え、チャーリー？　彼には文学的な野心があるのかね？」

「さあ、知らない。わたしたちは今度の短篇コンテストのことを話していたんだ、力ずくで引っぱり出されてわたしとサム・ジョンソンとおたくのエリー・パスコーが審査をすることになったんだがね、どうやらルート君が応募してるかもしれないんだ」

　ボウラーは二杯目の大ジョッキを持って戻ってきたところだったが（多くの前任者同様、アンディ・ダルジールの飲料水運搬者《ビースティ》になるのは高くつきかねないのに、その見返りに自分がサービスしてもらえるわけではまったくないことをすでに悟っていた）、この最後のくだりを耳にして興奮して口を開いた。だが巨漢から殴打のような一瞥を受け、言葉を出すのはやめにして代わりにビール瓶の口を突っ込んだ。

「それで、あのウイスキーが一本云々というのは何の話だね？」ペンは話を続けた。

「やつはわたしのボトルをこの頭で叩き割ったんだ」

「それなのに彼はまだ生きてるのか？　どうした、アンディ？　信心深くなったのかね？」

「わたしがどんな人間かよく知ってるじゃないか、チャーリー。厳格に非暴力的な男だよ、正当防衛のため以外はね。それで思い出した、あのジャックス・リプリー。リーズで彼女を襲ったとき、あんたは正当防衛だったんだろう？」

　ペンは欠伸をして、言った。「ああ、あれ」

「驚かないようだね、チャーリー」

「飛び上がり、目をぎらつかせ、一目散に表に逃げ出し、そこで警察の射撃隊に撃ち倒されなきゃいけなかったのかね？　いや、驚かない。失望しているかもね。あの気の毒な女性が殺された翌日、あんたんとこの猛者《もさ》たちがうちの表戸を叩き壊さなかったとき、わたしは思ったよ、あの件は忘れられたのか、あるいは今度の捜査はほんのちょぴり良識のある人間が指揮をとっているんだろうと」

「微妙すぎて意味がよくわからんよ、チャーリー」

「つまりだね、いったい何の関係があるんだ、五年前にわたしが彼女の頭にクリームケーキをかぶせたことと、先週どこかの左巻きが彼女をナイフで刺したこととが？　警察があとほんの四、五年遡って調べれば、きっと彼女の髪を引っ張った罰に居残りを命じられた男生徒が見つかるよ。あんたは彼も連行して尋問するつもりかね？」

「つまり、あんたの行動は子供じみていたと？　うん、わたしにもそう見える。しかし、中年の人間の子供じみた行動には、ほかの名前もあるよ、チャーリー」

「どんな？」

「いや、言葉の専門家はそっちだ、あんたに言ってもらおう」

ビールを飲み干して、ペンは言った。「うん、確かにあんなことをやって愚かだったよ。彼女の書いたものをただ無視すべきだったんだ。だが、リーズに行って出版社の外交員と食事をしていて、アルコールも二、三杯入っていたことだし、菓子のカートが回ってきてあのケーキを見たとき、ま、あのときにはいい思いつきのような気がしたんだ」

「で、そのあとは？　あんたたちが仲良しになったとはとても思えんがね」

ペンの口元が引きつれて独り笑いが漏れた。

「面白いね、そんなことを言うなんて。わたしは自分がほんとに阿呆だったと気づいたから、事件のあと、シャンペンの大きなボトルにメモをつけて彼女に送ったんだよ、〝ごめんなさい、キスして仲直りできるといいのですが〟と書いてね。翌日、彼女がそのボトルを持ってわたしのところにやって来た。最初、てっきり、クソ食らえと言いに来たのかと思ったよ、だが彼女はにっこり笑って言った、〝こんにちは、ペンさん。キスして仲直りしに来たわ〟とね」

「それで？」

「わたしたちはキスした。それからボトルを開けて飲み、そのあとで、ま、仲直りをしたよ」

ダルジールは信じられないという顔で彼を見た。

「つまり、あんたと彼女は寝たというのかね？」

「その一回だけね」ペンは残念そうに言った。「しかし、それで二人の仲はしっかり修復されて、以後、まったく問題なかった。あとで気づいたよ、おそらくそれがあの行為の唯一の目的だったんだろうと。常に前へ、上へと目指していたからね、あのジャックスは。彼女があのグラビア雑誌から《ガゼット》に移ったあと、彼女とはかなりよく会ったが、あるとき彼女はこんなことを言ったよ、〝野心的な若い女には、敵を作るより友達を作ることのほうがずっと重要なのよ。敵を作ることを恐れてはいけない、でも不必要に作ってはだめ、さもないといつ髪をケーキ屑とクリームだらけにされるかわからないから〟って」

「あるいは、心臓にナイフを突き立てられるか」ダルジールは言った。

「うん、それもある。いや、わたしたちはすっかり仲直りして、彼女はわたしの本を好意的に扱うようにさえなったよ。もしこの前の番組を見たんなら、わたしへのインタビューも見たはずだがね」

「うん、すこぶる愛想よく、褒めちぎってたな。しかし、あの同時に二カ所にいるとかいう話はいささかわたしの理解を超えてたよ」

「相変わらず頭の鈍い田舎者のふりをしてるのかね、アンディ？　ハイネの本を書き上げたら、あんたに一冊送るよ。彼の分身《ドッペルゲンガー》の詩について一章を割いてるから。わたしの小説にあのテーマを使えば、いくらか神秘的になるだろうと思ったんだ」

「このわたしもダブル《ドッペル》ウィスキーのことならよく知ってるがね」ダルジールは言った。「しかし、もし分身《ドッペルゲンガー》に出会うと、その人は死ぬのかと思ってたがね」

「わたしたちはみんな死ぬ」ペンは言った。「わたしは、われわれはいつも分身《ドッペルゲンガー》に会っていると思うね。それに気づくかどうかの違いで。ジャックスに話を戻すと、わたしはほんとに彼女が好きだったよ、アンディ、そしてあの事件のことを聞いたときは心臓が止まりそうだった。あんたがもっとましな手がかりを摑めるよう祈ってるよ、あんたをここへ差し向けるようなもんじゃなく。さもないと、あんたはくたびれ儲けになるし、わたしとしては是が非でも彼女を殺したやつを捕まえてほしいからね。ほら、これを、きみ。すまんがちょっと行ってみんなのお代わりをもらって来てくれよ」

彼は五十ポンド札をボウラーに押しつけ、青年はたずねるようにダルジールの顔を見た。「このボウラー君はうちの刑事で、あんたのボーイじゃないよ」巨漢はきびしい声で言った。

それから彼はペンの手から紙幣をもぎ取り、言い足した。
「しかし、わたしたちは市民に奉仕するためにここに来ている、だから、きみ、行って来いよ。また同じものをな、そしてチェーサーはペンさんの出版社に分割払いでおごらせることにしよう」

「ウィスキーですか?」ボウラーはとまどったように言った。

「ハイランドパークだ」うんざりした顔でダルジールは言った。

「新人かね?」刑事がまたもカウンターに向かうと、ペンは言った。

「比較的ね。まだ見習い中だ。しかし、チャーリー、札びらは切るし、来週からはテレビの新シリーズが始まるし、大したもんだね」

「うん。まったくすばらしい」ペンは不機嫌に言った。

「こんなことを言ってはなんだが、羽振りのよしあしにかかわらず、自分の仕事に満足していないみたいに聞こえるね」

「そうかね? あのね、アンディ、あんたは最初から警察官になるつもりだったのかね?」

ダルジールはちょっと考えてからうなずいた。

「うん」ダルジールは言った。「親父みたいにパン屋になって髪を粉だらけにして終わるのはいやだった。それで警察を選んだんだ。でもね、最後はコインを投げて決めなきゃならなかったよ!」

ペンは言った。「ラッキーだったよ、われわれは。ま、わたしはあんな番組、でかいおっぱいと妙ちきりんな帽子物シリーズの制作ラインの一部になるつもりではなかった」

「待った、あんたはケーキでリプリーを殴ったじゃないか、それと似たりよったりのことを言われて」

「自分で言うのと、十九歳のかわいい子に言われるのでは大違いさ」

「それもそうだ。しかし、どのみち同じじゃないのかね？　つまり、あんたが今にあの、さっき言ってたドイツ人《キャベツ》に関する大著を発表して世界をあっと言わせることはわかってるんだから。ハインツ、だったっけ？　例の五十七種（〝五十七種〟という宣伝文句で有名なハインツ社のスープ缶詰のこと）と何か関係あるのかね？」

「どんどんやってくれ、アンディ。まったく厚かましいんだから。ハイネだよ」

「ああ、彼ね。リプリーがきみを怒らせたあの雑誌記事のなかで彼に触れてたな。たまたま今ここに持ってるがね」

彼はポケットから例のファックス用紙を取り出した。

「なかなか筆が立つね……いや、筆が立ったね、彼女は」

ボウラー運転の車でパブに来る途中、三十秒ほどざっと目を通しただけなのに、警視は数時間じっくり文体分析をしたかのように言った。「ああ、ここだ。あんたの言うとおりだ。ハインツじゃなくてハイネだ。彼女はあんたがこの大作を完成させる見込みは、イングランドがつぎのワールドカップで優勝する見込み程度と思ってたらしい。たぶん、彼女が生クリームでシャンプーされたのはこのくだりのせいかね、あんたの小説に小生意気なことを言ったからじゃなくて？　あんたは彼女の言うとおりかもしれないと思った。彼女がこれを書いたのは何年前だっけ？　五年？　それで、あんたはもうすぐ〝終わり〟と書けそうなのかね、チャーリー？」

「もうすぐと言っていいね」ペンは言った。「五年前は、そう、たぶん危ぶんでいたかもしれない。でも、今は違うよ、アンディ。今はね」

　彼は巨漢の疑うような視線をとらえて放さず、先に目を逸らしたのはダルジールのほうだった。

　知らぬ間にボウラーが戻っていて、二人は神の恩寵を見るようにお代わりの酒を見下ろして、バレエのように二人同時にジョッキを上げた。

「リプリーの件は忘れよう」ダルジールは言った。「スティール議員のことはどう思う？」

「〝詰め込み屋〟かね？　誰にせよ彼の息を止めた者は環境をよくしてくれたよ」ペンは言った。

「お、ちょっと強いな。おい、何だ、こりゃ？」

ダルジールは自分のスコッチに注意を向けていた。

「バーでハイランドパークを切らしてたんです、警視」ボウラーは説明した。「それはグレン何とか……」

「グレンフィディック。グレンフィディックはわかってる、だからハイランドパークじゃないとわかったんだ」

「はい、警視。バーテンダーが、おそらくあなたは違いに気がつかないだろうって言ったんです」巨漢の怒りをほかに向けたい一心でボウラーは言った。

「あいつが？」カウンターのほうを睨みつけながらダルジールは言った。「レベルの低下だ、なあ、チャーリー？　スコットランドじゃあんな男はとても雇ってもらえんよ。じゃ、あんたは議員があまり好きじゃなかったわけだ」

「大義に尽くす男だったよ、シリルは、主として公金の節約のためだったが」

「言われなくても知ってるよ」ダルジールは言った。「彼は警察にかける金はすべて無駄だと思ってた。たとえば車だ、〝連中は昔みたいに地区を巡回させりゃいい。革靴代のほうがガソリン代より安くつくし、少なくとも市民は時刻を訊ける者がいて助かるよ〟、と来た」

「シリルらしいな。芸術も然り、図書館の経費もそう。劇場補助金も。それに、わたしの文学グループがもらってる雀の涙ほどの金までね、まるでそれで第三世界の借金を帳消しにできるみたいに」

「じゃ、あんたには動機があった？」

「よくぞわかった、シャーロック。うん、あんたも、わたしも共にね、アンディ。尻を蹴飛ばす動機にはなるが、あの馬鹿者を殺す動機にはならんよ」

「ま、死者を悪く言うのはよそうや」ダルジールは言ったが、ハットには取ってつけたように見えた。「彼について一つ言えることは、言行一致の人だったってことだよ。彼は自分の金をバカなことに遣って浪費したりは絶対にしなかった、人に酒をおごったり、自前で食事をするようなことはね。だが心は、正しい場所にあった」

「今もね」ペンは言った。「あんたがリプリーから〝詰め込み屋〟に移った微妙なやり方、気に入ったよ。二人の死には関連があると思うのかね？」

ダルジールは彼を立腹させたウィスキーをべつに嫌そうなふうもなく飲んで言った。「どうやら今のところ二つを結びつけるものは、唯一あんただけのようだ、チャーリー」

ペンはにやにやして言った。「昔ながらのテクニックが今でもベストらしいね。まるで見当がつかないときには警棒で誰彼なく小突きまわして、いちばんすばやく逃げ出した者を追っかけるという寸法だ」

「胴着やぶり《ボディスリッパー》（歴史ロマン小説の俗名）をはじめる前にあんたを捕まえてりゃ、警官にしてたのにな。しかし、真面目な話、それに単に記録のためだが、昨日の内覧会についてはあんたのしっかりした供述書をもらってるんだがね、ただ、これはまだ誰もあんたに訊いていないと思うんだ、リプリーが殺された夜、あんたがどこにいて何をしていたのか」

「そんなことを訊く理由がなかったからさ、そうだろ？」

「あのときはね」

「で、今は？」

ダルジールはリプリーの記事のファックス用紙をひらつかせた。

「やむなく樽の底をこそげてるのさ、チャーリー。しかし、あの警察長のトリンブル、彼がどんな男かは知ってるだろう。彼は南西部の出身でね、あっちじゃみんな樽の底をこそげて暮らしてるって話だ。それで……？」

「あのな、アンディ」ペンは言った。「これから帰ってじっくり考えてみるよ、そして、もしあの晩のことを何か思い出せたら紙に書いてあんたに渡そう」

「いや、わたしのためにあわてて帰ることはないよ」ダルジールは言った。「そのまま、そのまま、このボウラー君がお代わりをおごってくれるから。じつは、ここで軽い昼食にしようかと思ってたんだ。ここじゃこってり甘いタフィープディングを食わせるんだ。おごるよ」

「ゲー。甘《スウイート・トゥース》党の逆の者はどんな歯が生えてるのか知らんが、わたしはそれだよ。子供の頃、べとべとした甘いものを過剰に食わされすぎたんだ。それで思い出したよ、アンディ。残りたいのはやまやまだが、日曜は家族訪問の日だからね、ま、われわれ家族がいる者にはということだが」

　探りを入れてる感じだな、とハットは思った。

「ああ、そうだった。お母さんは元気かね？」ダルジールは言った。「田舎で相変わらず三Kの面倒を見てるのか？」

　そして、これは、意味がよくわからないが、すばやい反撃らしい。

　一瞬、ペンは残りのビールを巨漢のどでかい頭上にぶっかけてやりたいという顔をしたが、ぐっと抑えて歯を剥きだした笑顔にとどめて言った。「うん、アンディ、うちのお袋はまだ元気《キッキング》にしてるよ、そして、もし日曜に顔を出さないと、お袋が蹴る《キッキング》のはこのわたしさ。そういうわけで、代理としてにせよ親切におごってくれると言ってもらったけど、刑事さん、またの機会にしないとね。じゃ、ご機嫌よう。明日またきみらに会えると思うが」

「明日？」ダルジールは言った。

「まさか忘れてないよな？　どうした？　アルツハイマーかい、それともあんまり遺体が続出して覚えきれなくなっただけ？　思い出させてあげるよ。検死審問が終わり、食屍鬼《グール》が彼女を切り刻み終わったから気の毒なジャックスを埋葬するんだよ。小説を読めばわかるじゃないか、殺人犯はきまって被害者の葬儀に参列するのが好きなんだ。じゃ、また」

　彼はビールを飲み干し、先刻ボウラーが卓上に置いた釣り銭をさっと取ると、立ち上がってドアに向かってすたすたと歩き出した。

「警視？」その後ろ姿を見送りながら、ハットは言った。

「あのまま行かせていいんですか？」

「どうしたいんだ？」ダルジールは言った。「ラグビーみたいにタックルして手錠をかけるのか？」

「いや、それは。警視、さっきの三Kとかいうのは何ですか？」

「Kinder、Küche、Kirche。子供、キッチン、教会だ。ドイツ女性の仕事と見なされていることさ、近頃の学校は何も教えないのか？」

ハットはちょっと考えてから言った。

「でも、ペンさんは地元の人じゃないんですか？　根っからのヨークシャー人みたいに聞こえますが」

「うん、しゃべり方はな。ここ育ちだが、生まれは違う。両親が秘密警察《シュタージ》の二、三歩先を越して東ドイツを脱出したんだ、〈壁〉ができたときにな。〈壁〉は覚えているだろう、え、きみ？」

「壊されたのは覚えています。大変な騒ぎでした」

「うん、いつもそうなんだ」巨漢は言った。「これまでの人生で何度となく、おれも声を合わせて歌ったよ、〝幸せな時代がまたやって来た〟とな……しかし、そんな時代はけっして来ないんだ、たぶん、これまでにもけっしてなかったのかも……」

彼は憂鬱そうにじっと自分のジョッキに見入ったが、ひょっとしたら暗にジョッキがほとんど空だと匂わせただけかもしれない。

「じゃ、彼の両親はヨークシャーに落ち着くことにしたんですね？」

「ヨークシャーに連れてこられたんだ。パートリッジ卿が——彼は昔、保守党の大物政治家だったんだが——彼がペン一家の保証人になった。赤の脅威との戦いに自分も一役買ってるぞという、ちょっとしたジェスチャーだろうよ。しかし、公平に言えば、彼はしっかり一家の面倒を見た。母親は屋敷で働き、父親は馬の世話を手伝った。そしてチャーリーはいい教育を受けた。アンサンク校出だ。おれよりいい。たぶん、おれも避難民になるべきだったよ」

「アンサンク校？　でも、あそこはパブリックスクールじゃありませんか？　つまりその、私立校でしょ？　寄宿舎やら何やらの？」

「だからどうした？　きみは今はやりのトロツキストじゃないんだろ、え？」

「違います。わたしが言いたかったのは、彼のしゃべり方は、そういう学校に行ったようには聞こえないということで。彼のしゃべり方はむしろ……」

彼はダルジールが気分を害したら困ると思って語尾を濁したが、警視は愛想よく言った。「むしろこのおれみたいだ、というのか？　うん、確かにそのとおりだ、あの学校でほかにどんな教育を授けたにせよ、チャーリーの尻に銀の匙を突っ込んでるようなしゃべり方にだけはできなかった。面白いな、これは」

勢いづいて、ハットは言った。「両親は揃って健在なんですか？」

「よく知らないんだ、今話したこと以外は。実際の話、考えてみりゃ今しがた急いで帰って母親に会いに行かなきゃと言い出すまで、チャーリーから親の話を聞いたことは一度もないな」

「お母さんはきっとかなりの歳ですね。ペンはけっして若くないから」ハットは言った。

「いや、チャーリーは見かけほど年寄りじゃないよ」ダルジールは言った。「そら、肌の色合いが大陸的なんだ。われわれ本国育ちに比べると見た目の半分ぐらいしか年を取ってない。当人も地元の人間として通ると思いたがってるが、やっぱりわかるよ。しかし、これは人種的偏見で彼を見ていいという意味じゃないぞ、きみ。彼は斧で襲う昔の人殺しみたいに見えるかもしれんが、この件ではどうみても動機らしいものは見あたらない。リプリーに関しては、きみも彼の話を聞いたろう。二人はキスして仲直りをしたんだ」

「はい。しかし、その、もしペンが彼女を殺していても、というか、その場合は特に彼はそういう話をするんじゃないでしょうか」

ダルジールは笑って言った。「きみも警官らしい考え方ができるようになったな。いや、たとえそれが嘘でも、五年前に自分の本の悪口を言われた程度の理由ではな。それが彼女を襲った理由だとは思わんがね。さっきも彼に言ったように、じつは彼が怒ったのは、執筆中のハインツに関する本を完成できまいと、彼女に言われたからだと思うね」

「ハイネ」ボウラーは言った。

「どっちにせよ」ダルジールは言った。「とにかく、彼の話じゃ本はうまく行ってるようだから、その理由も消えちまったわけだ、万一それが理由だったとしてもな」

「よくわかりませんが……」

「何か自分がやり始めたことを仕上げる能力がないと誰かにバカにされたら、それを仕上げることで見返すよ、殺したりなんかせずに。暴力的になるのは、言われたことが本当だと感じたときだけで、だから最初チャーリーはカートの上のデザートに手を伸ばしたんだ。しかし、今は彼もうまくやり遂げたと思ってるし、とにかく仲良くベッドで平和条約を締結したんだ、殺して何になる？」

「しかし、このワードマンの注目すべき点は、動機を必要としないということですよね、ま、厳密な意味での動機は。彼には何か別のスケジュールがあるんですよ」ペンを諦めたくなくてボウラーは言った。

「ほう、そうか？　きみにあの二人の学者先生のご託を聞かせるんじゃなかったな」ダルジールは言った。「このつぎは性格特性《プロファイル》がどうして当てはまると思うんだ？」がどうのと言い出すぞ。じゃ、チャーリー・ペン巨漢の口調は懐疑的で小馬鹿にしているように聞こえたが、ボウラーはこの質問は本気でこちらを試しているのだと感じた。

彼はペンについてライから聞いた話を思い出して言った。「彼はこの二十年ほど、じつはほかに本当にやりたいことがあるのに、生活のために歴史上の空想世界を紡《つむ》ぎだしてこなければならなかったと感じています」

「で、だから頭がおかしくなるって言うのか？　とすると作家は皆いささか頭がおかしいってことになるんじゃないか？　うん、確かにそうかもしれない」

「はい。しかし、彼が本当にやりたかったことというのは、現実世界に取り組むことではなく、彼の歴史小説の舞台になったあの歴史上の世界について書いた、ほかの作家について書くことなんです。つまり、彼がすごく率直で、実際的で、ちょっと冷笑的でさえある、まさに典型的無愛想なヨークシャー人と思われているのは知ってますが……」

彼はダルジールが半ば疑うような目で見ているのに気づいて先を急いだ。

「しかし、それさえ芝居なんですよね？　彼はヨークシャー人じゃない、パブリックスクール出だし、英国人でさえない。そして彼が精神生活をどこで送っているかを見れば、彼は現実から遠く切り離されているようにわたしには思えます。それがわたしたちの仕事ですよね、警視？　とにかく、ときどきは。心のうちを隠そうとしている人間の内面で何が起きているかを突き止めるのが。ま、わたしたちは誰でも隠そうとしますよね、それも始終、そして人が本当は何を感じ、何を考えているか知るのはとても難しい。しかし、作家は、芸術家は、ふつうの人たちよりずっと多く自分の精神生活を明かさなければなりません、なぜなら彼らがわたしたちに売ろうとしているのは、それだからです」

　彼は息が切れて話しやめ、いい気になってしゃべりすぎて、わずかながらも進んでいた巨漢とのリハビリを、おそらく、ふいにしてしまったと感じていた。その巨漢の血走った目は、まるでたった今宇宙カプセルから出てきた者を見るように彼を見ていた。

「きみはパスコー主任警部とよく一緒にいたんだな、え？」彼はようやく言った。「このおれはと言や、腹が空いてちゃ自分の〈精神生活〉とも取り組めんよ、そして、その取り留めのない話し方からすると、どうやらきみもまともに食ってないらしい。わかった、わかった、そんな、まるでおれにペットのハムスターの上に坐られたみたいな顔をするなよ。チャーリー・ペンには確かに風変わりなところがある、それは認める。しかしまた、チャーリー皇太子《ウィンザー》にも確かに風変わりなところがある、それも認める、だが彼を捕まえようとは思わんよ。さて、真面目な話に戻ろう。たしか大昔、この店じゃうまいスコッチパイとマッシュピーを作ってた。だが、言っとくことがある……」

「なんです？」ボウラーは言った。

「もしあのバーテンがおれにコーンウォール地方の《コーニッシュ》パイを出して、おれには違いがわからんなんて抜かしたら、あいつがバー中に〈精神生活〉を吐き散らすまであいつの体を揺すりまくってやるからな！」

20

ジャックス・リプリーは北ヨークシャー荒野の南のはずれに位置する、小さな町になりたくてしかたのない大きな村で生まれ、育った。そして未亡人である母親が埋葬のために彼女を連れ帰ったのはここだった。

もしチャーリー・ペンの言うとおり、ジャックス・リプリーを殺した犯人が彼女の葬儀に来ているとしたら、警察は選《よ》りどり見どりだな、とボウラーは見晴らしのいい教会の袖廊《しゅうろう》から人で埋まった墓地を見ながら思った。家族、友人、そして同僚たちだけでもおそらくかなりの参列者になっていたろう、しかし、それに加えてテレビ番組を見て彼女を知っている気になっている者たち、単に低俗な好奇心にかられてやって来た者たち、そして、有名人の範疇に入る者たちがいた。

むろん、ジョン・ウインギットが来ていたし、一緒に局のカメラマンも来ていて離れた目立たない場所から撮影していた。同様の二本立ては《ガゼット》社の参列者の場合にも見られて、黒い喪服姿のメアリー・アグニューはいかにも悲しみに沈む友人兼同僚という風情だったし、サミー・ラドルスディンのほうは、大勢押しかけた非良心的全国紙のハイエナ共が情け容赦なくシャッターを切るなか、《ガゼット》のカメラマンにも地元の礼儀作法を気にせずシャッターチャンスを捉えさせていた。図書館からはパーシー・フォローズとディック・ディーが参列していた。ハットはライが参列するかどうか訊こうと電話をしたのだが、かなりぶっきらぼうに（a）自分は当の女性をほとんど知らないし（b）誰かが残って仕事をしなければならないと告げられたのだった。見逃そうにも見逃せない参列者はアムブローズ・バード、〝最後の俳優・座長〟だった。ハットは彼と亡くなった女性はどんな関係だったのだろうと訝《いぶか》った。たぶん彼は単に、こんな劇的な場面にひときわ目立つ自分の深い憂いに沈む姿を見せないわけにはいかぬと思ったのだろう。もっとも彼のふくらはぎまで来る紫色のマントはハムレット的というより演技過剰《ハム》だと感じた者もいた。彼は通路でフォローズを追い抜き、信徒席二列目の最後の座席をどうにか確保すると、ライバルを振り向いて勝ち誇ったようににっこりした。

フラニー・ルートも来ていた。なぜ彼が参列しているのかわかれば面白いだろう、だがお定まりの黒ずくめに身を固めて脇に立ち、静かにほかの者たちを見守っている彼は、まるで合図があれば進み出て仕事をしようと待っている死の召使いのように見えた。彼はチャーリー・ペンとはまさに対照的で、ペンのほうはこの葬儀に強く心を打たれていつものひび割れた革の胴着《ジャーキン》と擦り切れたコーデュロイのズボンに代えて、広い折り襟《ラペル》の上着、それに心持ち裾の広がった薄い、ほとんど輝くようなグレイ地にかすかなピンクのピンストライプが入ったズボンをはいて、現代の葬式よりも七〇年代の結婚式のほうがふさわしく見えた。それに引きかえダルジールは、葬儀屋の上着が蛍光色に見えるほど真っ黒な上着を着ていた。警視のかたわらのパスコーは、すらっと優雅にイタリアンカットのスーツに身を包んでいた。奥さんが選んだのだろうとハットは思ったが、パスコーの選択眼を疑ったからではなく、自分で選ばせたら主任警部はもっと無難なものを着たろうと思ったからだ。現代の警察幹部たちにとってスマートに見え、社交上のたしなみを身につけていることは間違いなくプラスになるが、金のかかった派手な服装《なり》は今でも顰蹙《ひんしゅく》を買う。民間の場合とは逆に、賢明な警官は金のローレックスの腕時計をつけていてもこれは香港製の偽物だときまって言い張る。

風もなくおだやかな日で、会葬者たちもその人数にもかかわらず静まりかえっていたので、墓のそばの言葉や音がこうした単調な葬儀の中心からかなり離れたところにいるハットの耳にもはっきりと聞こえた。

……土は土に、灰は灰に、塵《ちり》は塵に……

……女性のすすり泣き……

……それから、あの究極の音、棺の蓋にどさっと落ちる土の音……

そして葬儀は終わり、死の偉大な神秘を目の当たりにして一致団結していた会葬者たちは、ほとんど聞こえんばかりの安堵の吐息をついてさらに偉大な生の神秘の空間に戻り、急速に分散して小さなグループとなり、どちらの神秘についても考えずにすむ日々の暮らしに復帰した。

ハットはその情景を教会の袖廊《しゅうろう》から見守っていた。さっさと自分の車に向かう者もいたが、狭い田舎道の半マイル先で合流する幹線道路で待ち受けている渋滞を考えてのことだろう。ほかの者たちは逆方向の村の中心のほうへゆっくり歩き出した。村には二軒のパブ、〈パン屋の腕〉亭と〈夜回り〉亭がある。ミセス・リプリーの自宅は大勢の者を迎えるには狭すぎるので、一家は葬式後の会食のために〈夜回り〉亭の一室を借り切っていたが、その会食は招待客だけのものだった。過去にマスコミ関係者の貪欲な食いっぷりを目撃しているハットには、これは賢明な予防措置に思えた。ハットの知るかぎり出席している警察関係者の誰も招待されていなかったが、だからといってダルジールが出席しないとは思えなかった。

親族の一団が今、司祭に伴われて目の前を通り過ぎるのが見えた。先頭に立つミセス・リプリーは月光のように青ざめ、その両脇にいる若い男女は、ニューカッスルで教師をしている息子とワシントンDCで看護婦をしているもう一人の娘に相違ない、とハットは思った。ときどき彼は仕事のことを聞き出そうとするジャックスの矛先をかわすために、互いの家族について情報やエピソードを教え合うという手をとったのだった。ジャックスが密告者《グラス》としてではなく股間《グロイン》として、あなたがほしいのだと請け合ったことさえあったのに、ハットは彼女と寝たことは一度もなかった。しかし、それはぎりぎりの決断だった。彼は今、強烈な後悔に襲われた。彼は本当にジャックスが好きだったし、その彼女にもう二度と会えないのだ。

それに、むろん、アンディ・ダルジールは彼が寝物語に犯罪捜査部の秘密の内部情報を漏らしていたと確信していて、彼の自制心も大して役に立たなかったと言えるのだから。

親族のグループが通り過ぎるとき、あの若い女性がちらっとハットのほうを見て、母親に何か言い、母親と組んでいた腕をほどいて彼のほうにやって来た。

彼女は姉とよく似ていて、これが人が大勢まわりにいる明るい昼間でよかった、とハットが思うほどだった。

「失礼ですが、ボウラー刑事ですよね」

彼女はおそらく合衆国ではとてもイギリス的な発音に聞こえたろうが、向こうでの六年間で彼女の話し方は確実にアメリカ風になっていた。

「そうです」

「わたし、アンジーです、ジャックスの妹の」

「ええ、そうだろうと思いました。ほんとに、ほんとに残念なことで……」

彼は自分の声が涙声になるのを感じて驚き、また、わざとらしく聞こえるのではと苛立ちもした。しかし、彼女の顔には同情しか見えず、彼の腕に手をかけて言った。「ええ、わたしもよ。ジャックスがあなたのことをいい人だって言ってたわ」

「ぼくのこと、あなたに話したんですか?」嬉しくなって彼は言った。

「ええ。わたしたちはずっとすごく仲がよくて、わたしが向こうで働くようになってからもそのままで、eメールや手紙で何でも話してたの。今しがたほかの二人の警察官が母のところに挨拶に見えてね、あなたのこと、あの人たちに教えてもらったの」

ほかの二人の警察官。ダルジールとパスコーしかあり得ない。彼女がハットの名前を知っていたという事実をダルジールがどう解釈するかと思うと彼の心は沈んだ。

「これからは淋しくなりますよ」彼は言った。「ぼくらは友達でしたから……少なくともぼくはそう思ってた、彼女のほうは……つまりその……」

彼女は助け船を出した。

「彼女のほうもそう言ってたわ。最初はあなたを情報源の候補者と見なしていたけど友達になったって。そして、あなたはそういう立場を利用しようとしなかったって。そして、利用してもらってよかったのにって言ってたわよ、友達として。あら、赤くならなくてもいいわよ。わたしたちはお互い、何でも話すの……話していたのよ。子供のときからね。それであなたと話がしたかったの。ジャックスはとても野心的だった、ま、あなたもきっと気づいたはずだけど、そして仕事に役立ちそうだと思えばどんなことに関しても有利な地位を手に入れようとしたわ、そして、キャリアガールの昇進を阻むガラス天井もべつに苦にするには当たらないと思ったのよ、それが役に立つ男のお尻を映す鏡であるかぎりはね。あら、また赤くなってる。さっきも言ったけど、わたしたち、ほんとに何でもあけすけにしゃべってたの」

「すみません。ぼくが慣れてるのは、なるべく隠し立てして話そうとする人たちだから」

「おやおや、困った仕事だこと。あのね、ジャックスのことを知らせてきたとき、わたしはちょうど休暇でメキシコを旅行中でね、二、三日前に帰ってくるまでその知らせを知らなかったの。不気味よね。パソコンをチェックしたらジャックスからたくさんメールが来ていて、そのすぐあとに兄からの至急連絡するようにというメッセージが入っていた。でも、なんとなくジャックスは死んだと言われそうな気がして、連絡を取りたくなかったの」

「お気の毒です」ハットは言葉に窮して言った。「ほんとにひどい。ぼくが彼女を見つけたんです……ぼくがどんな気がしたか、とても言葉では表わせない……あのね、必ず犯人を捕まえますよ……これが警官の決まり文句なのは知ってるけど、でも今度ばかりは本気ですよ」

「だからあなたと話したかったの」アンジーは言った。

「ね、一緒に歩いて。あなたもパブに来るんでしょう?」

「それが、いえ、つまりその、招待されていないので……」

「わたしが招待するわ。さ、行きましょう。この袖廊にこれ以上長く立っていたら、あなたに誘いをかけてるのかと思われちゃう」

彼女はハットの腕をとり、やさしく彼をうながしてほかの会葬者たちのあとについた。彼がちらっと振り返ると、ダルジールとパスコーがじっとこちらを見ていた。巨漢の顔は無表情だったが、この新たな提携を警視がどう解釈したか読みとるのに特別な技術はいらなかった。


「で、ぼくに話したいことって何ですか?」彼は言った。

彼女は言った。「ね、こんなことを言って、探偵になろうという野心を持ってる変人みたいに思われると困るけど、でも、ジャックスから来た最後のｅメールにあなたたち警察に知らせるべきだと思うことが書いてあったの。もっともあなたはすでに知っているかもしれないけれど」

彼は何のことか考えてみようともせず、ただ待った。

「そのメールを彼女は殺された夜に送ってきてるの。メールには連続殺人犯の可能性がある人物について例のビッグニュースを公表したばかりだということや、それが役立ってロンドンで獲得しようとしている仕事に是が非でもつきたい、と書いてあったわ。それから、こうも書いてあったわ、どういう結果になろうと、早くヨークシャーを出たほうがよさそうだ、このニュースを公表したことで猛烈に腹を立てるはずの男がいて、おそらく彼女を殺したいと思うだろうからって。彼女は冗談のつもりで言ったんだと思うわ。だって英国のおまわりは人を殺してまわらないでしょう? でも、誰かにこの話をしておかなきゃって……」

「ちょっと待った」ハットは言った。「おまわりって言ったね……きみは警官の話をしてるの?」

「もちろん、そうよ」彼女はじれったそうに言った。「わたしの話を聞いてなかったの? わたしは彼女の内通者の話をしてるのよ、あなたたちが何をやっているのか、あの連続殺人犯の件も含めて、あらゆる情報を彼女にくれた人物のことをね。まさか彼女が目をつけてたのはあなただけだった、と思ってたわけじゃないでしょ。違う点はね、この人は心から楽しんでこの役を演じてたのよ。そして、帰ってくる飛行機のなかで考えたんだけど、彼女が公表してしまったことに、この人、心底腹を立てたに違いないわ」

「人を殺す動機としては不充分だな」ハットは言った。

「腹を立てたというだけではね」

「それで充分な人もいるわよ。でも、もし彼がこう考えたとしたらどう? 彼女はもう彼の信頼を裏切ったのだから、偶然にせよ意図的にせよ、彼女が内部情報源の名を明かすのは時間の問題だ、そして、そうなった暁には彼の経歴はどうなるかと。そして、もし彼女の口を封じるつもりだったとすれば、彼女がテレビでこの変質者のことを言いふらした直後こそ絶好の機会に見えたに相違ないわ。あなたたち警察はこの男を犯人と見なすに決まってるわよ、特に彼は捜査をその方向に持っていける地位にあるんだから」

「この男が誰か、あなたは知っているというんですか?」ハットは詰問した。

「いいえ」アンジーは言った。「少なくとも、今までは知らなかったわ。実名は教えてくれなかったし、ただ彼はかなり上のほうの人だということだけで」

「あのね、アンジー」ハットは言った。「この話はぼくのところに持ってきてもだめだよ。ぼくはこれを上司に伝えなきゃ、ダルジール警視とパスコー主任警部に、ほら、さっききみが話をした二人さ、だから今きみから話すといい。二人とも後ろから来てると思うよ……」

確かめようと後ろを振り返った彼は、自分の腕にそっとかけていた彼女の手が荒々しい肘固めになるのを感じた。

「ばかなこと言わないで!」彼女は叱りつけた。「さっき、わたしもそのつもりであの人たちに会ったのよ、そして彼らは最上層部の人たちだって気づいたの」

「あ、そう」ハットは言ったが、この打ち明け話をするのに彼女が最初に選んだのが自分ではなかったことに、そんな資格もないのにむっとしていた。「で、二人は何て言ってた？」

「何も。わたし、何も話さなかったから。ジャックスは彼の名前は教えなかった。いくらeメールは安全だって言われても、ジャーナリストならあまり信用しないわよ。でもこの二、三カ月のあいだにどんな特徴の人か教えてくれたわ、かなり詳しい、ごく親密じゃなきゃ知らないような特徴をね。前に言ったように、わたしたち、何でもしゃべっちゃうから。だから裸のとこを見たら絶対に見分けがつくと思うけど、服を着ていても特徴がかなりぴったりだったのよ、あの人には話さないほうが賢明だと思うほどね、それであなたのところに来たというわけ」

「ちょっと待って」ハットは言った。「つまり、きみは彼らのうちの一人だと思うと……」

彼はもう一度振り向いて後ろからやって来るダルジールとパスコーを見た。

「いったい、どっちなのさ？」

「ジャックスによると、彼は中年で、残ってる髪は白髪になりかけていて、古風だけどいつもおしゃれな服装《なり》をしてて、すごく肉づきがいいから彼の上に乗るとスポンジゴムの上で弾んでるみたいだけど、彼にのっかられるとまるで大きなゴリラと取っ組み合いをしてるみたいだって。重いからだけじゃなくて、とても毛深くて、それに彼のスポーツ式タックルにはほかの特徴もあって、つまりサウナで彼を見ればかなり確実に見分けがつくけど、服を着ていてもあのダルジールって人はそっくりと言っていいわ」

「ダルジール？　冗談じゃない、彼はぼくの上司で、犯罪捜査部の部長だぜ！」

「それだと自分の歳の半分ぐらいの若い女とセックスを楽しめないの？　もしそれが昇進の条件なら、そんな職場わたしならさっさとやめるわね。ね、聞いて、断言はできないけど、でも何もかもぴったり合うわよ。それに彼は何かを疑ってるみたい。あなたがここに来ているかって訊いたら、ほら、ジャックスからあなたのことを聞いてたから、そしたら彼の目つきが変わったみたいでね。気をつけたほうがいいわよ、あの人に」

「いや、それはまた別のことで……きみは人違いをしていると思うよ……」

しかし、彼の心の一部――さほど大きくはないがその存在が感知できるほどには大きい一部――は歓喜に近い思いで、巨漢その人がジャックスの密告者だったという可能性について考えていた、もしそうなら彼のハットに対する攻撃的な態度の根底にあるのは、もしかすると……嫉妬？

「つまり、ばかげた忠誠心から、あなたはこの件について調べる気はないっていうの？」彼女はいきり立って言った。「たぶん、わたしもジャックスがやったように公表すべきかもね」

「いや、それは困る。ぼくが調べるよ、約束する。ほかにも何か彼女が言ったことがある？　日記帳を、というか予定帳を見つけたんだけどね、ときどきGPという文字が記入してあるんだ、でも開業医《ジー・ピー》にしては彼女は健康に問題があったようには見えなかったし……」

「違う」彼女は興奮して言った。「違うわよ、それが彼よ。ジョージー・ポージー。ほら、あれ、〝プディングとパイ、女の子にキスして泣かせちゃった〟（『マザーグース』のわらべ歌の一節）。彼のことをそう呼んでたのよ、すごく太ってるから。ねえ、お宅のダルジールはジョージって名前じゃない？」

そして、ふいにハットは真相を悟った。ダルジールが内部告発者と判明するのとほぼ同じぐらい信じがたく、それより無限に悲しい真相を。

「いや」彼はみじめな顔で言った。「いや、そうじゃない」

だが彼はその名前の者を知っていた。

21

「それで、どうするつもりなの？」ライはたずねた。

「それがわかってれば、ここに坐ってきみのコーヒー休みを台無しにしてないよ」ハットは言った。

　本当はまっすぐダルジールのところに行くべきだったのだ、でなければ、せめてパスコーのところへ、あるいはウィールドのところにでもいい。この疑惑を肩代わりさせて、彼らに権威と責任ある地位にいることで稼いでいる余分な給料分の仕事をさせればよかったのだ。じつは、彼自身が名指しする必要さえなかった、ジャックス・リプリーの妹からもらったあのeメールのコピーをただ手渡して、彼ら自身に結論を引き出させればよかったのだ。それなのに彼は署に戻り、ジョージ・ヘディングリーがまだ病欠中だとわかると、一晩寝て考えても支障はないと確信したのだった。

　それも大して役には立たなかった。翌日、犯罪捜査部室に入って最初に目に入った人物はヘディングリーだった。彼は目前に迫った定年退職の港に静かに入港しようとしていたあのくつろいだ、どちらかと言えば愛想のいい人物とはまったくの別人で、あのeメールに描かれていたベッドの強者にはとても見えなかった。ジャックスが妹に語ったところによれば、このGPの彼女への関心に初めて気づいたのは記者会見の場で、彼が自分を見ているのに気づいたのだという。それはセックス相手を物色する打算的な目つきではなく、その頭にはただお金がないから店には入れないという思いしかなく、菓子屋の外でいかにもほしそうに見ている幼い少年の目つきだった。彼女は会場に居残り、彼が「何かお役に立てますか、ミス・リプリー？　何か相談したいことでもあるんですか？」と訊いたとき、こう答えた。「ええ、じつは、そうなの。どうかしら、あなたの息子とわたしのあそこは相性がいいかしら」そして、額の血管が盛り上がり彼の顔がどす黒くなるのを見守りながら、彼女は二人の関係はまだ始まらないうちに終わってしまうのだろうかと心配した。しかし、じきにこういう徴候は単に性的興奮が顔面に出ただけで、彼の場合、刺激されると全身が性感帯になるのだとわかって、彼女は面白がると同時に喜んだのだった。今の彼はまるでその肥満体がしぼんでしまったように見え、肩を落とした体に服がだぶついて前より優に十歳は老けて見えた。

彼がこの十日間に味わった激しい感情の地滑りを辿るのは簡単だ。最初はリプリーの番組で情報を暴露されたショックと彼の関与がやがて判明するかもしれないという恐怖。つぎに彼女の死という二番目のショック、同時に最初は大きな安堵感が押し寄せ、だがすぐにそれを凌《しの》ぐ強い自己嫌悪、自分があんなにも親密だった者の死に安堵を覚えたことへの自己嫌悪に襲われる。そのあと彼は自宅へ、何の苦労もなく心地よい家庭という安全圏へと帰っていったのだ。その家庭にしても、おそらく彼は今にも剝奪されかねないと思ったろう。ジャックスの殺害後に始まった彼女の情事に関する綿密かつ詳細な捜査、それに誰が彼女に犯罪捜査部の秘密情報を漏らしていたのか突き止めたいという、ダルジールのごく当然な欲求を考えれば、間もなく彼の戸口に巨漢が現われないはずがないという気がしたに違いない。そして、そうなれば何もかも失われてしまう。年金も……結婚生活も……面目も……信望も……彼が思い描いていた老後の生活も……

そしてジャックス・リプリーの埋葬がすんだ今、彼は恐る恐るこう思いはじめたのかもしれない、道徳的な罪を犯しはしたがこのまま無事にすむかもしれないと。とにかく、少なくとも、仕事に出てきてどんな状況か自分の目で確かめたほうがいいという気がしたに相違ない。

彼は放蕩息子のようにハットに挨拶すると捜査状況について訊きはじめたが、ためらいがちに探りを入れるというふうで、まるで癌かもしれないと恐れながら医者にはっきり訊けない男のようだった。

とうとうハットは急ぎの約束があるからと断わって捜査部室を出た。誰かに話さずにはいられずに、ほとんど無意識に心を決めたらしく気がつくと図書館に電話をかけていた。最初ライは忙しそうで、かすかに苛立っているような声で、すぐに電話を切られるのが心配で彼は言った。「邪魔をしてごめん、でも、確かきみはワードマンについて何かわかったら教えてほしいって言ってたから」

「ワードマン？　彼は……？　つまり……？　あのね、あなたもコーヒーを飲みたかったら、わたし早めにお茶の時間にするけど、〈ハル〉で」

そして、今二人がいるのはそこ、前回と同じバルコニーのテーブルだった。


〈第四の対話〉のニュースはまだ公表されていなかったが、それも時間の問題だった。とにかくハットは、自分がその詳しい内容をライに囁いているのに気づいて、そう自分に言い聞かせた。彼女が関心を示し、囁くには顔を間近に寄せる必要があるとなれば、万一ダルジールに見られたらどんな怒りを買うかわからないという危険も、ほとんど取るに足りないことに思えた。ライはいろいろ質問をして探りを入れ、知りたいだけのことを知ると彼の手に手を重ねてぎゅっと握り、「ありがとう」と言った。

「何が？」

「わたしを信頼してくれて」

「なんだ、そんなこと」彼は言った。「じつはね、もしあと二、三分よければ、ほかにもきみを信頼して話したいことがあるんだ」

他言は無用という前置き抜きで、彼は自分の抱えるジレンマを説明したのだった。彼女は口を挟まずに最後まで聞き、そのeメールを見せてもらえるかとたずね、それを読み、おそらく、例のかなり淫《みだ》らな箇所にだろう、軽蔑したように眉を上げ、それから「それで、どうするつもりなの？」というあの質問をしたのだ。

そして、彼の返事を聞くと、彼女は微笑して言った。

「もし何かを台無しにされると思ったら、わたし、ここには来ていないわよ。ね、その道のプロにこんなことを言ってはなんだけど、まず為すべきことは、彼がやったんじゃないか調べることじゃないの？」

「え？」

「口を封じるためにジャックス・リプリーを殺したのか。

そもそも彼女の妹がこの件をあなたのところへ持ち込んだのは、そのためじゃないの?」彼女は椅子の背にもたれてハットの表情を見ていたが、やがて言った。「ああ、わかった。あなたは自動的にその可能性を排除していたのね。このあなたの同僚は不倫をしてる信用ならない卑劣漢かもしれないけど、警官なんだから殺人犯のはずはないと」

「待ってくれよ、ぼくは彼をよく知ってる、でも、きみは知らない。ほんとの話、あり得ないよ……」

「あり得ないよ」彼女は真似をした。「みんな必ずそう言うのを当然、聞いてると思ったけど、妻や、母親や、父親や、兄弟や、夫や、友達が」

「うん、しかし……」彼は言葉を切り、考えをまとめ、それから口を開いた。「わかった、きみの言うとおりだ。警部が彼女の死に関与してるなんてことは、やはり、あり得ないと思うけど——いや、待った、単に彼をよく知ってるからというだけじゃなく、彼がワードマンだということは絶対にあり得ないからで、だって彼女を殺したのはワードマンだからね。うん、おそらくきみはこう言うだろう、警部はそれまでの〈対話〉を読んでるんだから、真似をして書いたんだろうってね。でもそのつぎの〈対話〉はリプリーの殺害に触れているし、きみだってまさか彼がスティール議員まで殺したとは言わないだろう?」

ライはバターたっぷりのクロワッサンを食べていたが、呑み込んで、言った。「あなたと話してると、女の子は太っちゃうわね。だって食べ物を入れるときしか口を開かなくていいんですもの、わたしが何を言うか、言わないか、あなたが全部しゃべってくれるんだから」

「ごめん」彼は言った。「でも、ぼくの言ってることわかったろ」

「まあね。ええ、たしかにあまりありそうじゃないけど、でもスティールはリプリーと結託してたのよね。たぶんその警部は、彼女が自分たちの秘め事を議員に漏らしたと思ったのかも。でも、それはどうでもいいわ。わたしが言いたいのはね、その可能性を完全に除外して残る選択肢はその大きな決断、彼を難しい状況に追い込むのか追い込まないのか、それだけにする必要があるってことよ。彼は友達じゃないわよね？」

「ぜんぜん」

「それに彼は、あなたのボス、あのヨークシャーの雪男が捜査部の秘密を漏らしてるのはあなただと思ってるのに知らん顔を決め込んでたんでしょ？」

「さあ、警部がそのことを知っていたのかどうか」ハットは言った。

「ほら、またかばってる。この男がどうなるか、なぜそんなに気にするの？　彼は奥さんを欺《あざむ》き、同僚たちを欺いたのよ。報いを受けて当然の最低の男みたいじゃない」

彼女は挑むようにハットを見た。

彼は首を振って言った。「いや、彼は最低の男じゃないよ。この仕事を三十年やっていて、誰に訊いても立派な警官だった。でなきゃ〝ふとっちょアンディ〟がとっくの昔に追い出してるよ。そして、その警官暮らしも終わりに近づいて、おそらく、これまでの人生はいったい何だったんだろうという思いがしているとき、自分の歳の半分ぐらいの、このきれいな女の子が誘いをかけてきた……」

「じゃ、彼女のせいってわけ？」

「いや、誰のせいでもないけど、きみもあのeメールを読んだろ。中年生活の危機、中年男のあせり、何と呼んでもいいけど、彼はいいカモだったんだ。彼がジャックスに漏らしたことについて言えば、ま、驚天動地の大ニュースってわけじゃなかったし……」

「地を揺るがしてジャックス・リプリーを送り込んだわ」

「彼女は危険を冒した。そして、彼女はまさに自分流に料理した。あの時点でわれわれの手元にあったのは二件の疑わしい死亡事件にすぎなかった、それを彼女はまるで人食いハンニバルが街をうろついてるような話にしちまったんだ！　いや、警部のせいじゃないよ、本人は自分を責めていると思うけどね。とにかく、一つの人生が消え去った。果たして、もう一つ消すだけの価値があるのかって自問してしまうんだよ」

「で、それにどう答えるの？」

彼はにやっと笑って言った。「きみが喜びそうだけど、今きみからもらったすばらしい助言に従うよ。ジャックスが死んだ晩の彼のアリバイを調べて、それが片づいたら決断する」

彼女もにやっと笑い返して言った。「あのね、わたしたち、まだあなたをいっぱしの警官にできるかもね。じゃ、これでいい？ もう休み時間をオーバーしているから」

「みんなに言えばいいよ、納税者の調べものの相談にのっていたんだって。これできみの良心も痛まなくてすむはずだ。それに、ぼくの良心のためにもちょっと仕事の話をさせてもらうけど――きみが画廊でウィールド部長刑事の事情聴取を待っていたとき、誰かと話をした？」

「したと思うわよ。べつに黙ってなきゃならないって法はないわよね。なぜそんなことを？」

「いや、ただきみは自分の持ち物を取りに図書室に戻ったとき、特定の誰かを見かけたとは言ってない。それで、きみがいったん図書室に戻ったことを、待ってるあいだに誰かに話したのかどうかと思って」

彼女はすぐにピンと来た。

「つまり、ほかの者がわたしを見たと言って、自分のアリバイを作れたのかどうか？」

「ま、そんなところだね」

そして、今や彼女は怒りだし、ハットは自分の感じのいい尋問法が失敗したのがわかった。

「これはディックのことなの？ そうなのね？」

「違うよ」彼は抗議した。「ま、確かに彼はきみを見たと言い、きみは彼を見たとは言ってないが……」

「で、それだと彼は嘘をついてることになるの？ わたしが図書室にいたとき彼はあそこにおらず、トイレでスティール議員を殺していたことに？ まったくもう、あなたたちときたら一旦怪しいとなったら、とことんそれで押し通すのね。刑務所には警察《さつ》にハメられた無実の人があふれてるらしいけど、無理もないわよ」

彼女は席を蹴って立ち上がったが、その拍子にコーヒー・マグをひっくり返し、ハットは飛びすさった。

彼はすばやく言った。「考え方としては当たってるけど、人違いだ。あの小説家のペンだよ、ぼくが興味をもってるのは。彼はきみとディックの両方を見かけたと言ってるけど、どちらも彼を見たとは言ってない」

ハットは彼女の顔から怒りがすっと引くのを見守りながら、むろん、口には出さなかったが、市民的自由が侵害されかねないとあんなに憤慨していた彼女が、チャーリー・ペンの話となると急に冷淡になるその激変ぶりに魅了された。

「ええ」彼女はゆっくり言った。「確かに彼の姿には気づかなかったわ。そして、ええ、供述をするのを待ちながらディックと話していたとき、例のごとくペンがそばをうろついてたわ。でも、あなた、本気でほのめかしているんじゃないでしょ……」

「何もほのめかしてなんかいないよ」彼は言った。「でも、あらゆる角度から考えなきゃならないし、われわれが探しているのは高学歴の、言葉をもてあそんで面白がってるひねくれた心の持ち主なんだ」

「じゃ、ヨークシャー州中の大学の教員談話室に踏み込んで一斉検挙しなきゃ」ライは言ったが、気のない調子だった。「ね、もう行かなきゃ、さもないとディックに殺されちゃう……ごめんなさい、わたしはただ……いやだ、あなただけじゃなく、このわたしまでノイローゼになりそう。じゃ、日曜日にね」

「うん、そうだね。ねえ、その前に会ってもいいんじゃない、映画に行くかなんかして……」

「あなたの仕事ぶりからすると、どこかよそで会う約束をしたがる女の子はいないでしょうね、自分の暖かなフラット以外の」彼女は言った。「確実に、そして撤回することはあり得ないほど暇になったら、電話して。それじゃ、また」

ハットは歩み去る彼女を見守った。きれいな歩き方だ、頭を高く上げ、ウエストのわずかなくねりが尻の揺れをかすかに窺《うかが》わせている。

ああ、きみはまさにぼく向きの女だ、ハットは視界から消える彼女を見ながら思った。

彼は振り向いて手すりから身を乗りだした。体中に満ち溢れるほのぼのとした歓喜を、階下のショッピングセンターを忙《せわ》しげに行き交う人々にも喜んで分かち与えたい気分だった。

そして、気がつくと彼はピーター・パスコーの非難するような目と目が合っていた。主任警部は買い物客たちのなかに突っ立ち、バルコニーを見上げて右手で携帯を耳に押し当て、左手で怒ったようにハットを手招きしていた。

22

政治家の政策解説者なら誰でも知っているが、要は機が熟するか否かで、人が見るのは、通常、その見る人間が見ると予期しているものなのだ。

じつはピーター・パスコーの眼差《まなざ》しは非難ではなく安堵を含み、手招きは怒りではなく命令を伝えていたのだ。

彼は文化遺産・芸術・図書館センターに行く途中だったのだが、携帯が鳴り、聞こえてきた声に思わずその場に足を止めたのだった。

「ルートか？　いったいどうしてこの番号を知ってるんだ？」

「さあ、覚えてないです、主任警部。お邪魔してすみませんが、ほかに誰に頼めばいいかわからなくて。つまりその、警察に通報してもよかったんですが、でも、ぼくが説明したって、第一、どう説明していいかもわからなかったし……でも、あなたならどうすればいいか、いちばんよく知ってると思って」

ルートは彼らしくもなく動揺しているようだった。知り合ってからこのかた、パスコーの記憶するかぎりどんなに危機的な場面でもルートは落ち着きはらっていた。

「何の話をしてるんだ?」彼は詰問した。

「サムのことです。ジョンソン博士の。昨日、あの葬儀のあと、貸してもらうことになってた本を受け取りに大学の彼の研究室に行ったんですが、彼はいませんでした。そのときはただ、約束を忘れたんだと思ったんです。あとでまた行ってみたんですが、やっぱりいませんでした。それで昨夜、自宅に電話したんですが応答がないんです。今、午前中の休憩時間にもう一度彼の研究室に行ってみたら、まだ鍵がかかっていて、ドアの近くに学生が数人いて、セミナーを待っていて、彼らの話では昨日の講義もすっぽかしたって言うし、それでまた自宅に電話してみたんですが、やっぱり応答がないんです。それでほんとに心配になって、誰か権限のある人に話さなきゃと思って、あなたがいちばんいいと思ったんですよ、友達だから、つまりその、彼のという意味ですが、あなたならどうすればいいかわかると」

「今どこにいるんだ?」パスコーは訊いた。

「大学です。英文学部に」

パスコーの頭はめまぐるしく回転していた。ばかげているのは自分でも承知していたが、ルートのそばにいるとかならず自制がきかなくなる感じなのだ。この電話に潜むルートの魂胆を推し量ろうとしたが、わからなかった。

だが、まさにそのときボウラーの姿が目に入ったのだ。

「そこで待ってろ。今行くから」彼は刑事に手招きしながら、ルートに命じた。

ハットは急いで階下に降りながら、心の中で言い訳の予習をしていた。なにしろ、午前の最中《さなか》に休息する有閑紳士よろしく〈ハル〉のバルコニーでのんびりくつろいでいるのを見つかってしまったのだ。

「きみの車、ここにあるのか?」パスコーは言った。

「はい、立体駐車場に」

「よし。乗せてってくれ。わたしは署から歩いてきたから」

「署へ戻るんですか？」ハットは言った。

「いや。大学へ。少し時間を節約できるから」

あまり説得力のない口実だが、ルートのお膳立てで彼と会うにはできれば目撃証人がほしいのだと説明する気にはなれなかった。

駐車場に向かう間、二人は何も話さなかった。

「あっ、そうか」パスコーは言った。「忘れてたよ、このMG《スポーツカー》だったってことを」

ボウラーの古ぼけた二座席車はディスカバリーとジープの間で、二匹のセントバーナード犬に挟まれたホイペット犬（兎狩りや競走に使う小型犬）のようだった。

「昔に戻ったみたいでしょう？」ボウラーは誇らしげに言った。

「戻っては困るよ、行かなきゃならないんだから」パスコーは皮肉っぽく言って、精一杯スポーツマンらしい軽い身のこなしで助手席に乗り込んだ。「警視を乗せたことはあまりないんだろ？」

「ええ。そんな保険は掛けてませんからね」ボウラーは笑った。「何か特別な理由《わけ》があって大学に行くんですか？」

パスコーは説明した。言われているジョンソンの失踪についてはそれほど心配していないと話したが、思ったとおりで、刑事は予想以上に当惑した様子だった。

「じゃ、なぜ急いで行くんですか、主任警部？　おそらくこのジョンソンって男は長期休暇をとったに決まってますよ。だって、わたしも学生時代には、ときどき自分の個人指導教師を捕まえるよりマドンナを捕まえるほうが簡単なんじゃないかって気がしましたからね。ルートが電話してきたからなんですか、重視するのは？」

生意気なやつ、とパスコーは思った。彼を見ていると、自分の若い頃を思い出す。

彼は言った。「いったい全体きみはあの画廊で、とにかく何をしていたんだ？」

ふつうならボウラーはこの疑問形は少々おかしいと思っ

たかもしれないが、今はその内容に大あわてでそれどころではなかった。

「コーヒーを飲んでいたんです」そのときふと、パスコーが初めてこちらの姿を認めたのはどの時点だったのかわからないことに気づいて、言葉を続けた。「じつは、ミス・ポモーナとコーヒーを飲んでいたんです。彼女に訊きたいことがあったんですが、彼女が図書室でないほうがいいと言ったので」

「ほう？」パスコーは微笑しながら言った。「この場合は、慎重さは勇気の、じゃなくて愛《アムール》の大半ってわけだな？」

ハットのフランス語力でもこの程度はわかり、彼は激しく首を振った。

「いえ、違います。厳密に仕事です」

「それなら、わたしの仕事でもあるわけだ。じゃ、聞こう」

一瞬、ハットはジョージ・ヘディングリーのことを話してしまおうかと思ったが、肩の重荷を下ろすのはいささか格好《かっこ》悪い気がしたし、自分の評価が上がらないのは確かだった。そこで彼はチャーリー・ペンに関して自分が感じている不安を主任警部に話した。

「きみはチャーリーを目の仇《かたき》にしてるみたいだな」パスコーは言った。「最初はジャックス・リプリーの件、今度はシリル・スティールだ。個人的な恨みじゃないだろうね？」

「違います。ただ、いつも彼がひょこっと顔を出すんですよ」それから強烈な一矢を報いて言った。「ルートみたいに」

パスコーは鋭く彼の顔を見たが、部下らしい尊敬の念しか読みとれなかった。

ほんとにおれの若い頃そっくりだ、この生意気野郎、と彼は思った。

そのあとは大学に着くまで沈黙が続いた。

疾走する雲が秋の陽を断続的に隠して、英文学部の入った象牙の塔の窓ガラスが、あるいはSOSかもしれないが、ぴかっと閃光を放っていた。ルートは玄関ロビーで保全係の男と話していたが、彼は学生に頼まれたからといって教た。

職員の部屋の鍵を開けるわけにはいかないと言い張っていた。

「今度はわたしから頼みますよ」パスコーは身分証を示しながら言った。

上階に昇る手段は自動循環エレベーターで、これに乗るときはパスコーの意見を聞いたほうがいい。というのも、彼の言うとおり、現役の無神論者でさえ（そして閉所恐怖症的傾向のある現役の無神論者は特に）祈るという手段もなく、こんな奇妙な仕掛けは利用しないほうがいいからだ。

保全係がまず乗り込み、運ばれていった。つぎの台が上がってきて、パスコーはボウラーに乗れと合図しながら必死で心を落ち着けようとした。さらに二台が通過したが、まだ落ち着いた気配はなかった。彼は深呼吸をし、肘を軽く押されるのを感じ、つぎの瞬間彼とフラニー・ルートはまったく同時に前に踏み出した。肘に感じた圧力は即座に消えた。彼は青年の顔を鋭く見て、面白がっているような気配、あるいは、もっと悪いが、同情するような気配はないかと探した。だが、ルートの目は虚ろ、表情は内省的で、パスコーは手助けされたと思ったのは気のせいだったのだろうかと思いはじめた。ふいにボウラーの脚が眼前に現われた。

「ここです」ルートが言い、パスコーは今度は手助けされまいと決意して必要以上に威勢よく飛び降りた。

ほんの数秒でジョンソンの研究室は空《から》とわかった。そして、ドアの下から押し込まれていた一連のメモが、約束した指導を受けられなかった学生たちからのものだったので、週末からずっと無人のままだったことがわかった。

「きみは彼のフラットへ行ってみたんだね？」パスコーは言った。

「ええ」ルートは言った。「呼び鈴を鳴らしました。応答がなかった。電話をしても応答がない。留守番電話のスイッチが入っていなかった。外出するときは必ずスイッチを入れておくのに」

「必ず？」ハットは言った。「それはちょっと言いすぎだ」

「ぼくの経験では」ルートは顔をしかめながら訂正した。

「じゃ、行ってみよう」パスコーは言った。

自動循環エレベーターに戻ると彼は最初に来た台に飛び乗った。こうすれば少なくとも降りるときの動揺を人に見られずにすむ。

外に出ると問題が生じた。法律を破らないかぎりボウラーのMGに三人が乗るのは不可能だった。

ルートが言った。「ぼくは自分の車で行きますよ。一緒に乗りますか、パスコーさん。こっちのほうが楽かもしれない」

パスコーは一瞬ためらった後、言った。「そうしよう」

その車はかなり時代もののコルチナだった。だが確かにMGよりは楽に乗り込めたし、エンジン音もまずまず軽快だった。

「きみはたしか、おんぼろ車だと言ってたが」パスコーは言った。

ルートはちらっと彼を見て、例の秘密めいた微笑を漏らした。

「エンジンをチューンアップしたんですよ」彼は言った。

彼は運転免許試験を受けているかのように大げさに慎重に運転した。パスコーには後ろから来るボウラーの憤慨が肌に感じるほどよくわかった。だが、彼が感じたのはそれだけではなく、ルートの運転の仕方には単にこちらを嘲笑しているという以上のものがあるような気がした。彼がゆっくり進んでいるのは、到着するのが嫌だからだ。

そのフラットは一時は価格が下がり、今また上昇しつつあるヴィクトリア朝風連続住宅《テラスハウス》の一軒で、改装したタウンハウスの最上階にあった。彼らは建物に入るために片っ端から呼び鈴を鳴らし、やっと一人の男が応答した。パスコーは自分の身元を明かし、彼らは建物のなかに入った。エレベーターはなく、階段はあの自動循環エレベーターが恋しくなるほど急だった。ジョンソンのフラットに着くと、彼は呼び鈴を押し、なかで鳴っている音が聞こえた。それから彼はドアを何度もノックした、そしてドアがかなり頑丈で、若い男の肩で体当たりしても簡単には開きそうにないと見て取った。

彼は階段のすこし下の方で物珍しそうに見ている先刻彼

らを建物に入れてくれた初老の男に声をかけ、フラットを管理している不動産会社の名前を訊いた。ここから一、二キロのところに営業所がある有名な会社だった。彼は携帯で電話をかけ、応答した若い女性が非協力的な態度だったので、それなら大工と錠前屋を呼んでおいたほうがいい、ふつう大ハンマーでドアを叩き破るとその修理に必要だからと告げた。すると、たちまち会社の総支配人が電話口に出てきて、十分後にはそちらへ行くと請け合った。

　彼は五分でやって来た。

　パスコーは彼から鍵を受け取り、鍵穴に差してロックをはずした。

　彼はドアをわずかに開け、匂いを嗅ぎ、再びドアを閉めた。

「わたしはこれから中に入る」彼は言った。「ボウラー、いいか、ほかには誰も絶対に中に入れるな」

「はい、主任警部」ボウラーは言った。

　パスコーはそのすらっとした体がやっと通るだけドアを開けて中に入り、ドアを閉めた。


　そこには死があった、最初にドアを開けた瞬間から彼にはそれがわかっていた。彼の顔を打った暖かな風がその匂いを運んできた、まだ耐え難いほど強烈ではなかったが、それでもパスコーほど仕事柄しばしば遺体に接してきた者にははっきりそれとわかる匂いだった。

　これがなければ、彼はサム・ジョンソンはただ眠っているだけだと思ったかもしれない。ジョンソンは古ぼけた袖つき安楽椅子に坐り、投げ出した足をタイル張りの盛期ヴィクトリア朝風暖炉の炉格子にのせ、腕のそばのウィスキー瓶から注いだ酒と膝の上に広げた書物の心地よいリズムに眠気を誘われた学者のように見えた。

　パスコーは立ち止まって部屋の様子を観察した。第一印象が大事だ。暖炉の古い火床は近代的なガス・バーナーと交換され、これが熱源だった。マントルピース上の代用金《オル》メッキ《モル》の置き時計は十二時で止まっている。置き時計の横にあるのは、一瞬パスコーは糞の塊りかと不快な思いをしたが、よく見ると溶けたチョコレートの塊りだった。安楽椅子の脇の丈の低いテーブルには、ウィスキー瓶と空のグラスと並んでコーヒーメーカーとコーヒーマグが一つ置いてあった。暖炉の反対側には折れた脚を分厚い書物で〝補修した〟小ぶりのソファと空のタンブラーがのった別の丈の低い小卓があった。

彼は遺体に注意を向け、手を触れてすでにわかっていたことを確認した。

ジョンソンがなぜ死んだかを示すものは何もなかった。たぶん、やはり死因はありふれた心臓発作だったとわかるのだろう。

彼は手を触れないようにして開いたままの本を見た。開いたページには〈夢の呼び売り〉という題の詩が載っていた。彼は詩の出だしの一連を読んだ。

もし夢を売っていたら
　あなたは何を買うだろう？
通り過ぎる鐘の音で買えるもの、
　軽い溜息で買えるもの、
それが〈命〉の初々しい花冠から揺り落とすのは
　ただバラの花びら一枚だけ。
もし夢を売っていたら、
　語るも楽しいものや悲しいものを、
そして呼び売り商人が鐘を鳴らしたら、
　あなたは何を買うだろう？

夢を売っていたら。彼は目頭が熱くなった。捜査官は泣くもんじゃない、彼は自分に言い聞かせた。仕事をするのだ。

彼は入ってきたときと同じように注意しながらドアに戻った。外の階段の上は騒々しく、ルートの張り上げた怒声、ボウラーの最初はなだめるような、つぎにはきびしい声。外に出て混乱を鎮める前に署に連絡しておいたほうがいい。彼は携帯を取り出して番号を押した。

パスコーがまだ的確な指示を与えている最中に、だしぬけに外の声がクライマックスの悲鳴に代わってドアがはじけ開き、彼の背中に当たって体ごと室内の床になぎ倒した。

「サム！　サム！」フラニー・ルートは金切り声を上げた。「ああ、どうしよう。サム！」

彼は突進し、もうすこしで遺体の上に身を投げ出しそうになったが、パスコーが片脚を摑み、そこへ捨て身のタックルをかけたハット・ボウラーの体が落ちてきて、カーペットの上で絡み合った三人がもがき、罵る結果となった。

取り乱した青年を二人が室外に引きずり出すのにさらに二、三分かかったが、一旦ドアが閉まると、ルートの筋肉からも感情からもすっかり力が抜けてしまったようで、壁にもたれてずるずるとしゃがみ込み、股のあいだに頭を垂れて大聖堂の塔に刻まれた小鬼のように動かなくなった。

「すみませんでした、主任警部」ボウラーは囁いた。「とつぜん、暴れ出したんです。それに見かけよりずっと力があって」

「知ってる」パスコーは言った。

彼はルートの垂れた頭を瞬《まばた》きもせずに凝視した。

青年の目は見えない。もし目を開けていたとしても床しか見えないはずだ。

それなのになぜ、あいつにじっと見られているような気がするのだろう、とパスコーは思った。

23

最初から殺人だと騒いだのはフラニー・ルートだった。これはダルジールが指摘したように奇妙な話で、というのも今の時点でもし容疑者を探せば、候補は彼一人しかいないからだ。

「じゃ、彼をしょっぴかなきゃ嘘ですよ」パスコーはいやに熱を込めて言った。

「いや、違う。贈り物の馬を差し出されたら、まず為すべきことは馬の歯を蹴ってみることだ」ダルジールは言った。「四つ可能性がある。自然死、事故、自殺、殺人。検死報告が来たら、たぶん何か役に立つ情報があるだろう。だが当面わかっているのは、心臓病の男が自宅の暖炉のそばで一見おだやかに死んだということだ。神よ、われわれ皆にかくも安らかな死を与えたまえ」

この敬虔な気持ちを述べる顔にはテレビ伝道師のような、いやにやさしい微笑が浮かんでいた。スタジオを早く出て、ホテルの寝室に——長靴をはいた高級売春婦の三位一体が、彼の罪深い肉体に苦行を課そうとベッドぎわで待つ寝室に——戻るのを楽しみにしているテレビ伝道師のような。

「あのね、警視、わたしたちがプレッシャーを受けているのはよくわかってます、このワードマンの件では……」

「ワードマン？　いったい全体これとワードマンと何の関係があるんだ？」過剰なやさしさから刺々《とげとげ》しさに滑らかに移行してダルジールは詰問した。「だからおれはあの〝詰め込み屋〟の〈対話〉を握りつぶしているんだ。あれを公表してみろ、世間の者が皆きみみたいになる。そこらのおばあちゃんが階段から転げ落ちても、すべてこのろくでもないワードマンの仕業ってことになるんだ！」

これはどう見ても不当な非難だったので、パスコーは常にもなく挑発に乗った。

「ま、警視は大きな間違いを犯していると思いますよ。そりゃサムの死がワードマンと関係があると示唆するものは何もありませんが、しかし、もしまたワードマンの手で殺人が起きたら、警視は釈明に苦しむことになりますよ」

「いや、そうはならんよ。そのためにきみのような頭のいい男を抱えてるんだからな、おれの代わりに釈明するように」

「それなら、たぶん、わたしの意見に耳を貸すべきですよ、ルートが殺人だなんて言い出すにはちゃんと理由があるんです」

「二重のはったりだと言うのか？　彼がやったからだと？　いや、確かに彼は自責の念にかられているかもしれんが、自責と言ってもいろいろある。もし彼とジョンソンの間に何かあったとしたらどうだ……」

「何か？」

「うん。ほら。男色だよ、男色。せっかくきみが赤面せずにすむようにしてやろうと思ったのに。あの日曜日、彼らはあのフラットに行ってすばやく一丁やり、そのあと口論になる。ルートは怒って飛び出す。ジョンソンは今に彼が戻ってくるだろうと思い、本とコーヒーを持ち出してゆっくり腰を落ち着ける。すると、きみが言ってた例のぽんこつ心臓が、その口喧嘩やらその他、何をやってたか知らんが彼らがやってたことの興奮で発作を起こし、彼は死ぬ」

予備的な医学検査報告は、死因は心臓発作かもしれないという示唆の域を出なかった。検死医はジョンソンは死後二日を経過していると見ており、これはつまり死亡したのは日曜日で、生前の彼に最後に会ったと認めているのはルートということになる。本格的な検死解剖は翌朝行なわれることになっている。ルートの指紋はもう一つの安楽椅子のそばのグラスにはついていたが、コーヒーマグやウィスキー瓶には付着していなかった。ウィスキー瓶はさらに詳しい検査と分析のためにすでに警察の研究所に送ってある。

「一方、ルートのほうは完全に頭にくる」ダルジールは続けた。「彼は引き返さず、二、三日のうちにジョンソンのほうから追っかけてくるだろうと考える。ところが彼がやってこないのでルートは心配になり、当然ながらジョンソンが死んでいるのを見て、自分を責めたくないもんだから殺人だと言い出す、というわけだ。どう思う？」

どう思うかといえば、あんたには今度のプレッシャーが心底応えているということさ、アンディ、そして、もしそれで自分の管区でもう殺人は起きないというのなら、自分で人殺しさえやりかねないと。

「警視の言ってることにこれ以上の仮定が含まれていたら、仮定の山ができていたと思いますね」パスコーは力を込めて言った。「まず最初に、サムの心臓病は命に関わるようなものではなかった。それに、なぜ彼らのどちらにせよゲイだと思うんです？」

「ま、早駆けの馬に乗った盲目の男にでも、ルートには何かすこぶる奇妙なところがあるのはわかるさ。あの学芸大学にいた頃は、誰に訊いてもちょっとしたプレイボーイだったようだが、にもかかわらず例の死亡した講師とも係り合いになってた、あの自殺した講師と。面白いな、考えてみると彼もサムって名前じゃなかったか？　で、こっちのサム、ジョンソンの話だが、おれはあの内覧会のときに一度会ったきりだが、彼もきみら芸術家気取りのインテリの一人だろうが、え？」

「まったくもう！」パスコーは呆れたように言った。「じゃ、それだけなんですか、根拠は？ 偏見のおまけまでついた当て推量の塊りだけ？」

「ま、その判定はきみに任すよ、ピート」ダルジールは言った。「つまりな、おれはべつにフラニー・ルートが好きなわけじゃないがね、どうもきみは何もかも片っ端から彼のせいにせずにはおれないようだ。おれに言わせりゃ、これこそ偏見だよ」

うまくはめられたと感じながら、彼は頑固に言い張った。「ま、確かにルートが直接この件に関わっているという証拠はありません。でも、一つだけ確実にわかってることがありますよ。ルートが殺人だと言い出したのは、気が咎めたからじゃありません。あいつは生まれてこの方、気が咎めたことなんか一度もない男です！」

「何にでも初体験ってもんがあるさ」ダルジールは上機嫌で言った。「おれも今度からウィスキーに黒スグリ飲料《ライビーナ》を入れることにしようかな。いったい全体誰だ？」

電話が鳴っていた。彼は受話器を取り、怒鳴った。「何だ？」

聴いているうちに彼はみるみる機嫌が悪くなっていった。

「クソ、よりにもよって」叩きつけるように受話器を置きながら彼は言った。「ジョンソンの最近親者がわかった」

不審死の場合の通常の手続きに従って、警察はこれで利益を得る者はいないか調べた。その結果、彼は遺言を残さずに死んだことがわかり、そうなると彼のなけなしの遺産は最近親者の手に渡ることになる。パスコーはくだんの大学講師を夕食に招いたとき、エリーが家族について彼にたずねたのを思い出した。そのとき彼はほろ酔い加減で答えた。「シンデレラみたいにぼくも孤児でね、ただ幸い、避けるべき醜い義理の姉は一人だけだけど」それから、パントマイムで身震いしてみせ、それ以上の詮索を拒絶したのだった。

「義理の姉ですね？」パスコーは言った。「で？」

「で、それがいったい誰だったと思う？ なんとリンダ・ルーピンだ、欧州議会議員の。くそいまいましい、あの頭のいかれた《ルーピー》ルーピンと来た！」

「え、まさか。サムが彼女の話をしたがらなかったのも無理ないな！」

欧州議会にとってリンダ・ルーピンは、ヨークシャー州議会における〝詰め込み屋〟スティールのような存在、目の上のたん瘤、頭痛の種だった。彼女は右翼のなかでも最右翼で、ときにはウイリアム・ヘイグ（元保守党党首）を当惑《へま》させることまでやってのけ、ことあるごとに財政上の失策やら忍び込む社会主義を声高に世間に喧伝した。外国語はまるでだめだったが、にもかかわらず十二カ国語で〝わたしは非難します！〟と言えた。英国国教会の枠外できわめて信心深く、女性司祭に関しては熱烈な反対論者のリンダ・ルーピン、保守系のタブロイド新聞でさえ頭のいかれた《ルーピー》ルーピンと呼ぶ彼女は、流行に敏感な左翼的学究が、自分の親戚だとは認めたくないタイプの人物だった。そして、犯人逮捕を焦る捜査官が、犯罪被害者の最近親者として調べに行きたいタイプでないのも確かだった。

「〝豪傑ダン〟とそこら中のタブロイドが背中にのしかかってるのに、まだ足りないって言うのか」ダルジールは呻いた。「今度はまた、顔の上に頭のいかれた《ルーピー》ルーピンが座り込むとは」

パスコーはこの言葉の情景を思い描こうとしたが、あまりにグロテスクでクルークシャンク（英国の挿し絵画家、風刺画家）かスカーフ（英国の漫画家）ででもなければ無理だった。

しかし、少なくともこの頭のいかれた《ルーピー》ルーピンの登場は、巨漢がしばしば戯れに演じていた〈なつかしの賢明で分別のあるおまわりさん〉役を終わらせる効果があった。

「よし、ピート、宗旨変えだ」そう宣言すると、彼はすっくと立ち上がった。「何が理由であのルートの野郎が自分を責めているにせよ、自白するまで指の爪を引っこ抜くんだ！」

だがこの楽しい予定は翌日まで延期しなければならなかった。本当はどんな精神状態だったにせよ、ルートの激しい動揺ぶりは尋問を受けさせるのは無理だと医者たちを納得させたからだ。

エリー・パスコーがジョンソンの訃報を聞いて示した放心は、紛れもなく本物だった。

夕方の外気は肌を刺す寒さだったが彼女は庭に出ていき、骨格だけになった観賞用樹木の桜の下に半時間近くもじっと佇《たたず》んでいた。手足のすらっと長い彼女の運動選手のような体から、なんとなく以前の弾《はず》むような力が消えたように見え、出入り窓ごしに見ていたパスコーはあんなによく知っているあのしなやかな体を、自分が今初めて華奢《きゃしゃ》だと思っているのに気づいてショックを受けた。まだ年端のいかない娘のロージーが傍らに来て言った。「ママは何をしているの?」

「何もしてない。ただ、しばらく独りきりでいたいだけさ」パスコーは大人の悲嘆が子供の世界にまで及ぶのを心配して軽い口調で言ったが、ロージーはこの孤独になりたいという欲求をまったく自然なものと受け止めたようで

「きっと雨が降り出したら、入ってくると思うわ」と言うと、大好きな自分の犬を探しに行った。

「ごめんなさい」戻ってくるとエリーは言った。「頭が真っ白になってしまって。まだ直ったわけじゃないけど。ああ、ほんとかわいそうなサム。こっちへ来てせっかく新しいスタートを切ったのに、こんなことになって……」

「新しいスタート?」パスコーは言った。

「ええ。あのね、今度の移動には回避的な意味があったのよ。彼はシェフィールドで……大事な人を亡くしたらしいの、それで、とにかく逃げだしたかった、そこへ思いがけずこの仕事の話が持ち上がって彼は応募し、採用され、それから夏の間は外国へ行っていた。それで連中は彼にあんな創作講座なんかを押しつけちゃったのよ。本来なら独立したポストを与えるべきだったのに、彼は文句を言うような状態じゃなかったし、当然あの連中はそこにつけ込んだというわけ……」

「ちょっと待った」パスコーは言った。「その大事な人と死別したという話……きみから何も聞いていないし、サムからも聞いたことがないな」

「ええ、わたしもよ」エリーは認めた。「ただのゴシップなのよ、ほら、あなたも知ってるでしょ、大学の連中がど

んなか、あのおばあさん連中……」

こういう場合でなかったら、この年齢差別的かつ性差別的な言葉がこれほど勇猛果敢な人権擁護者の口から出たことに大仰に憤慨してみせたかもしれないが、今はできなかった。「言い換えれば、昔の大学の談話室仲間がサムの経歴を教えてくれたというのかい？　というか、少なくともゴシップを」パスコーは言った。

「そうなの。ゴシップよ。だからあなたには何も言わなかったの。だって、サム個人の問題でしょ。どうやらシェフィールドでサムはある学生ととても親密になったらしいの、ところが彼は何か事故にあって、亡くなってしまった……」

「彼？」

「ええ。そう聞いてるわ」

「サム・ジョンソンはゲイだったのか？」

「さあ、違うと思うわ。両性愛者かも。彼とスカッシュをしたのが心配になった？　ごめんなさい、あなた、こんなことを言うなんてバカだったわ」

「確かにバカだよ、そんなことを心配するのは」パスコーは言った。「その事故だけど、おばあさん連中《たち》はどんなことを言ってた、サムが責任を感じるような性質のものだったのかい？」

「知らない」エリーは言った。「根ほり葉ほり聞こうとは思わなかったから。ピーター、あなたはサムの死因はまだはっきりしていないと言ったでしょ、じゃ何が言いたいの？」

「べつに。ただ可能性はいろいろあるし……ルートも絡んでることだし……」

エリーは腹立たしげに首を振った。

「あのね、これがあなたの仕事だってことはわかってる、でも、わたしはまだサムの死を事件と考えるゆとりはないの。彼はもういない、もういない、死に方なんかどうでもいいわ。でも、一つだけ言わせて、ピート、フラニー・ルートが出てくるたびに、あなたはまるで兎を見つけた犬みたいにそわそわし始める。前回はどういうことになったか忘れないで。たぶん、慎重の上にも慎重になるべきかも」

「いい忠告だ」パスコーは言った。

だが彼が考えていたのは兎ではなかった。陰険なヤマイタチのことだった。

翌朝、ルートは自発的に出頭して、相変わらずジョンソンは殺されたに違いないと言い張り、警察はどんな捜査をしているのかと問いただした。パスコーは彼を取調室に連れていき、落ち着かせようとした。だがダルジールを待っていると、ボウラーが来て警視が呼んでいると告げた。

「じゃ、なかで彼と一緒にいてくれ」パスコーは言った。「それから注意して。もし彼が何か話したがったら、それは結構だ。だが、きみは口をつぐんでろ」

若い刑事がむっとしたのはわかったが、パスコーは気にしなかった。

上階に行くと、巨漢は検死解剖報告と科研の分析結果を熟読していた。

「事情が変わった」彼は言った。「これを読んでみろ」

パスコーは両方の報告書にすばやく目を通して、胸がむかつくと同時に勝ち誇った思いだった。

ジョンソンの死因は心臓発作だった。死亡時刻の数時間前に彼はチキン・サンドイッチとチョコレート・バーを食べ、コーヒーとかなりの量のウィスキーを飲んでいた。だが、警察の見地から最も重要な点は、彼の体内からミダゾラムという名の鎮静剤、これは通常は小手術、特に小児の手術に麻酔薬として使われるものだが、この薬の痕跡が見つかったことだ。アルコールと結びつくと、これは致死的な作用を及ぼし、ジョンソンのような心臓疾患を持つ者がこの組み合わせを摂取すると、早急に解毒措置をとらぬかぎり命取りになる可能性が大きい。

この薬はウィスキー瓶の中に大量にあり、コーヒーカップにもその痕跡があったが、ルートの指紋がついたコップとコーヒーメーカーの中には見つからなかった。

「あの野郎をとうとう捕まえましたよ！」パスコーは大喜びで言った。

だが、宗旨変えしたはずの巨漢は、ますます確信を強めるどころか当初の不信がすべて復活したようだった。

「やめたほうがいい、ピート。何の足しにもならん」

「どうしてです？　これで殺人と判明した。とにかく警視の説もこれまでですよ。ほら、最近性的行為をしたという証拠はない」

「つまり、まだそこまで行かなかったのさ。ほかには何もおれの説と合わない点はない、ただ付け加えると、ジョンソンはルートがもっと早く、そうさな、一時間以内に戻ってくると思ってこの薬を飲んだ、気を失ってボーイフレンドを震え上がらせようと思ってな」

「ほう？　じゃ、ジョンソンはどうしてミダゾラムなんて薬を持ってたんですか？　これは処方薬じゃありませんよ」

「じゃ、ルートはどうして持っていたんだ？」

「ほら、彼はシェフィールドの病院で働いていたんです」パスコーは言った。「そして、あいつはいつか役に立つかもしれないと、ああいう薬を持ち出すような、まさにそんなタイプのぞっとする野郎ですよ」

「証拠にはならない」ダルジールは言った。「よし、彼と話すとしよう。だが、やんわりとな」

「彼の爪を引っこ抜くのかと思ってましたが」パスコーは仏頂面で言った。

「目撃証人の供述書を取るだけだ」巨漢は真面目な顔で言った。「それを忘れずにいるか、さもなければ来なくていい」

パスコーは深呼吸をして、うなずいた。

「警視の言うとおりです。わかりました。でも、ちょっと待ってください。ウィールディに言っておくことがあるので」

部長刑事は彼の言うことに無言で耳をかたむけた。その顔から反応を読みとろうとするのは、岩屑だらけの斜面でなくした小石を探すようなものだったが、パスコーは不安を嗅ぎ取った。

「いいかい」彼はいくらか腹を立てて言った。「きわめて簡単な話だよ。ここに警視の考えでは自殺したんじゃないかと思われる男がいて、わたしが聞いた話では彼は三、四カ月前に親しい者を失うという悲痛な体験をしている可能性がある。検死官だってサム・ジョンソンの心理状態がわかるようなことを聞きたいだろうさ」

「じゃ、なぜ自分でシェフィールドに電話しないのかな？」

「それはね、ウィールディ、きみもよく知ってるように、この前わたしが協力を要請したとき、いささか予想外の成り行きになったからさ。結局ルートは手首を切って入院するし、警察の嫌がらせだという文句も聞こえたしね。だからパスコーという名前を出すといきり立つ者がいるかもしれない」

「またルートという名と結びつけばね」ウィールドは言った。「でも今回は違うよね？」

「むろん、違う。自殺事件に関する問い合わせだ。ルートの名前を出す必要はない。ただ、ついでにルートが勤めていた病院で、彼がいた間にミダゾラムが紛失しなかったかどうか確認してほしい」

「ここでも彼の名前は出さずに？」ウィールドは言った。

「出そうが出すまいがどっちでもいいよ」パスコーはしだいに怒りはじめた。「わかってることはただネズミの匂いがするし、そのネズミの名前はルートだってことだ。やってくれるのか、それとも自分でやろうか？」

「どうやら悪臭のようだね、主任警部」ウィールドは言った。

ウィールドが改まったおおやけの場でもないのに主任警部と呼びかけるのは、絶えて久しくないことだった。

だがパスコーが踵を返したとき、部長刑事の声がした。

「ピート、くれぐれも慎重にね」


取調室で、ダルジールは中毒に関する事実をパスコーが気を揉むほど大胆に話した。ミダゾラムはまずウィスキー瓶に混入され、それがコーヒーマグに移された点に警視が触れたとき、ルートが話をさえぎった。

「ぼくらはコーヒーは飲まなかった。これで証明されましたよ。誰かほかの者があそこにいたに相違ない」

ダルジールはうなずき、まるでこのヒントに感謝するかのようにメモを取った。パスコーは口を挟んだ。

「あなたは何を飲んだんです？」

「ウィスキー。それに二人でサンドイッチを食べました」

「どんな種類の？」

「さあ。ぼくのはチーズ、彼のはチキンだった、かな。パブの帰りに彼がガソリンスタンドに寄って買ったんですよ、だからみんな似たり寄ったりの味でね、ぼくに言わせれば。これが何か関係あるんですか？」

「なに、細かい点まで訊いておく必要があるんですよ、ルートさん」パスコーは言ったが、彼は些細なことを根気よく訊いて容疑者を苛立たせることの価値をよく承知していた。「ほかにも何か食べましたか？　二人のどちらでも？」

「いいえ。ええ、サムはチョコレートバーを、ヨーキーを二個買った。彼は自分の分を食べました、ぼくはチョコレートは食べないので」

「なぜですか？」

「食べると偏頭痛が起きるから。いったい全体何なんです、これは？　これがサムの死とどんな関係があるって言うんです？」

「辛抱してくださいよ、ルートさん。そのあなたが食べなかったヨーキーバーですが、包み紙から出しましたか？」

「むろん、出しませんよ！　いったいなぜそんなことを？」

「たぶん、未練があって、食べるわけにはいかないが、眺めたり、香りを嗅いだりするのが好きなのでは、ひょっとして？」

「違います！　何とかしてくださいよ、警視、大事な友人を亡くしたっていうのに、話といえばぼくの食べ物がどうのこうのと、こんなくだらないことばかり！」

そんな立場にいて巨漢に加勢を頼んでみろ、それこそとんでもない目に遭うぞ、とパスコーはほくそ笑んだ。

ダルジールは言った。「主任警部はただ事情をはっきりさせようとしているだけだよ、ルートさん。このコーヒーに話を戻そう。あんたは飲まなかった、だから彼はあんたが帰ったあとで淹れたに相違ない、と言うんだね？」

「そうです。ほかの誰かが来たにちがいない、知っている叫ぶなりルートは荒々しく立ち上がり、その拍子に椅子がひっくり返り、テーブルが二人の尋問者のほうに押しやられた。

「証人が落ち着くまで事情聴取は一時中止」ダルジールは平静に言った。

室外に出て、彼は言った。「彼は気が動転してるようだ。きみ、おれの後ろでいろいろ妙な顔をして見せてたんじゃないだろうな？」

「まさか」パスコーは言った。「ルートのほうですよ、それをやってるのは。その裏に隠れた顔を暴《あば》かないと」

「警棒でちょっとした整形手術をして？　いや、そんなにやきもきするな。どうもおれには、もし彼がやったんなら、なぜ殺人だと騒ぎ立てるのか今いちわからんな」

「あいつは頭がいいし、狡猾なやつですよ」パスコーは言った。「彼がどこを目ざしているのか、こっちにわからないからといって、彼が迷子になっているとは言えませんよ」

「われわれについても、同じことが言えるといいんだが。

者が」

「あんたはこの、別の来客の存在を力説しているがね」ダルジールは疑わしそうに言った。「しかし、コーヒーマグは一つしかなかったし、検査の結果、間違いなくジョンソンがそのマグから飲んだとわかっている」

「それが何の証拠になるんです？　マグなんて簡単に洗えますよ。彼はどっちのコーヒーメーカーを使ってましたか？」

「なぜコーヒーメーカーを使ったと知っているんだね？」

「彼はいつも本物のコーヒーを淹れるから。インスタントは軽蔑してましたよ。そして、彼は自分独りのときに使う一カップ用の小型コーヒーメーカーと、ほかにも誰かいるときに使う大型のやつを持っていた。大きいほうだったんでしょ？」

「あんたはあの部屋に入っている、ルートさん。おそらく自分の目で見たんだね。彼のそばのテーブルにあったのを？」

「そんなくだらないもん見てやしない、この阿呆！」そうそれで、このろくでもないコーヒーメーカーだが、ジョンソンが使ってたのはどっちなんだ、でかいやつか、小さいやつか？」

「でかいほうです。そして、確かに数杯注いだように見えます、ま、最初にポットいっぱいに淹れたと仮定しての話ですが。科研の報告書によると、死亡する直前にジョンソンはかなりの量のコーヒーを飲んだらしいですが、正確な分量はメニューに載ってません」

「決まってそうなんだ、欲しいときにはない。役立たずの連中だよ、医者ってやつは」ダルジールは言った。「あのヨーキーバーの話、あれは何なんだ？」

「なに、彼を苛立たせようとしただけです。もう一個のほうは包装紙から出して暖炉の上に置いてありました。おそらくジョンソンが食べるつもりで、結局そのままになってしまったんでしょう」

「おれも一つ食べてもいいな」ダルジールは腹をさすりながら言った。「で、どう思う、きみは？　つまり、もしこの件にルートが絡んでいないとしたら、何かほかにやろうと思ってることがあるのか、これは自殺らしいと検死官に言う以外に？」

パスコーは考えてみてから言った。「わたしはまだジョンソンがあのミダゾラムをどこから入手したのか知りたいですね。そして、なぜ直接コーヒーに入れずにまずウィスキーにいれたのか」

「いい質問だ」ダルジールは言った。「じゃ、中に戻ろうや。彼がもう落ち着いたかどうか見て、それからもうちっと締め上げるとするか」

彼らは室内に戻った。ルートは、少なくとも見た目は、いつもの落ち着き払った彼に戻っていた。

ダルジールはまるで何事もなかったかのようにまた質問を続けた。

「この、あんたがジョンソン博士から受けていた個人指導だがね、ちょっと妙な時刻だね、日曜の昼食どきというのは？　そら、たいがいの人間はローストビーフとヨークシャープディングを食べてるよな、最愛の者たちと？」

「わたしたちが帰るとき、あなたはまだ〈犬とアヒル〉亭に残ってたような気がしますけどね、警視」ルートは言った。

「うん、ま、パブはわたしが最愛の者に会う場所なんでね」巨漢は言った。「で、この個人指導だが、どういうことについて？」

「それがいったい何に関係があるっていうんです？」

「ジョンソン博士の精神状態を理解するのに参考になるかもしれないから、あなたが帰ったときの」パスコーが呟いた。

「彼の精神状態なんか関係ないったら」ルートは言い張った。「まさか、まだこれを自殺として片づけようとしてるんじゃないでしょうね？　とにかく、サムは自殺するようなタイプじゃないですよ」

「蛇《じゃ》の道は蛇《へび》かね？」ダルジールは言った。

「え？」

「たしかあんた自身も数ヵ月前に手首を切ったと思うがね」

「ええ、でもあれは……」

「単なるジェスチャー？　うん、ま、たぶんこの善良な博士もジェスチャーのつもりだったのかもしれない。たぶん、彼としては、本を広げて坐っているところをまだ胃の洗浄に間に合ううちに発見されて、愛情ぶかい友人たちに囲まれて幸せな回復期を過ごすつもりだったのかもしれない。あんたは自分もその愛情ぶかい友人の一人と見ているわけだ、そうだろ、ルートさん？」

一瞬、彼はふたたび激高しそうに見えたが、そうはならなかった。

代わりに、彼は微笑して言った。「あなたの話をプリヴェントさせてください、警視、この言葉の今の意味（さえぎる）でも古い意味（先手を打つ）でも。たぶん警視の考えはこうなんだ、サムとぼくはゲイのカップルで、あの日の昼どきぼくらは口喧嘩をして、ぼくは怒って飛び出した。そして、サムはぼくを懲らしめるために、慎重に命取りにはならない分量にした薬を飲んだ、じきにぼくが間に合ううちに戻ってきて蘇生の手配をしてくれ、そのあとはひたすら仲直り《リコンシリエイション》と悔恨《コントリション》のうちに——交接《コウイシヨン》は言うまでもなくね——終日過ごすことになるだろうと期待して。だが、ぼくは戻ってこなかったし、それでも彼は中止しなかった。そして今ぼくは罪悪感でいっぱいで、良心の呵責をやわらげようとして殺人だと言い張っているのだと」

パスコーは自分がばかばかしいと思っているダルジールの説が、これほど明確かつ詳細に分析されるのを聞いて、大きな声では言えないが痛快そのものだった。

しかしながら巨漢に狼狽の気配はまったくなかった。

「なんとまあ、主任警部」彼はパスコーに言った。「聞いたかよ、今のを？　まだ訊かれもしないうちに質問がわかってる！　もうちょっと訓練すれば、ただ連中に自分で自分をぶちのめすことを教えりゃいいだけになって、きみもおれも失業だ」

「いえ、警視、それでもまだ質問の返事を聞く人間が必要ですよ」パスコーは言った。「で、その返事は、ルートさん？」

「返事はノー、です。サムとぼくは友達でした、いい友達だった、とぼくは信じています。でも、とりわけ彼はぼくの先生だった、ぼくが知っている人のなかで誰よりも尊敬していた人、学問の世界に巨大な貢献をしたはずの人で、ぼくにとって彼を失うことは、個人的にも知識の上でもほとんど耐え難いことです。でも、耐えなければならない、たとえそれが、あんたたち不手際で無能な連中を見張るためだけだとしてもね、この捜査で今までさんざんやってきたようにどでかいドジを踏まないように」

「完璧な人間はおらんよ」ダルジールは言った。「しかし、おまえさんは捕まえた、兄さん」

ルートは微笑して言った。「確かにね。でも、ずっと刑務所に入れてはおけなかった、そうでしょ？」

ダルジールはほほえみ返した。

「われわれは捕まえるだけさ。決めるのは法律家だ、どれをずっと刑務所にいれておき、どれを雑魚《ざこ》としておっぽり出し、ずっと入れておくだけ大きくなるのを待つことにするのか。あんたはもう充分大きくなったと思うかね、ルートさん？　それともまだ成長半ばの少年だと？」

パスコーはこの言葉のテニスがどうなるか続きを見たい

ところだったが、そのとき取調室のドアが開いて、ハット・ボウラーが――先刻、ルートの見張り役から解放されたときには心底ほっとしたふうだった――ふたたび顔を出した。

「警視」彼はいくらか切迫した声で言った。「ちょっと話があるんですが」

「うん。気分転換に大人と話してくるか」ダルジールは言った。

彼は立ち上がると出ていった。パスコーはこのことをテープに吹き込んだがレコーダーのスイッチは切らなかった。

ルートは悲しげに首を振って言った。「入ってこさせるコツを知ってるんだよね、警視は。それは認めなきゃ。彼は見た目よりずっと頭がいい。たぶん、だから彼はわざとあんな見かけにしてるんだ」

「警視の見かけのどこが悪いんです？」パスコーは訊いた。「まさかサイズ差別主義者じゃないでしょうね？」

「そうじゃないつもりだけど、でも、どのサイズにもそのサイズなりの限界はありますよね」

「たとえば？」

ルートはちょっと考えてから、ちらっと歯を見せて共謀者のように微笑した。

「ま、でぶの男はソネットを書けない」彼は言った。

彼が主導権を握っている、とパスコーは思った。なぜ書けないのか、とか何とか、おれに訊かせたいのだ。方向転換しよう。

彼は言った。「〈夢の呼び売り〉について話してください」

方向転換は功を奏したようだった。一瞬、ルートは当惑したようだった。

「詩ですよ」パスコーは言った。「ベドーズの」

「やあ、ありがとう」ルートは言った。「これが何の関係があるんです？」

「ジョンソン博士――サム――はその詩を読んでいた。とにかく膝の上の本はそこが開いていた」

ルートは思い出そうとするかのように目を閉じた。

「『全作品集』、ゴス編、一九二八年刊、ファンフロリコ・

「プレス社版」彼は言った。

「そのとおり」パスコーは例のごとく周到な自分のメモを見ながら言った。「ホルバインの〈死の舞踏〉が表紙を飾っている。どうしてこの版だと知っているんです、ルートさん？　サムの本棚には別の版のベドーズの詩集が数冊あったけど」

「サムのお気に入りの一つだったんですよ。彼はその木版画が好きで。それに、その前に使っていたし」

「個人指導のあいだに、ということ？」

ルートはその疑うような口調を無視して言った。「そうです。でも彼が使ったのは第一巻だった、書簡と『死の笑話集』が入ってるほうのね。〈夢の呼び売り〉が入ってるのは第二巻です。誰か彼を殺した者がきっとそこに置いたんだ」

「なるほど」パスコーは呟いた。「何かそう考える理由でも？」

ルートは目を閉じ、パスコーは彼の唇が音もなく動くのを見た。その青ざめた顔や目の下の隈にもかかわらず彼は、
一瞬、課題の詩を思い出そうとしている子供のように見えた。そして問題の詩を繰り返し何度も読んだパスコーは、その血の気のない唇の動きに合わせて詩句を追うことができ、第四連に来たとき、その動きの躊躇《ためらい》に気づいた。

もし呼び出せる亡霊がいるなら、
何を呼ぼう、
地獄のどんより暗い霞のなか、
天国の青い棺掛布のなかから？
失って久しい、わたしの最愛の少年を呼び出そう
彼の歓喜へ導いてもらうために。
呼び出せる亡霊はいない、
死の先に通じる道はない、
呼び声は空しい。

「いえ」ルートは言った。「特にこれという理由はないですね、テーマが死だという以外は」

「この本にざっと目を通しただけだが」パスコーは言った。

「でたらめに十二回本を開けば、そのうち十回は間違いなく死に関するものだと言えそうだけどね」

「そんなに少ないですか？」ルートは残忍そうににやっと笑って言った。「もう帰らせてもらいますよ、主任警部。こんなことをしていても何にもならない。警視はサムが自殺したと納得している。それに対してあなたのほうは、ぼくが彼を殺したと考えている、というか、そう考えたがっている。ま、スプラット夫妻（『マザー・グース』の登場人物）のように、あなたたちも意見が一致するといいけど。それまでは……」

彼は椅子から立ちかけた。

パスコーは言った。「あのね、どうなんだろう、ジョンソン博士がシェフィールドを去りたかった理由を考えると、この詩が〝亡くして久しい、最愛の少年〟に触れている点が、あるいは重要だったんじゃないかという気がするんだが。何か考えがありますか、ルートさん」

黒装束の青ざめた顔の人物は、動作なかばのマイム役者のようにその場に凍りついた。

そのときドアが開いた。

ダルジールが言った。「ピーター、ちょっと話がある。事情聴取は終わりにしてな、もしまだなら」

憤然としてパスコーはスイッチを切り、室外に出た。

「まずいタイミングでしたよ、警視」彼は言った。「まさに彼の急所を突いたところだったのに」

「さあ、どうかな。彼は見せかけよりはるかに多くを知っているか、あるいは、当て推量がうまいんだ。いずれにせよ、われわれはタイムを取って戦術を見直さないとな」

「なぜ？　何があったんです？」パスコーは詰問した。

「そら、図書館の連中に目を皿のようにして見張ってるように言っといたろうが。それが、連中は今朝、また不審な封筒を見つけてこっちへ送ってよこした。今それを読んできたんだ」

「それで？」パスコーは訊いたが、返事はわかっていた。

「天上の誰かさんがクソを垂れて、われわれの頭上にぶちまけた」ダルジールは陰気な顔で言った。「どうやらきみの友人ジョンソン博士は、ワードマンの五番目らしい」

24

第五の対話

ああ、あの鐘の音、鐘の音、鐘の音。

そう、覚えている、バグパイプのように、あれはいい音がする——遥かかなたの同意成人《ホモ》たちと善良なスコットランド人のあいだで!

だが、すぐ近くで鳴ると、特に二日酔いのときには……休息に割り当てられた唯一の曜日に半鐘を鳴らす計画を組むなんて、サディストとしか思えない。

ごめん。冒瀆的なことを言って。サディストではない、わたしの光であり救いだ。だからこそ、わたしは何者も恐

れる必要がないのだ。

だが、あの音はわたしの神経に障る。

うるさいベルよ、黙れ。聞こえてるよ、行くよ。

そして、結局わたしはあの立派な古いテラスハウスに着いた。事前の計画に従ってではない、〈センター〉で起きたフェドーの笑劇さながらの出来事以後、絶対的な不可侵だとわかっている、あの蛇の道のような渦巻きに導かれて。

そうなんだ、疑うべきでないのはわかっているけど、以前からわたしは疑うのが得意なんだ。

わたしが近づいたとき、ちょうど彼が建物に入っていくところだった。彼を見るや否や、わたしは自分がなぜあそこにいるのか悟った。だが、まだだった、もうしばらく先のことだ、というのも時計はまだ時を刻んでいたし、半鐘がまだ鳴っていたし、日常生活のありとあらゆる補正下着《コルセット》がまだしっかりとわたしを締め付けているからだ。それに、彼は独りではなかった。一人でも二人でも同じように簡単

だったかもしれないが、わたしの清浄な小道を無意味な死で汚してはならなかった。

とにかく、わたしはまだ態勢が整っていなかった。なすべき準備があった、なぜならわたしの小道を辿る一歩一歩が学習上の進歩であり、熱心な見習いの段階から対等なパートナー関係へとわたしを前進させてくれるからだ。

二時間後、わたしはそこへ戻った。なぜ二時間かと言えば、小道を辿るわたしのペースでは準備にそれだけの時間が必要で、やがて、べつに驚くには当たらなかったが、これは完璧なタイミングだったとわかった。来客はちょうど帰るところで、通りに面したドアから自分が似ている影のようにするっと出てきた。その結果、ふたたび閉まったドアには錠がかかるほどの勢いはなく、わたしは彼のアパートの呼び鈴だけしか押さずに中に入ることができた。

彼はわたしを見て驚いた、もっともそれを上手に隠したが、そして礼儀正しく部屋に通し、飲み物を勧めてくれた。

彼をキッチンに行かせるために、わたしはコーヒーを、と言った。

そして、彼が背を向けて立ち去ったとき、あの、わたしの前兆《オーラ》が全身を吹き抜け、時の流れがしだいに速度を落とし、空高く舞い上がり、ついに絶頂に達したオオタカのように不動になるのを感じた。

半開きのドアから彼がフィルターコーヒーを淹れているのが見える。わたしの意見では、思いがけない、そして、おそらく歓迎されない客には、せいぜい茶さじ一杯のインスタントコーヒーで充分だ。わたしは嬉しくなり、この丁重さに感激する。

そして、お返しに、彼の飲み物に同じように気を配り、開いた本のそばにある蓋が開いたままのウィスキー瓶と椅子脇の卓上にある空のグラスに、わたしの小さな薬瓶から慎重に判断した分量をそそぐ。邪魔が入る可能性はない。彼がコーヒーメーカーを持って戻ってくるとき、わたしは本棚にどんな本があるかと見ている。

彼はマグを二つ持ってきている。もし時の流れの中にいたら、わたしも慌てたかもしれない。彼はわたしと一緒にコーヒーを飲み、今度ウィスキーを飲むのは別の客が来たときで、そのときはその客が彼の徴候に気づいて救命に努めるのではないかと。しかし、時の外では、わたしは微笑を浮かべてそこに坐り、すでに決まっているものは決まっており、何事もその針路を変えることはできないのだと確信して、安心しきっている。

彼はコーヒーをつぎ、それから瓶を手に取ると、わたしのマグにすこし入れようかとたずねる。わたしはためらい、それから首を振る。まだ仕事がある、と彼に言う、明晰な頭が必要な仕事がと。

彼は微笑する。それは酒で判断力が鈍ることなどないと信じている者の微笑だ。そして、その主張をつらぬくために自分のコーヒーにたっぷりとスコッチをそそぐ。

気の毒な博士。むろん、彼は正しい。飲み物はもはや彼の判断力を鈍らせはしない、彼に酒を飲ませるのはすでに鈍った判断力だからだ。彼の不幸がどこへ彼を連れてきたか、彼にはもうわかっているのだろうか？　自分がどんなに不幸か、自覚しているのだろうか？　いや、たぶん自覚していまい、でなければ、これから彼に与えようとしている最後《とどめ》の一撃を、わたしの助けを借りずに、とっくにみずから求めていたはずだ。

彼は二重に風味を加えたコーヒーを見るからに嬉々として飲む。これはよく出来た計画だ。二つの強烈な味が一つの弱い味を——それ以外の点ではすべて強烈だが——隠すようにできている。

わたしたちは話し、かつ飲む。彼は楽しんでいる。彼はさらにコーヒーをつぎ、スコッチをそそぐ。わたしたちは飲み、かつ話す……なおも話す……もっとも、やがて自分では淀みなく話しているつもりの彼の言葉は言葉にならず、唇に貼りつき、剝がそうにも剝がれなくなる。しかし、彼の頭はまだ完全にはっきりしているから、彼はこれを単なる失策《へま》だと、たぶん口の中が乾きすぎたためで、もっと飲めば簡単に治ると考える。

彼は欠伸をし、謝ろうとし、それができないのでちょっと驚いたような顔をし、胸を摑み、喘ぎはじめる。時のなかでは、わたしは驚いたろう。わたしは彼が眠ってしまうまで待ち、それから彼が頭を載せているクッションを抜き取り、それを使って彼をもっと安らかな眠りに送り込んでいただろう。だが、今、わたしには自分がこれ以上何をする必要もないのがわかるし、驚きもしない。彼は喘がなくなり、両目を閉じ、ぐったりと椅子にもたれかかる。間もなく彼の息はそれは軽く、バラの花びら一枚揺り落とさないほど軽くなる。やがて息遣いがまったくわからなくなる。わたしは彼の唇の上に一筋の髪を置くと、三、四分費やして自分のコーヒーマグを洗い、わたしがここにいた痕跡をまったく残さないよう確認する。それが終わると、あの髪の毛が動いていないのを確かめる。彼は事切れている。わたしたちみんなの最後がこんなに簡単ならいいのだが。ここでわたしは、たぶん本人が望んだような姿、本とウィスキーを傍らに、くつろいだ姿で発見されるようにと彼の遺体を整え、まるで彼が目を覚ますのを恐れるかのようにそっと立ち去る。そっと、そして、悲しみにも満たされて。

そうなんだ、今回は自分の歓喜にこれほどまでの悲哀が混じっていることに我ながら驚いている。そしてこの憂鬱な気持ちはひとときのない通りに足を踏み出して、舗装の下にふたたび時の震動を感じてもまだ残っている。

なぜだろう？

たぶん、彼があんなに歓迎するように微笑してくれ、インスタントではなく本物のコーヒーを淹れてくれたからだ。たぶん、彼は当然幸せになっていい人間だったのに、たぶん、本人もそう認めたかもしれないが人生があまりに退屈すぎるものになっていたから……

いや、疑問は持つまい、思い悩むのはよそう。

ただ、たとえわたしの究極の目的地がどれほど望ましいものでも、この旅はこの先もまだまだ、できれば訪れたくない場所にわたしを連れていくだろうという気がする。そう、確かに、これがバラ色の旅でないのは最初からわかっていた。うん、確かに、人が死ぬのはかまわない、小道の角をまた一つ曲がるだけのことだ。でも、たぶん、生まれてこないのが最善の選択肢じゃないかな、ねえ？

じゃ、また近いうちに。

25

いつもどおり褐色の角封筒に入った〈対話〉は今度も参考図書室宛で、受付カウンター上の朝の郵便物を入れた籠のすぐそば、受け取りに来るまでそこに積んである貸し出し予約図書の後ろに隠れていたのが見つかった。

　たまたまそこに落ちたのか、故意にそこに置いたものかを判断するのは不可能だった。じつは月曜からそこにあったのに気づかなかっただけではないと絶対的な確信を持って言い切れる職員は一人もいなかったからだ。ダルジールから見てさらに悪いことには、その封筒を見つけた若い女性司書が、警察に電話をかける前に、その内容について自分が抱いた疑惑を興奮して近くの同僚たちや立ち聞きしていた二、三人の一般人に漏らしてしまったことだった。〈第四の対話〉の場合は世間に伏せておくのは簡単だった。未開封の封筒を警察に手渡した〈センター〉の警備会社を脅して沈黙を守らせさえすればよかったからだ。しかし、〈第五〉の噂がすでに広がりはじめた今、〈第四〉を握りつぶしておくことは今にも広報活動の大失敗に発展しかねない。そしてダルジールはまずこれを公表せよと上から命じられた。そこで後日の記者会見を約束する声明が出された。

　パスコーはこの新しい〈対話〉をじっくり考慮した末に、自分の方針を変える必要はないと判断した。

「何も変わりませんよ」彼は言った。「たぶん、これでなぜルートが殺人だと言い立てていたのかわかった以外は。すべてを認める〈対話〉が今に届くとわかっていれば、そう言うに決まってますよ。それとも、わたしたちがすでに〈対話〉を見たのに、それを無視して彼にハッタリをかけようとしていると思ったのかもしれない、そして、これが猛烈に彼の癇《かん》にさわった」

「でも、主任警部」ボウラーは言った。「ワードマンはルートがジョンソン博士と一緒に入っていくのを見た、と書いてますよ、それでルートが出てくるまで待たねばならなかったと」

「まったくもう」パスコーは憤然として言った。「もしルートがあの〈対話〉を書いたのなら、そう書くに決まってるだろ、え？　つまり、彼にはわかっていた、自分があそこにいたことを警察は知っていると。日曜日にあなたたち二人は彼がジョンソンと一緒に出て行くのを見ているし、彼らがあの集合住宅に入るのを見たという目撃証人もいる――ついでに言うと、得体の知れない人物があの近くにいるのに気づいたという証人は一人もいませんがね――それに鑑識はあのアパート中から彼の痕跡を採取しています」

「それだけか？」ダルジールは言った。

「それにサムが読んでいた詩のこともあります。あの本のあんなに適切な箇所をちゃんと開けておけるのは、ベドーズとサムのシェフィールドでの事情、この両方についてかなりよく知っている者でなければなりません」

　このジョンソンの移動の理由とされている事柄については、すでに巨漢に話してあった。巨漢には欠伸をされたのだったが。今、パスコーはもっと共感を得られそうなボウラーに自分の主張をぶつけることに全力を上げた。

「それに、〈対話〉を見ると、ほら、ここだ、ここにあの詩への言及がある。彼の息がバラの花びら一枚揺り落とさないほど軽くなる、というところだ。これは第一連からほとんどそのまま引用したものだよ、わかるだろ？」

「はい、そうですね、はい、わかります」ボウラーは言った。「しかし……」

「しかし、何だ？」ダルジールが疑念を示すのは我慢するとしても、刑事が、となると、これはもう反乱に近い！

「しかし、その説はちょっと……入り組《コンヴォルーテッド》んでますよね？」

「入り組《コンヴォルーテッド》んでる？」ダルジールがおうむ返しに言った。

「クソいまいましくねじ曲がり込《コントーテュプリケイテッド》んでるよ！」

　どうやらダルジールの造語《オリジナル》らしかったが、以前、パスコーがただ知らなかっただけという例があり、何か言うのは辞書に当たってからにすることにしたのだった。

　ダルジールは続けた。「この野郎がどっかで警察をあざ笑ってるだけでも充分悪いのに、これ以上厄介事を探すことはないよ。きみはここにいる目ざとい男にすでに一度ルートを洗わせたんだし、たぶん、きみはあの嫌なやつに取りつかれてるから、彼がこの町にやって来てから起きたあらゆる悪事について、彼の仕業じゃないか調べたんだろう。そして、何も見つからなかった、さもなければとっくに彼を独房にぶち込んでるよ、できれば地下牢に、足かせをつけてな。ほかに何か考えは？　誰でもいいが？」

ハットは一つ深呼吸をして言った。「もしすべての被害者に強い関連のある者を探すとすれば、行きずりの犯行だったらしい最初の二人は別にしてですが、ま、チャーリー・ペンがいます。それに彼が乗ってるのは最初の〈対話〉と一致する音のうるさい、古ぼけたおんぼろ車です」

「やれやれ」ダルジールは言った。「また別の強迫観念かな？　チャーリーがあの図書館のきみの彼女をうっとり眺めてるのは知ってるがね、しかし、きみ、遅かれ早かれ、きみもペニスじゃなく頭で考えるようにならないとな」

ハットは赤くなって言った。「でも、警視、警視自身、彼はふつうじゃないって言いましたよ！」

「うん、そうさ、しかし、だからと言って殺人犯ということにはならんよ」ダルジールは事件のファイルを繰りながら言った。「ほら、これだ。チャーリー・ペン。型どおりの質問で、日曜の午後はどこにいたかと訊かれている。返事は、いつものようにヘイズワースのパートリッジ卿の屋敷内にある母親の家を訪ねた、となっている……これは確認したんだな？」

パスコーは言った。「多少は」

ダルジールは彼の顔をじっと見てから言った。「もしおれが女性《かのじょ》に〝今のは楽しかったかい、きみ？〟と訊いて、返事が〝多少は〟だったら、おれは心配するね」

パスコーは慎重に言った。「確認したのはここにいるハットです」

「ボウラーが？」彼は取って食おうと考えているような目でハットを見た。「きみはこの青年をヘイズワースに行かせて犯罪捜査部の貴重な二、三時間を遣う価値があると思ったわけか、地元の制服警官は使わずに？　これはきみの勘か、ピート？」

「わたしが志願したようなものなんです、警視」ハットは健気《けなげ》に言った。

「なるほど。じゃ、きみの勘ってわけだ。で、おばあさんは何と言った？」

「それが、あまり多くは、とにかく、わたしが理解できることはあまり多くなくて」ハットは悲しげに言った。「わたしのことを秘密警察《シュタージ》の一員だと思ったらしくて、ドイツ語でべらべらまくし立てるんですよ。やっと英語をしゃべらせたら今度は訛りがひどくて、やっぱりほとんどわからないんです。わたしが聞き出せたのはただ、息子のカールはいい子で、年老いたおかあちゃん《ムティ》を愛していて、彼女が焼くおいしいケーキが大好きだからしじゅう訪ねてくる、ということだけで。あの日曜日のことを訊くと、彼は毎週日曜日と、それ以外の日にも来られるかぎり来て彼女と一緒に過ごすと。それから彼女はまたドイツ語でしゃべり始めて」

「チャーリーは母親のケーキが好きだって？」ダルジールは考え込むように言った。「じゃ、供述書は取ってないんだな？」

「とても取れそうもなくて」ハットはもじもじしながら言った。

「それに、実際の話、その必要もないでしょう」パスコーは言った。「もうペンについては充分時間を浪費したと思いますけどね、もしペンを容疑者と見なす本物の根拠を知ってる者がいるなら別ですが？」

「もしきみがルートを容疑者にできるんなら、ほかにも大勢容疑者にできるさ」ダルジールは言った。「どうだ、ウィールディ？　誰か容疑者にしたい者がいるか？　いない？　結構。じゃ、今後はみんなで同じ方向に前進して、この人殺し野郎を畑の土に鋤き込んじまえないかやってみようや。ボウラー、きみはおれが目を離したとたんに、あのきみの大好きな図書館へふらふら行っちまうようだから、いっそ仕事で行ったらどうだ、例の封筒がどんなふうにして、いつ届いたのか、それを突き止めるまでは帰ってこないことにしては？　たとえあの眠そうな連中をやりすぎるぐらいに追及することになっても」

「はい、警視。じゃ行って来ます」
彼はあっという間に姿を消した。
ダルジールは言った。「気分がいいよ、仕事を命じられてあんなに嬉しそうな者を見ると。どれ、きみらしょぼくれた二人にもそんな仕事がないか考えてみるか！」

事実、ハットは図書館を訪れる口実ができて嬉しかった。彼は昨夜ライに電話をかけようかと思ったのだが、これは間違った戦略行動だと判断した。着実に前進はしている。だが賢明な戦略家はいつ攻め、いつ控えるかを知っている。これが彼の中の〝威勢のいいやつ〟の部分が行なった現状分析だった。しかし、別のもっとぼんやりしたおぼろげな思考と感情の領域があって、ライに会えば会うほど、ますます彼女に頻繁《ひんぱん》に会うことが重要になるのだと認めていた。これは思春期にすべての〝威勢のいいやつ〟の若者が突入するあの絶え間ない性的戦闘——接近、包囲、条件の交渉、占領、さらなる前進——の小競り合いの一つではない。これは……いや、彼にはこれが何なのかさっぱりわからなかった、というのも彼が属する世代はロマンチックな恋愛用語を小バカにするよう条件づけられており、わたしたちはそれを指す言葉がないものについては、うまく考えられないからだ。しかし彼は、しつこく迫ることで彼女を失うといった愚行をもしやったら、けっして自分を許さないだろうとわかっていた。

だが今は、打ち明ける新たな秘密情報を持っており、これなら大いに歓迎されるだろうと期待していた。彼はずる賢く考えをめぐらして、最近の二つの〈対話〉の存在がもう公表されると決まったのだから、その詳細を誰に伝えるかはこの自分の判断に任せてもかまわないという結論を引き出した。そして、むろん、彼はライに秘密を守るように誓わせる。これも一種の親密さの証《あかし》だ、と例の〝威勢のいいやつ〟の戦略家は嬉々として指摘した。そして、こういう作戦行動の一つ一つが正しい方向への前進なのだ。それは、もちろん、ベッドへの。だが、ベッドだけではない。朝食やその先まで。ベッドのくだりにしたって、これまでとは違う。彼はいつも健康な若者らしい欲望でセックスを楽しみにしてきたが、こんな気持ちになったことは今まで一度もなかった。というのもライ・ポモーナとのそれを想像しただけで全身の骨髄が沸き立ち、力が抜けるような恍惚感に陥り、彼は危うく〈センター〉駐車場の出口から侵入しそうになった。

悪罵を込めた、せわしない指の動きが叩き出す騒々しい抗議のクラクションを浴びながら彼は車をバックさせ、正しい入り口を見つけ、車を停めると図書館本体に向かった。

奮起したダルジールのイメージがまだ心に鮮明な彼の捜査は念には念を入れた徹底的なものだったので、捜査に関わった女性の二人と男性一人を反乱状態にまで追いやった。しかし、彼らに例の予約貸し出し図書の中のどの本が週の初めに貸し出されたかをむりやり思い出させることで、月曜の朝には封筒はそこにはなかった公算が大きいことがなんとか立証できた。火曜日、これは昨日で、ジョンソンの遺体が発見された日だが、この日についてはもっと不確かだった。そして、今日、水曜日、言うまでもなく封筒が発見された。

聞き出せることはすべて聞いたと満足して、彼はそこを去り、上階の参考図書室に向かった。すでに昼休みに入っていて、彼はひょっとしてライがサンドイッチを食べているかもしれないと通りすがりに職員室をのぞいてみた。彼女の姿はなく、がらんとした参考図書室を一目見たときも同様だった。

彼が受付に近づくと、カウンターの向こうの事務室のドアがすこし開いていてディック・ディーがちらっと見えた。彼はうつむいて机上の何かを見ていたが、音もなく近づいたハットに気づかぬほど没頭していた。

彼はスクラブルをやっているのだ……いや、スクラブルじゃない、あの妙なゲームに相違ない、パロノメイニアに。彼はこの言葉をちゃんと思い出せたことに満足した。しかし、この満足感は、ディーの対戦相手はライに違いないという嫉妬に燃えた確信によって、ほとんど即座に打ち消された。

駒を動かすカチッという音がして、ディーは何かその熟達の手に感嘆の微笑を浮かべて首を振り、言った。「やあ、この悪賢いキャベツ野郎《クラウト》め、いや、お見事」

そして、なぜディーはライをキャベツ野郎《クラウト》などと呼ぶのだろうとハットが妙に思ったとたんにおよそ女性らしからぬ声が答えた。「痛み入ります、この私生児《ホールソン》め」そして、ハットのためらいがちなノックに動きの軽いドアがすこし押し開けられてチャーリー・ペンのあの独特な横顔が見えた。

「ボウラーさん、どうぞなかへ」ディーは礼儀正しく言った。

彼は事務室に入った。壁の男たちはみなハットを採用する気になれない就職志願者を見るような批判的な目で吟味しているように見えた。他方、机上の写真の十代三人組は、彼を通して世界を、団結すれば、自分たちにはうまく扱う能力があると堅く信じて疑わない世界をまっすぐ見ているようだった。

「あなたの用件は、鳥類《エイヴィアン》、好色《アモリスティック》、それとも権威主《オーソリティ》義《リアン》?」ディーは言った。

「え?」ハットは言った。

ペンは彼を見てにやにやしていた。ハットは、暴力的なたちでない彼にしては珍しく、張り飛ばしてやりたかった。

「小鳥についての情報がほしいんですか？　それともライに用があるのかな？　それとも今度来た〈対話〉のことを訊きに？」

ペンのことは忘れて、当たりさわりのない口調に聞こえるといいと思いながらハットは言った。「それ、どういう意味ですか、ディーさん？」

「すみません」ディーは言った。「内密だったんですか？　むろん、そうですよね。わたしが言ったことは忘れてください。ほんとに鈍感だったし、それに不真面目に話す事柄じゃないのも確かだ」

それはそらぞらしい形だけの謝罪というより心からのものに聞こえた。

「ディーさん、また〈対話〉が来たとは言ってませんが、もし来たんなら、あなたが知ってることをぜひ聞かせてください」ハットはせがんだ。

「わたしが知ってるのは、図書館のみんなが知ってることだけですよ、今朝、不審な封筒が見つかって警察に渡され、それ以来返されてこないところを見ると――もっとも、あなたの用件はそれかもしれないが――どうやら警察官が関心を持つものが中に入っていたらしい、と。でも、どうかもう忘れて、わたしの好奇心を許してください。あなたを職務上、当惑させたくないですから」

「わたしは気にしないね、でも」ペンはきしるような声で言った。「思うに、あの頭の変なやつからまた便りがきて、それはサム・ジョンソンに関するものだったんだ。そうだろ？」

「それは単なるラッキーなまぐれ当たりなんですか、ペンさん？」ハットは言った。

ハットはじっと作家の目を見つめ、二人の視線はそのましばし絡み合っていたが、やがてほぐれた。勝つ価値のない喧嘩はするもんじゃない。気がつくと彼はパロノメイニアのゲーム盤を見下ろしていた。それはペンのフラットで見たのと同じ星形をしていたが、そこに描かれた図柄は違っていた。こっちのは古い地図から取ったものらしく、風を吹き出す天使や、水を噴き上げる鯨、そそり立つ氷の絶壁、遊び興じる人魚が描かれている。ゲームはかなり進んでいて無数の駒が並び、四方八方に伸びていた。だが、その文字の組み合わせのどれ一つ、ハットにはまったく意味をなさなかった。そして、駒棚《ラック》は三つ使われていた、向き合った対戦者二人の前に一つずつ、そして、二人の間に三つ目の駒棚《ラック》が置いてある。ライが二人しかできないゲームだ、と言っていたのを彼は思い出した。いったいなぜ彼女が嘘を？　もし彼女が三人目の対戦者、この二人と何か異様な三角関係《メナージュ・ア・トロワ》にあるのなら話は別だが。

それはまるでサラダボウルに白金魚が入っていたように胸のむかつく考えだったが、それを心から洗い落とす間もなく彼は、自分がやって来るのを見てライが姿を隠せる場所があるかと見まわしていた。

なかった。乗り越えて逃げ出す窓さえなかった。

なんてこった、ボウラー！　おまえはなんて頭のおかしい、虫酸《むしず》の走る野郎になりかけてるんだ？　彼は憤然として思った。

チャーリー・ペンが彼が訊いたことに答えていた。

「どこから見てもラッキーじゃないし、推測でもないよ、おまわりさん。昨日、気の毒なサムのことを聞いたとき、わたしたちみんながまず思ったのは、これは例のワードマンの仕業に違いないってことさ。それから自殺だというひそひそ話が始まった。ま、あり得る話だった。ベドーズにあまり深入りすると、誰でもその道を辿りかねない。しかし、考えれば考えるほど、そうではなさそうに思えた。彼とはそれほど長い付き合いじゃなかったが、それほど弱い人間とは思えない。的中してるんじゃないかね？　もしディックが言った封筒に事実、新たな〈対話〉が入っていたとすれば、それはサム・ジョンソンの話に違いない、そうだろ？」

「ノー・コメントです」彼は言った。「ディーさん、ライはいますか？」

「残念ながら、ついてなかったですね」ディーは言った。

「彼女は風邪ぎみでね、今流行《はや》ってる風邪にやられて。昨日とても具合が悪そうだったんで家に帰らせたんですよ、治って図書館の利用者が安全になるまで出てきちゃだめだと言ってね」

「そうですか。ありがとう」

彼が背を向けかけると、ディーは言った。「彼女の電話番号を教えましょうか？　きっと喜ぶと思いますよ、あなたが見舞いの電話をかけたら」

これはまた親切なことだ、とつい先頃この図書館員がライの電話番号を教えしぶったことを思い出しながら、ハットは思った。きっとライが何か二人の関係が一歩前進したと匂わすようなことを言ったに違いない。

彼に返事をする暇も与えず、ペンがせせら笑った。「まだ彼女の電話番号も教えてもらってないのかね、きみ？　まだあまり進展してないんだな、え？」

ハットは、それこそほとんど進展していないどっかの耄《もう》碌爺《ろくじじい》より自分のほうがずっと進んでいるし、電話番号も向こうから進んで教えてくれたのだと答えたい衝動をぐっとこらえた。そして返事はせずに手帳を取り出して、言った。

「どうもご親切に、ディーさん。どうもペンを置き忘れたみたいで。鉛筆を借りていいですか？」

彼は机のほうに進み、鉛筆を取り上げると、かまえた。

この角度からは三番目の駒棚《ラック》の中の駒が見えた。六個あった。J　O　H　N　N　Y。

ディーは、まるで見え透いた見せかけにはごまかされないとでもいうように、かすかに共謀者めいた微笑を浮かべて、電話番号を言った。ハットは注意深くjohnny《ジョニー》と書き留めた。

「ありがとう、ディーさん」彼は言った。「ライに必ず見舞いの電話をかけますよ。じゃ、失礼します」

彼はペンのほうは見ずにその場をあとにした。彼にはなぜライがディック・ディーをかばうような態度をとるのか、よくわかった。わかるのがいささか恨めしかったが。あの人物にはどこかほとんど無邪気なまでの気だてのよさがある。しかしながら、彼のこの図書館員に対する気持ちはいささか修正されたものの、それをはるかに上回るほどあの作家に対する反感はますます募る一方だった。思い上がったイヤなやつ！

そして気がつくと、ペンがワードマンだとわかり、彼をしょっ引けたらどんなにいいだろうと想像していた。

こういう気持ちは危険だ、と彼はきびしく自分を戒《いまし》めた。警視とどうやら穏やかな関係になった今、個人的な嫌悪で判断力を鈍らせ波風を起こすのはばかげている。

図書館の外に出ながら彼は携帯を取り出した。ライにかけるつもりだったのだがまだ何もしないうちに着信音が鳴った。

「ボウラーです」

「パスコーだ。今どこだ？」

「図書館を出たところです」

「何かわかったか」

「いえ、大したことは何も」

「それにしちゃずいぶん長くかかったな」パスコーは咎めるように言った。「また参考図書室であの娘《こ》とおしゃべりしてたんじゃないだろうな」

「違いますよ」ハットは憤然として言った。「彼女は休んでます、病気で」

「ほう？　で、どうしてそれを知ってるんだ？　ま、それはいい。あのな、誰かからきみに緊急に連絡を取りたいという電話が入ってる。名前はアンジーだ。きみが登録するのを怠ってる密告者なのか？　それとも、きみがモノにして何か厄介なことになってる別の女の子なのか？」

アンジー？　一瞬、誰の顔も浮かばなかったが、思い出した。ジャックス・リプリーの妹だ。

「いえ、違います。でも個人的なことです」

「そうなのか？　リプリーの葬儀で会ったあの妹、彼女はアンジーって名前じゃなかったか？」

「はい、そうです」ボウラーはそう言いながら、クソッ！と思った。「彼女に言っといたんです、もしジャックスのことでおしゃべりがしたくなったら、いつでも電話していいよって」

「きみはソーシャルワーカーになるべきだったかもな」パスコーは言った。「しかし、何か彼女が言ったことが事件に関係ありそうだと思ったら、自分が警官として給料をもらってるってことを忘れるんじゃないぞ、え？　できるだけ早く戻ってこい、いいな？」

「はい、主任警部」ボウラーは言った。

彼はスイッチを切りながら、パスコーはいつになく不機嫌だったなと思った。

財布の中を探して、彼はミセス・リプリーの電話番号を書き留めておいた紙片を見つけた。一度目の呼び出し音でアンジーが出た。

「あのね」彼女は言った。「わたし、週末にはアメリカに帰らなきゃならないの、それであなたに話した件がどうなったか知りたくて」

「今まだやってるところでね」彼は言葉を濁《にご》した。「なにしろ微妙な問題だから……」

「姉にナイフを突き刺した野郎は、微妙どころじゃなかったわよ」彼女は嚙みつくように言った。「あのジョージー・ポージーって男、彼は尋問されてるの？」

「それが、いや……つまりその、それが誰かまだわかってないわけだからね」

「あの特徴に合致する警官がどれぐらいいるの？」

「きみが思ってる以上にね」ハットは言った。「信じてくれよ、アンジー、何であれジャックスを殺したやつを見つける役に立つんなら、ぼくは徹底的に調べ上げるから」

彼は自分の声にあらんかぎりの強い誠意をこめたが、それに答えた彼女の声は納得したようには聞こえなかった。

「ええ、ま、わかったわ。連絡してね。あなたが頼りなんだから、ハット」

「うん、任せて。じゃ、気をつけてね」彼は言い、携帯を切った。

彼は〈センター〉の外に立ったまま、強烈な怒りを掻き立てようとした。というのも中年の刑事から尊厳を、そして、たぶん年金までも剝奪しようとしている彼に、力を貸してくれるものは怒り以外何もないからだ。だが、みじめな気分になっただけだった。

彼はこの件について何がなんでももう一度ライと話さなければという気持ちに駆られたが、電話ではだめだった。とにかく、今彼女に電話をかけるのはあまりいい考えではなさそうだった。もし彼女が――たぶん、その可能性が大きいが――ひどい気分で布団にくるまっているとしたら、具合はどうかと訊くためにその布団から引っ張り出すような阿呆にいい顔をするはずがない。あとで、ぶどうとチョコレートを持って訪ねていったほうがいい。もしそうやって彼女をベッドから引っ張り出せば……

ふいに彼の目前にその光景がありありと浮かんだ。ドアが開き、ライがそこに立っている、寝乱れて、ゆるく結んだガウン姿で、はだけたガウンの胸元からちらっと引き締まったふくよかな肉体が、風にそよぐ木の葉の隙間からのぞく、陽光に温められた果物のように悩ましく見えて……

切望の呻きが彼の唇から漏れ、通りすがりのホームレスの老女がハットの顔を見て心配そうに言った。「大丈夫、お兄さん？」

「そう思います」彼は言った。「単なる空腹痛ですよ、おばさん。でも気遣ってくれてありがとう」

そして手近の彼女の紙袋に一握りの小銭を入れると、きびきびと歩きつづけた。

26

パスコーは事実、不機嫌だった。

ウィールドは要求されたとおりシェフィールドと連絡をとり、例の亡くなった学生の件についてその骨子だけを入手した。

「どうやらこの青年はあまり成績がよくなかったらしい。ジョンソンが彼の担任の指導教官で、もっと成績を上げないと退学処分になると警告するのはジョンソンの役目だった。夏の学期の初めに提出しなければならない重要な課題、博士論文のようなものがあったのに、この青年は提出しに来なかった。そして、その二、三日後、自分の部屋で死んでいるのが発見された。麻薬の過剰服用だった。自殺の書き置きはなかった。じつは論文が床一面に散らばっていて、どうやら彼はそれを完成させるために頭を常に覚醒させておこうとして、薬を飲みすぎたように見えた。検死陪審は事故死と判定した。だがジョンソンは自殺だったと確信したようで、非常に打撃を受けた。その打撃があまりにも大きかったので、彼はどんな犠牲を払ってもほかの土地に移りたかった。そして、結局、辞職に必要な予告期間は置けなかったが特別に免除されてこの中部ヨークシャー大学の仕事についた」

「それだけ？」パスコーは言った。「ルートのことは何も？」

「向こうは何も言わなかったし、こっちからも訊くことにはなっていなかったよね？」

「もうちょっと探りを入れてもよかったのに」パスコーは不満そうに言った。「今からでもいい」

「あのね、ピート、わたしは向こうが与えてくれた情報を入手した。これは自殺の可能性がある事件の、本人がどんな精神状態だった可能性があるか、についての問い合わせだよね？　これは辛うじてもっともらしく聞こえる。でも、もうジョンソンの死は間違いなくワードマンの殺人だとわかり、精神状態は関係ない。もしあなたがこの一連の殺人とルートを結びつけるものを見つけたら、きっと警視は勲章をくれるよ。でも、偏見を持たないようにしなきゃ。病院のほうも収穫ゼロ。もしミダゾラムを紛失したんだとしたらそれを隠蔽したんだし、今も隠蔽している。というわけで、わたしの助言は、シェフィールドのことはもう忘れたほうがいい」

階級差に基づく鋭い叱責の言葉がパスコーの口まで出かかったが、幸いまだ飛び出さないうちに抑えた。彼にとってウィールドの友情は大事であり、ウィールドが公《おおやけ》の場で警察の階層制度の枠をけっして踏み外さないようにどんなに神経を使っているかよく承知していた。この口には出さない合意の彼の側に課された義務は、きっと私的な場でけっしてそれを強制しないことだ、さもなければ何かが永久に失われてしまうだろう。

だが彼の不機嫌はそのまま続き、ボウラーが帰ってくると彼は言った。「じゃ、リプリーの妹との個人的用件はすんだわけだな?」

「はい。週末にアメリカに帰らなければならないので、別れの挨拶をしたいというだけで」

「彼女によっぽど強い印象を与えたとみえるな、あの葬式まで一度も会ったことがないわけだから」パスコーは言った。

「なに、ただぼくがジャックスのことをそれは……かなりよく知っていたからですよ」ハットは訂正しながら、おいおい、これじゃ、おれはやっぱり彼らが疑ったとおりの内通者だったと認めてるようなもんだ、と思った。

たぶん、そろそろ話す頃合いかも。

ドアが開いてジョージ・ヘディングリーが入ってきた。彼はしばらく前よりずっとくつろいでいるように見えた。退職まであと五、六日になって彼はトンネルの先に光が見えたと思いはじめたのだ、結局、露見せずにすんだのだと、とハットは思った。ま、彼はまだショックを受けるかも!

だが以前の血色と生気が戻りはじめたその生来陽気そうな顔を見ると、ハットには自分がその秘密を暴く人間になることは到底できないとわかっていた。

「この〈対話〉の件についてずっと考えていたんだけどね」ヘディングリーは言った。

「それはどうも、わざわざ時間を割いてもらって」パスコーは言ったが、彼の書類満載の机上にはヘディングリー警部が欠勤したために——出てきてからも頭が欠勤状態で——生じた余分な仕事がどっとこぼれ落ちたのだった。「それで？」

「この短篇コンテストが終わっても〈対話〉は相変わらず図書館で見つかるよね。最初の分だって、じつは《ガゼット》社に送ってきた原稿の中にあったんじゃないのかもしれない。たぶん、いつも袋が図書館に届いてから中に入れられたのかもしれない、あそこで働いている者、あるいは、あそこをよく利用する者の手で。だって、図書館ほどワードマンがいそうな場所はないだろう？」

台風にはためくテントのような激しい音に皆がドアを振り向くと、ダルジールが拍手していた。

「ブラボー、ジョージ。いや、嬉しいね、きみが体より先に頭を退職させちゃいないとわかって。見習わなきゃな、きみ……」（これはハットに）「……いい刑事はけっして休みを取らない、血に染まって倒れるまでな、それ以外はけっして取らない」

これには風刺が込められているのかどうかハットには皆目わからなかった。だがほかの者は額面どおりに受け取っているようなので彼はうなずき、ありがたく傾聴しているような顔をした。

「で、ジョージ、盛大な送別会に向けてすべて準備完了かね。今度の火曜だよな？　うまくいきゃ、退職後最初の二十四時間は無意識で過ごせるようにしてやるよ！」

「じゃ、今までどおりってわけだ」ヘディングリーが一同に注目されて心持ち上気した顔で部屋を出ていくと、パスコーは呟いた。

「これこれ、主任警部」ダルジールがきびしい声で言った。「どうした、きみらしくもない。ジョージが言ったことには、聞くべき点が多々あるよ。ワードマン、図書館、この二つはよく似合う」

「針と干し草の山みたいにね」パスコーは言った。

「きみのお気に入り、ルートもきっとよく図書館を利用するに相違ない」ダルジールは言った。

「〈センター〉のより大学の図書館のほうが多いでしょう」パスコーは渋々ながら正直に言った。

「どっちも同じさ」巨漢は言った。「鞭で打たれるのが好きな者は、どこの売春宿だろうと気にせんよ。それにチャーリー・ペンもそうだ、入り浸りって話だ、聞くところじゃ。図書館にという意味だがね。それから、図書館の職員。たぶん、彼らをもっとじっくり調べるべきかもしれんな。きみには楽しい仕事かもしれんな、ボウラー君。職員をじっくり調べたいか、え？」

巨漢は好色そうに唇を鳴らし、ハットはきまり悪さと怒りの両方で顔が赤くなるのを感じた。

「大丈夫か、きみ？」ダルジールは言った。「ちょっと熱っぽい顔をしているぞ。流感にかかりかけてるんじゃないといいが」

「いいえ、なんともないです」ハットは言った。「警視は今、職員のことを言われましたが……特に誰かが頭にあるんですか？」

「うん、あのフォローズだな。髪をカールさせるのにあんなに時間をかける男は、きっとどっかおかしいに決まってる。前科者のリストに当たってみろ。それに、あの男、ディー。あの名前にはなんか思い当たるものがあるぞ」

「たぶん、あの降霊術で逮捕されたディー博士のことじゃないですか？」パスコーは言った。

「そうかもしれんな」ダルジールは言った。「彼も調べてみろ、ボウラー、関連があるかどうか。そして、沈思黙考しながらお茶を淹れられそうだったら、一杯頼むよ」

「警視……」ハットはためらいがちに言った。

彼は三人組の顔を順ぐりに見た。面白いことに、ふだんは最も表情を読みにくいウィールドの顔が、左の眉をかすかに引き上げて、彼はからかわれているのだと教えてくれた。それでも侮辱されたも同然の気がした。

もし怒りをぶつけるだけでなく気の利いた反撃の言葉が頭に浮かんでいれば、おそらく、彼は口に出していただろう。しかし、「おれはおまえのお茶汲みじゃないぞ、でぶ。

自分で淹れろ！」という捨て台詞《ぜりふ》で退場するのは賢明とは思えなかった。そこで、「すぐ取りかかります」と呟き、彼は部屋を出た。

「ハット」

彼は振り向いた。ウィールドがあとに続いていた。

「きみをおちょくってるからといって、彼らがきみのことを真剣に受け止めていないわけじゃないぞ」

「はい、部長刑事」

「そして、おちょくられたからといって、きみが彼らのことを真剣に受け止めなくてもいいわけでもない」

「はい、部長刑事」そう繰り返しながら、彼はなぜかすこし元気の出る思いだった。

コンピューターには数人の〝フォローズ〟がいたが、パーシーという名の者はいなかったし、あの図書館長にいささかでも似ている者もいなかった。二、三人の〝ディー〟、だが、リチャードという名前の者はおらず、図書館員もいない。それに、医者も。あれはパスコーの気の利いた冗談で、ということとは、ダルジールがきざで頭がいいと呼ぶ種のものなのだろう。どういう意味なのか調べてみるだけの価値はある、ここで中等教育修了試験《オーレベル》に合格したのは主任警部だけじゃない、ってことを示すためだけにでも。

しかし、ものには順序がある。

さて、おれのお茶を淹れる能力で巨漢を唸らせてやるとするか。

その日の夕方、勤務を終えたときには、ハットはすっかりいつもの陽気な気分に戻っていて、ものごとは概していい方向に進んでいると確信した。この土地に赴任してから最初の数カ月、自分の運勢が急速に傾いていくなかで、シャーリー・ノヴェロ刑事のそれが上昇の一途を辿るのを彼はどちらかといえば羨望の目で見ていた。しかし、その上昇の一部は、今思えば、多くの雑用とおだやかな揶揄を伴っていたような気がする。ならば、なぜ今の自分が、彼女が受けた処遇、かつてはあれほど羨んだあの処遇を恨めしく思う必要があろう？

加えて、彼はライに会いに行こうとしており、この見込みは自動的に彼の心をはずませた。

この人生で自分の思い描いた空想が、あらゆる細部まで正確に目前に立ち現われることなどごく稀で、そのショックはしばしば行動力を奪う。

ライのフラットのドアが開き、そこに彼女が緩く結んだガウン姿で立ち、その隙間から、柔らかで、と同時に堅く引き締まり、収穫を待つ大麦のように黄金色に実った滑らかな肉体が輝いたときが、まさにそうだった。

彼は身動きもせず、ものも言わず、まるで自分が欲してやまぬ者ではなく怪物メドゥーサと向き合ったかのようにそこに突っ立っていた。とうとう彼女が言った。「そのロから言葉は出てくるの、それともこの雨の中にいるどっかのハエに避難場所を提供しようと思ってただ開けてるだけ?」

「ごめん……ぼくはまさか……きみは病気だって聞いたもんだから、それで……すまない、ベッドから引っ張り出してしまって……」

「そうじゃないの。すこし気分がよくなったから、今起きてシャワーを浴びてたところ。あなたのような職業の人なら言われなくてもわかるかと思ったけど」

そう言いながら、彼女はタオル代わりになったガウンの襟元をしっかり掻き合わせ、目を上げたハットは彼女の髪から顔へ水滴がしたたっているのに気づいた。ぐしょ濡れで、豊かな褐色の髪はほとんど黒に近い色になり、それを背景《バック》にあの一群のシルバーグレーの髪は電球のフィラメントの束のように輝いていた。

「それはわたしのため、それとも最近の大事件の証拠品?」

彼は自分が片手にカーネーションの花束、もう片手にベルギー製チョコレートの一箱を持っているのをすっかり忘れていた。

「ごめん、きみに。はい、これ」

彼は差し出したが彼女は受け取らず、ただにやにやして言った。「もしわたしがガウンから手を放すと思っているんなら、残念でした。中に入ってどこかに置いてよ、人前に出られる格好をしてくるから」

「ねえ、そんなこと気にしなくていいよ」ハットは姿を消す彼女の後ろから声をかけた。「ぼくは警官だよ。どんなことにでも対応できるように訓練されているんだ」

彼は贈り物をコーヒーテーブルの上に置き、部屋を見まわした。広い部屋ではなかった、しかし、非常にきちんとしていて、何も散らかっていないので実際よりも広く感じた。二脚の小ぶりの肘掛け椅子、本が整然と並ぶ本棚、フロアスタンド、それにコーヒーテーブル、それで全部だった。

彼は本棚に行った。蔵書を見れば、その持ち主について多くのことがわかる、というか、どこかにそう書いてあった。しかし、それにはまず本のことをよく知っているのが前提で、彼は知らない。彼にも一つわかったことは、ここには演劇の本がたくさんあるということで、彼はライが演劇一家の出だったことを思い出した。彼はシェイクスピア全戯曲集の一巻本を抜き出し、表紙を開けた。見返しの遊び紙に九一年五月一日という日付と献呈の言葉が記されていた。〝Raina へ、十五歳の誕生日おめでとう、皇太子より女王へ、愛をこめて　サージ　XXXXXXXXXXX
XXXX〟

十五回のキス。この胸を刺す痛みは嫉妬だろうか？　何年も前に自分の知らない、年齢もわからない誰かがまだ子供のライにプレゼントをしたことに？　気をつけたほうがいいぞ、おまえ、彼は自戒した。すでに悟ったように、彼の関心がすこしでも行き過ぎた独占欲を示せば、彼女はたちまち背を向けてしまうだろう。

「勉強してるの？」背後でライの声がした。

彼は振り向いた。彼女はTシャツとジーンズに着替え、まだ髪をタオルで拭いていた。彼は言った。「レイーナへ。きみのフルネームを忘れてたよ」

「ライ・イーナ」彼女は訂正した。「でなきゃ、レイって呼ばれてるわ」

「ライのほうがいいよ」

「日光《レイ》よりウィスキーのほうが？」

「魚（同綴り語に魚のエイがある）よりパンのほうが」彼はにやっとして

言った。

彼女はちょっと考えてから満足そうにうなずいた。

「おまわりさんにしては上出来ね」彼女は言った。

「お褒めいただいてどうも。とにかく、どこから取った名前なんだい、まだ教えてもらってないけど」

「訊かれた覚えがないけど。劇からよ」

「シェイクスピアの？」彼は戯曲集をちょっと持ち上げながら言った。

「そのお隣り」彼女は言った。

彼女は本棚に行き、一巻を抜き出した。

ハットはシェイクスピアを元に戻して、彼女の手からその本を取った。

「『武器と人』G・B・ショー作」彼は読み上げた。

「ショーを知ってる？」

「彼の同類にあだ名をつけたことがある。GBH・ショーってね」彼は言った。

「え？」

「警察ふうの冗談さ（GBHは法律用語、重大な身体障害の略語）。妙な題名だな。どうしてこんなタイトルがついてるんだい？」

「それはね、彼が生きていた時代には、まだ古典教育が富裕層から衒学的な最高善《サマム・ボウナム》と見なされていたからよ。そして、もしウェルギリウスの『アエネーイス』の最初の一行を読んでいなければ、その人は明らかに青春を浪費したと見なされた。〝Arma virumque cano〟、これをドライデンは〝武器と人をわたしは歌う〟と訳したの。あの頃にはいい題名だった。でも今どきこんな題をつけようとする人は、自分のお芝居を見に来る人たちが非常に教養のある、知的で鋭敏な観客だとよっぽど確信がなきゃね」

「なんだかノスタルジックだね。当時のほうがよかったと思うの？」

「思いますとも。第一、わたしたちはまだ生まれていなかったもの。睡眠はよい、死はもっとよい、でも、いちばんいいのは、まったく生まれてこないこと」

「ええっ！」彼は言った。「いや、それはまさに病的だよ。それもウェルギリウスからの警句かい？」

「いいえ。ハイネよ」

「あのハイネかい、例のキャベツ詩人、チャーリー・ペンが本を書いている?」

何かかすかにピンと来るものがあった。

「礼儀正しい人たちの間では、彼らはドイツ人と呼ばれていると思うけど」彼女は真剣な顔で言った。「彼らを好きになる必要はないけど、だからといって彼らにいやな態度をとっていいことにはならないわ」

「ごめん。それはペンに対しても同じ?」

「ええ、そうよ。実際の話、彼には好きになるようなところも多々あるわ。このわたしという人間に対するあからさまな執着だって、見る人によってはそれほど非難すべきものだと思わないかもしれない。今引用したのは彼の翻訳の一つでね、わたしの体に触ろうとしたのを拒否されて彼がとりわけ落ち込んでいたとき、わたしの目につくところに置いてあったの」

ハットはライの揶揄に潜む微妙な策略を理解しはじめた。彼女は誘うようにドアを開けておき、もし薄のろがそこから入れば頭から冷水をかぶるか、ぽっかり口を開けたエレベーターの縦穴に墜落するかわからないというわけだ。

彼は言った。「で、正確に言うとどういう意味なんだい、その睡眠云々というのは?」

「それはね、昔々わたしたちはみな至福の状態を楽しんでいた、すなわち、まだ生まれていなかった。でも、やがてわたしたちの両親が干し草畑か、車のバックシートか、それともオールダム劇場でショーのお芝居をやってる幕間に合体して、わたしたちの幸せをフイにして、わたしたちの許可も得ず、この隙間風の入る古ぼけた舞台に、足をばたつかせ泣きわめくわたしたちをむりやり登場させてしまった、という意味よ。コーヒーを飲む?」

「うん、いいね」そう言いながら、彼はライに続いて小さなキッチンに入ったが、ここも居間と同じように整然としていた。「あ、そうか、だからきみにライーナって名前をつけたのかい? きみの両親はこの劇に出演している最中だったから、彼らが……? いや、これこそまさにロマンチックってもんだよ」

「へえ、そう思う?」

「うん。なぜそんなに冷笑的なのかわからないな。いい話だし、いい名前だ。考えてもごらんよ、もしきみの名前が……」彼はページを繰ってその劇の登場人物表を出した。「……サージアスだったとしたら！　想像してごらんよ。サージアス・ポモーナ！　これなら、それこそ不平を言ってもいいよ！」

「双子の兄は気にしていなかったようだけど」彼女は言った。

「双子の兄さんがいるの？」

「いたけど。亡くなったわ」コーヒーメーカーに挽いた豆を掬い入れながら、彼女は言った。

「くそ、ごめん、ちっとも知らなくて……」

「わかってるわ。彼がくれたのよ、あなたが見てるそのシェイクスピアは」

サージ。献辞を思い出して、彼は自分の子供っぽい嫉妬に赤くなった。

自分の狼狽を隠そうと、彼はしどろもどろに言った。

「ああ、そうか、それでわかったよ、この献辞の意味が、女王、五月一日、五月の女王だ、それに、彼は皇太子だし……」

「彼のまわりには笑いが絶えなかったわ」ライは静かに言った。「わたしが落ち込んでも、必ず彼がまた元気にしてくれた。彼がそばにいるときには、ライーナという名前もそれほど悪い名前とも思わなかったわ」

「とてもすてきな名前だと思うよ」ハットは心をこめて言った。「サージアスもね。それに、ご両親はよかれと思ってこういう名前をつけたに決まってるよ。劇の登場人物の名前で呼ばれるなんて、そんなロマンチックな考え、ぼくの家じゃ夢にも考えられないよ！」

「やさしいのね」ライは呟いた。「ええ、わたしもロマンチックだと思っていた時期があるわ、わたしたちの名前はその劇の最高にロマンチックな二人、ライーナとサージアスに因《ちな》んでつけたのだと、というのもわたしたちを身ごもったとき、それが両親の演じていた役だったからだと聞かされたときにはね。それが、ある日わたしが両親のものを整理していたら古いプログラムがたくさん出てきたの。そして、あったわ。オールダム劇場で上演した『武器と人』の分が。日付はぴったり合致したわ。唯一違っていたのはね、配役表で確かめてみたら、サージアスとライーナを演じているのはフレディー・ポモーナとメラニー・マッキロップじゃなかった、別の二人だった。わたしの両親が演じていたのは召使い頭のニコラと、ライーナの中年の母親。このどこがロマンチックなのよ、お砂糖を入れる？」

「一匙ね。でも、ま、それほどひどいことでもないんじゃない？　昔のことを格上げしたからって、重大な罪とは言えないよ」

「まあ、そうでしょうね。おそらくショーは気に入ったわね。だって、あれは異常にふくらんだロマンスだの犠牲だの名誉だのといった概念をこっぱ微塵にするお芝居なんだから」

「じゃ、なぜそんなに冷笑的なのさ？」

彼女は考え込むように彼を見てから言った。「またいつか、ほかのときにね？　髪を濡らすと、つい口が軽くなって。お持たせのチョコレート、美味しいかどうか食べてみましょうよ」

二人は居間に戻った。ライはチョコレートの箱を開け、一口食べ、満足そうにうなずいた。

「すごく美味しい」彼女は言った。「で、どうしてわたしが病気だってわかったの？」

「なに、今日図書館に行ったら……」

「なぜ？」彼女は鋭く訊いた。「何かあったの？」

「うん」彼は認めた。「絶対に秘密だよ、いいね？」

「誓うわ」

彼は今度来た〈対話〉のことを話した。

「まあ、なんてこと」彼女は言った。「ジョンソンが亡くなったことを聞いたとき、ひょっとしてとは思ったけど……」

「どうしてそう思ったんだい？」彼はたずねた。

「さあ、わからない。ただそんな気がしたのよ。それと、たぶん、なぜかといえば……」

「何？」

「図書館との、このつながり。〈対話〉がいつもあそこに現われるってことだけじゃなくて、最近の三件の殺人もそう、一種のつながりがあるわ。ま、確かに漠然とはしてるけど、でも確かに何か理屈抜きでそう感じさせるものが……」

ふいに彼女はひどく頼りなげに見えた。

「おいおい」彼は努めておじさんのような陽気な口調になって言った。「元気を出せよ。きみが心配する必要はまったくないよ」

「ほんと？」彼の太鼓判の効果は絶大で、見るからに頼りなげだったのがたちまち姪のような賞賛と信頼の態度に変わった。「ねえ、教えてよ、どうして心配する必要がないのか」

「それはね、この男、ワードマンは、若い女性を殺してまわるふつうの性的異常者じゃないからだよ。これまでのところ女性は一人だけ、ジャックス・リプリーだけだし、セックスは関係なかった。この頭のいかれた男がどんなドラムに合わせて行進しているのか、まだわかってないけど、でも、きみのような人が、そう、たとえば、ぼくのような者よりターゲットになりそうだと示唆するものは何もないよ。図書館について言えば、ぼくの考えでは、短篇コンテストこそ彼の〈対話〉を世間に披露するのに格好の方法、まさに彼の歪んだ心を魅了する方法だったんだ……」

「ごめんなさい、もう一度説明して」

「彼はパズル狂の心を持っている、あらゆるものを隠された解答、欺瞞、参照事項、関連、なぞなぞ、ことば遊びという観点から見る。やがて事実とわかるものを小説《フィクション》のそれこそ巨大な山の中に隠すのは、まさに彼が喜びそうなことだよ」

「あなたは大学出だっていうけど、専門は何だったの？鳥類学と精神医学？」ライは半ばからかい、半ば感嘆するように言った。

「地理学」彼は言い、それから「経済学も」と情状酌量を嘆願するように付け加えた。だめだった。

「あら、いやだ。じゃ、わたしが付き合おうとしてるのは、地理学の学位を持つバードウオッチャーだってこと？ ま、少なくとも夜、寝つきが悪くて悩む心配はなさそうね」

彼はこれをじっくり考え、怒るより喜ぶ要素のほうが多いと判断して話を続けた。「刑事という仕事は、参考図書館の利用法を学ぶようなものなんだよ。肝腎なのはどの棚を探すかだ。大学から専門家を呼んだんだよ、精神科医と言語学者を。ぼくはそれをメモしたってわけさ。ぼくが言いたかったのはね、みんなが用心すべきだけど、ほかの人たちよりずっとリスクが大きいと言えるような、そんな特定のグループはないということさ。みんなが危険だと言うのは、あまり慰めにならないかもしれないけど、でも統計的に見るとね、もしみんなが危険なら、きみが被害者になる確率は非常に小さい。だから、用心はしたまえ、でも山に逃げ込むことはない。とにかく、独りではね。山と言えば、今度の週末の遠出までには治りそうかい？」

「大丈夫」そう言って、彼女はしなやかに背伸びをして体をそらした。Tシャツがジーンズからせり上がってかすかに丸みをおびた腹部がのぞき、ふたたびハットの体中の動脈で非常灯が点滅し、非常ベルが鳴り響いた。「刻々とよくなってる感じよ。図書館では誰に会ったの？ ディック？」

「うん」彼は言った。もし彼女がハットにちょっぴり冷水をかけようとしてここでディックの名を持ち出したのだとしたら、確かに効き目があった。「ディーと言えば、そういう名前の博士のことを聞いたことがある？」

「いえ、知らないわね、エリザベス朝の占星学者で降霊術師だった人しか」

「うん、きっとそれだな」彼は言った。さすが利口者のパスコーだ、ホッ、ホッ、ホ。

「それが最新の推理なの、ワードマンは魔術師で、ディックはその博士の子孫だというのが？」

「ま、彼が少々変わってることは認めなきゃ」と彼は言い、批判色を薄めるために急いで言い足した。「きっと、ペンと一緒にいることが多いせいだ。参考図書室に上がっていったら二人は事務室にいて、例の妙な盤上ゲームをやってたよ、パロノメイニアを」

ハットは間違っていなかったかと彼女の顔をじっと見た。

ライは笑って言った。「じゃ、ちゃんと人の話を聞いているのね！」

「誰が話すかにもよるけどね。きみは言ったよね、この言葉は現に言葉遊びに対する病的な興味という意味だと？」

「そのとおりよ。これはパロノメイジアという語と、これは言葉遊びとか語呂合わせという意味だけど、マニアという語、ま、たぶん、それにちょっぴり偏執病《パラノイア》も加わった混成語よ。どうしてそんな顔して見てるの？」

「気がつかないかな、ぼくがワードマンについて言ったこととほぼ同じことを言ってるのに？」ハットは言った。

「あら、よしてよ」彼女は苛立って言った。「つまり、警察のお抱え専門家が言ったことと同じだと？　あのね、あの二人はわたしが図書館に入ったときからあのゲームをやってるのよ。あれは秘密の悪徳でも何でもない。わたしがどんなゲームか訊いたら、ディックはあの名前を説明してくれたし、全然問題ないわよ。ルールのコピーまでくれたわ。どっかにあるはず」

　彼女は引き出しの中を調べはじめた。

「ぼくが見た二つのゲーム盤は手刷りみたいだったし、図柄も違っていた」ハットは言った。「あれは本物のゲームなの？　それとも彼らが作ったゲーム？」

「いったいそれがどうだって言うの？」ライは微笑しながら言った。「なんでも始まりは二人が学校でスクラブルをやっていたときで……」

「学校で？」彼は口を挟んだ。「ディーもアンサンク校に行ったの？」

「ええ。何か問題がある？」

「むろん、ないさ」しかし、ここに答えがあるかも。「じゃ、スクラブル（語句の綴り替えとクロスワードパズルを組み合わせたゲーム）なんだ」

「そうなの。どうやら、二人の一方が使ったあるラテン語について論争になったらしくて、結局、ラテン語しか使えないスクラブルにした。そこからどんどん発展したのよ、もっと複雑なゲームにしたくて、盤を大きくしたり、文字を増やしたり、違うルールにしたり、対戦者が交互に言語を選ぶことにしたり……ああ、ここにあった――いえ、今は読まないで、持っていっていいわ、このテーブルの上をちょっと片づけるわね」

ハットは彼女から手渡された数枚の紙片を折りたたみ、財布にしまった。

「どうりで盤の上の単語を見ても、一つも意味がわからなかったはずだ」しぶしぶ感心して彼は言った。「いったい彼らは何カ国語を話せるんだい？」

「フランス語、ドイツ語――むろん、ペンは流暢に話せるけど――それにスペイン語とか、イタリア語とか、ありふれた言語をすこし。でも、それは問題じゃないの。べつに、このゲームで使う言語を知っていなくてもかまわないの、図書館に辞書があるかぎりはね。それも面白くしている点の一つみたい。ポーカーに似ているのよ。一方が、そうね、一見スロヴァキア語のような単語を提出して、相手に挑戦を迫る。これははったりか、それとも前日にいささかのスロヴァキア語を猛勉強して挑戦させようとしているのか？それから辞書が持ち出され、もしそれが偽の言葉だったら順番と五十点を失い、もし挑戦者側が負ければ同様の罰を受ける」

「なんと情けないダメ男たちなんだ」ハットは呟いた。

「どうしてそんなことを言うの？」彼女は不思議そうにハットを見ながら言った。「合意した二人がやってるのよ、それも自分たちだけで、べつに誰かを感心させようとしてるわけじゃない」

「どうやらきみを感心させたようだけどね。きみ自身、やったことがあるのかい？」

「やってみてもいいんだけど、でも、誘われたことがないの」彼女は言った。「わたしっていつもそうなのよ、じつは。いっぱい面白そうなゲームをやってるのに、誰も一緒にやろうと言ってくれないの」

これはヒントだろうか？　誘い？　それとも単に焦《じ》らしているだけ？

行動を起こす機が熟したのかどうか見きわめようとしながら、彼は急にからからに乾いた喉を湿らそうとコーヒーをすこし飲んだ。彼の体がそう思っているのは確かだった。体が火照《ほて》りはじめるのがわかった。

「大丈夫、ハット？」ライがいくらか心配そうに彼を見ながら言った。「ずいぶん顔が赤いわよ」

「もちろんさ、大丈夫だよ」彼は言った。

だが、彼はまだそう言いおわらぬうちに、自分はぜんぜん大丈夫ではなく、この熱っぽさは欲望よりも衰弱に関係があると気づいた。

「大丈夫そうには見えないわよ、もっとも夕方のこの時間になると、いつもそんなふうに顔がまだらに赤くなるんなら別だけど」彼女は言った。「そういえば、昨日、職場にいたときのわたしがちょうどそんな感じだったわよ」

「つまり、きみと同じ流感にかかったってこと?」ハットは咳をこらえながら言った。「やっぱり、ぼくらは共通点が多いね」

「お願い。やせ我慢は嫌い。自分で運転して帰れそう?」

ふとハットは、うまくやれば、庇護の場をここに求めることもできると思ったが、すぐに、彼女自身もまだ流感が治りはじめたばかりだと思い出した。ロマンチックな小説では、患者はしばしば看護婦を自分のベッドに乗せる。それにひき換え、患者二人にできるのは、せいぜい相手を苛立たせることとぐらいだろうと彼は思った。

「うん、へっちゃらさ。で、どんな経過を辿るんだい?」

「そうね、いったん行くとこまで行かないと快方に向かわないわね、でもいいニュースはね、症状は不快そのものだけど長くは続かないわ」

「じゃ、週末までにはよくなるよね?」

ライは微笑して言った。「あなたの晴れ舞台よ、ハット。でも、もしまたキャンセルすることになったら、これは運命が何かを告げようとしてるんじゃないかって考えはじめるでしょうね」

「運命はこのぼくに任せてよ」彼は言い、咳を押し殺してドアに向かった。「一晩ぐっすり眠れば、おそらく朝いちばんにはまた仕事に復帰して、ヨークシャー市民の安全を守れると思うよ」

「信じるわ」彼女は自分の人差し指にキスして、その指を彼の燃えるような額にそっと当てた。「もう今から安全になった気がする。おやすみなさい、ハット。お大事に」

そして、善良な女性の指先には絶大な力があるから、ハットは車に向かいながら自分でもきっと治ると信じた。愛はすべてを克服できる、そして彼は正真正銘、めちゃくちゃに、猛烈に恋をしていた。

27

ときには善良な女性でさえ間違うことがあるらしく、翌日ハットは正真正銘、めちゃくちゃに、猛烈に気分が悪かった。自分がどんなにひどい状態か見せるために出勤しようというのが彼の最初の衝動だったが、パンツをはこうとしてひっくり返ったとき、この考えを捨てて電話を入れた。

彼はウィールドを呼び出したが、部長刑事の口調は同情的でないにせよ淡々としていた。そのとき、後方でダルジールが誰からの電話だと訊く声がして、部長刑事がボウラーからで、彼は病気で出てこないそうだと説明するのが聞こえた。

「病気で出てこないだと?」ダルジールの声は、病気という欠勤理由は、エイリアンに誘拐されたからという言い訳よりはるかに劣ると考えているようだった。「どれ、おれが出る」

　彼は受話器をつかんで言った。「どうしたんだ、きみ？」

「すみません、警視」ハットはしゃがれ声で言った。「警視が言ったとおりでしたよ、流感にかかってしまって」

「ほう。このおれのせいってわけか？　聞こえてるその音楽は何だ？　まさかかわい子ちゃんと一緒にナイトクラブにいるんじゃないだろうな？」

「違います！」ハットは憤然として叫んだ。「ラジオですよ。わたしはベッドのなかでです。自分一人で」

「威張るんじゃない。アビシャグとダビデの話を忘れるなよ（老いたダビデ王の夜伽のために美少女アビシャグが連れてこられた）。というか、たぶん、忘れたほうがいい。おれの記憶に間違いがなきゃ、彼は死んだ」

「まさにそんな気分ですよ、今」同情を買おうとしてハットは言った。そのとき、ライのフラットでかすかにピンときたのはこれだ、と閃《ひらめ》いた。「警視、一つだけ言っておきたいことが……」

「最後のお願いはだめだぞ。それこそ蛇足ってもんだ」

「違うんです。ただこのことだけ、最近きたあの〈対話〉ですが、最後に死に関するくだりがありませんでしたか？　いちばんいいのは生まれてこないことだとか何とか？」

「うん、そのとおりだ、手元にある。それで？」

「それで、おそらく何の意味もないとは思うんですが、例の男ハイネ、ペンが翻訳をしているあの男が、そんなふうなことを言ってるんですよ、たしか」

　勇気というのは、じつに恐るべき力を発揮するものだ。あのパスコーの挫折のあとで、ふつうなら巨漢の面前にふたたび詩を持ち出すようなことはしなかったろう。

「きみがドイツ文学に詳しいとは知らなかったな」

「詳しくないですよ。じつはライが……図書館のポモーナさんが、つまりその、ペンは彼女の目に触れるところに書き付けを、いわば、わざと偶然に置いておくようで……」

「うん、それは主任警部の報告書で読んだ。しかし、それは寝たいがためのロマンチックな代物じゃないのか。なんで死なんか持ち出すんだ？」

「たぶん、同情を買おうとして」ハットは言った。

これは巨漢の空想を刺激したと見え、警視があまり大声で笑ったので彼はあわてて受話器を耳から離した。

「うん、同情を買いさえすりゃ、もうこっちのもんだ」ダルジールは言った。「しかし、相手が娘っこならばだ、警視にはそうはいかない。早く治れよ、きみ、さもないと花輪を持って見舞いに行くかもしれんぞ」

警視は電話を切るとウィールドには声をかけずに自分の部屋に戻った。そして、しばらくじっと考え込んでいた。

彼は捜査が難航していることを認めざるを得なかった。ま、前にもそういうことはあったが、必ず岸辺に辿りついた。だが、今回はいつもより世間の注目を浴びているし、おれが溺れたら祝杯を上げようと待ちかまえている連中が大勢いる。藁《わら》を二、三本、摑むとするか。

彼は受話器を取り、ダイアルした。

「イーデン・サッカレーを頼む。いや、きみ、重要な会議なんてバカ話はだめ、だめ。彼は今、自分の部屋に入ったところだろ、そして、彼がそこにいるのはただ、そこのほうが自宅より静かだし、葉巻を吸っても奥さんにバケツで冷水をぶっかけられないからさ。いいから彼にアンディ・ダルジールからだと言いなさい」

じきにイーデン・サッカレーの品のよい声が聞こえた。彼は中部ヨークシャーで信望の厚いサッカレー・アンバーソン・メロー・およびサッカレー法律事務所の、公式には半ば引退した上級共同経営者だ。

「アンディ、きみはうちの新しい受付係をすっかり怯えさせてしまったよ」

「これも教育の一環さ。元気かね？　相変わらず陰で操ってるのかね？」

「それもだんだん難しくなってきたよ。ま、きみ流に言えば、どこに死体が埋まってるかは知ってるんだが、問題はこの歳になると思い出すのが難しくなる」

「秘訣はね、あんたが忘れちまったってことを誰にも気づかせないことだ。ま、とにかく、そんな話は信じないよ。試しに一つテストしてみよう。あんたはパートリッジ卿の弁護士だ、そうだろ？」

「たしかにそうだ、しかし、アンディ、きみもよく知ってるように、職業上の倫理からして顧客のことを……」

「違うよ」ダルジールは口を挟んだ。「なにもドアに鍵をかけて盗聴予防装置のスイッチを入れろと言うんじゃない、閣下を追及してるんじゃないんだから。しかし、あんたをよく知ってるからわかるが、きっとあんたはバッジーのような大物顧客のことは、およそ知る価値のあることなら何でも、それこそ屋敷の使用人のことまで知ってるよね？」

「バッジー？　きみが閣下と個人的にそんなに親しい仲とは知らなかったよ、アンディ」

「昔からの付き合いでね」ダルジールは言った。「ところで、わたしに興味があるのは、あの屋敷に住んでいるドイツ人の女性のことなんだがね、以前はメイドだか、料理人だか、家政婦をしていた……」

「フラウ・ペンクのことかね、ここの文学界の名士、チャーリー・ペンの母堂の？」

「その人だ。で、あんたの知ってるところでは、彼女とチャーリーの仲はどうなんだね？　これは話してもらえるかね？」

「そうだね」サッカレーは慎重に言った。「二人のどちらとも契約を結んでいないから、責任は一切負わず、オフレコということなら、そういう質問には答えられると思うよ。ええと。危険をはらんだ関係、とでも言おうか。彼女はチャーリーが一緒に暮らすべきだと思っている、ペンク家の家長としての務め、彼女の愛する夫が二十年ほど前に亡くなってから継ぐ者のいないその務めを引き受けるべきだと。それが古き、よきドイツ流の生き方なんだろう。彼女はペンが自分の国の伝統を忘れ、土着化してしまったと感じている。作家としての成功さえ、あまり評価はされていない。彼の本はドイツでいわゆる〝純文学〟と見なされているものではないし、おまけに英語で書かれているからね」

「彼女は英語を話すんだろう?」

「話すとも、流暢にね、もっとも訛りが強くて、しかも相手の話を理解したくないときにはその訛りがますます強くなるが」

「彼女は金を持ってるのか?」

「いや、わたしの知るかぎりでは。しかし、必要ないんだよ。一家は彼女を高く評価しているし、彼女のほうも一家を高く評価している。彼女は終身貸与された家に住み、終生そこで過ごすことに満足しているようだ」

「で、どうしてチャーリーはアンサンク大のような、あんな有名私立に行くことになったんだね？　費用はバッジーが出したわけか？」

「閣下はそんなに金遣いの荒い人間じゃないよ」サッカレーはあっさり言った。「あの子は奨学金を獲得したんだよ、裏工作が絶対になかったとは言わないがね、しかし、誰に言わせても彼は頭のいい子だったよ」

「そして今は金持ちだ、おそらくね。どこかの快適な家に老母を住まわせることだって簡単にできるだろうに」

「事実そうしようとしたんだよ。どうやら彼は、パートリッジの好意や恩恵を感謝の理由というより敵意の理由と見なしているようだ。しかしながら、母親のほうはヘイズガース屋敷の外の英国を、昔の東ドイツの延長と見ているふしがある、きみらのような秘密警察《シュタージ》英国支部の手先がいると」

「じゃ、もし警官がやってきて息子のチャーリーのことをいろいろ訊いたら、どんな態度をとるだろう？」

「非協力的、だろうね。彼は申し分のない献身的な息子に早変わりして、彼を悪く言う言葉には、それが英語だろうがドイツ語だろうが一切耳を貸さないだろうよ」

「しかし、もしバッジーか、彼の親友がチャーリーのことを話したら……？」

「もしそれが広い世間で大成功を収めた息子を持って幸運だったと思わなきゃ、というような話だったら、彼女はドイツ人のいい息子という点から見た彼の欠点を強調するだろうね。これは経験から知っているんだよ、初めて彼女に会ったとき、この過ちを犯してしまって」

「いや、大いに助かったよ」ダルジールは言った。「今度〈ジェンツ〉で会ったとき、忘れずにもてなすよ」

これは公衆便所での逢《あ》い引きの約束ではない、二人が会員になっている〈プロフェッショナル・ジェントルマンのための自治都市クラブ〉の話である。

「きみが何を企んでいるのか、訊いても無駄だろうね、アンディ？」

「いつもながらご明察だ、イーデン。ごきげんよう！」

ダルジールは電話を切り、ちょっと考え、また受話器を取ってダイアルした。

「キャップ・マーヴェル」

「やあ、きみ、おれだよ」彼は言った。

「また？　この二週間で二度目よ、あなたが仕事中に電話してきたのは。これ、嫌がらせだって主張できる？」

「だめだね、おれが嫌がらせをした連中は、人に訊かなくても嫌がらせをされたとわかるよ」彼は言った。「あのね、きみ、考えてみるとね、おれはほんとに利己的な男だったよ、きみとの付き合いを疎《おろそ》かにして」

「アンディ、どっか悪いんじゃないの？　転んで、頭を打って、目の前ですごい火花が散ったんじゃない？」

「それで、思ったんだがね、バッジーのところでやる例の〝英雄〟のダンスパーティー、あれに行こうじゃないか？　久しくダンスをしてないから」

「ごめんなさい、アンディ。ちょっと坐らせてもらうわ。なんか気分がおかしくなってきた」

「じゃ、決まりだね。すばらしい。じゃ、またあとで」

彼は受話器受けを押し、またダイアルした。

「もしもし、リリー・ホワイト・クリーニングです、どういうご用でしょうか？」

「こんにちは」ダルジールは言った。「土曜までにキルトをやってもらえるかね？」


その朝出勤すると、パスコーは念のために他の者たちにその日の予定、ポットルとアーカットがやって来て最新の〈対話〉について検討し、また、それ以前の〈対話〉についても熟慮の末の判断を示してくれることを思い出させた。

「やれやれ」ダルジールは言った。「おれも寝込んでりゃよかったよ」

「おれも？」

「ボウラーが病気になってしまって」ウィールドが説明した。

「病める世界だな」パスコーは言った。

「きみの家でも高熱を出してる者がいるのか？」

「ええ、別の意味でね。昨夜、エリーはチャーリー・ペンと会って今度の短篇コンテストの最終選考をしたんですがね。本来ならサム・ジョンソンもそこにいるはずでしたから、愉快な会合というわけにはいかなかった。帰宅した彼女に詰問されましたよ、この人殺しを逮捕する見込みがまったくないのは、なぜなんだと」

「きみがそう言ったのか？」

「彼女、発作を起こしちまうんですよ、捜査は進行中で逮捕は間近いなんて言おうもんなら」

「コンテストは中止になったのかと思いましたがね」

「審査員の一人が殺されたから？ そんなふうには行かないよ、ウィールディ。第二のスコット・フィッツジェラルドを目指すああいう応募者たちは、サム・ジョンソンのことなんか全然気にしてないよ、名前を聞いたこともないだろうしね。これがチャーリー・ペンだったら、また話は別だったかもしれないが。ま、そうじゃなかったから、短篇コンテストは中止になるどころか、メアリー・アグニューはこの殺人を、これまでの殺人全部を利用して大いに宣伝効果を上げようとしてる。昨夜の《ガゼット》を見なかったのかい？ 長い最終候補《ショート》作品リストが掲載されてた——五十ほどの作品が。そして、彼女はジョン・ウインギットと手を組んだ、放送局のね。最終候補作の作者は全員〈センター〉のスタジオ劇場に招待されて、コンテストの結果は土曜の夜の、これまでジャックス・リプリーの番組だった時間帯に発表されるんだ」

「リプリーの番組の時間帯に？ まったく、メディアってやつは何でも金儲けに利用するんだから。この風潮じゃ今に〝詰め込み屋〟スティールが殺された便所を使っても、金を取られるようになるぞ！」ダルジールは叫んだ。「もし充分に長生きすりゃ、公開縛り首の復活にだって立ち会うことになる。考えてみりゃ、二、三人いるがね、高い料金を払っても縛り首になるところをこの目で見たいやつが」

パスコーとウィールドは無表情にちらっと顔を見合わせた。二人はこれまでずっとこうやって巨漢のしばしば不埒千万な、めちゃくちゃな論理を面白がってきたのだった。

ダルジールは気づかぬふうで先を続けた。「エリーは当選作のことを何か言ってたかね？　きっとどろどろした話に決まってるがね、変質者やら、異常なセックスやらの」

この見解が世間の嗜好について言ったものか、彼の妻エリーの好みについて言ったものかという問題は脇に置いて、パスコーは言った。「ええ、彼女は言ってましたよ、これを聞いたら喜ぶと思うけど当選作はほのぼのと面白い小品で、ほとんどお伽噺《とぎばなし》のようで、読後には子供も大人も心が充たされるだろうと」

「で、チャーリー・ペンもその作品を推したのか？　きっとライター用のシンナーを吸ってるにちがいない。それを書いた天才は誰なんだ？」

「それは土曜の夜までわからないんですよ、当選作の密封した封筒を開けるまでは。警視も行きますか？」

「冗談だろ！」

「いえ、まんざらそうでも。今思ったんですが、ひょっとするとワードマンが現われるかもしれませんよ」

「きみは内覧会のときもそう言ったよな」

「いや、正確にはボウラーですよ、そう言ったのは」

「ま、あいつがうぬぼれなきゃいいが」ダルジールは不機嫌に言った。「それで、もしほんとに野郎がやって来たら、今度は〝わたしがワードマンです〟と染め抜いたTシャツを着てると思うんだな？」

「わかりませんよ。ポットルが言ってましたからね、自分は無敵だと確信すればするほど、やつは喜んで危険をおかすようになると。とにかく、わたしは間違いなく行きますよ、エリーが選者ですから」

「ほう？　じゃ、きみは選にもれた連中が暴動を起こすんじゃないかと心配なんだな？　ま、ワードマンはそんなに目立つんだから、警官の目が一対ありゃ充分だろう」

「二対です」ウィールドは言った。

「きみも行くのか？」

「エドウィンは地元の文化活動を支援するのが好きなんですよ」

今度はパスコーとダルジールが顔を見合わせる番だった。

「もしそれが地元の文化活動なら」とダルジールは言った。

「おれは今月分はもうこなしたよ。どっちみち、土曜の夜はダンスに行くんだ」

「ダンス」パスコーはこの言葉から一切の感情と疑問調を排除しようと努めながら言った。

「そうさ。男。女。音楽。リズミカルな動き。服を着てりゃ、これをダンスと言う」

「はい。で、サルサなんですか？ ラインダンス？ らんちきロック？ 狩猟家の舞踏会？ お茶会ダンスパーティ《テ・ダンサン》？」

「それはおれだけの秘密で、きみらはせいぜい想像力を発揮するんだな」ダルジールは立ち上がりながら言った。「やっこさんが現われたら、知らせてくれ。でも、もしおれが死んでたら、わざわざ占い板《ウイージャ・ボード》を持ち出すには及ばんぞ」

警視は部屋を出ていった。

「あまり幸せな男じゃないな」ウィールドは言った。「おそらく今朝の《サン》に載ってた警視についての記事を見たんだよ。見出しはこうだ、〝巨大な遺物《ダイノソア》が世界を支配していたとき〟。警視はこの件について早急に結果を出す必要がある」

「警視だけじゃないよね？ 何かいいアイディアでも？」

「事件に漠然と関係がある者全員を野原に連れていって、誰かが自白するまで若鶏の死骸で打つ以外に？ ないね。たぶん、象牙の塔からやって来るあの強力な二人組が、正しい方向を示してくれるよ」

「そうかな？」ウィールドは言った。「わたしは若鶏の死骸のほうに賭けるな」

結局、アーカットは一人でやってきた。ポットルはライ・ポモーナとハット・ボウラーを寝込ませたあの猛威を振るうウイルスにやられたのだ。彼は結論の要約を書面の形で届けてきたが、前回述べたことに付け加えることはさほどなかった。ワードマンは殺人を犯すたびに自分の無敵の強さを確信して、ますます大胆になっている。明らかに彼の目的は、ジョンソンを窒息死させる前に薬で無抵抗にすることだった。だが、直接手を下すまでもなくこの大学講師が死んだとき、彼はまたしても自分は正しい道を進んでいると確信した。

「ワードマンは行動においては冷酷だが、回想するときにはそうではない」とポットルは書いていた。「〈対話〉は三人の応答者とのあいだで行なわれている。一人目は冥界の存在、これは同時に誰かある個人の亡霊でもあり、この連続殺人の共謀者でもある〈神のごとき存在〉である。二人目はあなたや、わたし、誰でもいいこの〈対話〉の読者で、彼の目的を理解し、肯定すると同時に、彼の巧妙さに感嘆もし、当惑もする（そう彼が期待している）者たちだ。三人目は彼自身。彼の儀式の時間のない世界とは対照的に、現実の世界では彼は被害者を自分の謎めいた旅路に必要な単なる道標としてではなく、生身の人間として見る、そして、彼は死によって被害者たち自身が、あるいはあとに残った者たちが利益を得るのだと自分を納得させる必要に迫られる」

奇妙なことにポットルはどういう種類の人間を捜すべきかはここに記さず、手書きメモをつけて来週には回復していると思うので電話を入れるようにとパスコーに勧めていた。

　アーカットがやって来たのは、捜査に役立ちそうな話ができるからというより、アンディ・ダルジールを挑発して楽しみたいからのようにパスコーには見えた。それとも、たぶん、これまでずっと反権威主義的な態度を取ってきた関係で、すんなり警察に手を貸すわけにはいかず揶揄するふりをして遠回しにそっと手助けしているのだ。

　そして巨漢のほうも、じつはこの勝負を楽しんでいるとパスコーは直感的に悟った。巨漢がこの言語学者を教育過剰の、スコットランドの歴然たる名折れとして取り合わないのもまた同じように反射的反応だった。アーカットの意見を警視がどの程度有益と見ているのかは不明だったが、彼の辛辣な警句を楽しんでいるのは確かだ。

「それで何がわかったんだね、ロブ・ロイ（スコットランドの義賊R・マグレガーのあだ名）」

「希望さ、無ぐさねえこっだ、ヘイミッシュ、そしたら、たぶん、めっかるべ」アーカットは答えた。

このスコットランド人がダルジールに〝ヘイミッシュ〟を放ったのはこれが二度目で、その二度ともダルジールは一瞬たじろいだように見えた。何かおれの知らないことがあるのだろうか、とパスコーは思った。

アーカットが与えてくれた助言はそれほど多くはなかったし、言語学的というより文学的で、本来なら〈対話〉を見せるべきでない例の文学部の〝娘っこ〟にかなり詳しく見せているのではないかとパスコーは思った。ま、情報漏れがそこで止まり、タブロイド新聞に流れ込まないかぎりは支障ないし、一人分の値段で二人分の専門家の意見を聞けるというわけだ。

「ポッツオーは、この男と宗教について話していたよね。明白な意味での宗教マニアではなく、じつは、うわべだけで、おそらく無宗教なのだろうと。これがいつものやり方だよね、ああいう精神科医《きょくのりし》たちの。片手で与えて、もう一方の手で取り上げ、結局あとに残るのは空っぽの手だけだ」

「そのほうがまだましさ、一握りのたわごとよりな、まさにそれだけだ、ここにあるのは」ダルジールは唸るように言い、まるで実証するように大きな手を上げて見せた。

「お互いさまだ」アーカットはじっと警視を見据えながら言った。「今も言ったように、宗教的な言葉がたくさんある、語り口もそうだし、ずばり聖書からの引用もあるが、しかし、おそらくこれは、ほかならぬあなたはすでに気づいているはずだ、パスコーさん」

嬉しいね、こういう言い方でおれが警察を代表する教育ある人間だと認めてくれて、とパスコーは思った。

「ええ、確かに二、三は」彼は言った。

「しかし、繰り返し出てくることが一つある。〈第一の対話〉の〝光の背後にある力、すべての恐怖を焼き払う力……〟。〈第三の対話〉の〝わたしの命の砦《とりで》になってくれ、そうすればわたしは誰をおじ恐れよう……〟。〈第四の対話〉の〝あの前兆《オーラ》の光の中では、わたしには恐れるべき者は誰もいない……〟。〈第五の対話〉の〝わたしの光であり救いだ、だからこそ、わたしは何者も恐れる必要がないのだ……〃わたしはこういう言葉を聖書に当たってみた。そして、見つけたのは詩篇の第二十七章だった」

彼は聖書を取り出して読んだ。「〃主はわたしの光、わたしの救いだ、わたしはだれを恐れよう。主はわたしの命のとりでだ、わたしはだれをおじ恐れよう〃」それから彼は勝ち誇ったようにあたりを見まわした、まるでみんなの沈黙が万雷の拍手ででもあるかのように。

「興味深いですね」パスコーは急いで言った。「見せていただけますか？」

彼はアーカットから聖書を受け取り、詩篇のその冒頭の部分を読んだ。

ダルジールは言った。「それで？」

「せっつかんでくれ、アンディ」アーカットは言った。「ま、一つだけ、例の〈第一の対話〉のイラストを見て思ったんだがね、あのPの丸い鉢の中にあるものは本かもしれない、たぶん、ほかでもない聖書、あるいは詩篇が含まれている祈禱書かもしれないと」

パスコーは聖書を置き、くだんの彩飾文字を見た。

「そうかもしれませんね」パスコーは言った。「本の背かもしれない。しかし、あのデザインは何かな？　何か思いついたことがありますか？」

「たぶん、特定の写本のつもりかもしれんね、彩飾文字の〃In Principio〃——ほら、このイラストの元になった——それが含まれている写本かも」アーカットは言った。「しかし、これはその道の専門家に訊いてもらわんと」

ダルジールは聖書を手にとってぱらぱらページを繰っていたが、高らかに読み上げた。「〃多くの書を作れば際限がない。多く学べばからだが疲れる（〈伝道の書〉第十二章十二節）〃、頼む、専門家はもう勘弁してくれ」

「うん、専門家が苦手なのはよくわかるが」アーカットは言った。

しかし彼はそのすぐあとに自分の原典分析を締めくくった。

「そういうわけで、わたしの見るところ、このワードマンは特定の書物を一種の暗号化された福音書と見なしている可能性がある。いわば〃ここに、智恵が必要である。思慮のある者は〝云々といったふうに」

「それはヨハネの黙示録だ、福音書じゃない」ダルジールは言った。「思慮のある者は、獣の数字を解くがよい。その数字は人間をさすものである（〈ヨハネの黙示録〉第十三章十八節）」

「いや、これは恐れ入った、警視」アーカットは言った。「最後にもう一つだけ。〈第五の対話〉の中の一節〝人生があまりに退屈すぎるものになっていた……〟、これは気の毒なサム・ジョンソンが研究していたあのベドーズが自殺する前に書いた最後の手紙からの引用らしい。〝片脚では、それも悪い片脚では人生はあまりに退屈すぎる〟。どうやら、この哀れな男はそれ以前にも自殺を図って、片脚を切断する羽目になったらしい。彼も医者でね。健康保険医になりゃ、こんな悩みはなかったのに！」

「以上かね？」ダルジールは言った。「よし、伊達男《ロキンバー》、じゃ、馬で西部に帰ってくれ」

今回はアーカットも最後の言葉を巨漢に譲り、そして、まるでそれに感謝するようにダルジールはドアが閉まるまで待ってから言った。「またしても、クソいまいましい時間の浪費だ！」

「そんなことはないですよ」パスコーはきっぱり言った。「犯人の人物像がだんだんわかってきましたよ。それに最後の、あのベドーズからの引用の話、あれは参考になります」

「ほう？　きみの話じゃジョンソンはちょっとした酒飲みだったようだから、たぶん、彼も足が立たなくなって死んだ、ということかもな」

「たいへん面白い。これはですね、ワードマンはベドーズの著作に詳しい者に違いない、ということですよ。そして、そういう深い関心を抱いてる者を現に知っています」

「おいおい、またルートか！」巨漢は呻いた。「彼はもう放《ほ》っとけよ」

「放り込め？」パスコーは言った。「まさにそれですよ、わたしが願っているのは」

ダルジールは悲しげに彼を見て言った。「ピート、きみはワードマンに似てきたぞ。もっと外に出ろ。ほら、なんだっけ、最近の子がよく言ってるのは。命を見つけてこい！　後生だから命を見つけてこい！」

28

しかし、あたりにこうも死がごろごろしていては、命を見つけてくるのも楽ではない。

土曜日の朝、パスコーは目を覚まし、伸びをして、「今日は休みだ」と満足げに思った。

それから、葬式に行くのだったと思い出した。今週になって二度目の葬式に。

警官にとって、週末はふつう仕事量が減るというよりむしろ増える。それでもパスコーは、まるで故郷を夢見る奴隷のように体に染みついた思いを、土曜というのはサッカーの試合や、はんぱ仕事や、パーティー、結婚式を挙げたり、子供をピクニックに連れていったり、そういうあらゆるいいことのための日だという思い、を捨て切れなかった。

というわけでワードマン事件の捜査に追われて公休が大幅

に短縮されているという厳然たる事実にもかかわらず（しかも、それに見合うだけの公式の手当つき超過勤務時間は増えずに）、彼は自分の予定どおりの、ワードマン抜きの土曜日に溺れかかった者が浮き輪にしがみつくようにしがみついた。

だが、リンダ・ルーピン、あの頭のいかれた《ルーピー》リンダがすべてを一変させた。

殺害された者の遺体は、毒が絡んでいる場合は特に、氷の上で保存して法医学的関心を持つすべての当事者——警察、検死官、警察医、そして（もし拘留されている者がいれば）弁護人——が、遺体から有罪を立証するような、もしくは無罪を証明するような証拠を最後の一滴まで搾り取るまで待つ。愛情深い遺族たちもまた悲しみを冷蔵保存して、本来みんなに示すべき葬式の日を待つようにと助言される。

しかし、その愛情深い遺族が欧州議会議員、リンダ・ルーピン、その前ではフランスの官僚でさえも尻込みするという彼女だとなると、手順も違ってくるというものだ。

彼女の理屈は（いつもながら石の銘板に刻まれることになったが）こうだった、今回の義弟の死ですでに自分は一定期間議会を欠席し、ヨーロッパに被害を与えている。もしこんなに続いて再度自分が欠席すれば議会の存続さえ危ぶまれる。それゆえ葬儀は自分の今回の滞在中に、すなわち、ヨーロッパ大陸をアングロサクソン向きに保っておくという神聖な職務に自分が復帰する予定の来週までに、行なわれなければならない。

というわけでサム・ジョンソンは土曜の朝に埋葬されることになったのだ。

リンダは火葬という最終的な段階まで行きたかったのだろうが、これは検死官が頑として譲らなかった。遺体はいつでも調べられる状態にしておかねばならない。そこで葬儀は大学付属の教会、聖ヒルダ教会で執り行なわれた。

スティールとジョンソンがワードマンの第四、第五の被害者であることが公式に認められて、それだけでも充分英国のメディアを憶測と非難の熱狂状態に駆り立てたが、思いがけずリンダ・ルーピンが関係者とわかり、ますますそれに拍車がかかった。葬儀は危うくポップコンサートとイングランド・サッカーチームの遠征試合の混合物に成り果てるところだったが、それを阻止したのはヴィクトリア朝の賢明な大学創設者たちの英断で、彼らが学生を収容する建物はすべててっぺんにガラスの破片を植えた高い石塀で囲むべしという原則を教会にも適用したおかげだった。さながら包囲された城の守備隊のように、大学の警備員たちは石塀の周りを巡回して梯子をはずし、構内をのぞこうとした堕落しきった侵入者の野望をくじいた。また警察は鋭い警告を無線で送り、折しも低くたれ込めた雲の中からオウギワシのようにさっと舞い降りたヘリコプターを撃退した。

だが愛があれば可能なように、地元を熟知していればどんな高い塀も飛び越すことができ、ピーター、エリーのパスコー夫妻が教会の入り口へと砂利道を進んでいるとき、石に刻まれた〈死〉と見えたものが墓石から離れ、よく見ればサミー・ラドルスディンだった。「何かコメントは、ピーター?」

パスコーは首を振り、そのまま歩き続けた。ラドルスディンは二人に並んで歩いた。

「せめてこれだけでもいい、ここに来たのは職務上? それとも私的な友人として?」

パスコーはふたたび首を振り、入り口をこえて教会の袖《しゅう》廊《ろう》に入った。

エリーは石段で足を止め、ラドルスディンに鋭い声で囁いた。「サミー、彼にどっちの立場で言ってほしいの、とっとと失せろって?」

夫のあとを追う彼女の背後から、くだんの新聞記者が叫んだ。「何かコメントは、ミセス・パスコー?」

彼女はピーターのとなりに坐り、靴を蹴り脱いで足元の膝ぶとん《ハソック》に足をのせた。

パスコーが呟いた。「はぐれたかと思ったよ」

「一言、言ってやったのよ」

「参ったな。なんて言ったの?」彼はあわてたように言った。

「何も言ってないわよ、新聞に載せられるようなことは」

彼女は請け合った。「とっとと失せろ、って言っただけ」

「言ってないよね? 言ったんだ。ちょっと乱暴すぎるんじゃないか? 古い付き合いのサミーなんだからさ」

彼女は夫のほうに向き直って言った。「ピーター、あなたがどういう立場でここに来ているのか知らないけど、このわたしはね、いなくなったのが残念な人、わたしがよい友人と見なしていた人に別れを告げるために来たの。そして、これにはあのサミーだろうと、外をうろついているほかのハイエナたちだろうと、新聞記者に礼儀正しくすることは含まれていないのよ、わかった?」

「わかったよ」彼は言った。「じゃ、きみはリンダ・ルーピンをカスタードパイで襲ったりはしないわけだ」

リンダ・ルーピンは左翼が憎悪の矛先《ほこさき》を向けるお気に入りの人物の一人だった。

エリーは考えた。

「ええ。とにかく、彼女が神聖な場所にいる間は」

リンダ・ルーピンのあまたの敵でさえも、これだけは認めざるを得なかったが、彼女は押し出しがよかった。柩でさえも彼女を凌《しの》ぐことはできなかった。みんなの凝視がこの予期せぬ姉に集中するなか、サム・ジョンソンの亡骸はほとんど気づかれぬまま粛々と通路を進んでいった。

彼女はがっしりした体格で、背は中背、黒髪は短く刈り込み、間隔の広い、瞬きをしたことのないような目、長い鼻、よくしゃべる口、そして、断固とした顎の持ち主だった。しかも、あながち魅力的でないわけではなかった。現に色恋沙汰で聞こえた、ある引退した政治家の告白によれば、女性に対するいつもの礼儀正しさもどこへやら、彼が名前を挙げた女性二、三人との本物の情事よりも、繰り返し頭に浮かぶリンダと九尾の猫鞭《むち》が絡む空想からはるかに大きな快楽を得られたという。

彼女の強みは、とパスコーは思った、誰と一緒にいようが、どんな場合であろうが、彼女は自分がその場の最重要人物であることを一瞬たりと疑わないことだ。もっか彼女の周囲にいる人々、全員ガウンを着用した大学の副総長と英文学部の幹部教授たちだったが、彼らは主役の歌手の背後で型どおりの、ちょっとした複雑で気取った所作をしているサヴォイオペラのコーラスのようだった。

　実際、会葬者の大部分は大学関係者で、そのなかには一杯機嫌のジョンソンが〝剽窃《ひょうせつ》野郎ども〟と分類した数人の同僚たちも混じっていた。「あの連中には独創的な考えってもんがこれっぽっちもないんだ、自分たちの水っぽい精液がいったいどこから来るのかときんたまを切ってみたのが最後でね」なかでも特に二人は、彼がこつこつと苦労して作り上げたロマン派のデータベースを使わせてもらおうと、しきりに彼に取り入ろうとしているのだと揶揄していた。ま、たぶん、今やチャンス到来だ。頭のいかれた《ルーピー》リンダにはあまり用のない代物だろうから、おそらくおべっか遣いのチャンピオンの手に落ちるのだろう。

　一人、主だった会葬者の中にでなくても、せめてその端のほうに姿があると思っていたのに来ていないのは、フラニー・ルートだった。パスコーとエリーは教会堂のかなり後ろのほうに坐っているのだが、くだんの学生兼庭師が彼らの前方にいないのは確かだった。いつの間にか彼は、妙だなと考えていた。それから、強迫観念だとダルジールに戒められたのを思い出して、その問題を頭から一掃した。

　儀式が始まっていた。大学の司祭は旧式な仰々しい話し方を排除しようと悲壮なまでに決意した若い牧師だったが、ジョンソンの一生について語り、伝統主義者たちはどう受け止めたか知らないが、エリーは涙をこぼした。

　話し終えると、司祭は言った。「では、どなたかサムについてもっと話したい方がおられましたら、どうぞ前へ……心のたけを話すという機会はなかなかないものです。どうぞこの機会に遠慮なく」

　彼は説教壇をおりて下の席に坐り、励ますように会衆にほほえみかけた。その会衆のほうは、なにしろ英国人だから、目を伏せ、もぞもぞ動き、当惑の極みであるという徴候を全身で表明した。

　パスコーは頭を垂れて懸命に祈った、じつは二つのことを懸命に祈った。一つは、頭のいかれた《ルーピー》リンダがこの機会に乗じて、彼女のあの有名な〝棒叩きの刑を復活させよ〟云々の大演説を始めませんようにと。もう一つは、こっちのほうが熱烈な祈りだったが、どうぞエリーが前に出ていきませんようにと。天は自ら助くる者を助く、だと堅く信じて、彼は右足で彼女が脱ぎ捨てた靴を届かないところへ押しやった。それで彼女を止められるわけではなかったが。もし彼女が例の発作に襲われれば、昔の悔悟者のように、裸足ででも出ていくだろう。

彼はエリーの筋肉が緊張するのを感じ、彼女が立ち上がろうとしているのがわかった。そのとき、ついに神が感謝のしるしを示してくれた、僕《しもべ》パスコーが神に手を貸そうとしている（というか、足を貸そうとしている）健気《けなげ》さを認めて。後ろのほうで人の立ち上がる気配と囁き声が起こり、誰かが通路をやってきた。まるで《ウェディング・マーチ》が鳴りはじめ花嫁の到着を告げたかのように、みな一斉に振り向いた。

だがパスコーはまだ見ぬうちからそれが誰かわかった。ゆっくり、静かにフラニー・ルートのほっそりした姿が通路を進み、説教壇へと上がった。彼はいつもどおり黒一色に身を包んでいたが、唯一の例外は小さな白い十字架で、そのサイズにもかかわらず胸元で燃え立つように見えた。

会衆を見下ろしながら、彼はしばらくじっと立っていた。青ざめた顔は無表情で、考えをまとめようとしているように見えた。

ようやく話しはじめた声は低かったが、俳優の囁きのように、何の苦もなく静まりかえった教会の隅々まで届いた。

「サムはぼくの恩師であり、友人でもありました。彼に初めて会ったとき、ぼくは逆境から抜け出したところで、この先もっと悪いことが待っているかもしれないという思いを捨て切れませんでした。背後にはすでに知っている闇があり、前途にはまだ知らない闇があった。そのとき、たまたま——でも、ぼくは天の計らいだと確信していますが——サムに出会いました。

教師としての彼は、ぼくの無知の闇を照らす光でした。友人としての彼は、ぼくの絶望の闇を照らす光だった。彼は教えてくれました、知識探求の道を進めば何も恐れることはない、そして自分自身を探求するのが大事なのだと。

彼に最後に会ったのは、あの恐ろしい死のそれほど前ではありませんでした。ぼくらの話題は主として学問的なことでした。もっとも、いつものようにほかの話題も混じっていましたが。というのも彼はエリート主義の象牙の塔に閉じこもったりはしませんでしたから。彼の行動圏はまぎれもなくこの実社会でした」

彼はここで言葉を切り、リンダ・ルーピンを囲んで最前列に坐る学者たちにちらっと目をやった。それから、また話を続けた。

「ぼくは、その最後に会ったときに彼が言ったことについて考えてみました。というのも、ぼくは信じているからです、死が訪れるときには、たとえそれが暴力的、かつ予期せぬときにやって来ても——というか、そういう場合には特に——死が近いという予告が必ずあると。

ぼくらは確かに死について話しました。あのときのようにサムのお気に入りの詩人、トーマス・ラヴェル・ベドーズについて話し合えば、死を語らないわけにはいきません。そして、ぼくらは死の神秘について話しました、それに、わたしたちの唯一ではないにせよ通常の伝達手段である言語が、まさにその複雑さゆえに、往々にしてものごとを明らかにするより隠す場合が多いことについて。

彼は死を予感したのでしょうか？　ベドーズの詩の断片を引用したとき、彼は皮肉っぽい微笑を浮かべたように見えました。

〝思うに、あなたの言葉には（それに、頭に浮かぶ思いのふしぶしに、）
何か気も狂わんばかりの秘密が潜んでいる
草むした穴のなか、石ころや根っこや這いずり回る爬虫類のさなかに
転がっていた骸骨が、その舌のない口で
殺人を告げているように……〟

（パスコーには、この青年が〝根っこ《ルート》〟という言葉を口にしたとき、パスコーの視線をとらえ、その血の気のない唇にかすかな微笑が浮かんだように見えた。だが、たぶん、気のせいかもしれない）

青年は話し続けた。

「たぶん、サムはぼくに何かを伝えようとしていたのかもしれません、サム自身もほとんど理解していなかったことを。たぶん、いつかぼくはその秘密を解くでしょう。あるいは、たぶん、サム自身がぼくのために解いてくれるのを待たねばなりません。

というのもサムは組織化されたどんな宗教も支持していなかったけれど、いろいろ話し合ううちに彼が死後の生活を深く信じているのがわかりました、この地上でぼくらがどたどたと踊っているこのグロテスクなベルガマスク（タランテラに似た速いダンス）とは非常に異なる、はるかに優れた生活を。この点で彼の魂はベドーズのそれと深く共鳴していて、彼がベドーズについて執筆していた本は学術的に傑作であるだけでなく、人生哲学の傑作になっていたはずです。

あと数行の詩で、ぼくの話は終わりです。不気味な詩だともし感じる方がいたら、許してください、でも間違いなくサムはそうは感じなかった。じつは以前彼がこう言ったことがあるのです、もし自分で自分の葬式を計画するとすれば、この数行の詩句を朗誦してほしいと。

そこで彼の望みをかなえるために、そしてぼくの心を慰めるために、それを朗誦させてください」

〃わたしたちは草の下に横たわっている
月光のもと、イチイの樹の
木陰に。通り過ぎる人々には
わたしたちの声は聞こえない。わたしたちは恐れる
彼らがわたしたちの歓びを羨《うらや》むのではないかと、
ツチボタルの光る夜、墓の中にいる歓びを。
あとに続け、わたしたちのように微笑《ほほえ》め、
わたしたちの船は太古の波間に浮かぶ岩を目指す、
そこは降りしきる無数の雪が海に消える場所、
そして、溺れた者たち、難破した者たちは幸せな墓場
を手に入れる。〃

彼は身じろぎもせず、広げた両翼で説教壇の聖書台をつかんだ木彫りの鷲のようにじっと立ち、鷲の目に劣らぬ猛々《たけだけ》しい目で会衆を見下ろした。会堂内の静寂は単に音の

欠如という以上のものに感じられた。まるで時の本流から漂い出て、どこかの支流に、岸辺から腕を伸ばしてその水を飲む力のある者には、黄泉の国の忘却の川《レーテー》のように一切の過去を忘れさせてくれる支流に入り込んだかのようだった。そのときルート自身がその魔力を解き、壇を降り、通路を戻っていったが、背を丸め、頭を垂れて、もはや威圧的な、この世のものならぬ存在ではなく寄る辺《べ》のない、孤独な少年でしかなかった。

「あのあとじゃ、とても！」エリーが囁いた。

まったくだ、とパスコーはほっとしながら思った。政治家のような鈍感な自我《エゴ》の持ち主でもないかぎり、ここで立って月並みに聞こえるにきまっている弔辞を述べることなどできるわけがない。

リンダ・ルーピンが首を伸ばして通路を戻るルートを目で追っているのが見えた。それから彼女は鋭く、急いで副総長に何か言った。

きっと彼女は、生意気にも葬儀の平穏を乱したこの妙なやつは誰かと訊いているんだ、とパスコーは思った。そして、多少いい気味だと思いながら、こんな出しゃばった真似をしたルートに、彼女はその政治力を使ってどんな報復をするのだろうと思った。

埋葬が終わり、立ち並ぶ新聞記者やカメラマンの集中攻撃を浴びる前に人々が墓地を動きまわっているとき、パスコーはリンダ・ルーピンが他人任せにはせず我とわが手でルートをつかまえ、彼の戦争神経症《シェルショック》状態の耳に怒りをぶつけているのに気づいた。

「あれをごらんよ」パスコーは小声でエリーに言った。

「きっとフラニーは刑務所を恋しがってるぞ」

「どうして？」

「言葉の鍼《はり》治療にくらべりゃ、どんな嫌なことでもまだましだからさ」

だが彼がまだそう言い終わらないうちに、エリーがなぜ否定的な顔をしたのか合点がいった。ルートがやっと口を開いて何か言い、リンダ・ルーピンの顔に何か微笑のような……いや、まぎれもなく微笑が浮かんだのだ。彼らは口論ではなく、話をしていたのだ。

「彼女はずばり旧弊な英国国教会信徒かと思ってたがね、援助に値する貧乏人は助けるがそれ以外の者は知ったこっちゃない、教会でのんびり油を売ったりはしないというタイプかと」彼はがっかりして言った。「彼女がフラニーの頭をもぎ取るかと思ってたのに」

「あなた、外国にでも行ってたの、ピーター？　われらがリンダは現代的な、頭のいかれた、スキンシップに弱い、〝神の声を聞いた〟式のクリスチャンよ。頭のいかれ加減の最新例は〈第三思考《サード・ソート》カウンセリング〉運動に深入りしていることよ……〈第三思考《サード・ソート》療法〉のことは聞いたことがあるでしょ？」

「第三年代《サード・エイジ》と関係あるのかい、例の第三年代《サード・エイジ》大学の？」

「対象が同じ年齢層という点だけね。この療法のサブタイトルはね、〝魂のホスピス〟。ベルギーのある修道士が始めたの。基本的には死を受け入れるための戦略の数々で、要するに死がやってくるのを待ってないで、心身がまだしっかりしているうちに進んで向き合いなさいってこと」

「それが、どうして〈第三思考《サード・ソート》〉？」

「あなたが新聞のスポーツ面から先は読まないのは知ってるけど、受けた教育はどうなっちゃったの？」

「ベドーズじゃないよね？」パスコーは言った。

この男が頻繁に顔を出していた。ルートの弔辞が、その最後の一行がまだパスコーの頭の中でこだましていた。

……そして、溺れた者たち、難破した者たちは幸せな
墓場を手に入れる。

第一の対話に、あの溺れた修理工が幸せな墓場を手に入れる、というようなことが書いてなかったっけ？

「ばかなこと言わないで」エリーは言った。「ほかならぬ〝大御所〟よ。かのウイル・シェイクスピアその人。『テンペスト』のプロスペロー。〝そして、そのあとはミラノに引きこもり、重ねる思い《サード・ソート》はわが墓のこと〟。これを思いつかないなんて信じられない」

「ま、学芸会で怪獣キャリバンを演じた人にはかなわないよ」パスコーは言った。

「妖精エアリエルです」パンチを繰り出しながらエリーは言った。「とにかく、リンダはこの修道士に会ってすっかり傾倒しちゃって、以来、この運動に大量のユーロマネーをつぎ込む推進役になってるわ」

「でも彼はベルギー人なんだろ?」

「リンダはね、われわれ英国人にあれこれ指図をしないかぎり、べつに外国人だってかまわないのよ。それに、むろん、英国人のほうが上だと認めなきゃだめだけど。ま、この修道士は確実にそれを示したわけよ、自分の療法に英語の名前をつけることで。もっとも本当は商売のためじゃないかしら、自分のウエブサイトをできるだけ大勢の人に知ってもらえるように」

「修道院にウエブサイト?」

「ピーター、ダルジールのディズニーランドを出て、しばらく実社会で暮らしてみることね」

「きみは、どうしてまた頭のいかれた《ルーピー》リンダにそんなに詳しいのさ?」

「あの赤い小冊子に書いてあるように、汝自身を知れ、だが汝の敵をその何十倍もよく知れ、よ。でも、話を元に戻すと、ルートはお墓やなんかのことをだらだらしゃべってミズ・ルーピンに対して肥溜めに落ち込むような苦境に陥るどころか、大いに株を上げたのかもよ。あのね、奇《く》しくも〈第三思考《サード・ソート》〉のシンボルは小さな白い十字架なの、だからきっとルートはあの運動にも熱中してるのよ。ラッキーなことにね」

「ラッキー」パスコーは吐き捨てるように言った。「何がラッキーなもんか。あの狡猾なろくでなしが!」

「何かコメントは、主任警部?」玄武岩の天使の陰から飛び出したサミー・ラドルスディンが言った。「何か書いてもいいことは?」

「サミー、とっとと失せろよ」ピーター・パスコーは言った。

29

土曜日の夕方になるころには、パスコーはお気に入りの肘掛け椅子にのんびり坐り、テレビのばかばかしい週末番組を見ながらうとうとできるのだったら金を払ってもいい気分だった。

この短篇コンテストの当選者発表式に自分が職務上、出席しなければならないという気持ちは薄れる一方だった。ワードマン捜査に関係のあることは何も起こりそうもないし、とにかく、エドガー・ウィールドが行くはずだから見張っていてくれる。エリーまで寛大にも一緒に来なくてもいいと勧めてくれた。

「選者だから、わたしは行かなきゃならない」彼女は言った。「でも、あなたまで付き合うことはないわよ。ゆっくり休めばいいわ。ベビー・シッターはキャンセルするから」

パスコーはこれまで自分のために彼女が耐えてくれた数々の退屈な警察行事を思い出し、大いに気が咎めた。

「いや、行くよ」彼は言った。「アカデミーの授賞式みたいに受賞者のスピーチが延々と続くわけじゃないんだろ。テレビの放映時間はどれぐらい？　三十分？」

「そう。それに式の前に来賓と賓客ではないそのパートナーのためにアルコールも出るし。強いお酒を何杯かきゅっとやって活発な会話を楽しむのが、あなたにはいちばんいいのかも」

しかし、出だしからエリーは完全に勘違いをしていたように見えた。カクテルパーティーの雰囲気は、どちらかと言えば、午前中の葬儀よりも心もち活気に欠けていた。ここにいる出席者の大半が前回ここに集《つど》ったときには、スティール議員が殺されたのだ。そして、この中のかなりの者がサム・ジョンソンの死を悼んで彼の葬儀に参列してたから、これも充分みんなの気持ちを暗くしていた。

だが、ほとんどの通夜の例に漏れず、アルコールが二、三杯も入ると結局は明るい光が射し、暁の小鳥のさえずりにも似たおしゃべりが始まった。そして、最初に声をたてて笑った者は申し訳なさそうな顔をしたが、じきにほかのパーティーと——時間の限られた、酒代はほかの者が払ってくれるパーティーと——まったく区別がつかなくなった。払うのが誰なのか、パスコーは知らなかった。おそらく《ガゼット》社だろう。ふと彼はそれを声高にたずねそうな者は唯一人、納税者の金を強奪させまいとあんなに熱心だったスティール議員だったのにと思った。そして、サム・ジョンソンもすこし冷笑的だったかもしれない。もっとも二人のどちらも、提供されたものはしっかり享受したろうが。

ほかの者たちも遠慮はしていなかった。死を意識することほど人々を生きる楽しみに駆り立てるものはないと、パスコーはあたりを見まわして人数を数えながら思った。やっぱりそうだ、内覧会に来ていた名士は皆ここにいるように見えた。むろん、故人は別にして。それにジェフリー閣下、というか、スタングのパイクストレングラー卿も。あのあと新聞が報じたところでは、鮫が父親の断片を残してくれたおかげでささやかな埋葬ができ、今は晴れて称号を名乗れるようになったのだ。

「で、当選者は誰なんだね、メアリー」アムブローズ・バードが《ガゼット》編集長に訊いた。

「知らないわ」アグニューは言った。

バードは小鳥そっくりに首をかしげて、疑うように言った。「そんなばかな、あんたとこのフォローズはしっかり確認したはずだよ、あんたたち処女の頰を染めさせるような者は絶対に当選しないように」

この言葉は確かにフォローズの頰を染めさせたが、それは恥ずかしくてというより苛立ちからだった。しかしメアリー・アグニューのほうは笑って言った。「誰かほかのメアリーと混同してるんじゃない、ブローズ。当選作があらゆる年齢の子供たち向きの、チャーミングな現代のお伽噺だっていうのは本当よ。でも二篇の上位入賞作はずっと血気盛んな作品よ。そして、ここにいるチャーリーとエリーが、パーシーからもわたしからも一切干渉されずに選んだの」

「パーシーから干渉されずに？　それは羨《うらや》ましい」バードは言った。

「他人《ひと》のことに長いくちばしを突っ込まなくても、ちゃんと自分の仕事ができる者もいるのさ」フォローズがぴしゃっと言った。

「これこれ、子供たち、大人の前で喧嘩をしちゃだめだよ」とチャーリー・ペン。

バードはフォローズを睨みつけた。それから無理に笑顔を作って言った。「チャーリー、あんたは間違いなく当選者の名前を知ってるに相違ない。どうだね、ヒントだけでも？」

「それもはずれだ、ブローズ」ペンは言った。「当選作の題名と作者のペンネームは知ってるがね、本名は知らない。たとえ知りたくても知るわけにはいかないんだ。メアリーにかかったらウェストミンスター寺院だって無礼講御免の家みたいに見えるよ、なにしろ規則で人をがんじがらめにするのが大好きなんだから。どうやら応募作には中に本名と住所を入れて密封し、表に短篇の題名とペンネームを書いた封筒を添える決まりになっていたらしい。彼女はその封筒を選者の手の届かないところに保管した。じつは、彼女はその規則の上にまた規則を作った。《ガゼット》紙上で発表した規定では、封筒は当選作が決定するまで一切開封しないことになっていた。だが、この騒ぎのおかげで一躍、選考結果がテレビの生中継で発表されるミニ・ブッカー賞（毎年英国で発刊された最も優れた長篇小説に与えられる賞）になったもんだから、彼女とそこのスピルバーグは――」とジョン・ウインギットのほうにうなずいて――「今夜まで封筒は一切開けるなと指示して、みんなに固唾《かたず》を呑ませることにしたのさ」

パスコーとウィールドはちらっと顔を見合わせた。これは厳密には本当ではなかった。〈対話〉が創作ではなく事実だとわかった時点で、すべての応募作は添えられていた封筒ともう一度組み合わされ、選び出された活字の書体《タイプフェース》と〈対話〉のそれが呼応しているように見える五、六の事例について、封筒が開封され、作者の身元が洗われた。パスコーの予測どおり、やはり、その努力は報われなかった。

だがPRのちらしにもあるように、一見華々しく見える捜査活動の陰には、こういう欠かすことのできない退屈な消去作業に費やした何百時間もの、うんざりするような時間があるのだ。

こう考えるうちについパスコーが欠伸をすると、ウィールドが言った。「もうちょっとよく寝るようにしなきゃ」

「そうしたいのはやまやまだけど、この商売じゃ無理だな」パスコーは言った。「ま、たぶん、退職したら取り戻すよ」

「ジョージみたいに？」

「彼は今だって寝てるだろ。ごめん。これは意地が悪いな。それに最近の彼はあまり元気そうじゃないね。ああいう気の毒な例にならなきゃいいけどね、ほら、定年退職を楽しみにしていて、いざ退職したらバッタリ逝っちまうような！」

「ほんとにね。いつも思ってたんだ、彼には退職生活がほんとに性《しょう》に合っているって。田舎の小さな家に住んで、自分が咲かせたバラの花瓶に囲まれて回想録を書く。まさに水を得た魚ってところだなと」

「たぶん、こう考えはじめたのかもしれないな。三十数年、勤め上げた。その昔、自分は何を目指していたのだったか？　退職を目前にした今、あれは皆どこへ行ってしまったのか、どうしてあの栄光の小道の数々は、自分をもっとずっと陽の当たる場所に連れていってくれなかったのだろうって。彼だって最初から警部で終わるつもりじゃなかったはずだもの」

「もっと低い山頂《いただき》もあるけどね」ウィールドは言った。

「部長刑事のような」

「ウィールディ、ごめん。そんなつもりで……あれ、なんで謝ってるんだろう、ぼくがどんなつもりで言ったかは、きみは百も承知なのに！　ちょうどこのぼくが知ってるようにね、部長刑事のなかには、部長刑事がいいからその地位に留まってる者がいることを」

長い間、彼には謎だった、ウィールドのように能力のある者がなぜ昇進への意欲をまったく示さないのかと。何年も前にその疑問をダルジールにぶつけると、そっけない返事が返ってきた。「人目に晒《さら》されない権威、これが部長刑事ってもんさ」この言葉の意味がわかったのは、ウィールドがゲイであることに遅ればせながら気づいたときだった。

「たぶんジョージも今の地位がよかったのかもしれない」ウィールドは言った。「彼はこれまでずっといい警官だったよ。じつはさっきメアリー・アグニューと封筒の話が出たとき、ジョージがワードマンと図書館について言ったことを思い出したんだ。スティールのことが書いてある〈対話〉、あれが《ガゼット》から図書館に届いた応募作の袋には入っていなかった最初の〈対話〉だよね？」

「うん、コンテストの締め切りはすでに過ぎていて、もう《ガゼット》から届く袋はなかったからね」

「しかし、それ以後、スティールの〈対話〉もジョンソンの〈対話〉も直接、図書館に来た」まるで鬼の首でも取ったように、ウィールドは主張した。

「だから、今は警察の最新式のカメラを設置して、二十四時間図書館の郵便受けを監視できるようにした」パスコーはとまどって言った。

「それは知っているよ」ウィールドは辛抱強く言った。「わたしが言おうとしてるのはね、これまでわれわれはそれ以前の〈対話〉はすべて《ガゼット》に送られてきて、それが図書館で見つかっただけだと思っていた、〈対話〉を短篇コンテストの応募作と見なしていたからね。もしそうなら、そしてワードマンが選んだ本当の送り先は《ガゼット》社だったのなら、なぜ向こうへ送りつづけない？」

「何が言いたいんだい、ウィールディ？」

「もしジョージの言うとおりで、〈対話〉と図書館のあいだに単なる偶然の結びつきというよりもっと積極的な関連があるとすれば、たぶん、それ以前の〈対話〉は袋が図書館に届いてから応募作の中に入れられたんだ」

「そうかもしれない」パスコーは言った。「でも、だから？　今から袋を見張るわけにはいかないよね、もう袋はないんだから」

「うん。しかし、考えてみると――コンテストの締め切りは、リプリーの番組が放映され、そのあと彼女が殺されたあの金曜だった。《ガゼット》社のあの配達係の話では、応募作の最後の袋がここに届けられたのは土曜日の朝の八時ごろだった。あの変わった名前の女の子、ボウラーが好きなあの娘が袋に入っていた〈対話〉を見つけたのは九時十五分だ。この、あいだの時間の防犯ビデオを誰かチェックしたかな？」

「してないな、ぼくの指示では」パスコーは認めた。「しまった」

「われわれみんながね」ウィールドは言った。「しかし、大した被害じゃない。もし〈対話〉が袋がここに来てから入れられたのだとすれば、勤務時間中だった可能性が高い。スティール議員のおかげで、そのときにはもう大部分のカメラはスイッチを切られているから」

「それでもチェックすべきだったよ、ウィールディ」パスコーは言った。

「ま、今からでも遅すぎないかもしれない。二、三分、姿をくらましても大丈夫かな？」

パスコーはあたりを見まわした。エリーはジョン・ウインギットと話し込んでおり（おそらくテレビ界に進出しようとしてキックスタートをかけてるんだ、とパスコーは思った）、他方、エドウィン・ディッグウィードのほうは〝目立ちたがり〟パーシーと〝最後の俳優・座長〟の間でまたしても始まったらしい校庭の喧嘩らしきものの審判を務めていた。

「大丈夫そうだ」彼は言った。

当直の警備員は事務室にいたが、室内は禁制のはずの葉巻の煙の強烈な匂いがしていた。最初のうち彼は気のない様子をしていた。

「え、二週間前？　見込みないね」彼は言った。「何か特別な理由がないかぎりテープは最後までどんどん録画して、また巻き戻して使うんだから」

「ええ」パスコーは言った。「しかし、一本のテープに数時間は録画できるし、それに何かがそこで起きないかぎり、今夜のように――」彼はモニター画面を指したが、そこにはきめの粗い白黒画像で彼らが今あとにしてきたばかりのカクテルパーティーが映っていた――「カメラによっては何日間も作動しない可能性があるから」

「いや、作動するよ」警備員は譲らなかった。「ほら、われわれが巡回するから。それに掃除人たちが来るしね、彼らは朝スイッチを切る前に来るからね」

「たとえそうだとしても」パスコーは言った。

彼のかたわらでウィールドが深く匂いを嗅ぎ、咳き込みはじめた。

「大丈夫か?」パスコーは言った。「変だな、こういう禁煙のビルでこんなに空気がカラカラになるなんて」

五分後、警備員は選び出した数本のテープを持って戻ってきた。

〈センター〉の職員用出入り口、《ガゼット》の配達係が袋を届けた場所だが、ここのテープは役に立たなかった。ここのカメラは非常に頻繁に作動するので――夜遅くなってから建物を出る職員や、朝は掃除人や、配達人たち、それに早めに出勤する者によって――先週の分しか映っていなかった。

だが参考図書室を撮ったテープに関してはラッキーだった。録画の最初の日付は二週間前の週、リプリー殺人が発生した週の半ばの日付だった。パスコーはちらちらする画面に目を凝らしながら、警備員や掃除人がこんなに良心的に職務を果たしているのをもし見たら、スティール議員はさぞ喜んだろうにと思った。ここでは納税者の金は大いに有効に使われている。そして、どうやらディック・ディーに関しても。二度、彼は夜もかなり遅くなってから自分の事務室から出てきてカメラを作動させている、一度は木曜日の夜で、もう一度はリプリーが殺されたあの金曜日の夜だった。

そして、今、画面には土曜の朝の掃除人たちが映っていた。そして、帰っていった。カメラのスイッチが切れた。そして、警備員の説明によれば、通常はこの直後から夕方までシステム全体のスイッチを切っておくのだという。しかし今回は運がよかった。ふたたびカチッと音がして映像が浮かぶと、それは土曜の朝の、時刻八時四十五分だった。

「ときどき夜勤の者が切り忘れてね」警備員は言った。「昼の当番の者が気がつくまでそのままなんだよ。滅多にないんだけど、この商売にゃほんとはベッドで寝てなきゃならんような寝ぼけまなこの爺さんがいるからね」

彼は当番表をぱらぱらめくっていたが、やがて急いでそれを引き出しに突っ込んだ。問題の寝ぼけまなこの爺さんは彼だったのだろう、とパスコーは思った。

しかし、これは〝怪我の功名《こうみよう》〟かもしれない、と彼は画面を見ながら思った。片手に郵便物の整理箱、もう一方の手にポリ袋を持ったディック・ディーが姿を現わしていた。彼はその両方をカウンターに置き、事務室に入っていった。映像が消えた。

「あの事務所にはまだカメラがないんですね」パスコーは咎めるように言った。

「こっちに言われても困るよ、あんた。金の問題でね。でも、どっちみち、あそこに入るには参考図書室を通らなきゃならないからね。ほら、窓がないんだから」

映像がふたたび浮かび、事務室から出てきたディーが映った。彼はポリ袋の口を引っぱり開け、中をのぞきこんで顔をしかめ、今度は郵便物に注意を向けた。だが彼がまだ何も開封しないうちにパーシー・フォローズが姿を現わした。機嫌のいい顔ではなかった。

パスコーはライ・ポモーナの供述書を思い出した。ライが来たとき、二人は事務室の中におり、ジャックス・リプリーの放送のことについて話していた、と彼女は述べていた。そして、彼女は二人の邪魔をしないほうがいいと思ったと。明らかに、彼女は気を利かしたのだ。たとえ音声がなくても、あのフォローズの表情を見ればこれが友好的な話し合いでないのは一目瞭然だった。それに対してディーのほうはおだやかな表情のまま、上司を事務室の中に案内するとドアを押してほとんど完全に閉め、カメラはまたスイッチが切れた。

やがて、ふたたび映像が浮かんだ。そして、彼らは金脈を掘り当てた。カメラを作動させたのは、パスコーの予想とは異なり出勤してきたライの姿ではなかった。別の人物だった、そして、それが誰かわかったとき、彼は自分でも恥じ入るほどの強烈な歓びと希望を感じた。

フラニー・ルートだった。

彼はカウンターのそばに立っていた、おそらく事務室の中で続いている激論に耳をかたむけているのだろう。

今、彼は持ってきた自分のくたびれた書類鞄の中に手を入れ、何かを――画面の奥になるので定かに見えない――取り出すと、まるで見ている者はいないか確かめるようにあたりを見まわし、ポリ袋の口を引き開け、中に入れた。そして、立ち去った。経過した時間は全部で五十一秒だった。

「キャルー キャレー、おお、すばら嬉しい日よ（ルイス・キャロル作『鏡の国のアリス』より）！」パスコーは言った。

「待った」ウィールドは言った。

映像は消えていた。それがまた現われた、時刻はわずか一分ほどあとだ。

今度カメラを作動させたのはチャーリー・ペンだった。彼も耳を澄ましているようで、彼もあたりを見まわし――ルートほどこそこそした感じではなく、いつもの皮肉っぽい微笑を浮かべていたが――それから彼も自分の書類鞄から紙を一枚取り出すと、開いたままのポリ袋の中にそっと置いた。

えい、くそっ、とパスコーは思った。降れば土砂降りってわけだ！

ペンはカメラの視野からはずれ、画面は暗くなり、ライ・ポモーナが来てふたたび映像が現われた。

彼女は受付カウンターのうしろに行き、事務所の中の口論にちょっと耳をかたむけているふうだったが、かがんでショルダーバッグをカウンターの下に置き、それから郵便物を開封しはじめた。

彼女の興味を引くものは何もなかったようで、彼女は袋に注意を向けた。中から一枚の紙片を取り出すと、彼女はそれをちょっと見てから、振り向いてカメラに写らない場所にいる者を見た。彼女の顔は無表情だったが、紙片をつまんだ指を放し、それからまるで付着した何か嫌なものを落とそうとするかのように指先を擦り合わせた。

ライがまだカメラの視野にいるうちに映像は消え、ふたたび映ったときには一気に土曜の夜の警備員の巡回に飛んでいた。

「昼勤の者が切ったんだ」警備員は謝るように言った。

「しかし、欲しかったものは手に入ったようだね」

おれのポーカーフェイスもこれまでだ、とパスコーは思った。

「捜査の参考になります」パスコーは当たり障りなく言った。「もう一度見てみよう」

彼らはさらに二度繰り返して見た。ルートはまず間違いなく一枚、あるいは数枚の紙を袋に入れたように見えた。署に戻ってコンピューターで画質を高めれば疑問の余地なく立証できるはずだ。

「よし、それじゃこれは持ち帰ります、いいですね？　預かり証を渡しますから」

「サー」ウィールドは、例のごとく、そこに一人でも民間人がいれば厳重に儀礼を重んじた。「もう行ったほうがいいと思いますが」

パスコーは彼の凝視の先を見た。そこには授賞式前のレセプションを写す画面があった。会場はもうがらんとしていて二、三人の接待係がグラスを片づけているだけだった。

パスコーがとっさに下した判断は、ウィールドをスタジオに行かせてエリーに事情を説明させ、自分はルートを探しに向かうというものだった。だが、警備員室を出て廊下を急ぎながら、部長刑事はそれを思いとどまらせようとした。

「ルートがどんな男か知ってるだろ、ピート」彼は言った。「少なくともまずアンディに電話して、彼の耳に入れたほうがいい。それに、ほら、チャーリー・ペンのこともあるし」

「うん、しかし、あれはあのポモーナって娘が最初に取り出して読んだ、あの紙のようだった」パスコーは反論した。「そのあと床に落としたあの紙。彼女は供述書のなかで、ペンが翻訳した詩を見つけたというようなことを言ってたよね」

「うん、言ってた。そして、ペンのほうは、カウンターに行ったとき、たまたま袋の上に置き忘れたに違いないと。しかし、どう見てもたまたま置いたようには見えなかった。それに、じつは彼は〈対話〉もそっと袋に入れ、誰かに見られた場合にうまく取り繕《つくろ》えるようにあの詩を使ったのかもしれない」

「可能性が無くはないけど、まずありそうにないな。とにかく、ペンの居場所はわかっている、ここにいるんだから。それよりルートが野放しになっていると思うと、気が気じゃないんだ」

だが、彼は分別のあるところを示そうと決意して、寄り道をして〈センター〉内の携帯の感度のいい場所へ行った。彼はダルジールの自宅へダイアルした。応答なし。

「ダンスに行くとか言ってなかったっけ？」ウィールドは言った。

彼は巨漢の携帯にかけてみたが、これも応答がなかった。

「おそらくカスタネットの音で聞こえないんだ」パスコーは言った。

「たまにはダンスを休まないと、床が抜けちまうぞ」ウィールドは言った。

これは中傷だった、二人ともダルジールがどんなに軽ろやかに踊れるか、そのステップのすばらしさを知っていたからだ。

「時間の浪費だ」パスコーは言った。「ルートが誰かを殺してるかもしれないのに」

「もしそうだとしたら？じゃ、どこに探しに行く？」ウィールドがもっともな質問をした。「いちばんいいのは署に電話して誰かを派遣させ、ルートが自宅にいるかどうかを確認し、もしいなければ見張っているように指示することだよ。これなら、少なくとも無駄足を踏まずにすむよ」

「これはどうもご親切に、ウィールディ」パスコーは言った。「ほんとは、彼のそばに行かせるには、ぼくはあまりにも不公平で、偏見を持ちすぎてるっていうんだろ」

「いや、違うよ、でも、ルートはそう言いそうだと思わないか？」ウィールドは言った。「あのね、ピート、彼に釈明を求める必要があるのは確かだ。ただ、たぶん、きみがそれをやるのはまずい、とにかく、最初はね」

「ばかばかしい」パスコーは言った。

しかし彼は署に電話をかけ、ウィールドが言ったとおりに指示し、ルートのフラットに向かった警官から一報が入りしだい自分に連絡するようにと命じた。

十分間、彼とウィールドは無言で待ちつづけた。

「誰もいません、主任警部」これが報告だった。「どのぐらいの間、見張らせておきますか？」

「必要なだけずっとだ」

彼は携帯を切り、表情の読めない部長刑事の顔を見た、そしてため息をついて言った。「わかったよ、きみの勝ちだ。さ、戻って謝るとするか」

二人はスタジオの入り口に着いた。まばゆく照らされた奥行きの浅い舞台から三方に階段状の座席が急傾斜で上っていて、会場は満員のようだった。実際の話、彼の見るところ唯一の空席は最前列のエリーの隣だけだった。彼女は怒ったような顔をしていた。

何の説明もなく彼がどれほど長く姿を消していたかは、とつぜん大きな拍手と共に後ろのほうで女性の歓びの声が上がり、まだ十六歳そこそこにしか見えない女性が躍り上がるように立って「わたしです」と叫び、小さく絞ったスポットライトが聴衆の上を走って彼女を照らし出したときにわかった。

彼女は三等賞の受賞者だということが、アカデミー賞受賞者をしのぐ、彼女のしどろもどろの、涙ながらの感謝の言葉で明らかになった。

ウィールドがせき込んで言った。「ピート、列の端の席、左側の、五列後ろ」

パスコーは数えた。

「神様、ありがとう」彼は言った。

フラニー・ルートがそこに坐っていた。いつもどおり黒い服を着ているので、彼の青白い顔は講堂の薄闇のなかで浮き上がって見えた。パスコーの心にずっと以前に読んだある詩、詰めかけた見物人のなかを刑場に引かれていく死刑囚を詠んだ詩のイメージが浮かんだ。離れたところから見てもあの青白い顔は見紛《まが》いようがない。あれはルートを詠んだ詩だ。ただ、もしパスコーが考えているとおりなら、ここにいるのは処刑される者ではなく、処刑人だ。

ステージでは、メアリー・アグニューが二等入選者を告げているところで、その作品は、もし選者の目に狂いがなければ、人間の人間に対する酷薄さを深く追及していると。

題名と筆名が読み上げられ、封筒が破り開けられ、張り出し席からまた歓びの声が上がり、二人目の女性が、この女性は前の受賞者の祖母のような年齢だが、栄誉に輝いた。

「行こう」聴衆の拍手が舞台に向かう新たな受賞者を包むなかでパスコーは言った。

彼はエリーに気づかれずにすめばと願ったが、そうはいかなかった。彼女の非難の眼差しが石のつぶてのように彼を打った。彼はたじろぎ、弱々しく微笑したが、そのまま通路の段を上りルートのところに行った。

「ルートさん」彼は声を潜めて言った。「ちょっと話があるんですが、いいですか？」

「パスコーさん、こんにちは。もちろんですよ、あなたとならいつでも」

青年は口元に例のかすかな微笑を浮かべて、言葉を待つように彼を見上げた。

「いや、外で」

「ああ、あとじゃだめですか？　じきに終わりますよ。ほら、生中継だから」

「これは早急に……」

彼の声は周囲から湧いたシーッという苛立ちの声に掻き消されて、パスコーは二等受賞者の謝辞が始まっているのに気づいた。ありがたいことに年の功で彼女は節約の価値を知っており、彼女のスピーチは三等受賞者の半分の長さで倍の感銘を与えていた。

彼女が舞台を去り、新たな、ほっとした拍手が起こると、パスコーはきっぱり言った。「今すぐ、お願いします、ルートさん」

「あと二、三分だけ」青年は懇願した。

パスコーは振り向いてウィールドの顔を見た。部長刑事はかすかに首を振り、無言で〝羽交い締めにして引きずり出そうか？〟と訊いているように見えた。

下でアグニューが言っていた、「では、いよいよ一等当選者です。選者は一致してこの作品を推しました。選評はこう述べています、人生で体験することの不快な面に心を奪われている時代には、心温まる物語は人気がないかもしれない、しかし、この作品のような、美しい工芸品のような作品、このジャンルの偉大な古典作品以外ではめったに見られない深い人間性と軽いタッチを兼ね備えた作品なら、それは人生で体験する最良で、もっとも価値あるものすべてを肯定し、励ましてくれるものだと。このような推薦の言葉を聞けば、きっと皆さんは一刻も早くこの作品を読みたいとお思いでしょう……そして、次号の《ガゼット》でそれができます。その題名は〈ある日、人生で〉、そして、作者のまさに打ってつけのペンネームはヒラリー・グレートハートです、本名は……」

ドラマチックな間、そして封筒が引きちぎられる。

ルートが立ち上がった。

パスコーはこの突然の降伏にいささか驚きながら言った。「ありがとう。後ろのドアから出よう」

ルートは言った。「違う、違う、そうじゃないんだ」そして、押しのけて進もうとした。

パスコーは彼の腕をつかみ、ついに何か具体的な苦痛を与える口実ができたことに、怪しからぬ話だが、強い喜びがわき上がるのを感じた。

そのときウィールドが彼の腕をつかんで言った。「ピート、だめだ」

それと同時に強烈な光が彼の顔と心を照射した、当選者を求めるスポットライトが彼らを探し当て、たった今メアリー・アグニューが言った言葉が心に届いた。「……フランシス・ルートさん、住所ウエストバーン・レーン、十七a。どうぞこちらへ、ルートさん」

パスコーは手を放し、フラニー・ルートが賞を受けるために軽やかに階段を駆け下りるのを見守った。

「大丈夫か、ピート？」ウィールドは心配そうに言った。

「最高の気分だよ」眼下のまばゆく照らし出されたステージを瞬きもせず見つめながら、パスコーは言った。「少なくともあの野郎は目の届くところにいるんだから。でも、これだけは言っとくよ、ウィールディ。もしあいつが謝辞の中でおれの名前を挙げたら、あそこに駆け下りてあいつを殺すかもしれない」

30

「……シルクハットをかぶり、燕尾服の塵を払って……」

アンディ・ダルジールは歌った。

「アンディ、あなた燕尾服なんか着てないじゃない」キャップ・マーヴェルが自分の寝室から声をかけた。

「自分の服のことを言ってるんじゃないよ」ダルジールは突起した臀部を包むキルトを満足げに見下ろしながら言った。

　キャップが寝室から姿を現わした。

「何か気になる言い方ね。ちゃんと何か着ているんでしょうね、そのスカートの下に？」

　返事代わりに彼はキルトを持ち上げて英国国旗柄《ユニオンジャック》のボクサーショーツを見せ、くるっと一回転した。

　それから彼はキャップの全身を、上品なダイアモンドのティアラから胸元の深く切れ込んだワイン色のシルクの夜会服、きらきら光るディアマンテで縁取りした銀色の靴まででじっくりと眺めて言った。「いやはや、じつにすばらしい」

「まあ、ご親切に」彼女は言った。「そして、あなたもよ、アンディ。すばらしいわ。それがあなたの一族の格子柄《タータン》なのね？」

「違うと思うよ。ダルジール家に固有の柄があったとは思えんから、たぶんうちの親父が自分のきれいな青い目に合うこの柄を選んだんだろうね」

「じゃ、お父さんは根っから《プロフェッショナル》のスコットランド人じゃなかったの？」

「違う。専門職《プロフェッショナル》じゃなくてパン屋で実利主義だった。よく言ってたもんだ、三つのことにかけて世界中でキルトほど便利な服はないし、その一つはダンスだと」

「あとの二つは何か、訊いてもいい？」

「排便と交接さ」巨漢は言った。「じゃ、出かけるとするか？」

「ええ、もう出られるわ。アンディ、あなたが今夜一緒に行くと言ってくれて、わたし、ほんとに感激したのよ……」

「……でも？」

「でも、も何もないわよ」

「声を聞けばわかるよ」ダルジールは言った。「でも、行儀よくしろっていうのかね？」

彼女は笑って言った。「ばかばかしい。息子の連隊舞踏会に行く楽しみの半分はお行儀悪くするチャンスだからよ。もう何年も前からそうしてるわ、彼にきまり悪い思いをさせてやろうと思って。あの子も楽しんでるんじゃないかな。そうじゃないわ、もし〝でも〟があるとしたらね、〝でも、今回ぐらいは仕事が醜悪な顔を出さないでほしい〟。今夜ばかりはほんとにイヤなんですもの。早く引き上げなきゃならなくなったり、置いてきぼりにされてわたしを自分のお祖母さんみたいに扱うベビーフェイスの准大尉やら、連隊長の母親とやるのもお慰み、なんて思ってるスケベな少佐の手にゆだねられるのはね」

「それをもし実行に移すやつがいたら、夜明け前にくたばってるよ」ダルジールは言った。「ほら、こないだ約束したじゃないか。おれの居場所は誰も知らないよ、だから、もしきみと〝英雄〟がおれの職業の話に触れさえしなきゃ、このおれはむろん黙っている。兵隊さんたちには、おれはきみの金持ちの〝パパ〟だと思わせとこうじゃないか。呼び出される恐れについては、携帯は持ってきていないし、ポケベルさえね。よかったら、身体検査してもいいぞ」

ダルジールは期待を込めて彼女を見た。

「あとで」彼女は笑った。「あとで身体検査するのを楽しみにしてるわ。じゃ、約束したわよ。仕事のことを考えるだけでもだめよ」

「いや、そんな約束はしてないよ」彼は抗議した。「自分が思い切り楽しんでいるとき、気の毒に、今頃あっちじゃみんなして汗水垂らして働いているんだ、と思う楽しみまで奪わないでくれよ」

「ほんとにそう信じてるわけじゃないんでしょ。猫の居ぬ間に……」

彼は虎のように微笑した。

「猫にもいろいろあるぞ」アンディ・ダルジールは言った。

舞踏会に向かうダルジールと連れのご婦人を乗せたタクシーが暗い田舎に向かった頃、ピーター・パスコーはまさに鼠のような気分だった、ただし遊びまわっている鼠というより、むしろ弄《もてあそ》ばれている鼠だった。

賞を受け、短い、感動的なスピーチをして、そのなかで受賞作を今は亡きサム・ジョンソンに捧げたフラニー・ルートは、それがすむとパスコーのところに戻ってきて言った。「すみません、さっきは話の途中で。もしまだぼくに用があるんでしたら、いくらでも」

彼にとっとと失せろと言え、とパスコーは思った。妻を連れて家に帰れ、こんなことをしてもおまえが得をするわけじゃない。

経験は心の中でそう告げていたが、仕事の歯車は容赦なく回りつづけ、そう簡単にスイッチを切るわけには行かなかった。

署に行かなければならないとエリーに告げると、彼女は今にも彼をぶん殴りそうに見えた。そして、それがルートを連行するためだと悟ると、くるっと背を向けて立ち去った。まるで、いったん口を開けば自分を抑える自信がないとでもいうように。

署に戻って彼らがあの防犯カメラのビデオを見せると、ルートは静かに坐って画面を見ていた。それから微笑して言った。「見つかってしまいましたね。つまり、資格を失うということですか？」

「運転免許の話じゃありませんよ、ルートさん」パスコーは鋭く言った。だが察しのいい彼にはルートがどう説明するつもりか、すでに予想がついていた。

「むろん、免許の問題じゃないですよ。ぼくは受賞の資格のことを言ってるんですよ。あのね、ばかみたいな話だけど、応募するかどうかで迷っていたんですよ――ほら、わかるでしょ、何かを書いてそのときはすばらしいと思う、それが、あとで見ると、こんなものを誰かが読みたがるなんてどうして思えたのかわからない。きっとミセス・パスコーは小説を書いてるから、ぼくの何倍もこういう経験をしてますよ、ついでに言うと、それが読める日をほんとに楽しみにしてますよ。とにかく、ぼくは土曜の朝に目を覚まして、締め切りが過ぎてしまったことに気づいて、なんてばかなことをしたんだと思ったんです。そして朝いちばんに《ガゼット》社に持っていって、特別の計らいで原稿を受け付けてもらえないか頼んでみようと思いついたんです。それが、《ガゼット》社に行ったら、応募作はディーさんとミス・ポモーナに下読みをしてもらうためにもう図書館に送ってしまったというんです。で、ぼくはその足で〈センター〉に向かった、なぜそうしたのかわからないけど、たぶん、漠然とディーさんの慈悲にすがろうと思ったんでしょう——ディーさんはほんとにいい人ですもんね。でも、参考図書室に着くと、事務室で彼とフォローズさんがかなり激しく議論してるのが聞こえて、見るとカウンターの上にあのポリ袋が、口が開いたまま置いてあって、中にいっぱい応募作が入っているのが見えたんです。この時点で、ぼくはもう半ばロボットでしたよ。気がつくとこう考えていた、どっちみち当選するわけじゃないんだから、かまわないじゃないかって、そして、そっと自分の原稿を入れた。厳密に言えば、ぼくはコンテストのルールを破ったことになると思いますよ。でも考えようによっては、金曜日の夜という期限は、《ガゼット》社へ提出する場合の期限で、ぼくが提出したのはあそこじゃないですよね。たぶん、これはあなたに訊くのがいちばんですね、パスコーさん。ぼくは法律のことはさっぱりだし、あなたはその道のエキスパートですもんね。あなたの手にゆだねますよ」

そう言いながら彼は自分の両手を、まるで何も持っていないと見せるように前に差しだし、悲しげに微笑した。

パスコーは言った。「わたしがこんな、短篇コンテストのことなんかを気にしてると本気で思ってるんですか、ルートさん？」

「ま、たしかに妙な気もしますけどね。でも、たぶん、ミセス・パスコーが選者として関わっているから、彼女の評判を守ろうとしているんだなと思って。いわば、これは彼女が職業作家としてする最初の仕事だから、当然あなたはそれを成功させようと一生懸命になるでしょうからね」

〝かまうな、ピート〟とウィールドはテレパシーでうながした。〝彼は釣り針にかかった魚のようにきみを引っぱりまわしている〟。

彼の思いは通じたに相違ない、というのも主任警部は、部長刑事がこれまで見たこともないほど深々と二、三度深呼吸をしてから事情聴取を締めくくり、ルートに帰ってもいいと告げたからだ。

「正しい判断だったよ」ルートを署の外へ送り出したあと、ウィールドは言った。

「そうかな。そうであるよう熱烈に祈るよ」パスコーは荒々しく答えた。「ま、そりゃ遅れた原稿をそっと入れたのかもしれないさ、しかし、だからといってあの〈対話〉も入れなかったとは言えないよ」

「確かにね、しかし、何かその考えを裏付ける証拠がないかぎり、新聞にああいうばかげた記事を書き立てられるだけだよ。〝警官、妻の弟子をムショにぶち込む。(嫌疑には疑問)高官は語る〟おまけに過去のことが何もかも暴かれる。こうなってほしいのかい?」

「きみは副編集長になるべきだったよ、ウィールディ」パスコーは言った。「しかし、聞いてくれ、ぼくは彼が歩み去るのを見るたびに思うんだ、狡猾すぎて彼を捕まえられないばかりに誰かがその代償を払うことになるのだと」

「それはなんとも言えないよ、ピート」ウィールドは言った。「でも、もしそのとおりだとすれば、彼はまた戻ってくるよ」

事実、彼は戻ってきた。だが、二人のどちらが思っていたよりもずっと早かった。

パスコーがちょうど家に帰ってエリーとその夜のことを活発に議論しているとき、電話が鳴った。

彼は受話器を取り、耳をかたむけてから言った。「しまったな。よし、今そっちに行く」

「どうしたの?」エリーは言った。

「制服警官にルートのフラットを見張らせておいたんだ、そして、あれやこれやでキャンセルするのをつい忘れてしまった。彼らが今ルートを連行してきてしまった。ミスに気づいて釈放しようとしたんだが、彼は帰るのを拒否しているんだ、これ以上は邪魔される恐れなしにベッドに入れるとこのぼくの口から聞くまでは帰らないと。ぼくを呼べ、さもなければ新聞記者を呼ぶと。そんなことをしてみろ、今度こそあの野郎を殺してやる！」

ちょうどその頃、ダルジールは〝陽気なゴードンズ〟をそれはエネルギッシュに、そして満場の拍手喝采を博した軽やかなステップで踊っていた。

「きみのお母さんは彼をどう感じるのか知らんがね、ピアズ」パートリッジ卿は言った。「わたしにはただもう恐ろしいね」

ピアズ＝イーヴンロード中佐はいささか力無くではあったが、とにかく微笑した。母親が舞踏会にこの恐るべき脂肪の塊りを連れてくるとわかったとき、彼の心は沈んだ。概して彼女は、ピアズから見れば新式の自由奔放《ネオボヘミアン》な自分のライフスタイルが息子の軍歴をあまり侵害しないようにとベストを尽くしてきた。旧姓のマーヴェルに戻ることによって、彼女が種々の抗議活動で新聞種になったときにも、彼が注目を浴びることは一切なかった。そして、公平に見るなら、彼女とこの脂肪の塊りがいい仲になってから、彼女の態度や活動に変化はないものの、もはや以前のように脚光を浴びようとはしなくなったように見える。いや、自分のためじゃない、とピアズは自分に請け合った、むしろ彼女のために恐れているのは、この舞踏会にアンディ・ダルジールを連れてきたことで彼女が哀れみと物笑いの的になることだ。

そして、彼は根が正直な男なので、押し殺した笑いの一部はこの自分に向けられるだろうと認めた。

あのキルトを見たとき、彼は自分の恐れていた最悪のことが現実になったと思った。

だが結局、ダルジールはそれを立派に着こなして見せた。そして、彼を冗談に仕立てようとする試みをことごとく上質のユーモアと鋭いウイットでさばき、冷やかすつもりだった者たちを警戒させた。なかんずく、ダンスフロアーで滑稽に見えるどころかじつに優雅に、軽やかに踊ったので、あっという間に彼は、酔いがまわった軍人たちの白兵戦的前戯より本物のダンスを好む女性たちのお気に入りのパートナーになったのだった。

そういうわけで、彼がこの大邸宅を酒気検知器を手にした大勢の警官たちで包囲させていないかぎり、たぶん、結局は何事もなくすみそうだ。

ダンスが終わり、ダルジールはダンスフロアーからキャップを息子が立っているところに連れてきた。

「飲み物のお代わりは、きみ？」ダルジールは言った。

「いえ、結構よ」彼女は言った。

「じゃ、何か食べ物は？」

「いえ、ほんとに」

「わたしは何かちょっとつまもう」彼は言った。「あとで検査されるとなると、しっかり力をつけておかなきゃ」

ピアズにウィンクをして、彼は立ち去った。

「検査？」ピアズはびっくりして言った。警官隊が屋敷を見張っているという自分の空想を思い出したのだ。「どういう意味です？」

母親は愛情を込めて彼を見た。

「あなたは知りたくないわよ」彼女は言った。

軽食室に行くと、ダルジールはあたりを見まわしてやっと目当ての人物を見つけた。若いお手伝いたちの群をしっかり監視している、ややきびしい顔つきの、意志の強そうな顎をした白髪の女性だ。

「やあ、こんにちは」ダルジールは言った。「あのおいしいザーネトルテはまだあるかね？」

彼女は興味をそそられたように彼を見た。「ドイツ語《ジー・シュ》をお話しになりますか《プレヒエン・ドイッチ》、マイン・ヘル？」

「自分の好物をあんたに頼める程度にはね。そして、わたしの好物はあのクリームケーキだ。あんなおいしいケーキを食べたのは、この前ベルリンに行ったとき以来だよ。こっちじゃどこで買えるのかね？　遠くても買いに行くだけの価値はある」

「お屋敷では買いに行ったりは致しません」彼女は訛りは強いものの完璧な英語で軽蔑したように言った。「わたしが作ります」

「まさか！　たまげたな。あんたが自分で作ったなんて！　いや、待てよ、きっとあんたはフラウ・ペンクに相違ない、バッジーがいつも宝物だと話してるあの婦人に」

「閣下はほんとにご親切で」

「たしか彼はあんたがチャーリー・ペンのお母さんだと言ってたな」ダルジールは続けた。「いやはや、あんなケーキが作れる上にチャーリーのお母さんだなんて、自慢の種がたくさんあるね。年老いたムッティの作る美味しいケーキの話をいつも聞かされてるよ、チャーリーからね」

「わたしの息子をご存知で？」

「知ってるどころか。日曜の昼にはよく一緒に一杯やる仲でね、でも、たいがい彼は早めに切り上げなきゃならない、年老いたお母さんに会いに行くからと言ってね。ま、今わかったよ、彼がなぜそんなに急いで帰るのか。あんたも嬉しいだろうね、チャーリーみたいな重要人物が、いざ好きなことができるとなればあんたをトップに据えると知って。彼は大物なんだよ、お母さん。付き合う相手をえり好みできるんだ。まさに信じられないほどの大成功だよ。英国人をしのぐほど英国的だしね！　彼が生粋のヨークシャー人でないなんて気づく者は一人もいないよ。あんたもさぞ鼻が高いだろうね、指を鳴らせばこんな重要人物がすぐ駆けつけて来るんだから」

彼女はこれには何も答えなかったが、ダルジールの見るところ女性一般に共通のあの意味深長な目つき、自分の口はしっかり封印されているが、もしそうでなければ面食らわせるような話があると暗に語るあの目つきで彼を見た。

彼は続けた。

「そういえば、先週の日曜日、ちょうどわたしの誕生日で少々気前がよくなっていたもんで、チャーリーを説得しようとしたんだよ、少し長居をしてパブで一緒に昼を食べていけってね。そのパブじゃすごく旨い、こってり甘いタフィープディングを食わせるから、それでチャーリーを誘惑しようとしたら、彼のいわく、おっかさんが作って待っていてくれる甘いものには到底太刀打ちできないと。彼はしじゅう話しているよ、毎日曜日、あんたのところで食べる旨いもののことをね。ま、今よくわかったよ。遠慮はいらない、わたしによだれを垂らさせるといい、何を食べさせたんだね？」

「先週の日曜日に？　何も」老婦人は言った。

「何も？　ザーネトルテさえも？」ダルジールはびっくり顔で言った。

「まったく何も。あの子は来ませんでしたから。でも、いいんですよ。待ってたわけじゃないから。あの子は来たいときに来ます」

「ほんとに確かですか、彼が先週の日曜日にここに来なかったというのは？」疑うような目で彼女を見ながら、ダルジールは言った。

「もちろん、確かですよ。わたしが呆けてるとでも思うんですか？」

「いや、奥さん、そうじゃないことは見ればわかるよ。わたしの思い違いだ、きっと彼はどこか別のところへ行くと言ったに相違ない。さて、あのケーキだが……」

「ここにあると思うわよ、アンディ」キャップ・マーヴェルが言った。

彼は振り向いた。彼女はそこに立ってダルジールを見ていたが、その顔には、まさに彼が教会の献金箱に片手を突っ込んだ名うての悪党から、献金をしているところだと聞かされたとき浮かべそうな表情が浮かんでいた。

「ああ、そう。うん、そうだな。奥さん、お話しできて楽しかったよ。チャーリーにはあんたがよろしく言ってたと伝えておくよ」

「なるほど」その場をあとにしながらキャップは言った。

「これでもあなたは仕事抜きだって言うわけ？」

「いや、きみ、おれはただ大いに楽しんでいるだけで……」

「誕生日だったなんて嘘をついて？　たわごとよ、わたしはたわごとを聞けばすぐわかるわ」

「ま、きみは経験を積んで……おい、痛いよ！」

「このつぎ蹴るのは足首じゃないわよ。さ、正直におっしゃい」

「ほんとに何でもないんだよ……チャーリー・ペンのことを思いついただけで。ジョンソンが殺された先週の日曜の午後、彼は母親に会いにここに来ていたと言った。若いボウラーが彼女に確認したところ、チャーリーはずっとここにいたと言ったらしい。たまたま彼女に出くわしたもんだから、ちょっと話して再確認しておこうと思ったのさ。べつにかまわんだろう？」

彼女はしばし考えてから言った。「たわごとね、これも。思うに、あなたはこの舞踏会に来てたまたま彼女に出くわしたんじゃなくて、彼女にたまたま出くわすようにこの舞踏会に来たのよ。そして、なぜそうしたかと言えば、あなたはこう考えたのよ、フラウ・ペンクのような身の上の人がもし警察に息子のことを訊かれれば、おそらく処女のバルブよりも堅く口を閉ざすだろうって。それに対して、連隊の舞踏会に中佐のお母さんをエスコートしてきたバッジーの旧友と話すとなれば、彼女は〝英国びいき〟の息子になおざりにされた恨みつらみをさらけ出すかもしれないと」

「処女のバルブだって？　いったいどこでそんな言い回しを覚えてきたんだね？」ダルジールは非難するように言った。

「ごまかさないで。今わたしが言ったとおりなんでしょ。認めなさい、さもないとそのザーネトルテをあなたの顔に押しつけるわよ」

ダルジールはたった今自分が皿に載せてきた大きなクリームケーキを見下ろして言った。「面白いね、おれもちょうどそうしようと思ってたところだよ。いや、待った、認める、認める。うん、確かにそれもすこしは影響したかもしれない、でも来ることにしてほんとによかったよ。今、最高に楽しんでるよ」

「そうかもしれないけど、あなたはわたしを利用したのよ、アンディ」

「しかし」生クリームを頬張った口でダルジールは慎重に言った。「きみは今までは一度も文句を言わなかったが。ま、とにかく、もう安息日に入りかけてる。人を許すにはお誂えの日だよ、安息日は」

「あら、許すわよ、でも忘れない。いいこと、わたしに一つ借りができたわよ」

「心配いらんよ、きみ」彼は言った。「夜が明けないうちに、一つ返すつもりだから。おや、ほら、タンゴをやってるよ。さ、行って鉛の兵隊たちに踊り方を教えてやろう！」

そして、ダルジールが同伴の女性をダンスフロアーにエスコートしている頃、ピーター・パスコーはフラニー・ルートを警察署の表へとエスコートしていた。

「この誤解については重々お詫びしますよ、ルートさん」彼は言った。「単なる連絡《コミュニケーション》の断絶で」

「人間が抱える大部分の問題の根底《ルート》にあるのは、それじゃないですか、パスコーさん？」青年は真剣な声で言った。「単なる意思疎通《コミュニケーション》の断絶。言葉が常に、伝えるべきことをちゃんと伝えてくれるといいんですがね。おやすみなさい」

彼は警察が自宅まで送るために用意した車に乗り込むと、窓越しにパスコーに微笑して小さく手を振り、車は闇の中へと走り出した。

パスコーは遠ざかる車を見送った。

「言葉は常に、まさに伝えるべきことを伝えていると思うよ、フラニー坊や」彼は呟いた。「〝人間の抱える大部分の問題の根底《ルート》〟。そうとも、この言葉はまさにおまえにぴったりだ。しかし、おれは必ずやおまえを地面から引っこ抜き、ほかの有害な雑草同様に焚き火に放り込んでやる。きっと。きっとだ。嘘じゃない、きっとそうしてみせる」

彼は自分の車に行き、乗り込み、自宅に向かった。

31

「まあ」ライ・ポモーナはドアを開けるなり言った。「バードマン来《きた》る！」

「何だって？」顔を曇らせながら、ハット・ボウラーは言った。

「何が〝何だって〟？　これは冗談ってものよ。それともバードウオッチャーの服装《いでたち》は冗談の種にしちゃいけないっていう規則でもあるの？」

　ハットとしては吹きさらしの野外向きにバッチリ決めた格好《なり》のつもりでいたが、自分の迷彩色の歩兵用略帽《フォレージキャップ》や、王立愛鳥協会のタンクトップ、モールスキンの半ズボンという服装をこんなふうに取り上げられたことに、気分を害するというより面食らった。そして、自分の勘違いに気づいた。

「ごめん。〝バードマン〟って言ったのか。てっきり〝ワードマン〟って言ったのかと思って、それだとけっして面白おかしい話じゃないと……」

「そりゃ確かにそのとおりよ、もしわたしがそう言ってたんならね」彼女は冷ややかに言った。「ほかにもまだ何かある？　わたしが言ってないのに、あなたが気分を害したがっていることが？」

　これは自分が望んだスタートではない、とハットは思った。よし、やり直しだ。

「きみ、すてきだよ」彼はライの黄色のタンクトップと暗紅色のショーツに目を走らせながら言った。「これじゃ小鳥たちのほうがきみに見とれるよ」

　彼女はたった今レモンを吸ったとでもいうように顔をしかめた。これまでかなり成功を収めた仲良し会話路線からすると最高の反応とは言えなかったが、にもかかわらず冷たい非難よりはましだった。

「中に入ったほうがいいわ、誰かがあなたを見て助けを呼ぶ前にね」彼女は言った。「たぶん、もう見当がついてると思うけど、まだ準備ができてないの。あなた、早めに来たんじゃない？」

ハットは彼女についてフラットに入った。彼は昔の映画によく出てくるシーンを思い出した、男が女の子の家の前に車を止め、クラクションを鳴らすと、嬉しそうな笑顔の女の子が男を待たせまいと階段を駆け下りてくる場面を。しかし、これは自分の胸にしまっておいたほうがよさそうだと彼は思った。それに、自分は早めではなく約束の時間に来たことも。しかし、その正確さはまさに原子時計並みだった。

彼は腰を下ろして言った。「そうそう、昨夜テレビできみを見たよ」

「そうなの？　ずいぶん目がいいのね」

「バードウオッチャーの目だからね。三百歩離れていてもワキアカツグミを見つけるよ。ところでね、これは女の子にも通用するのかどうか知らないけど、ぼくはお袋によく言われたよ、しかめ面ばかりしてるとそういう顔になっちゃうよって」

これは効いた。またも現われていた酸っぱいレモン顔はたちまち消えて、にやにや顔になった。

「ついしかめ面にもなるわよ、こんなことをしようと思っていると……」

「どんなことを？」

「こんなふうなこと」

ライは身をかがめて彼の唇にキスをした。軽いキスだったが確かに舌の気配を感じた。

これは笑顔で階段を駆け下りてくる女の子よりさらにいい。

彼女は言った。「二、三分で支度するわ」

彼は寝室とおぼしき部屋に入っていく彼女を見ながら、あとを追っていこうかと夢想した。だが、やめた。あのキスは期待を持たせてくれたが、誘いではなかった。それにこういうモールスキンの半ズボンを急いで脱ぐのは最悪で、遠い将来、二人の初体験を思い出して笑うのではなく、情熱を思い起こしたかった。

遠い将来。

自分はなぜ、二人には初体験を共に思い出す遠い将来があるとこんなに確信しているのだろう？　なぜならそれ以外の将来は考えられないからだ。

「それで昨日のあの一件はいったい何だったの？」すこし開いたドアの向こうからライが声をかけた。

「あの一件って、どこで、誰の？」

「しらばっくれないで。あなたの二人のお仲間の話よ、ドリアン・グレイ（オスカー・ワイルド作『ドリアン・グレイの肖像』の主人公）と屋根裏部屋の話」

これで彼にも何の話かわかった。

「パスコー主任警部とウィールド部長刑事だね」彼は言った。「授賞式でのこと？」

彼は式の模様をテレビで見た。そして、今朝、署に電話を入れて詳しい話を聞いたのだった。署に電話をしたのは、もし女性がこんなことを言ったらおそらくバカにしたような論理、二、三日病欠をしたあとだから、この際、もう遊びに出かけられるほど回復したことを示しておくほうがいいかもしれないと考えたからだった。

「ほらね、どこで、誰の、何の話かちゃんとわかってるじゃないの？」ライが寝室で言った。「あのルートという、ぞっとする人が賞を受けにステージに上がったときにね、美男と野獣がそれより牛追い棒で彼の手足をマッサージしてやりたいって顔で見てたわよ。とにかく、ハンサムなほうはそんな顔だった。もう一人のほうは、いつでもそんな顔なんじゃない？」

「ま、これにはちょっとした過去の経緯《いきさつ》があるんだよ」

彼女は寝室から出てきた。あのタンクトップとショーツは分厚い茶色のセーターとジーンズに替わり、まとめた髪はくすんだグリーンのベレー帽の下に押し込まれていた。

「小鳥たちはまだわたしに見とれそう？」彼女は挑むように言った。

「もし分別ってものがあるんならね」

彼女はうなずいた。「うまい返事ね。で、その過去の経緯《いきさつ》って何なの、それに、昨日、警察が色めきたったのは何があったから？　何か防犯カメラと関係のあること？」

「いったいなぜそんなことを知ってるのさ？」ハットは詰

問した。

「あの醜男の部長刑事に、またいろいろ訊かれたのよ、わたしがあのリプリーの〈対話〉を見つけた朝のことを。でも、彼がとりわけ関心を持っていたのは、どうもわたしがチャーリー・ペンの〝汝は花のようだ《デュ・ビスト・ヴィー・アイネ・ブルーメ》〟の翻訳を見つけたときのことみたいだった。まるで彼はそのときのわたしを見ていたみたいで、唯一わたしが思いついたのは、防犯カメラが作動していたに違いないっていうこと。もしそうだったとして、あなたたち警察が今それに気づいたんだとしたら、どうやら誰か仕事中に眠ってた人がいたようね、え？」

「ウィールドはペンについて何と言ってた？」

「大したことは。あの人、感情をあらわにするほうじゃないしね。わたし、彼に言ってみたの、人の身辺に詩を置きっぱなしにしておくのは一種の遠回しのセクハラで、捜査する気はないかって。そしたら微笑したみたいだったけど、もしかしたら気のせいかもしれない」

「しかし、彼は現にテープのことは何も言わなかったんだね？」

「ええ。自分のこの小さな頭で思いついたのよ」

「頭がいいな」彼は言った。「ほんとに。これ、おちょくってるんじゃないよ」

「ええ。ま、ただ確認するために、警備員のデイブをおだてて話をしたけど」彼女は認めた。「さ、いいでしょ。フラニー・ルートとお宅の主任警部の話をすっかり聞かせてよ」

　今この場面で警察の守秘義務を持ち出すのはうまくなさそうだったし、おまけに彼はワードマン関係の情報をかなり詳しくライに教えていたから、引き返すより前進しつづけるほうが簡単だった。そこで彼はパスコーとフラニー・ルートの気がかりな関係について彼女に話して聞かせた。

「昨夜、彼がステージに上がっていくのを見て、呆気《あっけ》にとられたよ」彼は言った。「特に当選作の話を聞いたときには。ぜんぜん彼らしくないから……」

「お宅のパスコーさんから見た彼らしくない、ということ？」

「ぼく自身も二、三度彼に会ってるよ」彼は弁解するように言った。「それに、きみだって彼のことをぞっとするって言ったじゃないか？」

「ええ、でも、何というか、文字どおりの意味で言ったのよ。彼、ときどき図書室に入ってくるんだけど、あんまり軽やかに動くから、気がつくとだしぬけに隣に立ってるのよ。じゃ、パスコーは彼がワードマンだと思ってるの？　あら、そうだわ。彼の奥さんは今度の審査でペンを手伝ったのよね。一人の容疑者に協力して、もう一人の容疑者に賞を与えた！　これは喜ぶわよ、パスコーは。きっと二人で一晩中くすくす笑ってたんじゃない」

「彼女は知らないんだからね、そうだろ？」ハットは言ったが、彼はエリー・パスコーのファンなのだ。「きみはあの当選作を読んだに違いない。どう思った？」

「よかったわよ」彼女は認めた。「ディックはベスト・ワンだと思ってた。わたしはそこまで熱烈には買わなかったけど、でも確かにいい作品だと思ったわ。ほら、心を打たれる話。元気《アプリフト》を一杯くれるような。わたし好みじゃないけれど」

　彼女のようにスタイルのいい女の子はアプリフトブラジャーは不要だという軽口の種が彼の心をよぎったが、口に上る前に消えた。

「ま、どうやら昨夜起こったことは、こういうことだったらしいよ……」ハットは言った。相手を一旦信頼すると、出し惜しみしない性質《たち》なのだ。

　情報源はウィールドだった。部長刑事としては、できればこの件はそっとしておきたかったのだろうが、そうは行かない展開になったのだ。署内はルートが戻ってきた話で持ちきりで、しかも歪曲されていたから、ボウラーにありのままの事実を伝えるためにも一部始終を話すほうがいいと判断したのだ。

「主任警部は本領発揮というわけではなかったが、しかし、そこら辺で囁かれてる話よりはるかにましだった」部長刑事は締めくくった。「そういう話を聞いたら、その場で踏み消すんだぞ、いいな？」

「はい」ハットは言った。「で、警視はどう思ってるんです、これを？」

「ダルジール警視は踊りに踊ってどこかに消えちまったらしい」ウィールドは言った。「まだ姿を見せてない。でも、じきに来るだろう。だからもし休日を楽しみたいんならな、ハット、姿をくらましたほうがいいぞ。警視は病欠した日をふつうの休息日と見なす傾向があるからな」

ハットは今、これをみなライに話したのだが、彼女は眉をひそめて言った。「彼、ほんとにちょっとおかしいみたいね」

「ルート？」

「違う。このパスコーって人。彼に会ったとき、この人はほんとに隙のない人だと思ったけど」

「たぶん、隙を見せられないんだ。脅迫されていると感じてるから」

「まさに、それよね。彼は脅迫されていると感じている。あなたの話からすると、実際に脅迫されたわけじゃないんでしょ？」

「うん。しかし、このルートって男は特別なんだ。彼なら実際に脅迫しなくても脅迫できるよ、ぼくの言ってる意味がわかるといいけど」

彼女はいぶかしげに彼を見て言った。「あなたって義理堅いのね、ボウラー刑事。あのジョージー・ポージーについては、どうするかもう決めたの？」

それもウィールドが電話で告げたことの一つだった。アンジェラ・リプリーからさらに二、三度電話があったのだ。一度はウィールド自身が電話を受け、彼女はハットが本当に病気かどうか疑っているようだったという。部長刑事は説明を待つようにちょっと口をつぐんだが、ハットが黙っていると強いて追及しようとはしなかった。そして、ウィールドは自分がチャーリー・ペンに関してライと話をしたことは、これっぽっちも話さなかった。

慎重を期したのか、信頼しなかったのか？

「どうしたの、猫に舌を取られちゃったの？」

「ごめん。警部については何もしない」ハットは開き直ったように言った。「アンジェラ・リプリーは今日、アメリカに発つ。ジョージの退職パーティーを台無しにしなきゃならない理由は何もないよ」

ふいにライはまた彼にキスをした。

「それに、あなたはとってもいい人」彼女は言った。「さ、小鳥を見にいきましょうよ」

その日は陽が射すかと思えばさっと通り雨が降るという天気で、身の引き締まるような冷たい西風に追われて空には雲が走り、MGの行く手の路上には木の葉が渦を巻いていた。こんな状況だったから初め彼は車の幌を上げておいたのだが、ライに「降ろせないの？」と言われたのだ。今、疾走する車上で、彼女はベレー帽を脱ぎすて、目を閉じて背もたれに頭を預け、その顔には無上の歓びが浮かんでいたから、ハットには風に舞う木の葉は婚礼の行列の前に撒かれたバラの花びらのように見えた。

おい、気をつけろ、と彼は自分をからかった。さもないと今に彼女に捧げる詩を書く羽目になるぞ、おまえの詩の鑑賞力ときたら〈栄えあるヴィーナス号〉止まりなのに。

この考えに誘われて二行連句が浮かんだ。

　わたしはライーナと遠出した、
　　いやはや、彼女を皆に見せたかった。

彼は独り笑ったが、ライは気づいた。

「何なの？」彼女は言ったが、吹きつける風に怒鳴らなければならなかった。「今日は何でも分かち合うこと」

彼は話した。それほど滑稽とも思えなかったが、彼女はおかしそうに笑った。

これに励まされて彼は言った。「何でも分かち合うんなら、きみのことを話してくれよ。どうして司書になったんだい？」

「司書で何が悪いのよ」ライが問いつめた。

「悪くはないさ」彼は請け合った。「たぶん、ちょっとしたイメージの問題だよ。ぼくが言いたかったのは、きみの育った環境やら容姿やら何やらを考えると、なぜ女優にならなかったのかなってことだよ。だってさ、ライーナ・ポモーナ、もし脚光を浴びる人用のオーダーメイドの名前があるとしたら、これこそまさにそれだよ！」

彼女は何か言ったが、渦巻く風が持ち去った。

「え、何？」彼は叫んだ。

「あのね、昔、昔は、たぶん、そんなことも……でも、それは別の国のお話で、おまけに、その娘はもう死んでしまったわ」

こう言って彼女は笑ったが、前とは違い今回は、ちょうど今日の風のように、きらめく刃のような鋭さがあった。その風は今、彼女の髪の銀色のきらめきを暗い湖中のカワマスのように波打たせていた。

「大丈夫？」彼は言った。「幌を上げようか？」

「いいえ」彼女は大声で言った。「むろん、上げることないわよ。この車、もっと早く走れないの？」

彼は言った。「どれぐらいの早さがいいんだい？」

「あなたが好きなだけ早く」

「よし」

彼らはもう幹線道路をはずれて田舎の細い間道を走っていた。彼はぐっとアクセルを踏み込み、生け垣が飛ぶようにかすめ過ぎた。彼は腕のいいドライバーで、だからこそ自分がスピードを出しすぎているのがわかった。道が曲がりくねっているからではない——それは彼の技術で充分にこなせた——そうではなく、曲がり角の先で待ち受けているかもしれない予期せぬ事態に対して。

だがライは彼にもたれかかり、右腕を彼の肩にまわし、左手で彼の前腕をしっかりつかんでいた。彼女の口はハットの頰のすぐそばにあって、彼はこのスピードが顔に叩きつける冷たい風のなかに彼女の息の温《ぬく》もりを感じた。

彼は長いカーブを左折した、ゆるいカーブで何の問題もなく減速の必要さえなかった。しかし角を曲がりきったとき、鹿が右手の生け垣を越えて飛び出し、近づく車に気づくまで一瞬そこにとどまり、それからひょいと左手の野原に跳び込んだ。

おそらく衝突の危険はなかったのだが本能的に彼の足はブレーキを踏んだ。ほんの一瞬だったが、車はまだ制御が利かず、路上には濡れた落ち葉が散乱しており、横滑りを起こすには充分だった。横滑り自体は、べつにどうということはなかった、彼にとっては眠っていても対処できる類のものだ。しかし、道幅は狭く、つかの間、彼がまだ完全にコントロールを取り戻せずにいるうちに車の右側のタイヤが路傍の草の上に載った。幸い地面はぬかるんでおらず側溝もなかったが、サンザシの枝が鞭のようにフロントグラスと彼らの顔を打ってから車はやっと止まり、二人はシートベルトに逆らってつんのめり、いささかドラマチックな事態になった。

「いや、面白かった」ハットは言った。「ありがとうよ、バンビ。くそ！　ライ、大丈夫か？」

彼がことさら軽く受け流そうとしたのに対して、ライは鋭い苦痛の声を上げて突っ伏し、発作的に泣きじゃくった。

ハットは自分のシートベルトをはずして彼女のほうに向き直った。

「どうしたの？　どこが痛いの？」そう言いながら、彼は出血している箇所を探したが見当たらなかった。

「大丈夫よ」彼女は喘ぎながら言った。「ほんとに……何でもないの……」

彼はそっと彼女の頭を起こして、顔をのぞき込んだ。頬の血の気は失せ、目には涙があふれていた。しかし、彼が指先で触れて彼女の首と鎖骨の怪我を調べても痛みを示す反応はなかった。

彼女は深呼吸を数度して、拳で涙を払うと言った。「嘘じゃないわ、あなたが婦人科のほうまで調べ出さないうちに言っとくけど、大丈夫よ」

「あまり大丈夫そうじゃなかったけどね」

「ショックよ」

「そうなのかい？」彼は疑うような目で彼女を見た。

「何よ？」

「ちょっと滑っただけだぜ。すぐ止まったし。きみはそういう……」

「タイプには見えない？」彼女があとを引き取った。「じゃ、急にあなたは、わたしのことはもうすべてわかったわけ、刑事さん？」

「違うよ。でも、そうなりたいね。とにかく、今日は何でも分かち合う日だって言ったのは、きみだからね」

「そんなこと言った？　ええ、言ったと思う」

彼女はドアを開けて車の外に出た。そして、そこに立って、まるでベッドから出たとでもいうように伸びをした。

それから彼女はハットのほうを向いて言った。「この遠足の食料は、あなたが用意してくれる約束じゃなかった？　そのなかにコーヒーも入ってる？　もしそうなら、それを分かち合うことには、だんぜん異議なしよ」

32

二人は生け垣を通り抜け、先刻鹿が姿を現わした小さな雑木林に入ると、節くれ立ったブナの幹を風よけにして腰を下ろし、コーヒーを飲んだ。

ハットは何も言わなかったが、だしぬけに彼女はまるで質問に答えるかのように話しだした。

「ええ、確かにわたしは女優になりたかった。あなたが言ったように、いったいそれ以外の何になりたがる、ほら、俗に言う巡業の旅行鞄の中で生まれた子が？　サージは——双子のサージアスは——逆の反応を示したわ。彼は弁護士になりたがった。よく言ってたわ、こっちにもドラマは山ほどあるし、二十倍の金になるって。たぶん、わたしの目には大スターが映っていたのに、彼の目にはただ父と母が見えていたのね」

「じゃ、きみの両親はそれほど成功しなかったの？」ハットは言った。

「わたしたちがまだ小さかった頃は、二人ともかなり安定して仕事があったみたい。そして、二人ともいつも昔のことを、まるでかつてはそれこそ大スターだったみたいに、そして運がよければまたトップに返り咲けるみたいに話していたわ。でも、わたしが十代になる頃には、その安定した仕事さえなくなりかけていた。長い休息期間があって、二人はもっぱらグラス片手に過ごしていたみたい。どんな夫婦にも、二人をつなぐ共通の関心事が必要よね。両親の場合は飲酒だったわ」

「深刻な？」

「酔いどれよ、どっちも」彼女はきっぱり言った。「ある意味では、それでよかったのよ。親に無視されるのは、ただ単に親が自己中心的で、子供のことなんか眼中にないからだなんて、子供は信じたくないわよ。でも、アル中のせいで無視されるのだというのなら、まだ納得がいくわ。とにかく、わたしは舞台に憧れて、学校を出たら演劇大学に進むつもりでアマチュア芝居にたくさん出たし、プロの舞台にだって群衆シーンや通行人役で出て足がかりができてたわ。そして、わたしがそれこそビッグ・チャンスと思ったチャンスが訪れたのは、トーキーで——当時両親はそこで休息していたの——そこの夏期公演のために舞台化された『若草物語』のベス役をもらったときだった」

「ビッグ・チャンス？」ハットは言った。「どれぐらい大きな？」

「あのね、わたしはまだ十五歳だったのよ」彼女は憤然として言った。それから、遅ればせながら、彼の質問は純然たる興味から出たもので嘲笑は含まれていないことに気づき、詫びるように微笑して言った。「つまり、わたしにはすごく大きなチャンスに見えたってこと。それに、いい役だったわ、主役とはほど遠いけど、でも演じ甲斐のある病人の役だったから」

「断言できるよ、その役をやらせたらきみの右に出る者はいないって」見舞いに行ったときドアを開けた彼女の姿を思い出しながら、ハットは言った。

「お褒めいただいて、どうも」彼女は言った。「とにかく、待望の開幕の夜がきて、父がわたしを劇場まで車で送っていくはずだった。ところが、とつぜん都合が悪くなったと言い出して、代わりに母に送っていってもらえと言った。サージは父に食ってかかり、怒鳴り合いになったわ。サージは、いったいわたしの初日の舞台を見るより重要な、どんなことがあるのかって父に詰め寄り、父は、家族全体の繁栄にかかわるきわめて緊急な用件がなければこんな大事な機会を逃すものか、もし抜け出すチャンスがあって愛する娘の舞台を一目でも見られるなら、自分はきっとそうする云々と大演説をぶったわ。そして、出かけていってしまった」

「見てもらえれば、きみも嬉しかったのにね」

「本当のことを言うと、わたしよりサージのほうが憤慨していたわ。わたしは父を感激させたくて舞台に立つんじゃなかった、わたしが自分の才能であっと言わせたかったのはほかの人たち、よその人たちだったから。でも、とにかく車で送ってもらう必要があった。そして出かける時間になって、母が泥酔状態だとわかったときには、わたしもほんとに怒り狂ったわ。サージがわたしをなだめて小型タクシーを呼んでくれた。でも、時間になってもタクシーは来なかった。もう一度電話したわ。何か渋滞があったとかで、間もなく着くだろうって。でも来なかった。わたしはもうヒステリーを起こしかけていた。そしたらサージが母の車のキーを持って現われて、大丈夫、ぼくが送っていってやるって言ったの」

ハットは話の道筋が読めてきた。

彼は静かに言った。「彼は何歳だったの？　十五歳？」

「そうよ。わたしと双子で、たまたま同じ年齢だったわ。刑事ならわかりそうなものなのに」

「ごめん。つまりその、彼はまだ免許は持ってなかったよね。運転できたの？」

「そこら辺の十五歳の男の子と同じで、自分では運転できるつもりだったわ」ライは言った。「わたしたちは出発した。もう遅刻してたわ、問題になるほどの遅れじゃなかったけど、わたしにはとてもそうは思えなくて、まるで王室の御前公演に遅れそうなプリマドンナみたいに騒ぎ立てた。もっと早く、ってサージに怒鳴ったわ。雨の降る、どんより曇った夕方だった。わたしは金切り声で叫んだわ、もっと早く、もっと早くって。彼はただにやっとして言ったわ。〝シートベルトをちゃんと締めろよ、ライ。大荒れの夜になるぞ〟って。これが彼から聞いた最後の言葉だった。スピードが出すぎたまま角を曲がって、車が横滑りした……それが急に甦ったのよ、さっきあなたがブレーキをかけたときに……」

ハットは腕を伸ばして彼女を抱いた。ライはしばし彼の胸に身をゆだねていたが、やがて意を決したように体を起こすと彼を押しのけた。

「わたしたちは向こうから来た車と正面衝突したわ」彼女は感情を殺した声で、すばやく言った。まるで言わなければならないが、なるべく早く済ませたいとでも言うようだった。「その車には二人乗っていた。二人とも死んだわ。サージも。わたしはと言えば、横滑りしたのは覚えているわ、それに舗道に横たわっていたのも――墓地の外のね、信じられる？――そして、夜空を見上げていたのを……あとは何も覚えてなくて、つぎに気がついたときは病院で、一週間経ってたわ」

彼は口笛を吹いた。

「一週間？　じゃ、すごい重傷だったんだ」

「ええ。あっちもこっちも骨折してたわ。でも、いちばん懸念されたのは頭の怪我だった。頭蓋骨を骨折していて、脳を圧迫してたの。二度手術しなければならなかったわ。その問題が片づく頃には、残りの体もほぼ縫い合わされていたわ」

そう話しながら、彼女は思わずあの銀色の髪に手をやっていた。

ハットは手を伸ばしてその髪に触れた。

「これはそのときに？」

「ええ。むろん髪は全部剃ったけど、また生えてくるからって請け合ってくれたわ。ま、確かに生えてきた。ただ、どういうわけか、一応、説明にならない説明はしてくれたけど――この意味がわかるかどうか――傷痕の上はこういう髪だったの。染めなさいって言われたけど、わたしはいやだって言ったの」

「なぜ?」ハットは訊いた。

「サージのためよ」彼女はきっぱりと言った。「わたし、墓地に行くのは嫌いなの、ほら、なんか陰気臭いし、でも、この目で鏡の中の自分を見られるかぎり、けっして彼を忘れないわ」

ハットが気がかりそうな目で彼女を見ると、彼女は言った。「ごめんなさい、せっかくの一日を台無しにしてるわね。こんな話、するべきじゃなかったわ、とにかく、今は。ほかには誰にも話したことがないのよ、ディック以外は」

彼女が悲しみに浸り、彼は心から同情している最中だというのに、利己的な遺伝子が痛撃を受けた。

彼は言った。「ディックには話したの?」

「ええ。彼はあなたと同じで、厚かましくないから。質問されれば、それは楽にかわせるわ、でも好きな人たちが控えていてくれる質問は耐え難い重荷になるの。彼はただ耳をかたむけ、うなずき、そして言ったわ、〝それは辛い。ぼくも知ってるよ、年若い者を亡くすのがどんなことか。どんなに幸せになっても思い出さずにはいられないんだ、喜びを分かち合う彼らがいないことをね〟って。ほんとに賢明な人よ、ディックは」

ぼくだって、とハットは思った。賢明だから嫉妬を表には出さない!

しかし、どうやらかなりみじめな顔をしていたようで、ふいに彼女はにっこり笑って言った。「ねえ、何でもないったら。さっきのちょっとした横滑りでいささか動揺したけど、ほんとよ、もう大丈夫。わたしが悪いのよ、スピードを出しても怖くないところを見せようとして。でも、怖くないのはほんと。それを立証してみせるから、さ、行きましょ、小鳥たちが冬越しに南に飛んでいかないうちに」

彼女は立ち上がり、手を差し伸べて彼を引っぱり立たせた。

ハットは彼女の手を放さず、そのままぎゅっと握って言った。「ほんとに大丈夫かい? 町に戻ってもいいんだよ、テレビを見るか何かして過ごしても」

「その何かは説明しなくていいわよ」彼女は言った。「いいえ、わたしはつねると言ったら、つねるタイプ、その手を返してくれたらね」

二人は車に戻った。

車を出しながらハットは言った。「で、その女優の仕事のほうはどうなったの？」

「仕事と呼べるほどじゃなかったけど」彼女は言った。「問題はね、六カ月ほどしてふつうの生活に戻ってみると、何もかも消えていたの、あんなにあった野心も夢もみんな。サージはもういなかった、そして、両親がどんなに情けない夫婦か、わたしにも疑問の余地なくわかったわ。ついでに言うと、あとでわかったことだけど、あの晩、父が片づけねばならなかった緊急の用件はね、有名人の名前をちらつかせながら話す父の栄光の昔話を信じたどっかの芝居キチと寝ることだったのよ。わたしはもうそんな生活と関わりを持つのはまっぴらだった」

彼は言った。「それでかい、きみが名前のことを話したとき、あんなに皮肉っぽかったのは？」

「演じた役について両親が嘘をついていたという、あの話？　ええ、あれでますます確信したわ。あの二人は実生活さえ演技なのよ、そして、子供たちの扱い方ときたら端役に仕立てることしかできないのよ」

「それで、きみはまったく違う役を選んだんだ」

「え？」

「司書を。司書の伝統的なイメージは、およそカワイ子ちゃんの対極だよね。静かで、控えめで、いくらか取り澄ましていて、うるさい読者を角ぶち眼鏡ごしに睨みつけて、落ち着いた服を着ていて、ちょっと抑制された感じで……」

「わたしのこと、そういうふうに見てるわけ？」

ハットは笑って言った。「違うよ。ぼくはただ、もしきみがそれを目指していたのなら、きみはぜんぜん落第だって教えてあげたほうがいいと思って」

彼女は言った。「ふうむ。褒め言葉と受け取っていいかしら？　じゃ、これでわたしのほうはすんだから、今度はあなたの面白いエピソードに脚光を浴びせましょうよ」

「楽しみだな」彼は言った。「でもね、もう到着する。だから小鳥たちを怖がらせてもまずいし、ぼくの面白いエピソードは昼を食べてからにしようよ。そのときは、喜んできみの心ゆくまで身上調査をさせてあげるからさ」

「いいわ。でも、まずこれだけは教えて」そう彼女が言ったとき、車は〈スタング湖〉とある古ぼけた道標の指す小道に乗り入れた。「あなたたち警官は、当てこすりの言い方を見習い期間に習うの、それともこれは警官になるための前提条件？」

33

「アンディ、まるであの世まで行って帰ってきたみたいな顔をしてるじゃないか、どう見ても。夜っぴて張り込みをしてたのかね？」

「まあ、そんなところだ」アンディ・ダルジールは言った。

なかなか認めにくいことだが、あの時代はすでに過去のものになっていた、夜明けまで飲み明かし、踊り明かして、タクシーで帰宅し、自慢しまくった強いセックスの約束を果たし、一時間かそこら仮眠して、〈犬とアヒル〉亭の開店時刻にはそうした精力を奪う活動の痕跡をまったくとどめずに顔を出せた、あの時代は。

「しかし、なに、もう一杯飲めば回復するさ。あんたはどうする、チャーリー？」

「いや、わたしはまだ今来たばかりだから。まずはこれをゆっくり飲むよ」チャーリー・ペンは言った。

ダルジールはカウンターへ行き、バーテンが近づく彼の姿を見て、別の客が待つビールは後回しにしたのを満足げに眺めた。いや、すばらしい、二言、三言親切に注意してやるだけで、人はちゃんと正道を歩むようになる、とダルジールは悦に入って思った。

彼はテーブルに戻り、一気にジョッキの半分を飲みくだした。

「もう効いてきたよ」彼は言った。

「で、何なんだね？」

「え？」

「おいおい、ここはあんたの行きつけの酒場じゃないよ」作家はせせら笑った。「ここには何か特別な理由があって来ているはずだ」

「この町のパブで、わたしのことを知らず、歓迎しないパブなど一つもないように祈るよ」ダルジールは気を悪くしたように言った。

「その半分だけ当たってるよ」ペンは言った。「この前、ここであんたに会ったときは、間違いなく仕事だった。わたしと、あの青年、ルートと、それにサム・ジョンソン……」

彼はジョンソンの名を挙げながら顔を曇らせて言った。

「先週の日曜日だ。まったく、あれが先週の日曜のことだなんて信じられんよ。そして、かわいそうに、今や彼は土の中だ。埋葬が異様に早かったような気がするが。何があったんだね、アンディ。頭のいかれた《ルーピー》リンダが針金を引いたのかね、あんたの？」

「彼女は強い女だよ、チャーリー、それは否定できない」ダルジールは言った。「というか、そうらしいな。わたし自身は会ったことがないが」

「葬式には来ていなかったね、気がついたよ」ペンは言った。

「ま、一人埋葬すれば、それで全員分をすませたということさ」ダルジールは言った。「無事にすんだんだろう？ ルート青年が一席ぶったらしいね？」

「心の底から話したよ、結構なことじゃないか」

「そうとも、彼のやることは、大部分が心の底からやってることとさ、それは確かだ」ダルジールは言った。「どうやら彼を高く買ってるようだね、チャーリー」

「なかなか好青年のようだ。過去ときっぱり決別している。たぶん、われわれの中にも見習うべき者が大勢いるんじゃないかな。それに彼は才能があるよ。彼がこの短篇コンテストに当選したことは聞いたかね？」

「うん」

ダルジールの留守電に伝言が、いくつもの伝言が入っており、その中でパスコーが前夜の出来事を詳しく報告していた。

「いい作品だったのかね？」

「唯一と言ってもいい」ペンは不機嫌な声で言った。彼はなかなか褒めないことで悪名が高かった。「最終候補の数篇の駄作に目を通して、このリストに残らなかった代物を読まずにすんで嬉しかったよ。しかし、ルートの作品は、もっと優秀な作品が集まっていてもひときわ光ったろうね。あの青年にはいい晩だったよ、残念ながらあんたの従僕たちがそれを台無しにしようとしたがね」

「従僕たち？　この前見たときは、そんな者には気づかなかったが。きっと遺伝子組み換えのビールを飲んじまったんだ」

「あの主任警部さ、エリー・パスコーの旦那の。彼女はすばらしい女性だよ。彼女と結婚してりゃ、もうちっと分別があってもいいのに。それに、あの顔の男。ほんと、彼を連れて産院中を歩けば、お産を早めるための手間も薬も節約できるのに」

「言葉に気をつけたほうがいいぞ、チャーリー。おそらく人権擁護機関や裁定委員会があるんじゃないかな、そういう悪意のある言葉を通報できるような」

「あっても驚かないね。とにかく、アンディ、早く用事を片づけようじゃないか、そうすりゃあんたも家に帰って、そもそも出てくるべきじゃなかったベッドにまた潜り込めるんだ」

ダルジールはビールを飲み干し、空のジョッキを驚いてのぞき込んだ。

ため息をついてペンは自分の酒を飲みおえ、二人分のお代わりを取りにカウンターに行った。

「これはどうも親切に」ダルジールは言った。

「自分の利益のためさ。あんたもたった今酒をおごってくれた男を逮捕したりはしないだろう。違うかね?」

「ま、間違っても、おごってくれる前には逮捕せんよ、そうだろ?」ダルジールは言った。「チャーリー、この質問にはよく考えてから答えてほしい。先週の日曜日、あんたは日曜はいつも年老いたお母さんを訪ねることになっているから、帰らねばならないと言った。そのあと今週の半ばに訊いたときにも、あんたはそう答えた、お母さんを訪ねたと。そして、あんたのお母さんも大体そういうことを言った」

「わたしの母と話したのか?」ペンは叫んだ。

「いや、チャーリー、まさかわれわれが裏を取らないなどとは思うまい? 警察は誰が言ったどんなことでも裏付けを取る、作り話で金を稼いでいる者の場合には特に」

「で、母は何と言ってるんだね?」

「彼女はカールはいい子で、申し分のない息子だと」

「ほら、見たまえ」ペンは言った。「で、何が言いたいんだね、アンディ?」

「わたしが言いたいのは、あんたの創作の才がどこから来たかわかったってことさ」ダルジールは言った。「先週の日曜日の午後はどこにいたんだね、チャーリー?」

ペンはゆっくり、ながながとビールを飲んだ。これははったりだろうかと考えているんだ、とダルジールは思った。証拠を出せと迫るべきかどうかと。

「これはサム・ジョンソンの件なのかね?」ペンは決断を先延ばしにして言った。

「ほかに何がある?」

「ひょっとしてわたしをワードマンだと思っているのか?」

「ま、まさに、ずばりあんたの職業を表わしているように見えるがね、チャーリー」

「あんたはわたしが――何人だっけ?――五人の人間を殺したと思っていながら、そうやってそこに坐ってわたしと一緒に酒を飲めるのか？」

「いや、気に入ったよ、その〝何人だっけ？〟は、チャーリー。潔白にせよ、有罪にせよ、あんたは正確な人数を知っているはずだ。あんたみたいな作家は、おそらく小さなノートを持っていて、何か興味をそそることがあると書きつけている。殺人に興味がないなら話は別だが」

「単に一つの芸術としてね」ペンは言った。

「それは自白かね？　というのも、この頭のいかれた野郎の犯行はまさにそういう印象を与えるからね、殺人は間違っていないとか、少なくとも何かもっと重要なことのために必要なんだとか、ばかばかしい考えを智恵を絞ってひねり出している」

「いや、自白じゃないよ。しかし、そう、たしかにあんたの言うとおり、この連続殺人は非常に注意深く見守ってるよ。作家とはそういうもんさ。ちょっと刑事と似ているね、人を駆り立てる動機に注目するんだ、特に、風変わりな人間を、つまり、わたしたちの大部分ということだがね」

「それで、何か結論は出たかね、チャーリー？」

「まだまだ続く、ということだけだね」

「なぜ、そんなことが言える？」

「なぜなら、犯人は明らかに頭のいいやつだし、ここの犯罪捜査部きっての明晰な頭脳がわたしなんかを疑って時間を浪費しているようじゃ、ま、到底やつは捕まらんよ」

「チャーリー」ダルジールはおだやかに言った。「時間の浪費をやめさせる方法があるよ。さあ、決断してくれ、白状するか、それとも苦難に耐える道を選ぶか。先週の日曜の午後は……？」

「で、もし母に会いに行ったと答えたら、どうなる？」

「そのときはあんたを本署に招待するよ、あそこの軽食はここの半分もうまくないし、サービスは倍悪い」ダルジールは言った。

「なんだ、最初からそう言ってくれればよかったのに……友達と一緒にいたんだよ。女友達と」

「友達の部類じゃ、いちばんだよ」ダルジールは言った。

「しかし、当ててみようか、彼女は既婚者で、あんたは真の紳士として、彼女の名前は明かせない」

「アンディ、あんたは訊かなくてもすべてお見通しなのに、なぜわざわざ二人で話をしなきゃならんのかわからんよ」

「それはね、この世を動かしてるのは言葉だからだよ」ダルジールは言った。

「愛かと思ったがね」

「同じことさ。結局のところ、すべては言葉の問題だ」

「わたしには深遠すぎるよ、アンディ。で、これからどうするんだ、わたしたちは？」

「あんたか？ あんたは何もしない。わたしはと言えば、何をするつもりか教えよう。あんたに名前を明かせと強要はしないよ、チャーリー、あんたの誠実さや、こうした問題についての微妙な心情を尊重するからね。しかし、あんたが言ったように、わたしたちは似ているよ。わたしも小さなノートを持っていて、変わったことがあると書き留めている。そして、そのノートを調べてみれば、たぶん見つかるだろう――二、三人か、五、六人か、それとももっと大勢かもしれないが――わたしが探《シェルシェ》している女《ファンム》かもしれない女性の名前がね。それをアルファベット順に並べて、順繰りに一人一人訪ねていく、なるべく彼女たちが夫や家族に夕食を食べさせているときを狙って。そして、訊く、〝あなたは先週の日曜の午後チャーリー・ペンと寝ていましたか？ それを教えてもらえないと彼は大変な窮地に立たされますよ〟と。そして、間違いなく当のご婦人は立ち上がって、はっきり認めるよ、あんたをそんな窮地に立たせるよりはとね。実際の話、もし彼女が自分の亭主に愛想をつかしていて、もっと恒久的にあんたと一緒になりたいと思っていたら、このチャンスに飛びついて二人の関係を公にするかもしれない。それどころか、これを見逃すには惜しいチャンスと見なす者は一人だけじゃなくて、事実と認める者が続出するかもしれない。そうなると困るんだがね。しかし、この際、危ない橋も渡らないわけにはいかない。ま、あんたにそれを止める気がないかぎりは」

彼はこんな危険な任務も進んで果たすと言うようにうなずき、ビールを飲んだ。

「くそ食らえ、ダルジール」ペンは言った。

「それは〝よし、教える〟という意味だな」ダルジールは言った。

34

ハット・ボウラーの昼食はそれほどドラマチックではなかった。

まずその前に彼はライを林の中の小道に連れていき、二人は遠出をした甲斐があったと思えるだけの小鳥を見つけた。彼女はハットの小鳥通らしい解説にいかにも興味深そうに耳をかたむけたが、彼はあまり長くなって退屈させないように気を配った。それに雲がいよいよ低く垂れこめてきたのに気づいて、せめて昼食は確実にやってくる雨に台無しにされたくないと思った。

彼らは露出した巨大な岩肌の陰の、あたりに長いあいだに崩れた数個の巨大な岩がある場所に風雨を避ける隠れ場を見つけた。彼は散乱する羊の糞を蹴ってどけはじめたが、ライが面白そうに見守っているのに気づいて謝るように言った。「うん、わかってるよ、羊のトイレで食事をするみたいなのは。でもね、連中は夏は日陰で冬には風雨をしのげる場所をよく知ってるんだよ」

「糞のあるところに、隠れ場あり、これが羊飼いの格言なんじゃない？」ライは笑った。

「よく覚えとくよ。よし、これでいいんじゃないかな」

二人は腰を下ろしてハットが持参したミックス・サンドイッチを食べた。昼食はすべてハットに任せるという約束だったが、ライは自分のナップザックからチョコレートでコーティングしたスポンジケーキを取り出して二つに切り分けた。

「や、これはうまい」ハットは言った。「きみが焼いたの？」

「それ、驚きの声じゃないでしょうね？」

「感謝と喜びの声だよ」彼は言った。

うまく行ってる、と彼は思った。彼女の態度を見れば、自分と同じぐらいこうやって二人で過ごすのを楽しんでいるのがよくわかる。だが、このいちだんと深まった親密さがちょっとした屋外レスリングに進むかもしれないという期待は、二人が残りのコーヒーを飲みおえる頃、雨が降りだしてあえなく消えた。大した雨ではなく、雨滴というより空中の否定しがたい湿っぽさといったものだったが、素肌に触れれば情熱を冷ますのは必定だった。

二人は手早く荷物をまとめた。

「これからどうしたい？」ハットはたずねた。

「ここまで来たからにはあの有名な湖を見なきゃ」彼女は言った。「それに、あなたの興味深いエピソードのことも忘れていませんからね」

彼らがその山中の小湖に着いたときにも、雨はまだ本降りにはなっておらず、空中の湿り気は霧に姿を変えていた。二人は水辺に立って、もやのかなたに辛うじて見える対岸の低い石造りの建物に目を凝らした。

「あの風景じゃない、ディックが描いたのは？」

「大体ね。ちょっと角度が違うし、視界もはるかにいいけど。でも、確かにあれがスタングクリーク小屋だよ」

彼は双眼鏡を目に当てて、付け加えた。「どうやら誰かいるみたいだ。煙突から煙が出てるよ」

「まあ、よかった。雨があまりひどくなったら避難できるところがあって」

「ねえ、もしそのほうがよきゃ、車に戻ってもいいんだよ」彼は心配そうに言った。

「お化粧が落ちるのが心配？」ライはからかった。「あなたはタフな、アウトドア・タイプかと思ったけど。湖の周りを歩いて回れるの？」

「ま、あの小屋まではいいんだけど、その先はスタングクリークそのものに近づくにつれてちょっと沼みたいになるんだよ。スタングクリークがこの湖にそそぐ最大の水流なんだけど、後ろの丘陵から流れ出る水がみんな行き場を求めていて、そこらじゅうに細い水流や湖にそそぐ水路がいっぱいあってね。足を濡らさないわけにはいかないから……」

「あなた、以前、狂犬病のアヒルに嚙まれたんじゃない、そんなに水を怖がるなんて」ライがじれったそうにさえぎった。「行くわよ。さ、出発！」


ハットは彼女のあとから歩き出しながら、女性を守るマッチョ的態度は彼女には何の効果もないのだと心に刻んだ。彼が請け合ったように湖の北側には小道のようなものがあって、車のスプリングには危険だったが歩く分には苦もなかった。

歩くうちに霧が濃くなり、ときどきじらすように対岸が見えるほかは視界は二十メートルほどに落ちて、二人を灰色の、だがけっして不快ではない繭で包み込んだ。音はほとんどせず、わずかに聞こえる音ははるか遠方の音のような不思議な聞こえ方をした。小鳥も鳴かず、葦の中にひたひたと寄せる湖水の音は、本来の音というより静寂の引き立て役だった。しばらくしてハットが彼女の手をかすめるように手を出すと、ライはその手を取って指をからめ、二人は手をつないで歩き続けた。

どちらも口を利かなかった。ハットは自分たちには魔法がかかっているような気がした。言葉はただその魔法を解いてしまうだけで、もし魔法が解かれずにすめば自分たちは永遠にこんなふうにして歩き続けられるのかもしれないと。口に出さずに誓約を交わすことができるのだろうか、と彼は思った。そして、たぶん、永遠に守られるのは言葉なしの誓約なのだと、妙に警官らしくない考えが頭をよぎった。実際、言葉のない世界は多くの点でもっといい世界かもしれない。人間はものに名前をつけて、それを牛耳ろうとする。名なしのままにしておけば支配はできなくても、依然として愛することはできるかもしれない。

彼の心の一部は、もし本署でこんな考えをすこしでも表明しようものなら、犯罪捜査部の同僚たちがどんな反応を示すことかと恐れおののいた。別の一部は、こういう考えをすべてライの前にぶちまけて、どんな反応を示すか見てみたいと思った。だが、それには言葉が必要だ。そして、この静寂のなかでは、言葉は神聖を汚すものだった。

だが、やがてどんな言葉よりもはるかに神聖とはほど遠い音が聞こえてきた。その音は静寂《しじま》を切り裂き、唸り、きしみ、あるいは激しく、あるいは鋭く、高くなったり低くなったり、金属音かと思えば、石を擦るような音になった。

「いったいどんな鳥なの、あれは?」ライは声を潜めて恐ろしそうに言った。

「聞いたことないよ、こんな鳥」ハットは言った。「むしろ、これは……」

彼は言いよどんだ。むしろ何に似ているのか確信がなかった。

そのとき、あまりにも唐突でまるでその音が形になったかのように、三、四メートル先の霧の中に這いつくばったスタングクリーク小屋の黒々とした姿が忽然と現われた。

音は小屋の背後から聞こえていた。二人が横手から裏に回ると、泥はねで汚れたフィエスタが木造の差し掛け小屋の外に止まっていた。差しかけ小屋は慈善活動家に寄りかかる酔っぱらいのように建物の裏壁にもたれていた。

差しかけ小屋のわずかな軒下で男が足漕ぎ式の砥石車の上にかがみ込み、斧の刃を砥石に当てていた。車が回転し、火花が散り、金属が金切り声を上げている。

「まあ、驚いた」ライは言った。「ディックよ。ディック、こんにちは! ディック!」

張り上げた彼女の声にディック・ディーは振り向き、一瞬、両手でしっかり斧を持ったまま無表情に二人を見ていた。

やがてゆっくりと満面に嬉しそうな微笑が広がり、彼は言った。「いや、これは思いがけない、嬉しいお客さんだ」

そのゆったりした外見からは運動神経がよさそうには見えないのに、彼は意外なほど滑らかな動きで斧を高く振り上げ、差しかけ小屋の床に散らばった太い丸太の一本に力強く刃を打ち込んだ。

「じゃ、きみたちはここへ来たんだ。暖炉に火を入れといて賢明だったよ。でも、さ、こんなところでぐずぐずしてないで。ヨークシャーの田舎式に言うと、ちょっくら寄ってってお茶でも飲んでけや」

35

それからの一時間は非常に心地よく過ぎた。ライについて言えば、いささか心地よすぎるとハットは心おだやかでなく思った。

前に気づいた彼女とディーの気安そうな感じは、職場の外ではいちだんと顕著だった。一緒に話し、笑いながら、彼はのけ者ではないにせよ、少なくとも霧に包まれて湖畔を歩いていたとき二人で分かち合ったあのすばらしい親密さから切り離され、どんどん遠ざかっていくのを感じた。

ディーはお茶を淹れてくれ、いかにも歓迎するように火格子の上でパチパチはじけ炎を上げる薪の火にかざしてトーストを作ってくれた。お茶はいささか煙臭かったが、トーストは――厚切りの白パンを長い、刃の薄い肉切りナイフに突き刺してほとんど黒焦げになるほど焙《あぶ》ってから冷たい新鮮なバターと杏ジャムをたっぷり塗ってあった――美味しかった。

ディーは床に坐り、ハットは三本脚のスツールに腰かけ、ライはといえば唯一の椅子に坐っていた。それは獅子頭のついた肘掛けと鉤爪状の足をした、オーク材を刻んだ椅子で、長い歳月と使い込まれた艶だけが与える深い古色を帯びた美しい逸品だった。

「納屋で見つけたんだ」ディーは説明した。「肘掛けの片方が壊れていて、いつか、誰か白く塗れば見栄えがすると思った者がいて、水性塗料が塗ってあった。そこで、絵を描くのはしばらくそっちのけにして、この椅子を元に戻すことにしたんだよ、そのほうがぼくが描くどんな絵より芸術と美に遙かに大きな貢献ができるからね」

「すてきな椅子ね、ディック」ライは言った。

「うん、そうだよね。そして、やっとこの椅子に坐るにふさわしい人物が現われたってわけだ。絶対そうだよ、ハット？　ライがぼくらの議長《チェアマン》だ。〝純潔で麗《うる》わしき女王にして女狩人……〟」

そう言いながら、彼はライの手を取って椅子に坐らせた。

ハットは二人が手を触れたのが気に食わなかったし、点数稼ぎにこの辺でちょっと正しい言葉遣いの知識を見せてやれ、と思った。「チェアウーマン、ってことですよね。あるいは、せめて、チェアパーソンか」

「ぼくが言い間違えたと思ったんだね？」ディーは上機嫌で言った。「でもね、起源に遡るとマンという言葉はけっして性を特定してはいなかった。これが同じ印欧祖語系の精神《マインド》の語源、メンあるいはモンという語、考えるとか思い出すという意味だが、この語に由来すると考える学者たちがいる。つまり、マンという語はわたしたちを獣と区別している理性的な思考力を指しているというわけだ。この説が正しいかどうかはさておき、この言葉が人類のなかの男性を指すようになったのは発展過程のずっとあとのほうになってからなのは確かで、だからまだ元々の人間という意味を留めている。たとえば人類《マンカインド》のような語が、男の傲慢さや排他性を実証していると言うのは、内燃機関が発明されたのは、ヘンリー・フォードが自動車を作り始めたからだと言うのと同じぐらい、ばかばかしいことさ。無知な人たちのあいだでは、こんなちょっとした講義をやっていてもキリがないから、うん、向こうの大衆《ホイ・ポロイ》の国では、ぼくもたいがいはこの新しい無知の約束事を守っている。でも、ここでは、友達のあいだでは、能ある鷹も爪を隠す必要はないよね！　ライ、きみはぼくらの議長《チェアマン》だ、ハット、きみはぼくらの警察のスパイ《スツーリー》だ、そして、ぼくはいつものように床に坐るよ」

　ハットはこれを恩着せがましく感じて当然だと思ったが、実際には嬉しくならずにはおれなかった。人をイライラさせないでディーのように長々と話せるのは、希有の技だと彼はしぶしぶと認めた。もし男としての嫉妬がなければ、自分はディーに心底感服しているだろうと彼は思った。そしてディーのほうもハットを高く買っているという印象を与えた。彼は機会あるごとにハットにわざわざ出番を与えて小鳥について造詣の深いところを披露させ、単なる礼儀正しい興味というより本物らしい興味を示して耳をかたむけ、ライが彼の数点の絵に描かれた小鳥を褒めると彼自身は謙遜した態度を見せた。

　彼はオービュッソン派の小鳥画家、あるいはジェフリー閣下風の小鳥画家とさえ言えないにしても、飛んでいる小鳥の感じを描くことにかけては、その筆遣いの素晴らしさは否定しがたく、ハットもライと一緒になって素直に——そう響くように願ったが——褒めることができた。

　見たところ親密そうな二人の司書の仲が、ディーの私生活の細かい点にまでおよんでいないのがわかってハットはいくらか安堵した。明らかにライはこの同僚がここに住んでいるのを知って自分と同じぐらい驚いていた。いや、住むという言葉は適切ではない。この小屋には近代的な設備は一切なく、極めて原始的だ。

「ぼくは絵を描くためによくこの湖に来ていたんだ」ディーは説明した。「そして、ある日、雨が降り出して、本格的な雨がね、こんな神のやさしい息吹みたいなもんじゃなくて、ここで雨宿りをした。そして、そのとき、ふっと思ったんだ、もしこういう場所があって、道具類を保管でき、荒れ模様のときには屋内で制作できたらほんとに便利だろうなって。それで問い合わせをした結果、これはすべてスタング地所に属すると、つまりパイクストレングラー家の資産だとわかった。そこでジェフリー閣下とは顔見知りだったのを利用して名ばかりの賃料でここを貸してもらえるように先方を説得できたんだ。ぼくは基本的な維持管理を引き受け、これは、むろん、僕自身の利益にもなるわけで、みんなが満足というわけさ」

「ここに実際に寝泊まりするの?」ライはたずねた。

「ときどき泊まることがある」彼は認めた。「寝袋とキャンプ用のこんろとちょっとした品々は持ってきてあるから。巣作りをしないように努めてるんだ。ぼくが欲しいのは田舎の隠れ家じゃなくて、単に仕事場だからね。でも、びっくりするよ、いつの間にか物がどんどん増えて! それに、ご覧のとおり、寒さに弱くてちょっと冷え込んだり、濡れたりすると火が欲しくなるんだ」

「しかし、こういう家を売りに出せば、かなりの値がつくと思うけど」

「確かにね。そして、ジェフリーの父親は、あの有名な不在地主は、そういう値段で売りたかったろうね。彼は売れるものはすべて売った、でも、この広い地所とそこにある不動産は限嗣《げんし》不動産で売れないんだ。貸すことによって収入を得る。スタングクリーク小屋を改装して近代化すれば格好の貸別荘になるだろうが、それには金がかかる。そして今は亡きパイクストレングラー卿は、自分自身の利益にならないことに金を遣う気はさらさらなかったからね。ジェフリーが今後どうすることにするかは、まだわからないけど、概して彼は自分の活動のために——芸術《アーティスティック》的な活動にせよ、先祖返り《アタヴィスティック》的な活動にせよ——この近辺の山林をとても愛してるから、行楽客を増やすようなことはしたがらないと思うよ」

「ぼくらのような?」ハットは言った。

「彼もほんとに鳥好きのバードウオッチャーは気にしないと思うよ、もっとも双眼鏡で見ている最中に、目の前でカモが吹っ飛んでショックを受ける者もいるだろうがね。お茶のお代わりは?」

ハットはちらっとライを見たが、出かけたがってうずうずしている気持ちを必死で見せまいとした。彼女はマグを置いて言った。「いえ、結構よ、ディック。このわたしはね。わたしはきれいな空気を楽しんで小鳥を見るためにやって来たんですもの、でも、このハットはこのままずっと乾いた場所にいたいのかも。彼、どうやら水アレルギーらしいから」

ディック・ディーは彼を見て微笑した。バカにするというより同情するような微笑だったが救いにはならなかった。彼は立ち上がって快活に言った。「いつでも出られるよ」

外に出ると、雨はもはやロマンチックな霧とは到底言えなかった。

ディーは言った。「来た道を帰るのかい？」

「いいえ」ハットはきっぱりと言った。「ぐるっと回っていきます」

「ああ。あっちはちょっとぬかるんでるよ。それにスタングクリークは水かさが増している。渡る場所は知ってるね？」

「ええ」ハットは簡単に言った。「大丈夫です」

「それならいい。ぼくはまたあのなまくら斧を研ぐとするよ。じゃ、また明日、ライ」

「待ち遠しいわ」ライはにやっとして、彼の頬に軽く別れのキスをした。

ハットはくるっと背を向けて早足で歩き出した。どうやらライは騎士道精神などお呼びではないらしい、それなら体力を対等に競ったらどうなるか、ちょっと試してみようじゃないか！　背後で斧を研ぐあの甲高い音がまた始まったが、じきに流れる水の音に呑み込まれた。

西に弓なりに連なる険しい丘陵は自然の分水界を成していて、無数の急流を漏斗《じょうご》のように狭い峡谷にそそぎ込み、その水流は湖まで広がる平坦な泥炭質の地面にも深い水路をうがちつづけた。小さな流れは一またぎで、あるいは、せいぜい自然の飛び石の助けをすこし借りて簡単に渡れたが、彼はわざと最大限の力と運動神経を要するルートを選んだ。ときどき彼はちらっと後ろを振り返ってライの進み具合を確かめたが、彼女は常に一歩一歩彼と同じ足どりで進んでいた。そこで彼は励ますように微笑して、さも自分は彼女のために歩く速度を抑えているのだと匂わせようとした。こうした無言の空威張りにはたちまち天罰が下った。彼はぬるぬるした岩に足を滑らせ、片足を氷のように冷たい急流に突っ込んだ。編み上げ靴に水が流れ込み、その傍らを笑いながらライが通り過ぎて先頭に立った。どちらかと言えば、彼女の選んだルートはハットが選んだ以上に難しく、間もなくライはさらに二人の間隔を空けた。しかしながら、ほかでもないスタングクリーク——この湖に流れ込む無数の流れの主流——の岸まで来ると結局、彼女が立ち止まるのが見えて、ハットはいささかの満足を覚えた。飛び石のある場所を正確に知らないとこの川を渡るのは難しい。そして、その飛び石の大部分はひどい日照りのときでもなければ、五、六センチ水面下に隠れているのだ。誰かが渡っているのを初めて見ると、おそらく現代の不可知論が感じさせるものとしては、ガリラヤ湖畔で五千人がパンを与えられたあと使徒たちが感じたのと最も近い気持ちになるだろう。

　ちょっとした奇跡を楽しみにして、ハットは近づきながら声をかけた。「どうして止まってるんだい？　きみみたいに運動神経がよけりゃ、飛び越せるかと思ったのに」

　彼女はハットを振り向き、彼はたちまち自分の軽率な言葉を悔やんだ。彼女の顔はこわばり、目は驚いたように大きく見開いていた。これまで彼女が見せた力量からすると、この程度の障害になぜこんなに強烈な反応を示すのか彼には理解できなかったが、じつは何も問題はないのだと早く安心させようと急いだ。

　彼がまだ口を開かないうちに、彼女は指さして言った。

「ハット……あそこに……」

　彼は下流に目を遣ったが、頭の中では苦しんでいる動物を予想していた……たぶん、わなに挟まれた脚が壊疽《えそ》になっている狐か……それとも溺れている羊か……

　最初は何も見えなかった。

　それからやっと見えた。

　川の中に、大部分が水面下に隠れていたが、彼が奇跡のように渡るつもりでいた飛び石に早い流れに押されて引っかかっているのは、死体だった。

それとも、たぶん死体ではないのかもしれない。目は簡単に騙される。たぶん、単に農場で使う緑色の飼料用ポリ袋にすぎず、空気と漂流する水草が入り込んでふくれ上がったただけかもしれない。

彼は川岸を走りながら、振り返って彼女の間違いを笑い、彼女の頬に血の気を戻すことができればと願った。だが、隠れた飛び石づたいに進み、かがみ込んでよく見たとき、ここには笑う理由は何もないのがわかった。

ライは彼の横の川岸に来ていた。

彼女を見上げて、ハットは警告した。「これからこれを引き上げるよ」

彼女はわざとらしい無関心な様子で背を向けて言った。「あっちにボートがあるわ。行ってみるわね」

ハットは下流を見た。三十メートルほど先の、川が湖に流れ込む直前のところに平底のボートがつないであった。

彼は、警官としては言いたかった。「だめだ。近づいてはいけない。これは犯行現場の可能性がある、手を触れなければ触れないほどいいんだ」

だが、実際にはこう言った。「うん、それがいい」

彼はこれまでに一度しか溺死体を見たことがない、しかし、人間の肉体が外の水、内の腐敗にどんなに脆弱か知るにはその一例で充分だった。そうでなくても彼女はすでにかなり動揺しているように見えた。

彼女は離れていき、彼は身をかがめて防水した野外用の上着らしいものを両手でつかんだ。しっかりつかむのに手こずったが、やっとうまくいって遺体を水中から引きずり出しはじめた。

「あっ、くそ」胴体を岸に引き上げたとき、彼は言った。

それは遺体には違いなかったが、その全部ではなかった。というか、完全な遺体ではなかった。というか、遺体の一部だけだった。というか、すこし欠けた遺体だった。実際の話、全部揃っていないとき、その遺体は遺体と言えるのだろうか?

彼が頭の片隅でこういう意味論の問題を弄んでいたのは、遺体に頭部がないという事実から目を逸らすためだった。

彼はむりやりに注意を集中した。

見たところ、頭部がもぎ取られたのは水棲動物に食われたからではなさそうだった。実際、こんなに流れの早い、水のきれいな川にこれほど大きな被害を与えうる住人がいるとはとても思えなかった。

いや、外見を証拠に即席の病理学的推測をするなら、頭は切り落とされたのだろう。そして、一撃によってではなく、何度もかかって。

彼は遺体を完全に水から引き上げて立ち上がり、背丈分だけでも足元の恐るべき物体と距離を置けるのが嬉しかった。

彼はライはどこにいるかと目をやった。

彼女は係留されたボートにすでに乗り移り、何かの上にかがみ込んでいた。

今や彼が警官として受けた訓練が主導権を握った。これは疑問の余地なく犯行現場だ。彼は警察学校の教官の忠告を思い出した。「犯行現場では、両手をポケットに突っ込んでペニスをいじってろ。そうすりゃほかの何かに触ろうなんて気は起こさんからな」

「ライ」彼はライのほうに行きながら呼びかけた。

彼女は立ち上がり、彼のほうを振り向いた。こういう状況下でも彼は、ライが足元のゆらゆら揺れるボートに優雅にバランスを取るのを惚れ惚れと眺めた。

彼女は手に何かを持っていた、籠の一種、釣り人が使う籠、あれは何と言ったっけ？　そうだ、魚籠《びく》だ。そして、彼女は閉めた蓋を留めているバックルから紐を抜きかけていた。

あれをやめさせなければ。それも、単に現場を汚染する恐れがあるからだけじゃない。

ほかにも理由があるのだ。

予感か、直感か、推理か、何と呼んでもいい、彼には籠の中身がはっきりわかっていた。

「やめろ！」彼は駆け寄りながら叫んだ。「ライ、そのままにしとくんだ！」

だが、常に手遅れだった。

ライは蓋を引っぱり開け、中をのぞき込んだ。

彼女は悲鳴を上げようとした、というか、たぶん、声帯があまりに締めつけられてあの斧の刃を研ぐ音のかすかなこだまのような音を出すのがやっとだった。一瞬、彼はライがのけぞって水中に落ちるのではないかと思ったが、彼女の膝ががくっと落ちた。そして、まるで何かを――彼女自身か、手に持っているものかを――投げ出さねばならないのはわかっているとでも言うように、彼女は籠を岸に放り出した。

籠は地面に当たり、跳ね、ひっくり返り、中から人間の頭が転がりだした。

それがまだ足元で止まりもしないうちに、ハットは、少なくともある意味では、その頭がこの環境に場違いではないことを認めた。もし人が死なねばならないのなら、自分自身の土地で死なせてやるのがいちばんだ。

それは紛れもなくスタングのパイクストレングラー卿、ジェフリーの頭部だった。

36

第六の対話

また、こんにちは。

わたしもね。きみがわたしに課したこの小道のなんとすばらしく変化に富んでいることか！ 〝さまよい歩く権利章典〟、これはわざわざ議会制定法にする必要のない法律だ。

道はくねくねと曲がって私有地や公共の建物を通り抜け、古代の街道や田舎の脇道を辿り、そして今は人のあふれる都市を遠く離れたこの田舎の深奥部にわたしを連れてきた。というのも、先導しているのはこの小道であり、この道に自分が選んだ者たちを連れてくるこのわたしではない。じつは、彼らを選んだのも小道で、常に自分は自発的に進み出たのだと彼らに思わせてしまうのだ。わたし自身は単なる道具にすぎない。

あるいは、たぶん、楽器、フレンチホルンかもしれない。わたしは自分がフレンチホルンだという考えが気に入っている。

真面目な話、今日ほどわたしの役割が単なる道具にすぎないことが明白だったことはない。今回の選ばれた者は、まるでこの役を長い時間をかけて覚えた役者のように出番の合図に応じた。古代アテネのブフォニアでも生け贄の祭壇にこれほどいそいそと近づいた牡牛は一頭もいなかっただろう。必要な道具はすべて彼自身が提供し、有罪の武器さえもみずからの手でこのわたしに手渡したのだ。

そして、その瞬間に時が止まった。徐々にではない、これまでしばしばそうだったように、ゆっくりと停滞したのではない。時は……時はそこにない。

そして、つながれたボートのまわりの川音はダイシャクシギの鳴き声と合わさり、一本の長い、もの悲しい音の線となって、窪んだ湖から神々への電話線のように果てしない虚空へと伸びている。

なんと心休まることか、天空で彼らがゆったりと身を横たえ、この地上で進行中のあらゆることを厳かに肯定しながら耳をかたむけていると考えるのは。

わたしの手の中で油を塗った鋼鉄の筒は即座のクライマックスへと震え、脈打つ。そして今、チョウザメの魚卵のように黒く、丸い種子がほとばしり、扇のように空中に広がり、わたしの前のこの死すべき肉体に不滅の命を植えつける。彼の口はあの決定的貫通の瞬間のエクスタシーに大きく開くが、彼の喉に開いたこの新しい赤い開口部の大きさには及ばず、そこから彼の魂が鳥籠から逃れる小鳥のように飛び立つのがわたしには見える。突然訪れた自由を喜びながら、それはちらちら光る湖を越えて一路飛び去り、この退屈な地上には空《から》の鳥籠が笑う川の傍らに崩れ落ちる。

その有罪の武器をわたしは清めの流れの中に放り込む。

それを受け取る腕は出てこない。

わたしにはまだ為すべき仕事がある。頭部は散弾銃の炸裂でその肉体の茎から半ば切り離されているが、完全に摘み取り、容器の中に収めなければならない。斧は手元にある——ほかのどこにあり得よう？　三度で、それ以上でもそれ以下でもない、仕事は完了する。というのも今日はまさに三つの部分から成る日だからだ、三つで一つに、わたしがざわめく流れの中に遺体を転がし込むと三つ組は完成する。

斧はどうする？　わたしはその重さを手ではかり、何も語らぬ流れをじっと見る。しかし、斧には罪はない。わたしの小道の道具であって、彼の旅立ちの道具ではない。だからこのままにしておこう。

それを持ったままわたしは歩み去る、そして一歩ごとに時の重荷が戻ってくるのを感じる。

ああ、どうか早くあの安全な安息の地に辿りつかせてくれ、わたしが永久に活動を停止する場所に。

そして時はわたしを標的にする力を失うだろう。

37

「この〝ブフォニア〟は」ドルー・アーカットは言った。「翻訳すると〝牡牛の殺害〟という意味だが、干ばつとそれに伴う窮乏を終わらせるためにアテネで行なわれた儀式でね。たぶん、『金枝篇《ゴールデン・バウ》』（ジェームズ・G・フレーザーの宗教学、文化人類学の名著）であんたも読んでいると思うが……」

彼はここで言葉を切り、ダルジールに笑顔を向けた。警視は言った。「パブではあまり本は読まんから。要点だけ頼む」

「フレーザーはその儀式はこういうものだったと書いている。祭壇に大麦と小麦を置き、数頭の牡牛をそのすぐそばに追い立てる。祭壇に近づいて食べはじめた牛を男たちが斧とナイフを振るって生け贄にする。男たちはその武器を即座に投げ捨てて逃げる。結局のところ牛の死に関わった者たち全員が裁きにかけられ、それぞれが順繰りに責任を転嫁して最後にすべてが斧とナイフに押しつけられて有罪となり、死刑を宣告されて海に投げ込まれる」

パスコーは注意深く耳をかたむけていたが——ボスとは大違いで、ボスのほうは大きな両手を丸めて顔に当て、そこにできた漏斗の中に低く呻いて、吹きはじめた西風がフィンガル洞窟にこだまするような音を立てていた——たずねた。「では、それだからワードマンは銃は投げ捨てたが斧はそうしなかったと思うんですね？　ジェフリー閣下は頭を切り落とされたときにはすでに死んでいた、したがって斧は有罪ではないから」

「そのとおり。きみも気がついたと思うが、彼は銃がどちらかというと自分で勝手に発砲したような言い方をしている、ちょうど被害者についても、アテネの牡牛のように自分から進んで選ばれたと言っているようにね。ところで、検死で彼が何か食べていたという形跡は見つかったのかね？」

パスコーはちらっとダルジールを見た。外部の者にどの程度まで情報を漏らすかは警視の専決事項だった。だが、まだダルジールと目が合わないうちにポットル博士が（つい先頃の病が癒えて喫煙力を完全に回復していた）言った。

「彼は明らかにこういう数々の言葉遊びが好きだが、それより重要なのはここで彼が使っている強烈な性的イメージかもしれない。彼を突き止める手がかりになるのは、彼の心で何が起きているかで、彼の歪んだ論理ではない。心は、その性質上、彼がまだコントロールできている領域だ。感情や、熱情、このコントロールがきかなくなったとき、ついに彼は正体を現わしてしまう。ま、少なくとも、かなりの身体的痕跡を残す結果になるかもしれない。おそらく現場の地面は徹底的に調べたんでしょうな、精液の痕跡がないかどうか？　これを読むとほぼ確実に犯行の最中か、直後に射精が行なわれたように思えるが」

ダルジールの顔がその洞窟から現われ、彼は冷ややかに言った。「あんたの仕事が何なのかはよく知らんがね、ポットル博士、一つ、確実にあんたの仕事じゃないのは、わたしに仕事の指図をすることだよ。運よく、と言っても、もう待ちくたびれたがね、現場に最初に行ったのはわたしの部下で、その結果、可能なかぎり現場は汚染されずにすんだ。うん、確かに現場の周囲の地面を半径一キロに亘って隈無く調べた。そう、確かにそこにあったもので記録し、持ち帰り、調べ、分析すべきものはすべて、そのとおりにされた。われわれは湖の底を浚い、問題の銃を発見し、おまけに大量のゴミも見つけたが、事件に関係のあるものは皆無に見える。斧は小屋にあり、付着していた血痕から、それがジェフリー閣下の殺害に使われた斧と同一のものであることが判明した。そして、アーカット博士、確かに検死の結果、彼の口の中にキュウリ・サンドイッチの痕跡が見つかり、ボートのそばの川岸でサンドイッチが見つかった、ついでに言うと全粒粉のパンで、一口食いちぎられていた。これはすべて警察内部だけの秘密情報なんだが、ひとえに、わたしがこの頭のおかしな野郎を捕まえるためならどこまでやるか示すために、あんたたちに話している。あんたたち利口者のどっちでもいい、もしこの情報のどれかがヒントになって、何か参考になる意見があるんなら、今言ってくれ、さもなきゃ永久に胸にしまっておくか」

彼はいかにも手の内をすべて晒したという率直な顔で客の専門家たちを見た。しかし、むろん、除外した部分もあるとパスコーは思った。ボウラーの告白で彼の女友達が現場をはなはだしく汚染したとわかったこと、スタングクリーク小屋を徹底的に家宅捜査し、ディック・ディーを五時間ぶっ通しで尋問して（その間、彼は弁護士を呼んでくれとは言わず、終わったときには尋問をした者たちよりずっと元気そうに見えた）釈放したこと、非常に目ざとい鑑識検査官がボートにあった釣り竿の一本の釣り針にかすかな血痕を発見し、精査の結果、それは人間の血液で、閣下のA型とは違い、AB型だったこと。それに、警視は閣下のランドローバーのことも確かに言わなかった。全国の警察に手配し、警察の撤去車両置き場で発見されたばかりだった。鉄道駅の裏に違法駐車してあったのを牽引してきてあったのだ。

〈対話〉が姿を現わしたのは月曜日の朝になってからで、図書館の郵便物の中にあるのが発見された。だがボウラーが日曜日にその身の毛のよだつような発見を通報してきた瞬間から、彼らはこれをワードマン殺人として扱っていた。

ウィールドが指摘したように、彼らはこれで敵を一歩出し抜いたと感じたわけではなく、今や彼ら全員が犯人のルールに従わされているというにすぎなかった。

今日、火曜の朝、パスコーは〝専門家〟の意見を聞くべきときだ、と気乗り薄のダルジールを説得したのだった。

「それで？」ダルジールは嚙みつくように言った。

アーカットは無精ひげの生えた顎を、目の前に坐る肉体摩擦のヘビー級チャンピオンに挑戦するかのような音を立てて掻き、言った。「三つの部分から成る、三つで一つ、三つ組。こういう言葉で彼が何を指しているのか突き止めることだ、そうすれば彼を駆り立てている動機に迫れるかもしれない」

「頭を切り離すために斧を三度振るったことを、ただ言ってるんじゃないんですか？」パスコーは言った。

「確かに、意味を補強してはいる」言語学者は言った。

「しかし、頭と体とでは部分は二つで、三つじゃない。だから、それではない。それに、なぜ体は水中に転がし、頭はあの魚籠《びく》に入れたのか？　ここに何かわたしたちが把握していないことがある」

「以上かね？」ダルジールは言った。「何かわたしたちが把握していないことがある？　いや、ありがとう、シャーロック。ポットル博士、何か付け加えることがあるかね、それとも、たぶん、同僚がすべて言い尽くしたと？」

ポットルは新しい煙草に今まで吸っていた煙草から火をつけて、言った。「彼は今やすっかり調子づいている。設定された目的地がどれぐらい先なのか知らないが、本人はもう到達すると完全に確信している。これはかつてないほど短い〈対話〉だ。先へ行けば行くほど、〈対話〉は短くなりそうだ。前回の経験を言葉で再現すること、これは単に貴重な時間の浪費にすぎず、むしろ次回を待機することに費やしたほうがいいからだ。彼は今や自分の進む道に間違いはないと確信しており、被害者たちや案内人である霊魂との対話を、紙の上でと同じように、心の中でたやすく続けられるのだ」

「彼は書くのを完全にやめてしまうかもしれない、と思いますか?」パスコーは言った。

「いや。彼がわたしたちとやっているこのゲームの、その書くという部分は依然として残るだろうね。いわば、ルールのなかに含まれているんだ。それに彼は書くのを楽しんでいる。前回も言ったように、彼が自信をますます募らせていることが破滅の原因になりそうだ。彼は〈対話〉の中でしだいに小さな手がかりを与えはじめるだろう。自分のほうが断然強いと確信しているスカッシュ・プレーヤーが、ラケットを逆の手で持ったり、球を全部後ろの壁から離れて打って自分の腕を見せつけたりするようにね。しかし、わたしが探しているような半ば無意識で正体を明かしている箇所を見つけるのはずっと難しそうだ。こんなことを言うのは癪に障るが、今後はアーカット博士の腕のほうがわたしのより役に立つでしょうな」

　ダルジールは悲劇的な絶望を思わせる吐息、ミセス・シドンズ（英国の女優、悲劇女優として有名）に売り渡せたほどの深い吐息を漏らした。まるでそれに応えるように、電話が鳴った。

　彼は電話に出た。たいがいの者の場合は、その口調や、使う言葉や、身振り、などなどから電話をかけてきた者との関係がいくらか推測できるものだが、パスコーにはいまだにダルジールが女王と話しているのか不動産屋と話しているのか、見分け方がわからない。

「ダルジール」彼は唸るように言った。耳をかたむけた。「はい」耳をかたむけた。「たぶん」受話器を受話器受けに落とし、受話器が跳ねた。

　キャップ・マーヴェルがたぶん、昼休みに激しいセックスの一勝負をしたいかどうかと訊いてきたのか？　首相が爵位を与えると言ってきたのか？　ワードマンが命をもらうと脅してきたのか？

「じゃ、以上かね、皆さん?」ダルジールは期待に満ちて言った。

　ポットルとアーカットは顔を見合わせ、それからスコットランド人が言った。「わたしの見るところ、言葉が鍵だね。これは典拠となる原文がある暗号を解読するようなもんだ。ひたすら苦労を重ねて長い時間をかけて解く場合もあれば、運よくその手がかりとなる原文が、複数の原文かもしれないが、見つかる場合もある」

「あるいは、彼が傲慢になりすぎて、事後ではなくて事前に誰かが解読できるような手がかりを与えることも充分考えられる」ポットルは言った。

ポットルとアーカットは自分たちの資料をかき集め、パスコーは大げさに礼を言った。「お二人とも、ご足労いただいて本当にありがとうございました。何か思いついたことがあったら、どうぞわたしにご一報ください」

ドアのところでアーカットは皮肉たっぷりに言った。

「なぜかわからないけどね、警視、いつもここの会合から帰るときには、ほんのちょっぴりだけ心配になることがあるんだよ、警視は、正直言って、このわたしがどの程度役に立ったと考えているのかと」

「いや、アーカットさん」ダルジールは見るからに仰々しく言った。「そんな疑いをいささかでも抱かせていたとしたら、じつに申し訳ない」

「このうすのろが」彼はドアが閉まると、というか、そのほんのすこし前に付け加えた。

「じゃ、なぜ警視がわざわざこういう会合に出たのか理解に苦しみますね」パスコーは苛立ちを隠さずに言った。

「それはな、もしうすのろたちと一緒に過ごすのを嫌がってたら、孤独な人間になりかねんからさ」ダルジールは言った。「とにかく、彼が役立たずのうすのろだとは言ってない。それに、もしポッツォーが彼の話を聞くべきだと言うなら、たぶん、そうなんだろう。ときどき彼は煙と一緒になかなかいい意見を吐くからな」

これはパスコーに対する遠回しの譲歩だった、というのも彼とポットルは個人的にいい人間関係を築いているからで、これがダルジールから示されるいちばん謝罪に近いものだとわかっているので、主任警部は苛立ちは脇に押しやって言った。「それで、ここからどの方面へ行きます？」

「おれか、おれは〝豪傑ダン〟のところへ行く。さっきの電話は彼からだ。きみは、おれの記憶に間違いがなきゃ、禿げ鷹どもとデートがある。このウィールドがどういう予定になってるのかは知らんが、もし誰かにかわいい赤ん坊コンテストの審査員を頼まれたりしなきゃ、すこしは警察の仕事をする時間があるだろうよ」
〝豪傑ダン〟とはトリンブル警察長のこと。禿げ鷹とは報道陣のことだ。ワードマン殺人に対する関心は新たな死者がでるたびに幾何級数的に増大していたのだが、このいちばん最近の殺人でそれは一気に国際的な次元に突入した。閣下がイギリス王国の貴族であるというだけでなく、タブロイド紙の一つが彼は王室と遠い縁戚関係にあり、なんでも王位継承順位が三百三十七番目だったことを調べあげた。アメリカとヨーロッパで爆発的に関心が高まった。ドイツのテレビ局の一つがどこかから探し出してきたテレビ名士志願者はピューリタン革命当時、パイクストレングラーの一人が打ち首になったと主張し、この話が今度の殺人の背後には左翼の革命運動があるという憶測に火をつけた。それ以前の殺人をこういう政治的な図式に当てはめようとするのは荒唐無稽な努力だとしだいに明らかになりつつあったが、ジャーナリストのジャーナリストたる所以《ゆえん》は、面白いニュースなら荒唐無稽などということは歯牙にもかけないことだ。

　パスコーは今度の記者会見のスポークスマンに選ばれていたが、自分が警察の世間受けのいい顔と見なされていることに曖昧な気持ちを抱いていた。この曖昧さの原因は、彼にはこういう鋳型にはめられるのを渋る気持ちがあるからだった。こういう役割は出世には役立つかもしれないが、同時に彼がまだ心構えのできていない方向に彼を押し進めるかもしれなかった。政策委員会や政府上層部との接触はきらびやかな肩章を与えてくれるかもしれないが、それはこつこつと地道に働く実際の捜査活動とは遠くかけ離れた世界だった。聖アウグスティヌスとセックスの問題のように、彼もいつかはそれを諦めねばならないとわかっていたが、できればもっと先にしたかった。

「トリンブル警察長が最新情報を聞かせろと言ってるんですか？」

「最新情報？」ダルジールは言った。「いや、結果を出せと言ってる、しかも、昨日からな。上のほうの誰かからさんざ油をしぼられてるんだ」

彼はいかにも自分も同じ目に遭っている者らしく、気味よさそうに言った。警視を見ながら、パスコーは顔には出さないように気をつけたが、同情せずにはいられなかった。必要とあらばダルジールは情け容赦なく部下たちを駆り立てたが、彼自身も上からどやしつけられ、それを部下に回すことはほとんどなかった。下からにせよ、上からにせよ、責任追及はアンディ・ダルジールのところで止まった。そして、このワードマン事件で巨漢がどれほどのストレスを感じているか、パスコーはただ推測するしかなかった。

ハットは仕事に復帰した。遺体発見後の彼の対応はダルジールからしぶしぶながらの賞賛を引き出した。もっとも警視は、今後の参考にと言って、概して自分の女友達に被害者の生首でボール遊びはさせないほうがいいと助言したが。

特に、ハットが即座にスタングクリーク小屋に引き返し、例の斧をすばやく確保してディック・ディーから予備的な調書を取ったのは、適切だったと評価された。何かを聞き出せたからではなく、この司書を目撃者証人としてその場に足止めできたからだ。それに容疑者の区分にも入れねばならないと、遺体を見た瞬間にボウラーにはわかった。そして、彼とライが戻ったとき、もしディーが小屋にいなければ、彼はディーの指名手配を要請していただろう。同様に、もしディーが警官隊が到着する前に小屋を出ていこうとしていたら、彼を逮捕していたろうし、その時点から拘留期間の時計が進みはじめていただろう。

彼は自分の働きで上司たちが尋問に貴重な時間を浪費せずにすんだことに刑事として満足を覚えたが、ほかにも感じたことがあった。彼らが小屋に戻ったとき、ライがディーに慰めてもらっている様子を見て、彼を重大容疑者として扱っていることをもしライに嗅ぎつけられたら、順調に流れていた自分たちの関係は岩にぶつかるかもしれない、とはっきり悟ったのだった。おそらく、もう彼女にもディーが容疑者扱いされたことは伝わっているだろうが、これだけ離れていれば非難の矛先は自分のような下っ端ではなくパスコーか、巨漢に向けられるだろう。

いいニュースは（容疑者の可能性のある者を容疑者から

はずすのが、もしいいニュースなら）、ディーと閣下の死を結びつける明確な証拠は何も見つからなかったことだ。

鑑識が閣下の頭を切断した凶器だと確認した例の斧には、確かにディーの指紋がべたべたついていたが、彼はハットの目の前でそれを使って薪割りをしていたのだから、これはべつに驚くには当たらなかった。確かに彼の指の一本には小さな切り傷があったが、血液型はO型だという彼の主張が、本人の医療記録を調べて（ディーは〝消去のために〟見てもよいという書面による許可を快く与えた）確認されたとき、例の釣り針に付着していたAB型の血液と彼を結びつけられるかもしれないという期待は消えた。

ダルジールは頭のない遺体のそばで血痕のついた斧を使っていた者は、少なくとも警察の時間を浪費させた罪があると感じる男なので、そのニュースを伝えた者に八つ当たりしたい様子だったが、パスコーのほっそりした肩も長年のあいだに仕事上は逞しくなり警視が非難がましく唸ったり鼻を鳴らしたりするのを無視して、ディーに不利な証拠が欠如していることを示す綿密な総括を続けた。

「病理報告によると閣下は死後二日から四日経過していました。ディーは該当する期間の日中は勤務をしていてアリバイがあります。勤務時間以後の夕闇の迫る時間は可能性が低いと思われます。あそこまで行く時間を考えると、彼らが着く頃には暗くなってるでしょうし……」

「彼ら？」ウィールドが口を挟んだ。

「犯人は閣下のランドローバーで湖から帰ってきたに相違ない、ということは往きもそれで行ったに違いない」パスコーは言った。「しかしながら、閣下がしばしばあそこで夜釣りをしたことも事実、わかっています。じつは、興味深いことに、それを教えてくれたのはディー本人です。彼は非常に力になってくれて終始、協力的でした」

「それは彼には不利な証拠だ」ダルジールは期待を込めて言った。「警察の力になろうとする民間人というのは、何かやましいことがあるんだ、これまでの経験ではな」

「たぶん、付き合う人間の範囲をもっと広げたほうがいいと思いますよ、警視」パスコーは呟いた。「しかし、どっちみちディーには夜についてもアリバイがあるんです」

「ほう？ 誰かと寝てたのか？」巨漢は言った。

「彼はそういう方面の話はしようとしませんでした」パスコーは言った。「しかし、問題の期間の一晩は、シェフィールドで開かれた州の図書館員の会合にパーシト・フォローズと出席して、真夜中過ぎにここに戻っています。もう一晩は、チャーリー・ペンのフラットで過ごし、ペンのスコッチを思う存分飲んで、ソファに寝て泊まっていってます。ペンが確認しています」

電話が鳴った。ダルジールは受話器を取り、聞き、言った。「もしそっちに向かってたら、この電話に出てるはずがないだろうが。もうすぐ！」

彼はまた受話器を叩きつけた。

「トリンブル警察長ですか？」とパスコー。

「秘書だ。ダンだったら、あんなに丁寧な口はきかんよ。ピート、きみにこんなふうに長ながと話をさせてるのは、最後にいいニュースが取ってあるんじゃないかと期待してだがね。固唾を呑んで待つべきなのか？」

「いいえ。残念ながら」

「じゃ、この辺でダンのところへ行って、隠したスコッチを一緒に探してやるとするか」そう言いながら巨漢は立ち上がり、ドアに向かった。

「サー」ハットが言った。

「それは何サーだ、きみ？」ドアの前でダルジールが言った。

「え？」

「それは〝ダルジール警視、サー、非常に鋭い指摘をしたいんですが〟なのか、それとも〝パスコー主任警部、サー、老いぼれが行っちまったから、非常に鋭い指摘をしたいんですが〟なのか？」

なかには答えないほうがいい質問があることをハットは知っていた。

彼は言った。「今ちょっと思ったんですが、もし二人だったとしたら、と」

「遺体が二つということか？ ウィールディ、きみは検死に立ち会ったんだろ。ばらばらの遺体は合致しなかったのか？」

ウィールドは言った。「犯人が二人という意味だと思いますが」

「なんとね。なぜ二人にこだわる？　もし思いつきで言うんなら、いっそ群衆にしたらどうだ」

「犯人が二人なら、そのどちらも実際にパイクストレングラー卿の車で湖に行く必要はなかったことになります」ハットは言った。「それに、閣下のランドローバーを運転して戻る予備の運転者もいたことになります」

「どういう目的で？」

「あの郊外ではランドローバーは遠くからでも目につきます」ハットは言った。「遺体があった場所を考えると、たまたま人があそこに行かないかぎり、もっとずっと長い間あのままになっていた可能性があります。その期間が長くなればなるほど、遺体はわずかになって発見しにくくなります。それとも、たぶん、ほかの場所に移すつもりだったのかも。たぶん、ディーはそうするつもりだった、しかし、湖の向こう岸でわれわれがぶらついているのが見えた。そして、われわれが小屋のほうに向かって歩き出すと、現場に行くのを阻止するために大急ぎで小屋に戻った。ぼくらが先に進むのにあまり賛成じゃないみたいでしたよ」

「きみの供述書には、彼はあそこから先の湖岸はぬかるんでいると言った、とあるだけだが」パスコーは言った。

「ま、言い方はいろいろありますから」ハットはかすかに赤くなって言った。

「特に、自分の説に合わない場合は、だろ？」パスコーは言った。「で、何が言いたいんだ、ハット？　まだディーを問題にしてるのか？　さっきも言ったように彼にはアリバイがある」

「いや、もしチャーリー・ペンが相棒なら、アリバイはありません」

ダルジールは言った。「まだチャーリーに未練があるのか、え？　参考のために教えとこう、いったんこれと目をつけたら、けっして目を離さんことだ」

しかし、この揶揄にはいつもの勢いがなく、ハットに先を続ける勇気を与えた。

「そして、もしこの二人の犯行だとすれば、ジョンソンの殺人に関してペンにアリバイがあっても、いっこうに困らないわけです」

「そのアリバイはきみが彼の母親に会って確認した」ダルジールは言った。「きみの事情聴取のやり方について、ちょうど話をしようと思ってたところなんだ」

彼の口調は今や明らかに険しかった。

「何かわかったんですか？」パスコーは言った。

「大したことじゃない。このシャーロックはすっかり勘違いをしていて、どうやらチャーリーはあの日曜日、母親の近辺にはまったく行ってなかったらしい」

ハットは意気消沈すると同時に勇み立った。

パスコーは言った。「彼はそれを認めたんですか？」

「こうなれば認めるさ。しかし、手錠を持ち出すのはまだ早い。彼は別のアリバイがあると言ってるんだ。あの午後は女友達と仲良くやってたと」

「で、女友達のほうは何と言ってるんです？」

「何も。彼女はセーシェル諸島に三週間、休暇を過ごしに行ってることがわかった。亭主と。そういうわけで慎重を期する必要がある」

「なぜですか？」

「問題の婦人は、マーゴ・ブロッサムらしい。そうなんだ、〝蝿の王〟こと我らが愛すべき市長、ジョー・ブロッサムの連れ合いであり、慰めの源である彼女だ。そういうわけで、いろいろ訊くのは帰ってくるのを待つ必要がある」

「警視らしくもないですね、そんなに気配りをするなんて」パスコーは挑発するように言った。

「気配りじゃない。用心してるんだ。あのマギーには、男の背骨をへし折りかねない足固めの技があるからな」それから、パスコーの懐疑的な顔を見て、警視は言い添えた。

「それに、彼女には刺青もあるんだ、ふつうならチャーリーが知ってるはずのないところにな、つまり彼は……とにかく、このボウラー刑事が単に怪しいという以上のものを提出できないかぎり、ペンは容疑者の圏外ということになりそうだな」

ハットはまるで書きたての自白書を持った使者が来てくれないか、とでもいうように必死で部屋を見まわした。

パスコーは励ますように言った。「情報に基づくものなら、べつに推測でもかまわないんだ、ハット。きみの頭には何か根拠になる考えがあるに違いない、ディーとペンが共謀するようになったかもしれないと考えさせるような」

ハットは言った。「ま、彼らは同じ学校に行ってました」

「ヒトラーとヴィットゲンシュタインもそうだった」パスコーは笑った。それから、この知識をどこで入手したのか思い出した。サム・ジョンソンの、彼がチャーリー・ペンと初めて会ったときの話からだ。彼は笑うのをやめた。

「それに、二人はあの奇妙なゲームを一緒にやってます」ハットは続けた。「現にやってるところをこの目で見ました」

「現にやってるところ？　そのゲームというのはセックスゲームなのか？」

「違います。盤上ゲームです、スクラブルみたいな、ただずっと難しいですが。あらゆる種類の言語を使うし、ほかにもルールがたくさんあります。ペンのフラットに行ったとき、あそこでそのゲーム盤を見ました」

「確かに見ましたよ」パスコーは言った。「変わった名前だったな、何だったっけ？」

「パ・ロ・ノ・メイニア」ハットは注意深く言った。

「〝パロノメイジア〟じゃなく？」パスコーは言った。

「違います。間違いなくメイニアです。そっちは言葉遊びとか、語呂合わせという意味ですよね」そう言いながらハットは、ここにいる賢い男はパスコーだけではないことを示せて嬉しかった。

「そうだ」パスコーは言った。「それできみの言うその言葉は——今まで見たことも聞いたこともないが——どういう意味なんだ？」

「これはれっきとした言葉です」かすかな疑念を嗅ぎ取って、ハットは断言した。「彼らがゲームをやっているのを見たあと、ミス・ポモーナが教えてくれたんです。待ってください、ルールのコピーを持ってますから……」

彼は財布の中を探しはじめた。流感で寝込む前にライからもらった紙片を入れたはずだ。「これです」ハットは勝ち誇ったように言いながら、きっちり折りたたんだ紙をパスコーに手渡し、彼は慎重にそれを広げて興味深げに読んだ。

「オックスフォード英語辞典《O・E・D》、第二版（一九八九年刊、全二十巻）。なるほど、間違ってたのを認めるよ」

「おれは場違いなところにいるのを認めるよ」ダルジールは言った。「あの二人の疫病神の話を聞くよりもっと悪い」

「すみません」パスコーは言った。「ねえ、ちょっとこれを聞いてくださいよ。オックスフォード英語辞典《O・E・D》には必ずその言葉が、わかっている範囲でいつ最初に使われたか記してありますが、この言葉の場合は、いいですか、リットン卿、一七六〇年、『死者たちの対話』ですよ。偶然にしては出来すぎてませんか？」

「さあ、どうかな。偶然とは、どう偶然なんだ？」ダルジールは言った。「それに、どういう意味なんだ、その言葉は？」

「どうやら造語のようですね、パロノメイジアとメイニアをくっつけて作った……」

　ダルジールが歯ぎしりをし、パスコーは急いで先を続けた。

「……そして元来は〝言葉遊びに対する異常な興味〟という意味です。一九七八年以後は、ペンとディーの大好きなこの盤上ゲームの商標名でもあります」

「聞いたことがないな」ダルジールは言った。「しかしまあ、おれは盤上ゲームには興味を失ったからな、退屈な梯子を登るほうが、きれいな、つるつるした蛇を滑り降りるより高得点になるとわかってからは」

　パスコーはウィールドと目を合わせないようにして言った。「ルールを見ると、このゲームのことを知ってる者がいるほうが不思議ですよ。〝親になった者が選んだ言語を使う……興味深い押韻は倍の得点……矛盾語法は四倍の得点……〟驚いたな！　こんなゲームをやりたがる者がいるんですかね？」

「ディーとペンはしじゅうやってますよ、明らかに」ハットは言った。

「たぶん、それもミス・ポモーナから聞いたんだろうね」パスコーは言った。「それで、きみはその興味深い情報をどれぐらい長く自分の胸にたたんでおいたんだ？」

その口調は不自然なほど丁重だったが、ハットは即座に真意を悟った。「長くじゃないです。つまりその、それがわかったのはつい先週で、そのあと寝込んでしまいましたから、それに、ほんとの話、それほど重要とは思えなかったんです、ただ今日になってアーカット博士とポットル博士の話を聞いて、それから主任警部がディーのアリバイをペンが与えたと言うのを聞いて、それで、これは……」

「いや、きみ、弁明をするのは被告席に立たされてからでいい」ダルジールが安心させるように言った。「どっちみち、おそらく何の役にも立たんから。つまり、ゲームをやったからって刑務所行きにはならんからな、それどころか男同士でセックスをやってもな、それが同意成人同士で、人目のないところでやるかぎりは、なあ、ウィールディ？」

「はい、警視」部長刑事は言った。「もっともそれをラグビーと呼んで、入場券を売って人に見せる場合は別だ、と聞いていますが」

部長刑事は日頃からほとんど感情を顔に出さないのだが、このときの彼の無表情に比べれば、あのチャールズ・ブロンソンでさえ表情豊かに思われた。

「ラグビーか」ダルジールは言った。「うん、一本とられたな。〈オールド・アンシンカブル〉。お見事だ、ウィールディ」

ダルジールのお気に入りのスポーツを愚弄したのに褒められて、部長刑事の顔に今度ばかりは辛うじてそれとわかるほどの驚きが浮かんだ。

「は？」彼は言った。

「〈オールド・アンシンカブル〉」ダルジールは繰り返した。「アンサンク校の卒業生《OB》チームのことをみんなはそう呼んでたんだ。パブリックスクール出のなよなよしたホモたちにしちゃ悪くなかったよ、きみの前だがね。いささかも怯《ひる》まず敵を残酷に蹴りつけた。それだけは確かに学んだわけだよ、親父さんたちの金で」

彼の口調は肯定的だった。

ウィールドは言った。「何の話か、よくわからないんですが」

「ペンとディーはアンサンクを出ている、そして、ジョン・ウインギットもそうだ、あのテレビ局の男、リプリーの上司も。彼が〈アンシンカブル〉でプレーしていたから知っている。スクラムハーフでな。リバース・パスがうまかった」

電話がまた鳴った。

「それで?」パスコーは言った。

「彼はペンやディーと大体同じ年頃に違いない。話してみる価値があるかもしれないぞ、ピート。子供の頃、彼らがどんなことをしでかしたか探り出すんだ。ちぇっ、おれもよっぽど必死なんだ、自分がこんなことを言ってるなんて信じられんよ。きみの友人ポッツオーの話を聞きすぎたんだ」

電話はまだ鳴っていた。

パスコーは言った。「出ましょうか? また警察長室からかもしれませんよ」

「それなら、今、あっちに向かってると思うさ」ダルジールは気にするふうもなく言った。彼はちらっと腕時計に目を遣った。

「あのな、ウインギットはほかの禿げ鷹どもと一緒にきみの記者会見に来るだろう。会見が終わったら、彼をうまく連れ込むんだ。きみの流儀からすると、会見が終わるのは十二時半ぐらいだな。テレビ局の連中は質問を放つのが好きだが、今度はこっちが浴びせてやろうじゃないか」

「警察長のほうのはそれまでに終わるんですか?」

「彼が新しいスコッチを開けないかぎりはな」ダルジールは言った。「ボウラー、きみも立ち会え。なんといっても、これはきみのアイディアだからな」

「ありがとうございます、警視」ハットは喜んで言った。

「あまり浮かれるな。時間の浪費ってことになりそうだし、家具か何かを蹴飛ばして無駄なエネルギーを使わずにすむように、きみにそばにいてほしいだけだからな」

警視は立ち去った。ハットはほかの二人を振り返り、微笑してダルジールの冗談を一緒に楽しもうとした。

彼らは微笑しなかった。

パスコーは考え込むように言った。「虹を追っかけるなんて、警視らしくもないな」

「例の痔がムズムズしてるんでなければね」

彼らは一瞬、巨漢の有名な、あの腸卜僧のような痔に思いを馳せたが、やがてパスコーは言った。「ウィールディ、オ《O》ックスフォ《E》ード英語辞典《D》は今はデータベースになっている。エリーが契約してるんだが、彼女の暗証をきみに教えれば、コンピューターに呼び出せるか？」

「権限さえ与えてくれれば、首相の休日のスナップだって呼び出せるよ」ウィールドは言った。

彼らはウィールドについて彼のコンピューターに行き、部長刑事がキーボードに指を走らせるのを見守った。

「よし」彼は言った。「出たよ」

「すごい。じゃ、パロノメイニアを見つけてくれ」

だが、ウィールドはすでに操作を始めていた。

「パロノメイイジアはある。それにパロンファロセルというのもあるが、これは発音からしてもまず関係ないな。しかし、パロノメイニアは影も形もない。ということは、偉大なオ《O》ックスフォ《E》ード英語辞典《D》が見逃したのでないかぎり、そういう言葉はないということだ」

「それにしても」パスコーは言った。「さっき用例やなんかを見たし、言葉の定義も見た。興味をそそるな。ついでだから、ウィールディ、〝コントーテュプリケイテッド〟という言葉を調べてくれ」

「それ、警視が言った言葉ですね」ハットは言った。「警視が勝手に作った言葉かと思いましたが」

「いや」ウィールドは言った。「ここにある。〝ねじ曲げられ、絡み合った〟という意味だ。しかし、廃語になっている。用例は一つだけで、一六四八年のものだ」

「出所はA・ダルジールじゃないだろうな？」パスコーは言った。「よく覚えとくといい、ハット。けっして警視を侮《あなど》るなよ」

「はい、主任警部。ところで、ダルジール警視はどうしてミセス・ブロッサムの刺青のことを知ってるんですか？」

「想像もつかんね」パスコーは言った。「警視に自分で訊いてみればいいじゃないか？」

38

記者会見はたっぷり一時間かかった。

情報に飢えた新聞記者諸氏を捌《さば》くに当たって、大部分の警察官が好んで使う手は、短く一語で答えることだ。状況に応じて〝イエス〟か〝ノー〟、そのどちらでも用をなさないときは華麗な言い回しの〝ノー・コメント〟となる。

しかしながら、パスコーは長ったらしい言葉を使うという流儀を好んだ。ダルジールに言わせれば、「おれの記者会見で三十分経つと、連中はもっと話せとわめきはじめる。ピートの会見で三十分経つと、もう帰らせてくれとわめきはじめる」彼の記者会見に来た新米の記者たちがぎっしりメモしたノートを数冊持ち帰ったのはいいが、よく分析したら記事に使える言葉は一行もなかった、というのは有名な話だ。

今回、パスコーは一度だけ追いつめられそうになった。質問者は《中部ヨークシャー・ガゼット》の編集長、メアリー・アグニューで、彼女自身がここに来ていることがこのニュースの重大性を示していた。

「パスコーさん」彼女は言った。「ここにいるわたしたちには、このいわゆるワードマン殺人は通り魔的な犯行というより一貫性のある犯行のように見えますけどね。あなたも同じ意見ですか?」

「わたしの見るところでは」パスコーは言った。「一連の殺人、およびそれに関連した書簡——その詳細については、言うまでもなく保安のためですが、この時点で皆さんに明かすことはできませんが——ほかに適切な用語がないので、一貫性と言っておきますが、そういうものを示しています。ただし、この言葉は日常よく使われる言葉であるだけに混同して、どんな徴候であれ、犯人の思考過程の論理性を裏づけるものと理解しないようにしなければなりません。ここでわれわれが相手にしているのは病的な心理であって、彼にとって一貫性のあることは、もし理解できた暁には、正常な精神の者にはばらばらで偶発的に見える可能性さえありますから」

「イエスという返事だと解釈します」アグニューは言った。「その場合、もし精神に異常のある者がある種の一貫性を持って連続殺人を行なっているのだとすれば、警察の捜査はいちばん狙われる危険性のある人たち、個人にせよ、団体の一員にせよ、そういう人たちにどの程度警告できるところまで進んでいるんですか?」

「いい質問ですね」パスコーは言ったが、これはウエストミンスター流の言い回しで、答える気はまったくないという意味だった。「わたしに言えることはただ、もしこの殺人が一貫性のあるものだとすれば、お宅の読者の大多数は心配には及ばないということです」

「それを知って読者はさぞ喜ぶでしょう。でも、被害者のリストを見ると、このわたしでもわかりますが、ジャックス・リプリー以後はすべて、直接にせよ間接的にせよ、〈センター〉と何らかの関係がありますよね。〈センター〉で働いている者全員に、あるいは〈センター〉と強いつながりのある者に警告を発してあるんですか？」

パスコーは自分は悩まされていると感じ、唐突に戦術を変えて、「いいえ」と言うと、凝視を《スコッツマン》の記者でここに集まっている者の少なくとも半数を当惑させるほど訛りの強い男に向け、言った。「マレーさん？」

よくあることだったが、彼はあとになって、質問をはぐらかすのでなく、ありのままに話すほうを選んでいたらどうなっていただろうと考えた。自分の心を乱し、机上を散らかしている雑多な情報の断片をすべて話せば、たぶん、世間の誰か、特殊な知識を持っている者、あるいは単に推理小説の熱烈な読者かもしれないが、こういうものの解釈は朝飯前の者がいて、これを見て「なんだ、この意味ならわかるよ！　一目瞭然じゃないか！」と言う者がいるだろう。

たぶん、今に、そういう選択をする日も……

そういう選択をする権利は、彼がときには昇進するのを恐れる——そして、ときにはけっして昇進しないのではと恐れる！——あの高い地位の代償として与えられるのかもしれない。

「やあ、ピーター。特ダネを提供してもらえるのかな、それとも駐車違反をしてしまったかな？」

ジョン・ウインギットがボウラーに伴われてやってきた。帰っていく報道関係者のなかから極力、人目を避けてこのテレビ・プロデューサーを連れ出すよう彼に命じておいたのだ。

「前者じゃないのは確かですよ。後者については、あなたとあなたの良心の問題だ」パスコーはウインギットと握手しながら言った。彼らは昵懇《じっこん》というわけではなかったが、気安く話せる程度には顔なじみだった。警官であるということは、ほかの職業なら友情に発展するような多くの人間関係がここで止まるということだ。パスコーには、通常、ためらうのは主として自分の側だとわかっていた。ほかの人々は相手が警官だということをじきに忘れる、そして、これが親密になることの危険性なのだ。友達の家でマリファナを勧められたらどうする？　あるいは船会社のコネから免税品の輸出用スコッチを一ケース入手したと友人から自慢されたら？ 彼はこういう話は犯罪捜査部の上級捜査官にはしないほうが賢明では、と言ったとき、友人たちはショックを受けた、信じられないという顔をした。そして、その友人たちの本当に率直な表情を見るのは、しばしば、それが最後になった。

彼は今、ディーとペンの問題にそれとなく近づこうかと考えたが、すぐに思い直した。ウインギットは情報を引き出されているのに気づかぬような間抜けではない。おそらく単刀直入に訊くのがベストだろう、といってもアンディ・ダルジール流にではなく（幸い、警視はまだ来ていない）、もっとずっとくつろいだ、軽い調子で。

「あなたに力を貸してもらえそうなことがあるんですよ、たぶん」彼は言った。「あなたはアンサンク校の出身でしたよね？」

「そうだよ」

「チャーリー・ペンやディック・ディーも同じ頃在校していたんですか？」

「うん、在校してたね、じつは」

「仲がよかったんですか、彼らは？」

「わたしは違った、わたしは一年上だったから。学年の一年は政界の一週間よりまだ長いからね」

「しかし、あの二人は親しかった？」

ウインギットはすぐには答えず、彼の顔に浮かぶ〝友人同士のちょっとした雑談〟風の微笑がこわばりはじめるのを感じた。

「ジョン？」彼はうながした。

「失礼？ 質問は何だったっけ？」

うまい手だ、とパスコーは思った。おれにもっと明確な形で質問を繰り返させることで、この場の雰囲気を雑談的なものから尋問調にさせたのだ。

「ディーとペンは親友だったんですか？」

「わたしにそういう質問に答える資格があるとは思えないね、ピーター。それに、なぜそんなことを訊きたいのかもわからないし」

「大丈夫ですよ、ジョン。不吉なことじゃないですから。単に退屈な情報を延々と集めては整理する、いつもながらの仕事の一部でね。利用されてるなんて、間違っても思わないでくださいよ」

彼はこれを〝こんなことは、あなたもよく知ってるじゃないですか〟風に悲しげに唇を歪めて言った。

「いや、それは大丈夫、まだ利用されていないから。それに、今後もね、もっとましな理由がないかぎりは、というか、実際の話、わたしの楽しい学校時代について尋問される理由をまだ何も聞いていないしね」

「尋問じゃないですよ、ジョン」パスコーは辛抱強く言った。「なごやかに二、三訊きたいだけで。わからないな、あなたのような職業の人がなぜそれを問題にするのか」

「わたしの職業？ じゃ、一つ、じっくり眺めてみよう。基本的には、わたしは今でも駆け出しのときと同じで、ジャーナリストだ、そしてこの職業では、警察と一緒にベッドに飛び込むのは賞賛すべきことではないんだよね」

「ジャックス・リプリーの場合は、不都合はなかった」

ダルジールが例のごとく〝赤い影《レッド・シャドー》〟的に入ってきていた。いきなり歌い出すまで誰も彼の存在に気づかない。

「え？」ウインギットはびっくりして振り返った。それから、落ち着きを取り戻し、微笑して言った。「警視、さっきは姿が見えなかったから。ええ、ま、ジャックスは――神のご加護を――彼女には彼女なりのやり方があったからね」

「確かにね」ダルジールは言った。「きみの邪魔をする気はないんだ、ピート、ただウインギットさんに確かめたかったんでね、奥さんは今日の午後、家にいるかどうか。ちょっと立ち寄っておしゃべりをしようかと思ってね」

これには一瞬、ウインギットだけでなくパスコーも面食らったが、これはあるいは一役買ったかもしれない。

「モイラと？ でもペンやディーについて、いったいなぜモイラと話を？」ウインギットは訊いた。

「理由はない、そんなことをする気はないから。いや、わたしが考えているのはただの四方《よも》山《やま》話でね」

「ええ、でもなぜ？」ウインギットはしつこく訊いたが、喧嘩腰というより当惑していた。「わたしは今殺人事件の捜査をしている、ウインギットさん」ダルジールは重々しく言った。「数件の殺人事件の」

「で、それが彼女と何の関係があるんです？　彼女はどの被害者とも特別な関係はない」

「奥さんはジャックス・リプリーは知っていたよね。彼女のことや、彼女がどんなことをやっていたのかについて話ができる。ま、確かに、おそらく奥さんよりわたしのほうがたくさん話せるだろうが。しかし、今のわたしは藁でも摑みたい心境でね、ウインギットさん、奥さんを摑んだほうがいいかもしれないな、どうやらここでは何も摑むものが出てきそうもないからね。そうだよね、ウインギットさん？」

ダルジールはあの恐ろしい微笑を見せた、獰猛な歯をにっと剝き出し、今まさに樹木を摑み、引っこ抜こうとしている採掘機の顎を思わせる微笑を。

パスコーはもう巨漢のことも彼の巧みな手法の数々も知り尽くしていた、警視の頭脳は可能なシナリオをコンピューター並みのすばやさで検索し、広い選択肢の中から最も妥当なものを選択したのだ。

巨漢は今、ウインギットに彼がジャックス・リプリーと寝ていたことを知っていると告げ、彼にあの単純な選択を迫っているのだ、捜査官が皆、ある時点で犯罪者に迫るあの——洗いざらいしゃべるか、それとも、洗いざらいしゃべられるか——の選択を。

ウインギットの頭脳も明らかに負けず劣らずすばやく、というか警視以上にすばやく最善の対処法をはじき出した。本当は、ほかに選択肢があったわけではないが。

彼は即座に折れたが、公平に言えば、なかなかスマートなやり方で、パスコーのほうに向き直ると、いとも如才なく言った。「ええと、何の話だったっけ。そうそう、学校時代のことを訊かれたんだ。それにディーとペンのことを。じゃ、思い出してみますか……」

それはあまり啓発的な話ではなかったが、それを言うなら中学生や高校生の振る舞いは啓発とはまず無縁のものだ。

ペンとディーは全寮制のアンサンク校に同じ日に着いた。二人はそれ以前は会ったこともなかったが、じきに共通の目的、生き残りのために手を組むことになった。親が授業料を払う大多数の生徒たちとは異なり、二人は給費生だった。彼らは授業料を払う者たちからは〝もぐり《スカルク》〟と呼ばれ、公庫からのわずかな補助金と引き替えに学校が毎年、三、四人の一般大衆の子弟の教育に取り組むという制度のもとで入学してくるのだった。

学校の生徒たちは選ばれた被害者が好きだ——強い者たちは自分たちの力の正当な標的を確保するために、弱い者たちは迫害の矛先が自分たち以外の者に向けられるように。

ウインギットの話によると、ほとんどの被害者の場合、いじめはその学年に限定されていた、一年の〝もぐり《スカルク》〟は一年のいじめっ子にやられるという具合だ。しかし、なかには全学年共通の標的になる者もいた、肌の色が違うとか、言語障害があるといった何か特に目立った特徴がある場合だ。

「わたしたちはペンがドイツ人だとわかったとき、彼を標的に選んだ」ウインギットは言った。「彼の名前はチャールズではなく、カールで、これはかなり怪しかった。そのうち、誰かが学校に来た彼の母親を見た、とても大柄な女性で、正真正銘の金髪で、強いドイツ訛りだった。じきにわたしたちは父親の名前はじつはペンクだと、ルートヴィック・ペンクだと探り出した。帰化したとき、彼はそれをペンに変えていた。これは後になって知ったんだが、彼らは壁ができたとき東ドイツを脱出して、まっすぐこの英国に来たんだ。というのもペンクには戦争捕虜としてヨークシャーに抑留され、戦後そのまま住み着いた叔父がいたからだ。ペンクは西ドイツに送り返されるところだったんだが、彼の叔父はパートリッジ卿の屋敷で働いていて、馬の世話をしていた。当時のパートリッジは保守党議員で、閣僚でもあり、すばやくペンクのために一肌脱いだ。マクミランが首相で、あの頃はまだリベラルとしての信用が保守党員の役に立っていたからね、今どきの連中とは大違いで。今どきは、まっ当な保守党員だと証明するには、朝食前に外国人を二、三人蹴飛ばさなきゃならない。ま、そういうわけでペンクはここに留まる許可と仕事を手に入れた。心の温まるいい話だが、むろん、学校では政治的な背景に興味をもつ者など誰もいない、もっとも、たぶん、一度迫害されたということは、その人間をもう一度迫害する立派な理由になる、とは考えたかもしれないけどね！」

「クラウト」だしぬけにハットが言ったが、彼が会話に加わるのはこれが最初だった。

　みんなが彼を見た。

「ディーがペンさんをクラウトと呼ぶのを聞きました」彼は説明した。

「そうなんだ、彼は学校でそう呼ばれていた、キャベツ野郎《クラウト》・カール〃と」ウインギットは言った。

「そして、彼は彼でディーさんを何か別の名で呼んでいた……ホーソンと言ったように聞こえましたが？」

「そうだろうね。〃キャベツ野郎《クラウト》・カール〃と〃私生児《ホーソン》・オーソン〃だから」ウインギットは言った。「ディーの母親も学校に来た。みんなはいつもほかの者たちの親に興味津々だった。何であれ、誰かにきまりの悪い思いをさせられる材料を鵜の目鷹の目で探していたからね。ミセス・ディーはすごく魅惑的だったが、いささかけばけばしい感じだった。当時はミニスカートが流行っていて、彼女は尻の線ぎりぎりのスカートをはいていた。かわいそうに、彼にはそうでなくても苦労の種が多いのに、彼には母斑があった、腹部から鼠径部にかけて走る薄茶色のしみが。あれはたぶん母親からもらった悪い病気のしるしだと言い出したやつがいて、彼を〃私生児《ホーソン》・オーソン〃と命名した」

「育ちのいい子供は、行ないを見ればすぐわかる」ダルジールは言った。「なぜオーソンと？」

「彼の名前の一つなんだ」ウインギットは言った。「まったく、息子のためにならないことばかりしてるよね、この母親は。たぶん、よっぽど映画好きだったんだろうね」

「主任警部」ハットは興奮して言った。「覚えてますか、わたしが……」

　パスコーは一瞥して彼を黙らせた。パスコーの一瞥にはダルジールの顔面大砲が与えるあの巨砲《ビッグ・マーサ》的衝撃はないにせよ、怪物メデゥーサ的凄みがあって同じように効果的だった。

「なるほど」主任警部はウインギットに言った。「二人の子供が上の階級の者たちにさんざんいじめられた、で、つぎに何が起こりました？」

「これを階級の問題にするのはよそうや」ウインギットはおだやかに言った。「そりゃ確かに彼らは給費生だった、しかし、理由はそれだけではなかった。地元の公立校にだってこれに負けないぐらい、いじめはあるよ。アンサンクでだって、いじめの標的は給費生に限らなかった。もう一人、ペンとディーがかなり仲良くしていた子がいた。ジョニー・オークショット坊やが。彼は給費生ではなかった。実際の話、彼の一族は、ほかのみんなの資産を買ったり売ったりできるほどの大金持ちで……」

「ビバリーのあのオークショット一族と何か関係があるのかね？」ダルジールが口を挟んだ。「ハンバーサイド州の半分を所有してる彼らと？」

「あの一族だよ」ウインギットは言った。「それでもジョニーはいじめられた。彼は小柄で、ちょっと女の子っぽくて、きれいな巻き毛の金髪で、おまけに、かわいそうにちょっと舌もつれがあった。そして彼の本名はシンジョンで、これも災いした」

「シンジョンを聖ヨハネ《セント・ジョン》と解釈されて？」

「そうなんだ。ジョニーという名になったのは、ディーとペンが彼をかばうようになってからだ。もっとも彼らに対する迫害がきびしかったから最初はあまり保護にはならなかったけどね。彼ら二人もかなり小柄だった、ジョニーほどではなかったけど、カモにされるには充分だった。それに彼らはそれぞれ別の形で風変わりだった。そして、本当にいじめの引き金になったのはそれだったんだ」

「で、どうなりました？　いじめは卒業するまで続いたんですか？」

「いや、違う」ウインギットは言った。「わたしが四年、彼らが三年になる頃には、事態は一変していたよ」

「つまり、みんなに溶け込みはじめた？」

「いや、全然。しかし、学校では溶け込まないことが問題なんじゃない。どんな具合にそうなのかが問題なんだ。ペンが受け入れられた経緯は、比較的ありふれたものだった。彼は急に背が伸び、体格もよくなった。ヘビー級になったわけではないよ、しかし、喧嘩をしたら殺す気でやった。自分のクラスの親分格のいじめっ子を叩きのめしたとき、われわれは彼に一目置いた。そして、わたしの学年きっての腕っぷしの強いやつも始末したとき、もはやペンは適切な標的ではないとみんなが認めた」

「で、ディーのほうは？」

「そう、彼はまずペンのおかげをこうむった。ペンは自分の友達、ディーに対する攻撃は自分に対するものと見なすとはっきり示したからね。しかし、同時に、ディーの風変わりさはクラスメートたちを遠ざけるというより楽しませる方向に発展した。彼は言葉に取りつかれていた、とっぴで不思議な言葉であればあるほどよかった。そして、そういう言葉を授業で使いはじめた。これは教師たちをおちょくるすばらしいやり方だった、文句は言えなかったからね。彼らは自分の無知を認めるか、あるいははったりで押し通した。教師の中にはディーが質問に答えようと手を挙げても、無視しようとする者もいた、しかし、ほかの生徒たちもグルになって、しばしば手を挙げているのは彼だけになるようにした」

「言い換えれば、彼は受け入れてもらうために芸をしなければならなかった？」

ウインギットは肩をすくめた。

「いくつになっても、わたしたちは皆、自分なりの生き残りの方法を見つけているよ」彼はちらっとダルジールのほうを見ながら言った。

巨漢は大きな口を開けて欠伸をした。実際、カバ的に、とパスコーは思った。もしそういう言葉があるとすれば。

彼は言った。「言葉を作ったりもしたんですか？」

ウインギットは冷ややかに微笑して言った。「いかにも警察らしいね、こっちが話していないことまでわかるとは。そう、それもやった。これは教職員とのゲームに新しい要素を加えた、今や彼らは存在さえしない言葉を知ってるふりをしてしまう恐れがあったから。しかし、これは単に教師たちの度肝を抜く《エパテ・ラ・ペダゴギー》（ロマン派の標語のもじり）というに留まらなかった、彼はこうした言葉のコレクションをまとめて、特定の分野別の個人辞書をよく作っていた。覚えてるよ、ヨーロッパ語辞典とか、聖職《エクレジアスティック》者辞典とか、それに教《エデュケーシ》育《ヨナル》辞典もあったな——これはとても面白かった。しかし、青年期の知的世界における彼の地位を真に不動にしたのは、彼のエロティック辞典だった。たしか彼の辞書には、女性の性器に関する言葉が百以上も載っていたよ。それがほんとにある言葉なのか彼の造語なのか知らないけど、しかし、もじわたしの年代の男が自分の彼女の〝まぬけな《トゥイリー》・垂れ唇《フルー》〟の話をしたら、彼は〈オールド・アンシンカブル〉だよ」

「イー」ウィールドは言った。

「え？」とウインギット。

「あなたが挙げた例は皆、Eで始まりますね。ヨーロッパ、語、教育、エロティック」

「そうなんだ。それも冗談の一部でね。言い出しっぺは英語の主任教師だったと思う。教師の中で彼だけディーのささやかなゲームに全然動じなかった。それどころかゲームに加わって、しばしばディーより一枚上手《うわて》だった。そして、ディーの頭文字の重要性を最初に指摘したのは彼だった。オ《O》ックスフォ《E》ード英語辞典《D》に。そして、それ以後、ディーは自分の単語集の名前にEのつく語を持ってくるようになった、自分の辞書もO・E・Dになるようにね。たとえば〈オーソンのエロチック辞典《ディクショナリー》〉のように」

「でも、リチャードはどこに行っちまったんです？」

「え？　ああ、ディックのこと？　いや、あれは英語の主任教師の冗談なんだ。彼はディーのことを辞典《ディクショナリー》・ディーと呼びはじめて、それが詰まったんだ。ディックは辞典《ディクショナリー》の短縮形さ。わかった？」

「わかりました」パスコーは言った。それにダルジールがまたもや欠伸をしているのもわかった。

パスコーは言った。「じゃ、カールとオーソンは退場、チャーリーとディックの登場というわけですね？」

「それにジョニーも登場だ。もうシンジョンをからかえなくなった」

「じゃ、これですっかり仲良くなった？」

「仲良くなったというより仲間はずれではなくなったということだね」ウインギットは慎重に言った。「彼らはわたしたち皆にけっして忘れさせなかったよ、かつて彼らにどんな仕打ちをしたかをね。彼らは〈忍び歩く者《スカルカー》〉という雑誌を発行しはじめたが、各号二冊だけしか作らなかった、一冊は自分たちのため、一冊は貸し出すためだ。これはまさに地下出版物《サミズダート》的な代物で、めちゃくちゃに破壊的だったからみんなが読みたがった、教職員だけでなくわたしたちも標的だったのにね」

パスコーはペンのフラットに行ったときのことを思い出して言った。「〝寂しがり屋ののろま槍《ロブランス》〟、何のことかわかりますか？」

ウインギットは好奇心をそそられたように彼の顔を見て言った。「よく調べてるんだね。〝寂しがり屋〟というのはデーカー・ハウスの学寮長だったパイン先生のことで、みんなから嫌われていた」

「デーカー・ハウス……〈犬の家《ドッグ・ハウス》〉と呼ばれていた？」

パスコーは当て推量で言った。「それでののろま槍《ロブランス》というのは？　当ててみましょうか？　男性器を指すディーの造語の一つでしょう？」

「よく覚えていないけど、そんな感じだね」

「シンプソンというのは？　それにブランドは？」

「デーカーの監督生と彼の右腕だよ。この二人がディーとペンの最大の敵だった。いつも交戦状態だったよ」

「どっちが勝ったんです？」

「彼らが五年になる頃にはもう勝負はついてたね。ディーとペンがほぼ完全にみんなを牛耳っていた。彼らは、ときには、おおっぴらに〝キャベツ野郎《クラウト》〟とか〝私生児《ホーソン》〟と呼び合うことさえあった、むろん、ほかの者はそんな大それたことはしなかったがね。二人はまるでこう言ってるみたいだったよ、〝われわれがお前たちと共存してやるからといって、おまえたちと本当に共通点があるわけじゃない。われわれは依然として違っているし、違っているということとは優れているということだ。文句のある者がいるか？〟と」

「で、いたんですか？」

「ときどきね。しかし、ディーが言葉で、ペンが腕力でその連中を片づけると、みんなは文句を言うのは誤りだったと悟ったんだ」

「で、ジョニー・オークショット坊やは、彼はずっとそのチームの一員だったんですか？」

「ジョニー？　失礼、言わなかったっけ？　彼は死んだ」

「死んだ？　それだけ？　いやはや、感情を表に出さないのは知ってたがね、ああいう学校の連中は。しかし、生徒が死んだとなりゃ、当然、関心を示しそうなもんなのに！」ダルジールは言った。

「どうして亡くなったんです？」

「溺死だった。どんなふうにと訊かれても困る。いろんな説があったけど、公式に発表されたのは、ある早朝、彼は学校のプールで発見されたということだけだ。真夜中に泳ぐのはみんながよくやる規則破りのスポーツだった。たぶん、彼は独りでプールに入ったのか、あるいはグループで泳ぎにいって置いてきぼりを食ったと見なされた。真相はわからない。ペンとディーは猛然と攻撃を開始した。彼らは〈忍び歩く者《スカルカー》〉の号外を出した。黒く塗りつぶした第一面には白字ででかでかと〝わたしは告発する〟と書きなぐられていた」

「誰を告発したんです？」

ウインギットは肩をすくめた。

「誰も彼も。体制を。人生を。彼らはウィージャボードを使ってジョニーと接触できたと主張して、次号ですべてが明らかになると請け合った」

「で、そうなったんですか？」

「いや、誰かが学寮長に話し、彼はきびしい態度に出た。そして、これまでに二人が書いたことは充分、放校処分に値すると彼らに告げた。もしこれ以上書けば、二人は遠く離れた別々の薄汚い公立校で教育を終えることになると。これが決め手だった。二人一緒なら彼らは生き残れる、それどころか繁栄さえできる。別々になれば……それはわからない」

「じゃ、二人は屈服し、順応した？」

「屈服？　たぶんね。順応？　とんでもない。そのとき以後、二人は学校の公的組織とは一切の関わりを持たなかった。監督生にはけっしてならなかったし、賞を受けることは拒否、スポーツ大会やその他のどんな課外活動にも参加しなかった。そして、わたしの知るかぎり、彼らは同窓生のどんな集まりにも来たことがないし、学校のどんな募金にも応じたことがない。彼らは六年に進級し、大学の入学許可を得、試験を受け、最後の試験が終わると学校を出ていった、そして、二度とアンサンクに姿を見せなかった」

「彼らは同じ大学に行ったんですか?」

「いや。彼らは別々の道に進み、これには驚いた者が多かった。ディーは英文学を学ぶためにオックスフォードのセント・ジョン校に進み、ペンは近代語を学ぶためにウォーリック大に進んだ。わたしは二人のどちらにも仕事がらみでときどき会うけどね。仲良くやってるよ。しかし、もしわたしが学校時代のことに触れようもんなら、彼らはぽかんとしてわたしを見る。まるであの部分の記憶をきれいに拭い去ってしまったようにね。ペンの宣伝資料にさえあの頃のことはすっぽり抜け落ちている」

ウインギットは黙り込んだ。むしろ忘れていたかったことを思い出してしまったかのようだった。

ややあってパスコーはたずねた。「ほかにも何か話せることはないですか?」

「ないね。それだけだ」

「確かかね?」ダルジールは言った。「何も隠していないかね?」

「いや、隠してなんかいない」ウインギットは憤然として言い返した。

「それならいいが」ダルジールは言った。「しかし、これだけなら、そもそもなぜあんなに話し渋ったのかわからんね」

「なに、理由はいくつかあるよ、警視」ウインギットは言った。「それを聞けば警視は幸せ、わたしは早く帰れると言うんなら、挙げてみようか……まず、わたしが話す事柄はわたしや学友たちにとって必ずしも有利なものではない、第二に、何か重要なことに本当に関係があると感じないかぎり、警察に他人の私生活の詳しい話をすべき理由はない。そして、第三に、ジャーナリストとして、わたしは情報を与えるよりむしろ収集するのを仕事にしている、何かはっきりした仕事上の見返《クウイッド・プロ・クウオ》りがないかぎりはね」

「二番目と三番目はときに錯綜すると思うがね」ダルジールは言った。「とにかく、もう帰ってもらっていいよ——ただし、これだけは覚えておいてもらいたい、大した何か《クウォ》ではなかったが、あんたは見返りの何か《クウイッド》を手に入れた。もしこの話にあんたのささやかな番組でちょっとでも触れたら、払い戻しを要求するからな。じゃ、さよなら」

「さよなら、警視」ウインギットは言った。

パスコーは努めてなだめるような口調になって、ややオーバーに言った。「どうもありがとう、ジョン。本当に非常に参考になりましたよ」

テレビ制作者はしばらくじっとパスコーの顔を見てから言った。「そして、あなたにもさようなら、主任警部」

これでまた一人、ほぼ友人に近かった者が去った、とパスコーは思った。

帰っていく男の背後でドアが閉まると、彼はダルジールに言った。「で、どうしてウインギットとリプリーのことを知っていたんですか？」

「まぐれ当たりさ」巨漢は言った。「おれのじゃない。このボウラー君が言ったことだ」

「そうなんですか？」パスコーはそう言いながら、好意的とはいえない目つきでちらっと刑事を見た。「ま、今後は地元のテレビ局にあまり協力してもらえそうもないですね」

「いや、大いに協力してもらえると思うよ、いくらでも」ダルジールは鮫のようににやっとして言った。「あんな男に同情することはない、無駄遣いだ、ピート。自分の〝の《ロ》ろま槍《ブランス》〟をちゃんと管理できない妻帯者はまさに〝まぬ《トゥイ》けな垂れ唇《リー・フルー》〟に違いない。問題は、果たして彼のきんたまを締めつけるだけの価値があるかだ。何か役に立つ情報を引き出せるかだ。ボウラー、おまえさん、さっき何か言いたくてちびりそうな顔をしていたな」

「はい、警視」ハットは勢い込んで言った。「じつは二つあるんです。まず、あの溺死したジョニーという少年のことですが、例のペンとディーがしていたゲーム、あれは二人用のゲームなんですが、三つ目の駒棚《ラック》もそこに据えてあって、わたしがゲーム中の二人を見たとき——お互いに

〝キャベツ野郎《クラウト》〟とか〝私生児《ホーソン》〟とか呼んでたときのことですが――この駒棚《ラック》に並んでいた文字はJ、O、H、N、N、Yでした。それに二人とも、学校時代のあの三人が一緒に写った写真を持ってます、というか三人目はあの亡くなった子だと思うんですが」

「死んだ子と一緒に写った写真を持ってるのか？」ダルジールが興味をそそられて言った。

「いえ、違います。つまり、写真を撮ったときは死んでいませんでした」

「残念。続けてくれ」

「そして、彼の本名はシンジョンです、そして〈第一の対話〉についていたあの絵、たしかディーはあれはヨハネ《セント・ジョン》による福音書から来ていると言ってませんでしたか……？」

彼はここまでしゃべって息が切れた。

ダルジールは言った。「じゃ、それで一番目は終わったんだな？　きみが向上してることを期待しよう。つぎは？」

「ちょっと思いついたんですが、ディーの本名はオーソンと聞いて、スティール議員が死の直前に言ったことを、〝バラのつぼみ〟のように聞こえたあれを思い出したんです――誰か言ってませんでしたか、あれはオーソン・ウェルズが監督、主演した《市民何とか》という映画のなかで誰かが最後に言った言葉だと……そうなんですか？　わたし自身は見てないんですが……」

彼は期待を込めて見まわした、喝采は無理でもせめて興味のかけらでも示してもらえたかと。

パスコーは励ますように微笑した。ウィールドの表情はいつもながら読解不能で、ダルジールは言った。「何が言いたいんだ、おまえさん？」

「ただ連想しただけです、警視……ひょっとして重要かもしれないと思って……」

「ほう？　ま、もし〝詰め込み屋〟スティールが映画好きなら――じつは、違ったが――そして、もし彼が〈オールド・アンシンカブル〉なら――違ったが――そして彼がディーの本名を知っていれば――知らなかったろうが――そのときはいくらか重要なことに近づくかもしれんがね。ま、泣くな。少なくとも努力はしてるんだから。こっちのでかくて、強くて、寡黙な二人はどう思う？　ウィールドは？」

「この亡くなった少年の話はいささか奇妙ですが、でも、それほど重要とは思えません」

「いささか奇妙、という以上だと思わないか？」パスコーは言った。

「ま、たぶん。しかし、これはディーとペンが隠そうとしてることじゃないですよね？　写真は飾ってあるし、名前は駒棚《ラック》に出ていて誰でも見ることができる。ふつう重要なのは人が隠したがっていることです。それに、わたしたちは言葉の泥沼にはまり込んでるという気がしますね、実質的なものではなく」

「ワードマンは言葉がすべてだよ、ウィールディ」パスコーはおだやかに言った。

「ええ、でも、問題は彼の頭の中を駆けめぐっている言葉だ。ディーとペンは方法こそ違え自分たちの言葉を外に吐き出しているように思えますがね、中に閉じこめて腐らせたりせずに」

　この予期せぬ精神・言語分析に、ダルジールは〝ブルータスよ、おまえもか〟的溜息をもらしてパスコーのほうに向き直った。

「ピート、きみはこの話の中に何か手がかりがあるかもしれないと思っている、そうだろ？　気分転換になるよ、フラニー・ルートの悪口を聞かずにすむのは、なんでも彼は第二のイーニッド・ブライトン（英国の児童文学者、作家）になりそうなんだってな。しかし、きみのその迷路のような頭の中で、じつはどんな考えが進行中か知るのも面白そうだ」

「さあ、どうですか……ただ、わたしとしては、ディーの場合、場所と、時間と、機会と、関心がすべて揃っていて、その偶然の一致に何の意味もないとは信じられないんです」

「じゃ、もう一度彼と話をしてみよう。だが、きみがじゃない。もし彼がワードマンなら、彼は言葉の達者な頭のいい男だから、きみの扱い方はもう心得てるだろう。きみはチャーリー・ペンと話して、例の女友達とのアリバイについて揺さぶりをかけられるかどうか、やってみてくれ。このおれは、ディー氏のところへ行って、彼が初歩的な英語にどんな反応を示すか見てみるよ。ボウラー、一緒に来い」

「わたし、ですか？」ハットは気乗りのしない様子で言った。

「そうだ。異議があるのか？　聞くところによると、きみはここでより図書館で過ごす時間のほうが長いらしい、それがなぜ急にそんなに渋るんだ？」

　それから巨漢は嘲《あざけ》るように笑った。

「わかった。きみの彼女、ミス・ライビーナ（英国の黒スグリ飲料。語呂合わせ）はボスを大事にしてるから、きみは怯えてるんだ、きみが彼を押さえ、おれが彼のきんたまを踏みしだいているのをもし彼女に見つかったら、きみのチャンスがぶち壊しになるかもしれないと！　性格テストだ、きみ。彼女は早晩、きみか彼かを選ばねばならん、そんならきみが指輪を買う前に決断を迫ったほうがいいかもしれない。さあ、この事件でいくらかでも前進しよう、いいな。グラウンドを駆け回る時間が長すぎた、華麗なフットワークは数々見せたが、敵陣にはまったく攻め込んでない。もしこの野郎がわれわれと勝負したいと言うんなら、せめて敵側の半分でプレーしようじゃないか！」

　こういう奮起をうながす叫びは、おそらく、いちだんと力を込めて言われれば、ラグビーをやってる泥まみれの阿呆どもにはいくらか効果があったかもしれない、とパスコーは思った。しかし、犯罪捜査部にいる面々は誰も奮い立ったようには見えなかった。

　彼は言った。「警察長の話は、進み方が遅いという文句だったんですか、警視？」

「彼はそれほどバカじゃないよ」ダルジールは言った。

「もっとも頭のいかれた《ルーピー》リンダが相変わらず内務省の連中をどやしつけてるのは確かだが。しかし、〝豪傑ダン〟はもっと身近に頭を悩ます問題をいろいろ抱えてるからな」

「たとえばどんな？」

　ダルジールはドアのそばで何か話し込んでいるハットと

ウィールディのほうをちらっと見た。

「たとえば今夜、ジョージの送別会で誰がスピーチと記念品贈呈をするのか、おれか彼かというような」

「こういう場合、当然そこのトップがするものだと思ってましたけどね」パスコーはびっくりして言った。「むろんジョージは警視が好きだけど、でもトリンブル警察長の温かい言葉と固い握手を期待してると思いますよ、何か知らないけどわたしたちが贈る記念品を受け取るときに」

「釣り道具だそうだ」ダルジールは言った。「ま、どうなるかな」

ウィールドとハットは話しやめ、期待するようにダルジールのほうを見ていた。

パスコーは何かまだ警視が言い残していることがあると感じた、だが、もし彼の読み違いでなければ、話さずじまいになりそうだった、とにかく、今のところは。

「一日中、ここでグズグズしてはいられない」巨漢は宣言した。「踏みつけなきゃならんきんたまがあるのに。行くぞ、ボウラー。目指すは図書館だ。向こうで忘れないでほしいね、優れた捜査活動の二つの鉄則の第一を」

「どういうルールですか?」

「第一は、仕事中は女性の体をまさぐらないことだ」ダルジールはくすくす笑った。「二番目は行く途中で教えるよ」

39

ダルジールの約束にも関わらず〈センター〉まで行く短い道中は、大部分が無言のうちに過ぎた。その沈黙を結局ダルジールが破って非難するように言った。「猫に舌を取られたのか?」

「すみません、邪魔をしてはいけないと思って」

ハットは、全般的に見て、ミセス・ブロッサムの刺青のことは訊かないほうがよさそうだとすでに判断していた。

「いい警官の心を掻き乱すのは話じゃないよ、きみ、話をしないことだよ」

「はい、警視。それが二番目の鉄則ですか?」

「え?」

「優れた捜査活動の。警視は二番目は行く途中で教えると言われましたが」

「二番目は、自分が太刀打ちできないほどでかい男をおちょくるな、だ」ダルジールは言った。「いや、ただこう思っただけだよ、こうしてきみとおれが打ち解けて一緒にいることだし、おれに聞かせたほうがいいと思うことを何でも話す絶好の機会じゃないかとね」

くそっ、とハットは思った。かわいそうにジャックスはもう亡くなったのに、彼はまだおれが情報を漏らしたことを言っているのだ! この老いぼれは自分が間違っているなどとは考えられないのだ。彼はおれが漏らしたと確信している、だがそれをおれの口から聞くまでは満足しないのだ。その気になれば、おれは彼に阿呆づらをかかせることもできる。彼にこう言うのだ、〝はい、警視、切り裂きジャックスに漏洩した例の情報のことで話すことがあります〟と。そして、彼がおれの自白を予期して、うぬぼれた何もかもお見通しだという顔になり、すっかりその気で待ちかまえたら、教えてやるのだ、情報漏洩者は彼のすけべな仕事仲間、ジョージ・ヘディングリーだと、その送別会に今夜、警視も出席することになっている彼だと。そして訊くのだ、警視はそれをどうするつもりかと？

そして、どうするだろう？　それが問題だ。おそらく、警視がこの種のことを一旦知ったら、そのまま不問に付するわけにはいかない。適切な捜査が行なわれ、夕陽の中におだやかに去っていくのではなく、気の毒にジョージー・ポージーは……ま、ヘディングリーがどうなるかというさまざまな可能性を、彼はもう十二分に考えてみていた。

彼は言った。「そうですね、一つあります……」

「うん？」

「ほら、チャーリー・ペンは本を書いていますよね？　ま、わたしはアーカット博士が言ったことを考えていたんですが……」

「そんなことをしてると、何にもわからなくなってしまうぞ」ダルジールは言った。

「……ワードマンは猛烈に言葉遊びに取りつかれているから、おそらく印刷物になっている特定の原典を一種の暗号福音書と見なしているだろうと、それでペンの小説をよく調べてみる価値があるかもしれないと……」

「ほう、そうかね？　きみが志願して読破するのか？　これから行く場所はさっそく取りかかるにはお誂え向きだ」

「いえ、警視、とんでもない」彼は言った。「つまりその、わたしはそういう方面は得意じゃないので、たぶん、誰かこういうことに詳しい人に聞いてみようかと……」

「誰か心当たりがあるのか？　ひょっとして、きみの女友達のあの司書じゃあるまいな？」

ちぇっ、おれの心はまるで金魚鉢だ、そして、この大猫は好きなときに鉢の中に手を突っ込む、とハットは思った。

「そう、彼女でもいいかもしれません」彼は言った。それから、これがすこし熱意に欠けて聞こえたのでつけ足した。「すでに大いに助けてもらってますしね、考えを整理する上で」

そして、まだ口から言葉が出ているうちに自分の過ちに気づいた。

「すでに？　きみは警察の秘密情報をべっぴんに打ち明ける習慣があるのか？」巨漢は言った。「そうじゃないよう祈るよ、というのも、それがきみに話そうと思っていた二番目の鉄則だからだ。誰かがきみのきんたまを摑んでるときには、それが拾い上げるためだろうが愛撫するためだろうが、ただ静かに横たわっておれのことを考えろ。外部でしゃべってるやつを見つけたとき、おれがその野郎に味わわせてやる苦痛は、この地上のどんな快楽も埋め合わせることができないし、それに匹敵するどんな苦痛もほかにはないぞ。わかったか、きみ？」

「はい、警視。わかりました」そう言いながらハットは、憂鬱な気分で、わかりたくなかったと痛切に思った。

しかし、生来、威勢のいい彼の心は、彼らが車から降りてダルジールがこう言ったとき、ふたたび元気を取り戻した。「あのチャーリー・ペンの本の話、あれは悪くないアイディアだ。あのきみの彼女と話してみろ。どうやら彼女はきみに借りがあるようだし。言っとくが、セックスの話じゃないぞ。それは自分持ちで交渉しろ、おれの金でじゃなく」

そして参考図書室に着くと、事態はさらに好転した。受付にはライしかおらず、胸元の広く開いた袖無しのタンクトップにローウェストのジーンズという姿ですばらしくチャーミングだった。

「こんにちは、お嬢さん」ダルジールは言った。「ボスはいるかね？」

「いえ、残念ながら。ちょっと席をはずしています」ライは言った。「わたしでお役に立ちますか？」

「いや、それがね。彼と話す必要があるんだ。どこへ行ったかわかるかね？」

「すみません、規則で一般の方には……」彼女はふいに言葉を切り、ダルジールをしげしげと見た。「あら、ダッズル警視じゃありません？　すみません、気がつかなくて。警察の用事ですか？　それならかまわないと思います。文化遺産センターに行ったんです、じきに戻ると思いますよ、もしお待ちになるんなら」

ダルジールの背後で、ハットはにやにやしていた、特にライが畏れ多い警視の名前をわざと間違えたときには。

だが巨漢はこんなささいな愚弄などまるで気にするふうもなく、丁重に答えた。「ありがとう、ミズ・ポモーナ、しかし、向こうに行って探してみよう。あんたがとても元気そうで嬉しいよ。週末にあんな大変な目に遭ったのに。今どきのたいがいの若い子なら一ヵ月は仕事を休み、一生カウンセリングが必要だったところだ。今でも昔気質の人間がいるとはありがたいね。でも、もし誰かに話を聞いてもらいたくなったら、このボウラー刑事は聞き上手だからね」

ハットにかすかに目配せをして、巨漢はぶらぶらと図書室を出ていった。

「きみは危険な生き方が好きなんだね、え？」ハットは言った。

ライは微笑して言った。「それほど危険でもないわ、ごくふつうのネアンデルタールだもの。あいつ、わたしの胸の谷間をのぞき込んでたのよ」

彼自身、たっぷり楽しんでいるところだったハットは、目を逸らして言った。「で、体調はどうなの？」

「大丈夫よ。あまりよく眠れなかったけど、でも一時的なものでしょうから」

「むろん、そうだよ、でもね、あんまり安心しないほうがいいよ。きみはひどいショックを受けたんだから、あんな頭やら何やら。こういうことは思いがけない形で影響を及ぼすことがあるからね」

「あなたもあそこにいたわ。あなたには何か免疫があるの？」

「ない。だからこそ、きみにも痛手を与えるおそれがあるとわかるんだ」

二人は厳粛な面もちで相手の顔を見た。やがて彼女は微笑して手を伸ばし、ハットの手に触れて言った。「いいわ、じゃ、お互いにカウンセリングをしましょう。コーヒーを飲む？」

「きみがあまり忙しくないんなら」

彼女は身振りでほとんど人影のない図書室を示した。二、三人の生気のない顔をした学生が読書コーナーで調べ物をしており、ざんばら髪の女性が『中部ヨークシャー考古学会紀要』の合本が並んだ壁の陰でテーブルについていたが、ペンや、ルートや、ほかの常連たちの姿はなかった。

「仕事攻め、というわけではなさそうだね」

「仕事は利用者のお相手だけじゃないのよ」ライは言った。「それにディーがほかの場所で忙しくしてるから、こっちが静かで嬉しいわ」

「〈文化遺産〉のほうでそんなに大事な仕事って何なんだい？」

「例の〈ローマ時代の体験展〉よ。明日から始まるの。スティール議員が亡くなって情勢が一変して、今度の議会で予算が付くのよ」

「じゃ、すんなり金を出すことにしたわけだ」

「お膳立てはすべて整っていて、あとは確かに費用を払うと議決してもらうだけ」

「で、それとディックとどんな関係があるんだい？」

「べつにないわ。でも、ほら、あなたにも話したでしょ、〝目立ちたがり《ブランシング》〟パーシーと〝最後の俳優・座長〟の権力闘争？　それがね、二人ともこの〈ローマ時代の体験展〉を自分の功績にしようと必死なのよ、それで古典時代の歴史についてはディックのほうがパーシーより断然詳しいから、パーシーの発言に重みを与えるために一緒にやれと命じられたのよ。パーシーからすると困ったことに、ディックはほんとに正直で公平だから、アムブローズ・バードもまったく反対してないの」

「あの女の人はどうしたの、名前は何だっけ、あの病気だった人？　彼女はまだ復帰してないの？」

「シーッ」ライは声を潜めて言った。「フィロメル・カーカネットのことでしょ、あそこにいるのが彼女よ、『紀要』の壁の陰に隠れているのが。彼女は今朝、本番前の舞台稽古を監督するために出てきたの。ローマ時代の中部ヨークシャーについて、彼女ほどよく知ってる人は誰もいないわ。問題は、彼女は誰だろうと生きている人間とは五分と話していられないことで、これは意思疎通に大いに支障をきたすわ。彼女は気を静めるために一時間前にここに上がってきたの。そして、まだその努力中。その間、下ではあの二人が戦利品を分割して、〈センター〉の所長職争いで有利な立場に立とうとしているわけ。そのやかんのスイッチを入れてくれる？」

「で、きみはどっちが勝つと?」

「どっちになっても、ひどいもんだわ」マグにインスタントコーヒーを入れながら、彼女は言った。「あの人たちの頭には自分の領域を守ることしかないんだから。とにかく、あなたは〈センター〉の勢力争いの話をしにここに来たんじゃないんでしょ? ビリー・バンター(少年漫画の主人公、でぶで欲張りな学童)はわたしに何を訊けと言ったの? あ、お湯が沸いたみたい」

おれはガラスでできてるらしい、とハットは思った。誰も彼も本のようにおれの心を読む。

「本のことを」彼はライにやかんを手渡しながら言った。「きみはペンの小説の愛読者だって言ってたよね」

「楽しんでるわ」マグに湯をそそぎ、片方をハットに手渡しながら彼女は言った。「もっとも彼がわたしのファンになってきてからは、すこし楽しさが減ったわね。ハリー・ハッカーが何か気の利いたことや含蓄のあることを言うたびに、ペンの声が聞こえちゃうの。残念だわ。著者と近づきになるのも善し悪しね。ほんと、ものを食べるのと似ているわ。おいしいサーロインステーキを食べてるとき、それがどこから来たかはあまり考えたくないもの」

ハットはこれまでの人生でそんな考えで食欲が阻害されたことなど一度もなかったが、賢しげにうなずいて言った。「ほんとだよね。でも、ペンの本に話を戻すけど、以前、テレビでやったのを一度見たんだけど、十分見て諦めたよ。だから、どういうシリーズなのかざっと話してもらえないかな?」

それから、彼女の物問いたげな視線を見て、つぎに来る質問の機先を制してつけ加えた。「つまりね、大学から呼んだ例の語学の先生だけどね、彼の考えではワードマンは言葉に完全に取りつかれてるから、どんなものを読んでいるか突き止めれば、彼を突き止める可能性が大きくなるっていうんだ」

「または彼が書いているものを、ということでしょ」ライは言った。「あなたは彼がハリー・ハッカーものを読むかどうかに興味があるんじゃなくて、彼がそれを書いたかどうかにでしょ」

「捜査では、あらゆる可能性を調べる必要があるんだよ」

「そうなの？　ビリー・バンターがディックを追っかけ回しているのも、そういうこと？　罪を犯した者を追跡してもだめだとなると、今度は誰か罪もない者を震え上がらすか、うまく騙すかして自白に追い込めるかもしれないとばかりに打ち据えつづけるわけ？」

「そうかもしれない」ハットは言った。「でも、それをやるのはお偉方だけだ。このぼくは、まだ牛追い棒を使うことさえ許されていない。だから昔ながらのやり方に頼らざるを得ないんだよ、本人がいないところでいろいろ訊いてまわって遠回しに震え上がらすような」

彼女はちょっと考えてみてから言った。「ハリー・ハッカーは、いろんな要素が混じり合った人物なのよ、詩人のハイネと、レールモントフ（ロシアの詩人、小説家）の主人公、ペチョーリンと、紅はこべ（B・E・オルツィ作の同名小説の主人公）」と、それにシャーロック・ホームズがちょっぴりと、ドン・ジュアンと（モーツァルトの、というよりバイロンのね）それにラッフルズ（英国の植民地行政官、シンガポールを建設）が……」

「待った」ハットは言った。「忘れないでくれよ、きみが話してる相手は、いい読み物といえば言葉より写真が多い新聞だと思ってる単純な男だってことをね。文学的な詰め物は省いて掛け値なしの事実だけにしてもらえないかな……」

「教養のある人には」彼女は冷ややかに言った。「あなたが詰め物と名づけたものは、一種の参照つき略記法の役目を果たしていて、何百もの単純な言葉を節約しているのよ。でも、あなたがぜひにと言うのなら。ハリーは十九世紀初頭の二、三十年にヨーロッパ中を放浪して歩いた〝威勢のいいやつ〟で、多くの歴史上の大事件に巻き込まれて、ちょっぴり詐欺師で、ちょっぴり悪党で、でも彼なりの倫理的な指針と親切で思いやりのある心の持ち主よ。彼の生い立ちははっきりしなくて、シリーズの全篇を貫いているテーマの一つは、自分自身の探求ね、心理的にも、精神的にも、遺伝子的にも。こういう内省はロマンチックスリラーではちょっと退屈になりかねないんだけど、ペンはハリーを分身《ドッペルゲンガー》——これはもう一人の彼自身よ——それと出会わせるという形を取ることで面白くしているわ。ばかげて聞こえるけど、でも効果的」

「きみの言葉を信じるよ」ハットは言った。「このハリーって男はまさに変人だな。どうしてこんなに人気があるんだい、この小説は?」

「ハリーについてわたしが言ったことを誤解しないで。彼は正真正銘、ロマン小説の主人公よ。彼はパーティーの花形になれる人物よ、ほとんど自由自在にかわいい女の子をモノにして。しかも、また別のときには、ああいうバイロン的な（ごめんなさい、これ以外適当な言葉がなくて）憂鬱の発作に襲われて、そのとき彼が望むのはただ独りきりになって大自然と心を通わすことなの。でも、彼の取り柄は強烈な皮肉屋だということね、この性質のおかげで、読者がハリーはあまりにも生真面目に考え込みすぎだと感じたとたん、彼は自分で自分を茶化してしまうのよ。どの本もウィットのある言葉の宝庫だし、面白い冗談もたくさんあるし、手に汗握るアクション・シーンもあれば、歴史的な背景も上手に、でも度を超さない程度に書き込まれているし、ハリーが解決することになる巧妙な謎解きの要素もしばしば盛り込まれている。このシリーズは偉大な芸術作品ではないけど、とてもよくできた、なかなか知的な、気晴らしにはもってこいの読み物よ。テレビ版は、よくあるように、この作品を際立たせ、独特の興趣を添えているもろもろの要素を大部分、変えるか、薄めるか、あるいは単に追放してしまってるわね」

彼女は口をつぐみ、ハットはマグを置いて拍手したが、あながち冷やかしだけでもなかった。

「お見事」彼は言った。「流暢で、格調高くて、そして、ぼくにもほとんど全部理解できたよ、でも、話をはしょると、この小説の中には何か直接結びつくようなものがあるかな、ぼくらがワードマンについて知っていることと?」

「ま、それはその〝ぼくら〟の意味によりけりね。警察の収穫全体と、わたしがあなたの畑から辛うじて拾い集めた落ち穂では大違いですもの。でも、取るに足らないわたしの視点からすると、答えはその可能性はあるけど、唯一じゃないわね」

「え？」

「つまりね、もしワードマンがハリー・ハッカー・シリーズのようなものを書いたとわかっても、不思議じゃないわ。でも、ほかにもたくさん思いつけるわよ、彼が書いたとしても不思議じゃない本を。もっとも、そういう本の作者のなかにはもう生きていない人もいるし、中部ヨークシャーに住んでいる人は一人もいないわね」

「そこだよ、肝腎な点は。ペンは確かに中部ヨークシャーに住んでいる」ハットは言った。「彼が興味を持っているもう一つの代物についてはどう、あのドイツ人の？」

「ハインリッヒ・ハイネのこと？　べつに何もないんじゃない、ハリー・ハッカーのモデルだということ以外は。あのね、ハイネはハリーという名前だったのよ」

「ハリー？　きみは今ハインリッヒと言ったと思ったけど」

「あとでそうなったの。翻訳の一つでペンがハリーと呼んでたから、彼に訊いてみたら教えてくれたんだけど、ハイネは生まれたとき、一家の知り合いのイギリス人に因んでハリーと名づけられたの。この名前は子供の頃の彼を大いに苦しめた、とりわけ地元の屑屋がロバを促すときに怒鳴る声が〝ハリー！〟のように聞こえたから。ハイネは二十七歳でキリスト教に改宗したとき、名前をドイツ風に変えたの」

今やハットは真剣に耳をかたむけていた。

「つまり、ほかの子供たちは名前のことで彼をからかったってことかい？」

「そうらしいわ。反ユダヤ主義もあったのかどうか知らないけど、ペンの話しぶりからするとかなりの心の傷になったみたい」

「うん、そうだろうね」ハットは興奮して言った。「学校で彼にも同じようなことがあったんだ」

彼はペンの生い立ちについて判明したことを彼女に話した。

ライは眉をひそめて言った。「ずいぶん詳しく調べてるのね？　おそらくディックについても同じように調べてるんでしょうけど」

「うん、ま、捜査では全員について関連のある情報をすべて収集しなきゃならないんだ。ほんと、みんな公平に」

この説得力のない釈明は当然ながら嘲笑を浴びた。

「で、ディックについて事件に関連のあるどんな情報をつかんだわけ?」彼女は詰問した。

ライと話しているといつも、心の耳には〝警官であることを忘れるな!〟と命じるダルジールの耳障りな声が聞こえているのに、ライに何もかも話すことに何の抵抗もなくなってしまうのはなぜだろう?

彼は何もかも彼女に話した。そして、ジョニー・オークショットの死に話が及ぶと、机上の写真立てを手にとって言った。「この真ん中にいるのが、たぶん彼だと思うんだ。ペンのフラットにも同じ写真があった。明らかに二人にとって彼は大事な存在だったんだ」

ライは写真を取り、天使のように微笑している小柄な少年を見つめた。

「ええ、親しい者に若死にされるのは、そりゃ大変なことよ。そのどこが変なの?」

ハットは彼女の兄、サージアスのことを思い出して言った。「うん、きっとそうだよね、べつにそれが妙だと言ってるんじゃないんだ。ただ彼と連絡をとろうとしたりするのは……」それから万一ライが心霊術者を通じて連絡をとろうとしたり、女の子がやりそうな何かそういうばかげたことをしているといけないので、話を先に進めた。「でもこの辞書の話、これはちょっと変わってるよね?」

「どうってことないわよ」彼女は一蹴した。「彼をよく知ってる人は皆、あの辞書のことを知ってるわ。彼の名前件は、ま、選挙人名簿を見てごらんなさいよ。あるいは、市役所の職員名簿を。あるいは電話帳を。彼がディックという名で通っていることだって、特別な意味はないわよ、あなたがハットで、わたしがライなのと同じように」

「うん、しかし、オ、ー、ソ、ン、となると……」

「エセルバートだって似たようなもんじゃない。それを言うなら、ライだって」

「いや、ぼくが言いたかったのは、オーソン・ウ、ェ、ル、ズ、のことなんだ……」

彼女は一瞬面食らったようだったが、やがて微笑しはじめ、ついには声を立てて笑い出した。

「まさか。オーソン・ウェルズ……市民ケーン……バラのつぼみ！ 溺れる者は藁をもつかむって言うけど、これは穴あきボウルで海に漕ぎ出すようなもんだわ。だって、お次は何？ たぶん、《邪悪の感触》（オーソン・ウェルズ監督、主演の映画。悪徳警官が主人公）かな。もっとも考えてみると、あのダルジール警視を見ると、いい線を行っているのかも……」

ハットには何の話かわからなかったが、それを追及しても役に立つとは思えなかった。

「ディーのこういう辞書だけど、じゃ、きみは知ってたの？」彼は言った。

「ええ。何冊か見たことがあるわ」

彼はウインギットから聞いた『エロチック辞書』の話を即座に思い出して、羨むように言った。「どれを？」

「よく覚えていないわ。それが問題なの？」

「いや。どこで見たの？ ここで？」

彼はあたりを見まわしてその不愉快な書物を探した。

「いいえ。彼のフラットで」

「彼のフラットに行ったのかい？」

「行っちゃいけないの？」

「いや、むろん、そんなことはないよ。ただどんな住まいなのかなと思って」

彼女は微笑して言った。「ごくふつうよ。ちょっと狭苦しいけど、たぶんそれはそこら中が辞書で埋まっているからでしょうね」

「ほんと？」彼は勢い込んで言った。

「ええ」ライは言った。「取りつかれてるとか、頭がおかしいとか、そういうことじゃぜんぜんなくて、辞書は彼の知的生活の中心だからよ。彼は辞書について本を書いているの、辞書の歴史を。刊行されたら、おそらく名著になるでしょうね」

彼女はまるで自分のことのように誇らしげに言った。

「いつ、そうなりそうなの？」

「四、五年先じゃないかしら」

「なんだ。どっちみち、ぼくは映画化されるのを待つよ」

ハットは言った。「それとも、銅像が建つのを」

彼は椅子にくつろいで、コーヒーをすすりながら壁に並ぶ写真を眺めた。またしても全員が男だという点が印象的だった。だが、ここでそれを言うつもりはなかった、たとえ当たりさわりなく、でも。前に、ディーが疑われていることをかすかに窺わせただけで、彼女は憤然となった。対照的に、今自分が耳にしているこちらの誤りの理性的な暴露は愛情のこもった冷やかしで、これは彼女の心を射止める遠征で前進したことを示すものだ。それを危険にさらしてなるものか、同性愛恐怖症に聞こえかねないことなど言って！

彼は言った。「これはディーの先祖のポートレート陳列室なの？」

「違うわ」ライは言った。「これは皆、たしか、辞書を作ったか、あるいは用例を提供した有名な人たちよ。あれは、ナサニエル・ベイリーだと思うわ。ノア・ウェブスター。ジョンソン博士、むろんね。それに、こっちの人は、あなたのような職業の人は興味をそそられるかも」

彼女は机の真正面にある、セピア色に変色したいちばん大きな写真を指した。その写真には膝の上に本を載せ、台所用の椅子に坐った顎ひげの男が写っていたが、頭にかぶった前びさしのない縁なし帽がロシア難民のように見せていた。

「どうして？」

「そうね、彼の名前はウィリアム・マイナーといって、アメリカ人の医者で、最終的にはオックスフォード英語辞典になった辞書に初期の用例をたくさん提供した、とても重要な貢献者なの」

「すばらしいね」ハットは言った。「で、警察に関係のあることでは、なぜ有名なの？ 警官という言葉の最初の用例を見つけたのかい？」

「いえ、違うと思うわよ。彼はオックスフォード英語辞典《O・E・D》に用例を提供した四十年間の大半を、殺人犯としてブロードムア（英国バークシャーにある精神病院、精神障害のある犯罪者を収容）に監禁されていたの」

「驚いたな」ハットはあらためて興味津々、写真を見つめた。

顔からどんな心根の人間かは判断できないという定説に反して、警察の顔写真帳の中から彼を見つめ返す顔の多くは、顔立ちの隅々にまで犯罪性が深く刻み込まれているように見えたが、このいかにも物静かな人物は『鉄道の子供たち』（児童文学者イーディス・ネズビット著。一九〇六年刊）に出てくるあの親切な老紳士のモデルだったとしてもおかしくなかった。

「それで、彼は結局どうなったの？」

「え、アメリカに帰って亡くなったわ」ライは言った。

「最上の部分が欠けてるよ」新たに加わった声が言った。

「気の毒なマイナーと同じで」

二人が振り返ると、入り口にチャーリー・ペンがあの悪意に満ちた災いを企むアサ神族（北欧神話の神々）、ロキのように忽然と姿を現わし、不揃いな歯を見せて冷笑的な微笑を浮かべていた。

どれぐらいの間、立ち聞きができる距離にいたのだろう、とハットは思った。

「どういうご用でしょうか、ペンさん？」ライは早咲きの桜草を枯らすほどの冷ややかさで言った。

「いや、ディックを探しているだけだが」

「地下にいます。今、〈ローマ時代の市場体験展〉の準備をしてますから」

「そうだった。困難を経て星へ《ペル・アーデュア・アド・アストラ》（英国空軍の標語）、と言ってもいいかもね。面白そうだから行ってみよう。また会えて嬉しかったよ、ボウラー君」

「こちらもですよ」ハットは言ったが、ライの話に欠けていた最上の部分は何かと、ペンは訊いて欲しいのだろうか、それとも、彼が立ち去ってから直接彼女に訊かせようというのだろうかと考えていた。

彼は決断して立ち去りかけた作家に声をかけた。「それで、ぼくが聞き損なった最上の部分とは何ですか？」

ペンは足を止め、振り向いた。

「え？　ああ、そうか、マイナーのことだね？　なに、どうやら、気の毒に彼はかなりの年になったのに、裸の若い女のエロチックな空想が絶えず浮かんで、それが自分の深まる信仰と相容れないと感じた」

「ほう？　ま、年かさの人にはよくあることでしょうよ」

ハットは自分では大いに辛辣なつもりで言った。

だが、ペンは傷ついたようには見えなかった。それどころか彼は陰気ににやっと笑って言った。「そのとおり。しかし、皆が皆、小型ナイフを研いで自分のペニスを切り落とすわけじゃないよね。じゃ、ごきげんよう」

40

「うえっ、臭い、臭い!」アムブローズ・バードはわし鼻をつまんで叫んだ。「匂いが強すぎる。いつもやりすぎなんだ、匂いを」

「匂いには喚起力があるんだ、たぶん、いちばん即座にわれわれ人間のあらゆる感覚的な印象を喚起する」パーシー・フォローズが言い返した。

「そうかね? そして、喚起する《エヴオカテイヴ》という言葉は、きっと古典時代の莫大な知識があるきみは気づいてるだろうが、ラテン語の**evoco**(エヴォコ)、**evocare**(エヴォカレ)、呼び出す、から来ている。そして、プログラムによると、こういう当時の匂いとされている匂いの一つはヤマネを焙り焼きにした匂いだという。この生態や環境にうるさい時代に焙り焼きにするヤマネをどこで入手するのかという問題はさておき、この匂いがいったい何を喚起するというのか考えてみる必要がある。そこにないものを呼び出すことはできない。焙り焼きにしたヤマネに関して何か体験した者が、入場者のなかにどれだけいると思うんだ？　したがって潜在的な記憶の刺激剤として、こういう匂いに喚起力があるとは到底言えないわけだ。このように証明された《シィーク・プロボ》！」

「フロアーショーが始まったようだね」アンディ・ダルジールは言った。

ディック・ディーは振り返って微笑した。

「警視、まさに音もなく来てたんですね。でも、驚くには当たりませんよね、そういう軽快な身のこなしも、つい先週の土曜の夜、フュージリア連隊の舞踏会で舞踏《テルプシコラー》のスターだった人だとなると」

これは最高機密だ。たしかに土曜の夜のダンスについては漠然と触れてパスコーとウィールドをからかった、だが、彼らにだっておれがどこに行ったかはわからなかったろう、となると、このニュースはどうやってディック・ディーに届いたのか？

答えは明白だ。

チャーリー・ペンだ、自分のアリバイをダルジールがどうやって崩したのか確かめるために、ヘイズガースに駆けつけたに違いない。

彼は言った。「もっぱら古い本に読みふけってる者にしちゃ情報通だね。それに、古い本と言えば、なぜそれをほったらかしてここに降りて来てるんだね？　レフェリーを務めに、かね？」

ここというのは〈センター〉の地階で、建物の基礎を掘っていてローマ時代の床が発見されるまでは単に倉庫として使うはずだった場所だ。この床を〈ローマ時代の実体験展〉の一部として〈センター〉に組み込むという決定は、考古学陣営とできるだけ早く〈センター〉を完成させたい州議会実利派とのすばらしい妥協策と思われた。だが、実際にはそうはいかなかった。〝詰め込み屋〟スティールはそれに伴う余分な支出にことごとく反対し、結果的に余分なプレッシャーがフィロメル・カーカネットにかかり、それが彼女を挫折させた大きな要因となったのだ。

「いつもながら、図星ですよ、警視」ディーは言った。「情報通というささやかな評判のおかげで、うちの論《グラディエイ》客《ター》たちの調停役としてここに来てるんです」

「とにかく、あの二人はなぜここにいるんだね？　彼らの縄張りじゃないのにね。たしか、つい今しがたあんたの図書室でフィロメル・カーカネットを見かけたが」

「ええ、そうなんです。ほんとに困った話ですよ。ほら、この〈体験展〉は彼女の肝入りの企画ですからね。彼女が一生懸命みんなに働きかけて実現したんです、考古学者や議員たちに。彼女は事実上、自分独りでやらなきゃならなかった――あのスティール議員を引き受けたがる者はほかには誰もいなくて。これは彼女の性格にはまったく合わない仕事で、とうとう彼女は参ってしまった。彼女はずっと病欠していたんです、でもスティール議員が亡くなり、この企画の最後の障壁が取り除かれてとつぜん金が入ってきた、そして開幕がこんなに迫ったので、彼女は努力して今日、出てきたんです。しかし、彼女は気づいたんだと思いますよ、ここの三大権力者のほかの二人が彼女の縄張りから引き上げるのを渋っていることに。あのね、これもスティール議員が亡くなった結果なんですよ。〈センター〉全体の所長を任命する道が開け、そのポストを目指してこの英雄たちが闘っているのは明らかですから。口論の兆しが見えたとたん、愛すべきフィロメルは逃げ出しましたよ。目の前に彼女の労働の成果があるのに、それを収穫するのは彼女じゃない。わっ、ひどいな」

　彼は突然の大音響に両手で耳をふさいだ。

「音を絞れ、音を絞れ」フォローズが金切り声で叫んだ。

　音は小さくなり、それは人々のざわめきに馬のいななき、雄鶏の鳴き声、犬の吠え声、鐘の音、子供たちの笑い声、それにときどき聞こえるかすかに東洋風な旋律、遠くで鳴り響く金管楽器と比較的近くで爪弾く弦楽器の調べが入り混じったものとわかった。

「このほうがいい」ディーは言った。

「そう思うかね？　きみはいつもずいぶん静かな市場《マーケット》に行ってると見えるね。セインズベリーズ（大手のスーパーマーケット・チェーン）とは違うんだよ、ああいう有線の音楽《ムーザク》放送やＣＤの流れているところとは。当時の市場はきわめて騒々しいところだったんだ」バードは言った。

「ああ、きみの群衆シーンの腕は定評があるからな」フォローズはからかった。「こういう知識は観客から仕入れるわけにはいかないから、おそらく前世の体験から来てるんだろうね。しかし、あの言葉は――こういう人々は、ほんとはラテン語とアングロサクソン語をしゃべってるはずじゃないのか？　今聞こえてるのは、聞いたことのない言葉みたいだが」

「当然だろうね、きみが聞いたことがあるのは埃っぽいガウンを着た頭の古い大学教授が朗誦するキケロか『ベーオウルフ』（八世紀初頭の英文学最初の頭韻叙事詩）だけなんだから。これが、古代日常語研究家《パレオ・デモティシスト》の第一人者が見るかぎり、日常語として話されていたはずの言葉なんだ」

ディーを見ていたダルジールは、満足げな表情がちらっと浮かんだように思って言った。「じゃ、あのパレオ何とかというのは、あんたの造語かね？」

これはさっきのフュージリア舞踏会のお返しだった。ディーの顔に驚きが浮かんだが、彼はそれを隠そうとはせず喜劇的に誇張してやり過ごした。

「いやぁ、警視、なんと鋭い老練刑事なんだ、あなたは。そうなんですよ、あの新造語をバードさんとの話にまじえたんですが、さすが耳ざとい俳優だけあって、あれを自分の言葉の宝庫に加えてくれたと知って嬉しいですよ。一言つけ加えさせてもらうと、あれは申し分なく論理的な複合語だと思うので、すでに存在していたとしても驚きませんね。あなたの鋭い耳はほかには何を汲み取りました、今のやりとりから？」

ダルジールは言った。「そうだね、すでにわかっていたことを確認できたよ、あの二人が正真正銘のペニス引き野郎《マトンタガー》だってことを。これは当て推量だが、気の毒にフィロメルが体調を崩したとき、アムブローズは音響効果の責任者を買って出、パーシーは匂いを取った。そんなところだろう」

「またしても図星ですよ」ディーは言った。「ところでその〝マトンタガー〟、気に入りましたよ。発展的な用法だが、元の言葉ペニス《マトンダガー》よりずっと適切だ。警視はこの、演技とでも呼びましょうか、これを最後まで見たいですか？ それとも話しながら、すこし見て回りますか？」

ディーの顔に物問いたげな微笑がかすかに浮かび、ダルジールはあとでじっくり吸収するためにそれを溜め込んだが、ほかにもすでに溜め込んだ興味深い疑問の湧く問題が数々あった。

「何の話をしながら？」彼は言った。

「何にせよ警視がわたしと話しに来たことについて」ディーは言った。「もっとも、当てずっぽうですが、パイクストレングラー卿の死と、もっと広くワードマン事件捜査の一環としての話でしょう」

そう言いながら彼は立ち並ぶ露店のあいだを通って市場を案内しはじめた。照明と音響効果で最大限に実物らしく見せていたが、大部分は純然たる作り物で、ただ並べてある商品とそれを売っている商人たちはすべてプラスチックで非常に精巧に作られていた。しかし、三つ四つの露店では本物の品々を置き、本物の人間が店番をしていた。ディーは金属製の小さな品々、文鎮や、カップや、装飾品等々を売っている店の前で足を止めた。店主は黒髪の整った顔立ちの女性で、その簡素な褐色の衣はその下で動くしなやかな体を隠すというよりむしろ引き立たせていた。彼女は微笑して言った。「いらっしゃい《サールヴェ》、旦那さん《ドミニ》、ラテン語が話せますか《スキン・ラテネ》？」

ディーは答えた。「インモ・ヴェロ、奥さん《ドミナ》」それから青銅製の猫を手にとってべらべらっとラテン語でしゃべると、その女性は悲しげに言った。「ああ、だめ。あなたみたいにたくさん覚えられないわよ、わたしたちは。そうでしょ？」

「そりゃそうだ。おそらく、わたし一人だよ」ディーは笑った。「今のはこう言ったんだ、このかわいい子猫が気に入ったけど、褐色の衣を着ているほうがもっと気に入ったって」

「え、ほんと？ こういう厚かましいのがいるからラテン語と古期英語を覚えたほうがよさそうね、危ない、危ない」

このちょっとしたやりとりをダルジールは興味深く見守っていたが、ディーがやすやすと女性と冗談をかわし、彼女がすぐにその気になって調子を合わせるのに気づいた。ディーが女たらしかもしれないと示唆した者は誰もいないが、たぶん、それは女性が彼を尋問しなかったからかもしれない。

そこを離れながら、ダルジールは言った。「で、どういうことなんだね、あれは?」

「本当らしくするために、一部の露店に本物の人間を配置したんですよ。アムブローズ・バードが自分の劇団の者を提供してね、今やってる芝居に出ておらず、ちょっとした副収入がほしいという俳優を。彼らにはそこそこのラテン語とアングロサクソン語を教えてあります、挨拶と話せそうな客にどちらかの言語が話せるかとたずねられる程度にね、そして相手がぽかんとしたら、一種の片言シェイクスピア英語に戻るという寸法で」

「しかし、ときどきほんとにしゃべれる利口者にぶつかるだろうよ」

「利口者のいない世界なんて、考えられます?」ディーは訊いた。

「すこし幸せになるだろうね」ダルジールは言った。「で、ああいう安ピカ物を実際に売るのかね?」

「非常に高品質の複製品です」ディーはしかつめらしく訂正した。「ええ、会場に入ると入場者は〝フォリーズ〟でいっぱいの〝フォリス〟を買うことができて……」

「え?」

「〝フォリス〟というのは金袋のことですが、のちに硬貨も指すようになったんです、特にその袋に入れていた額面の小さい銅貨や青銅貨のことを。こういう硬貨は商品を売ってる露店で買い物をするときに、あるいはあそこの〝タベルナ〟で使えます」

「あれはパブみたいなもんかね?」ダルジールは興味を示して言った。

「ここでは、むしろカフェみたいなもんですね」ディーは言った。「でも、話をするのにちょうどいいかもしれない。でも、通りすがりに〝カリダリウム〟が、浴場のことですが、ありますから見てください」

　彼はガラス窓がついたドアを指した。ダルジールがのぞくと、湯気の立つ小型のプールが見え、湯の中に坐った裸の男がパピルス紙の巻物を読んでいた。その向こうには立ちこめた湯気ごしに広々とした湯面と、湯の中やタイル張りの縁で気晴らしをしている人影がぼんやりと見え、ある者はタオルをかけ、ある者は明らかに裸身だった。もっとも渦巻く湯気のおかげで中部ヨークシャーで顰蹙《ひんしゅく》を買わない程度にぼやけていたが。一瞬を要したが、彼は自分が見ている光景は巧妙に配置した鏡で手前の小さなプールを何倍にも拡大して、背景におそらく古代ローマ物の古いハリウッド映画から採ったビデオを映しているのだと気づいた。

「大したもんでしょう？」ディーは言った。

「それほどでもないよ」ダルジールは言った。「ラグビー・クラブのでっかい風呂を見てた者にはね。それに、あっちの連中だって詩歌をいろいろ知ってたよ、〈栄えあるヴィーナス号〉から何から」

　そのタベルナもラグビー・クラブよりだいぶ品揃えが悪かった。今は営業していなかったが、ディーの説明によれば、たとえ営業しても選べるのは甘い、まずまず当時のものらしいフルーツジュースか、まったく時代錯誤の紅茶かコーヒーだった。

「説得されざるを得なかったスティール議員への妥協策として、この企画にはみずから資金調達を行なうという要素が大幅に持ち込まれることになったんです」ディーは言った。

「それじゃ、あんたは残念ではなかったろうね、彼という邪魔物がいなくなって？」二人で大理石のベンチに腰を下ろしながら、ダルジールは言った。

「その質問は、もし挑発するのがあなたの意図だと確信していなければ、挑発されるほど不愉快だと思ったでしょうね」ディーは言った。「とにかく、警視、この企画の成否はわたしにとっては大したことじゃないんですよ。全体的に見て、教育効果を謳ってはいるけど、わたしの好みからすると、すべていささか下手物《キッチュ》にかたむきすぎてますからね。最近のような双方向的な、利用者に親切で完全に自動化されたハイテク駆使の展覧会の時代にあっても、わたしはまだあのかび臭くて、畏敬の念に満ちた雰囲気の漂う旧式の博物館に郷愁を感じますね。過去という別の国だ、そして、わたしはときどき感じるんですよ、わたしたちは真面目な旅行客としてではなく遠征に出かけたフーリガンみたいに訪れていると。あなたはどうですか、ダルジール警視？　過去についてどう感じます？」

「わたしかね？　この歳になると、過去はあまり振り返りたくなくなるね。しかし、仕事の上では、わたしが大いに時間を過ごす場所だ」ダルジールは言った。

「しかし、現代の〝文化遺産〟産業風の派手な、ハイテク方式でじゃないんでしょう？」

「さあ、どうかな。昔テレビでやってたあのSFシリーズ《ドクター・フー》を覚えているかね？　この男が外見は交番そっくりのタイムマシーンに乗って時空を駆けめぐる、あれを？　おおかたは古くさい、ばかばかしい話だが、この部分だけはまさにそのとおりだといつも感じるんだ。交番という点が。というのも、まさにそれだからね、わたしが過去に関してやってるのは。あの博士のように、わたしも過ぎ去った時代を訪ねて長い時間を費やす、悪党共が未来を変えようとして悪事を働いた過去で、そして、そこに行き着く方法はあまり問題ではない。できるだけ事態を是正して、できるだけ未来をあるべき姿に近づけるのが、わたしの仕事だ」

ディーは目を丸くして彼を見つめた。

「時間の主だ！」彼は感嘆の声を上げた。「あなたは自分を時間の主と見なしているんですか？　そうか、そうか、わかったような気がしますよ。誰かが殺人を犯す、あるいは銀行強盗をやる、それは未来を彼らが思い描くようなものに変えたいからだ、ふつうは彼ら自身や彼らの親しい者たちにとって快適なものになるように、そうでしょ？　しかし、彼らを逮捕することで、あなたは可能なかぎり現状に戻す。当然ながら、誰かが殺された場合には、蘇生させるわけにはいきませんけどね」

「生き返らせることができない、確かにね」ダルジールは言った。「しかし、生き続けさせることはできる。たとえば、このワードマン、彼は何人殺したんだっけ？　アンドルー・エインズタブルに始まって――もし見殺しにするのも殺人に数えるなら――つぎにまだ若いデーヴィッド・ピットマン、それにジャックス・リプリー、そして、そのあとは……つぎは誰だっけ？」

「スティール議員」ディーは直ちに答えた。「それからサム・ジョンソンとジェフ・パイクストレングラー」

「すらすらと名前が出るね、ディーさん」ダルジールは言った。

「おやおや。今のは罠だったんですか？　提案があるんですけどね、ダルジール警視。今までわたしは、このジェスチャーゲームで目撃者として尋問される役を喜んで演じてきました。しかし、あなたがわたしに興味を示し続けるのを見ると、そろそろお互い隠し立てはやめて、わたしは容疑者だと認めてはどうかと思うんですがね」

そうたずねる彼の顔には熱心な、ほとんど純粋に見える表情が浮かんでいた。

「あんたは容疑者になりたいのかね？」ダルジールは物珍しそうに言った。

「あなたのリストから自分を除外するチャンスが欲しいんです――もし、わたしの心配が的中していて、そのリストに載っているのなら。わたしは載ってるんですか、ダルジール警視？」

「載ってるとも」微笑しながら、ダルジールは言った。

「アブー・ベン・アドヘム（リー・ハントの短詩に詠まれた人物、天使の名簿に名前が載る）のように確実に」

「ありがとう」ほほえみ返しながら、ディーは言った。

「じゃ、二人でわたしがワードマンでないことを証明する簡単な事実をいくつか見つけましょうよ。何でも好きなことを訊いてください、正直に答えますから」

「さもなきゃ、罰金を払うかだ」

「え？」

「正直、大胆、腕力、でなきゃ約束。子供の頃、よく遊んだもんだ。こんなかの一つを選ばなきゃならない。それとも罰を受けるかだ、パンツを下ろすといった罰を。あんたは正直を選んだ」

「そして、今後もパンツを下ろす気はありませんよ」

「そうかね。あんたは邪道のくちか？」

「邪道とは犯罪者という意味で、それとも性的に逸脱しているという意味で？」

「両方の意味で」

「違います」

「絶対に？」

「ま、昔、小さな法律違反はいろいろやってますよ、道路交通法を破ったり、経費に色をつけたり、図書館の文具を私用に使ったり。それに性愛に関しても一、二、ちょっとした特異な好みがありますよ、もし快く応じる異性のパートナーが見つかれば楽しむような。しかし、これは皆ふつうの人間がやっていることの範囲内だと思いますよ、だから厳密に〝絶対に違う〟とは言えないまでも〝違う〟とは言えると思うんです」

「じゃ、あんたとチャーリー・ペンは二人でマスをかき合ったことは一度もないんだね？」

「いや、青年期にはときどき。しかし、ひとえに、思春期の開始から女の子と付き合えるようになるまでのあの苦しい時期の、こう言ってはなんですが、穴埋め策としてでした。女の子が登場してからは、わたしたちの友情は尼僧のように純潔なものになりましたよ」

「尼僧のように？　修道士のようにじゃなく？」

「最近のように、カトリックの男性聖職者がこんなに大勢新聞種になるようでは、やはり、尼僧のように、としておきますよ」

「チャーリーがワードマンという可能性はあるかね？」

「いいえ」

「なぜ断言できる？　むろん、あんた自身がワードマンなら話は別だが」

「なぜなら、警視はすでに確認しているはずですが、あなたに尋問された二晩のうちの最初の晩、わたしがパーシー・フォローズと一緒にいた晩ですが、チャーリーは彼が主宰する文学グループとの会合に出ていました。そして、二晩目はわたしと一緒でした」

「殺人は夜に行なわれたと誰が言った？　なるほど、あの二日目、あんたたちは互いに夜のアリバイを与え合い、あんたは勤めがあったから昼間のアリバイもあるわけだ。だが、チャーリーにはない。あの日に何をしていたか、きわめて曖昧だ。おそらく図書館に行ったと思うと言ってるが、どうやらそれを確認できる者は誰もいないらしい。ま、あんたがあそこで彼を見たと突如思い出さないかぎりは」

「いったいなぜ、わたしがそんなことを?」

「たぶん、親切心から。ただし、マスタベーションのやりっこみたいに」

「つまり、彼は彼であの晩のわたしのアリバイを与え、その親切のお返しだと? でも、それはつじつまが合わない、わたしたち両方がワードマンでないかぎりは」

「なかなか興味深いね、その考えは」

「そして、あなたは今聞いて初めて考えてみてるんじゃないと思いますよ、警視。二人組《フォリー・ア・ドゥー》、これをそう見てるんですか? おやおや、なのにわたしはこの自分だけだと思ってたんだ、あなたの鉤針からはずさなきゃならないのは」

「鉤針か。釣り針みたいな。釣りはやるのかね?」

「やったことはありますよ。なぜ?」

「ジェフ閣下のそばに釣り竿が二本あった。たぶん、誰か友達と釣りに出かけたみたいに」

「警視は誤解してるんじゃないかと思いますよ、わたしたちの関係を」

「そうかね? 例のあんたの女の子との関係はどうなんだね? 彼女とやってるのかね?」

「え?」

「あの髪に銀色の筋の入ったおかしな名前の彼女だよ」

「ライ。あなたがライのことを言ってるのはわかりましたけどね。問題はそのあとの言葉ですよ、わたしには口に出しにくい」

「じゃ薬でも飲むことだ。わたしはこう言ったんだ、彼女とやっているのかと? 彼女にがんがんぶっぱなしているのかと? 彼女をカユまみれにしているのかと? 彼女のカスタードをあんたのスプーンで掻き回しているのかと? 彼女のまぬけな《トゥイリー》垂れ唇《フルー》を弄んでいるのかと?」

これは反応を引き出したが、かすかな、ほとんど賞賛するような微笑だけだった。

「つまりわたしはライと関係を持っているかと訊いているんですね。いいえ」

「しかし、持ちたい？」

「彼女は魅力的な女性ですよ」

「つまり、持ちたい？」

「ええ」

「もっか何かあるのかね？」

「性的なはけ口、のことですか？　いいえ」

「じゃ、どう切り抜けてるんだね？」

「何を切り抜けるんです？」

「立ち上がるたびにきまり悪い思いをしないですむようにさ。男盛りで、健康体で、自分の助手を見るたびに欲情して、しかも、あんたもチャーリーももう大人でお互い手を貸すこともなくなった、となると、どうしてるんだね？　金を払ってるのかね？」

「こういった質問をする趣旨がわかりませんね、ダルジール警視」

「趣旨もへったくれもない、わたしは何でも好きなことを訊けて、あんたは正直に答えるんだろ。それに何か問題が生じたのかね？」

「知的な問題だけですが。この一連の殺人には性的な含みはないと理解していますから、警視がわたしのセックスの問題に焦点を当てたがっているのはなぜなのか、不思議なんですよ」

「性的な含みはないと誰が言った？」

「覚えておいででしょうが、わたしは現に五つの〈対話〉のうちの三つを読んでいますから、自分で結論を引き出せますよ。襲われた女性は一人だけですし、わたしが読んだところではあのエピソードには性的な動機を示唆するようなものは皆無でした。実際、今度の件全体に、どう表現したらいいか、ほとんど性的無菌状態とでもいった雰囲気がありますよ」

「なんか弁解しているように聞こえるね」

「そうですか？　ああ、わかった。また挑発してるんだ。

もしわたしがワードマンで、わたしの動機がセックスとは無関係なものだったら、わたしの性生活についてこうやってしつこく訊くことで、このとんでもない誤解に対する反応を誘うかもしれない、それが狙いなんですか？」

「こういう反応を、かね？」

「ワードマンではないので、そこまではわかりませんね。しかし、〈対話〉を読んでの印象では、彼はわたしより早くあなたのささやかな戦略に気づき、挑発などされないほど頭のいい男だと思いますよ」

「あるいは、実際よりはすこし頭がよくないように見せかけるほど頭がいいか」

「いや、それはまさに頭がいい。しかし、それほど頭のいい人間なら、どっちみちあなたにじきじき尋問されるような羽目に自分を陥らせたりしないんじゃないですか？」

「それは的確な表現だ、ディーさん。自分を陥らせる。わたしの頭にある男は、こうしたちょっとしたおしゃべりを、じつは、楽しむかもしれない、敵と対決して、その周りをぐるぐる走りまわって圧勝するのを」

「長いランニングになるでしょうね。隠喩として言ってるんですよ、むろん。もし馴れ馴れしすぎるように見えたら許してください、でも、ダルジール警視、そうやってあなたに圧勝しようとする者は、マラソンをする覚悟ができていないとね。しかし、どうです、わたしのささやかな努力はうまくいきましたか、あなたの求める人物はわたしではないと納得してもらえましたか？　正直言って、疲れてきましたよ」

彼は疲労困憊という小さな身振りをした、そして、まるでそれに同情したかのように、明かりが一斉に消え、二人の会話の邪魔をしていた音響効果もやんだ。

そのあと訪れた静寂はつかの間だった。バードとフォローズが声を合わせていったいどうしたんだと怒鳴り、それから、声が分かれて今度は対位法的二重唱となって各自がなんとか相手に責任をなすりつけようと躍起になった。

ダルジールとディーは手探りで〈タベルナ〉から市場に出たが、そこでは人々がマッチを擦ったり懐中電灯を照らしたりしてぼんやり明るかった。〝カリダリウム〟のドアが開き、水泳パンツ姿の男が水を滴らせながら湯気と一緒に出てきた。

「ドラゴン登場、舞台前方、上手《かみて》」ディーはつぶやいた。

「いったいどうなってるんだ?」男は怒って詰問した。「この中で何か電気がショートしたみたいだったけど、おれは水のなかにぺったり尻をつけて坐ってたんだぞ!」

あの男が怒るのも当然だ、とダルジールはバードとフォローズがいる市場中央に引き返しながら思った。途中、彼のつま先はさまざまのものに突き刺さったが、彼はそれを猛然と蹴飛ばした。

「責任者は誰だ?」彼は詰問した。

今回ばかりは、二人のどちらも自分が最高責任者だと認めたくなさそうだった。

「ま、いずれにせよ、あんたたち両人に言っておく——これをきちんと解決しないと地元の消防安全局に言ってこの施設を閉鎖させるからな。あの風呂に入ってた男はすんでに感電死するところだったんだぞ。それにどうしてこんなに真っ暗なんだ。もしここに何十人も人が入り、おまけに子供が大勢いて、ごった返してたらどうなってたと思うんだ。代替システムはどうした、まったくもう。すぐさま手を打たないと、でっかい本を隅から隅まで繰ってあんたらを告発できる罪を探しにかかるからな。そして、もし重大な罪が見つからなかったら、たぶん、手っ取り早くその本で二人をぶちのめしてやる!」

彼はその場を離れ、明かりと新鮮な空気のある場所に戻る階段と出口を求めて当てずっぽうで進んだ。そこに辿りつくと彼は足を止め、傍らにディーがいるのに気づいた。

「あのね、ダルジール警視」司書は微笑して言った。「今の一幕を見たら、もしわたしがワードマンだったら、両手を上げて自白すると思いますよ」

「そうかね、ディーさん」ダルジールは関心なさそうに言った。「そして、わたしも今思ってることを言おうか?それはね、あんたは使い古した浄化槽より満杯の糞袋だってことさ」

ディーは口をすぼめ、まるでこれは熟慮に値する言葉だとでもいうように考え込んでいたが、やがて言った。「残念ですよ、それを聞いて。これはつまり、わたしたちのちょっとしたゲーム、正直、大胆、腕力、でなきゃ約束、が終わったということですか？」

「あんたのちょっとしたゲームだ。死人が出ているとき、わたしはゲームなどやらない。それではまた、ディーさん」

彼は巨象《マストドン》のような足取りで歩み去った。その背後で、太古の狩人のように微動だにせず、ディック・ディーは姿が見えなくなるまで見送っていた。

41

ジョージ・ヘディングリー警部はめざましい昇進こそ遂げなかったものの、あまり誰も踏みつけにせずにそこその名士になるという警察社会では珍しい芸当をやってのけた。

それゆえ、その晩、犯罪捜査部と制服組の同僚が別れを告げに〈社交クラブ〉に集ったとき、会場の雰囲気はふつうの場合よりずっと心のこもったものだった。パスコーが出席した送別会のなかには、出席者の数は少なく、冗談は後味が悪く、垂れ幕には確かに〝幸運を！〟と書いてあるのだが身振りや表情は〝厄介払い！〟と語っているものもあった。しかし、今夜は誰も彼もが努めて出席しており、記念品贈呈のための募金にも皆、気前がよかった。そして、集まった男たちの間からはすでに笑い声が上がり、とりわけヘディングリーのテーブルをぎっしり囲んだ者たちは上機嫌で、大いに盛り上がっていた。

先刻ドアが開いてシャーリー・ノヴェロ刑事が入ってきたときには、特に歓迎の歓声が上がり、あちこちから拍手も湧いたのだった。彼女はあの銃撃事件で夏から休職する結果になり、あれ以後みんなの前に姿を現わすのはこれが最初だった。

彼女は青白い顔をして、歩き方にもいつものきびきびした弾むようなところはなかったが勧められたジョージ・ヘディングリーの隣の席につき、彼は立ち上がって彼女を迎え、頬に軽くキスしてまた拍手を浴びた。

パスコーはそのテーブルに行き、彼女の椅子に身をかがめた。

「シャーリー、会えて嬉しいよ。きみが来るとは知らなかった」

「警部が本当にいなくなってしまうんですもの、来ないわけにはいきませんよ」彼女は言った。

「でも、頑張りすぎるなよ」パスコーは言った。「ほら、よく言うだろ、あんまり早く、あんまりやりすぎるのはよくないって」

「そうとも、二十まで身が持たない」ヘディングリーが言った。

これでどっと湧いた哄笑の渦のなかで、ウィールドが彼の耳元で囁いた。「ピート、ダンが来た、でもまだアンディは現われない」

「やれやれ」

ヘディングリーの人気を反映して制服組が大勢出席していたが、これは本質的には犯罪捜査部のパーティーで、ダルジールがいなければホスト役は彼が務めなければならない。

パスコーは警察長を出迎えに行った。

「出席していただけてよかったです」彼は言った。「みんな、今夜は何がなんでも盛大にやる気のようですから」

「彼はどこだ？」警察長はぶっきらぼうに言った。

「ジョージですか？」

「いや。ダルジール警視だ」

「今、こっちに向かってます」パスコーは言った。「飲み物を持ってきますよ」

〝こっちに向かっている〟というのは、確実に嘘だとは言えなかった。というのもダルジールが今どこにいても、彼はいつかは〈社交クラブ〉に来るつもりなのだ、だから、彼が今何をしていても、こっちに向かっていると言える。

だが、確実に真実なのは、巨漢がどこにいるのかパスコーには皆目わからないことだ。〈センター〉から警視が戻ったとき、会うには会ったのだが警視はすぐに電話口に呼ばれ、ディーとの話はどうだったかという質問にも「あいつはおそろしく頭がいい」という感想しか聞けなかったのだ。

おそろしく頭がいいから即、犯罪者だということにはならないが、ダルジールがこの範疇に入れた者の数人は、もっか朝食前の楽しみ、《タイムズ》のクロスワード・パズルを刑務所のなかでやっているのも事実だ。

ボウラーはディーについてはあまりつけ加えることができなかった。しかし、自分自身が発見したことに関しては大いに多弁で、それをウィールドに自傷した辞書執筆者、それに、おちょくられたから名前を変えたドイツの詩人と簡潔にまとめられ、そのどちらも捜査中の事件とこれといった関連はなさそうだと言われて、明らかに気分を害し、ふくれっ面寸前だった。

小柄な男にしてはダン・トリンブルは酒に対しては独裁者的な支配力を持っていて、大コップで三杯飲み干しても見たところ酔った形跡はまったくなく、パスコーは腕時計をちらっと見て、呟いた。「そろそろショーを始めますか、警察長。みんなが反乱を起こすといけないから」

「え？　いや、いや、急ぐことはない。警部も大いに楽しんでるようだしな。あと数分してからだってかまわんさ。アンディからはまだ何も？」

「ええ、でも今にも来ると思いますよ、きっと……」

そして、まるで合図を待っていたかのように入り口のドアが開いて、巨漢があの〝現在のクリスマスの亡霊〟のように全身から上機嫌を発散しながら入ってきた。部屋を横切ってトリンブルのほうにやって来ながら、彼は足を止めてヘディングリーの肩をばんと叩き、ノヴェロの髪をくしゃくしゃっとさせ、何か面白いことを言ってテーブルの者をどっと笑わせた。それから彼はバーに辿り着き、いつの間にかそこに出ていたダブルのスコッチを受け取り、一気に飲み干してから言った。「やっと間に合った。危うくあなたのスピーチを聞き損なうところでしたよ、警察長」

「わたしのスピーチを……？　アンディ、きみは電話をすると言ったじゃないか」

「確かに言いました、そして、そうしたかったんですがね、ただちょっと込み入った話になりまして……」

彼はトリンブルの肩に手を回して警察長を脇に連れていき、耳元で何か熱心に話していた。

「ドリンコート侯爵が小公子フォンテルロイ（フランシス・E・バーネットの児童小説『小公子』より）に助言を与えているってところだな」パスコーはウィールドに呟いた。

「少なくとも警察長は予算をカットされたみたいな顔じゃなくなったよ」トリンブルの顔が最初はほっとした表情になり、やがて、ダルジールが芝居がかった身振りで任せておけとばかりに自分の胸を叩くと、はっきり笑顔になるのを見てウィールドは言った。

「たぶん、警視はたった今セコハンの警察官を売りつけたんだ」パスコーは考え込むように言った。

ダルジールが彼のところに戻ってきたが、警察長はぶらぶらとヘディングリーのテーブルに歩いて行き、警部の肩に手を置いて何か冗談を言い、それはさっきのダルジールの冗談に匹敵する大きな笑いを勝ちとった。

「じゃ、ダンがスピーチをするんですか？」パスコーは言った。

「いつも、そうだろうが」

「何が進行中なのか、教えてもらえるんですか？」

「むろんな。これを読め」

警視はポケットから数枚の皺くちゃの紙を取り出して彼に渡した。トリンブルはすでに部屋の中央に移動していて、静粛《オーダー》、静粛《オーダー》という声が上がり、お定まりの「おれはビール」と応じる声にお定まりの笑いが湧いたあとで、彼はメモなしでスピーチを始めた。人前で話す彼の態度は堂に入り、退職する警部の職歴のハイライトをウィットたっぷりに流暢に語り、先刻、気の進まぬ様子を見せたのが信じられないほどだった。

ヘディングリーの美点は今さら聞かされるまでもなかったので、パスコーは警視が手渡した紙に目を落とした。その何気ない視線はやがて食い入るような目つきに変わった。一読すると、彼はもう一度読み返し、それからダルジールの肋骨を、というか、肋骨がその下にあるはずの皮下脂肪の層を部下らしくもなく肘でぐいと突いて、きびしい声で言った。「いったい、どこからこんなものが？」

「アンジーを覚えているか、葬式で会ったジャックス・リプリーの妹を？　これはジャックスから彼女宛のeメールのコピーだ」

「それは見当がつきました。わたしが訊いたのは、どうやって入手したのかという意味です」

「アンジーが日曜日にアメリカに帰る前に、〝豪傑ダン〟に電話してきたんだ。彼女が不満に思っていることを話したとき、ダンはコピーを見たいと言い、彼女はポストに投函した。日曜日には集配しないから、今朝、彼の手元に届いた」

二人のひそひそ話が注意を引きはじめたので、パスコーは巨漢の袖を引いてカウンターを離れ、部屋の後ろのほうに連れていった。

「気をつけろ」ダルジールは言った。「きみが引っぱってるのはブラッドフォード（西ヨークシャー州の都市、ウーステッドの生産地）市長が着てるような上等のウーステッドなんだから」

「これが何を意味するか、わかってますか？　むろん、いやというほどわかってる。ジョージー・ポージー。太った、抱きたくなるような幹部警察官。リプリーの密告者はボウラーではなくヘディングリーだったんだ！」

「うん」ダルジールは悦に入って言った。「ちょっとした女たらしだからな、昔から。ロバみたいにでっかい一物を持ってるし。しかし、似てるのはそこだけじゃないな」

警察長はスピーチにますます熱が入り、同僚たちへの誠実さや信頼性といった古い美徳について話していた。

「あなたは知ってたんだ！」

「彼女が殺されたあと、彼が病気になってからだがね。そのとき、おれは考えはじめた、たぶん、おれはあの若いボウラーに不当な仕打ちをしてしまったかもしれないと。つまり、リプリーは利口な女だった。もし情報が目当てなら、使い走りをたらし込んだりはせんよ」

「そして、警察長は……どうりでスピーチに及び腰になるはずだ。自分が褒めちぎった警官があとで悪徳警官とわかったら、面目丸つぶれだからな！」

「悪徳？　いや、それは大げさすぎる、たかが女と寝たぐらいで。きみは最近ジョージのかみさんを見たか？　まるで冷凍ブロッコリーの詰まったズック袋だ。ジョージみたいな男が目の前にいて、大きな野心とそれに見合うでっかいおっぱいの持ち主なら誰でもいい、口車に乗せてくれと頼んでるようなものだった。おれがもっと彼の面倒を見てやるべきだったんだ」

この父親のような自責の言葉に心の安らぐ者もいるかもしれないが、パスコーは違った。

彼は憤然として言った。「彼はわれわれを売ったんですよ、手っ取り早く一丁やるために！」

「何度もだな、行間を読むと、それに、手っ取り早くばかりでもない。われわれみんなに一つ、二つ手ほどきができそうだな、ジョージは」

「わたしは辞退します」パスコーはしかつめらしく言った。

「いったいなぜアンジー・リプリーはこういういささか下劣な詳しい話を警察長に知らせる気になったんです？　だってジャックスの評判を上げることにはならない」

「彼女が考えていたのはジャックスの評判じゃない、彼女の殺人だ」

「彼女の殺人……ええっ！　つまり、彼女はジャックスの口封じが殺人の動機だったかもしれない、と考えていると？　ジョージ・ヘディングリーが彼女を殺した？　頭がどうかしてるよ、彼女は！」

「彼女はジョージを知らないからね。じつは、葬式でわれわれと会って、彼女はこの人物の特徴がおれと合致すると判断したんだ！　しかし、ダンはこれを読んですぐ、ジョージに違いないと悟った。ばかな女だよ」

警視は憤慨しているようだった。しかし、考えようによっては、とパスコーは思った、姉の愛人は巨漢だと思ったアンジーが、一歩進んで彼を姉殺しの犯人と疑いたくなったのも無理はない！

その考えは胸に納めて彼は言った。「でも、どういうことになるんです……？　いや、現に何があったんです？　何を言って、警察長をあんな幸せそうな顔にしたんですか？」

トリンブルはすっかり興に乗ってジョージ・ヘディングリーの逸話を話していて、みんなを抱腹絶倒させていた。彼は自分の告別の大賛辞が後日、自分の見る目の無さと管理能力欠如の証拠となりはしないかと恐れているようには見えなかった。

「こう言ったんだよ、ジャックス・リプリーのころころ太ったジョージー・ポージーと、うちのジョージが似通っているのはまったくの偶然の一致で、というか、最悪の場合でも、リプリーは妹を面白がらせるためにジョージを下敷きにして——というのもジョージは報道陣向けの発表をよく担当していたから——絵空事を書いたのだと。そして、こう言った、ジョージ本人にも確かめたし、根も葉もない話なのはこのわたしが保証すると。そして、こう締めくくったよ、リプリー殺しの動機に至っては見当はずれも甚だしく、妹のアンジーが何か言ってくることは二度とないだろう、なぜなら、ごく近々のうちにわれわれはジャックスも含めてワードマン殺人のかどで犯人を告発するのだからと」

「そうなんですか？」

「きみはそうじゃないとダンに言いたいか？」

彼らの話はひとしきり大きく湧き起こった拍手と歓声や口笛にさえぎられた。警察長のスピーチがクライマックスに達して、上気した、にこにこ顔のジョージ・ヘディングリーが本人所望の贈り物、最新式の釣り竿と道具一式を受け取るために進み出た。

「ああ、それからもう一つ」ダルジールは雷のような拍手をしながら言った。「どうやらアンジーから相談を受けた警官は〝豪傑ダン〟が最初じゃないらしい。彼女は自分の疑惑をまずハット・ボウラー青年のところに持ち込み、帰米の直前になってダンに電話することにしたのは、ハットはぐずぐず引き延ばしていると思ったからなんだ」

「ハット？　でも、彼は何も言いませんでしたよね？」

「うん。何度もチャンスを与えたんだが、彼は沈黙を守った」

「でも、なぜ？　自分の疑いを晴らせたのに？」

「たぶん、ジョージを見て考えたんだろうな、ここに長年立派に勤め上げて、つつがなく退職しようとしている男がいる、自分はその彼を破滅させる男になりたいだろうかと。それとも、たぶん自分も将来、自分がしでかしたことに目をつぶってくれる者に頼ることになるかもしれないと」

「で、そのどっちなんですか、警視が黙っていることに決めたのは？」パスコーは訊いた。

「おれ？　おれは決める必要などなかったよ」ダルジールは言った。「さ、向こうに行ってジョージにお祝いを言おう。どうやら彼がみんなにおごるところらしい」

二人でカウンターのほうに戻りながら、パスコーは言った。「ハットにはもう言ったんですか？」

「何を？」

「彼の疑いは晴れたと」

ダルジールは大声で笑った。

「ばかばかしい。なぜそんな必要がある？」

「なぜなら……それは、彼は充分それに値するからですよ。彼はいい警官になる素質がありますよ」

「それは間違いない」ダルジールは言った。「頭がいいし、熱心だし、とびきり誠実だということも立証した。適切に駆り立ててやればかなり上まで行けるし、それだよ、おれがやってることは」

「どうやって？」

「あいつがたるんだ仕事をしてもいいと思うたびに、おれはただどうさん臭そうに彼を見て、まだ疑っているぞと教えてやればいいんだ、そうすりゃおれが間違ってることを証明しようと躍起《やっき》になって、あいつは無給で倍の時間、超過勤務をするさ、そうだろ？　それに、おれが絶対に心配しなくていいのは、あいつの口が頭じゃなくて睾丸《きんたま》の言いなりになることさ」

ああ、アンディ、アンディ、とパスコーは思った。あんたは自分がほんとに賢いと思っている、そして、事実、そうなのかもしれない。しかし、あんたは若い頃の恋の、あの絶対的な力を、もし知っていたのだとしたら、忘れている。ボウラーがどんな目つきでライ・ポモーナを見ているか、わたしは見たことがある、そして、もし彼女が上手に何かを訊けば、偉大な神ダルジールに対する恐怖でさえも彼を黙らせておけるかどうか怪しいものだ。

巨漢は自分の不謬性《ふびゅう》に対するこういう裏切り行為的な疑いには気づかず、いともやすやすと人混みを通り抜けてカウンターに到達していた。

「やあ、ジョージ」彼は叫んだ。「おめでとう、とうとう辿りついたな、つつがなく民間人の身分に」

「アンディ、どこに行っちまったのかと思ってた。何を飲みます？」

「退職してたったの二分で、こいつ、もう忘れてるよ！」ダルジールは嘆かわしげに言った。「ビールとチェーサーをもらおう。それじゃ、ジョージ、くれぐれも気をつけろよ、え、外は荒野だからな」

「気をつけますよ」ヘディングリーは言った。

「当然だよな、そんなきれいな新品の釣り竿を持って田舎をさまよい歩くとなりゃ。一言、釣り人仲間からの助言がある」

そういいながらダルジールはヘディングリーの手を取り、ぎゅっと握った。

「何の真似です、これは、アンディ？」

握る手にますます力が加わり、警部の指先に血が通わなくなり、同時に巨漢は涙に潤む警部の目を瞬きもせずに見つめておだやかに言った。「禁じられた水域で釣りをしてはいけない、ジョージ、さもないとこのおれが捕まえに行くかもしれんよ」

二人は数秒、じっと相手の目を見つめて立っていた。そのとき、背後で電話が鳴った。

バーテンダーが受話器を取り、聴き、それから声を張り上げて言った。「ここに警察の人はいますか？」

笑い声のなかで彼はつけ加えた。「署からです。犯罪捜査部の人と話したいそうです。できればダルジールさんかパスコーさんと」

パスコーは言った。「わたしが出ます」

彼は受話器を受け取り、しばし耳をかたむけ、それから言った。「すぐ行く」

彼は電話を切った。ダルジールはじっと彼を見守っていた。パスコーはドアのほうへ顎をしゃくった。

カウンターの人混みを離れると巨漢は言った。「いいニュースじゃないと困るぞ。なにしろあそこにおれのビールを置いてきたんだからな、飢えたカツオドリみたいに遠慮なく横取りしちまう連中の真ん中に」

「じゃ、ちょうどよかった」パスコーは言った。「シーモアからでした」

シーモア刑事はくじ運が悪く、犯罪捜査部に留守番として残っていた。

「たった今、彼のところに〈センター〉の警備員から電話があったんです」

「おい、よしてくれ。また一つ遺体が出たんじゃないだろうな」

「違います」パスコーは言い、ダルジールがほっとした顔になるのを待って続けた。「新たな二つの遺体です。アムブローズ・バードとパーシー・フォローズの。〈ローマ時代の体験展〉の浴場で死亡してました」

「えい、くそっ」アンディ・ダルジールは言った。「一度じゃ足りんよ、くそっ。死因は？　溺死か？」

「いいえ。感電死です」ピーター・パスコーは言った。

42

第七の対話

覚えているかい、初めに自分の出発点と目的地のあいだにある距離を見て、わたしが気が遠くなりそうだと言ったのを？

そうなんだ、まさにそう感じたんだ。ああ、信仰の薄いわたしよ、なぜ疑ったのだろうと。なんと遠くまで、そして、なんとすばやく来たことか、あっという間に道程の四分の一を来てしまった、大威張りの足どりで颯爽と歩き出し、マイルではなくリーグ（距離の単位、約三マイル）で旅路を勘定して！

自分が計画の一部なら、計画は不要だ、そして、同じように計画の一部である彼が——もっとも彼の出番はもうすこし先のようだが——まるで待ち望んだ仕事をしようと急いでいるように降りていくのを見て、わたしは思わずあと《フォ》に続いた《ロード》——まさに適切な言葉だ！

暗闇の中でわたしはしばらく彼を見失ったが、やがてだしぬけに懐中電灯の明かりがぱっとつき、音響効果が鳴り響き、匂いがわたしの広がった鼻腔に流れ込み、気がつくとわたしは遙かいにしえのローマ時代の市場にいた。立ち並ぶ露店のあいだを二つの人影が互いに相手に向かって近づいていた、一方は廷臣らしく宝石をちりばめた留め金つきの紫と金のチュニカに身を包み、手に握りしめた革袋から買い物でもするように硬貨を取り出し、もう一方は元老院議員とわかる装飾のない威厳にみちたトーガを着ている。

「おーい、ダイアメッド、いいところで会った！　きみは今夜グローカスと一緒に食事をするのか？」前者が声をかけた。

「わからない」元老院議員は言った。「なんと恐ろしい夜だ、今夜は！　二、三の者が不思議な光景を目にした」

「そして、もっと不思議な光景を見せてやろう。一緒に浴場に入らないかね、あそこならこの恐るべきガヤガヤ声に邪魔されずに話ができそうだ」

「喜んで、というのもここの匂いは鼻がもげそうだ！」

二人は肩を並べてカリダリウムに入った。

のぞき窓から彼らを見守りながら、わたしにはまだ自分が何をするために呼ばれたのかわからなかった、というか、じつは、真ん中の一歩がまだはっきりしないので、自分がはたして何かをするために呼ばれたのかどうかもわからなかった。

それからチュニカの留め金がはずされ、トーガは地面に滑り落ち、時が——ここではすでに巧妙に置換されているが——ヴェスヴィオの山腹を流れ下りながら冷えていく溶岩のように遅くなりはじめるのをわたしは感じた、最後の抱擁で華奢な生身の人間をとらえ、永遠の生命を与えるあの溶岩のように。

彼らは湯の中に歩み入る、廷臣が先で、その長い金色の髪は壁に映る裸の入浴者たちの明かりを受けて光り、その震える四肢はすらっとして、白い。元老院議員があとに続き、その黒髪のポニーテールは軽快にひょこひょこ動き、廷臣よりがっしりして、浅黒い体の筋肉は欲望で堅く引き締まっている。前戯のための休止はない。力強い、浅黒い腕がすらっとした白い体を抱き、実ったどんぐりさながらの豚、ドイツ豚のように元老院議員は「オー！」と叫んで廷臣にのしかかる。

気づかれずに、というのもこういう状況では壁を押し破って侵入する溶岩自体も気づかれないだろうから、わたしはドアを開けて中に入る。

外科医のように、というのも彼は手を出せば渡されるとわかっているので使う器具を探す必要がない、この場合は足だが、わたしは自分のつま先が電線に引っかかり、床の上にくねくねと伸びていた電気はんだごてが獲物を追うハタネズミのように水中に墜ちても、まったく驚かない。まった、まったく考える暇もなく、わたしの手は電線をその根元まで辿り、指先が探り当てたスイッチを押す。

彼らはこれが最後のオルガスム的痙攣をして身をよじり、

ぴんと伸び、それから静止する。脱ぎ捨てられた廷臣のチュニカから短剣をとり、わたしは彼の白い体に必要な印を付け、彼の革袋から必要な硬貨を取り出して元老院議員の開いた口にくわえさせる。

これで完了だ。わたしはローマ時代の時の流れの中に戻り、べつに急ぎもせずに階段を上ってわたし自身の時間に戻る。

わたしは無上の安らぎを感じる。今、わたしにはわかっている、わたしは山上から公然と自分を語ることもできるが、誰一人それを聞き、理解し、わたしを阻止するために罠をしかける者はいないと。今までこれほど行く手が明確に思われたことはない。

A path In VIew, I neVer stray to Left or rIght.

小道が見え、わたしはけっして左や右へ迷わない。

A weDDIng was, or so It seems, but Wasnt whIte.

結婚式があった、というか、そう見えた、だが白くはなかった。

A Date I haVe, the fIrst In fun, though not by nIght.

わたしは人と会う約束《デート》がある、最初は面白半分、夜には違うが。

43

「わたしたちが到着したとき、彼らはまだ——なんと言えばいいか——対になっていました」

「一つにくっついていた」ダルジールは唸るように言った。「遠回しに言うな」

「対になっていました」パスコーは繰り返した。「保守係ははんだごてを延長コードからはずし、延長コードを上の階のコンセントから抜いたと主張しています。上のコンセントからと言うのは、例の障害が起きた時点で当然、地下の電気はすべて切ってあったからです。彼は主要電源ボックスで修理した回路を確認するために上の階に行ったあと、はんだごてを取りに戻らなかったことは認めています、これは否定できませんからね。はんだごてをそのままにしておいたのは、今朝いちばんに地下の回路をもう一度チェックするつもりだったからだと言ってます、一般公開に備えて万全を期するために。良心的な保守係です」

「嘘つき野郎さ」ダルジールは言った。「彼は延長プラグのスイッチを切ることではんだごてのスイッチを切り、上階に行き、電源ボックスをチェックした、そのとき同僚の一人が声をかけた、〝一杯やりに行くけど、行くか、ジョー？〟そして、彼ははんだごてのことはきれいに忘れちまった」

パスコーは彼に堅い、疲れた微笑を見せ、二人とも同じ短時間の睡眠しかとれない一夜を過ごしたのになぜ巨漢はあんなにきびきびと元気一杯に見え、自分はぶっ倒れそうな感じなのだろうと思った。

だが、今はぶっ倒れるわけにはいかなかった。こうやって事件の概要を犯罪捜査部の自分のチームと、事態の重大さに鑑《かんが》み、今度の捜査会議はみずから監督すると決めた警察長、それにポットル、アーカットの両博士に説明している今は。この両博士の参加もまた警察長のアイディアで、〈第七の対話〉が翌朝〈センター〉の郵便受けの一つ——

警察が監視《モニター》している図書館のものではなく、建物の反対側の警察が監視していない文化遺産センターの郵便受けで——発見されたと聞くや否や警察長が言い出したのだった。

ダルジールは高度の捜査手法や容疑者とおぼしき者のことなど詳しい話を民間人に聞かせるべきではないと力説して反対した。これに対しトリンブルはやや辛辣に応じた、もし自分の任命した専門家が信用できないなら、そもそもそういう者をスカウトすべきではなかったろうと。そして、もし彼らがすこしでも捜査班の役に立つのなら、ほかのメンバーと同じように彼らにも完全な情報を与えるべきだと。

巨漢のほうも警察長がノヴェロ刑事の出席について批判したとき、やり返した。「犯罪捜査部の規則です、警察長。酒が飲めるんなら、仕事もできる」彼は言った。刑事の出席についてほかならぬパスコーが疑問を示したときには、警視はもっと思いやりのあることを言った。「彼女に電話をして、一時間ほど会議に出られそうかどうか訊いたんだ。あんな体験をしたあとでは徐々に仕事に戻るのがいちばんだ。それに、女性の見方は参考になるかもしれない。間違っても、あの田舎っぺとスモーキー・ジョーからおそらく聞かされるたわごと以下ではないよ」

「たぶん、博士たちはあまり話すことがないでしょうよ」パスコーは警視を安心させようとした。

「それはいつもそうさ。それでも延々としゃべるから困る。とにかく、彼らをけしかけないようにしろよ、いいな」

だが、今、最初に出番の合図を出したのは警察長だった。

ダルジールが挟んだ言葉を聞いて、彼はたずねた。「この際、保守係が責任逃れをしようとしているかどうかということが、本当に重要かね？」

「いや、そうでもないです」パスコーは言った。

「ただし」ポットル博士が言った。「保守係の言っていることは〈対話〉にワードマンが書いている事件の顛末に疑いを抱かせるが」

彼は言葉を切り、ダルジールの脅すような怖い顔と警察長の励ますようにうなずく顔を秤にかけ、この場合は階級がものを言うと判断して先を続けた。「ワードマンの話は、例のごとく、自分は何か優れた力の道具なのだという感覚を強調している、むろん、非常に能動的な道具ではあるけれど、にもかかわらず、導き手である力から例の犯罪捜査の三位一体、動機、手段、機会を与えられているから無敵だと確信している」

「どんな動機を？」ダルジールはきびしい声で訊いた。

「動機なんかないさ、頭のいかれた野郎を相手にする場合、問題はそこなんだ」

「それは違う、警視、ここで心理分析をやってあんたを苛立たせようとは思わないがね。しかし、これは警視だって否定しないだろうが、この数件の殺人は明らかに連続殺人だという意味で動機がある」

「つまり彼はある途方もない思考様式に基づいて行動していて、それに合致する者だけを殺しているというのかね？」

いや、すばらしい洞察をありがとう、博士。もしそれがどんな思考様式なのか解き明かしてもらえるとずっと役に立つんだが、しかし、おそらくまだそれは教えてもらえないんだろうね？」

「残念ながら、どういう基準に従ってつぎつぎ起きているのかはまだわからないが、しかし、諦めてはいない」そう言いながら、ポットルはここに来てから五本目の煙草に火をつけた。「明らかな点は、ワードマンは導き手である力がつぎの被害者、あるいは被害者たちを指摘し、彼らを殺せるような状況に連れ込み、最後にはその手段を与えてくれるとあてにしていることだ」

「ジャックス・リプリーを殺すときは自分でナイフを持っていきました」ウィールドは言った。

「確かにね、しかし、それでも彼はその凶器は彼が偉大な計画にうまく当てはまるように、なんらかの形で彼に与えられたのだとはっきり述べている。そして、同じことがサム・ジョンソンを毒殺するのに使った薬についても言える」

「それで、だからどうだと言うんですか、博士？」トリンブルはたずねた。

「なに、単にこういうことですよ、もし保守係の言っていることが事実だとすれば、ワードマンは自分の空想にうまく当てはまるように、というか、一歩進んでそれが現実だとわたしたちを納得させるために、実際にあった出来事を再構成していることになる。もしそうなら、これは非常に興味深い」

「興味深い！」ダルジールは呻いた。「確かに興味深いね、バスを待っていたら、キリンが道をやってきたみたいに、ただしどこへも連れてってもらえない！」

パスコーは微笑を隠して話を続けた。「実際の経過はどうだったにせよ、この二人の男性が〈ローマ時代の体験展〉で感電死したのは確かで……」

「むしろギリシアの体験のように思えるがね、これまで聞いたところでは」アーカットが唸るように言ったが、彼はパスコー以上にグロッギーな様子で、背のまっすぐなプラスチック製の椅子で休息できる姿勢を見つけようと格闘していた。

「いつもながら、博士の学識には脱帽です」パスコーは言った。「とにかく、彼らは〈センター〉の地階にいました……」

「主任警部」ハット・ボウラーが口を挟んだ。「彼らは前もって決めてたんですか、そこで会って、ほら、そういうことをすると？ つまり、デートのように。それとも、たまたまそういう運びになったんですか？ それとも性的な暴行だった？」

「扮装をしていることを考えると、そして、〈対話〉を完全に否定してしまうのでないかぎり、すべて予定の行動で自発的なものだったと思う」パスコーは言った。「当直の警備員は、あらかじめバードに警告されたと言っている、万全を期するために夕方の早い時刻に一時間ほど地下で音響効果のテストをすると。防犯ビデオは例のごとく今度も役に立たなかった。〈体験展〉会場に降りる正面階段の上にある防火扉が開けたまま楔《くさび》で固定してあり、視界をさえぎり、フォローズが図書館からやって来たはずの廊下はビデオに写らず、したがって彼を追ってきたワードマンの姿も写らなかった。〈体験展〉の会場には防犯ビデオはまだ設置されていない。バードとフォローズはこのことを知っていたのだろう、さもなければあそこでランデブーをするはずがない。疑わしそうな顔をしているな、ハット」

「いえ、ただちょっと、つまりその、あの二人はそういうタイプには見えなかったので……」

パスコーは片眉を吊り上げ、ウィールドは鼻を掻き、ハットはつっかえながら先を続けた。「……すみません、ゲイのタイプじゃないという意味じゃなくて、というのもそれがどういうものか知りませんから、彼らはお互いに好き合ってるようには見えなかったという意味です、実際の話、わたしが二、三度彼らに会ったときには、二人とも相手にイライラしているって顔でした」

「別の顔のはずだがね、おまえさんが見とれてたのは」ダルジールは呟いた。

ポットルは言った。「このあからさまな敵意は、自分たちの関係を隠すための彼らなりの方法だったのはほぼ確実だね、もっとも本当の敵意が事実、重要な役割を果たしていたということも大いにあり得るが。恋人同士の喧嘩のなかには、異性間の関係に強い興趣を添える類のものがある。シェイクスピア作品にはよく男女が闘わす激しい言葉の戦闘が見られるけれど、これはほぼ常に最終的に二人が結ばれる前兆になっている」

「つけ加えると」パスコーは言った。「警備員は、事実、このとき以外にもバードが本人の言によれば照明のリハーサルのために何度か劇場を使ったのを覚えています、バードと照明監督の二人だけでするという話だったのに、警備員は一度、肩もあらわなドレスを着た背高のっぽの金髪がいるのをちらっと見たことがあるそうです、目の前でぴしゃっとドアを閉められる前に。思うに、バードが小道具や衣裳を自由に使えるのをいいことに、彼らはしばらく前から自分たちの幻想を演じていたのでしょう、そして今度の〈ローマ時代の体験展〉の完成は見逃しがたいチャンスだった」

トリンブルは期待を込めて言った。「この殺人は、ちょっとした昔なつかしいゲイ叩きにすぎないんじゃないのかね？　もしそうなら、ことはずっと簡単になるんだが」

パスコーはこの愚鈍な感想に辛辣に応じようと口を開きかけたが、ウィールドがすばやく口を挟んだ。「失礼ですが、警察長、〈対話〉にはワードマンがこれを非難していると思わせるところがまったくありません。彼は頭がいかれてるかもしれませんが、だからといって偏狭な考えの持ち主だということにはなりません」

それから彼はちらっとパスコーを見て、まるで〝もう大人なんだから、自分の面倒は自分で見られるよ〟とでも言うようにかすかに目配せをした。

ポットルはつけ加えた。「わたしも部長刑事と同じ意見ですね。実際、これまでのところどの被害者に対してもワードマンが道徳的に非難していると思われるふしは、ほとんど見られない。同性愛恐怖の痕跡が皆無なのは確かです」

「ええ、むろんね。失礼」トリンブルは言った。「パスコー君、続けてくれたまえ」

「はい、さっきも言ったように、死因が感電だったことは病理医が確認しました。死後、二人の遺体は奇妙なやり方でいたずらをされていて……」

「死後にだと！」ダルジールが唸るように言った。

「……フォローズの額には印《しるし》が、引っ掻いてつけてありました。皮膚の引っ掻き傷ですから読みとりにくいのですが、どうやらこういう印《しるし》をつけようとしたらしい」

パスコーはホワイトボードに行き、$と描いた。

「ドル記号だ」トリンブルが言った。

「ええ、おそらく」パスコーは言った。「そして、もしそれがワードマンの意図した記号なら、アムブローズの口に入れてあったものと一種の関連があります」

彼が証拠品用のポリ袋を取り出すと、中に入った小さな金属製の円盤が透けて見えた。

「これはローマ時代の硬貨です、銅貨か青銅貨の。これを文化遺産部長のミズ・カーカネットに見てもらいました。ご存じかもしれませんが彼女は体調を崩していて、この〈ローマ時代の体験展〉で起きたことを聞いて大変なショックを受けています。それでも彼女は、この硬貨に刻まれている頭像はおそらくディオクレティアヌス皇帝だろうとどうにか教えてくれました、ひどいすり減り方で文字はまったく読めないんですが」

「しかし、それは本物なのか？」トリンブルは訊いた。

「ええ、本物です。フォローズが持っていたような観光客用の財布に入っている硬貨の大部分は複製品ですが、信憑《しんぴょう》性を増すために本物の硬貨、使い古されてコレクターにも何の価値もないようなものが二、三枚混じっているんです。ワードマンは本物がよくてわざわざこれを選んだのかどうか。それに、たぶん、ここで思い出す必要があるのは、古典時代のギリシア人は死者たちが渡し守《カロン》に金を払って冥土《ステュ》の川《クス》を越せるように死者たちの口にオボロース、すなわち、小さな硬貨を入れる習わしがあったことでしょう」

「カレン？」ダルジールは言った。「障害物《スティックス》を越えるのに？　女性騎手が発明されてからってものグランドナショナル（毎年三月に開催される大障害競馬）はすっかり変わっちまった」

こういう感想はもう耳たこのパスコーは、この挑発的な俗物ぶりを無視して話を締めくくった。「とにかく、残されていたのはドル記号とローマ時代の硬貨というわけです。たぶん、これは金が諸悪の根源だというようなメッセージかもしれませんね？」

彼は期待を込めて二人の博士を見た。

ポットルは首を振った。

「違うと思うね。さっきも言ったように、ここには歪んだ道徳的な概念的枠組み《シェーマ》の痕跡はほとんど見られない。彼は売春婦だからとか、黒人だからとか、アースナルのファンだからという理由で人を殺しているのではない。いや、わたしはこの硬貨と記号は心理的なものを示す指標というより謎の構成要素だと思うね。たぶん、われらが記号学の専門家が力になってくれるんじゃないかな」

彼はアーカット博士のほうに煙の環を吐いたが、当の博士は堅い事務用椅子で眠りにつくには必ず直面する肉体的困難を明らかに克服していた。

言語学者は目を開け、欠伸をし、無精ひげの生えた顔をぼりぼり掻いた。

「それについては考えてみたがね」彼は言った。「何を意味するのか、まったく見当がつかない」

ダルジールはテンピンズ・ボウリングの球のように目を剝いたが、彼がまだこのスコットランド人をなぎ倒さないうちに博士は言葉を続けた。「しかし、ちょっとしたことだが確かに二、三、頭に浮かんだことがある。この対話を最初からすこしずつ見ていくことにしますが、かまいませんか、トリンブルさん？」

　彼はうやうやしく警察長のほうを見た。この狡猾な野郎はアンディをばかにしているのだ！　とパスコーは思った。当惑したように部下の犯罪捜査部長のほうをちらっと見て、トリンブルはうなずいた。

「最初の一節は質問の形を取っていて、彼とわたしたちとの対話を成立させている。二番目は聖書の言葉を引いて始まっている、〝信仰の薄いわたしよ〟、マタイによる福音書十四章三十一節をもじったものだ。それから〝道程の四分の一〟という箇所。これまでに八人死んでいるから、この先さらに二十四人という計算になるけれど、必ずしもそういう意味ではない、あとで説明するが」

「待ち遠しいな」ダルジールは言った。

「脚を組んでイエス様のことを考えるんだね、うちのおばあちゃんがよく言ってたように」アーカットは言った。

「ここ、同じ一節にほかにも注目すべき言葉がある、善良なスコットランド人の祖先を持つダルジール警視はきっと気づいたに違いないが。〝大威張りの足どり〟。ところで、どういう歌詞だったかな？」

　彼は歌の調べをハミングしはじめ、それから、よく思い出せないというように切れ切れに言葉を挟み、その間ずっと助けを求めるようにダルジールの顔を見ていた。そのダルジールはだしぬけになかなかいい声のバリトンで歌い出し、みんなをびっくりさせた。「〝わたしが大威張りの足どりで歩いていると思うなら、あの西部諸島の磯の音に誘われたことがないからだ！〟」

「ブラボー」アーカットは言った。「よかった、すっかりこっちの人間になっちまったわけではないんだ」

「じゃ、ワードマンはこの歌を知ってるんだ。それで？」

「〝天国のように快いヒースの小道を辿るとき〟」アーカットは呟いた。「これはすべて一つの絵を構成する。つぎの節、〝まさに適切な言葉だ〟。おそらく〝あとに続いた《フォロード》〟だろう、むろん彼はフォローズのあとに《フォ》続いて《ロード》いたわけだから。ま、彼が言葉マニアなのはわかっているが、それ以上に興味をそそるのは、フォローズもまたこの計画の一部だと述べている部分で、〝もっとも彼の出番はもうすこし先のようだが〟という箇所。質問、なぜそうなのか？　おそらくこれはフォローズが殺される番はつぎではないということだ。たぶん、つぎのつぎだった？　それならばなぜもうすこし先というのか？　それに五、六節先の〝真ん中の一歩がまだはっきりしない〟という言葉にも注目してほしい。まるで本当のつぎの標的、これはバードに違いないが、彼がすぐ手の届くところにいても、バードとフォローズのあいだにまだ中間的な段階《ステップ》のが存在すると言っているようだ」

「前回もそうでした」パスコーは言った。彼はこれまでの話に興味津々で耳をかたむけていた。「彼は三つの段階についで語っていましたよね。遺体は一つしかなかったのに」

アーカットはお気に入りの生徒を見るように満足げにうなずき、言葉を続けた。「その硬貨とドル記号が、この真ん中の一歩と何か関係があるんじゃないかと思うんだが。

しかし、お手上げだ。先に進もう。つぎの節は何もない。それから二人は話しはじめる。わたしにはこれは文学的な台詞に思えた。例の娘っこに確認した。〝なんと恐ろしい夜だ、今夜は！　二、三の者が不思議な光景を目にした〟は《ジュリアス・シーザー》の第一幕、第三場からだ。しかし、ダイアメッドとグローカスはシェイクスピアには登場しないようだ」

「ブルワー・リットン、『ポンペイ最後の日』、第一章」ダルジールは言った。「誰でも知ってると思ったが」

これにはみんな拍手喝采といったところだったが、パスコーは別だった。彼はこの一巻がダルジールのベッドサイド・テーブルにほぼ恒久的に置かれている書物なのだと知っていた。こんなことを知っているのは彼自身が巨漢の就寝手順を熟知しているからではなく、めったにないことだがエリーが彼の家を訪ねたとき、トイレを探していて「うっかり」寝室に迷い込んでしまったからで、この「過ち」を彼女はその後も二度、そういうめったにない訪問をした折りに繰り返したのだった。その本は同じ場所にあった、だが、本に挟んであった栞はそのつど場所が変わっていて、非常にゆっくり読んでいるか、あるいは繰り返し読んでいることをうかがわせた。

　彼女はまたその書物には〝スカーバラ、ロングボート・ホテル所有物〟というスタンプが押してあり、栞は一週間にわたる滞在の勘定書のコピーを折りたたんだもので、請求先はA・H・ダルジール夫妻であることに気づいた。ダルジールの前妻のことはほとんど知られていなかった、というか、たぶん警視が口を閉ざしているのは自衛のなせる技なのだろう。しかし、勘定書の日付を見たエリーは断言した、「これはきっと二人のハネムーンだったのよ！　そして、彼は失敬してきた本を今までずっとベッドサイドに置いていた。なんてロマンチックなの！」そして、即座に出かけていって自分も古本を買ってきたのだった。パスコーも読んでみようとしたのだが二、三章で匙を投げ、したがって妻の心理解釈で満足するしかなかった。

　こういうことすべてが今、彼の脳裡をよぎったのだが、それに加えてアーカットの言葉を聞いた瞬間、パスコーの知るかぎり巨漢がほかの場所では一切使ったことのない、二番目の頭文字の意味がまるで顕現《エピファニー》のようにとつぜん明らかになった。「いや、知らないね、ヘイミッシュ。どういう本なんだね？」

「はるか古代ローマ時代にその都市を破壊したヴェスヴィオ山の噴火の話さ」

「ま、それならあとで出てくる溶岩のくだりに合致する。それに《ジュリアス・シーザー》の引用は独裁者が倒されようとしていることを暗示しているのかもしれない……」

「待ってください」パスコーは言った。「これはワードマンの言葉じゃなくてフォローズとバードのやりとりです」

「それを証明するのは、ワードマンの言葉だけだからね」アーカットは言った。「それに、わたしは暗示するかもしれないと言ったはずだよ。わたしはただこれを読んで二、三思いつくことがないかやってみている。細かい点で。

　〝真ん中の一歩、溶岩〟、これはすんだ。うん、そうだ、水の中で二人がセックスに取りかかるところを述べているこの一節。ここはやや興奮ぎみだ。道徳的非難はまったくない、その点はポットルと同感だね、しかし、たぶん、ここでワードマンはほんのちょっぴりムズムズしているんじゃないかな。〝実ったどんぐりさながらの豚、ドイツ豚のように……〟」

彼は発言を誘うようにダルジールを見たが、巨漢は言った。「だめだめ。わたしからの助け船はあれだけだ。こっちには知恵袋の学生はいないんだから」

「これもシェイクスピアだよ。《シンベリン》。ポステュマスが、推測に基づいて妻のイモージェンと自称彼女の恋人、ヤーキモーとの交わりを想像するくだりだ」

「実ったどんぐりさながらの豚のように、だって?」ダルジールは味わうように言った。「うん、悪くない。で、これをどう思うんだね、先生《ドミニー》?」

アーカットはこのスコットランド風の呼びかけににやっとして言った。「いや、何とも。先へ進もう。〝外科医のように〟で始まる節、〝手〟と〝足〟のちょっとした言葉遊びに注目しておこう。まったく、このろくでなしときたら、人間や人間同士の関係より言葉や言葉同士の関係のほうが大事という世界に住んでいるんだ。〝獲物を追うハタネズミのように〟はちと妙だが……」

「イーヴリン・ウォーです」パスコーは言った。

「ああ、彼女か」ダルジールは言った。

「足に羽が生えたように獲物を追うハタネズミが水溜まりの多い沼沢地を駆け抜ける。さっとかすめるように」パスコーは言った。

「意味があるんだろうか?」アーカットが言った。

「パロディーとして。それに、むろん、滑稽味という点でも。これは博士が言われたワードマンは人間より言葉のほうが好きだという指摘をさらに裏付けるものだと思います。しかし、とにかく最初の二つの〈対話〉では、エインズタブルさんとピットマン青年に対する本物の、なんというか、ほとんど愛情のようなものがありませんでしたか?」

彼らは皆しばし考え込み、やがてノヴェロが言った。

「たぶん、違いは、彼はこの二人を知らなかったという点です。個人的には」

これは彼女の最初の発言だった。彼女は本当に具合が悪そうに見える、とパスコーは思い、この会議が終わりしだい帰宅させようと決心した。

ハット・ボウラーは同僚の蒼白な顔をあまり同情のない目で眺めた。とにかく、いったい彼女はここで何をしているんだ、と彼は思った。この事件は彼が〝聖三位一体〟ゲームの一員として確固とした地位を築く大きなチャンスであり、昔のお気に入りがここで復帰するのを見たくはなかった。

しかし、昔のお気に入りを撃ち倒すわけにはいかない、とにかく人前では。

彼は快活に言った。「そうなんです。彼はこういうことを偶然始めたように見えます。しかし、この二人以後、ほかの者はすべてこの事件の捜査か、図書館かのどちらかになんらかの意味でつながりがあるように見えます。彼はほかの者たちは皆知っていて、彼らを嫌う理由があったとしたらどうです？」

「あるいは、彼らを知っていても、なおかつ彼らを殺すだけの理由があったのかも。言葉遊びや、冗談や、引用は対象と距離を置くのに有効な手段だよ」ポットルは言った。

ダルジールは海に土台を削られた古い鉄の桟橋のような音を立てて、物欲しげに言った。「そろそろ終わりかね？」

「いや、まだだ。最上の部分はこれからさ」アーカットは言った。「最後の散文の一節。これについてはきみが何か言うかと思ったがね、ポッツオー」

「彼の安らかな心境、のことかね？　自分は不死身だ、無敵だという信念のこと？　明白なことを指摘する必要はないだろう。前にも言ったように、結局、この信念があるから彼は自分のことや自分の目的についてわたしたちに語れるわけだ、妨害されたり探知されたりして身の破滅を招く恐れなしにね。しかし、むろん、こういうわけありげなサインを解釈するには、アーカット博士、あなたの卓越した言語学技能が必要だ」

「いや、これはご親切に。では、最後のちょっとした詩だが、これはむろん、なぞなぞだ。まったく、なぞかけ大好き人間だね、この男は。そしてやっと答えを出しても、たいがいは、またつぎつぎと質問を繰り出してくる」

「まさにそれだよ、新聞記者《ぶんや》どもが手ぐすね引いて待ちかまえてるのは」トリンブルは渋い顔で言った。

かわいそうなダン、とパスコーは思った。彼は帽子の中から兎がどっさり取り出されるものと期待してここにやって来たのだ。ところが、専門家たちの証言も終わりに近づいたというのに、彼は消えていく尻をちらっと見ることさえできなかったと感じているのだ！「まったくね、ま、うちのカーコルディ（スコットランド南東部の都市）のおばあちゃんがよく言ってたよ、もし神様が先を読む術を教えておいてくださったら、わたしたちはみな今頃は絹の服を着ておならをしていたよって。しかし、絶望することはない。ポッツオーの言うとおりだ、こいつは手がかりを与えているんだから、わたしはそれを見つけなきゃ。このへぼ詩について何か気づいたことがあるかね？」

彼らは皆、手元の〈対話〉のコピーに目を落とした、それからボウラーとノヴェロが同時に言った、「活字」そして、互いに考え込むように相手を見た。

「そのとおり。この活字。こういう大文字。これは何か意味があるのだろうか、とわたしは考えた」アーカットは言った。

「まるでタイプを打つのがど下手みたいだ」ダルジールは言った。

「いや、ほかの箇所では、そうじゃない」アーカットは言った。「いや、これは年号表示銘だと思う」

彼は勝ち誇ったようにみんなの顔を見まわした。見つめ返す目は一様に無表情だった。

「年号表示銘というのは」彼は説明した。「いくつかの文字を目立たせて、関連した日付や時代を表現した書き物だ。たいがいはローマ数字が使われる、むろん、これは文字で表わされるからね。たとえば、三十年戦争で戦死したスウェーデン王、グスタフ・アドルフには、一六三二年の勝利を記念してこういう銘が刻まれたメダルがある」

彼はホワイトボードのところへ行き、書いた。

ChrIstVs DVX:ergo trIVMphVs

（キリスト指揮官・ゆえに勝利す）

「これが表わしているのは、むろん……」

彼はここで期待を込めて言葉を切り、先生役《ドミニー》を演じて先刻のダルジールの揶揄に調子を合わせた。

「キリストがリーダーなら、この問題はすぐ解けますよ」ノヴェロは澄まして言った。

みんな笑った、警察長まで笑い、アーカットはちらっと怪しげな微笑を彼女に送った。あの微笑でかなりの人数の女子学生を惹きつけてるんだ、とハットは敵意を込めて思った。

「うまいね」言語学者は言った。「さて、ローマ数字を頭においてこの例の文字を調べてみよう。ラテン語の銘刻では、むろん、UはふつうVの字で刻まれる。ということは——」彼は100＋1＋5＋500＋5＋10＋1＋5＋1000＋5——と書いた。「イコール一六三二となる。英語の場合も同じことだ。有名な例は……」

彼はふたたび書いた。

LorD haVe MerCIe Vpon Vs

（主はわれらに慈悲を垂れたもう）

「これを合計すると一六六六になる。ついでに言うと、この銘が言っているのはロンドン大火のことではなく、もう一つの大事件、ドライデンが彼の『驚異の年』の中で祝っている対オランダ海戦のことだ」

面白い、とパスコーは思った。アーカットは講義調になればなるほどスコットランド訛りが消えていた。

「この例でもUの代わりにVを使ってますね、ラテン文じゃないのに」ウィールドは言った。

「碑銘に文字を刻む技術から引き継いだ特別に許された慣習なんだよ」アーカットは言った。「まだ動力工具がない時代、石工にとっては曲線より直線を刻むほうがずっと簡単だった。しかし、このワードマンは純粋主義者だね。彼の三行詩ではVだけを勘定に入れている。そして、ここでも優れた年号表示名の場合と同様に、数字として重要な文字はすべて大文字になっており、したがって勘定に入る。足して自分が望む合計になる文字だけ選べばいいのだから、このほうがずっと簡単だ。とにかく、これはいくつになるかな」

彼は書いた。

$$1+5+1+1+5+50+1+500+500+1+1+1+500+1+5+1+1+1=1576$$

「と、まあ、こういうわけだ」彼は満足げに言い、自分の席に戻った。

彼らはみな、壁を見つめたベルシャザル王（酒宴の席で壁に王の運命を示す文字が現われた、ダニエル書第五章）の廷臣たちのようにボードを見つめた。

「で、それだけ?」アンディ・ダルジールは言った。

「わたしの計算に間違いがなければ」

「しかし、いったい、これは何を意味しているんだ?」

「あのね、あんた、わたしは一介の語学屋だよ、事件を解くのはあんたたちの仕事だろうに。しかし、この男が〝わたしは人と会う約束がある〟と言っているなら、それはつぎの被害者だと理解するね、だから一五七六はなんらかのヒントに違いない」

「すみません、どうも歴史は弱くて」ピーター・パスコーは言った。「一五七六年に何か重要なことが起きてますか?」

「ろくでもないことが起きてると思うよ、それがふつうだから」アーカットは気のない調子で言った。「あのね、以上でおしまいだ。もうわたしに答えられる質問はないようなら、授業が待ってるから」

「わたしも反古《ほご》に出来ない約束があってね」ポットルは言った。「だから、ほかには何もなければ……」

「ほかには！」ダルジールは小声でおうむ返しに言ったが、聞こえない距離ではなかった。

パスコーはみんなの顔を見回し、それから言った。「ええ、今のところはこれで結構です。重ねて、お二人に厚くお礼を申し上げます。またご連絡致します。そして、むろ

「ん、何か思いついたことがありましたら、いつでも遠慮なくわたしまでお知らせ願います」

二人の学者は帰っていった。一瞬の気まずい沈黙のあとで、警察長は言った。「ま、少なくとも一つ、問題が解消したよ、アンディ。これで心おきなく例の詳しい話に入れるわけだ、きみが民間人に聞かせたがらなかった高度の捜査手法や容疑者とおぼしき者の話に」

「はい」巨漢は言った。「ピーター？」

おやおや、感謝感激です、とパスコーは思った。

彼は言った。「警察長、本件には全力を投入しておりますす。鑑識、コンピューターのデータ、それに結集できるかぎりの人力を投入して昨夕図書館から半マイル以内に入った者すべての事情聴取に当たらせています。図書館の防犯カメラのテープ全部とショッピング・センターのあらゆる場所から集めたテープ全部を細かく調べています。そして、警察長もポットル博士とアーカット博士についてご覧になったとおり、外部からも考えつくかぎりあらゆる種類の協力を仰いでいます」

「容疑者は？」トリンブルは言った。

「はい。昨夜犯罪が起きたことが明らかになると、ただちに人をやって嫌疑のかかっている三人の男の所在を確認させました」

「その三人とは……？」

パスコーは深々と息を吸って言った。「チャーリー・ペン、フラニー・ルート、ディック・ディーです」

警察長はこれ以外は誰もいないのを知っているはずだった、しかし、にもかかわらず彼は驚いた顔をしてみせた。

「なるほど」彼は言った。「では、八人が死んだ今も、すでにきわめて詳細に調べ上げたはずのこの三人以外は考えられないというわけだ。チャーリー・ペン、この地域随一のマスコミ有名人と言ってもいい人物。そしてフラニー・ルート、どうやら、パスコー君、きみが個人的に強い関心を抱いているらしい人物。それにディック・ディー、そもそも最初に警察にこの件を真剣に考えさせる役目を果たした男」

彼はさも驚いたといわんばかりの顔でパスコーを見た。

パスコーはこう言いたかった、「いや、ご親切にありがとうございます、われわれ愚鈍な刑事どもに明々白々な事実をご指摘くださって。さあ、いい加減に自分のでかい部屋に戻って、安い給料で働かされてるわれわれに自分の仕事をさせてくれたらどうです？」

実際には彼はおだやかに言った。「ワードマンもマスコミの有名人ですよ。それに、わたしはルートさんには強い職業的関心を抱いています。ディーに関しては、火災捜査員たちの助言は、火事の通報者、そして到着した現場の主要人物をよく調べよ、です」

トリンブルはちょっと考えていたが言外の意味がわかったらしく、かすかに微笑して言った。「まさか放火まで予想してるんじゃないだろうね。彼らを調べて何か収穫はあったのか？」

「有力なものは何も。しかし、三人とも夜の早い時刻については確固としたアリバイがありません」

「ま、それは有望じゃないか。もっとも考えてみると、わたしにも確固としたアリバイはないが」

トリンブルはだしぬけに立ち上がり、ほかの者たちも立った。

「これ以上きみたちの仕事の邪魔をする気はない。諸君にはこの件に迅速に、満足のいく結果を出すことがどんなに急務かは、今さらわたしから言われるまでもないことだ、今朝、このわたしが地元の下院議員から言われるまでもなかったように。アンディ、いいか、進捗状況を絶えずわたしに知らせてくれよ」

「何かあったら、真っ先に知らせます」巨漢は請け合った。

警察長が部屋を出てドアが閉まると、一同はどさっと椅子に坐り、誰かほかの者が直感的洞察力でしゃべり出してくれないかと思っているように、床や天井やその両方をしげしげと眺めた。

とうとうダルジールが言った。「何も出てこないとなりゃ、ダンを逮捕しなきゃならない羽目になる。みんなも聞いたとおり、アリバイがないと言っていた。ボウラー君がわれわれを救ってくれないかぎりな」

「は？」

「きみはさっきからそこで猫の尻穴みたいに口をすぼめてるじゃないか。げっぷか、言葉か、どっちかが出たがってるんだ。で、耳をかたむけるべきか、それともよけるべきなのか？」

「すみません、警視。ただボードの日付《デート》を見ていただけなんです――一五七六を。何か意味があるはずだという気がするんです」

「ほう、そうか？　きみは中等教育修了試験《オーレベル》で歴史を取ったのか？」

「取るには取りましたが」ハットは曖昧に言った。

「結構だ。これから図書館に行って、その年に起こったことをすべて調べ上げるんだ。ほかには何もしなくても、ディーには、それにおそらくチャーリー・ペンにも、われわれにメッセージが伝わったことがわかるだろう」

ライに会う口実ができた嬉しさを精一杯隠そうと努めながら、ハットはドアに向かった。

だが、彼の嬉しさはダルジールが後ろから声をかけたとき、いささか損なわれた。「それから、いいな、あの図書館できみが考える日付《デート》はそれだけだぞ。若い女性は若い刑事のキャリアに重大な損害を与えかねない」

巨漢はパスコーにウィンクをした、それから言った。

「きみはどうだ、アイヴァー？　何か気がついたことがあるか？」

「すみません、警視、わたしに言ってるんですか？」ノヴェロはわざとらしくちょっとびくっとして言った。

じつはダルジールがなぜアイヴァー（ミュージカルの作詞、作曲家。アイヴァー・ノヴェロにかけたもの）と呼ぶのか彼女にわかるまでしばらく時間がかかった、そして、それがわかったとき、彼女は〝困ったもんね、男の幼児性っていうのは〟といった無関心を装ったのだった。しかし、秘かに彼女は――特にパスコーがほかの者全員にこの仮名の使用を禁じる適切な指示を出した結果、この名で呼ぶのは巨漢だけになってからは――この特別扱いにいくらか満足しているのも事実だった。だってサムエルが神殿で自分の名を呼ぶ神の声を聞いたとき、ふくれっ面でこう言い返しはしなかった、「ミスター・サムエルと呼んでくれなきゃ」

「あの弾丸で耳まで聞こえなくなっちまったのか？　なんだ、ひどい顔をしてるな。もう家に帰ったほうがいい」

彼女はもしひどい顔をしていることが帰宅させる理由になるなら、ダルジールとウィールドは家から出られなくなるんじゃないですか、と言ってやろうかと思ったが、むろん、そんなことは言わなかった。じつは彼女は気分が悪かったのだが、この顔ぶれのなかでそれを認めることは絶対にできなかった。

「あります」彼女は言った。「バードの口には硬貨がありました。でも、フォローズの口にはなかった。たぶん、ワードマンはバードがステュクス川を渡って天国に入るのはかまわないけど、フォローズをひどく嫌っていて、墓に入ったあとも彼に危害を加えつづけようとしたんです」

パスコーはそのとおり、というようにうなずいた。あの利口者はとっくに気づいていたのだ、とノヴェロは思った、だが大して重要なことではないと考えている。

その利口者は言った。「考えられるね、もっとも古典時代の冥界とキリスト教の天国を混同しないように気をつけねばならないが。それに、まだドル記号の問題が残っている」

「全能のドル、という意味かも？」ノヴェロは言った。「ワードマンは地獄はアメリカのようなところだと考えたのかもしれません」

パスコーはにやにやして、ほんとに面白がっているようだった。こっちのほうがあの恩着せがましい微笑よりずっといい、とノヴェロは思った。とはいうものの、この感想とは裏腹に、彼女は勇気づけられてつけ加えた。「わたしの感じでは、あの硬貨は彼が述べている真ん中の一歩をなんらかの形で表わしているのかもしれないけれど、ドル記号は被害者の選択に関する重要な意味があるような気がします。これまでの〈対話〉を全部読み通したんですが、額を引っ掻いて印《しるし》をつけたあのもう一つの例があります、スティール議員、でしたよね？　あそこでは、わたしたちにわかるかぎりでは、一段階しかなかった、それであの引っ掻き傷はどういう意味だったんですか？」

「キリル文字《シリリック》でＲＩＰ、だったよね」パスコーは言った。

「どうやら彼がシリルという名だったことに引っかけた冗談らしい。ワードマンは冗談が好きなんだ、特に言葉に関係のある冗談が」

「はい。忘れてはいけない点ですよね。相手がワードマンのときは、言葉を、どんな言葉もけっして見落としてはいけないんです。つまり、言葉は単なる実用的なレッテルではないんです。宗教もそうで、ある言葉を唱えると、物事が起きる、あるいは起きると見なされています。魔法もそう。あるいは、一部の文化では、自分の特別な名前を人には教えません、名前は単なるレッテル以上のもの、ある特別な意味で現に自分そのものだからです。すみません、うまく説明できなくて。わたしが言おうとしているのは、どうもワードマンには言葉が、たぶん、言葉の特別な配列が、特別な意味を持っているように見えるということです。一つ一つの言葉が前に進む一歩になる、そして、ときどき彼は別々の単語を個人に結びつけることができ、するとその人たちは殺される、でも、たぶん、彼はときには複数の単語を一人の人物に結びつけ、すると遺体は一つしかないけれど、パイクストレングラー卿殺しを書いた〈対話〉のなかで言っているように一まとめで三歩になるんです」

彼女は口をつぐみ、〝わたしは訳のわからないことを口走っているのだろうか〟と思った。ダルジールの顔は確かに彼女はうわごとを言ってると思っているようだった。

予期せぬところから救いの手が伸びた。

ウィールドが言った。「つまり、彼が殿下の頭を切り落とした理由は、ワードマンの精神状態よりもむしろ言葉と関係があるのかもしれないというのかい、今言ってた歩数《ステップ》と。外部的な理由であって、内部的な理由ではないと？」

「そうなんです」彼女は言った。「まるで、彼はこう考えたみたいに、よし、死体はできた、これで一歩だ。今度はもしこの死体にこれとこれをすれば、あと二歩になるだろうって。彼はいつも話している例の小道を前進したがっています、そして、この種のことが起きると、それが何であれ、むろん彼はそれを神の介入だかなんだかにするんです」

「で、具体的にどうすればいいと思うんだ？」

「たぶん、月並みな意味の手がかりにばかり注意を向けないで、言葉を集め始めるべきかもしれません。その言葉でできるだけいろいろなリストを作るんです、何らかの意味を持つリストが見つかるまで」

「例を挙げてくれないか」パスコーは励ますように言った。

ダルジールなら「実証するか、さもなきゃ口をつぐんでるこった、おまえさん」と不機嫌に言っていたところだ。むしろ、そう言われたほうがよかったという気がした。そして彼女はちらっと警視に目をやり、その表情を見て、思い直した。

「そうですね、パイクストレングラーの遺体は流れの中で見つかりましたよね、そして彼の頭部はボートにあった魚《び》籠《く》の中に入っていた。ですから流れ、水、谷川、小川、川というような言葉、それにボート、籠……柳細工……魚取《クリ》り籠《ール》……」

彼女は激しい疲労を感じはじめた。そして、頭の中で渦巻き、今にも合体して何か確固としたものになりそうだったアイディアの数々は朝霧のように消えはじめた。だが、彼女は話しつづけた。

「それから、この最新の事件では、バードと……なんとかいう人の……硬貨とか……ドルとか……お金とか……」

彼女は嗚咽のようなものが喉にこみ上げてくるのを感じて、そのまま黙り込んだ。このほうがまだましに思えたからだ。

ダルジールとパスコーはちらっと顔を見合わせ、それから巨漢は言った。「アイヴァー、いや、すばらしい。引き続きそれをやってみてくれ、いいな。今日はこうして出てきてくれて、ほんとに感謝してるよ、それに警察長の目にも留まったはずだ。さて、きみはそろそろ帰って休息したほうがいい」

ほら、言うのよ、〝いいえ、大丈夫です〟って、だが、このぶきっちょな同情の言葉を聞いては口を開くのはますます危険だった。そこで彼女はただ立ち上がり、ちょっとうなずいて、すばやく部屋の外に出た。

ダルジールは言った。「ウィールディ、彼女が大丈夫かどうか見てやってくれ。まったく、どういうつもりなんだ、ピート、まだ療養中の彼女にあんな無理をさせて」

「待ってくださいよ」パスコーは憤然として言った。「彼女を出席させたのは、わたしじゃありませんよ」

「そうだったっけ？　よし。事件の話に戻ろう。ほかにまだ出ていないアイディアがあるか？」

「引き続きペン、ルート、およびディーを調べつづけるしかないでしょうね」

「まるでいかさま法律事務所の名前だな。それだけか？」

「はい。残念ながら。警視はどうです？」

「おれか？」ダルジールは大きな口を開けて欠伸をし、まるで親の仇《かたき》のように股を掻いた。「うちへ帰って面白い本でも読むよ」

　そして、それがおそらくどの本か、おれには見当がつくよ、ヘイミッシュ、とパスコーは思った。

　しかし、彼は養うべき妻子と、その子の愛犬と、それに住宅ローンを抱えた良識的な人間なので、口に出しては言わなかった。

44

　ハット・ボウラーの生徒のような歴史との恋愛ごっこは収穫なく終わり、彼の頭に残ったのは十六世紀は国民の大部分が劇場で過ごした時代だという漠然とした考えだった。ライ・ポモーナが実生活でも事件がたくさんあったと教えてくれたときには、最初は胸をなで下ろした。

　ヘンリー八世は法王にとっとと失せろと言い、その間、自分はつぎつぎと六人の妻をめとり、ハットにとっては残念なことに、殺したのはそのうちの二人だけだった。つぎに流血《ブラディ》のメアリー（イングランド・アイルランド女王、メアリー一世）が、大勢の臣民を彼らの宗教の色合いが気にくわないという非常に合理的な理由で、押し潰し、手足を切断し、腹部を切り裂き、その他さまざまな方法で処分した。宗教面ではこれほどまでには過激でなかったが、エリザベスは政治的な所信表明として、たとえスコットランド人の従姉や自分のエセックスの恋人（エセックス伯ロバート・デバルー。エリザベス一世の寵臣）の首を刎《は》ねることになっても、遠慮会釈なく斧を振るった。そして、むろん、陸でも海でも主としてスペイン人相手の戦争があり、その偉大な無敵艦隊はイギリスの操艦術とイギリスの天候の連合軍に撃退され、追い払われた。

　十六世紀を通じてのこういう血なまぐさい記録を前にして、ハットは一五七六年の事件で何かワードマンの計画に関連のあるものが見つかるだろうと大いに期待を膨らませた。

　悲しいかな、ライが自分の記憶からコンピューターの記憶に移って調べても、よりによってこの年は最も事件の少ない年の一つだったことがじきに明らかになった。彼はジェームズ・バーベッジがショーディッチに英国で最初の劇場を建てたこと、それに三度にわたって北米海岸沿いに北上して北西航路を探した探検家マーティン・フロビッシャーの最初の航海を、なんとかしてワードマンの意図のある種の意味深長な隠喩と解釈しようと努めたが、彼の創意工夫の才では力不足だった。

　ライのずっと豊かな想像力に頼っても効果はなかった。彼は、いつものように、半端な知識は完全な無知より危険だという理由で彼女に何もかも話したが、今回にかぎって彼女はこの機密漏洩にほとんど興味を示さなかった。彼女はほかの図書館員たちと同じようにすっかり意気消沈しているようだった。その職員たちのあいだでは、パーシー・フォローズ死去のニュース、彼の死に方、それにその状況が最初に引き起こした巨大なざわめきは急速に消え、棺衣のような沈黙が覆い、その陰で一人一人がこういうことの意味について考えこんでいた。参考図書室のおしゃべり好きな学生たちでさえこの事件ですっかり鳴りを潜め、ふだんはいつもの閲覧席からがみがみと叱って彼らを静粛にさせているチャーリー・ペンの姿はないのに、図に乗って騒ぐこともなかった。

　それにディック・ディーの姿も見えず、したがってダルジールが明確にした目的の二番目――最重要容疑者の二人に〈対話〉の謎の一つが解かれたことを知らせる――は第一の目的同様、完全に失敗に終わった。

「この地方のことでは、どうかな？」ハットは言った。「中部ヨークシャーで一五七六年に何か特別なことが起きてる？」

「さあ、知らないわ」彼女は言った。「ね、コンピュータ ーがあるから。もしあなたが歴史文書と遊びまわりたいんなら、どうぞご遠慮なく。ディックがいないから、わたしは仕事がたくさん待ってるのよ」

「で、彼はどこに行ってるの？」ハットはたずねた。

「〈センター〉委員会が開いた幹部職員の危機管理会議に」ライは言った。

「じゃ、きみがボスってわけだ」彼は言った。「おめでとう。その権限を使ってお茶の時間をちょっと延長したらいいのに」

彼はライにほほえみかけた、精一杯チャーミングに。効果なし。

彼女は言った。「まったくもう、わたしにもやるべき仕事があるってことが、どうしてわからないの？　それに、あなただってここでウロウロして、ばかみたいな年号を調べて時間を浪費するより、どこかほかの場所で仕事をしたほうがいいと思うわよ。人が死んでいるのよ、ハット、それがわからないの？　あなたはまるでこれをゲームか何かみたいに扱ってるみたい」

ああ、でも、これは事実、ゲ、ー、ム、な、ん、だ！　と切り返す言葉が彼の心に浮かんだ。だが、彼の目は今、もっとずっと早く心が気づいていなければならなかったことを告げていた、目の前にいる若い女性は籠の中にあった切断された頭部を見つけてわずか二、三日後に、またしても怪物、死と間近に接することになったのだと。

彼は言った。「ライ、ごめん……てっきりぼくは、こんなふうに何もかもきみに話してきたもんだから、その、ついうっかりきみも警官の一人みたいに考えはじめていたんだ……いや、これはべつに……ぼくが言おうとしてるのは、ぼくらと同じように対処していると……職業柄ぼくらはうまく対処せざるを得ないから……でも、これはきみにとっては仕事じゃない……すまない」

ライは彼の顔をじっと見た、そして「わたしたちは皆そうよ、ハット、なんとか対処しなければならないのよ。地方史の法的年代記の項を見るといいわ」と言うとくるっと背を向けて事務室に引き上げた。

和解の印《しるし》としては、これ以上のものはまず望めまいと彼は思った。

コンピューターの前に坐った彼は、わずか二、三週間前、ライに近づく口実として使い方がよくわからない振りをしたことを思い出しておかしかった。その策略はうまくいかなかったが、ただ彼らに警官が必要になったとき彼がすぐに役に立った。実際、よく考えてみると、もし二人を結びつけたものが何かあるとすれば、それはワードマンだ。こういうものが二人の仲の基盤になっていると思うと落ち着かない？　なぜ？　災い転じて福となるなら感謝してもいい。

地方史のサイトを見ると、中部ヨークシャーでは一五七六年は境界争い、家畜泥棒、冒瀆事件の大変な当たり年だった。冒瀆に対する罰はじつにさまざまで、みだりに神の名を唱えた者に対する多額の罰金から、牧師は、聖書の教えによれば、自分の所有物と農産物の十分の一を貧しい教区民から受け取るのではなく、与えるべきだと言った者に対する、真っ赤に焼けた鉄の棒で舌に穴を開けるという罰まであった。くだんの牧師はジャッグという名で、穴の開《ホウ》いた、罪深い舌《アンホウリー・リー》の男はランパリーという名だった。ハットはこの事件に手がかりを探したが何も見つからず、にもかかわらずこの両人の名前をメモした。

彼はその他の年代記、社会、文化、宗教もすべて調べた。だが彼の目的にかなうものは皆無だった。

もはや彼が図書館にいる口実はなかった。しかし、気がつくと彼は受付のそばでぐずぐずしていた、というか、警察官の目で見れば徘徊していた。だが、事務室のドアの隙間から見えるライは仕事から目を上げなかった。用があるときに押す呼び鈴があり、彼が意を決して押そうとしたとき、耳元で声がした。「こんにちは、ボウラーさん」

振り返るとフラニー・ルートのにこやかな笑顔があり、そのすこし後ろに、ハットがまだ消さずにいたパソコン画面をじっと見ているチャーリー・ペンの姿があったが、彼はすっかり憔悴しきった様子だった。

「こんにちは、ルートさん」ハットは堅苦しく言った。この青年の利口さをパスコーから警告されていたので、何も漏らすまいと決心してのことだった。

「小鳥だけでなく、地方史も好きになったのかね」ペンがそばに来て言った。「それとも乳首の小さな小鳥《レッサー・ニップルド・ティット》(娘)たちの十六世紀における最初の目撃例を調べているだけかな？」

「鳥類史というのもなかなか面白いんですよ」ハットはこの男が体調がすぐれないのか、それとも単に二日酔いなのか見きわめようとしながら言った。

「そうかね。しかし、昔は、きみらのような連中は興味をそそる新種の小鳥を見つけると、もっと詳しく見るために撃ち落としたんじゃないのかね？　ちょっと行き過ぎだと思うがね、たかが趣味のために殺すのは」

彼は〝趣味〟という語をまるで歯からとれた充填材のように吐き出した、それからルートとハットの間から手を伸ばすと呼び鈴を強く押し、同時に怒鳴った。「誰かいるかね！」

ライが姿を現わしたが、彼女もなるべく感情を顔に出すまいとしているハット同様、無表情だった。

「やあ、きみ」ペンは言った。「親方はどこに行った？」

「ディーさんは会議に出ています。いつ戻ってくるかわかりません」

「会議？　むろんね、後継者問題を論じてるんだ。白煙が上がりそうかね？」

「こんなときに、そういうことを言うのは無神経で、不愉快だと思いますけど」ライは瞬きもせず作家を見つめて言った。

「そう思うかね。ま、きれいな言い回しではあるよね？　なに、ただ彼に〝Der scheidende〟の新しい訳を見てもらおうと思ったんだがね。きみでもいいよ、でも。これの訳として〝退場する男〟というのはどうだろう？　意訳すぎるかな？」

ペンがライに紙片を突きつけるのを見ながら、ハットは口出しをしたいという誘惑にかられないように、というのもペンからは嘲笑され、ライは憤慨するだけだとわかっていたから、くるっと背を向けてその場を離れた。

「ぼくならチャーリーのことは気にしませんね、ボウラーさん」ルートがあとに続きながら小さな声で言った。「彼は今日はあまり調子がよくないんです。とにかく、ただもう言葉だけなんだ、彼は。言葉、言葉、言葉。意味なんかないんです。というか、たぶん、彼がこういう意味を持たせたいと思う意味しか。だから、元気を出して」

こんな男から励まされたのが腹立たしくて、ハットは喧嘩腰で言った。「そういうあなたは見たところ、かなりご機嫌のようじゃないですか、ルートさん。何か嬉しいことでもあったんですか？」

「え、わかりますか？」ルートは慌てたように言った。「すみません、昨夜あんなことがあったあとだから、不謹慎に見えますよね、特にここでは。でも、たぶん、刑事のあなただから見抜けたんで、ふつうの人にはぼくはいつもと変わらないんじゃないかな」

おちょくっているのだろうか、とハットは思った。もしそうだとしても、いったい、おれに何ができる？

彼は言った。「で、どうして嬉しいんです、ルートさん？」

青年はためらい、まるでこの相手はどの程度信頼できるかと迷っているように見えたが、心を決めたらしく低い声で言った。「まったく驚くべきことなんですよ、こういう事情を考えるとね、ほら、サムの、ジョンソン博士のおかげでぼくはここに戻ってきて、それから、気の毒に、サムがあんなふうに亡くなって、とつぜん、ぼくは最愛の友人を失ってしまった、それに指導教官も失った、ぼくの研究を指導できる唯一人の人物を。ぼくはかなり落ち込んだ、わかってもらえますよね、ボウラーさん。それから、まさに青天の霹靂であの短篇コンテストに当選した、そして、これは是非とも必要だったちょっとしたボーナスでしたよ。そして、そこから……こういう話をするのはまだ時期尚早なんだけど、チャーリーが、ペンさんがあの短篇をとても気に入ってくれて彼の出版社に見せてくれたんですよ、そしたら、出版社も気に入って、今度編集者が彼に会いに来るときに、チャーリーがぼくを紹介してくれることになった、たぶん、そこで子供向けの短篇をもっと書く件について、ほら、一冊分になるように、話し合うはずなんです。ね、すばらしいでしょう?」

「すごいね」ハットは言った。「おめでとう」

「ありがとう、でも、それだけじゃないんです。ほら、サム・ジョンソンはベドーズについての本を書いていたんですが……詩人ですよ」ハットの目に当惑した表情が浮かんだに違いない、ルートは説明した。「十九世紀初頭の、それに魅惑的な作家で、ストレイチー（リットン・ストレイチー。伝記作家、批評家）は彼を最後のエリザベス朝時代人と呼んだ。ベドーズはぼくの研究でも重要な人物で、じつは、ぼくは知れば知るほど彼に惹きつけられて、それもぼくとサムがあんなに親しくなった一因なんです。ま、どうやらサムは遺書を残さなかったようで、だから彼の唯一人の近親者、姉が、あの欧州議会議員のリンダ・ルーピンがすべてを相続する。ところが彼女は、禿げ鷹のように群がって自分こそはサムの親友で、きっと彼はこの自分が研究資料を引き継ぎ、本を完成させることを望んだに違いないと言い張る学者たちにうんざりして、彼ら全員にとっとと失せろと言ったんです!　そして、会いに来るようにとぼくを誘い、しばらく二人で話をしたあと、彼女はこう言ったんです、サムからの手紙にぼくのことがたくさん書いてあった、そして、その話から判断して、彼はもしぼくにその気があるなら、このぼくが本を完成させることを望んだと思うって!　ね、すばらしいでしょう?」

「ええ、すばらしい」ハットは言ったが、彼にとっては誰かの書きかけの本を書きおえるのは、誰かの飲みかけのスープを飲みおえるのと同じぐらい、お呼びでなかった。

「おめでとう」

「ありがとう、ボウラーさん。あなたにはわかってもらえた。大事な友人を亡くしたばかりなのに、ぼくがこんなに幸せになれるのは妙だと思う人が大勢いるかもしれない、でもまるでサムの死がぼくの人生を方向転換させてくれたみたいなんですよ。だしぬけにぼくの前にいくらか具体的で意味のある未来に通じる小道が現われた。まるでそうなるように決まっていたかのように、まるで天に誰かがいて、たぶん、サムその人かもしれないけど、ぼくのことが好きで、ぼくの面倒を見ていてくれるみたいに。今朝いちばんに墓地に行って、サムのお墓に感謝を捧げてきましたよ、そして、しばらくのあいだ、ぼくも彼と一緒に冥土にいて、昔のように二人でおしゃべりをしているような気分でしたよ」

ハットは生まれ変わったような熱意に燃えるルートの目をのぞき込み、〝いっそ、ずっとあっちにいることにしたら？〟と言いたいのをこらえて、こう言った。「すばらしい。それじゃ、わたしはこれで」

彼が受付のほうを振り返ると、ライとペンの話は済んだようだった、というか、少なくともライのほうは済んでいた。

作家は受付を離れ、ハットとすれ違いざま励ますようにウィンクをした。

ライはまた事務室に入りかけていた。

ハットは彼女の名を呼んだが彼女は立ち止まらなかった。彼は受付の前に立ち、開け放しの入り口の向こうでライがふたたび机の前に坐るのを見守った。

受付のカウンターに紙が一枚、置いてあった。彼は紙面に目を落とし、書いてあることを読んだ。

退場する男

わたしの心の中で、頭の中で
この世のあらゆる喜びは亡骸となって横たわっている、
そして、同様に、もはや取り返しがつかぬほど
邪悪に対する憎悪も死に絶え、また自分の人生の苦痛も
ほかの人たちの人生の苦痛も感じない、
なぜならわたしの中ではただ〝死〟のみが生きながら
えているからだ！

少なくとも、こういう文学者連中に仲間内だけのエロチックな暗号でもないかぎり、これは性的嫌がらせとは言え

なかった。たぶん、利口者パスコーと彼の変わった友人、あの学者たちなら謎解きをしてこの詩から、それにルートのあの異常な幸福感から何かを引き出せるかもしれない。

彼は詩から目を上げた。

事務室の中の机で、ライはじっと彼を見ていた。

彼がもう一度彼女の名を呼ぶと、彼女は優雅な片脚をつと伸ばしてドアを蹴り閉めた。

45

パーシー・フォローズの葬儀の日、図書館は休館になった。公式にはこれは同僚たちが葬儀に参列できるようにするためだった。

「違うね」とチャーリー・ペンはディック・ディーに言った。「同僚たちが葬儀に参列するように強制するためだ」

「今回ばかりはきみの皮肉な見方は的はずれだと思うよ、チャーリー」ディーは言った。「パーシーには人間としても、図書館員としても優れた点がたくさんあった。みんなは心から別れを惜しむだろうよ」

「そうかね？」ペンは言った。「いずれにせよ、不便きわまりないよ。わたしは自宅じゃぜんぜん仕事にならないんだからね、ああいうがさつな作業員たちがガンガンやったり、怒鳴ったり、誰のラジカセの音がいちばん大きいか競い合ったりしてるんだから。とにかく、葬儀は午後一時なんだから、午後中ずっと休館にしなければならない理由がわからんよ」

「弔意を表わしてだよ……」作家が納得しそうもないのを見て、彼は急いでつけ加えた。「それに、葬儀のあとでライカン・ホテルで軽食のもてなしがある、パーシーのことを語り合い、彼の一生をたたえるために。それが終わる頃には……」

「みんなすっかり酔っぱらってるというわけだ。しかし、きみは戻ってくるんだろう、当然。大の食いしん坊だが、昼どきの酒はあまり飲まないから。だから、そうだな、わたしも三時頃ここに来ることにして……」

「だめだよ」ディーはきっぱり言った。「用事があるんだ」

「どんな?」

「知る必要があるんなら言うが、スタングデイルに行って、小屋に置いてある自分のものを運び出そうと思ってるんだ」

「なぜ? 新しい家主に追い出されたのか?」

「違うよ、どうやら、まだ跡継ぎを捜しているようだしね。いちばん脈がありそうなのは六〇年代にアメリカに渡った又従兄弟《またいとこ》らしい。そうじゃなくて、ただあそこに行く気になれないんだよ……あんなことがあってからは。むろん、時間が経てば平気になるかもしれない、でも、それまで自分のものをあそこに放置して、通りかかった散策者に失敬されるのはばかばかしいからね。連れがあるのも悪くない。きみも一緒に行くか?」

「冗談じゃない!」ペンは言った。「知ってるだろ、わたしが田舎をどう思ってるか。一度でたくさん。いや、それじゃ大学図書館に行くしかなさそうだ。まったく、あのおしゃべりな大学生どもときたら。逆上して暴れ狂うかもしれんな、わたしは」

ディーはため息をついて言った。「わかったよ、チャーリー、わたしのフラットを使ってもいいよ。しかし、わたしのエスプレッソには手を触れるなよ、いいね? この前きみが使ったあとは、茶色い水とコーヒーかすしか作れなくなったんだから」

「誓うよ」ペンは言った。

パーシー・フォローズは英国国教会の、それもその一歩先はローマカトリックの領域に踏み込みかねない遠地点の英国国教会の敬虔な信徒だった（そして、もしすべて予定どおりに行っていれば、おそらく、今もそうだ）。彼には日常の簡単な礼拝ではだめだった。香や、蠟燭、ヒソップ（ヤナギハッカ。清めの祭式に用いる）、聖水散布、片膝を折った姿勢の祈り、聖歌隊の高らかな歌声、金の縫い取りをした礼服などのない礼拝は問題外だった。彼の教区司祭は当然ながらフォローズと同じ考えなので、このときとばかりに、心ゆくまで死についての瞑想や故人に対する賞賛の言葉を彼が愛情を込めて想像した、かのセントポール寺院のダン博士（詩人、聖職者。十七世紀初めの形而上派の詩人の指導者）の文体で繰り広げた。

パスコーは、自分の〝偉大な指導者〟の手本に感嘆したが——警視は頭を垂れ、その唇からはときどき小石の多い浜辺に寄せる波のようなさらさらいう音が漏れていた——その例に倣《なら》うわけにもいかず、仕方なく祈禱書を繰って気晴らしの種を探した。詩篇の詩歌が、気の利いた言いまわしやいい忠告がたくさんあって、まずまず彼の求めている軽い息抜きになりそうだった。たとえば、もしこの司祭が埋葬式の祈禱用に指定されている二つの詩句の最初のほう（一つだけでもいいのだが、今回は両方読むことになっている）からヒントを得ていたら、どんなに楽しかったことだろう、その第二節にはこうある、〝手綱がついているようにわたしは口を慎《つつし》みます。罪深い者たちの姿が見えているあいだは。〟

目の前でアンディ・ダルジールが鼾を搔いているのを見れば、ここに罪深い者がいるのは確かだ！

パスコーはページをぱらぱらめくり、たまたま開いたところを見ているうちに最近読んだことのある言葉を見ているのに気づいた。

〝主はわたしの光、わたしの救いだ、それなら、わたしは誰を恐れよう。主はわたしの命のとりでだ。それなら、わたしは誰をおじ恐れよう。〟

ワードマンが大いに気に入っているらしい詩篇の第二十

七篇で、（もしポットルの解釈が正しければ）あの世からの指示に従って行動しているから無敵だという彼の感覚の拠り所をここに見つけているのだ。

記憶力のいい（ウィールドほどではない、あれほど直観像的記憶ではないが）パスコーには、これが詩篇の言葉そのままではないのがわかった。彼が聖書で読んだ詩句には〝それなら〟は二つとも入っていなかった。それに聖書には〝ダビデの書〟という題がついていたが、この祈禱書にはラテン語原典の最初の二語 Dominus illumminatio（ドーミヌス・イルミネイショ——主はわが光なり）が入っている。いや、むろん、原典ではない。ヘブライ語の原典のラテン語訳だ。おそらく、聖ヒエロニムスのウルガタ聖書からの。ウルガタはラテン語 vulgatus（ウルガタス——公にする）から来ている。

考えてみると奇妙だ、ラテン語に翻訳することで世間に広められる時代があったなんて！

こういうことのどれかがワードマン捜査と何か関係あるだろうか？　皆無だ。まるであのスナーク（ルイス・キャロルの詩『スナーク狩り』に出てくる空想上の動物）狩りと同じだ。スナークは、あのパン屋《ベイカー》が恐れたとおり、おそらく結局はブージャム（前掲の詩に出てくる架空の生き物、それを見た者は消えてしまう）だとわかるのだろう。

パン屋《ベイカー》。面白いもんだな、こんなことを思い出すなんて。大学時代にみんなからバカにされていた軽薄な、つまらない男がいて、英文学をやってたおどけ者（英文学はおどけの本家本元だ）が彼にベイカーというあだ名をつけた、というのも——ええと、あの戯詩は——

彼は「やあ！」でも何でも大声で呼ばれると返事をする、
「フライにしてよ！」でも「かつらを揚げてよ！」でも
「何とかさん！」でも「何とかいう名の人！」でも
だが、とりわけ「何とかいうもの《シンガマジッグ》（性器を指すこともある）」と呼ばれると。（『スナーク狩り』の一節）

しまいには誰も彼も彼をベイカーと呼ぶようになった、

教官たちまで。彼は試験用紙の頭にベイカーと書き、ベイカーの名前で学位を取ったのだろうか？ 今は身を固め、土木技師か保険計理士になって、ミセス・ベイカーや盆一杯のベイカーちゃんたちと幸せに暮らしているのだろうか？

へんてこなものだ、名前というのは。たとえばチャーリー・ペン。洗礼名はカール・ペンクだった。〝キャベツ野郎《クラウト》・カール〟。自分自身の名前をあざけり言葉として投げつけられるのは、さぞかし辛いに違いない。彼の詩人の英雄、ハイネもそうだった。ハリーと命名されて。ロバに怒鳴る掛け声でからかわれた。名前と宗教の両方を変えるまでは。だが、心に残った傷跡までは変えられない。

あるいは、ディーにしても。彼も問題を抱えていた。オーソン・エリック。手ぐすねを引いていた小さな野蛮人どもがこの名前を見逃すはずがない。しかし、少なくとも彼らは結局は逃げ道となった頭文字を彼に与えた。OED。辞書《ディクショナリー》のディック。だが、その逃げ道を彼はどんな荷物を負って逃げたのだろう？

逃げ道《エスケープ・ルート》。ルートから逃げろ《エスケープ・ルート》。それができたらどんなにいいか、と彼は思った。ルートの場合は名前の変更はない、フランシスを愛称のフラニーにしただけだ。だが、彼はジョンソンの葬儀で朗読された詩をまだ覚えていた。

〝あなたの言葉には何か気も狂わんばかりの秘密が潜んでいる……石ころや根っこ……のさなかに……〟そして、〝根っこ《ルート》〟という語をかすかに強調しながら、朗読者の視線がからかうようにパスコーの顔を探し出したことも。

それとも、あれは単に自分の気のせいだったのだろうか？ そして、今こうやって名前の変更に何らかの意味を読みとろうとしているのも、単にこの自分の言葉狂い《パロノメイニア》の徴候にすぎないのだろうか？ なんといっても、ありがたくない名前を意識的に変えるのは、よくあることだ。なにも遠くを探さなくても、すぐ横にいる青年、どうやら彼は殺人事件被害者の葬儀に出るのは、野心的な刑事には絶対に必要なことだと健気《けなげ》にも信じているらしいが、この青年がいい例だ。ふつうなら、ボウラーという名の者がハットと呼ばれるのは、おそらく、いくらか苛立たしいことだろう、しかし、本名がエセルバートとなると、大いにほっとしてこのあだ名をおし戴《いただ》くことになる！　それにもっと個人的な、親密な仲の名前の変更もある、ジャックス（これもそうだ！）・リプリーがヘディングリーをジョージー・ポージーと呼んだように。だからといって、ボウラー、あるいは警部を容疑者リストに載せることにはならない！

もっとも、考えてみると、ジョージ・ヘディングリーがリプリーとの関係を隠蔽しつづけたことは、犯罪捜査部の捜査員には今さら例証するまでもないこと――人間はすべての動物の中で最も不可解で、最も予測不能な動物であることを例証した。

司祭の格調高い十七世紀風名文がやっと終わった。司祭によれば、もし神の右手の上に坐る資格のある者がいるとすれば、それはパーシー・フォローズだということだった。しかし、察するに、おそらく彼はむしろアムブローズ・バードの手の上に、右でも左でもいいから坐りたいだろう。

ふいに自分の考えを人に聞かれてしまったような気がすることがあるが、このときもそうで、彼は後ろめたそうにあたりを見まわした。だが、憤慨した顔で彼を見ている者はいなかった。ディック・ディーが通路の向こう側にいたが、彼の目は説教壇を見据え、その表情は夢中になっているのか、あるいは精神的なショック状態のようだった。彼の傍らにはアシスタントのライ・ポモーナがいる。おそらく彼女が来ていることが、ボウラーが葬儀に参列したがった本当の理由だろう！　パスコーはあの不運なスタング湖行き以後、彼ら二人の関係があまりうまく行っていないのを薄々感じていた。もし訊かれれば、ボウラーにすこしは分別のあることを言ってやれたかもしれない。警察の仕事は、特に今度の事件のような謎めいた文書や、謎解きや、あらゆる紆余曲折のあるものは民間人を魅了することがある。パスコーはボウラーが意識的にか、無意識にか、この天与の刺激剤を利用して、漏らすべきでない情報まであの娘に漏らしていたと確信していた。これは若い警官としてあるまじきことだった、特に〝ふとっちょアンディ〟の部下としては。なにしろ、民間人に情報を与えることに対する警視の態度は、彼らが知る必要のあることだけ教えろ、だが、やつらはあまり知る必要はないんだ！　というものだった。しかし、まだ若く、恋をしているときには、山のようなダルジールさえモグラ塚ほどに縮むことがあるのだ。

しかし、もう一つの障害、予見できないので乗り越えるのがもっと困難な障害がある。捜査の内情に秘かに通じていることから来る、あの特別扱いされているという感じは、非常に親密なものだ。しかし、これは非常に危険な狭い道であり、もし何かが起きてこの信頼関係が事件の残酷な現実に直面する事態になると、彼女が感じていた魅力は急速に嫌悪に変わってしまう。

ライ・ポモーナは立てつづけに二度、この狭い道から引きずり出された。最初はパイクストレングラーの遺体発見の場に居合わせて非常に残酷な体験をしたとき、つぎはその直後に起きたパーシー・フォローズとアムブローズ・バードの殺人によってだった。このときの関与はそれほど直接的ではなかったが、スタングデイルに出かけた日の印象を強烈に強めたに違いない。

そういうわけで、かわいそうにハットは今、これまでは彼女の心に入り込む鍵のように見えた信頼関係が、単に彼女に思い出したくないことを思い出させるだけのものになったことを悟りはじめているのだ、彼が本質的に別世界の人間であること、彼女が縁を切りたい世界の人間であることを。

もし訊かれれば、パスコーはこんなふうなことを言っただろう、もし彼女が本当にきみを好きなら、ハット、彼女はこれを乗り越えるよ、そして、彼女はきみの仕事が好きではないかもしれないが、それを遂行するきみを尊敬するだろうと。

だが、ほとんどの智恵と同様に、これも表現は陳腐で、効果はあとになってわかるものだったから、彼は胸にしまっておいた。だが、礼拝のあとで参列者たちが一列になって墓を通り過ぎるとき、ハットの目がその行列のすこし前方にいて、ディーと静かに話しているライから片時も離れないのに彼は気づいていた。とにかく、今回はジョンソンの葬儀のときのようなマスコミの無遠慮な注目に晒《さら》されることはなかった。義弟の葬儀の際の騒ぎに激怒したリンダ

・ルーピンは、「堕落した連中と紙一重の無神経な行動」に対して正式に苦情を申し立てたのだった。その結果はと言えば、独断的な社説と、警察による道路封鎖で、新聞記者の一群は離れた場所でうろつき回ることになったのだ。

「悪くない葬式だった」ダルジールは言った。「人も大勢来たし。ほら、よく言うじゃないか。客の欲しがるものを与えろ、そうすりゃ大挙して押しかけてくるって。なんでその痩せこけた顔をしかめてるんだ？ 悪趣味だって言うのか？ とにかく、このおれはちゃんと説教を聴いてたぞ、きみが祈禱書をぺらぺら繰って卑猥な箇所を探してたときに」

眠っていても、ダルジールは凡人が目覚めていても見逃すほどには見逃さない。

「詩篇について考えていたんです」パスコーは言った。「正確に言えば、詩篇の第二十七篇について。〝主はわたしの光、わたしの救いだ、それなら、わたしは誰を恐れよう。〟ワードマンのお気に入りを」

そして、その詩句はまだ彼の念頭を去らなかった、頭のなかでまだ鳴り響いていた……

「おい、大丈夫か？」ダルジールが詰問した。

「はい、すみません」彼は現実に引き戻され、何か巨漢が言ったことを聞き逃したのに気づいた。

「どうやら彼の役に立ってるようだな、と言ったんだ」

「何が？」

「詩篇の第二十七篇さ」ダルジールは辛抱強く言った。「〝それは主が悩みの日に、その仮屋《かりや》のうちにわたしを潜《ひそ》ませ、その幕屋《まくや》の奥にわたしを隠し、岩の上にわたしを高く置かれるからである。〟やつは確かにうまく隠れている。たぶん、たとえ真正面からやつを見ていてもわからないんだ。ほら、問題のディーはここに来ている。だが、ペンやルートの姿は見えないな」

「それに意味があるとは思えませんが」パスコーは言った。「フォローズはディーの上司でしたからね」

「意味があるなんて言ってない、そうだろ？ さて、そら、行くぞ、パーシー。あんたのそのエンジェル（女性役のホモという意味がある）カットの髪型が役に立つといいが。じゃ、またな」

二人はすでにパーシーの墓まで来ていた。ダルジールは足を止め、その大きな手でハランを植えられそうなほどたっぷりと土をつかむと、柩の蓋の上に投げ、どさっと大きな音がした。

フォローズが環境に優しいボール紙製の柩にするようにという遺言を遺していなくてよかった、とパスコーは思った。さもなければ、予想外に早くパーシーと再会することになっていたろう。

墓地を出て駐車してある車列のほうに歩いているとき、パスコーはディーとあのアシスタントがそれぞれ自分の車に乗り込み、車を連ねて走りだすのに気づいた。大通りの交差点まで来ると、そのどちらの車も葬式後のもてなしが待つライカン・ホテルのほうへは左折せず、両方ともまっすぐ市の中心部に向かった。〝目立ちたがり《ブランシング》パーシー〟には弔意を表わしたから、あとはまっしぐらに仕事に戻るというわけだ。女王は世を去った、女王、万歳。それとも、王様、万歳か。図書館ですでに王位継承争いが始まっているのは確かだ。

ダルジールもその二台の車を見守っていた。それから、まるでヒントを得たかのように言った。「おれも接待を受けに行くのはやめよう。〈ライカン〉の料理はもうわかった。どうしてああいう名前がついたか、よくわかるよ（ライカンは地衣という意味）。しかし、葬式というのはのどが渇くもんだ。すぐそこの角に〈いまわの際《きわ》〉亭がある。まったく変わったユーモア感覚の持ち主もいるもんだ、こういうビール醸《がい》造所《しゃ》のなかには。あそこでビールとパイをおごってもらうとするか。きみら二人に」

パスコーとボウラーはどちらもほかに予定があったので、しぶしぶと偉大な師のあとに続いた。

ダルジールが言った目的は半分果たされただけだった。一杯目のビール（ボウラーのおごり）を飲みおわると、警視はパイは後まわしにした。そして、二杯目（パスコーのおごり）の途中で大きな声で意見を述べた。「このビールは看板に違《たが》わず気が抜けてるな。ここで食べるのはやめとくよ。河岸《かし》を変えて〈黒牡牛〉亭に行こう。少なくともあのジャックはビールの保存法を知ってるよ」

しかし、すでに義務と自衛本能の命じるところには従ったので、今度はパスコーも譲らなかった。

「いえ、やめときます。することが一杯あるので」彼はきっぱりと言った。これは事実だったが、真実ではなかった。彼が本当にしたいことは、どこかで独りになって考えることだった。

「たまげたな」目をみはって、ダルジールは言った。「きみはどうだ、ボウラー君？」

「やめときます」パスコーの先例に勇気を得て、ハットは言葉少なく答えた。

彼もディーとライが車を連ねて走り去るのに気づき、これについて、そしてほかのことについてもじっくり考えたかった。

「これじゃおれは犯罪捜査部の末席になるな、今に」二人の意思が堅いのを見てダルジールは言った。「たぶん、このアフターシェーブ・ローションがいけないのかもしれない。だが、忘れるなよ、その忙しさの成果を見せてもらうのを楽しみにしてるからな」

犯罪捜査部に戻ると、パスコーは自動販売機でコーヒーとチョコレート・バーを買い、自分の部屋の椅子にどさっと腰を下ろした。そして、いつの間にかコーヒーの湯気は消え、菓子は包装のままそこにあった。

その外の犯罪捜査部室では、ハットが主任警部とそっくりの姿勢で椅子に坐っていた。あまりにもそっくりなので、もし同時に二人を見た者がいたら分身《ドッペルゲンガー》について考えはじめたかもしれない。

犯罪捜査部の階には、ほかには誰もいなかった。建物のほかの場所ではいつもながらの多忙な生活が進行中だったが、その騒音はここではちょうど風のない日に霧のかかった浜辺に立っているとき、あるいは冬、雪に埋もれた森の中にいるときのように、はるか遠くの音に聞こえた。

パスコーはワードマン捜査の戦略となぜそれが失敗したかについて考えたかった。ハットはライ・ポモーナについて、そして彼女はまだディーと一緒にいるのかどうか考えたかった。だが、こういう厄介な考えは、どこか別の場所にいるようなこの静かな一帯の目に見えない障壁を駆け上ろうとして、速度もエネルギーもなくしてしまったかに見えた。

　これはまるで〈対話〉に描かれていたあの時の流れがしだいに遅くなり、止まる瞬間のようだとパスコーは思った（そして、この考えでさえ彼の脈を速めはしなかった）……まるでワードマンはその霊気《オーラ》をたなびかせていて、このおれは彼の次元、そこではただ彼だけが活動的な、あの停滞した世界の端にいるようだ。

　おれが彼を探すべき場所は、型どおりの捜査や、消去や、鑑識やで多忙なあっちの世界ではなく、ここなのだ。ここそ〝その幕屋《まくや》の奥〟なのだ。

　パスコーはさらに体の力を抜いた。

　詩篇の第二十七篇。彼は教会に戻って詩篇の第二十七篇を読んでいる。主はわたしの光。彼は別の場所に、この奇妙な感覚を利用して今回の事件全体を検討したがっている依然として主任警部のままの部分に移動しようと努める。

　だが、まったく自由がきかない。ワードマンが感じるのはきっとこの感覚に違いない、と彼は考える。何であれこの時のない時の中でおれがすることは、自分がしたいことではなく、せざるを得ないことなのだ。

　まだ教会で詩篇の第二十七篇を読みながら、だが同時に本署の自分の部屋にいる彼は、机上のワードマン事件ファイルを手元に引き寄せる。彼は開けてそれだけ別にしてある詩篇の引用を見ようと思う。しかし、そうはしないで彼はファイルのいちばん最初を、あの奇妙なイラスト、In Principio（イン・プリーンキピオー――初めに）を開ける。彼の指にはそれ以上ページを繰る力がない。おれは何を探しているのだろう？　彼は自問する。双子の牡牛。二つのアレフ。自動車協会《AA》の修理工。これはすでに知っている。ほかには何が？

　In Principio erat verbum.（初めに言葉があった）

　ヨハネ《セント・ジョン》による福音書の冒頭だ。

　ディーはセント・ジョン大学にいた。

　ルートはセント・ジョン救急隊の一員だ。

　ジョニー・オークショットの本名はシンジョンだった。

　あの〝雷鳴の息子〟、聖ヨハネ、その象徴は鷲である聖ヨハネ、あまりにも頻繁に繰り返した「互いに愛し合うべきだ」、なぜなら、もしそうするなら「それで充分だから」という訓戒で弟子たちをうんざりさせた聖ヨハネ、彼はドミニティアヌス帝の迫害のもとですんでに煮えたぎる油の大釜に投じられそうになるが逃れ、エペソで円熟した老年を迎え自然死を遂げた。そして、そのエペソで女神アルテミスの大祭司と口論し、その女神崇拝もまたパウロに多くの苦難をもたらした……

非常に興味深いが、とにかく今は関係ない――というか、この今という瞬間のない今、時間の存在しないこの区分では。ほかの何か、彼にはほかの何かがあるとわかっている。

そして彼のドアの外、犯罪捜査部室では、たぶんそれほどの自意識はなしに、ハット・ボウラーもまたこの時の岸辺に坐り、荒れ狂う広大な大洋の潮が引くのを感じる。ライ、ライ、彼はライのことを考えたいと思うが、心に呼び起こせるのはただ〈対話〉の中のあの年号、一五七六だけだ。一五、七六。何か思い当たることのある数字だが……

彼はこの年号についてこれまでにわかったことを今一度思い返してみる。だが、彼に向かってこれだと叫ぶものは何もない……というか、泣き叫ぶ声を止めるものは何もない、というのも、彼は赤ん坊の泣き声を聞いているような気がしている……その赤ん坊はがらんとした大きな家の中で泣きながら部屋から部屋へと走りまわっている、だが、どの部屋もみな空っぽだ……そして赤ん坊はまだ泣きつづけている……

あと一つだけドアが残っている……その最後のドアの向こうに真実があるに違いない……

ドアがはじけるように開いた……

「ごめん、起こしちまったか？」ウィールド部長刑事が言う。「主任警部はいるか？」

そして、返事を待たずに彼は同じように無遠慮にパスコーの部屋に踏み込み、彼と共に過酷な時の潮が戻ってくる。

「ウィールディ」パスコーは冷えたコーヒーに手を伸ばしながら言った。「ノックは無用だ。そのまま入ってきていいよ。気楽に振る舞ってくれ」

歓迎されるに決まっているとばかりに、皮肉も気にせずしは言った。「見せたいものがあってね。まずリプリーのミュールについていた部分的なあの指紋、あれと合致する指紋が見つかった」

「合致する指紋？　わからないな。記録の中にはないという報告だったが」

「うん、だけどそれはこの合致した指紋が記録に載る前の話でね」ウィールドは言った。「覚えていると思うけど、閣下殺しに使われたあの斧の指紋と照合するためにディーの指紋を採ったよね……」

「ディー。ディーの指紋と合致したと言うのか？」

「完全にではないけど、十ヵ所でね。これは比較できる部分がどんなに小さいかを考えると、すごいよ」ウィールドはパスコーの前に二枚の紙を並べながら言った。

「十ヵ所じゃ必要な十六ヵ所にはほど遠いよ」パスコーはがっかりしたように言った。「それに、とにかく、いったいどうしてこんなものが出てきたんだ？　公式にはディーは単なる証人にすぎず、彼の指紋はひとえに消去のためだけに採取したものだ、彼はあの斧を使用していたから」

ルールは明快だった。消去目的で自発的に提供されたすべての指紋は、その消去作業が完了した時点ですぐ破棄されねばならなかった。

「さあ、どうしてこんなことになったんだか」ウィールドは言った。「きっと、なぜか、別の角度から記録と照合するためにコンピューターに入力されて、照合の番がまわってきた頃にはリプリーのミュールから採ったあの部分的な指紋が記録の一部になっていた。たぶん、そんなことじゃないかな」

正確な細部にかけては達人級の男が曖昧な話をしはじめたら、見て見ぬふりをしたほうがいい、特にその違法行為らしきものにダルジールの匂いがするときには。

パスコーは見て見ぬふりをすることにして、言った。「なるほど、しかし、興奮する気にはなれないな、ウィールディ。法廷では使えないし、たとえ十六ヵ所が完全に合致したとしても、最近も新聞で叩かれたことだし、もっともっと証拠がないと」

ウィールドはかすかに非難めいた口調で言った。「わたしにもそれはわかってるよ。ほかにも何かないか、って考えた。そして、あの嚙み痕のことを思い出した」

「嚙み痕？　ああ、あれか。あの嚙み痕のことは忘れてたな。それで……？」

「モーラー先生のところに行って来た。講義の途中で呼び出さなきゃならなくて、ご機嫌斜めだったけどね。でも、それだけの価値はあったよ。ディーの歯科のカルテと嚙み痕を見比べて、この歯並びがこの嚙み痕をつけたと断定できると、ま、たぶん、断定できるか、その一歩手前かのぎりぎりの線だと言っている」

「ディーの歯科のカルテ……？」パスコーの頭はめまぐるしく回転していた。「いったいどうやってディーの歯の治療歴を手に入れたんだ？」

「正々堂々と」ウィールドは歯切れよく言った。「ほら、閣下の死について彼と話をしたとき、彼から医療記録を見てもいいという書面による許可を得たよね。彼はぜひ見てくれと言わんばかりだった。ま、歯科だって医療のうちだから、それにあの許可はまだファイルに入っているし……」

ここにはマルベリャ（スペイン中南部のリゾート地）のプールより多くの違法らしきものが漂っている、とパスコーは思った。

おれの知ったことか！

彼はその問題を頭から追い出し、ハットを呼ぼうと口を開いたが、その必要はないとわかった。

くだんの刑事は部屋の入り口に立っており、その顔はディック・ディーが容疑者に確定するという見通しに輝いていた。

パスコーは言った。「よし、もう一度ディー氏と話をしよう、だが、あくまで穏便にだ。こうしたことに何か意味があるのかもしれないし、まるっきりないかもしれないからな」

このダルジール的な言い回しは、パスコーの言いたいことを強調していた。最近は警官があまりにもわずかな証拠で高飛車に出て、犯罪者に警告を与えたり、無実な人々からの正式な苦情申し立てを招く事例が多すぎた。

「誰かここに残って調整役を務める必要があるな。それに

〈黒牡牛〉亭にいる警視を呼び出さないと」

彼はハットの顔を見たが、そこに浮かんだ失望と哀願するような目つきを見て言った。「きみのほうがいいな、ウィールディ。事後処理があるからな、もし容疑が濃厚ということにでもなれば、うまく捌《さば》かなければならない問題が生じるかもしれないし、それにはきみが最適だ」

これは間違いなかった。現時点で手元にあるわずかな証拠は、やり手の弁護士の憤慨した鼻息一つで即座に雲散霧消しかねない。

「ハット、きみはわたしと一緒に図書館に行くんだ」

「でも、今日は休館してますよ。弔意を示して」

「しまった、すっかり忘れてた。しかし、だから即、職員がいないということにはならないよ。ディーとライ・ポモーナは葬式のあと、まっすぐ帰った。明らかに〈ライカン〉には行かなかった」

「ええ」ハットはみじめな顔で言った。

パスコーはちょっと考えてから言った。「こうしよう、きみはディーのフラットを当たって、彼がいるかどうか調べてくれ。わたしは図書館を当たる、休館でもここがいちばん有望そうだ。それでいいか？」

「はい」ハットは言った。

二人はそれぞれの自分の車に同時に乗り込んだ。だがパスコーがまだシートベルトを締めおわらないうちに、ハットの小型スポーツカーは猛烈なスピードで駐車場を飛び出していった。

ディーは図書館にいるだろうと、パスコーはまだかなり確信していたから、〈センター〉に着いて図書館の正面玄関が開いているのを見たとき、この確信はやはり正しかったように見えた。警備員が彼を止めて、〈センター〉は一般の人々には休館だと告げた。パスコーが身分証を見せて中に入ると、思ったとおり、大勢の職員がこのチャンスを利用してふだんは忙しくて後回しになっていた仕事を片づけていた。

彼は参考図書室に向かいながら、ディーを署に誘い出すはずの甘言を頭の中で準備した。だが、参考図書室には彼の知らない若い女性アシスタントの姿しかなく、彼女はせっせと書棚を点検して参考書を正しい場所、正しい順序に戻していた。

彼はまた身分証を見せて、ディーは来ているかとたずねた。彼女はディーの姿を見ていないけれど、彼女自身、今来たばかりなのだと言った。パスコーは受付カウンターの中に入り、ひょっとしてディーは事務室で仕事をしていて、外の声が耳に入らぬほど没頭しているのかもしれないとかすかな望みを抱いてドアのノブを回してみた。

ドアは開き、ふいにパスコーは喉を搔き切られたディーがそこに坐っている幻影を見た。

事務室は無人だった。彼は中に入って机を前にして坐ると、考えをまとめようとした。

自分はだんだん冷酷になっているに違いない、と彼は思った。この突拍子もない想像が想像にすぎなかったことに彼はほっとした。だが、それは人が死ななかったことに安堵したのではなく、むしろ有望な容疑者の捜査が蕾のうちに摘み取られなかった（というか、頸動脈を搔き切られなかった！）ことへの安堵だった。

それにしても、この容疑者はどの程度有望なのだろう？

ディーはポットルとアーカットが二人して描き出した犯人像にかなりよく当てはまる。言葉遊びへの異常な執着があるし、自分自身の賢さを楽しんでいる。そして、もし彼が、どうやら〈対話〉が例証しているように、あの世の誰かに焦点を合わせたければ、たぶん机上のこの写真を見さえすればいい。三人の少年、そのうちの二人は才気煥発で、青年期の逆境を戦い抜き、早熟な大人の落ち着きをそなえている。三人目の少年はまだ子供っぽく、無邪気で、愛情と保護を必要としている。

彼はまたあの詩を思い出した、サム・ジョンソンの冷たくなった手にあった本の、あの開いたままのページにあった詩を。

もし呼び出せる亡霊がいるなら、
　何を呼ぼう、
地獄のどんより暗い霞のなか、
天国の青い棺掛布のなかから？

失って久しい、わたしの最愛の少年を呼び出そう

彼の歓喜へ導いてもらうために……

しかし、この種の考えは検察局が欲しがる類のものではない。彼らが欲しいのはもっとずっと具体的なもの、ゆるぎない物的証拠、それもできれば完璧な自供つきの物的証拠だ。

そして、自分が持っているのは……親指の指紋と嚙んだ痕。どちらも確実なものではない。両方とも証拠として許容されるかどうか疑わしい。彼は目を閉じ、心を静めてあのすぐ手の届くところに答えがありそうだった時のない状態に戻ろうと努めた……詩篇の第二十七篇、〝主はわたしの光……〟Dominus illuminatio mea……

そして彼は目を開け、すべてが見えた。

ハンドルを切ってMGをディーのアパートのある通りに乗り入れたとき、ハットの心は躍った。彼は外にライの車が止めてあるのではないかと怯えていたのだ。そして、その思いは考えまいとしても頭に浮かぶ彼の妄想に重みを与えていた、彼の半狂乱のノックに応えてディーのフラットのドアが開き、その剝きだしの肩ごしに寝室が見え、それにベッドも見え、そして枕に広がったライの、あのひときわ目立つきらめくグレーの筋が入った栗色の髪が見える……

しかし、むろん彼女の車は影も形もなかった。そうとも、彼女は無事に自宅にいるのだ。彼はライに電話しようかと思った、だが、そうするのはディーをつつがなく署に連行して、今後の成り行きを見きわめてからのほうがいいと判断した。うまくいけば、ライにはこの自分がディーを逮捕したことを金輪際知られずにすむ。

いや、逮捕ではない、と彼は訂正した。パスコーはこれを慎重にやりたがっていた。肩肘張らないおしゃべりに笑顔で誘い出すのだ。

では、半狂乱のノックではまずい。正面玄関ではノックをするまでもなく、ドアは開いていた。彼は落ち着いて階段を上がり、ドアを軽くノックした。

ドアはほとんど即座に開いた。

「何なんだ、これは？　警察の手入れか？」チャーリー・ペンが言った。「いや、言わなくていい。アンディ・ダルジールが外でカラシニコフを構えている、そうだろ？」

「ペンさん。ディーさんを探しているんですが……」

「ま、きみは適切な場所に来たが、タイミングがまずかった」ペンは言った。「中に入ってくれ、誰かがわたしを撃たないうちに」

彼は中に入った。

「ボウラーさん、嬉しいですよ、会えて」

フラニー・ルートが椅子から微笑しながら彼を見上げていた。椅子の前のテーブルにはパロノメイニアのゲーム盤が広げてあった。

室内にはほかには誰もいなかった。

意気消沈して、彼は寝室のドアに目をやった。

「ディーさんは……」

ペンはそのドアに行き、開けはなった。

「いや、ここにはいない。ベッドの下にいるなら別だが。キッチンにもトイレにもいない、のぞいて見るといい。お生憎だ」

ハットは気を静めて言った。「ペンさん、ここで何をしているんです？」

「若い友人のルートにパロノメイニアの手ほどきをしているのさ。きみも誘いたいところだが、これは二人でしかできないんでね」

ハットはちらっと三番目の駒棚《ラック》とそこに読みとれるあのジョニーという名に目をやり、それからペンの小馬鹿にしたような顔に視線を戻した。

「わたしが訊いたのは、なぜここに、ディーさんのフラットにいるのかという意味です」

「それはね、もっかわたしのフラットは、きみも覚えていると思うが、とても住めたもんじゃないからさ。地獄からきた作業員どもが相変わらずこの世の地獄を作り出している。図書館は休館だ、気の毒なパーシーの血の通わぬ手と力の抜けた手首から解放されたことを祝ってね。そこでディーが親切にも彼の質素な住まいを使っていいと言ってくれたんだ、わたしが研究を続けられるように。ところがここに来る途中、ルート君にばったり出会ってね、彼にうまく言いくるめられて人類史上二番目に偉大なゲームのやり方を伝授することになったんだよ」

ハットはいらいらしながら聞いていた。

「で、ディーさんはどこなんです?」彼は詰問した。

「ああ、それが知りたかったのかね? そうならそうと言えばいいのに」ペンは言った。「ディーさんはね、わたしの知るかぎり、あの田舎のあばらやにいるよ、どういうわけか彼がえらく気に入ってるあの小屋に。というか、以前は気に入っていた。どうやら最近の出来事で彼の感じ方も変わったらしい。わたしもまたアルカディアに住んでいた《エト・イン・アルカーディア・エゴ》というわけさ。ディックにとってあそこはもう居心地のいい場所ではなくなって、彼は自分のものを取りに行ったんだ」

「つまり、こういうことですか、彼はスタングクリーク小屋に行ったと?」

「嬉しいね、きみもわたしがそういうことを言ってると思ったとは、というのも、確かに、わたしはそういうことを伝えようとしていたんだから」ペンは言った。

作家の顔はライが〝唸り笑い《スマール》〟と名づけた、あの微笑と唸るような口元が入り混じった表情に歪んでいた。この男はほかにも何か言おうとしている、とハットは思った、何かおれが聞いたら喜ばないようなことを。

ペンの言葉より先にその内容を悟って、ハットは動揺した。だが、いやでもその言葉を聞かねばならなかった。

「そうなんだ」作家は言った。「彼には今はほんとにぞっとする場所なんだ、あそこは。独りで出かけていく気にさえなれなかった。それに、あそこに置いてあるものは彼のおんぼろ車じゃ載せきれないだろうしね。そこで彼はわたしに手伝ってもらえないかとほのめかしたよ。だが、わたしは断わらざるを得なかった。腰痛があるし、わたしの車は調子が悪いし、それに、とにかくわたしは田舎が大嫌いなんだ。しかし、結局、災い転じて福だった。彼はパーシーの葬式から大喜びで帰ってきたよ」

「どうしてです?」ハットは訊くまでもなかったが訊いた。

彼は耳鳴りがしはじめ、あたりは不吉な予兆で暗くなり、その薄暗がりを通してフラニー・ルートが気遣わしげにこちらを見つめているのが見えた。

「どうやら彼はそばで手を握っていてもらえないかとライに頼んだらしくて、彼女はそのチャンスに飛びついた。そうなんだ、ディックは喪服を脱ぎ捨ててスウェット・スーツと運動靴姿になって、ミズ・ポモーナとのランデブーに出かけていったよ。わからんよ、たぶん、そんな楽しい連れがいたら、彼は自然との一体感を取り戻すんじゃないかな。きみ、電話に出たほうがいいんじゃないのか？　アンディ・ダルジールが知りたがっているのかもしれないぞ、もうスタン手榴弾を投げ込んでいいかと」

そしてハットは、少なくとも耳鳴りの一部は自分の携帯の音だと悟った。


パスコーには図書館事務室の彼が坐っているところから、開け放しのドアを通して、受付カウンターの向こうに、二十巻の濃紺の分厚い書物が行進中の近衛兵のように直立して整然と並んでいるのが見えた。そして彼には、〈第一の対話〉の冒頭にあったIn Principio（初めに）のP、あのボウルの中の謎めいた形が何を意味するのか疑問の余地なくわかった。

アーカットが示唆した聖書やミサ典書ではなく、偉大なオックスフォード英語辞典《O・E・D》の一巻なのだ。

むろん、あのイラストには文字はない——それではすぐにわかってしまう——本のカバーの背の上部についている細い帯は描かれているし、下のほうの白い円盤はオックスフォード大の紋章を表わしている。この距離からではその紋章に含まれる標語は読めなかったが、パスコーは自分が持っているオックスフォード大学出版局《O・U・P》の書物でよく見ているから何と書いてあるか知っていた。

Dominus illumminatio mea

各巻の内容はその巻に入っている最初と最後の語で示されている。

それはここからでも読めたが、にもかかわらず彼は立ち上がって棚に行った。

第一巻は簡単だった。

A——Bazouki（バゾーキ）

自動車協会《A・A》の修理工、アンドルー・エインズタブル。あのバゾーキ奏者の少年だ。

つぎの巻。

BBC——Chalypsography（カリプソグラフィー）

ジャックス・リプリーだ。もう一つのほうは？

彼は調べるために辞書を下ろした。

鋼鉄《スティール》の彫刻法。

ああ、なんという恐ろしい語呂合わせだ！　スティール議員は彫刻用たがね《ビュラン》で殺された。そして、冗談を強調するために額にキリル文字を刻まれた。


第三巻。

Cham（カム）——Creeky（クリーキイ）

Cham（カム）王子《カム》。

一七五九年の用例、〝……文学のあの偉大な王子、サミュエル・ジョンソン。〟

そして、〝クリーキイ〟とは……？

スタングクリークのこと？　つぎの巻に行こう。


Creel（クリール）——Duzepere（ドゥーズピアー）

魚籠。遺体は水流《クリーク》の中に、頭部は魚籠の中にあった。そして〝ドゥーズピアー〟とは？

〝傑出した貴族、騎士、あるいは高官という意味のドゥーズピアーズの単数形の異形。〟

気の毒なパイクストレングラー。もし父上が亡くならなければ、たぶん……
第五巻。〃

Dvandva（ドゥヴァーンドゥヴァ）―― **Follis**（フォリス）

Dvandva（ドゥヴァーンドゥヴァ）構成要素が互いにあたかも連結詞《カピュラ》で結ばれているような関係にある複合語。

俳優・座長。

〃**Follis**（フォリス）少額の古代ローマ硬貨〃、アムブローズ・バードの口に入れてあったような。

そして、つぎの巻、最初の語。

Follow（フォロー）

あの〃$〃はドル記号ではなかったのだ、単に名前の余分な〃S〃を削除したのだ。

バードとフォローズ。彼らは、この殺人をさらに完璧なものにするために、性交《カピュラ》で結ばれたまま死んだ。

彼は独りになるために事務室に戻り、ドアを閉め、それから携帯を取り出した。

事件の様相は一変した。これまで彼は、あのおだやかで物静かな図書館員がこんなに大勢の連続殺人の容疑者だと、本気で考える気にはなれなかった。今彼に考えられることはただ、一躍、第一容疑者という恐ろしい重要人物になった男のもとに若い警官をたった一人で行かせてしまったということだった。

「応答しろ、くそっ、応答しろ！」彼は電話に向かって怒鳴った。

「もしもし」

「ボウラー、どこにいる？」

「ディーのフラットです、でも……」

「よし、中に入るな……」

「もう入ってます」

「くそ。よし。じゃ、にこやかに笑って、車から取ってくるものがあると言え。そして、外に出ろ。黙って言うことを聞け。さあ！」

彼は待った。やがて、青年の「主任警部、何があったんですか？」という声が聞こえて、パスコーはほっとした。彼は手短に自分が見たもの、自分の推測したことを話し、つけ加えた。「まったく見当違いかもしれないし、ディーとは関係ないのかもしれない、しかし、きみはそのまま待ってろ、これから……」

だが、ハットは金切り声で叫んでいた。

「つぎの言葉は何です？　つぎの言葉を早く教えろ！」

パスコーは眉をひそめたが、今は指揮系統について説教をしている場合ではないと考え、事務室を出て図書室に行き、読み上げた、〝Follow（フォロー）――Haswed（ハズウエッド）〟綴り字どおりにWも声に出して読んだ。

「〝ハズウエッド〟……そうか！　あれだ、今度来た〈対話〉の〝結婚式《ウエディング》があった〟。もっとも実際には〝ハシュード〟と発音するのかもしれないけれど……」

「発音なんかどうでもいい、意味は何です？」

今度もパスコーは反抗的な態度には目をつぶり、切迫した口調に応じた。

「〝グレーまたは茶色が特徴の〟」彼は言った。「ほら、あの〈対話〉の詩に〝だが白くはなかった〟とあったろ？　これでもし……ハット？　聞いてるのか？　おい、大丈夫か？　ハット！」

だが、ハットには聞こえていなかった。彼の目にはシルバーグレーのきらめく筋が際立つ豊かな栗色の髪が見えていた。そして、ほかにも見えるものがあった、偏頭痛の前兆の光る線のように網膜で震えているものが。

一五七六
年号ではない。日付だ。

〝わたしには日付《デート》がある〟

一・五・七六。

エンジンの轟音を聞いた。


一九七六年五月一日。

ライの誕生日だ。

あの野郎はつぎは彼女だと教えたのに、おれにはそれがわからなかった！

「ハット？　いったいどうしたんだ？　ディーはいるのか？　ハット？」

「いえ、いません」ハットは階段を一度に五段ずつ降りながら叫んだ。「彼はスタングクリーク小屋に行きました。そして、ライが一緒です。彼女はハズウェッドです、彼女の髪はグレーの特徴《ハズウェッド》があるし、それに彼女は七六年の五月一日生まれです——ほら、あの一五七六」

「ハット、そこで待て。今、そっちに行く。そこで待て、これは命令だ」

「くそくらえ」ハットは携帯に叫んだ。

彼は自分の車の助手席にスイッチも切らずに携帯を投げ出した。そしてパスコーは〈センター〉の階段をその若い同僚にほぼ匹敵するスピードで駆け下りながら、ハットの携帯の衝撃音、走り出したＭＧのタイヤのきしみ、そして

46

彼女が坐った椅子は磨かれた王座のように暖炉の光を照り返していた。

感触を楽しむように彼女の指は複雑な彫刻が施された肘掛けを、蛇のような溝からふいに隆起するがっしりしたライオンの頭へと辿った。

彼女は目の前の低い三本足のスツールに坐ったディック・ディーにほほえみかけた。二人のあいだにはパロノメイニアのゲーム盤が置いてあったが、こうしてすっかり広げてあるとエキゾチックな中世の宇宙地図のように見えた。

「これは持っていくの?」彼女は訊いた。「この椅子のことだけど」

「厳密に言うと、それはぼくのものじゃない」彼は言った。

「で、あなたは常に厳密に話す人なの、ディック?」

「厳密《ストリクト》ね」彼は考えた。「語源はラテン語の strictus(ストリクトゥス)だ、stringere(ストリンゲレ)の過去分詞で、ぴんと張るとか、ぎゅっと結ぶという意味だけどね。この言葉はシナントニムだよね……」

彼は言葉を切り、質問を誘うように彼女を見た。

それに応えて、彼女は言った。「え、何?」

「シナントニム。それ自体がその言葉の反意語《シノニム》になれる面白い言葉のことだよ。見落とす《オーバールック》(監視する、の意もある)とか、難攻不落の《インプレグナブル》(受胎可能の、の意もある)とか、密着する《クリーヴ》(切り裂く、の意もある)のような」

ライは考えてみて、それから言った。「そういう言葉はわかるわ、でも、〝厳密《ストリクト》〟もなの?」

「スコットランドの用法に、速いとか、迅速なという意味があるんだ、特に水の流れについて使われるんだが。だから、そうだね、あれやこれやで、ぼくは厳密に話す人間と言ってもいいと思うね」

「でも、この椅子はとっておく?」

「大事にとっておくかという意味なら、そのとおりだ。じつは、いつかその椅子をジェフリーに見せたら、彼から例のもぐもぐした言い方で、ぼくへの贈り物だと思っていいというようなことを言われたんだ。もっとも法的に言えば、ほかに証人のいないこの記憶が資格になるのかどうか疑問だが。花をもぎと《ディフラワー》られそうだよ、きみ」

　ライはゲーム盤を見た。彼女はたった今、いくらか得意顔でAZELEA（ツツジ）と駒を並べたところだった。今ディーはそのLのところで交差してGENITALIA（生殖器）と駒を並べ、それから彼女の残りの駒を注意深く取り除いた。

「押韻のルールのことは言ったよね？」彼は言った。「相手の単語をそれと韻を踏んだ単語で交差すると、両方の語の得点が自分のものになって、おまけに、もしそうしたければ自分が使うために相手の駒を取ってもいいんだ」

「でも、それじゃ今度あなたの番がきたら、わたしのAZELEAをまた並べられるってことじゃない」ライはわざと憤慨したように言った。

「そのとおり。だから、ぼくのGENITALIAを阻止する方法を考えたほうが賢明かもしれないね」

「ええ、考えますとも、ご心配なく。わたしをここに誘ったのは処女を奪う《ディフラワー》ためだとも知ってたら、絶対に来なかったわ」

　事実、彼女はすんでに来ないところだった。

　パーシー・フォローズの葬儀のあと、ディック・ディーがスタングクリーク小屋を引き払いに行くと話したとき、彼女は言った。「あそこを明け渡すの？　新しい家主さんのせいで？」

「新しい家主が誰かまだはっきりしないようだし、いや、それは今のところ問題じゃない。問題はひとえにぼくとあの小屋との関係なんだ。あんなことがあってから、一度だけあそこに行ったんだが、すぐ車に戻って町に帰ってきたよ。あそこはもうくつろげる場所ではなくなってしまった」

「残念ね」彼女は言った。「あなたはすごく居心地よさそうにしていたのに。荷物はたくさんあるの？」

「かなりね。あそこに泊まったりもしたから、だんだん増えて」ちょっと間があって、それから「あのね、一緒に行って、手を貸してもらえないかな？　じつは、しっかり両手をね、それにもう一台車が増えれば大いに助かるんだが」

彼女は即座に断わるところだったのだが、彼は大急ぎで言葉を続けた。「それに、ほんとのことを言うと、独りであそこに行きたくないんだよ」

彼女はためらった、でも、まだ断わる公算のほうが大きかったのだが、だしぬけに彼は言った。「いけない！　ライ、むろん、そうだよ、ぼく以上にきみのほうがあそこに二度と行きたくなくて当然だ。ぼくの恐怖はすべて連想だ。それがきみは現にあの気の毒な男を発見したんだ。こんなことを頼むなんて鈍感だったよ。ごめん」

これはどんな説得よりも効果的だった。

「そして、ためらうなんて、わたし、意気地なしだったわ」彼女は言った。「むろん、行くわ」

彼は危ぶむように彼女を見た。

「ほんとに大丈夫かい？　無理して行かなければなんて思わないでくれよ」

「あなたが上司だから？」彼女は笑った。「わたし、あなたが上司だからといって、それだけの理由で自分がしたくないことをしたことは一度もないと思うけど」

「それを聞いて嬉しいよ。ぼくは、友達だからといって、という意味で言ったんだけどね」

彼女はちょっと考え、それから微笑して言った。「ええ、友達ね。そして、ええ、わたし行くわ。でも、まず自宅《うち》に帰ってこの悲しげな服を着替えないと。お葬式に着ていける服はこれしか持ってないし、このシーズンはお葬式が社交行事の中心みたいだから」

「いいよ。ぼくも着替えたいしね。レセプションに出ないことを一言、挨拶しといたほうがいいかな？」

「誰に？　このまま帰っていいと思うわ、わたしたちがいなくて残念がる人は残念がるでしょうし、そうじゃない人はそうじゃないでしょうよ」

「まさに至言だね、脱帽ものだ」

そして、二人がこの小屋に着いてから一時間になるが、ライはこれまでのところ心配していたような重苦しい気分にはならなかったし、彼女が見るかぎり、ディーもそうだった。

荷造りのほうはまだあまり捗《はかど》っていなかった。小屋の中は湿って肌寒かったので、ディーは火格子の灰をふるい、丸ごと一束焚きつけに火をつけて二、三本の薪の上に放り込んだのだった。

「薪割りをしたのは、ぼくだ」彼は言った。「せっかく作ったんだから使わなきゃ」

「いい考えだわ」見る間に燃え上がった火に手をかざしながら、彼女は燃える薪の匂いを吸い込んだ。

「この匂い、好きだわ」

「ぼくもさ。灰、じゃないかな。最高だよ。灰は灰に（葬式で言う言葉）、という言葉は、ゴミの処分というより過程を言っていると見るほうがずっと筋が通る。周囲を暖め、いい匂いを発散しながら、燃えて死ぬというのは、人生のイメージとして悪くない、そう思わないか？」

「その考えの中には、まだ復活の確実な希望はあるの？」ライは微笑しながら訊いた。

「つまり、気の毒なパーシーが帰ってくるかもしれない、と思っても平気でいられるかってことかい？」

「ほら、甦ったとき、わたしたちは変えられているんでしょう？（聖書〈コリント人への第一の手紙〉の一節より）」

「ま、それならば……しかし、後段《メタ》言語学はこの辺にして。さ、仕事だ。ごみ袋がたくさんあるし、段ボール箱もいくつかある。どんどん詰めてくれ。気をつけなきゃいけないものは何もない、絵以外は。それに、それだって巨匠《オールド・マスターズ》の作品ってわけじゃないしね」

「若い巨匠《ヤング・マスターズ》かもね？」ライは言った。

「これはどうもご親切に」彼は言った。

二人は荷造りを始めたが、まだ三、四分もしないうちにライがゲーム盤を見つけたのだ。折りたたんだままでも、それは艶のある紫檀の板に装飾的な真鍮の蝶番《ちょうつがい》が金色に映えて、じつに見事な工芸品だった。

「広げてみてもいい？」彼女はたずねた。

「もちろん」

「まあ、なんてきれいなの」文字マスの間にくねくねと伸びる十二宮の複雑なデザインを見て、彼女は嘆声をもらした。「事務室であなたとペンが使っていた盤は見たことがあるけど、こっちのほうがもっと凝った意匠ね」

「うん、盤はみなデザインが違うんだ」彼は言った。「でも、ぼくはこれをいちばん主要な盤と見なしている。この星座はある単語がある重要な位置に入ると付加的な価値がつくことを示している。たとえば——これはちゃんと知ってるんだが、女性の場合は常に念を入れるにかぎるから——きみの生年月日を言ってみて」

「一九七六年五月一日」

「五月一日、七六年。メーデーね、メーデー。うん、思い出した。牡牛座だ、むろん。そうすると、もしきみに充分な持ち駒があって自分の星座に自分の名前を並べると、得点を余分にもらえる。しかし、もし最初に、重要な運星を誕生日の日付との結びつきに従って、その星座のなかに置くことができれば、誕生の時刻との結びつきならもっといいんだが、そのときのきみの得点は、言葉の綾を使わせてもらえば、それこそ天文学的になる。でも、許してくれたまえ。ぼくは自分自身の趣味の発酵酒にすっかり酔っぱらってる。退屈だよね、酔っぱらいが管《くだ》を巻いてるも同然で！」

「退屈じゃないわ」彼女は請け合った。「ただ、ちょっととまどうところが。あなたからもらったあのルールのコピーには目を通したけど、正直言うと、ますます混乱しちゃったわ」

「そういうもんなんだよ」彼は言った。「最上のゲームは、最上の人生と同じでね——実際にやってみて初めてわかるんだ。でも、ちょっと説明してあげよう……」

説明から、例証、そしてゲームへと進んだのはごく自然な成り行きだった。

彼がジョニーという文字の並んだあの三番目の駒棚《ラック》を置いたとき、彼女はたずねるように彼を見た。

「若くして亡くなった学校時代の友達だよ」彼は言った。

「あの写真の男の子？」

「彼だ。ジョニー・オークショット坊や。あんなに気だてのいい人間はほかにはいないよ。チャーリー・ペンとぼくは息のあった作業班だったけど、なぜかジョニーが入って初めてぼくらは完璧になったんだ。それ以前は、ぼくらは知性と想像力のすこぶる効果的なコンビだった。そこへ彼は人間の魂をつけ加えたんだ。うんざりするほど感傷的に聞こえるかい？」

「いいえ」彼女は言った。「そんなことないわ」

彼はライにほほえみかけて言った。「きみはきっとわかってくれると思ってた。あの頃、ぼくらは三人でゲームをやっていた。ジョニーはからきし下手だったけど、でも彼は一緒にゲームをしているのが楽しかったんだ」

「そのあと彼は亡くなったの？」

「そうなんだ」彼は厳かに言った。「どこかの嫉妬ぶかい神に盗まれてしまった。それ以来、ぼくらはいつも彼の駒棚《ラック》を据えることにしているんだ。そして、ルールブックには書いてないルールが一つあって、プレーヤーは彼の駒棚《ラック》の文字を使ってもいいんだ、もし自分の文字にジョニーの駒棚《ラック》の文字を加えて、どんな言語でもいいから完全な語を作れるなららね」

「もしそれができたら？　無条件に彼の勝ち？」

ディーは肩をすくめて言った。「さあ、そうかもしれない。まだ一度もないから。ときどき空想するんだ、もしそういうことが起きたら、そこの彼の席にジョニーが現われて、今にも一緒にゲームを始めるんじゃないかって。まさに魔法《スペル》だよ、あらゆる意味で。でも、これはいささか病的だな。さて、それじゃぼくの秘法を伝授しよう」

そして、ゲームは始まった。ディーは忍耐強い教師役を明らかに楽しんでいた。もっともライがゲームの要領がわかってきたと思うたびに、ディーは新たな、さらに複雑な要素を持ち出した。だが、彼女は自分を負かすためだとは感じなかった。実際、ほどなくライは、このゲームに習熟すれば勝ちを競って激突するというよりダンスのパートナーのような関係になるのだろうと感じはじめた。盤面には華麗なデザインが輝き、持ち駒を補充しようと容器に手を入れると、すべすべした象牙の文字駒がなめらかな魚のように指のあいだをすり抜けた。この容器自体も美しい代物だった。ありきたりの缶やくたびれたボール箱ではなく、金の蝶番のついた、紅水晶のずっしりした小箱だった。
「母の唯一の遺品でね」たずねられると、彼は言った。「母がどういう経緯でこれを入手したのかは知らない、それに、じつを言えば、我が家の状況を考えるとほかの金目のものはみな競売場か質屋に行ったはずなのに、母がどうしてこれを手放さずにすんだのかも知らない。彼女のわずかばかりの宝石入れだった、主として安ぴか物だったけどね。今はそれより遙かに貴重なものが入っている。創造者を待っている言葉の種だ。あらゆる言語がここにある、つまり、人生そのものがね、なぜならこういう種が蒔かれるまでは何一つ存在しないのだから」

そして彼はその水晶の小箱を揺すって象牙を滑らせ、そのかすかな音は彼女の名前を唱えているようだった。

徐々に、逆らいがたく、彼らのゲームにエロチックな底流が流れはじめた、巧妙なほのめかしによる一種のセクシーな戯れ、みだらな流し目のような間接的な言及、言葉による愛撫、危険にさらされる心配はない。そして彼女は、もし彼女が後退したくなればいつでも、ただちょっと合図をするだけで何のごたごたも非難もなく、ふだんの職場での親しく、礼儀正しい関係に戻れるだろうと絶えず感じていた。だが、彼女はそんな合図はしなかった。暖炉の火の揺れ動く明暗《キアロスクーロ》に照らされて、彼女の体は暖かく、リラックスしていた。このゲームがどこに向かうのか、また、どこまで進んでほしいのか彼女にはわからなかった。しばらく前にディーは暗赤色の赤ワインのボトルとタンブラーを二個、持ち出した、そして彼女の喉を滑り落ちるぴりぴりした液体は、早すぎるセックスの悶えのようで、満足させると同時にいっそう強く求めさせた。風雨にさらされて黒ずんだ小さな窓の外に広がる岩と水と植物の世界は遠いところに見えた、そして、人々と建物とエンジンと技術の、あのもう一つの世界はさらに遙かかなたに思えた。もしそういう世界の記憶が暗く、慰めのないものに思えたとしたら、それはその暖かさと、光と、慰安と歓びがこの狭い部屋に集中しているように見えたからだ。神秘的な大宇宙、すべての世界が存在するこの無限の天空に関して言えば、どうして外に出て空を見つめる必要があろう、そのあらゆる美と叡智がこの魔法のゲーム盤、神がじっと見下ろす宇宙《コスモス》のように彼女の足元に置かれたこのゲーム盤に含まれているというのに。

そして、遙かかなた、まだあの最遠の世界にいるハット・ボウラーは午後の車の流れを縫って狂った獣のように車を走らせていた。そして、そのさらに後方、いちだんと遅れてピーター・パスコーがほかの道路利用者だけでなく自分自身の生命と身体の安全にハットよりは気を配りながら、同じ方向に向かっていた。

火に載せた薪は急速に燃え、ドームのように盛り上がり、赤い心臓が消耗性の熱で拍動する白熱した灰の寝乱れた床に崩れ落ちた。

「トーストにもってこいの火ね」ライは呟いた。「子供の頃、こんなふうに暖炉の前に坐って、分厚く切った白パンをほとんど黒焦げになるまで焙って、パンの空気穴に溶け込むほどたっぷりバターを塗ったのを思い出すわ。そう思ったのは、この前ここに来たときだけど……」

「トーストか」ディーはおうむ返しに言った。「うん、トーストも悪くない。あとでね、たぶん。ゲームが終わったら」

そして、彼は暖炉にさらに薪を投げ込み、間もなく灰の中にあった熱の種が今一度、炎の花を咲かせた。そして炎はこの新たな薪の肢体を抱きしめ、薪は自分たちのあいだにある火がどんどん熱くなるにつれて体をずらし、吐息をつき、呻き、ついに部屋は耐えがたいほど暑くなった。

ディーは着ていた古びたスウェット・スーツの上着を頭からかなぐり脱ぎ、思いがけず男性的な逞しい体に張りついた半袖の肌着姿になった。ライもあとに続いて、田舎の寒気にそなえて着込んできた厚ぼったいウールのセーターを頭から脱いだ。その分厚いセーターが顔面を擦ったとき初めて、彼女はその下に何も着ていなかったことを、喪服の下につけていた薄いシルクのブラジャーだけだったことを思い出した。それとも、たぶん彼女は今初めて思い出したふりをしているのだろうか？　確かに、それとわかるほどには手を止めることもなく彼女はセーターを脱ぎおえ、椅子の傍らに落とした。そして、身を乗りだすと〝歓喜〟という語を作った。

ディーは目を逸らしもしなければ彼女の胸をじろじろ眺めもせず、まるで是認するようにうなずいて言った。「そして今度は、もし詩人についての取り決めに従ってプレーすると、これはある単語を、むろん正確に引用できなければいけないんだが、誰かの詩のなかでその単語の直前、あるいは直後に来る単語で交差するという方法だけど、ぼくはここで〝歓喜《ジョイ》〟を〝深紅の《クリムゾン》〟で交差して得点できるな」

「ブレーク（ウイリアム・ブレークの詩〈病めるバラ〉より）ね」彼女は言った。「じゃ、わたしも同じように、ここのあなたの〝秘密《シークレット》〟をわたしの〝愛《ラブ》〟で交差できるわね？」

「これもブレークだね。お見事」

「じつは、わたしの頭にあったのはドリス・デイなんだけど」彼女は言った。

彼は頭をのけぞらせて笑い、彼女も笑った。だが、どういうわけか彼女の意図とは裏腹に、これは二人のあいだの性的緊張をほぐしてはくれず、こうやって声を合わせて笑ったことでまた一本、連絡線がくねくねと蛇のように伸び、発見したてのお互いの肉体的魅力をいささかも薄れさせることなく二人をいっそう間近に引き寄せ、お互いに相手を好ましく思い、一緒にいるのが楽しいことを確認させた。

かまわないじゃないの、と彼女は思った。わたしは自由の身よ、誰とも関係を結んでいない。そして、ディックに関するかぎり、そういうつもりはない。だから、若いうちに少々楽しんだっていいじゃない？

だが同時に、この先もディーのそばで働くのだということが頭に浮かんだ。状況は変わるだろうか？ もし彼女が望めば、ディーは確実に今までどおりにしてくれると彼女は感じた。そう、彼が慎重なのは間違いない、だが最大限に慎重に振る舞っても、あのチャーリー・ペンの探るような目に見破られずにすむだろうか？ あのいかにも心得顔の目つき、あの当てこすっているような〝唸り笑い《スマール》〟、あの身代わりの親密さをほのめかす曖昧な言葉、こういうことを考えると彼女の心は曇った。

そしてまた、自分は誰とも関係を結んでいない自由の身だという、あの心からの確信にもかかわらず、彼女の脳裡にハット・ボウラーの顔が浮かんだ。

その彼は今は車のいない静かな田舎道に入り、猛スピードで飛ばしていた。そのあまりの速さに野原で草を食《は》む羊たちは頭を上げる暇もなく、ただあとに残った一陣の排気ガスが羊たちが夢を見ていたのでない証《あかし》だった。依然として彼よりかなりうしろを、だがすでに市外に出たので同じスピードでパスコーが続き、さらにそれよりややうしろを〈黒牡牛〉亭でアンディ・ダルジールを乗せたパトカーのサイレンと点滅するライトが続いた。

巨漢の声がパスコーの携帯から響いた。

「今どこだ、ピート？」

パスコーは告げた。

「で、ボウラーは？」

「まだ、見えません」

「あのな、婆さんじゃあるまいし、のろのろ運転はやめろ！　向こうへは彼と一緒に着くんだぞ。もし彼の身に何かあったら、きみの責任だからな」

「心配なのは、むしろディーの身に起きることですよ、ハットが彼に追いついたときに」

「ディー？　彼がワードマンってことになりゃ、誰も気にせんよ」ダルジールは取り合わなかった。「いや、われわれが面倒を見なきゃならんのはボウラーだ。あと二、三年であの大学教育をすっかり追い出してやれば、あいつはいっぱしの警官になりそうだ。おい、いったい何でこんなに遅いんだ？　ペダルでも漕いでるのか？」

この最後の二つはパトカーの運転手に言ったのだと察しがついたが、パスコー自身もこの言葉に気圧《けお》されて、さらに強くアクセルを踏み込んだ。おかげで、少し前にMGに平安を破られたあの羊たちはふたたび耳をぴくつかせたが、イメージとは逆に呑み込みの早い動物なので、今度はわざわざ頭を上げさえしなかった。

それで、とライは思った、やめるの、やめないの？

心は揺れ動いていたが、彼女は体がそれとはまったく無関係にずっと積極的なサインを出しているのに気づいていた。

彼女は椅子の背にもたれて体を伸ばし、あらゆる意味で、ディーがつぎの手に出るのを待っていた。彼女のブラジャーの左の肩ひもは肩からずり落ちて乳房がシルクのカップからはみ出しかけていたが、彼女はそれを直そうともしなかった。実際、ディーの側の強い躊躇を感じとって、それに、たぶん、いささかプライドを傷つけられて、彼女が肩の力を抜くとはみ出しかけていた乳房の乳首が完全に姿を現わした。

今度はディーも彼女に注意を向けた。しかし、彼がじっと見つめているのは彼女のふくらんだ乳首ではなかった。

彼はライの頭を見ていた。

彼女は言った。「何?」

ディーはゲーム盤ごしに手を伸ばすと、あのきらめく銀色の髪に触った。

「一度これをやってみたかったんだ」彼は言った。

「指に色がついてこないか試すために?」ライはからかった。「〝これは本物でございます。風雨に晒されてもびくとも致しませぬ〟」

「それは疑ったことがないよ」彼は言い、それから今度は彼女の胸元に視線を下げた。

彼は言った。「ライ……」

彼女は言った。「ええ?」

彼は言った。「ライ?」

彼女は言った。「ええ」

こんなに簡単なことだった。

彼があまり唐突に立ち上がったので片足がパロノメイニアのゲーム盤に当たり、並んでいた文字は飛び散ってすっかり意味をなさなくなった。

彼は言った。「ぼくはちょっと……ぼくはその前に……失礼……」

彼はくるっと背を向けて部屋から出ていった。

微笑しながら立ち上がると、彼女はブラジャーのホックをはずし、それを床に落としながらジーンズとパンティーを脱いだ。

彼女は窓辺に行った。長年の雨滴のしみと地衣で窓ガラスは薄黒く曇り、目を凝らさなければ外がよく見えなかったが、ようやくあの灰色の神秘的な湖面が見えてきた。何一つ動かなかった。風もなく、波もない。小鳥一羽の姿もない。

小鳥はまたしてもハットのことを考えさせた。愛しいハット、あんなに何もかもわかっているようでいて世間知らず、あんなに世間知らずのようでいて何もかもわかっている彼。彼は金輪際ディックのことは知らなくていい。もっとも、むろん、男の中にも女と同じぐらい敏感にこの種のことに直感がはたらく者がいるけれど。それに、どっちみちもしチャーリー・ペンが嗅ぎつけたら、間違いなくハットにも教えるだろうと彼女は思った。

ディーに〝だめ〟と言うのは、もう手遅れだろうか？ それは考え方一つだ。女性にはいつでも、どの段階でも〝だめ〟と言う権利がある、これは正しい、こうでなければならない。だが、ディックが部屋に戻ってきたとき、ここに全裸で立っているのは、彼に〝いいわよ〟と怒鳴るようなものだ、たぶん、大勢の男性にとって単なる〝だめ〟という言葉など聞こえなくなるほど大声で、と彼女は思った。

〝まったくもう、もし「だめ」と言うつもりなら、さっさと服を着なさいよ、あんた〟と彼女は自分を促した。

手遅れだった。背後でドアが開く音がした。

なるようになれ、と彼女はほとんど後悔もせずに思った。楽しめ！

あたかも彼女の決断を是認するように、湖の遠い対岸にどんより立ちこめた霞にかすかに光り輝くものが現われた。沈む夕陽が雲間から射してこの結びつきを祝福してくれている、と彼女は半ば自嘲ぎみに思った。

ただ、むろん、まだ日暮れどきではなかったし、彼女が見ているのは西ではなく東だったが。

それに太陽は沈む、こっちに向かって驀進《ばくしん》しては来ない！

自由意思と自主的な判断もこれまでだ。こっちに行こうと決めたまさにその瞬間に、運命が耳元で咳をして別の道に向かわせるのだ。

というのも、今はその輝くものの正体は車のヘッドライトで、車は小屋に通じる湖岸の道を転《ボウリング》がるように快調に近づいているのがはっきりわかったからだ。そして音も聞こえた、クラクションを鳴り響かせて、運転者はまるで自分がやって来ることを何がなんでも報せたがっているようだった。そして、ついには、この距離からでもその車がハットのスポーツカーだとわかり、彼女は自分の〝転《ボウリング》がる〟ようにという形容がぴったりだったことに独り微笑した。ただし、車は今はもう〝転《ボウリング》がる〟ようには進んでおらず、穴だらけ、石だらけの道を跳ね上がり、ぶつかりながらまったく減速せずに突っ走っていた。愛車MGをこんなに虐待するとは、ハットはどんな緊急の任務を帯びていると思い込んでいるのだろう？

それが何であれ、約束された歓びは中止、というか、少なくとも延期というわけだ。

悲しげなしかめ面を用意して、彼女は振り向き、脱いだ服を着に行こうとした。

だが、目に映ったものが彼女を棒立ちにさせた。

そこにディーが立っていた。彼はすでに近づいていてゲーム盤を踏んで立っていた。彼も全裸で、腕を大きく広げ、左手に何か持っていたが、ライはそれが何か見きわめようとはしなかった。というのも彼の右手は長い細身のナイフを握っていたからだ。そして彼女は自分の視線が否応なく彼の腹部から股間へ、ブロンドの陰毛から尖塔のように突き出すペニスに引き寄せられるのを感じた。

車のクラクションは今はさらに大きくなっていた、彼女の背後の黒ずんだ窓からヘッドライトが見えているに違いない、ハットはすぐそこまで来ているのだ、だが彼は間に合わないだろう。目の前の凶暴な姿をじっと凝視しながら、彼女にはわかっていた、ハットは絶対に間に合わないと。

MGが小屋から四、五十メートルのところまで来たとき、その頑丈なサスペンションでも跳ね上がれないほど深い穴につかまった。エンジンは最後の喘ぎを漏らして停止した。

だが、静寂は訪れなかった。

運転席から飛び出しながら、ハットはその悲鳴を聞いた。何か叫びながら、自分でも何を叫んでいるのか知らなかったが、彼は全速力で小屋に走った。小屋の窓は奇跡劇の地獄の口のように、ぼうっとしたゆらめく赤い光で染まっていた。

彼の背後では、湖をめぐってほかのライトと甲高いフクロウの鳴き声のようなサイレンの音が近づいていた。加勢が来ていた。だがハットにとっては死者への祈りや宗教の慰めのように無意味だった。悲鳴を上げつづけろ、とハットは思った。悲鳴を上げつづけろ。その悲鳴は彼が聞いたこともない恐ろしい音だった。だが、それが聞こえるかぎりライは生きているのだ。

薄汚れた窓ごしに、ハットの目につかみ合う二つの人影がちらっと見えた、高く上げた手、その手が握る長い細身のナイフ、濡れたように赤い……

ハットは走って小屋の横手にまわり、ドアをベニヤ板のように突き破り、地獄の口に飛び込んだ。

高く躍る炎の揺れ動く光に照らされて不気味に、部屋の中央で二つの裸身が取っ組み合っていた。あのパロノメイニアのゲーム盤の上でがっちりと組み合い、まるでレスリングマットのようにそこが限られた格闘の場のようだった。あのライオンの椅子は暖炉の火格子の上になぎ倒され、すでに背もたれが黒く炭化しはじめていた。だが、ハットはこんなものには目もくれなかった。彼が見たのはただ高く振り上げられたナイフだけ……すでに血が滴っているナイフだけだ……

彼は身を躍らせて突進すると背後からディック・ディーを押さえた。片腕をディーの首に回し、もう一方の手でナイフを持つ腕をつかみ、彼をライから引き離そうとした。ディーはいとも簡単に引き離され、ハットは不意をつかれて仰向けに倒れた。だが彼はディーから手を離さず、倒れながら体を庇《かば》えなかった彼は床にどっと倒れ、駒を盛った水晶の大皿にしたたか頭を打ちつけた。まるで暖炉の踊る炎が頭に入ってきたようで、煙と移ろい変わる影が満ちあふれた。彼はすでに霞んでいる目の上に液体がほとばしるのを感じた。血か、涙か、それが何かはわからなかったが、目に滲《し》み、目が見えなくなったのはわかった。ディーの体が重くのしかかっていた。ハットはその体をはねのけ、起き上がろうとしながら何か熱いはんだごてのようなものが左の胸郭を走るのを感じた。ライがまた悲鳴を上げていた。今回は彼女自身のためにではない、なぜならハットはまだ自分のすぐ横にディーの体があるのがわかるからだ。ハットのために違いなかった、そして、そう思うと彼は力が湧いた。彼はもう一度、身を起こそうとした。何かが彼の側頭部を強打した。目が見えぬまま、彼は腕を振りまわした、指が金属に触れた――摑んだ――刃が肉に食い込み、指を伸ばした――やり直しだ。

今度は象牙の柄をうまく摑めた。

ナイフを奪った。

だが相手には何かそれに代わる、ほぼ同じぐらい殺傷力のある武器があり、それをふたたび刑事の側頭部に打ち下ろした。

最小限の武力。なぜかこの語句がハットの脳裡に浮かんだ。それほど昔ではない養成所時代に習った言葉だ。首尾よく逮捕するためには武力の行使も許される、だが、それは常に容疑者の合法的拘束に釣り合った最小限の武力でなければならない。

仰向けに横たわり、目は見えず、負傷し、意識を失いかけ、しかも殺人狂と格闘しているとき、最小限を定義するのは難しかった。

彼は手を高く振り上げ、力を込めてナイフを振り下ろした。これは最小限に思えた。そして、もう一度。まだ最小限に思えた。そして、もう一度……そうとも、まだまだ限度内だ……そして、もう一度……もしこれだけやって最小限なら、この場合、何が最大限になるのだろう？……

この質問が、ゆらめく炎と移ろい変わる影から見え隠れしながらすばしこく逃げてしまう答えを、壊れた定義と言葉の破片の中に追い求めていた。そのとき、しだいに高まるあのフクロウの声、サイレンとわかっていたが彼にはあの不吉な夜の鳥に聞こえるあの音がクライマックスに達した。

と思うと、止んだ。

そして、暗闇が訪れた。

47

暗闇は長い間続いた。

それとも、たぶん、短かったのかもしれない。彼にはわからなかった。ときどき瞬間的に意識が戻ることもあったが、彼の五感はちぐはぐに働いた。彼は動きを嗅ぎ取り、色を感じ、音を見た。こういう印象はどれもまったく意味をなさず、また、ほかのどれとも関連がなさそうだった。それが現実の時間のものなのか、あるいは無限を一粒の砂に詰め込める、あの永遠の夢幻時に属するものなのか、彼は知らなかった。

そういうわけで、やっと彼が目を覚ましたとき、自分はまだスタングクリーク小屋の床に力無く横たわっていると思っても不思議はなかった。

目の焦点がよく合わなかったが、とにかく、網膜にぼんやりながら像を結び、誰かが自分を見下ろしているのがわかった。

えい、くそ。やっぱり、そうだ。おれはまだ小屋にいる……

彼は動こうとした。だめだった。事態はさらに悪化していた。縛られているのだ。

彼はしゃべろうとした。喉がからからでまるで……

警官仲間でよく使う荒っぽい比喩が半ダースほどもあるのに、彼は一つも思い出せなかった。

見下ろしている人物がすぐそばに来た。

顔立ちがはっきり見えた。おっかない、歪んだ、威嚇するような顔だった。

恐ろしげな唇が動いた。

「彼女は無事だ、ハット」

そして、その人食い鬼のような容貌は消え、代わって見慣れているので心地よいエドガー・ウィールドの不細工な顔が現われ、同時に彼を束縛していたのは両端をしっかりマットレスの下に押し込んだ、糊のきいた上掛けシーツだとわかった。

「彼女は無事だ」ウィールドは繰り返した。

もしウィールディがそう言うのなら、本当に違いない。

そして、ハットは自分の動かない舌が訊きたかった、まさにその質問を知っていた部長刑事に、自分は永遠に感謝しつづけるとわかっていた。

彼はふたたび目を閉じた。

つぎに目を開くと、パスコーがそこにいた。

主任警部は看護婦を呼び、彼女は手を貸してハットに頭を上げさせ——彼はそのとき初めて頭が包帯でぐるぐる巻きにされているのに気づいた——水を飲ませた。

「ありがとう」彼は喘いだ。「喉がメンフクロウの股みたいに干上がってたんですよ」

ハゲワシの、と言ったつもりだった。だが、記憶は戻りかけていた。

看護婦はパスコーに言った。「疲れさせないでください。それに、あまり体を動かさないように注意していてください。先生に目を覚ましたことを知らせてきます」

おいおい、目を覚ましただけじゃなくて、頭も確かだぞ、とハットは思った。だが抗議する体力も気力もなかった。

「どこに……？　どれぐらい……？」彼はしゃがれ声で言った。

パスコーは言った。「中央病院にいる。ここに入院して十一日になる」

「十一……？　十一日も意識がなかったんですか？」

十一日というのは気がかりだった。十一日というのは脳死に向かう巨大な一歩だ。

パスコーは微笑した。

「心配するな。ダルジール警視は二週間経たないと生命維持装置をはずせとは言わないから。とにかく、きみは昏睡してたわけじゃないんだ、最初から。しかし、頭蓋骨が押し下げられて脳が圧迫されたのは事実だ。でも、大丈夫。ちゃんと治療してくれたから。また《タイムズ》のクロスワードパズルが解けるようになるよ」

「今まで一度も解けなかったのに」ハットは言った。ちょっ、ちょっとした勇者気取りはよせ、ほんとは心配でたまらないくせに！

彼は言った。「気休めを言ってるんじゃないんですか？　つまりその、十一日というのは……」

パスコーは言った。「安心しろよ。きみがこんなに長く意識がなかったのは、主として鎮静剤のせいなんだ。困ったことに、きみは目を覚ますたびにひどく混乱していて、先生たちはきみがこの上まだ怪我をしかねないと心配したんだ」

「混乱？」

「錯乱していた、と言ってもいい。シャロン・ストーンと一緒に泥風呂に入ってるみたいに転げまわって」
シ、シ、シャロン・ストーン？　いや、ご遠慮申し上げる。自分が好きな女性を選ばせてもらう。
この考えは主任警部の励ましの言葉よりずっと彼を元気づけた。さあ、自分のことはいい加減にしてライのことを訊こう、無事なことはウィールドが請け合ってくれたがもう少し詳しく訊かなきゃ。彼の耳にあのライの悲鳴がまた聞こえ、ディーのくそったれに傷つけられたあの裸身が目に浮かんだ。そして、自分はどこまで詳しく訊く心の準備が出来ているだろうかと思った。しかし、知らねばならない。

でも、今はまだ早い。パスコーは話しつづけていた。

「そして、きみが怒鳴っていたことと言ったら……」主任警部はまだ信じられないというように首を振った。

「どんなことを？」

「心配するな、きみに不利な証拠として使えるように全部テープに取ってある、きみが職務に復帰したときに」

心の安まる言葉だ。いい人だ、パスコーは。病人の扱い方を心得ている。開業医《ジー・ピー》になればよかったのに。といっても、ジョージー・ポージーのことではない、そうとも、そんなパスコーは想像できない……

「今朝、ウィールド部長刑事からきみの意識が戻ったことを聞いた。そのときの話では、きみはミズ・ポモーナのことをたずねたそうだが」

ウィールド。人の考えていることが、まだ当人が考えないうちからわかるんだ。

彼は言った。「部長刑事は彼女は無事だと言ってましたが、そうなんですか？」

「彼女は元気だ。いくつか打撲傷と擦り傷があるけどね。ほかには何もない」

「何も？」

「ああ、何も」パスコーは力を込めて言った。「きみは間に合ったんだ、ハット。ディーには彼女に対して何をする時間もなかった、嘘じゃない」

主任警部はあん畜生が彼女をレイプしなかったと言っているのだ、とハットは思った。なぜ、単刀直入にそう言わないのだろう？

たぶん、おれが単刀直入にそう訊かないからだ。

だが、もしディーが彼女をレイプしていたら？ それで今までとどこが違う？

おれにとって？ 彼女にとって？ 彼は腹立たしく自分を嫌悪しながら自問した。彼女にとっては大違いだ。そして、このおれにとってどう違うかなんて、どうでもいいことだ。

これはおれが病気だからだ、と彼は自分を安心させた。病気だと、人は利己的になる。

彼は言った。「彼女も入院してるんですか?」

「とんでもない。様子を見るために一晩だけ。そのあと彼女はさっさと退院したよ。どうやら病院が嫌いらしい」

「ええ、以前、辛い体験をしたらしくて……それで、長居をしたくないんですよ……」

「彼女は毎日きみを見舞いに来てるんだぞ」パスコーはにやにやしながら言った。「それに、彼女が毎朝最初にすることと、夜最後にすることは、病院に電話をしてきみの無事を確認することらしい。だから、そんなみじめったらしい顔はやめろ。ハット、大した娘だぞ、きみの彼女は。きみがディーと転げ回っていたとき、彼女はワイン瓶を彼の頭に打ち下ろして叩き割った。どうやら、彼はナイフを落として、あの一トンほどもありそうな水晶の大皿できみの頭を叩き潰そうとしていたらしい。彼女はそれを彼から奪い、彼がきみにやってたことを今度は彼に対してやったらしい。大した娘だよ」

「そして、ナイフはぼくが奪った」顔をしかめて思い出そうとしながら、ハットは言った。「そして、ぼくは……ディーはどうなりました? 彼は……?」

ハットは彼が死んでいればいいと思ったが、にもかかわらず生きていてほしかった、なぜならもし彼が死んだとなると……彼はあの振り上げ突き刺し、振り上げ突き刺したナイフを思い出した。最小限の武力。

「彼は死んだ」パスコーはおだやかに言った。

「くそっ」

「裁判経費が節約できる」パスコーは言った。「それに、ライに裁判のトラウマを与えずにすむ」

「ええ」

「調査は行なわれるがね、むろん」パスコーは軽い調子で続けた。「死亡に警官が関わった場合には必ず行なわれる。事情が事情だから何も心配しなくていい、単に形式的なものだ」

「はい」ハットは言った。

今どき形式的な調査などあり得ないことは、ハットもおれと同じぐらいよくわかっている、とパスコーは思った。人が死に、警察官が関わったとなれば、事情もへったくれもない、世間には市民権活動家から宗教がらみの狂信者、果ては誰も彼もクソ食らえという無政府主義者までパーカッションの一大楽隊がいて、騒音が止んだときには一つの警官人生が致命傷を負って倒れていることを願って、それぞれ違った音色の太鼓を叩こうと手ぐすね引いて待っているのだ。

運がよければ、今度の事件ではマスコミが異議申し立てをする者たちの声を掻き消すほど高らかに祝賀気分の勝利の調べを吹き鳴らしてくれるだろう。ワードマンはいなくなった。少なくとも七人の人間を殺した殺人犯自身も殺された。窮地に陥った乙女が英雄的な若い警官に救出された。ロマンスの噂も流れている。この青年は勲章に値する！

パスコーは彼が叙勲されることを願った。ハットを称《たた》える側の者も非難する側の者も誰一人見ていないものが一つある、パスコーがやっとドアから飛び込んだときに見た、スタングクリーク小屋のあの部屋だ。

至るところ血だらけだった。ハットは脇腹と頭に負傷して、仰向けに意識を失って倒れていた。裸のライは大青《タイセイ》で体を染めた古代のピクト人さながら血糊で染まった体で彼の傍らにひざまずき、血の流れる彼の頭をそっと抱えていた。そしてディーは、パロノメイニアのゲーム盤の上に生《い》け贄《にえ》の牡牛のように長々と横たわり、その体はあまりに多くの傷で切り裂かれたために流れ出た血が一つに合わさり深紅のマントとなって彼を覆っていた。そして、その体の上に異国の赤い空に輝く星のように散りばめられ、床の上に銀河のように散らばっているのは、そのゲームの文字駒で、読み取れる者には何か難解なメッセージを伝えていた。

中立的な立場の者の目には、殺人狂の被害者はディーのように見えたかもしれない。

パスコーと踵《きびす》を接して現場に着いたダルジールは一目でこの状況を見て取った。

救急車を呼び、ハットとライに出来るかぎりの手当をすると、巨漢は言った。「こっちにも蘇生術を施したほうがいい」

「いえ、警視、彼は完全に事切《こと》れてますよ」パトカーを運転してきた警官は、思い出したくないほど何度も大きな交通事故を見てきた者らしく威厳たっぷりに言った。

「たとえそうでも、やってみさえしなかったと言わせるわけにはいかない」ダルジールはきっぱり言った。「ピート、手を貸してくれ」

自分たちが何をしているのか、パスコーにはよくわかっていた。犯行現場の汚染と呼ばれるものだ。これはまた、調査委員会の面々がどこかの快適で清潔な会議室で、しみ一つないメモ帳と、無味乾燥な質問をあまりしすぎて喉が渇いたとき、それを潤すための澄み切った水の入った水差しを前にして坐り、判定を下すとき、誰も血まみれのむごたらしい現場の写真を絶対に提供できないようにする、ということでもある。

むろん、病理学者の報告書を変えることはできない、だが、堅苦しい医学用語にくるまれた、言葉による負傷の描写、あるいは霊安室の台上の清拭された遺体の写真でさえも、スタングクリーク小屋の現場のあの光景を伝えることはけっしてできない。

彼のこうした陰気な考えは廊下で起こった騒がしい声で消し飛んだ。

「あいつはどこに隠れてるんだ？」聞き慣れた声が叫んだ。

「ここか？　静かにしろと言ってるのかね、あんた？　なに、大丈夫、わたしは仮病使いは扱い慣れてる、あんたが更年期障害をうまく処理する以上にね」

ドアが勢いよく開いて、ダルジールの巨体が病室に充満した。

「思ったとおりだ。起きて話をしてる。国家医療制度《エヌ・エイチ・エス》のベッドが不足してるのも無理はない、きみみたいにピンピンしてる者が塞いでいるんだから」

背後で憤慨した看護婦次長がうろうろしていたが、ダルジールはドアを閉め、視界からも頭からも彼女を追い出した。

「で、元気か、きみ？　具合はどうだ？」巨漢はベッドの端に腰を下ろしながら言った。ベッドは後ろから股間を突つかれた既婚婦人のように鋭い怒りの叫びを上げた。

「大丈夫です、たぶん」ハットは言った。

「二、三週間で直ると思いますよ」パスコーはきっぱり言った。

「二、三週間も?」ダルジールは呆《あき》れたように言った。

「いいえ、ほんとに、それより早く復帰できると思います」ハットは言った。

ダルジールはしげしげと彼を見ていたが、首を振った。

「いや、無理だな」彼は言った。「主任警部の言うとおりだ。少なくとも二、三週間はかかる。それから、さらに二、三週間は療養しないと」

「いえ、ほんとに……」ハットはこの方向転換にまごつきながら言った。

「ほんとに、もへったくれもない」ダルジールは言った。「いいか、きみ、ここにいるかぎり、世間から見ればきみは負傷した英雄だ。だから、われわれが国にそれを認めさせるまで、きみはここにいるんだ。そのあとなら、きみがいざ退院したとき、なぜきみがあのディック・ディーを十三回も刺す必要があったのかと疑問に思う連中は、何でも好きなだけ呟けばいい。英雄には指一本、差させんよ、世間は」

「なぜ彼を十三回も刺す必要があったんだ、ハット?」パスコーは訊いた。

「数えていなかったんです」ハットは言った。「それに、たぶん、必要はなかったかもしれませんが、そうしたかったのは確かです」

「前半は、いい答えだ。後半は、落第だ。いちばんいい返答は、何も答えないことだ。青ざめた顔をして、痛みにすこしたじろぐ、そして何も覚えていないと言うんだ、この怪物が無力な罪もない娘を殺そうとしていたことしか覚えていないと。自分にわかっていたのはただ、彼を阻止しなければならないということだけだったと、たとえ自分の命を危険にさらすことになっても。そして、もし勲章をもらったら、こう言うんだ、勲章をもらうべきなのはあの娘のほうだと思う、自分はただ任務を果たしただけだとな、これは世間に受ける」

「はい、警視」ハットは言った。「それで、ペンはどうなりました？」

「ペンが何なんだ？」

「ほら、彼はスタングクリークの殺人についてディーのアリバイを提供しました」

「たぶん、彼は日を間違えたんだろう。たぶん、友達を助けてやったんだ。あるいは、たぶん、ディーがわれわれに一杯食わせたのかもしれない、チャンスがあったほかの日のアリバイについてな。心配しなくてもいい、きみ。チャーリー・ペンのことはおれに任せろ」

「はい、警視」ハットは言い、一瞬目を閉じてたじろいだ。

「大丈夫か？」パスコーは心配そうに言った。

「大丈夫です」ハットは言った。「英雄になるのがこんなに大変な仕事とは知りませんでしたよ」

「金のかかる仕事でもあるぞ」ダルジールが言った。「勤務に戻ったら、〈黒牡牛〉亭でみんなの最初の一杯はきみのおごりだからな。さ、行こう、ピート。ハットには休息が必要だし、きみには仕事が待ってる」

廊下に出ると、パスコーは言った。「ペンのことを心配する必要がありますかね？」

「万一彼が、おれのことを心配する必要がないと思ったときにはな。おいおい、何事だ？　病院に駆け込む者は珍しい、出ていく者はいても」

廊下の突き当たりのドアがいきなり開いて、ライ・ポモーナが駆け足で入ってきた。彼女は足を止めたくなさそうだったが、ダルジールの体はそうやすやすと無視できる障害物ではなかった。

「彼が目を覚ましたって連絡をもらったんです」彼女は喘ぎながら言った。

「目が覚めて、正気《コンポス・メンテイス》で、きみのことを気にしてる」パスコーは微笑した。

「彼は大丈夫なんですか？　ほんとに大丈夫？」

彼女はダルジールに話しかけていた。ま、それも仕方ない、とパスコーは思った。自分は再保証することはできる、だが保証できるのはこの巨漢その人だけだ。

「折り紙つきだよ、きみ。まだいささか体力がないが、あんたを見ればじきに歩けるようになるさ。そういうあんたはどうなんだね？　大丈夫かね？」

　彼女は元気そうに見えた。実際、走ったことで彼女の黄金色の肌は紅潮し、あのひときわ目立つきらめく銀色の筋が入った豊かな栗色の髪はチャーミングに乱れ、彼女はラファエル前派の画家が描く、アフロディテの黄金のリンゴゆえに自分の種族を離れることになったアタランテ（快足の勇猛な女狩人。競走に負けてヒッポメネスの妻になる）のモデルになれたかもしれない。ただしリンゴは三個だけだから、主役の脇にアンディ・ダルジールがいるとなると、画家は樽一杯のリンゴを描き込まねばなるまい。

「ええ」彼女はじれったそうに言った。「元気です。今日からまた働いてます」

「なんだって？　なんてみみっちい連中だ。少なくとも一カ月は休ませると思ってたのに」

　こんな憤慨の言葉が、警察署の車椅子用出入り口は回復期の警官が出来るだけ早く勤務に戻れるよう設けられていると信じている者の口から出たのが、パスコーには可笑しかった。ライも面白がっているようだった。

「何をするために？」彼女は言った。「もう精神科医にもカウンセラーにも会ったし、田舎をたっぷり歩いたし、被害者気分を充分味わったわ。仕事に出てるほうが気が晴れるし、それに今あそこはちょっと人手不足なんですよ。最近二人ほど司書がいなくなって、知りませんでした？　じゃ、失礼してハットに会ってきます」

　彼女は脇をすり抜けて病室に入っていった。

「いい娘だ、あれは」ダルジールは言った。「ちとおしゃべりだが、ま、女の場合、それに見合うおっぱいがあれば気にならんよ。きみんとこのエリーの娘時代を彷彿《ほうふつ》させるところがあるな」

　この老化をほのめかす言葉を忘れずにエリーに伝えようと思いながら、パスコーはガラス越しに病室に目をやった。

　ライはベッドのそばにひざまずいて、ハットの片手を両手でしっかり握り、彼の目をのぞき込んでいた。二人は何も話していなかった。パスコーは彼らが今どこにいるのか知らなかった、彼らがスタング湖のほとりを歩いたとき、二人を包み込んだあの魔法の霧のことも知らなかった、だが彼には二人がこの自分の遠い視線さえも邪魔な、どこか遙かかなたの彼らだけの場所にいるのがわかった。
「われわれも二、三年前はああだった、なあ?」ダルジールが言った。彼も肩越しにのぞいていた。
「もっとずっと前ですよ」パスコーは言った。「時の果てまで遡らないと。行きましょう。わたしたちはここではよそ者だ」
「いや、違うよ、きみ。よそ者じゃないさ。ただ忙しすぎてあまり頻繁にやって来れないだけだ」アンディ・ダルジールは言った。

48

最後の対話

ディック・ディー　ここはどこだろう?

ジェフリー・パイクストレングラー　ディック・ディー、いや、こいつはすばらしい! 元気かね、きみ?

ディック　さあ……さあ、自分でもよくわからない。ジェフリー、あなたなんですか? いや、ほんとにすみません……

ジェフリー　いったい何が? わたしたちがここにいるのは、きみのせいじゃない。

ディック　そうなんですか？　わたしはてっきり……ここはどういう場所なんです……？

ジェフリー　それが説明しにくいんだ、きみ。じつはぜんぜん場所ではないんだよ、わたしの言う意味がわかるかどうか。とにかく、きみはどんなふうにここへ来たんだね？

ディック　何もかもごっちゃになっていて……トンネルがあって、向こう端の出口にはまばゆい光が見えていて……

サム・ジョンソン　なんとまあ陳腐な。ぼくには鐘の音と、爆発音と、小鳥の声が聞こえた、どこかメシアン（オリヴィエ・メシアン。フランスの作曲家、オルガン奏者）がオーケストラ用に編曲し直した〈一八一二年〉（チャイコフスキー作曲の序曲。初演のとき大太鼓の代わりに祝砲を用いた）といったふうで。

ディック　ジョンソン博士……あなたも……すみません……

サム　そうだろうとも。うん、むろん、そうだろうとも。

ジェフリー　彼のことは無視したまえ。彼はいささか落ち込んでるんだ。そのトンネルの話だがね、それはここにやってくる過程の印象だよ。たまたま、ごくありふれた印象だがね。わたしが訊きたかったのは、何がきっかけでその過程が始まったんだね？

ディック　思い出せない……あれは……だめだ、忘れてしまった。

ジェフリー　心配しなくてもいい。たいがい記憶が甦るまですこし時間がかかるんだ。

サム　今のうちに楽しむんだね。苦痛が始まるのは、いろいろ思い出しはじめたときなんだ。やれやれ、こっちへ来るよ。たとえ舞台を退場しても、わたしたちはまだ茶番劇の道化馬を見せられるんだ。

パーシー・フォローズとアムブローズ・バード　やあ、ディック！

パーシー　向こうの様子はどうだね？　わたしの後任は誰だね？　きみかもしれないと半ば予期していたんだが。

アムブローズ　彼のはずがないだろう、われわれと一緒にここにいるんだから、え？

パーシー　わたしが言った意味はわかってるくせに。

アムブローズ　それもひとえにわたしの解釈能力がきみの表現力の欠如を補っているからさ。どうしてきみが自治体の図書館員になれたのか想像もつかんよ。

パーシー　きみみたいなつまらん大口叩きが〝最後の俳優・座長〟になったのと同じ手順でだろうよ、たぶん。どこへ向かってるつもりなんだ？

アムブローズ　川べりを散歩しに。

パーシー　しかし、川べりの散歩には今朝、行ったじゃないか？

アムブローズ　あれはきみが行く先を選んだんだ。今度はわたしが選ぶ番で、わたしはもう一度あそこへ行くことを選んだんだ。とにかく、ほかにはどこも行く場所がない。さ、行こう、ぐずぐずしてないで。

パーシー　突っつくなよ。また突っついてるじゃないか。嘘じゃない、また突っつきだしたら、こっちはひじ鉄を開始するからな。

ディー　何か声をかけようと思ったのに、口を挟むチャンスがまったくなかった。それに、彼らはなぜあんなにくっついて歩いているんですか？

ジェフリー　それは彼らがああいう状態でここに着いたからだよ、いわば、合体して。そして、どうやら、ここに着いたときの状態でここにいることになるらしい、少なくとも川を渡るまではね。たとえば、きみも気がついたかもしれんが、わたしは手で頭を支えていなければならないんだ。

ディー　ええ、ほんとにすみません……

ジェフリー　悪い癖だな、それは、謝ってばかりいる。

ディー　でも、かわいそうに、あなたの頭は……

ジェフリー　わかってる。しかし、いいかね、きみはそこらじゅうから出血している、それでもわたしは謝ってはいない、そうだろ？

アンドルー・エインズタブル　失礼ですが、じつは橋を探してるんですがね。上流にあるのか、下流にあるのか、ご存じないですか？　〝自宅発進〟のお顧客《とくい》さんが待っていて、行かなきゃいけないんですよ……何時までに行くんだったかはっきり思い出せないけど、でも待ってるのは確かなんで。

ジェフリー　上流に行ってごらん、きみ。

ディー　いったい全体《オン・アース》、あれは誰です？

ジェフリー　地上では《オン・アース》、自動車協会《A・A》の修理工だった。彼はわたしたちの誰より長くここにいるんだが、まだちょっと頭が混乱してるんだ。朝から晩まで橋を探している。

ディー　橋を？　あの様子からすると、おそらく泳いで渡ろうとしたんだ。

ジェフリー　いや、そんなことはせんよ、きみ。違うんだ、彼はああいう状態でここに来た、びしょ濡れで。彼が橋を見つけたがってるのは、自分のワゴン車をそこに置いてきたからさ。

ディー　何が何だか、さっぱりわからない。それに、さっきからずっと音楽が聞こえている……

ジェフリー　ああ、あれね、あれはピットマン君だよ。彼は一日中川岸でぶらぶらしてバゾーキを弾いている。すこぶる幸せそうだし、魚を怖がらせる心配もない、どうやら魚はいないらしいから。がっかりだがね。本物じゃないのはわかっているが――ほんとの意味ではね――でも、もし本物でない川があるんなら、そこに本物でない魚がいたってよさそうなもんじゃないか。ところが魚はおらず、あの妙な色をした霧がかかってる。紫がかった色の。わたしにはスモッグのように見えるがね、すぐ近くに溶鉱炉か何かのある工場があるみたいに。そして、それはすなわち汚染ということだ。わたしがあの湖が気に入っていたのはその点なんだよ。丘陵から水流《クリーク》がじかに流れ込んでいる。上流には化学物質やら下水やらをどんどん川に送り込むものは何もない。あの湖が恋しいよ。この川を渡ったら、釣り糸を垂らすと古いベッド枠よりましなものが釣れる場所がどこかあるといいんだが。

サム　まったくもう、あれを聞いたかい？　もう終わったんだよ、あんた。そういうことはみんな別の場所の話なんだ。ここでは終わり、終了《フィニート》、おしまい《カープット》だ。あんたがしゃべり続けているあの水流《クリーク》にもう一度行けるとしても、せいぜい櫂なしで流れを遡れるだけだよ（厄介な羽目になるという意、の決まり文句）。いけない、彼女が来る、ぼくは向こうに行く。

ジェフリー　かわいそうに、すっかり参ってるんだ。人によって受け止め方が違うんだよ。このわたしはと言えば、以前のことを思い出すと元気が出る。かわいそうに、サムは気が狂いそうになる。だから彼はジャックスが我慢ならないんだ。彼女が話したいのは過去のことだけだからね。やあ、ジャックス、元気かね？　ほら、たった今、誰が来たと思う？

ジャックス・リプリー　ディック、あなたなの？　すてき、また会えて。わたしのワードマンの特ダネ、まだやってる？　放映するたびに字幕にまだわたしの名前が出てる？　映画化権はどうなった？　それともテレビのドキュメント・ドラマ？　少なくともドキュメント・ドラマには充分なるわよ。わたしの役は誰がやるの？　まさか〈イーストエンダーズ〉（BBCのロンドンの下町を舞台にした連続ドラマ）のあの娘《こ》じゃないでしょうね、ほら、あのすごいの。背格好はぴったりだと思うけど、あとは全部まるで違うわよ。あの口ときたら……！

ディック　さあ、覚えていないんだ。ジャックス……ああいうことになって……申し訳ない……

ジャックス　そうなの？　あまり嬉しい言葉じゃないわね。わたしの記憶では、わたしは大いに楽しんだけど。

ジェフリー　彼はまだすこし混乱しとるんだよ。

ジャックス　じゃ、わたしの役には立たないわね。もっとも、うまく携帯を持ち込めたんなら別だけど、だめ？　やっぱりね。ああ、携帯さえくれれば何でもあげる！　またあとでね、ディック。じゃあね。

ジェフリー　べっぴんだ。あのね、以前、彼女のインタビューを受けたことがあるんだがね。あとでチャンスがありそうだった、じつにいい調子に事が運んでいたからね、ところが彼女のろくでもない携帯が鳴っておじゃんさ。きみはどうだね？　彼女はきみに会えて心底嬉しそうだったが。きみは彼女と……？

ディック　どうだったかな……何か覚えているような気もするんだけど……でも、はっきりしない……

ジェフリー　まだ、だいぶ混乱してるんだね？

ディック　いったいどういうことなのかと、いろいろ考えているんですが。わたしたちは死んだんですよね？

ジェフリー　ご名答だ、きみ。そう、これは認めざるを得ない。そういうことだ、わたしたちは。死んだ。

ディック　それで、この場所は……

ジェフリー　わたしもずいぶん考えてみたよ。結論は――じつは場所ではなくて、むしろ一種の状態《ステート》だね。といっても、ミシシッピ州《ステート》のような、じゃないよ……ま、あそこにも例のでっかい川があるにはあるが……でも、さっきも言ったように、川もここのは本物じゃないんだ……むしろ、一種の目に見える隠喩とでも言うか……笑ってくれ、こんな批評家みたいな口をきいて！……しかし、わたしが言いたいことはわかるだろう……わたしたちに物事を理解しやすくしてくれる……そら、きみが死ぬことをトンネルと思ったように……最初はすべていささか理解しにくいが……

ディック　でも、あなたは誰よりもよく理解しているようですね、ジェフ。どうしてなんです？

ジェフリー　生まれつきだと思うよ。

ディック　つまり、あなたには称号があるから？

ジェフリー　とんでもない。まったくもってくだらんよ、あんなもの。なに、つまり、わたしは縁続きなんだよ。いわば天と。

ディック　あなたは神だと言うんですか？

ジェフリー　むろん、違うさ。そんな、とんでもないことを言うもんじゃない。ずっと昔、先祖の一人がそれで大変な目に遭ってるんだ。いや、そうじゃないが、でも、いわば家族なんだ。親の又従兄弟の孫からさらにX親等隔たった遠縁とでも言うか。ほら、堕天使たちだよ。彼らの中には地獄に永遠にいるより人間になる道を選べる者もいた。難しい決断だったと思うがね。地上では、この縁はあまり役には立たなかった、しかし、ここでは、どうやらわれわれ子孫はいくぶん有利らしい。といっても、わたしにわかっているのは、わたしたちがここにいるということ、みんなが来るまで引き続きここにいて、それから川を渡るということだけだがね。

ディック　みんなとは？　そして渡るとはどこへ？　それに、どれぐらい待たねばならないんです？

ジェフリー　どれぐらい、は問題外だ、きみ。ここには時間はない。時はずっと遠くの、どこか別のところにある。なぜ知っているのかわからんがね、きっと学校で習ったに相違ない、でも、本当のことだ。みんなとは誰かと言えば、ワードマンに殺された者全員という意味だよ。

ディック　ワードマン……でも、このわたしがワードマンじゃないんですか？

ジェフリー　きみが？　なんとまあ、ディック！　いったい全体なぜそんなことを考えたんだ？

ディック　さあ、わからない……ただ何か……なんとなく自分に責任があるような気がして……

ジェフリー　それであっちにもこっちにも謝っていたんだ！　あのな、きみ、安心したまえ。きみには蝿一匹殺せやせんよ。今でもよく覚えているよ、きみが初めてわたしからニジマスを二匹もらって、自分で臓物《はらわた》を抜かなきゃならんと悟ったあのときのことを。真っ青になった！　いや、きみはほかのみんなと同じだ、被害者だよ。自分を見てごらん、犬をけしかけられた穴熊みたいにズタズタだ。議員、彼に言っておやんなさい。

〝詰め込み屋〟スティール　彼に何を言うんだね？

ジェフリー　このディックは自分がワードマンだと思っているんだよ。

〝詰め込み屋〟　そのとおりさ。あのしゃれた〈センター〉で働く者は全員な、みんなろくでもないワードマンばかりだ、地道な労働は何一つしたことがない。

ジェフリー　確かに、それは言えるかもしれんね、議員。しかし、わたしが言ったのは括弧つきのワードマン、この一連の殺人を犯したやつのことだよ。

〝詰め込み屋〟　ああ、あいつのことか。いや、ディーさん、あんたはいろんなことをやってるかもしれんがね、大部分は何の役にも立たないことを、しかし、断じてあのワードマンではないよ、もしわたしを殺したのがあいつだとすれば、あんたは違う。

ディック　よかった、ほんとによかった。でも、もしわたしでないんなら、誰なんです？　あなたを殺したのは誰だったんですか、議員？

〝詰め込み屋〟　ほんとに知らないのかね？　うん、ま、無理もない。このわたしだって、ここに着いてからもすぐには理解できなかった。つまりね、紳士用のトイレで手を洗っていて、目を上げて鏡に映ったきれいな若い娘を見たら、すぐには思わんよ、わたしを殺しにきたのだとは！

ディック　若い娘……ああ、なんてこった……

〝詰め込み屋〟　じゃ、だんだん思い出してきたのかね？　うん、そうなんだ、わたしは彼女を見、彼女はわたしを見た、にっこりと安心させるような笑顔でね。そして、わたしはいったいこんなところに何の用だね、きみ、と言った。そしたら彼女は言ったよ、ただ、あなたに頼まれた料理が手配できたってことを伝えたかったのだと。ほら、ローストビーフと、ヨークシャープィデングとジャガイモの焙り焼き《ローストスパッズ》をどっさりと、とね。で、わたしは思った、ま、それは結構な話だと。そのとき首の後ろに何かを感じ、つぎの瞬間には床に倒れていて、だんだんあたりが暗くなっていった。それから、あの若いハンサムな青年がわたしの上にかがみ込んでいて、大丈夫かと訊いていたんだが、わたしには大丈夫じゃないとわかっていた、死にかけているとわかっていた、だが、なぜなのかがわからず、それがいちばん心残りだった。

ディック　そして、あなたは彼にバラのつぼみ《ローズバッド》と言った。どうしてバラのつぼみ《ローズバッド》と言ったんです？

〝詰め込み屋〟　何かを言った記憶はないがね、しかし、もし言ったとすれば、バラのつぼみ《ローズバッド》なんかじゃないのは確かだ。そうとも、たぶん、ジャガイモの焙り焼き《ローストスパッズ》だ！　あのね、わたしにどうしても理解できなかったのは、なぜ彼女がわたしの料理のことをあんなにしゃべりつづけたのかだった。だが、今はもう察しがついている。彼女はわたしに幸せに死んでほしかったんだ。そうとも、きっとそうに違いない。彼女はわたしが死にながら〝大変だ、わたしを殺そうとしている者がいる〟と思ってほしくなかったんだ。彼女はわたしがこれから料理を食べるのだと思いつづけてほしかったんだ。わたしの見るかぎり、ここではあまり見込みはなさそうだがね、しかし、あれは親切だったんだよ、そうとも、彼女のその点は認める。あれは好意だったんだ。

ディック　で、それは間違いなくライだったんですか？　それはミス・ポモーナだったと？

ジェフリー　きみにはわかっているんだ、ディック。思い出してきたんだろ？　議員も言ってるように、すぐにはなかなか理解できない。彼女がわたしにあの猟銃《バーディー》を向けているのを見たとき、わたしはただこう言ったよ、気をつけたまえ、きみ。人に銃を向けるのは感心しないね。暴発するかもしれないから、と。そしたら、暴発した。ここに来てからもまだあれは事故だったと思っていたよ、しかし、ほかの者たちと話してみると……ま、うかつだったよ、ああいうきれいな若い娘に色目を使われて、自分は夜釣りにすごく興味があって、あなたがスタングクリークにボートを持っていると聞いた——きっときみから聞いたんだと思うがね、ディック——と言われたとき、いや、これはどうも合点がいかない、とわたしは思った、もっとも、ひょっとして彼女がわたしに気があるなら話は別だ。これもたぶん合点のいかない話だろうが、しかしこれでも昔は大いにもてたんだ、それに騎兵隊の老いぼれ馬はラッパの音を聞いたら最後、ほかのことは何も考えなくなる！　わかったもんじゃない、大自然の中で、ニジマスを二、三匹釣り上げて、焚き火で焼いて、ワインを開ければ、何が起こるかわかったもんじゃない。そして、事実、そうなった！

ディック　記憶が甦ってきたけれど、まだ信じられない。わたしたちは火がついた家のように燃えていた。彼女は全身でサインを送っていた。歴然としているように見えたけれど、それでも完全に確信する必要があった。わたしが自分の立場を利用したと思わせるようなことをして、わたしたちの職場の関係を台無しにするような真似は絶対にしたくなかった。そこでわたしは彼女にじっくり考え、もし彼女がそうしたいと思っているのなら冷静になる時間を与えるために、彼女を独りにしたんだが、ドアからのぞいてみると彼女は服を脱いで窓辺に立っていた。ま、これで決まった。これ以上明白な合図はない、とわたしは思った。わたしはすばやく服を脱ぎ、それから、ただ気分をほぐすためにパンとナイフを手に取った……わたしたちは暖炉の火でトーストしたパンがどんなに旨かったかという話をしていたもんだから……そして、わたしは部屋に戻り、あとでトーストを食べようと言った。だが彼女はまるで何も聞こえないかのようにわたしを見ていた……じつを言うと、彼女が見ているのはどうやらわたしの勃起だった……しっかり突っ立っていて、その一点に彼女の注意は集中しているようだった……悪い気はしなかったけれどね、ほんとに……そして、彼女は近づいてきた、そして彼女がわたしの手からナイフを取るのを感じた、そしてつぎの瞬間、腹部にこの何とも言えない感じがした、妙なことに苦痛ではなかった、とにかく最初はね、ただ非常に奇妙な感じで、彼女に対する欲望とどういうわけか一緒くたになって不快な感じではまったくなかった、そして彼女はそのままわたしを支え、自分の間近に立たせていた、そしてわたしは意識が薄れはじめた。チャーリー・ペンの小説で若い女性が欲情で気絶するというのを読んだことがあって、チャーリーに男でもそういうことがあると教えてやらなきゃ、と思ったのを覚えている、そして、ライは熱情のあまり叫んでいた、少なくともわたしはそう思った、ま、確かにいささか耳障りな声ではあったけど、そのとき、突然まるで後ろから掴まれて床に引き倒されたかのようだった、そして、そのあとのことは何もわからない……。

ジェフリー　その様子からすると、射撃訓練の標的にされたんだ。おいおい、川べりのあの騒ぎは何だ？

〝詰め込み屋〟　わたしが見てこよう。

ジェフリー　議員のことで何か気づかなかったかね？

ディック　あの首の後ろの穴以外に？　いいえ。

ジェフリー　彼の息だよ。ぜんぜん匂わない。ここの数少ない利点の一つだね。多くの感覚が働かなくなっている。みんなこんなに傷だらけでも、まったく痛くない。それに何の匂いもしない。おまけにあのおそろしく魅力的なテレビキャスターがほとんど全裸に近い姿で走りまわっているのを見ても、淫らな気持ちにならずにすむ、もっともこれは利点と言えないかもしれんがね。あっちはほんとにうるさいね。何かあったのかもしれない。行ってみよう。

ディック　まだ気持ちの整理がつかない。ライ・ポモーナとは。でも、なぜ……？

ジェフリー　きっとそのうち答えがわかるよ。議員、なにごとなんです？

〝詰め込み屋〟　この二人だよ。向こうのほうの川の上に何か見えたというんだよ、霧の中に。

パーシーとアムブローズ　そうなんだ、そうなんだ。ボートだよ、ボートだよ、そして、舟の中に誰か立っているのが見えた。われわれを救出に来たんだ。おーい！

おーーーーい！

サム　彼らの言うとおりだよ。ほら、あそこだ、霧をすかして見える。でも、あまり急いで注意を引かないほうがいい。あの男がわれわれに何をする気かわからないからね。

ジャックス　かまうもんですか、携帯さえ持ってれば。ヤッホー、ヤッホー。こっちよ！

アンドルー　誰か来るんですか？　たぶん、わたしの車を見たかもしれない。ああ、見えますよ、彼が。しかし、男かな。違うと思いますよ。たぶん、教えてもらえそうだ。あれは間違いなくわたしが故障を直してあげた女性だと思いますよ。彼女ならあの橋がどこにあるか知っているにちがいない。お嬢さん！　お嬢さん！　こっちへ！

ディック　なんと、彼の言うとおりだ。彼女だ。ライだ、ライ・ポモーナだ。ほらね、やっぱり彼女がワードマンのはずはないんだ、さもなきゃこんなところへ来ないよ。ライ！　ライ！　ここだ。

〝詰め込み屋〟　そうとも、こっちへ来たまえ、きみ、ちょっと話がある。

ジェフリー　待った。この濃い霧でよく見えないが、まあ確かにミス・ポモーナに似ているがね、しかし、ほら、あの豊かな胸は見えないぞ。それに、髪のあの面白い特徴、あれはどうした？

サム　もしあれがあの女性で、まだ死んでないのなら、殺してやる。ライ・ポモーナ、おまえなのか？

サージアス・ポモーナ　ポモーナなのは確かだけど、ライじゃない。同じ家族のサージアスです。ライーナと双子の。

サム　サージアス……ライーナ……なんと突飛な。

〝詰め込み屋〟　彼はなんで笑っているんだね？

ジェフリー　さあ、知らないが、すこし陽気な彼を見るのは嬉しいね。ポモーナ君、きみはわたしたちを向こう岸に運ぶために来たのかね？

サージアス　ええ、でも舟を岸に着けて皆さんが乗り込みはじめるまえに、愚かな反目はなくしておきたいんですがね。これは大きな渡し舟じゃないし、皆さんはずいぶん大勢だ、だから重みで舟はかなり沈むでしょう、誰かが舟を揺らしたら大変だ。この川で一巻の終わりになりたくはないでしょう、嘘じゃない。ですから何か質問のある人は、今訊いてください。

ディック　うん、質問がある。ライの行為、人々を殺してまわったこと、これはきみが亡くなったあの事故と何か関係があるのかい？

サージアス　あのことを彼女はあなたに話したんですか？

ディック　うん。彼女の髪のことからね。わたしから訊いたわけじゃないんだが、彼女はきっとわたしの好奇心に気づいたんだろう、すっかり話してくれた、きみが運転した車が衝突して二人よその人が亡くなって、むろんきみ自身も……

サージアス　ああ、彼女はそういう話をしたんですね。ま、大したことじゃないけど、二、三、正確でない点がある。まず、運転していたのはぼくじゃない。ライでした。彼女はあのちっぽけな役のために劇場にたどり着きたくてもう必死で、どんなことでもやりかねなかった。彼女が母さんの車で出発しかけているのに気づいて、ぼくは追いかけた、そして彼女がギアチェンジでもたついていたので、ぼくはなんとか助手席に飛び乗ることができた。彼女の運転で衝突したんです。彼女がぼくとほかの二人を死なせたんです。でも、これだけはあなたの言うとおりだった。あの事故が今度のことすべての出発点だったんです。

サム　つまり、きみはこう言うのか、彼女はそんな以前に事故で三人の人間を死なせたことで自責の念にかられ、それで今、ぼくらを殺しはじめたと？　向こう岸にベドーズがいるといいんだが。きっと彼は喜ぶよ。まさにゴシックそのものだ。

サージアス　もうすこし複雑なんです。ぼくらはすごく親密でした、本当の双子で、同じことを考えていることがよくあったし、別々の場所にいて一方の身に何かが起きると両方がそれを感じるほどでした。ですから、ぼくが死んだとき、当然彼女は打ちひしがれた、特にそれは彼女のせいでしたからね、そして、ぼくの赦しを請いたいと思ったとき、ぼくが生きていたとき、二人が共有していたあの意識を通じてぼくと連絡をとろうとするのは、それほどばかげたことには思えなかったんです。ま、それでぼくらは彼女の心の中で対話をした、でも、彼女はそれが本当の対話なのか、それとも自分がでっち上げているだけなのかどうしても確信できなかった……

ジェフリー　で、本当だったのかね？

サージアス　ぼくにわかるわけない。ぼくだって心の中で彼女と交わしている対話が本物なのか、ぼくの想像にすぎないのか確信が持てません。つまり、二人とも生きていて、会って意見を交換できれば、お互いに確認できますけどね。でも、ぼくがここにいて、彼女が地上にいては、ぼくらのどちらにもわからない。むろん、合図があれば別だけど。

サム　合図？　冗談じゃない、神よ、ぼくらを合図からお守りください！

〝詰め込み屋〟　そうとも、政治をやってて一つ学んだことは、合図を探せば必ず見つかる、だが信頼できる合図はただの一つもないってことだ！

サージアス　ええ、たぶん、あなたの言うとおりかも、議員。確かにいったん彼女が合図を探しはじめると、合図はつぎつぎやって来た。公平を期して言うと、彼女の心理状態を理解してやらないとね。彼女の考えを混乱させていたのは、ぼくの死に対する罪悪感だけじゃなかった。彼女の人生がすっかり破壊されてしまったことなんです。事故の前には、彼女はただ女優になることしか考えていなかった。でも、怪我が治ると、彼女はそれを完全に断念した。人にはこう言っていました――じつは、自分自身にも――舞台のわざとらしさや嘘っぽさに嫌気がさしたからだと。実際には、むしろもっと基本的な理由からだった。あのね、彼女はもう台詞を覚えられなくなっていたんです！

ディック　しかし彼女はいつも引用句をすばらしくよく覚えていた。

サージアス　舞台以外では、問題なかったんです、ほぼ完璧に思い出せた。でも、舞台に上がると、みんな忘れてしまった。

アムブローズ　なんと恐ろしい！　思い出すよ、いつかギャリック座でデイム・ジュディと面と向き合ってミラベル（W・コングリーブ作『世の習い』の若い粋な道楽者）を演じていて、台詞を忘れてしまったときのことを……

パーシー　おい、黙れったら、ブローズ、彼に最後まで話をさせろよ。わたしたちがこのひどい川を早く渡れば渡るほど、それだけ早くこのなんともばつの悪い状態から解放されるんだ。

サージアス　ありがとう、フォローズさん。あのね、バードさん、彼女が忘れたのは覚えた台詞だけではないんです、すべての語彙《ごい》なんです。言葉のない世界というのがどんなものか想像できますか？　目に映るものの何一つ、名前のない世界を？　感じたことの何一つ、表現できない世界を？　考えることの何一つ……いや、じつは、考えることが出来ない！　そういうことだったんです、彼女にとって舞台に上がるというのは。だから彼女は図書館員になったんです、言葉を尊《とうと》び、後の世代のために安全に保存する場所で人生を過ごせるようにと。でも彼女はずっとぼくの赦しを求めていた。彼女の記憶では、ぼくは事故車の運転席から彼女を抱き上げて舗道に寝かせ、それから墓地の塀ごしに頭上に張り出した糸杉に手を伸ばすと小枝を折り、それを彼女の胸にのせ、耳元で愛情のこもった励ましの言葉を囁いてから、自分は彼女が衝突の責任を問われないように運転席のドアのそばに横たわった。

ディック　それは何か覚えがあるんだが……

サージアス　そうなんですよ。たぶん、あなたの友人のペンさんがライの気を引こうといつも空しい努力をして、よくその辺に置きっ放しにしていた訳詞のことだと思いますよ。〝夜もすがら夢見ながらわたしはあなたの顔を見る……〟という出だしの詩の一節です。

ディック　うん、そうだ。結びの一節はどうだったかな。

秘密の言葉をあなたはそっと言う
そして、やさしく糸杉の小枝をわたしにくれる。
目覚めると、その小枝はすでに無く
秘密の言葉もまったく思い出すことができない。

サージアス　よく覚えていましたね。残念ながらライの記憶はそれほどよくなかった。彼女は車から投げ出され、ぼくは彼女のあとを追って車から出られるような状態ではなかった。ぼくはただ運転席のほうに倒れ込んで息絶えた。それにぼくらが衝突したのは墓地の塀ではなく、庭の塀でした。そして糸杉に近いものと言えば、せいぜい生け垣の薄気味悪いレイランドヒノキだった。でも、ライの偽りの記憶は鮮明だったから、ペンさんのこの訳詩を読んだとき、彼女は即座にこれを自分が常に探し求めている合図の一つと見なしたんです。ほかにも合図はたくさんあった。あなた自身もこれについてはいくぶん責任があるんですよ、ディーさん。彼女にあなたのあのゲーム、パロノメイニアを意識させた、そして彼女はジョニーという名が並ぶ三番目の駒棚《ラック》の重要な意味を、あなたから聞くずっと以前に自分で悟っていたんです。彼女には、ここに言葉の力で人を生き返らせる申し分のない実例があるように思えたんです。

ディック　しかし、ジョニーの場合、まったくそういうことではなかった……これをわたしの責任と言われても困る……たかがゲームなんだから……ゲームだった……

サージアス　むろん、そうでした。ライにとっても、最初はただのゲームだった。でも、ほかの話に移る前に、ディーさん、まだ気づいてないかもしれないけど、まさにこのゲームの名前が、彼女がその後とった行動のきわめて重要なきっかけになったんですよ。初めに言葉があった、覚えていますか？　そしてこの場合のその言葉はPARONOMANIAでした。

ディック　わからないな。どうしてただの名前が……？　ああ……

サージアス　どうやらわかりかけたようですね。何と言っても、あなたもワードマンですもんね。そうなんです。文字を並べ替えてみてください。

ディック なんてこった……Paronomania（パロノメイニア）……Raina Pomona（ライーナ・ポモーナ）！　しかし、語句の綴り替え《アナグラム》の責任は取れないよ！

サージアス なぜ？　あなたはこれまでずっと言葉から、そして言葉を組み合わせたり。壊したり、組み合わせ直したりして力を引き出してきた。原子を分裂させた者は、そこから飛び出したあらゆるものにある程度責任を負わねばならない、そうでしょう？　愛するライはこういう合図やその他たくさんの小さな合図を、二人が直接心を通わせられるようになる道を、ぼくが示そうとしている証拠と見なしたんです。

ジェフリー 人を殺すことによって？　理解できんね、きみ。

サージアス それはこれから話します。これこそ紛れのない合図とおぼしきものが来たのは、視察団が図書館を見ている最中に棚が落ちたあの日でした。ここにいるほとんどの人があの場にいましたが、これは、むろん、あとになって彼女には重要な意味があるように思えたんです。あのときのことを覚えてますか、ディーさん？

ディック 覚えているとも。じつに滑稽だったよ、本が落ちてきたとき、みんな大慌てで飛び退《すさ》って。

パーシー わたしには滑稽ではなかった。人生であれほどばつの悪い思いをしたことはないよ。

アムブローズ 今となっては違うよ、きみ。

パーシー これは人生のうちに入らんよ。どうだ、参ったか！

ディック　でも、何が……ああ、そうか。あれはオ《O》ックスフ《E》ォード英語辞典《D》だった。二十巻全部。すごい音だった！　そして、このことが……？

サージアス　ええ。ライはこれを事故とは見なかった。英語という言語のあらゆる言葉が棚から飛び出してきて中部ヨークシャーのお偉方たちをなりふり構わず逃げまどわせたと見た。初めに〝言葉〟があった、〝言葉〟は神と共にあった、そして〝言葉〟は神であった。ぼくとの心の交流に至る道はこういうすべての言葉を通る小道でなければならない、と彼女は感じたんです。でも、どうやって？　これほど多くの言葉……これほどおびただしい数の言葉……どうやってこんなに途方もない長距離を越えよう？……彼女には道順を示す地図《チャート》が必要だった……そして、ひらめいた……もしオ《O》ックスフ《E》ォード英語辞典《D》がその地図だったとしたら……もしあの各巻の範囲を示す語が道標だとしたら……？　AからBazouki（バゾーキ）……BBCからChalypsography（カリプソグラフィー）……でも、どんなふうに？　そして、彼女は自分に言い聞かせた、というか、ぼくが彼女にそう告げていると想像した、死者と伝言をやりとりするには使者がいる、こういう使者が手際よく仕事をするためには、生きている彼女のもとから死者であるぼくのところに来なければならないと。こういった考えが彼女の頭のなかを狂ったように駆けめぐっていた、そして今もまだそうやってただ駆けめぐるだけだったかもしれないんです、もし彼女があの宿命的な朝にドライブに出かけ、車が故障して、あなたの車が軽快に走ってくるのを見なければね、エインズタブルさん。

アンドルー　この話はどうも難しすぎて。それで、おれのワゴン車だけど向こう側にあるのかい？

サージアス　もちろん。皆さんが必要なものはすべて向こうにあります。エインズタブルさん、あなたが亡くなったあと、これについては彼女はただ見ていただけですが、彼女はほぼ確信しました。ピットマンさんが亡くなったあと、この件は彼女も一因だったけれど致命的なものではなかった――彼は結局のところオートバイのバランスを取り戻して、女性ドライバーを罵りながら走りつづけたかもしれないんですからね――彼女はこれこそぼくが彼女のために地図で示した小道に違いないと確信したんです。そして、そちらのご婦人、あなたの番組が放映されたとき、そして、とりわけ、つぎの〈対話〉を書くよう彼女を誘ったとき、何もかも明確になったように見えたんです。

ジャックス　すごいニュース種！　向こうには必要なものは何でもあるって言ったわね。コンピューターの端末も？　ファックスも？　携帯も？　すばらしいわ！　さあ、これ以上時間を浪費するのはやめましょうよ。行きましょう！

〝詰め込み屋〟　まあ、待ちなさい。わたしは彼女がどういうつもりで、かわいそうに、このわたしの額を傷つけたのか、それを知りたい。つまりね、殺すだけでも悪いのに、これはまさにそれに輪をかけた侮辱だよ！

サージアス　ああ、あれ。いや、あれには笑ったな。あれはおかしなことになってね。彼女は鉄の彫刻という意味を伝えるためにあなたに印《しるし》をつけなければならなかった。でも警察の専門家はあれをキリル文字でRIPと刻もうとしたのだと解釈した。書体については正しかった――妹のちょっとした不気味な冗談ですよ――でも、じつは彼女が書こうとしたのは単に彼女の頭文字R・Pなんですよ、芸術家が自分の作品に名前を入れるように。これは自分は無敵だと確信するために、ぼくの保護を確かめたいという彼女の欲求の一部なんです。世間に彼女の仕業だと告げることで。閣下、あなたの場合には、警察を遺体に導くことまでした。何をするかは問題じゃなかった、どんな手がかりを残しても自分は捕まらないと彼女は感じたんです。

サム　そして、それで万事オーケーというわけか？　で、あの女はぼくを殺したあと、どんな手がかりを残したんだ？

サージアス　それは、あの本を繰って、最愛の、失って久しい少年を詠んだあの詩のページを開けておいたんですよ。これは、むろん、ぼくのことだけど。それにチョコレートバーもあった……。

サム　いったいどんなチョコレートバーが？

サージアス　例の〈ヨーキー・バー〉ですよ。〈ヨーキー〉はチョコレートの一区画に一字ずつ〈Yorkie〉という名の綴りが入っている。彼女はチョコレートを割って並べ替えて暖炉のマントルピースに置いた。それが溶ける前に誰かがあなたの遺体を発見すれば、彼女の伝言を読めたんです。

サム　伝言？　どんな伝言だ？　役立たず《チョコレート・ソールジャー》だとでも言ってるのか？　なんとわかりにくい！

サージアス　違います。それよりずっと明快ですよ。文字はこう並んでいたんです、**I RYE OK**（わたし　ライオーケー）と。中部ヨークシャーきってのバカでもわかったはずですよ。そうでもないかな。つまり、誰もあの〈第一の対話〉の冒頭にあった彩飾文字のPが樹木を表わしていて、根元に積み重なっている文字の中にリンゴがあったのに気づかなかった。ほら、ポモーナというのは果樹の女神なんです。最初から彼女は自分が何者かを告げていたんです。ディーさん、あなたはあの若い警官にちょっとした講義までしましたよね、〝議長《チェアマン》〟のような結合語の中の〝男《マン》〟には性を限定する意味はないと。でも、あなたたちのどちらも、それを〝ワードマン〟に当てはめようとはしなかった。でも、それも不思議じゃない。警察は彼女があなたを殺している現場を押さえたと言ってもいいぐらいだったのに、それでも彼女は捕まらなかった。むろん、恋は盲目だし、あの若い警官が飛び込んできたとき、彼の目に映ったのはあなたが彼の最愛の女性を襲っている光景だった。ライにとって幸運だったのは、あなたを引き離そうとして彼が仰向けに倒れたとき、彼は激しく頭を打って意識がもうろうとしていた。そしてライはワイン瓶を彼の頭で叩き割ってその状態を持続させ、ワインで目つぶしを食らわせたんです。そのあと彼にナイフを探り当てさせるのは簡単だったし、そのナイフで彼はあんなに猛然とあなたを刺したんです。そんな必要はなかったのにね。どのみちあなたはライに腹部を刺されたあの最初の一撃で死にかけていたんですから。

ディック　でもなぜ？　なぜ彼女はそんなことをしたんだ？　ぼくらはセックスしようとしていた。彼女もわたしと同じ気持ちだったよ、間違いなく。

サージアス　そのとおりです。彼女はあなたが好きだったし、すごくみだらな気持ちになっていた。そして若い現代女性だから、楽しんでもかまわないと思った。でも、当然ながら、自分が本当に愛する青年がやって来るのを見て、考え直した。そこまで現代的ではなかった！　そのとき、裸のあなたを見た、これで決まった。でも、残念ながら彼女の目を引きつけたのは、あなたの威勢のいい〝のろま槍《ロブランス》〟ではなかったんです、ディーさん、あなたの腹部にあるかなり大きな、赤みがかったグレーの母斑だったんですよ。もし〝グレーまた《ハシ》は茶色《ユード》が特徴の〟の男がいるとしたら、それはあなただった。これはサージからの合図だ、と彼女は思った。彼女の時間は停止した。これは、むろん、あなたの時間もじきに停止するということだった。どうか個人的な敵意からとは思わないでください。これがすこしでも慰めになるといいけど、彼女は誰の死よりもあなたの死にショックを受けてますよ。そして、むろん、あなたが死亡したことは警察には最高のボーナスだった、いちばん望ましいタイプの既製の犯人、裁判の手間も費用もはぶける死亡した犯人を提供したんですから。

ディック　なんてこった。つまり、わたしはそんな者として後世に名を残すのか？　連続殺人犯として？

サージアス　ま、以前から、あなたの野心は言葉の大家《ワードマン》として名を残すことだったじゃないですか。それに、この破滅の一因はあなた自身にもあるんですよ。あなたが頼まなければ、彼女は小屋には来なかった。そして、もしあなたが誘惑しはじめなければ、彼女があなたの母斑を見ることもなかったんです。また、もしあなたがミス・リプリーが亡くなった日に彼女と寝ていたことを警察に申し出ていれば、警察があんなに強固にあなたを容疑者と見なすこともなかった。あれは面白い運命の皮肉だったな、まったく。じつは、ライはね、あなたが枕の下に置き忘れた腕時計を持ち去って、あなたがあそこにいた痕跡を消したんですよ！　彼女は好意からそうしたんです。でも、もし警察がそれを発見して、もっと早くミス・リプリーとの関係についてあなたを尋問していたら、果たしてどうなっていたか？　たぶん、その後の成り行きはまったく違っていたでしょうよ。ま、これも運命ですよ。さて、もう質問がないようなら、乗り込んでもらいましょうか。まずあなた方から、バードさんとフォローズさん、いちばん危なっかしいから……

パーシー　わたしたちはあっちに行ったら離れられるんだよね？

サージアス　そうですよ。皆さんが行くのはダンテ的な場所じゃぜんぜんないですから。じゃ、ミス・リプリー……お見事……エインズタブルさん、ピットマンさんに手を貸してやってくれませんか……彼は少々ばらばらになっているから……向こうはあなたの気に入りますよ、ピットマンさん。すごくギリシア的だから。スティールさん……

〝詰め込み屋〟 向こうの食べ物はどうなんだね、きみ?

サージアス 神々の食べ物《アンブロシア》ですよ。フライドポテトつきの。ジョンソン博士……

サム これは、わたしにはよくわからない……

サージアス ただ太古の波間に浮かぶ岩を目指すと思ってください、博士。そして、あなたの若い友人があなたに会おうと待っていますよ。彼はあなたが驚くようなことを二つ、三つ言うかもしれませんけどね。そら、よいしょ。では、ディーさん……

ディック 以前知っていた人たちに会うチャンスがあると思ってもいいのかな……?

サージアス 安心してください。ジョニー君はあなたが来るのを知ってますよ。すごく興奮してます。最後になってしまいましたが、あなたの番です、閣下。

ジェフリー おいおい、その閣下はもうやめにしてくれよ。どうやら肩書きを振りまわすような場所じゃなさそうだ。

サージアス 驚くかもしれませんよ、わたしたちがどんなに序列的か知ったらば。でも、むろん、あなたは縁続きですから……

ジェフリー とにかく、ちょっとした狩猟が楽しめりゃ文句はないよ。じゃ、舟を出そうか。よし。そら、岸を離れた。ああいう探偵小説じゃないが、一つだけ気になることがあるんだがね。今度のことはみな、ライにとってはうまく行ったのかね？　つまり、今までずっと、ほんとにきみが彼女を誘導していたのかね？　そして、もし彼女の動機がきみと連絡をとることなら、なぜ今彼女の声が聞こえない？　それとも彼女はオックスフォード英語辞典《OED》全二十巻の最後まで行かなきゃならんのかね、これをやめるには？　そうだとすれば、まだまだ先が長そうだが？　そして、このディックが死んだのにまだワードマン殺人が続いたら、警察だっていささか怪しむんじゃないのかね？　すこし左へ行ったほうがいいぞ、きみ、たぶんね。あそこの岩だか何だかにぶつかりたくないからな……この霧で何も見えやしない……あ、見える……すこしはっきりしてきたぞ……あれは……あれは……や、やっ……！

　そして彼らの声は、ジェフリーの質問に答えがないまま霧の中に消えた、というかわたしの頭の中で消えた、たぶん、これは同じことだろうが。

　沈黙。またあの沈黙、わたしが時の流れの中に一歩戻り、いとしいディックのずたずたに切り裂かれ、血まみれの遺体と、さらにいとしいハットの蒼白な、血を流している顔を見下ろしたときに始まったあの静寂が訪れた。

　ああ、サージ、サージ、なぜわたしを見捨てたの？　今までの〈対話〉ではすべて、あなたの声が聞こえた、ときにはかすかに、ときには大きく、はっきりと、でも常に紛れもなくあなたの声だった。この対話では、わたしがあなたの言葉を、彼ら全員の言葉を創作した、人工呼吸を施す看護婦のように、わたしの息があなたにもう一度呼吸する力を与えてくれるよう祈って。

　でも、こうやってわたしは、壁のああいう大勢の昔のワードマンたちに見下ろされながら、以前はディックの席だった椅子に坐っている。そして、自分は独りぼっちだとわかっている。思い出は別にして。

　なんという思い出。

　こんな思い出を抱えてどうやって生きていけよう？

通常のどんな判断基準に照らしても、わたしは気が狂っている。

だから、もしわたしがこれはすべて妄想だったのだと、何もかも無駄な行為だったのだと結論を出せば、その判断も狂っているだろう。

わたしがジェフリーに言わせた質問には答えが必要だ。たぶん、わたしの代わりにほかの人たちが答えてくれるだろう。たとえ警察の目がこうしてわたしを無事でいさせるほど節穴だったとしても、わたしが恐れなければならないのは彼らの目だけではない。

開け放しのドアから図書室の自分の席にいるチャーリー・ペンが見える。わたしのほうに向けたその凝視は、考え込むような目になったり、懐疑的になったり、非難の目になったり交互に変わるが、常に怒りをはらんでいる。

彼の傍らにはあの奇妙な青年、フラニー・ルートがいる。彼はわたしと目が合うたびに、ほとんど共犯者めいた、かすかな微笑を見せる。

それともこれはみな罪の意識がそう見せているだけなのか？

ほかにも開け放しのドアの向こうに見えるもの、これは現実のものだ、これ以上確かな存在はない。

高い棚に誇らしげに並ぶオ《O》ックスフォード英《E》語辞《D》典全二十巻。

わたしはこの二十巻に記された四十語の道標の立つ小道を歩きはじめた。

Haswed でわたしは第六巻の終わりまできた。

残りの十四巻はどうなる？　こういうことすべての真実を突き止めるために、わたしは本当にあの長い、曲がりくねった道を苦労しながら進まねばならないのだろうか？　何がなんでも第七巻に進まねばならないのか？

それとも第六巻でわたしは目的地に着いたのだろうか？　この沈黙は、わたしの愛するサージ、あなたの最後のメッセージなの？　やっとわたしは生者の一人と充分な対話ができるようになったから、もう死者と対話するためにじっと耳を澄まさなくてもいいと言っているの？

これは是非とも知らねばならない重要なことだ。それも、このわたしのためだけでなく。

わたしは第七巻の範囲を示す二語の最初の言葉を見た、そして、わたしの心は愛と恐怖でうずいた。

というのは、この三つの簡単な文字が果たして行く手を示しているか、目的地を示しているのか早急に判断しなければならないからだ。

Hat　Hat　Hat　Hat（ハット）

これは新しいゲームの始まりなのだろうか？
それとも単に――**終わり**？

ポケミス五十周年に寄せて

日本の読者のみなさんにご挨拶と、著名なハヤカワ・ミステリが五十周年を迎えたことに祝辞を呈したい。

人間とその他の動物を区別するもののひとつは、問題を独自の方法で考える能力である。実際の生活でうまくこなさなければならない行動をリハーサルしている様に、すべての世代とあらゆる文化でパズルを楽しむことは当たり前のことだ。当然ながら、この基本的な本能はやがて小説という形になり、二百年ほど前から形をなし始めると、瞬く間にこれまででもっともポピュラーな文学形式のひとつになった。それは主に好奇心が旺盛でアイディア、イメージ、クオリティを根強く愛する聡明で理知的な読者に訴えかけるものである。このジャンルに誠実な日本の読者には明らかにこういう性質を持っている人が多い……。

もちろん私の本の中心にはいつもパズルがあるが、『死者との対話』ではストーリイという織物の中に様様なパズルを編み込むことを試みた。すべての小説はある意味、作家と読者とのゲームであって、そのゲームにおいては読者の方に大きなアドヴァンテージがある。読者は最初から読み始める前に本の結末を見て不正を働くことができるからだ！　しかし、作家は決して不正を犯すべきではない。すべての手掛かりは明白な形でなければだめだし、結末は唯一の結果でなければならないからだ。

同時に完全に明白で無条件の驚きがなければならない！　そしてさらに難解にすることによって、クライム・ノヴェルが本当に満足のいくものになるなら、強力なストーリイにパズル的な要素を塡め込まなければならない。真に読者を巻き込む思考と感覚と行動を持った納得のいく魅力的なキャラクターを登場させるのだ。理想を言えば、最良のクライム・ストーリイとはパズルの解答を知ってしまった後でも、何度も何度も読み返すことができるものである。

私はほとんどの本で斯くありたいと思って書いてきた。『死者との対話』ではそれを達成できたと思っているが、判定を下すべきは私ではなく読者のみなさんだ。日本の読者の方々と一緒に、私は洞察力の鋭いゲーム狂に対して勝負しているのだ！

幸運をお祈りして。愉快なパズル、楽しい読書を！

レジナルド・ヒル

（編集部訳）

訳者あとがき

本書『死者との対話』（*Dialogues of the Dead 2001*）は〈ダルジール＆パスコー〉シリーズの長篇第十七作目にあたるが、その冒頭を飾る言葉として〝初めに言葉があった〟という聖句ほどふさわしい言葉はないだろう。〝言葉遊び〟と〝マニア〟の合成語パロノメイニアを副題とする本書は、まさに言葉からすべてが始まる。

一作ごとに新たな趣向を凝らすヒルだが、今回、ダルジール・チームが取り組む連続殺人事件の犯人は、折しも行なわれている短篇コンテストに、犯行の詳細を記した〈対話〉というタイトルの謎めいた短篇をつぎつぎと送りつけてくる。そして捜査陣は、チームの新人、ボウラー刑事が〝ワードマン〟と名づけた犯人の、まるで言葉遊びのような挑戦に、否応なく一連の〈対話〉の謎解きゲームに応じる羽目になる。そして、本書では、短篇コンテストの共催者である図書館の魅力的な司書、ライと〝ハット〟ボウラー刑事の恋もまた大きなウエイトを占めている。

ワードマンの言葉遊びに限らず、作中にパロノメイニアという名の、おそらくはヒルの創作した盤上ゲームや、語呂合わせ、語句の綴り替え《アナグラム》、造語、ナンセンス詩など数々の言葉遊びが登場するが、子供のときから『マザー・グース』やルイス・キャロルの『不思議の国のアリス』に親しんだ英国人には言葉遊びは非常に身近なものに違いない。読者はお気づきかどうか、ヒルは凝りに凝って巻頭のサブタイトルの下、横線で消した二行は、二人でする言葉遊び a WORD GAME for TWO PLAYERS の語句の綴り替え《アナグラム》となっている。本書は言葉に魅入られ、言葉を駆使する人としてのワードマン、レジナルド・ヒルのまさに本領発揮の一作と言えよう。

しかし、むろん、言葉遊びだけでなく、事件の謎も凝っていて、いつもながら読み終わってあれもこれもと気づく数々の伏線が巧妙に張り巡らされているし、また「ジャーナリストのジャーナリストたる所以《ゆえん》は、面白いニュースなら荒唐無稽などということは歯牙にもかけないことだ」とか、「今どきは、まっ当な保守党員だと証明するには、朝食前に外国人を二、三人蹴飛ばさなきゃならない」などという警句にもけっして事欠かない。

本書では聖書の言葉や、ハイネやベドーズの詩がリフレインされて重要な役割を果たしているのだが、次作のタイトルはそのベドーズの作品の一つと同じ『死の笑話集』(*Death's Jest-Book*) である。ヒルはつぎはどんな趣向でわたしたちを楽しませてくれるのだろうか。

二〇〇三年九月

HAYAKAWA POCKET MYSTERY BOOKS No. 1738

秋《あき》津《つ》知《とも》子《こ》

津田塾大学英文科卒
英米文学翻訳家
訳書
『ゼロの罠』ポーラ・ゴズリング
『ベウラの頂』レジナルド・ヒル
『偶然の犯罪』ジョン・ハットン
『クローディアの告白』ダニエル・キイス
（以上早川書房刊）他多数

この本の型は，縦18.4センチ，横10.6センチのポケット・ブック判です．

検印
廃止

〔死者《ししゃ》との対話《たいわ》〕

2003年9月30日初版発行　　2004年7月15日再版発行

著者　レジナルド・ヒル
訳者　秋津知子
発行者　早川浩
印刷所　星野精版印刷株式会社
表紙印刷　大平舎美術印刷
製本所　株式会社明光社

発行所　株式会社　早川書房
東京都千代田区神田多町2ノ2
電話　03-3252-3111（大代表）
振替　00160-3-47799
http://www.hayakawa-online.co.jp

〔乱丁・落丁本は小社制作部宛お送り下さい
送料小社負担にてお取りかえいたします〕

ISBN4-15-001738-7 C0297
Printed and bound in Japan

ハヤカワ・ミステリ〈話題作〉

1728 甦る男 イアン・ランキン 延原泰子訳

〈リーバス警部シリーズ〉上司と衝突し、警察官再教育施設へ送られたリーバスは、そこで未解決事件を追うという課題を与えられる

1729 雷鳴の夜 R・V・ヒューリック 和爾桃子訳

嵐に遭い、山中の寺へ避難したディー判事一行だが、夜が更けるにつれて不気味な事件が続発。ミステリ史上に名を残す名探偵登場！

1730 死の連鎖 ポーラ・ゴズリング 山本俊子訳

女性助教授脅迫、医学生の不審な死、射殺された人類学教授……一見無関係な事件には、不気味な関連が。ストライカー警部補の活躍

1731 黒猫は殺人を見ていた D・B・オルセン 澄木 柚訳

〈おばあさん探偵レイチェル・シリーズ〉猫を連れて赴いたリゾート地で起こった殺人事件に老婦人が挑む。〝元祖猫シリーズ〟登場

1732 死が招く ポール・アルテ 平岡 敦訳

〈ツイスト博士シリーズ〉密室で発見されたミステリ作家の死体。傍らの料理は湯気がたっているのに、何故か死後二十四時間が……